캐나다

캐나다

리처드 포드 장편소설

곽영미 옮김

학고재

CANADA
by
RICHARD FORD

크리스티나에게

『캐나다』는 소설이다. 이 소설에 등장하는 모든 인물과 사건은 허구다. 실존 인물들을 모델로 했거나 암시하지도 않았다. 몬태나 주 그레이트폴스의 도시 경관과 서스캐처원 남서부의 대초원 풍경과 몇몇 특정 마을들은 내 임의로 바꾸었다. 예를 들어 1960년대에는 32번 고속도로가 아스팔트 포장이 되어 있지 않았지만 이 책에서는 포장되어 있다고 썼다. 그밖에 모든 착오와 실수는 전적으로 내 책임이다.

RF

차례

등장인물

델 나
버너 쌍둥이 누나

니바 파슨스 어머니
베브 파슨스 아버지

루디 버너의 남자친구
밀드레드 렘링거 어머니의 친구
아서 렘링거 밀드레드의 남동생

찰리 아서의 부하
게딘스 부인 호텔 종업원
플로렌스 라블랑 아서의 연인

1부

1

나는 우선 우리 부모가 저지른 강도 사건에 대해 이야기할 것이다. 다음에는 나중에 일어난 살인 사건에 대해 이야기할 것이다. 강도 사건이 더 중요한 이유는, 그 사건이 결국에는 나와 누나의 운명을 결정짓는 역할을 했기 때문이다. 그 이야기를 하지 않고서는 아무것도 이해되지 않을 것이다.

이 세상에 절대로 은행을 털지 않을 사람이 딱 둘 있다면 우리 부모님이었을 것이다. 부모님은 이상한 사람들도 아니었고, 범죄자도 분명 아니었다. 누구도 부모님이 그런 운명에 이를 거라곤 생각지 못했을 것이다. 부모님은 그냥 보통 사람들이었다. 물론, 두 사람이 은행을 터는 순간 그런 평가는 공허한 것이 되고 말았지만.

내 아버지 베브 파슨스는 1923년 앨라배마의 머렝고 카운티에서 태어난 시골 소년이었고, 1939년 고등학교를 나와 육군 항공대 — 나중에 공군이 되는 부대 — 에 들어가고 싶어 안달했다. 아버지는 데모폴리스에서 입대를 했고 샌안토니오 근처 랜돌프에서 훈련을 받으면서 전투기 조종사를 꿈꾸었지만, 소질이 없어 대신 폭격술을 배웠다. 그리고 미첼이라는 B-25 중형 폭격기를 조종했다. 그 폭격기는 필리핀에서, 나중에는 오사카 상공에서 직무 수행 중 적들과 무고한 사람들을 가리지 않고 포탄을 쏟아 부었다. 아버지는 180센티미터쯤 되는 큰 키(폭격기 조종석에 간신히 앉았다)에 붙임성 있고 잘 웃는 호남이었고 사각턱에 기대감에 찬 얼굴, 튀어나온 광대뼈, 관능적인 입술에 매력적이고 여성스러운 긴 속눈썹을 가지고 있었다. 하얗게 반짝거리는 치아와 짧게 자른 검은 머리를 자랑스러워했고, 베브라는 이름도 자랑스러워했다. 베브 파슨스 대위. 베벌리(베브)라고 하면 대부분 여자 이름을 떠올린다는 사실을 아버지는 인정하지 않았다. 그 이름의 뿌리가 앵글로 색슨족에 있다며 이렇게 말하곤 했다. "잉글랜드에서는 흔한 이름이다. 비비언, 그웬, 셜리가 잉글랜드에선 남자 이름이지. 아무도 여자라고 혼동하지 않아." 아버지는 수다쟁이였고 남부인치고 편견이 없는 데다 친절하고 자상해서 공군에서 잘나갔을 법도 했지만 그렇지 못했다. 아버지의 옅은 갈색 눈은 자기 말에 귀 기울여 줄 사람을 찾아 바삐 움직이곤 했는데, 그럴 때 걸려드는 사람이 보통 누나와 나였다. 아버지는 진부한 농담을 과장되게 남부식으로 늘어놓기도 하고, 카드 묘기와 마술을 펼쳐 보이기도 하고, 엄지손가락을 떼었다 다시 붙이기도 하고, 손수건이 사라졌다 다시 나타나게 하기도 했다. 템포가 빠른 재즈 피아노곡 부기우기를 연주하기도 하고, '남부 사투리'로 말을 거는가 하면 시트콤 콤비였던 에이머스와 앤디를 흉내 내기도 했다. 아버지는 미첼 폭격기를 조종하느라 청력이 약해졌고, 그 사실에 신경을 썼다. 그러나 '정직한' 군인 헤어스타일에 푸른색 대위 복장을 하고 있으면 근사해 보이는 데다 평소에도 정말로 따뜻해서 쌍둥이 누나와 나는 아버지를 사랑했다. 아마도 그 느낌 때문에 어머니도 아버지에게 끌렸을 것이다(전혀 어울리지 않고 달라도 너무 다른 두 사람이었건만). 두 사람은 귀환 공군 환영 파티에서 처음 마주친 이후 성급한 만남을 가졌다가 공교롭게도 아이까지 가졌을 것이다. 1945년 3월이었고 더는 폭탄을 뿌릴 필요가 없어진 아버지는 포트루이스에서 보급 장교 일을 배우려고 재교육을 받고 있었다. 두 사람은 임신 사실을 알자마자 결혼했다. 유대인으로 폴란드에서 이민 와 터코마에 살고 계시던 어머니의 부모님은 이 결혼을 찬성하지 않았다. 그분들은 폴란드 포즈난에서 교육받은 수학 교사이면서 세미프로 뮤지션이자 인기 연주가였는데, 1918년에 폴란드를 탈출해 캐나다를 거쳐 워싱턴주로 와서 하필이면 학교 수위가 되었다. 유대인이란 것이 당시로썬 그분들에게나 어머니에게나 별 의미가 없었다. 오히려 유대인이라곤 없는 땅에서 과거지사로 묻어 버리고 싶은 케케묵고 엄격하고 갑갑한 인생관일 뿐이었다.

그러나 외동딸이 앨라배마 산간벽지의 스코틀랜드계 아일랜드인 목재 견적인의 수다스러운 외아들과 결혼하리라곤 꿈에도 생각지 못했기에, 그분들은 이내 두 사람의 일을 아예 뇌리에서 지워 버렸다. 멀리서 보면 우리 부모님은 단지 천생연분이 아닐 뿐이었겠지만, 어머니가 아버지와 결혼한 것은 비극의 전조였고 어머니의 인생은 어머니가 굳게 믿었던 대로 영원히 바뀌었다는 것 — 그것도 안 좋은 방향으로 — 이 좀더 진실에 가깝다.

*

어머니 니바(제니바를 줄인 말) 캠퍼는 어수선한 갈색 머리에 안경을 끼고 턱 선을 따라 솜털이 아직 남아 있는 자그마하고 강렬한 여성이었다. 짙은 눈썹에, 번들거리는 이마는 피부가 얇아 핏줄이 훤히 보였고, 창백한 안색 때문에 연약해 보였지만 실상은 그렇지 않았다. 아버지는 사람들에게 고향 앨라배마에서는 어머니의 머리를 "유대인 머리"라거나 "이민자 머리"라고 부른다고 농담 삼아 말했지만, 아버지는 그 머리카락을 좋아했고 어머니를 사랑했다. (어머니는 아버지가 하는 말에 별로 신경 쓰지 않는 듯했다.) 어머니의 손은 작고 가냘팠다. 늘 깔끔하고 윤기 나게 관리한 손톱을 뽐내기 좋아해 괜스레 손을 들어 보이기도 했다. 어머니는 회의적이었고, 우리 말을 열성적으로 들어 주었고, 신랄한 위트가 있는 사람이었다. 테 없는 안경을 끼고 프랑스 시를 읽을 때면 이따금 누나와 내가 알아들을 수 없는 "*cauchemar* (악몽)"라든가 "*trou de cul* (멍청이)" 같은 말을 쓰곤 했다. 어머니는 우편으로 산 갈색 잉크로 시를 썼고 우리가 훔쳐볼 수 없는 일기를 썼으며, 난시가 있는 사람처럼 코를 살짝 찡그리는 당혹스러운 표정을 곧잘 지었다. 어머니는 늘 그랬고, 어쩌면 평생 그랬을 것이다. 아버지와 결혼해 누나와 나를 갖기 전까지만 해도 어머니는 열여덟 살에 월라월라에 있는 휘트먼 대학을 졸업하고 서점에서 일하면서 스스로를 보헤미안이자 시인이라 여기며 언젠가 작은 대학의 학구파 강사로 일할 날을 꿈꾸었지만, 기대했던 배우자 — 상상컨대 대학교수 — 와는 다른 사람과 결혼했다. 만약 어머니가 대학교수와 결혼했더라면 자신에게 예정되어 있다고 믿었던 삶을 살았을지도 모르겠다. 그 사건이 벌어진 1960년에 어머니는 고작 서른넷이었다. 그런데도 끝이 불그레한 작은 코 옆에는 벌써 깊은 주름이 져 있었고, 큼지막하고 꿰뚫는 듯한 옅은 초록눈은 눈꺼풀이 칙칙해 어머니를 이국적이면서 약간 슬프고 불만스러워 보이게 했다. 실제로 그런 사람이기도 했다. 어머니는 목이 가늘고 예뻤다. 작은 이를 드러내며 입이 하트 모양이 되는 소녀 같은 미소를 짓곤 했는데, 그마저도 누나와 내 앞이 아니면 거의 보이지 않았다. 어머니가 올리브색 바지에다 소매가 헐렁한 면 블라우스를 입고 그레이트폴스에서는 살 수 없는 물건이라 서부 해안 쪽에서 주문했을 법한 캔버스 운동화를 신고 있으면 특이해 보였다. 키 크고 잘생기고 외향적인 아버지 옆에 거북하게 서 있으면 더 특이해 보였다. 가족이란 이름으로 '외출'을, 다시 말해 외식을 해 본 적이 거의 없던 탓에 우리는 부모님이 모르는 사람들 틈에서 어떻게 보이는지 전혀 알지 못했다. 우리에겐 우리 가족의 삶이 정상으로 보였다.

누나와 나는 어머니가 왜 베브 파슨스에게 끌렸을지 쉽게 알 수 있었다. 키 크지, 어깨 떡 벌어졌지, 말 잘하지, 웃기지, 끊임없이 옆에 있는 사람의 기분을 맞춰 주고 싶어 하는 사람이었으니까. 그러나 아버지가 어머니에게 관심을 가진 것은 도무지 이해되지 않았다. 조그맣지(겨우 150센티미터), 내향적이고 숫기 없지, 데면데면하지, 예술적이지, 그리고 미소 지을 때만 귀엽고, 지극히 편한 분위기에서만 재기발랄한 사람인데 말이다. 어쨌거나 아버지는 그 모든 걸 감안하고, 어머니가 자신보다 섬세하기는 해도 어머니를 기쁘게 해 줄 수 있고, 그러면 아버지도 행복하다고 생각했을 것이다. 두 사람의 외양적인 차이 너머 인간적인 실체를 들여다본 것은 아버지의 공로였다. 어머니는 인정하지 않더라도 나는 존중하는 점이었다.

그럼에도 불구하고, 상반되는 신체적 특성을 가진 두 사람의 기묘한 결합이 결국에는 그들을 불행으로 이끌었다는 것이 내 생각이다. 두 사람은 의심할 여지없이 서로에게 맞지 않았고 결혼이라든가 결혼 비슷한 것도 하지 말았어야 했으며 열렬한 첫 만남 뒤엔 결과에 상관없이 헤어졌어야 했다. 같이 살면 살수록, 서로를 알면 알수록 어머니는 그때의 실수를 깨닫게 되었고 두 사람의 삶은 점점 엇나갔다. 마치 수학에서 첫 계산을 잘못하면 이어지는 모든 계산이 타당한 답안과는 점점 거리가 멀어지는 긴 증명처럼 말이다. 1960년대 초 당시의 사회학자라면 우리 부모님을 두고 역사의 선구자요 사회의 경계를 넘고 도전을 받아들이고 자멸을 통한 검증의 필요성을 믿는 첫 주자들이었다고 말할지도 모르겠다. 그러나 아니었다. 우리 부모는 어떤 일에든 선두에 서는 그런 무모한 사람들이 아니었다. 말했듯이 그저 보통 사람들이었다. 나쁜 운과 상황에 떠밀려 형편없는 직감으로 자신들이 옳다고 믿는 경계 밖으로 과감히 나갔다가 다시 돌아올 수 없게 됐을 뿐.

그러나 아버지에 대해 이 점은 말해야 할 것 같다. 전장에서 돌아와 죽음의 휘파람이라는 폭격기에서 벗어난 그해 — 1945년이었고 누나와 내가 미시간 주의 오스코다에 있는 워츠미스 기지에서 태어난 해였다 — 아버지도 다른 군인들처럼 감당하기 어려운 불확실한 중압감에 시달렸을지 모른다. 남은 생을 그런 중압감과 씨름하며 긍정적으로 생각하고 빚지지 않고 살고자 노력하면서, 당장에만 좋아 보이는 나쁜 결정들을 내렸다가 결국에는 자신이 귀환한 세상을 잘못 해석하고 그 잘못된 해석으로 잘못된 삶을 살았다. 그랬다는 것을 아버지는 알지 못했거나 아니면 인정하지 않았을 테지만, 무수한 군인들이 그렇게 살았을 것이다.

2

전쟁터를 쫓아다녀야 하는 많은 군인 가족이 그러하듯 우리 가족은 1956년에 몬태나의 그레이트폴스에 정착하게 되었다. 그전까지 우리가 살았던 곳은 미시시피와 캘리포니아와 텍사스의 공군 기지였다. 어머니는 학위가 있어 그곳에서 대체 교사로 일했다. 아버지는 한국전쟁에 배치되지 않고 본국에서 군대 물자를 취급하는 사무직을 배정받았다. 훈장을 받은 이력 덕에 파견은 나가지 않아도 되었지만 대위 이상은 진급할 수 없었다. 어느 시점에서, 그러니까 우리 가족이 그레이트폴스에 머물고 아버지가 서른일곱 살이 되었을 때, 아버지는 공군에선 더 이상 전망이 없고 20년 복무가 끝나면 연금이나 받고 제대할 수밖에 없다는 결론에 이르렀다. 아버지는 어머니가 사람 사귀는 데 관심이 없고 군인 가족을 저녁 식사에 초대하기를 꺼렸기 때문에 진급에 지장이 있었다고 생각했다. 아버지가 옳았을 수도 있다. 사실 어지간한 사람만 있었어도 어머니도 그런 자리를 좋아했을지 모른다. 그러나 어머니는 그런 인간이 한 명도 없다고 생각했다. "여긴 소하고 밀밖에 없어. 제대로 된 게 없어." 어머니가 하는 말이었다. 어쨌든 아버지는 공군을 지겨워했고 그레이트폴스는 사교 생활을 하지 않고도 출세할 수 있을 곳이라 여겨 좋아했던 것 같다. 아버지는 프리메이슨 회원이 되면 좋겠다고도 했다.

1960년 봄이었다. 누나인 버너와 나는 열다섯 살이었다. 우리는 루이스(메리웨더 루이스) 중학교에 입학했다. 학교는 미주리 강과 가까워 길쭉한 창밖으로 반짝거리는 강물과 떼 지어 있는 오리와 새들이 보였고, 멀리로는 시카고, 밀워키, 더 이상 여객 열차가 서지 않는 세인트폴 철도 정거장, 하루에 두 번 비행기가 이륙하는 고어힐의 시립 공항이 보였다. 하류 쪽으로는 도시의 이름을 따온 그레이트폴스 폭포보다 더 높이 솟은 제련소 굴뚝과 정유 공장까지 얼핏 보였다. 맑은 날이면 60마일 넘게 떨어져 있는 곳들, 남쪽으로는 아이다호 북쪽으로는 캐나다까지 이어진 동쪽 최전방의 눈 덮인 산봉우리들까지도 흐릿하게 보일 정도였다. 누나와 나는 TV에서 본 것 말고는 '서부'에 대해 아는 게 없었다. 그렇게 따지면 미국 자체에 대해서도 아는 게 없었고 미국이 당연히 세상에서 가장 좋은 곳이라고만 생각했다. 우리의 생활은 모두 가족 안에서 이루어졌고, 우리 식구는 풀어놓은 짐 같았다. 어머니의 소외감, 폐쇄성, 우월 의식, 그리고 어머니의 바람, 버너와 내가 그레이트폴스의 숨 막히는 '도시적 사고'에 동화되지 않았으면 하는 바람 때문에 우리 남매는 뭇 아이들과는 다른 삶을 살았다. 친구 집에 놀러 다니지도 않았고 신문 배달도 보이스카우트 활동도 하지 않았으며 댄스파티에도 가지 않았다. 맞춰 살다 보면 딱 그렇게밖에 살지 못한다는 것이 어머니의 생각이었다. 아버지가 군인이면 어디에 살든 친구가 거의 없고 이웃을 만나기 어렵다는 것도 사실이었다. 우리는 모든 걸 기지 안에서 했다. 병원도 다니고 치과에도 가고 머리도 자르고 장도 보았다. 사람들도 알았다. 우리가 오래 머물 사람들이 아닌 것을. 그래서 구태여 알려고 들지도 않았다. 기지에서 일어나는 일에는 점잖은 사람들이 알거나 관여할 필요가 없다는 듯한 관행이 있었다. 게다가 어머니는 유대인이었고 이민자 같은 용모에다 어떤 면에서는 보헤미안이기도 했다. 우리 식구는 적으로부터 미국을 지키는 것이 뭐 그리 대수냐는 듯이 이야기하곤 했다.

그러나 적어도 처음에는, 나는 그레이트폴스가 좋았다. 그레이트폴스는 폭포로 전기를 생산해 '전기의 도시'라고 불렸다. 다듬어지지 않고 건실하며 동떨어진 곳 같았다. 그렇지만 우리 가족이 이미 거쳐 온 광대한 나라의 한 부분일 뿐이었다. 나는 이름은 없고 번호만 붙은 거리가 썩 마음에 들진 않았다. 이름이 없어 헷갈리곤 했는데 어머니 말로는 구두쇠 은행가들이 설계한 마을이어서 그렇다고 했다. 게다가 겨울이면 혹한이 지칠 줄 모르고 이어졌고 바람이 화물열차처럼 윙윙 소리를 내며 북쪽에서 내려왔다. 햇빛마저 없었다면 누구라도, 아무리 낙천적인 사람이라도 의기소침해졌을 것이다.

사실 버너와 나는 우리가 딱히 어디 사람이라고 생각해 본 적이 없었다. 우리 가족이 새로운 장소 — 어디든 아주 먼 곳 — 로 이사를 가서 셋집에 자리 잡고 아버지는 푸른색 제복을 다려 입고 차를 타고 공군 기지로 일하러 가고 어머니는 새 학교에서 수업을 시작할 때면 버너와 나는 혹여 누가 물으면 고향에 대해 이렇게 말하자고 입을 맞추곤 했다. 우리는 새 학교에 갈 때마다 연습했다. "안녕. 난 미시시피 주 빌럭시에서 왔어." "안녕. 난 오스코다에서 왔어. 미시간 주에서 한참 위에 있는 곳이야." "안녕. 난 빅터빌에 살아." 나는 다른 남자애들이 알고 있는 기본적인 것들을 배우고, 그들처럼 말하고, 은어를 습득하고, 당당하고 두려울 것 없다는 듯이 행동하려 애썼다. 버너도 마찬가지였다. 그러다 다른 곳으로 이사를 가면 버너와 나는 또다시 정착하려 애쓰곤 했다. 이런 식으로 자라다 보면 세상을 등지고 표류하거나 아니면 맷집이 생겨 어떻게든 적응해 살 수 있다. 어머니는 적응하는 삶을 못마땅해 했다. 그렇게 살지도 않았고, 아버지를 만나기 전에 그려 보곤 했던 다른 미래를 품고 살아왔기 때문이다. 우리는, 그러니까 누나와 나는, 무정하게 전개되는 어머니의 드라마 속 조연들이었다.

그 결과 나는 학교생활에 매달리기 시작했다. 부모님과 누나를 제외하고는, 학교만이 나를 삶과 이어 주는 한 가닥 실이었다. 나는 늘 학교가 끝나지 않았으면 했다. 받은 책들을 열심히 읽고, 선생님들 곁을 맴돌고, 어느 곳이나 같으면서도 어디와도 다른 학교 냄새를 들이마시면서 학교 안에서 최대한 많은 시간을 보내곤 했다. 내게는 무엇이든 아는 게 중요했다. 어머니는 세상을 알았고 이해했다. 나도 어머니 같은 사람이 되고 싶었다. 그래야 내가 아는 것을 가지고 다재다능하고 유망한 — 내게 중요한 특성 — 존재가 될 수 있을 테니까. 어디에도 소속되지 않아도 학교에만 소속돼 있으면 괜찮았다. 나는 영어, 역사, 과학, 수학 — 어머니도 잘하는 과목들 — 을 잘했다. 우리 가족이 짐을 꾸려 이동할 때마다 날 두렵게 했던 단 한 가지는 어떤 이유로 내가 학교로 돌아갈 수 없게 되는 것이었다. 내 미래를 보장해 주고 어디에서도 얻을 수 없는 꼭 필요한 지식을 놓치지 않을까 하는 것이었다. 아니면 내가 다닐 학교가 아예 없는 곳으로 가게 되지 않을까 하는 것이었다(한번은 괌으로 갈 뻔한 적도 있다). 내가 아는 것도 없이, 아무것도 없이, 특징 없는 사람이 될까 두려웠다. 이런 불안은 삶을 보람 없다고 느낀 어머니한테서 물려받았을 것이다. 우리 부모님은 젊은 날의 심한 혼란에 휘말려 천생연분도 아니요, 서로가 잠시 끌렸을 때도 육체적인 욕망은 못 느꼈을 것이고, 점점 서로의 위성으로 변해 가다 결국은 부지불식간에 서로를 원망하는 지경에 이르러 누나와 내가 충분히 의지할 수 있는 존재 — 부모로서 마땅히 해야 할 일 — 가 되어 주지 못했을지 모른다. 그러나 삶의 역경을 부모 탓으로 돌려 봤자 아무런 도움도 되지 않는다.

3

아버지가 초봄에 제대했을 때 우리 가족은 당시 진행되고 있던 대통령 선거에 관심이 쏠려 있었다. 부모님은 민주당과 민주당 대선 후보로 지명될 케네디를 지지했다. 어머니는 아버지가 케네디를 좋아하는 이유가 아버지 자신과 닮았다고 생각하기 때문이라고 했다. 아버지는 아이젠하워를 몹시 싫어했는데, 그가 디데이[1]의 배후에서 "독일군을 약화"시키기 위해 미국 폭격수들을 희생시킨 일과 연관이 있고, 아버지가 존경하는 맥아더 장군에 대해 비겁하게 침묵을 지켰으며 그의 아내가 "술고래"로 알려져 있기 때문이었다.

아버지는 닉슨도 싫어했다. 닉슨은 "냉혈한"이며 "이탈리아 사람 같고", "전쟁광 퀘이커교도"이므로 위선자라는 것이었다.[2] 즉 UN도 싫어했는데, UN이 비경제적이고 카스트로(아버지는

1) 2차 대전 중 연합군이 프랑스 노르망디 해안에 상륙한 1944년 6월 6일. ― 이하 모든 주는 옮긴이의 주이다.

2) 퀘이커교도는 원래 평화주의자이므로 전쟁을 일삼는 닉슨이 위선자라는 것.

그를 "3류 배우"라 불렀다) 같은 공산당원들에게 발언권을 주고 있다고 생각했다. 우리 집 거실 벽에는 작동은 되지 않지만 원래부터 이 집에 딸려 있던 킴벌 오르간과 마호가니와 놋쇠로 만든 메트로놈 위에 프랭클린 루스벨트의 사진이 걸려 있었다. 아버지가 루스벨트를 칭송하는 이유는 그가 소아마비를 이겨냈기 때문이 아니라 나라를 구하기 위해 죽도록 일하고 지방전력청을 세워 앨라배마 오지들을 암흑에서 건져 내고, 아버지가 "퍼스트 프룬"[3]이라고 부르는 영부인을 견디며 살았기 때문이었다.

아버지는 자신이 앨라배마 출신이라는 것에 이중적인 태도를 보였다. 한편으로 자신을 "촌뜨기"가 아닌 "현대인"으로 묘사했다. 많은 일 — 가령 공군에서 백인과 흑인이 함께 일하는 인종 문제 — 에 현대적인 견해를 갖고 있었다. 마틴 루서 킹은 줏대 있는 사람이며 아이젠하워의 민권법은 꼭 필요하다고 생각했다. 여성도 공평한 대우를 받아야 하며 전쟁은 자신이 누구보다 잘 아는 비극이자 낭비라고 보았다.

다른 한편으로 어머니가 남부를 경멸하는 말을 하면 — 종종 그랬다 — 아버지는 생각에 잠겼다가 리[4]와 제프 데이비스[5]가 나름의 대의 때문에 길을 잘못 들긴 했지만 "확고한 주관이 있는 사람"이라고 단언했다. 또한 목화에서 솜과 씨를 분리하는 기계와 수상스키를 포함해 그보다 더 훌륭한 것들이 남부에서 많이 발명되었다고 했다. 그러면 어머니는 "그렇게 많으면 이름

3) The First Prune. 일급 바보. 영부인을 뜻하는 The First Lady에 빗대 이렇게 부른 듯함.
4) 로버트 에드워드 리. 미국 남북전쟁 때 남부군의 총지휘관.
5) 제퍼슨 데이비스. 남부 연합 대통령으로 선출되어 전쟁을 지도했으나 패전 후 체포되었다.

을 대보지 그래. 물론 당신은 빼고 말이야"라고 응수하곤 했다.

공군 제복을 벗고 기지로 출근하지 않은 첫날부터 아버지는 신차 올즈모빌[6] 영업직을 구했다. 아버지는 자신이 영업에 천부적 재능이 있다고 생각했다. 성품이 따뜻하니 — 즐겁고 편안하고 붙임성 있고 당당하고 말 잘하는 — 처음 보는 사람들도 넘어올 것이므로 다른 사람들 같으면 어렵다고 느낄 일도 쉽게 할 수 있을 거라고 봤다. 남부인은 과묵한 서부인보다 착실하다고 알려져 있어 고객들도 신뢰할 거라고 했다. 신차 출시 연도가 끝나고 대폭 할인에 들어가면 돈이 들어오기 시작할 거라고 믿었다. 선전용 모델로 아버지는 분홍색과 회색이 섞인 올즈모빌 슈퍼 88을 제공받았다. 아버지는 광고 효과를 노리고서 그 차를 우리 집 앞 대로에 세워 두었다. 우리 식구를 페어필드, 산악 지대, 동쪽의 루이스타운과 남쪽의 헬레나까지 드라이브도 시켜 주었다. 아버지는 이 여행을 "적응-설명-성능 점검" 여행이라 불렀다. 그러나 아버지는 동서남북 어디든 이 나라에 대해 아는 게 거의 없었고 운전을 좋아할 줄만 알았지 차에 대해서도 실제로는 아는 게 거의 없었다. 공군 장교가 직장을 얻기 쉽다는 것을 알게 되자 아버지는 전쟁이 끝났을 때 제대하지 않은 것을 후회했다. 진작 제대했으면 지금쯤 훨씬 잘나갔을 것이라고.

아버지가 공군을 나와 직장을 잡으면서, 누나와 나는 우리가 마침내 영원히 정착할 수도 있겠다고 믿었다. 그레이트폴스에서 산 지 4년째였다. 어머니는 수업이 있는 날이면 포트쇼라는 작은 마을까지 차를 타고 가서 5학년을 가르쳤다. 수업에 대

6) 2004년 단종된 GM의 자동차 브랜드.

해 얘기한 적은 없었지만 어머니는 가르치는 걸 좋아하는 듯했고 이따금 다른 선생님들을 헌신적인 분들이라고도 했다. (하지만 그런 선생님들과도 어울리는 것 같지는 않았고, 공군 기지에 있을 때처럼 그분들이 우리 집에 오는 것도 원치 않았다.) 여름이 끝날 무렵 나는 그레이트폴스 고등학교에 미리 가 볼 수 있었다. 그 학교에는 체스 동아리와 토론 동아리가 있었고 라틴어도 배울 수 있었다. 어차피 난 운동을 하기에는 너무 작고 가볍기도 했지만 사실 운동에 관심도 없었다. 어머니는 버너와 내가 둘 다 대학에 갔으면 했지만 돈이 넉넉지 않으니 우리 둘이 경쟁을 해야 할 것이라고 했다. 그러나 버너가 어머니 성격을 빼닮아 입학 허가를 받을 때 좋은 인상을 주기 힘든 만큼 차라리 대졸자를 만나 결혼하는 편이 나을지도 모르겠다고 했다. 어머니는 센트럴 애버뉴에 있는 전당포에서 대학교 교기를 몇 개 구해 우리 집 벽에 압정으로 꽂아 놓았다. 다른 학생들에게 필요 없게 된 삼각 깃발이었다. 퍼먼과 홀리 크로스와 베일러 세 개 대학의 교기는 내 것이었다. 러트거스와 리하이와 두케인 대학의 교기는 누나 것이었다. 우리는 물론 그 학교들이 어디에 있는지도, 여타의 정보도 전혀 몰랐지만, 나는 그 학교들의 생김새를 그려 보곤 했다. 짙은 그늘을 드리우는 나무들과 강과 종탑이 있는 오래된 벽돌 건물들을 말이다.

이때쯤 버너는 어울리기 쉽지 않게 변해 갔다. 쌍둥이가 내내 붙어 있는 건 정신 건강에 좋지 않다는 이유로 우리는 초등학교 때부터 같은 반에 배정되지 못했다. 그러나 우리는 학교 숙제를 서로 도와 가며 언제나 잘 지냈다. 이즈음 버너는 많은 시간을 자기 방에서만 보내며 렉솔에서 산 영화 잡지와 『페이턴 플레이스』[7]와 『슬픔이여 안녕』을 읽었다. 그 책들을 몰래 집으로 가져왔고 어디서 구했는지는 말해 주지 않았다. 버너는 어항에 있는 자기 물고기를 관찰했고 라디오로 음악을 들었고 친구가 없었다. 친구가 없기는 나도 마찬가지였다. 나는 버너와 떨어져 지내면서 나만의 관심사와 미래에 대해 생각하는 것이 싫지 않았다. 버너와 나는 이란성 쌍둥이 — 버너가 6분 일찍 태어났다 — 였고 전혀 닮지 않았다. 버너는 키가 크고 깡마르고 까다롭고 주근깨투성이에다 왼손잡이였고(나는 오른손잡이다), 손가락에 사마귀가 났고 어머니와 나처럼 회색빛 도는 옅은 초록 눈이었고 여드름이 있고 얼굴이 동글납작한데 귀엽지는 않았다. 뻣뻣한 갈색 머리는 가르마를 가운데로 탔고 아버지처럼 입술이 관능적이었다. 그러나 머리 외에 다리나 팔에는 털이 거의 없었고 가슴이라고 할 만한 것도 없었다. 그건 어머니도 마찬가지였다. 버너는 평소 반바지에 체구가 커 보이는 위아래가 붙은 점퍼드레스를 입고 다녔다. 가끔은 손을 가리려고 레이스 달린 흰색 장갑을 끼기도 했다. 알레르기도 있어 빅스 사에서 나온 호흡기도 주머니에 넣고 다녔는데, 버너 방에 가까워지면 늘 빅스 냄새가 났다. 버너는 아버지의 키와 어머니의 생김새를 물려받은 부모의 조합체 같았다. 어떤 때는 버너가 형 같다고 느껴지곤 했다. 어떤 때는 버너가 좀 더 나처럼 생겨서 나한테 더 잘해 주고 우리가 더 친해질 수 있었으면 했다. 그러나 내가 버너를 닮는 건 원치 않았다.

버너와 달리 나는 왜소했고, 머리는 가르마를 옆쪽으로 탄 가

7) 1956년 발표 당시 대담한 성묘사로 센세이션을 일으켰던 베스트셀러 소설.

지런한 갈색 생머리였고, 피부는 부드럽고 여드름은 거의 없었다. 아버지를 많이 닮은 '귀여운' 용모에 어머니처럼 섬세했다. 나는 그 점이 좋았고, 어머니가 입혀 주는 옷도 좋았다. 카키색 반바지에 다림질한 단정한 셔츠와 시어스 카탈로그에서 고른 옥스퍼드 신발까지. 부모님은 버너와 나를 우편집배원이나 우유 배달원이 데려왔다는 둥 "부스러기"라는 둥 놀리곤 했다. 그러나 나는 그 말들이 버너에게만 해당된다고 느꼈다. 최근 몇 달 사이 버너는 외모에 민감해졌고 자기 인생이 삽시간에 잘못되기라도 한 것처럼 날이 갈수록 점점 불만스러워 했다. 내 기억에 따르면 한때 버너는 평범하고 주근깨투성이에 귀엽고, 근사한 미소도 짓고 우스꽝스러운 표정으로 식구들을 웃기던 발랄한 소녀였다. 그러나 지금은 회의적으로 변해 빈정거리고 내 단점만 지적했고 대개는 화가 나 보였다. 버너는 자기 이름도 좋아하지 않았다. 내가 정말로 좋아했고 특별하다고 생각한 그 이름을 말이다.

올즈모빌을 판매한 지 한 달쯤 됐을 때 아버지는 광고용 차를 타고 너무 속도를 내다가 사소한 추돌 사고를 냈고 용무도 없는 기지에 다녀왔다. 그 후 닷지를 팔기 시작했고 갈색과 흰색이 섞인 코로넷 하드톱을 집으로 가지고 왔는데, 이 차는 기계식에다 자동식 창문, 회전형 좌석, 현대식 계기판, 화려한 붉은색 미등, 긴 회초리 안테나가 장착돼 있었다. 이 차가 우리 집 앞에 세워져 있던 것도 3주 정도였다. 버너와 나는 이 차에 올라타 라디오를 틀었고 아버지가 드라이브를 시켜 주면 창문 네 개를 모두 내려 쌩쌩 부는 바람을 맞았다. 몇 번인가 아버지는 부트레거 트레일로 나가 우리를 운전석에 앉혀 놓고 후진하는 법과 미끄러운 빙판길에서 운전대를 정확히 돌리는 법을 가르쳐 주었다. 불행히도 아버지는 닷지를 한 대도 팔지 못했고 그레이트폴스 같은 곳 — 고작 인구 5만 명에 검소한 스웨덴 사람들과 의심 많은 독일 사람들로 넘쳐 나고, 고급 차에 기꺼이 돈을 쓰려는 부자들은 손에 꼽을 정도인 시골 마을 — 에서 일을 시작하는 게 아니었다는 결론에 이르렀다. 아버지는 그 일을 접고 기지 근처에서 중고차 매매를 시작했다. 공군 병사들은 툭하면 자금을 끌어대거나 이혼하거나 고소당하거나 재혼하거나 수감되거나 현금이 필요했다. 그들은 현금 대신 자동차를 사고 팔았다. 그러니 중개인으로 돈을 벌 수 있었고, 일이 아버지 마음에 들기도 했다. 게다가 공군 병사들은 자신들의 특수한 사정을 잘 알고, 마을 사람들과 다르게 자신들을 무시하지 않는 전직 장교와 거래하고 싶어 할 것이었다.

결국 아버지는 그 일도 오래 하지 못했다. 구경을 시켜 주겠다며 아버지가 두세 번인가 버너와 나를 중고차 매장에 데려간 적이 있다. 펄럭이는 삼각기와 깜빡이는 은빛 꼬마전구들 아래 줄줄이 서 있는 차들 사이를 어슬렁거리며 뜨거운 바람을 맞고 몬태나 햇볕에 구워지고 있는 자동차 보닛 사이로 지나다니는 기지 차량을 보는 것 말고는 딱히 할 일이 없었다. "그레이트폴스는 신차의 고장이라기보다 중고차의 고장이다." 아버지는 직원들이 고객을 기다리는 작은 목조 사무실 계단에서 양 손을 허리께에 얹고 말했다. "신차를 샀다간 다들 손가락을 빨게 될 거다. 매장을 나서자마자 천 달러가 깨지거든." 이맘때 — 6월 말

— 쯤 아버지는 "다른 곳들"은 사정이 어떤지 알아보러 자동차로 남부를 여행할 생각이라고 말했다. 어머니가 아버지에게 아이들 없이 자기 혼자 가는 여행이 될 거라고 말해 아버지는 화를 냈다. 어머니는 앨라배마 근처로는 가고 싶지 않다고 했다. 미시시피에서도 충분히 힘들었다고 했다. 유대인들은 남부의 흑인들보다도 사정이 나빴다. 어머니 생각으로는 아무도 유대인이 뭔지조차 모르는 몬태나가 더 나았다. 그것으로 부모님의 논의는 끝이 났다. 유대인이라는 정체성은 어머니에게 때로는 짐이 되었고, 때로는 어머니를 특징짓는 것이기도 했다. 그러나 어떤 쪽이든 좋지 않았다. 버너와 나는 어머니가 유대인이고, 관례대로라면 우리도 공식적으로 유대인이며, 앨라배마 출신이라는 것보다는 낫다는 것 말고는 유대인이 무엇인지 몰랐다. 어머니는 우리 자신을 "위법자"나 "추방자"로 생각해야 한다고 말했다. 이 말은 우리가 크리스마스와 추수감사절과 부활절과 독립 기념일을 축하하기는 하지만 교회에는 나가지 않는다는 뜻이었다. 그레이트폴스에는 어쨌거나 유대인이 한 명도 없었고 그 편이 좋았다. 유대인이라는 것이 언젠가는 중요해질지 모르나 지금은 그렇지 않았다.

아버지가 중고차를 팔러 다닌 지 한 달이 지난 어느 날 갖고 있던 52년식 머큐리를 처분하고 새로 산 중고차 — 희고 붉은 55년식 쉐보레 벨 에어 — 를 끌고 집에 왔다. 아버지는 일하고 있던 중고차 매장까지 사들였다. "괜찮은 거래야." 아버지는 농장과 목장을 파는 새로운 일을 준비 중이라고 했다. 아직 잘 모르는 일이긴 하지만 YMCA 회관 지하에서 진행하는 강좌에도 등록했다고 했다. 거기 사람들이 도와줄 거라고 했다. 할아버지가 목재를 감정하던 분이어서 자신도 "발굴되지 않은" 물건을 보는 눈이 있고 도시의 물건보다 더 잘 본다고 자신했다. 게다가 11월에 케네디가 대통령에 당선되면서 경기가 좋아질 기미가 보이고 사람들이 최우선으로 꼽는 일이 땅을 사는 것이었다. 아버지 말이, 주변에 많은 땅이 있는 것 같은데도 사람들이 잘 모르고 있다고 했다. 중고차 판매 수익이 판매업자에게만 유리하게 돌아간다는 사실도 알게 되었다. 이런 사실들을 왜 진작 알지 못했는지 모르겠다고 했다. 어머니도 같은 생각이었다.

우리는, 그러니까 누나와 나는, 그때 당시에는 물론 몰랐지만, 부모님 두 분은 이 기간 — 아버지가 공군을 떠나 세상을 알아 가기 시작하게 된 후 — 동안 서로의 사이가 멀어지고 상대를 다르게 본다는 걸 인지하기 시작했고, 어쩌면 그 차이가 없어지지 않고 점점 커지고 있다는 사실도 이해하기 시작했을 것이다. 오랜 세월을 이 기지 저 기지로 옮겨 다니며 두 아이를 바쁘게 키워야 했던 그 모든 번잡하고 정신없고 소란스럽던 사정 덕에 부모님은 초기에 알아채야 했던 것을 계속 지연시킬 수 있었다. 먼저 알아챈 쪽은 아버지보다 어머니였던 것 같다. 사소해 보였던 것이 지금은 어쨌거나 어머니가 좋아하지 않는 것이 되었으니까. 아버지의 낙관주의와 어머니의 비우호적인 회의주의. 아버지의 남부 성향과 어머니의 떠돌이 유대인 성향. 아버지의 교양 부족과 어머니의 교육열과 이루지 못한 아쉬움. 부모님(또는 어머니만)이 이것을 깨달았을 때 — 다시 얘기하면 아버지가 제대증을 받고 진로가 달라진 뒤의 일이다 — 두 사람은 묘한 긴장과 상대와 나눌 수 없는 자기만의 예감을 경험하기 시작했다. (이것은 어머니의 일지에 다양하게 기록되어 있다.) 만약 사정이 허락돼 많은 사람들이 따르는 길 — 평범하게 갈라서는 길 — 을 따를 수만 있었다면 어머니는 버너와 내 짐을 싸서 우리를 기차에 태워 그레이트폴스를 떠나 어머니가 태어난 터코마나 아니면 뉴욕이나 로스앤젤레스로 떠났을 것이다. 그렇게만 되었어도 부모님은 각자 넓은 세상에서 더 나은 삶의 기회를 가졌을 것이다. 공군을 떠나고부터 힘들어진 만큼 아버지는 공군으로 돌아갔을지도 몰랐다. 다른 여자와 결혼을 했을 수도 있었을 것이다. 어머니는 버너와 내가 대학생이 되었을 때 학교로 돌아갈 수 있었을 것이다. 시를 쓰며 어릴 적 꿈을 추구했을 수도. 운명이 두 사람에게 더 나은 패를 주었을 것이다.

그러나 부모님이 이 이야기를 하게 된다면 이것은 당연히 다른 이야기가 될 것이다. 그 이야기에서는 일어나게 될 사건의 주역이 부모님이 될 것이고 누나와 나는 관객일 것이다. 부모에게는 아이들이 관객인 법이니까. 은행 강도들한테도 자식들이 있을 텐데도 세상은 보통 그들에게 아이들이 없을 거라 생각한다. 하지만 그 아이들의 이야기 — 나와 누나의 이야기 — 는 우리가 보는 대로 무게를 재고 배분하고 판단해야 하는 우리의 이야기다. 몇 년 뒤 대학에서 나는 위대한 비평가 러스킨이 작문이란 불균등한 사건의 배열이라고 쓴 글을 읽은 적이 있다. 다시 말해 무엇과 무엇이 비등한지, 무엇이 더 중요하고 앞으로만 내달리는 인생길에 무엇을 놓을 수 있을지 결정하는 것은 작가의 몫이라는 것이다.

4

다음 — 1960년 여름 중반부터 — 에 일어난 일을 내가 알게 된 출처들은 대체로 잡다하고 신뢰할 만하지 못하다. 한 출처는 우리 부모님에 관한 이야기를, 두 사람이 저지른 일을 기상천외하고 아주 재미있다는 듯이 쓴 「그레이트폴스 트리뷴」인데, 나는 그 신문을 읽었다. 어머니가 노스다코타의 골든밸리 카운티 교도소에서 재판을 기다리는 동안, 나중에는 비즈마크의 노스다코타 주립 교도소에 있는 동안 쓴 일지에서 알게 된 사실도 있다. 몇 가지는 사람들이 그때 당시 내게 해 준 말에서 알게 된 것이다. 당연한 일이지만, 우리가 부모님과 한집에 살면서 여느 아이들처럼 그들을 관찰했기 때문에 알게 된 것도 있다. 평범하고 평화롭던 상황이 악화되고 더 악화되다 손을 쓸 수 없이 악화되었으니까. (그러나 나중까지도 살해된 사람은 없었다.)

아버지는 그레이트폴스 기지에서 4년을 주둔해 있는 동안 훔친 소고기를 장교 클럽에 대주는 계획에 가담했다(우리는 모르는 사실이었다). 그 대가로 아버지는 돈과 우리 가족이 1주일에 두 번씩 먹은 신선한 스테이크를 받았다. 그 계획은 이전 보급 장교가 임무를 마치고 제대할 때마다 다음 보급 장교에게 물려주어 기지에 정착이 잘돼 있었다. 그 계획은 몬태나 주 해버 남쪽 보호지에 살고 있는 크리 족 인디언들과 관련된 불법 거래였다. 크리 족 인디언은 현지 목장주들의 소떼에서 헤리퍼드종 암소만 훔쳐 비밀리에 도살한 다음 소갈비 살을 밤사이 기지로 수송하는 데 도통한 종족이었다. 이 고기를 장교 클럽의 주임이 클럽 냉동고에 저장해 두었다가 소령과 대령과 사령관과 그 부인들에게 제공했다. 부인들은 고기의 출처에 대해 아무것도 몰랐지만 잡혀가는 사람 없고 고기의 질만 좋다 — 실제로 좋았다 — 면 상관하지 않았다.

이것은 사소한 푼돈 거래에 불과해 몇 해 동안 순조롭게 이어졌고 모두들 영원히 이어질 것이라 생각했다. 그러나 기지에서 어떤 불화가 발생하면서 당혹스럽게도 보급품 청구서 작성과 관련된 음모의 일부가 밝혀졌고, 몇몇 공군은 징벌을 받고 아버지는 대위직(자신이 자랑스러워한 직위)을 박탈당하고 중위로 강등되었다. 아버지가 그 협잡이 밝혀지게 만든 관계자에 속했는지는 모르지만 본인이 그 일을 입 밖에 낸 적은 없었다. 그 모든 사건 — 집에서 이야기된 적도 없고 버너와 나는 몰랐던 사건 — 이 아버지가 공군을 떠나기로 결심하는 데 확실한 기여를 한 것 같다. 명예 제대증을 받긴 했지만 아버지는 어쩔 수 없이 퇴역했을 것이다. 아버지는 제대증을 액자에 넣어 우리 집 거실 피아노 위에, 루스벨트 사진 옆에 걸어 두었다. 그 액자는 부모님이 체포된 후에도, 누나와 나만 집에 있고 아무도 우리를 봐주러 오지 않을 때에도 거기 걸려 있었다. 당시 나는 이따금 가만히 서서 거기 적힌 문구("미합중국 공군을 명예롭게 제대한…… 정직하고 충실한 복무 증서……")를 꼼꼼히 읽으면서 저 말이 과연 사실일까 생각했다. 집을 떠날 때 그 증서를 가져갈까 하는 생각도 했다. 그러나 결국에는 잊어버렸고, 그 증서는 버려진 집에서 누군가의 비웃음을 받다 끝내는 쓰레기통에 던져졌을 것이다.

아버지가 한 일, 이것도 어머니의 일지에도 들어 있다. ("나약한 인간이 저지른 범죄 일지"가 제목이었다. 어머니가 이 이야기를 훗날 출판할 생각이었을지도 모른다.) 올즈모빌에 이어 닷지를 팔다 중고차와 오토바이를 공군 병사들에게 판매하려던 일마저 잘되지 않자 아버지가 한 일은 해버 남쪽의 인디언들을 다시 찾아내 새로운 소고기 사업을 시작해 보는 것이었다. 아버지는 그곳 인디언들이 이문이 남는 판로를 잃었다고 믿었다. 고기를 댈 사람이나 장소만 구할 수 있다면 모든 일을 다시 시작할 수 있고 이번에는 공군이 개입되어 있지 않으니 수익을 쪼개지 않아도 되므로 전보다 더 잘 될 거라고 믿었다. 이 일로 삶이 바뀌지만 않았다면 또다시 한 편의 희극으로 끝날 수 있었던 어리석은 3류 공모였다. 그레이트폴스에서 그저 그런 셋집에 사는 아버지와 작고 엄한 유대인 어머니, 불운한 인디언들, 한밤중에 몰래 도살당해 세미트레일러에 실려 오는 소들. 상식적으로 생각하면 절대 일어날 수 없는 일이었다. 그러나 이 상식이 아무한테도 통하지 않았다.

아버지는 목장 사업을 배우는 동안에는 생계비로 쓸 돈이 모자라겠다 — 공군 연금 2백80달러와 어머니가 포트쇼 학교에서 받는 봉급으로도 — 고 생각해 훔친 소고기를 살 만한 새로운 고객, 자신이 중개인으로 일할 만한 대상을 찾기 시작했다. 그레이트폴스에선 가능성이 크지 않을 거라는 정도는 알았다. 콜럼버스 병원과 레인보 호텔 같은 곳에는 아버지가 아는 사람이 없었다. 스테이크 전문점은 알고 있었다고 해도 불법 도박 때문에 경찰의 감시가 심했다. 아버지의 눈에 들어온 곳은 그레이트노던 철도였다. 그 철도는 그레이트폴스를 경유해 시애틀로 갔다가 이틀 뒤 시카고로 돌아가는 여객열차여서 식당차에 최고급 재료를 꾸준히 댈 필요가 있었다. 아버지는 해버 근처에 사는 인디언들과 다시 제휴하면 자신이 1등급 소고기를 댈 수 있겠다고 생각했다. 아는 사람 중에 오리, 기러기, 사슴 고기를 철도에서 식당차 급사장으로 일하는 흑인에게 팔았던(모두 불법으로) 공군이 있었다. 아버지는 그 흑인을 찾아가(블랙이글에 있는 집으로 갔다) 인디언 동업자들로부터 소고기를 공급받고 있다며 그 고기를 사라고 제안했다.

그 흑인 — 이름이 스펜서 딕비였다 — 은 아버지의 제안에 솔깃해 했다. 수년간 그런 비슷한 음모에 가담해 왔던 탓인지 두려워하지도 않았다. 철도라고 공군과 그다지 다를 것 같지도 않았다. 지금도 기억나는데 어느 날 저녁 아버지가 흥분해서 집에 온 적이 있다. 그날 아버지는 어머니에게 "철도측 사람들"과 "독립적인 동업 관계"를 맺었다며 목장 사업을 속속들이 배워 나가는 동안 그 일로 생활비를 보태겠다고 말했다. 그 일로 모두의 삶과 운명이 바뀌진 않겠지만 아버지가 공군을 나온 뒤로 불안정했던 삶의 기반이 조금은 탄탄해질 거라고 했다.

어머니가 뭐라고 했는지는 기억나지 않는다. 어머니가 일지에 쓰기로는 얼마 동안 아버지를 떠나 누나와 날 데리고 워싱턴 주로 갈까 생각했다고 한다. 아버지가 훔친 고기를 그레이트노던에 파는 계획을 말했을 때(이런 얘기를 아버지는 아무렇지도 않게 했던 것 같다) 어머니는 반대했고 "무시무시한 불안"을 느끼기 시작했고 모든 게 잘못될 것만 같아 우리를 데리고 즉시 떠나야겠다고 결심했다고 써 놓았다. 그러나 어머니는 떠나지 않았다.

물론 어머니의 실제 속마음은 나도 모른다. 어머니 — 높은 가치 기준을 가진 젊고 교양 있는 여자(어머니는 서른네 살이었다) — 가 자신과 3류 범죄자들 사이에 공통점이 있다고 생각하지 않았다는 것은 확실하다. 공군에서 있었던 공모에 대해선 어머니도 몰랐던 것 같다. 아버지가 여느 직장인들처럼 아침마다 푸른 제복을 입고 기지로 출근했으니까. 아버지가 기지에서 있었던 일에 대해 어머니에게 말하지 않은 까닭은 어머니가 그때도 반대했을 것이고 공군의 아내로 사는 것에 점점 환멸을 느끼고 있다는 사실을 알았기 때문일지 모른다.

어머니는 그때쯤 이 삶이 막바지에 이르렀고, 이혼을 생각해 볼 수 있을 만큼 버너와 내가 나이를 먹었으니 사정이 나아질 거라고 생각했을지 모른다. 아버지로부터 그레이트노던 계획을 듣자마자 어머니는 아버지를 떠날 수 있었다. 그러나 이번에도 떠나지 않았다. 어머니가 크리스마스 파티에서 베브 파슨스를 만나지 않았다면, 어머니는 시를 써서 출판하고, 대학에서 학생들을 가르치고, 젊은 교수와 결혼해 버너와 내가 아닌 다른 아이들을 낳는 등의 일들이 일어났을 것이다. 수정된 삶에서 일어날 수 있었던 그 모든 일은 일어나지 않았다. 대신에 어머니는 살아생전 들어 본 적 없는 마을 그레이트폴스(수폴스, 수시티, 시더폴스와 아주 혼동되는 마을)에 살았고, 우리에게만 매인 세상에서 살며 고립감을 느끼고 동화되는 것을 거부하고, 미래에 대해서는 비관적이고 복잡하게만 생각했다. 그러는 동안 아버지는 또 다른 세상 — 쉽게 음모를 꾸미는 성격, 미래를 보는 낙천성, 자기만의 매력 — 속에서 살아갔다. 부모님의 세상은 두 사람이 같은 세상을 공유하고 우리가 있었기 때문에 같아 보였다. 그러나 두 사람은 같지 않았다. 아버지는 의심할 바 없이 어머니를 사랑했으므로 어머니도 아버지를 사랑했을 수 있다. 대체로 비관적인 사고방식, 아버지를 사랑했을지 모른다는 점, 우리가 있다는 점, 이 모든 걸 생각하면 어머니가 아버지를 떠나 영원히 우리하고만 사는 충격을 못 견딜 수도 있었을 것 같다. 이것은 세상의 유별난 이야기가 아니다.

5

아버지가 인디언들과 그레이트노던을 상대로 한 거래는 한동안은 순탄했던 모양이다. 그러나 어머니가 이 시기 — 7월 중순이었다 — 에 쓴 일지를 보면 아버지가 목장 일을 배우러 다니고 훔친 소고기 배달을 감독하는 동안 어머니는 "물리적 권태"를 느끼기 시작해 처음으로 부모님께 전화를 걸기 시작했다. 조부모님은 우리 집 일에 관여한 적이 없었다. 누나와 나는 그분들을 본 적조차 없었는데, 이상한 일인 줄은 알았다. 학교 아이들을 보면 할아버지 할머니를 자주 만나고 같이 여행도 가고 생일이면 카드와 선물과 돈을 받았으니까 말이다. 터코마 조부모님은 대학 학위까지 딴 똑똑한 딸이 앨라배마 출신의 약삭빠르고 생글거리는 전직 조종사와 결혼하는 것을 반대했다. 아버지는 터코마에서 고립된 섬처럼 사는 그분들의 세계에 경보를 울리는 사람이었다. 조부모님이 결혼을 인정하지 않은 탓에 아버지는 기분이 상했다. 그런 모욕을 겪은 아버지는 우리더러 외가에 가자거나 조부모님을 집에 초대하거나 하지 않았다. 아버지가 딱 꼬집어 안 된다고 말한 적은 없는 것 같지만, 된다고 했어도 그분들이 우리가 살던 곳으로 왔을 것 같지도 않다. 텍사스건 미시시피건, 오하이오 주 데이턴이건 말이다. 그분들은 어머니가 "전문직"을 가지고 첨단 도시에서 공인회계사나 외과 의사와 결혼해 살았어야 했다고 생각했다. 그러나 어머니가 버너에게 말하기로는, 어머니 자신이 아는 본인은 남다르고 언제나 더 모험적인 삶을 원했기 때문에 절대 그렇게 살지 않았을 거라고 했다. 그러나 조부모님은 비관적이고 걱정이 많고 융통성이 없었다. 1919년부터 미국에서 살았는데도 그랬다. 그분들은 자기 딸과 딸의 가족과 등 돌리고 살아도, 우리 가족이 모두 이 나라의 오지로 사라진다고 해도 무방하다고 여겼다. "할아버지 할머니가 돌아가시기 전에 보면 좋을 텐데." 어머니는 몇 번인가 그런 말을 했다. 어머니는 나이아가라 폭포에서 찍은 흑백 사진 한 장을 간직하고 있었다. 세 사람 다 안경을 꼈고, 닮아 보였고, 우비를 입었고, 불쌍하고 얼떨떨해 보이는데, 으르렁거리는 폭포의 낙하지점으로 곧장 향하는 보트(나도 나중에 타 보고서 알았는데 그 배는 '안개 아가씨' 호였다)와 부두 사이에 걸쳐 있는 널판에 서서 포즈를 잡고 찍은 사진이었다. 조부모님은 1938년에 결혼 20주년을 맞아 북아메리카대륙을 횡단하는 여행을 했다. 어머니는 열두 살이었다. 보이테크와 레나타가 조부모님의 이름이었다. 빈스와 레니는 그분들의 미국 이름이었다. 캠퍼는 그분들의 이름이 아니었다. 캄피친스키. 어머니의 이름인 니바 캄피친스키는 캠퍼보다, 파슨스 — 어머니에게 전혀 어울리지 않는 성 — 보다 어머니에게 잘 어울리는 이름이었다. "진짜 폭포는 저기에 있어, 얘들아." 어머니는 우리에게 보여 주려고 그

구겨진 사진을 벽장에서 꺼내 빤히 보면서 말했다. "너희들도 언젠가 보게 될거야. 이걸 보니 여기 조그만 폭포들은 애들 장난 같지 않니. 그게 무슨 그레이트폴스(대단한 폭포)라고. 여기 사는 촌놈들처럼 이 폭포밖에 모른다면야 그렇겠지."

나는 어머니가 조부모님에게 자신의 불만을 털어놓고 아버지를 떠나 버너와 날 데리고 터코마로 가는 문제에 대해 의논했을 거라고 믿는다. 전에는 시애틀과 터코마가 그렇게 가까이 있는지 몰랐다. 학교 주간지에서 스페이스 니들[8)]이 곧 세워진다는 기사를 읽은 적이 있었다. 나는 그 건물을 보고 싶었다. 몬태나의 그레이트폴스에서 열린 세계 박람회는 찬란하고 눈부셔 보였다. 조부모님이 어머니의 불평에 동조해 주었는지, 혹은 우리를 환영해 주었을지는 모르는 일이다. 어머니가 그분들의 축복도 받지 못하고 떠난 지 15년이 흘렀다. 힘든 시절에 목숨을 건지고 예측 가능한 삶을 원했던 완고하고 보수적인 지식인이었던 그분들도 연로해졌다. 어쩌면 그냥 받아들였을 수도 있다. 그러나 앞서 말했듯이 떠나는 것 — 그것도 어머니와는 맞지 않는 곳으로 — 이 어머니에게 간단한 문제는 아니었을 거라고 본다. 그런 면에서 보자면 어머니는 내가 믿고 있던 것보다 인습에서 자유롭지 못했고 더 보수적이었을지 모르겠다. 어머니 자신이 알던 것보다 조부모님을 더 닮았을지도.

그즈음 내 최대 관심사는 그레이트폴스 고등학교 개학이었다. 나는 9월 전에 어서 개학이 돼서 집 밖에서 많은 시간을 보

8) 시애틀의 상징인 고층 빌딩.

냈으면 했다. 알아보니 체스 동아리가 여름 내내 그 학교의 남쪽 건물에 환기가 안 돼 먼지투성이인 한 교실에서 1주일에 한 번씩 만나고 있었다. 나는 자전거를 타고 오래된 아치교를 건너 2번가로 쭉 올라가서는, 선배 형들이 서로 맞붙어 싸우며 체스에 대해, 명인들의 독자적인 전략과 통 큰 희생에 대해 알아들을 수 없는 말로 이야기하고 나는 잘 모르는 유명 선수들의 이름 — 대가에 올라 동아리 회원들의 존경을 받고 있는 글리고리시, 레이 로페즈, 보비 피셔(그는 유대인으로 알려져 있었고, 나는 속으로 괜히 우쭐했다) — 을 주거니 받거니 하는 모습을 "참관"했다. 나는 체스를 둘 줄 몰랐다. 그러나 체스판의 질서정연함과 체스 말의 예스러운 모습과 그것을 손에 쥐었을 때의 느낌이 좋았다. 체스를 둘 때는 논리적이어야 하고 수를 미리 읽어야 하고 기억력이 좋아야 한다 — 아무튼 형들이 그렇게 말했다 — 는 것을 알게 되었다. 동아리 회원들은 내 존재를 신경 쓰지 않았고 거만하면서도 친절했고, 내가 읽을 책들을 알려줬고, 정말로 관심이 있다면 『체스 마스터』라는 월간지를 구독해 보라고 귀띔해 주었다. 여학생 회원은 없었다. 다들 변호사나 의사 아들이었고 내게는 낯설지만 흥미롭기 그지없는 온갖 이야기를 우쭐대며 떠들어 댔다. 프란시스 게리 파워즈의 정찰기 사건,[9] 윈즈 오브 체인지,[10] 쿠바 혁명, 가톨릭 신자로서의 케네디, 파트리스 루뭄바, 처형된 살인자 케릴 체스먼[11]이 최후의 저녁 식사 대신 체스를 두었던지, 야구 선수들이 운동복에 자기 이름을 넣는 것이 옳은지 그른지 같은 대화들은, 알 필요가 있는데도 내가 모르고 있는 세상일이 얼마나 많은지를 깨닫게 했다.

어머니는 내게 체스를 권했다. 할아버지가 터코마의 한 공원에서 다른 이민자들과 체스를 두곤 했고, 이따금 경기도 했다고 했다. 체스를 하면 두뇌 회전이 빨라져 이 복잡한 세상을 좀 더 편히 살 수 있고 혼란 — 온 세상이 그러하니 — 을 두려워하지 않게 될 거라고 생각했다. 나는 1주일에 한 번씩 받는 "쥐꼬리만한" 용돈을 모아 센트럴에 있는 모형 전문점에 가서 두루마리 비닐 체스판 — 내 옷장 위에 계속 깔아 놓았다 — 과 함께 스탠턴 플라스틱 말 한 세트를 사고 동아리 회원들이 독학해 보라며 권해 준 삽화책 한 권도 샀다. 나는 그 책을 릭 브랜트 시리즈[12]와 이사 온 집에 있어서 읽은 찰스 아틀라스[13]의 보디빌딩 책과 함께 계속 간직했다. 삽화책을 특히 좋아했는데, 체스의 말은 전부 다르게 생겼고 약간 불가사의하고 특정한 전략적 임무 때문에 예정된 길로만 움직여야 한다는 복잡한 책임을 지고 있었다. 책에 따르면 그 모든 것이 체스가 인도에서 고안되던 당시의 실제 전쟁 상황을 그리고 있다고 했다.

어머니는 체스를 두지 않았다. 같이 할 사람이 없는데도 유대인 게임이라며 피너클이란 카드놀이를 더 좋아했다. 아버지는 레닌이 체스를 두었다는 이유로 체스를 좋아하지 않았다. 체커가 미묘한 속임수 기술을 요구하는 더 자연스런 게임이라 주장하며 그 게임을 더 좋아했다. 어머니는 아버지의 말을 비웃으며 아버지가 앨라배마 출신이라 배배 꼬아 생각하니 미묘한 것뿐

9) 1960년 5월 파워즈는 전략 정찰기 U-2를 조종하던 중 소련의 지대공 미사일에 맞아 추락했지만 탈출에 성공했다.

10) Winds of Change. 달려오는 상대의 목을 감고 돌리다가 사이드 슬램을 하는 레슬링 기술.

11) 연쇄 강도와 강간 살인으로 악명 높은 범죄자.

12) 릭 브랜트는 존 블레인이 쓴 추리 소설의 주인공.

13) 모래 세례를 받는 말라깽이 남자를 묘사하는 광고로 불후의 명성을 남긴 보디빌더.

이라고 말했다. 나는 체스 세트를 가지게 되었을 때 그것을 펼쳐 놓고 어머니에게 말들이 어떻게 움직이는지 보여 주었다. 어머니는 말들을 몇 개 옮겨 보다 흥미를 잃고는 아버지가 너무 까다롭게 굴어 게임을 망쳤다고 말했다. 책에서 보니 선수들은 하나같이 연습을 위해 자신과 체스를 두면서 몇 시간 동안 자신을 이기는 법을 연구했고, 그래야 경기에서 실제 상대와 맞붙었을 때 머릿속으로 그린 대로 게임을 할 수 있다고 했다. 와 닿기는 했지만 나는 어떻게 하는 건지를 몰라 동아리 회원들이 봤으면 야유를 보냈을 법한 성급하고 무식한 수를 두곤 했다. 몇 번은 내 침대에서 버너를 체스판 앞에 앉혀 놓고『체스 기초』라는 책에서 읽은 수들을 따라가며 버너에게 대응법을 일러 주곤 했다. 버너는 두 번만에 싫증을 내더니 본 게임에 들어가기도 전에 그만두었다. 내게 정나미가 떨어지면 말없이 날 노려보다가 나 들으라는 듯이 코를 씩씩거렸다. "이걸 잘하게 되면 뭐가 달라지는데?" 버너는 내 방을 나가면서 그렇게 말했다. 그러나 핵심은 그런 게 아니라고 나는 생각했다. 눈에 보이는 결과물이 꼭 있을 필요는 없지 않은가. 어떤 것을 하는 이유는 그저 좋아서가 아닌가. 그러나 당시 삶을 바라보는 버너의 사고방식은 그렇지 않았다.

버너는 물론 내 하나뿐인 친구였다. 남매들이 겪는 경쟁의식이라든가 불화라든가 호전성을 우리 남매는 경험한 적이 없었다. 쌍둥이여서 그런지 상대가 무슨 생각을 하고 무슨 걱정을 하는지 알 것 같아 쉽게 공감할 수 있었기 때문이다. 우리는 우리 부모님과 사는 삶이 다른 아이들 — 우리와 같은 학교를 다니고, 우리 생각에 친구가 있고 정상적으로 행동하는 부모를 둔 보통 사람들 같은 아이들 — 의 삶과는 아주 다르다는 것도 알았다(물론 틀린 생각이었지만). 우리는 또한 우리 삶이 "고비"이고 기다리는 일이 어렵다는 것에 입을 모았다. 언젠가는 전혀 다른 인생이 펼쳐질 것이고 우리가 참고 많은 것을 함께 만들어 가기만 한다면 사는 게 더 쉬워질 수 있다고 말이다.

앞서 말했듯이 버너는 그즈음 까다로운 기질을 더 공공연히 드러내며 누구와도 말을 잘 하지 않았고 때로는 나한테까지 비아냥거렸다. 나는 버너의 납작하고 주근깨 많은 얼굴 — 뭉툭한 코, 짙은 눈썹에 눈동자 없는 큰 눈, 여드름 난 피부와 넓은 모공, 이마 근처에서 시작되는 굵고 억세고 짙은 머리칼 — 에서 어머니의 중요 특징을 볼 수 있었다. 버너도 어머니처럼 웃지 않았다. 어머니가 버너에게 이렇게 말하는 걸 들은 적이 있다. "나중에 커서 불만에 가득 찬 얼굴을 한 꺽다리 아가씨가 되고 싶진 않을 테지." 그러나 커서 어떤 사람이 될지를 버너가 신경 쓴 것 같지는 않다. 그녀는 오로지 현재를 사는 듯했고, 나중에 일어날 일이 무엇이든 현재 마음에 들지 않는 상황이 바뀌지는 않는다고 생각했다. 버너는 체력적으로 나보다 힘이 셌고 이따금 커다란 두 손으로 내 손목을 움켜잡고 피부결과 반대 방향으로 손을 문지르며 자기가 누나니까 자기 말을 따라야 한다고 말하면서 "고문 자국"을 만들어 놓곤 했다. 어쨌거나 나는 거의 매번 그 말대로 했다. 나는 버너와 많이 달랐다. 명상에 잠기고 나중에 일어날 일 — 고등학교에서 체스 경기에서 우승하고, 대학에 가고 — 을 공상했다. 아닌 것처럼 보였지만 어쩌면 버너는 회의적이면서 나보다 더 현실적이었는지 모른다. 버너의 삶을 결과적으로 놓고 보면 그녀는 그레이트폴스에 남아 마음 착한 농부와 결혼해 아이들을 많이 낳고 가르쳤더라면 더 좋았을 것이다. 그랬다면 행복했고 그 앳된 얼굴에서 시큰둥한 표정도 사라졌을 것이다. 버너가 그런 표정을 짓고 다닌 건 순진해 보이고 싶지 않은 자기 방어 차원에서였다. 버너와 어머니 사이에는 나와는 상관없는 무언의 친밀함이 있었다. 나는 버너를 위해 이런 친밀함을 받아들이고 이해했다. 그때는 내가 더 적응을 잘한다고 생각했기 때문에 나보다는 버너에게 그런 게 더 필요하다고 느꼈다. 나는 아버지와 가까웠을 것이다. 우리 가족조차, 남자애들은 아버지와 가까운 법이라고 생각했으니까. 그러나 나는 아버지와 아주 가까워질 수가 없었다. 아버지는 나가 있는 시간이 많았다. 처음에는 기지에 있었고, 버림받고 기지를 떠났을 때는 팔리지 않는 차를 팔다 농장이나 목장을 사고 파는 일을 배웠고, 마지막엔 인디언들이 훔친 소고기를 트럭에 싣고 그레이트노던 철도 정거장으로 운송하는 중개업을 했다. 마지막 일은 아버지를 파멸로 이끌 계획이었다. 결국에는 우리 모두의 파멸까지도. 나는 우리 사이가 아주 가까운 듯 아버지를 사랑했지만 실제로 아버지와 내가 그렇게까지 가까웠던 적은 없었다.

우리 가족이 그렇게 될 운명이었다고, 일렁이는 파도 아래로 가라앉게 되어 있었다고, 타락과 실패의 운명을 지고 있었다는 식으로 돌아볼 수도 있을 것 같다. 그러나 나는 평범함과는 거리가 멀기는 했어도 우리 가족을 그런 식으로만, 아니면 그때를 나빴거나 불행했던 때로만 그릴 수가 없다. 아버지가 하얀 덧문이 달린 빛바랜 겨자색 셋집의 작은 잔디에 나와 있던 모습이며, 자그마한 어머니가 블라우스 아래 올이 굵은 삼베 반바지를 입고 현관 계단에 무릎을 껴안고 앉아 있던 모습은 지금도 눈에 선하다. 아버지는 멋진 황갈색 바지에 하늘색 셔츠를 입고 노란색 마름모꼴 뱀 가죽 벨트를 차고 제대하고 나서 자기가 직접 산 검은색 카우보이 부츠를 신고 있다. 아버지는 키가 크고 미소 짓고 있고 자의식이 없다(비밀은 있지만). 어머니는 숱 많은 머리를 스카프로 아무렇게나 걷어 올린다. 아버지가 우리 집 한쪽 마당에 배드민턴 네트를 어설프게 설치하는 것을 지켜보고 있다. 55년식 쉐보레는 부드러운 몬태나 하늘 아래 가늘고 긴 느릅나무의 그늘이 진 길가에 세워져 있다. 어머니는 평가를 하듯 작은 눈을 모으고 안경 너머에서 코를 잔뜩 찡그린다. 누나와 나는 네트 푸는 걸 돕고 있다. 배드민턴 네트를 세우는 것은 우리를 위해서이기 때문이다. 아버지가 무슨 말을 하자 어머니는 피식 웃으면서 턱을 치켜든다. "우리 같은 바보가 또 있을까, 니비"라거나 "진짜 못 한다 우리"라거나 "폭탄 떨어뜨리는 건 알겠는데 네트 설치하는 건 모르겠어"라고 했을 때. 마지막 말에 어머니는 "알아"라고 말한다. 두 사람 다 소리 내어 웃는다. 아버지는 유머 감각이 뛰어났고, 어머니도 그랬지만, 말했듯이 어머니는 유머 감각을 발휘하고 싶은 욕구를 그다지 못 느꼈다. 이것이 당시 부모님과 우리 가족의 대표적 풍경이었다. 아버지는 그해 여름 여기저기 일하러 다녔다. 나는 체스와 양봉에 관한 책을 읽기 시작했다. 나는 미국 농업교육 진흥회나 4H 클럽이 있는 시골 학교에서 더 잘 찾을 수 있을 것 같은 벌에도 관심이 많았는데, 벌에 대해 아는 애들은 없을 것 같아 양봉을 고등학교의 제2 연구 과제로 삼기로 결정했다. 어머니는 유럽 소설을 읽기 시작했다(스탕달과 플로베르였다). 그녀는 그레이트폴스에 있는 작은 가톨릭 대학을 들락거렸고 1주일에 한 번씩 여름 특강을 들었다. 버너는 세상을 까칠하게 보고 성미가 나빴는데도 돌연 남자친구가 생겼는데, 렉솔 약국에서 집으로 걸어오는 길에 만났다고 했다(아버지는 그 사실에 당황했지만 곧 잊었다). 부모님은 술을 마시거나 부부 싸움을 하지도 않았고 내가 아는 한 다른 애인도 없었다. 어머니는 "물리적 권태"를 느끼며 떠날 생각을 자꾸 했을 것이다. 그러나 어머니가 더 많이 생각하는 것은 언제나 버티기였다. 이때쯤 어머니가 내게 위대한 아일랜드 시인 예이츠의 시를 읽어 준 적이 있다. 그 시에는 이런 행이 있었다. "찢겨 보지 않은 것은 완전해질 수 없다." 이 시를 나도 강의할 때 여러 번 가르쳤는데 어머니가 생각한 의미는 이랬을 것 같다. 불완전하지만 받아들일 수 있다는 것. 유동적인 삶은 어머니 자신과 삶을 불신하게 만들고 너무나 많은 파멸을 초래했을 것이다. 이것이 어머니가 물려받은 이민자 자식의 관점이었다. 돌이켜보면 우리 부모님에 대해 최악의 결론을 끌어낼 수야 있겠지만(예컨대 두 사람의 내면에 어떤 끔찍하고 불합리한 파국적 힘이 작용하고 있었다든지), 사실 우주에서 — 스푸트니크 위성에서 — 내려다보면 우리 가족은 조금도 불합리하거나 파국적으로 보이지 않았을 것이고 우리 자신도 그렇다고 생각하지 않았을 것이다. 우리 가족의 삶과 그 삶을 끝장낸 일들을 제대로 이해하려면 사람 마음에는 양면 — 정상적인 면과 파괴적인 면 — 이 공존하고 있을 수밖에 없다고 보면 가장 좋을 것이다. 그 양면은 무척 가깝다. 조금이라도 다른 관점에서 접근해 버리면 우리 삶의 중대하고 합리적이며 평범한 부분,

그 안에 있는 사람들에게는 모든 것이 이해되는 부분을 얕보게 될 우려가 있다. 그것을 빼놓을 경우 어떤 것도 들을 가치가 없게 되는 그 부분 말이다.

6

철도회사에 훔친 소고기를 파는 아버지의 새로운 계획은 적어도 처음에는 계획대로 진행되었지만, 나중에 「트리뷴」에 실린 자세한 이야기에 따르면 그 일은 기지에서 이루어진 것보다 더 복잡했다고 한다. 기지에서는 인디언들이 고기를 트럭에 싣고 정문으로 들어왔다. 보초들은 그들을 들여보내라는 명령을 받았다. 인디언들은 장교 클럽 뒤편으로 곧장 차를 몰아 소고기를 내려놓고 현장에서 바로 달러로 보수를 — 아마도 아버지한테서 — 받았다. 아버지와 장교 클럽 간사인 헨리 대위는 인디언들에게 주는 돈을 분담해서 준 뒤 비밀에 부쳤고 식구들 먹이려고 소고기 안심 부위를 집으로 가져갔다. 모두가 만족했다.

그러나 그레이트노던 철도 회사 거래는 흑인인 스펜서 딕비가 인디언들을 몹시 두려워하고 불신하는 데다 자기 일 — 식당차에서 연공서열이 높아 급료도 잘 받고 노동조합도 있는 일 — 에서도 흥분을 잘하는 성격이어서 다르게 진행되어야 했다. 딕비는 인디언들에게 배달용 트럭 — 측면에 해버 카펫 회사 간판이 붙어 있었다 — 을 타고 그레이트노던 정거장 하역장까지 오라고 하고서 밀수품을 넘겨받곤 했다. 하지만 그는 현장에서 셈을 치르려고 하지 않았다. 이번에도 그들에 대한 두려움과 불신에 따른 이유와 고기의 품질을 확인할 필요가 있다는 이유에서였다. 두 가지 이유 모두 모욕적이어서 인디언들은 흑인과 거래하고 싶어 하지 않았다. 그래서 아버지가 정거장으로 가서 딕비로부터 돈을 받기로 합의가 되었지만 딕비는 줄 돈을 움켜쥔 채 식당차에서 제공할 고기의 질이 충분히 좋다는 확신이 들 때까지 하루를 버텼다. 딕비는 두 거래 — 소고기를 받는 것과 보수를 주는 것 — 을 분리하고 싶어 했다. 마치 그 돈이 실제로는 고기값이 아니고(자신이 잡혔을 경우에), 아버지가 진짜 조달자고 인디언들은 단지 품팔이들에 지나지 않는다는 듯이 말이다. 이런 계획의 중심에는 언제나 비합리적인 면이 있게 마련인데, 설명하자면 인간들이 관련돼 있다는 것이다.

기지에서 했던 애초의 계획에 변경이 생기면서 아버지의 처지가 위험해졌다. 아버지는 중개인을 하면 유능해 보이기도 하고 그렇다고도 느껴 그 역할을 좋아했고 위험하게 보지도 않았다(그걸 깨달았을 때는 너무 늦었다). 그러나 새로운 계획은 인디언들이 엄청난 위험을 무릅쓰고 소를 훔쳐 도살한 뒤 그 고기를 하루나 이틀만에 차를 몰고 그레이트폴스까지 싣고 가서 사람들이 거의 다 보는 데서 넘겨주었다는 뜻이었다. 더군다나 그레이트폴스 경찰이 인디언이면 아무 이유 없이 얼씨구나 체포하고 흑인들은 남부에서 말썽을 일으키고 있다는 이유로 감시가 일반화되어 있던 시대에 자기네 것도 아닌 소고기를 한 트럭

싣고 시내를 질주하는 위험까지 이미 감수했다. 그런데도 이런 위험에 대한 보답으로 마땅히 받아야 할 돈 — 옆구리살 하나에 1백 달러(당시는 소고기 값이 쌌다) — 을 인디언들은 현장에서 손에 넣지 못했다. 그들에게 더 위험해 보였던 것은 자신들이 그나마 믿는 아버지로부터 돈을 받기 위해 남의 눈에 잘 띄는 시내에서 기다려야 하는 것이었다. 인디언들이 공군을 신뢰했던 것은 자기네 부족에 한때 비행기 조종사가 있었기 때문이었고, 늘 그래 왔던 만큼 정부가 자기네를 봐줄 거라고 믿는 경향이 있었다. 그런 점에서 그들은 아버지와 크게 다르지 않았다.

새로운 계획 — 아버지가 모두에게 만족스러울 것이라 믿고 생각해 낸 합의 — 은 아버지가 범죄자였던 두 당사자들 사이에 끼어 있어서 위험했다. 그들은 서로를 신뢰하지도 좋아하지도 않았지만 아버지만은 좋아하지는 않아도 신뢰할 수는 있다고 보았다. 설상가상 소고기를 넘겨받을 때마다 아버지는, 폭력적인 성향을 갖고 있다고 알려져 있어 누구도 돈을 꾸거나 꾸어주고 싶어 하지 않는 인디언들에게 돈을 꾸기까지 했다. 「트리뷴」에 실린 기사에 따르면 그 인디언들 중 두 명은 살인자였고 또 한 명은 유괴범이었다. 세 명 모두 디어로지 교도소에서 반평생 넘게 복역했다고 한다. 지금에 와서 돌이켜 보면 그 일은 단 한 번이라도 잘 되지 말았어야 했던 터무니없는 계획이었다. 하지만 그리되고 말았고 은행털이 못지 않게 터무니없었다.

7월 중순의 어느 날 아버지는 아침에 일어나 새 회사가 큰 이익을 내고 팔 수 있을 만한 최고급 목장을 알아보기 위해 해버 쪽으로 가는 고속도로를 타고 몬태나 주 복스엘더로 드라이브를 갈 계획이라고 식구들에게 말했다. 누나와 내가 지금껏 직업

군인의 자식으로만 사느라 우리가 살고 있는 곳에 대해 아무것도 모르고 집에서만 시간을 너무 많이 보냈으니 우리가 따라가면 좋겠다고 했다. 어쨌든 어머니는 혼자 조용한 아침을 보낼 수 있었다.

우리는 흰색과 붉은색이 섞인 벨 에어를 타고 87번 고속도로를 따라 익어 가는 뜨거운 밀밭들을 지나치며 1백 마일 떨어진 해버 방향으로 달렸다. 그레이트폴스 동쪽에 있는 하이우드 산이 오른편 저 멀리 푸르고 아련히 서 있었는데, 마을에서 기준점으로 보일 때보다 더 신비해 보였다. 1시간 뒤 우리는 고속도로 아래로 미주리 강 — 학교 창문으로 내다보이던 반짝거리는 강 — 이 보이는 포트벤턴을 지났다. 강은 점점 좁아지고 잔잔해지면서 백색 화강암 절벽을 끼고 동쪽으로 흘렀고, 도중에 옐로스톤 강 화이트 강 버밀리언 강 플랫 강 그리고 마지막으로 일리노이 주 경계에서 미시시피 강을 만난다(이미 아는 사실이었다). 고속도로는 강기슭을 따라 내리막을 그리다 경작지가 더 많은 단구 위로 다시 오르막을 그렸는데, 우리 앞에 푸르스름한 다른 산이 나타났다. 하이우드 산보다 능선이 길고 높이는 낮았지만 하이우드 산처럼 아련하고 울창하고 이국적으로 보였다. 아버지는 그 산이 베어스포(곰의 발) 산이라고 위엄 있게 말했다. 로키 보이 인디언 보호구역에 접해 있다고 했다. 그 말뜻은 인디언들이 그곳에 살고는 있지만 정부가 뒤치다꺼리를 다 해 줘서 뭐든 소유할 필요가 없는 데다 땅을 소유할 능력도 없어 아무것도 소유하고 있지 않다는 것이었다. 아버지는 이곳에서도 장사를 해 본 적이 있다며 허가를 받지 않고도 말썽 없이 이 땅에 들어갈 수 있다고 했다.

*

우리는 좁은 고속도로를 따라 오르막을 달려 밀밭을 통과하고 대형 곡물 창고가 있는 작은 먼지투성이 마을을 지나 또 다른 마을에 당도했다. 우리 동네에 그늘을 이루는 나무들과 이름이 같은 복스엘더(네군도단풍나무)였다. 철로 건너편 길지 않은 중심가에 은행과 우체국과 식품점과 카페 두 개와 주유소가 들어서 있었는데, 허허벌판 한가운데 그런 마을이 있다는 것이 놀라웠다. 우리는 동쪽으로 방향을 틀어 고속도로를 벗어나 산으로 곧장 이어지는 좁은 비포장도로에 올라섰다. 그 산에 아버지의 새 회사가 팔고 싶어 하는 목장이 있었다. 우리 앞에는 산기슭의 작은 언덕들과 드넓은 밀밭만이 펼쳐 있었다. 집도 나무도 사람도 없었다. 누렇게 여문 알찬 밀이 도로변에서 덥고 건조한 바람에 흔들리고 있었고, 그 먼지바람이 차창으로 들어와 내 입술을 계속 덮었다. 아버지가 말하길 지금은 미주리 강이 우리 남쪽으로 있다면서 강이 절벽 아래 있어 보이지 않는다고 했다. 우리는 모르는 루이스와 클라크란 사람이 1805년에 여기까지 올라와 우리가 있는 이 지점에서 아메리카 들소를 사냥했다고도 했다. 아버지는 왼팔을 차창 밖으로 내민 채 차를 몰며 이곳은 몬태나 주에 속하고 폭격수의 눈으로 보면 사하라 사막과 비슷하며 앨라배마 출신은 절대 행복하게 살 수 없는 곳이라고 했다. 아버지는 버너를 놀리면서 아버지가 앨라배마 사람이니 너도 그렇게 느끼느냐고 물었다. 버너는 아니라고 대답했고 내게 얼굴을 찌푸리며 물고기처럼 입을 뻐끔거렸다. 내가 아버지에게 나도 앨라배마 사람이라고 못 느낀다고 하자 아버지는 기뻐하는 것 같았다. 아버지는 우리가 미국 사람이고 그것이 제일 중요하다고 했다. 얼마 뒤 우리는 입에 토끼를 물고 도로에 있는 커다란 코요테를 보았다. 녀석은 가만히 서서 우리 차가 다가오는 것을 보더니 키가 큰 밀밭으로 모습을 감췄다. 아버지가 검독수리라고 알려준 것도 보았는데, 놈은 자신을 쫓아내고 싶어 하는 까마귀들에게 막혀 푸르디푸른 하늘을 맴돌고만 있었다. 까치 세 마리가 차도를 잽싸게 가로지르는 뱀을 쪼아 대는 것도 보았다. 아버지가 핸들을 꺾어 뱀을 치자 타이어가 두 번 쿵쿵거렸고 까치들은 날아갔다.

차가 먼지바람을 일으키며 이런 비포장도로를 몇 마일쯤 달리자 밀밭이 뚝 끊기고 울타리가 쳐진 메마른 목초지가 등장했는데, 말라빠진 소 몇 마리가 우리 차가 지나가는 데도 도랑에서 꿈쩍도 하지 않았다. 아버지가 속력을 늦추며 경적을 울리자 녀석들도 발을 구르고 콧김을 뿜고 똥을 질질 싸며 도랑 밖으로 나왔다. "미안, 얘들아." 버너가 뒷좌석에서 소들을 바라보며 말했다.

얼마쯤 달리자 차도 밖 헐벗은 땅에 페인트칠을 하지 않은 키 작은 목조 가옥이 한 채 보였다. 저 멀리 또 한 채가 보였고, 세 번째 가옥은 보일 듯 말 듯 어른거렸다. 무슨 안 좋은 일이 있었는지 집들은 황폐했다. 첫 번째 집은 현관문과 창유리가 없고 뒤쪽은 주저앉아 있었다. 차체(車體) 일부와 금속 침대 틀과 흰 냉장고가 앞뜰에 나와 있었다. 닭들은 머리를 깐닥깐닥 움직이며 푸석한 땅을 쪼아 댔다. 개들은 계단에 앉아 도로를 주시하고 있었다. 고삐를 단 흰 말은 집 옆으로 떨어져 있는 말뚝에 매여 있었다. 메뚜기들이 우리 차가 내뿜는 더운 공기 속으로 뛰어들었다. 그 집 뒤편의 밭 한가운데에는 검은색 세미트레일러가 세워져 있었고, 옆면에 해버 카펫이라고 적힌 소형 밴도 나란히 서 있었다. 말라깽이 소년 둘 — 한 명은 윗도리도 벗고 있었다 — 이 텅 빈 현관 입구까지 나와 우리 차가 지나가는 것을 지켜보았다. 버너가 손을 흔들자 한 소년도 손을 흔들어 보였다.

"인디언들이란다. 여기서 살고 있지. 너희만큼 운이 좋진 않아. 여긴 전기가 안 들어오거든." 아버지가 말했다.

"근데 왜 여기서 살아?" 버너가 물었다. 그녀는 백미러로 뿌연 먼지에 덮인 황폐한 집과 소년들을 보았다. 그 애들이 인디언인지를 알 만한 표시가 없었다. 인디언들이라고 해서 꼭 천막에 살고 땅바닥에서 자고 깃을 꽂고 다니지는 않는다는 것은 알고 있었다. 내가 아는 루이스 학교에는 인디언들이 한 명도 없었다. 그러나 겨울이면 술 취한 인디언들이 골목길에서 꽁꽁 언 채로 발견된다는 사실은 알고 있었다. 보안관 사무실에는 인디언 사건만 전담하는 인디언들도 있었다. 사실 난 인디언들이 사는 동네에 가면 그 사람들이 달라 보일 거라고 생각했었다. 그러나 곧 무너질 것 같은 집에 산다는 것 말고는 그 두 소년은 나와 조금도 다르지 않았다. 그 애들의 부모는 어디에 있는지, 나는 그것이 궁금했다.

"파슨스 가족에 대해서도 그 질문을 할 수 있다고 보는데, 어떠냐?" 아버지는 농담하듯 물었다. "우리가 몬태나에서 뭘 하고 있는 거지? 우린 할리우드에 살아야 해. 그럼 로이 로저스[14]처럼 될 수 있지." 그러더니 아버지는 노래를 부르기 시작했다. 아버지는 종종 노래를 불렀다. 아버지는 말하는 목소리는 감미로

14) '카우보이의 왕'이라 불렸던 가수 겸 영화배우.

워 듣기에 좋았지만 노래하는 목소리는 영 별로였다. 버너는 대개 귀를 막았다. 이번에 아버지는 "목장의 집, 염소들과 코끼리들이 뛰어 노는 곳"이라는 노래[15]를 불렀다. 아버지가 잘하는 익살 중 하나였다. 나는 이 인디언 소년들이 체스도 모르고 토론도 하지 않고 학교도 다니지 않았을 테니 쓸 만한 인물이 못 되겠구나 생각하고 있었다.

"나는 인디언들을 존경한다." 아버지가 노래를 끝내고 말했다. 그런 다음 침묵이 이어졌다.

우리는 무너져 가는 또 한 집을 지나쳤다. 문도 차창도 타이어도 없는 검은색 차가 뒤집혀 있었다. 이 집의 지붕 판자에는 구멍이 숭숭 나 있었다. 우리 집 앞처럼 문 근처에 키 큰 라일락과 접시꽃이 피어 있었고, 누군가가 자동차 라디에이터로 돼지우리를 쳐 놓았다. 돼지우리 너머로 돼지들의 주둥이와 귀가 보였다. 집 뒤에는 누가 돌보고 있는지 흰색 페인트칠을 한 벌통이 줄지어 있었다. 이것이 내 주의를 끌었다. 나는 벌들에 관한 책을 읽고서 아버지에게 뒤뜰에 벌통 하나만 만들 수 있게 해달라고 설득할 생각이었다. 조지아 주에서는 주문만 하면 벌들을 부쳐 주었다. 라디오에서 몬태나 주 박람회가 우리 집에서 멀지 않은 곳에서 조만간 열린다는 소식을 듣고 벌 전시회를 보러 가야겠다고 마음먹고 있었다. 그곳에 가면 각종 기구가 전시되어 있을 것이고 벌통과 벌통 덮개를 연기로 소독하고 꿀을 채취하는 법을 볼 수 있을 터였다. 내 생각에는 벌을 키우는 것과 체스를 두는 것이 비슷했다. 둘 다 복잡하고 규칙이 있고 기술과 목

15) 서부 개척 시절 카우보이의 노래인데, 원래 가사는 '사슴과 영양이 뛰어 노는 곳'이다.

표 설정이 필요했으며, 인내와 배짱이 있어야 미루어 알 수 있는 성공 비법이 있었다. "벌들은 인간에 관한 모든 미스터리를 풀 열쇠를 준다." 도서관에서 대출받은 『양봉의 이해』에 나오는 말이다. 어머니가 허락만 해 주었다면 내가 배우고 싶은 그 모든 것을 보이스카우트에서 쉽게 배울 수 있었을 것이다. 그러나 어머니는 허락해 주지 않았다.

몸은 건장한데 피부는 창백하고 반바지에 상의는 수영복을 걸친 여자가 현관 입구로 걸어 나와 손으로 햇빛을 가렸다.

"우리 앨라배마에도 인디언들이 있단다." 아버지는 버너와 내가 행여 다르다고 생각할까 봐 이곳의 모든 것이 지극히 평범하다고 알려 주려는 듯한 목소리로 말했다. "우리 남부에도 치커소 족과 촉토 족이 있단다. 여기 사는 사람들과 관련이 있지. 물론 이곳 사람들이 공정한 대우를 받지는 않아. 그렇지만 품위와 자존심은 지키며 살고 있단다." 집들만 보아서는 그렇다는 것을 알기 힘들었지만 인디언들이 벌들에 대해 알고 있다는 것은 인상 깊었고 내가 아는 것보다 그들이 더 많이 알고 있겠다는 생각이 들었다.

"아버지가 팔려는 목장은 어디 있는데?" 내가 물었다.

아버지는 뒷좌석으로 손을 뻗어 내 무릎을 툭툭 쳤다. "거긴 한참 전에 지나왔단다, 아들아. 좋아 보이지가 않았거든. 넌 기억을 잘하잖니. 아빤 그저 너희한테 진짜 인디언들을 보여 주고 싶었단다. 인디언을 보면 인디언인 줄 알아야 해. 너희는 몬태나에 살잖니. 인디언들도 풍경의 일부란다." 아버지 기분이 좋아 보여 박람회 얘기를 그때 꺼내고 싶었지만 아버지의 관심은 인디언들에게 쏠렸고 나중에도 그 주제를 이야기할 기회는 접게 될지 모르겠단 생각이 들었다.

“저 사람들이 왜 여기 사는지는 대답을 안 했잖아.” 버너가 말했다. 버너는 땀을 흘리고 있었고 축축한 손가락으로 주근깨투성이 팔에 묻은 미세한 먼지 위에 무늬를 그리고 있었다. “여기서 안 살아도 되잖아. 그레이트폴스에서 살 수도 있었잖아. 여긴 자유 국가니까. 러시아나 프랑스가 아니고.”

그때 아버지는 더 이상 우리를 관심 영역에 두지 않았다. 차는 울퉁불퉁한 도로를 몇 마일쯤 달려 마침내 베어스포 산 가까이 이르렀고, 여름 내내 햇빛이 닿지 않는 수목한계선과 드문드문 흩어져 있는 눈밭이 보였다. 우리가 있는 곳은 더웠지만, 위로 더 올라가면 추워질 것이었다. 도로의 어떤 지점부터 메마르고 삭막한 풍경이 줄곧 이어져 우리는 울타리 없는 말뚝 사이로 차를 돌려 왔던 길을 되돌아가기 시작했다. 왼쪽의 주저앉은 집들과 인디언들을 지나 복스엘더로 돌아가 그레이트폴스로 이어지는 87번 고속도로를 탔다. 그곳까지 다녀왔지만 아무런 성과도, 아버지가 관심을 두었거나 걱정했거나 보아야 했던 것이 있었던 것 같지도 않았다. 목장을 사고 파는 일과는 아무런 관련이 없어 보였다. 우리가 왜 거기까지 갔는지 알 수가 없었다. 누나와 나는 집에 돌아와 그 얘기를 나누지 않았다.

7

8월 첫 주에 무슨 일이 있었는가 하면 아버지와 그레이트노던 철도원 — 딕비 — 과 아버지의 크리 족 공범자들이 훔친 소고기 거래 세 건을 흡족하게 성사시켰다. 소들을 훔쳐 도살하고 배달했다. 금전 거래도 이루어졌다. 인디언들은 떠났다. 모두가 마음을 놓았다. 아버지는 재검토한 계획이 잘 성사되었다고 믿었고, 자신을 애태우던 일의 와중에도 위기감을 전혀 못 느꼈다. 아버지는 일이 순조롭게 잘 굴러가면 언제까지나 순조롭게 잘 굴러갈 것이라고 믿는 사람이었다. 정부를 의지하는 인디언들과 비슷하게 아버지에게는 공군이 대부분의 사람들이 맞닥뜨리는 삶의 방패막이 되어 주었다. 전쟁터에서 노련하게 임무를 수행했다(노던 조준기[16])를 완벽히 익혀 아버지가 한 번도 본 적 없는 사람들이 죽지 않게 폭탄을 투하했다)는 이유로 아버지는 공군의 보호를 받는 것이 정당하다고 느꼈는데, 그것이 상황 —

16) 폭탄을 정확하게 투하할 수 있도록 개발된 폭격 조준기.

무엇이든 — 을 면밀히 조사하지 않는 경향을 키웠다. 그렇다는 것은 소고기 음모의 경우 아버지가 기지에 있을 때 훔친 소고기를 전하는 중개인 노릇을 성공적으로 수행하지 못했다는 것을 기억하지 못했다는 뜻이었다. 그 음모 때문에 대위 계급장을 잃고 마음의 준비가 되기도 전에 민간인으로 전락했는데 말이다. 그 일이 있고 한참이 지났는데도 아버지는 여전히 준비가 되어 있지 않았다.

어머니는 신중하고 냉담한 사람이었던 만큼 아버지는 자신이 또다시 실패하면 어머니에게 아버지를 떠날 빌미를 제공하지 않을까 느꼈을 수 있다. 그래서 아버지의 명백한 성공과 낙천적인 성격과 민간인 세계에서의 새 출발에도 불구하고 어머니의 개인적 불신은 쌓여만 갔고, 그로 인해 아버지가 자신이 하고 있는 일에 가지고 있다고 믿는 "감(感)"에 대한 확신도 약화되었다. 아버지가 원한 것은 학교가 개학해 어머니가 다시 가르치러 나가서 자신이 농장과 목장 사업을 자유롭게 배우러 다니고 딕비와 인디언들과 함께 하고 싶은 일을 계속 할 수 있을 때 — 그것이 우리 가족을 위한 일이므로 — 까지 조용히 지내는 것이었다.

이때까지만 해도 삶은 내게 지극히 평범해 보였다. 8월 초순으로 기억하는데, 아버지가 우리 식구 모두 토요일 낮에 『스위스의 로빈슨 가족』을 보러 리버티에 가자고 했다. 아버지와 나는 그 영화를 좋아했다. 그러나 어머니는 버너와 내가 원작을 읽어야 한다고 했다. 그 책을 고등학교 때부터 소장하고 있다며 책이 영화보다 낙관이나 낭만을 과장하지 않고 있다고 했다. 8

월 초순쯤 어머니는 섭리 수녀회에서 수업을 시작해 더 많은 책을 집으로 가져왔고 수녀들이 상원 의원 케네디에 대해 한 말을 들려 주었다. 수녀들 말로는 남부 사람들이 케네디의 당선을 막을 거라고 했다. 선거일 전날 누군가가 그를 쏘아 죽일 거라고. (아버지는 그렇지 않다면서, 남부인들이 심한 오해를 받고 있다고 했다. 물론 로마 교황이 미국에서 산다면 그 일을 반대하지 않을 것이며 케네디의 아버지가 위스키 거래로 한 재산 모은 것도 사실이라고 했다.) 스페이스 니들에 대해서도 많이 얘기했는데, 아버지는 그 빌딩이 완공되면 우릴 데리고 가서 보고 싶다고 했다. 누나는 이 시기에 남자친구를 두 번 집에 데려왔지만 안으로 들이지는 않았다. 나는 그를 좋아했다. 이름이 루디 패터슨이었다. 우리보다 한 살이 많았고 모르몬 교도였고(사전에서 그 뜻을 찾아보았는데, 루디는 다른 무엇보다 일부다처론자를 의미한다고 말했다) 고등학교에 다니고 있었다. 학교 때문에 그에게 확 끌렸다. 루디는 빨강 머리에 빼빼 마르고 발과 키가 컸고, 희미하게 난 콧수염을 자랑스러워했다. 언제던가 그와 내가 차도를 건너 마을에서 설치한 농구대에서 농구를 한 적이 있다. 루디는 곧 학교를 떠나 캘리포니아로 가서 밴드를 결성하거나 해병대에 들어갈 계획이라고 했다. 버너에게 따라가고 싶은지 아니면 나중에라도 다시 만나고 싶은지 물었더니 버너는 둘 다 싫다고 했단다. 루디는 버너가 아주 매정하다고 했는데, 정말 그랬다. 우리가 향긋한 냄새를 풍기고 맴맴 우는 매미들로 득실거리는 울창한 느릅나무와 네군도단풍나무 그늘 아래서 농구를 하는 동안 버너는 현관 계단에 앉아 — 꼭 엄마처럼 — 햇빛 때문에 눈을 가늘게 뜨고서 무릎을 끌어안고 우리가 경기하는 모습을 구경했다. 버너는 "내가 했던 말은 하지 마. 내 비밀을 알리고 싶지 않으니까"라고 소리쳤다. 버너가 우리 둘 중 누구 — 루디인지 나인지 — 에게 말하고 있는지 알 수가 없었다. 나는 버너의 비밀을 알고 있지 않았다. 한때는 우리가 쌍둥이라서 누나의 모든 것을 알고 있다고 생각하기도 했다. 그러나 그즈음 누나는 내게 자기 문제를 더는 이야기하지 않았고 내가 자기보다 훨씬 어리고 자기 삶의 방향이 내 방향과는 아주 멀어지기 시작했다는 듯이 날 대하고 있었던 만큼 새로운 비밀이 있을 만도 했다.

내가 나쁜 소식 — 심각하게 나쁜 소식 — 을 직접 알게 된 것은 8월 첫 주가 끝날 무렵 저녁에 아버지가 집에 돌아왔을 때였다. 아버지 얼굴은 보지 못했지만 집 안에 이상한 기류가 흐르고 있는 것은 알 수 있었다. 현관문이 쾅 닫히는 소리, 무거운 부츠가 마루청을 쿵쿵 찍는 소리, 방문이 끼익 열리면서 어떤 목소리가 들렸다가 그 문이 재빨리 닫히면서 둔탁한 소리만 남는 것과 같은 일들이 반복되면 예민해질 수밖에 없다.

한여름이라 우리 집은 덥고 건조했고 버너는 알레르기가 심해졌다. (겨울에는 외풍이 세고 추웠다.) 어머니는 환풍기를 계속 틀어 두었고 저녁을 짓기 전, 그러니까 파스텔풍의 빛이 욕실의 조그만 창문으로 들어오는 초저녁에 냉수욕하는 걸 좋아했다. 변기 위에 백단향 양초를 켜 둔 채 물이 차가워질 때까지 욕조에 있었다. 아버지는 밖에서 토지 매각에 대해 배우고 있을 시각이었다. 그러나 이날은 아버지가 집에 오자마자 어머니가 있는 욕실로 들어가 좀 강경하게 말하기 시작했다. 이야기 도

중 문이 닫혔다. 그러나 나는 아버지가 하는 말을 들었다. "곤란한 일이 생겼어……." 뒷말은 듣지 못했다. 나는 내 방에서 라디오를 들으면서 벌들에 관한 책을 읽고 있었다. 몬태나 박람회에 가기 위한 전략을 완성할 필요가 있겠다고 느꼈다. 우리 가족은 4년이 넘도록 박람회에 가지 않았다. 어머니는 차를 타거나 기름 냄새 맡는 것이 싫다고만 할 뿐 그 이유를 알려고 들지 않았고, 버너는 관심도 없었다.

아버지는 욕실에서 어머니와 한참을 이야기했다. 밖이 어두워지기 시작하자 버너가 제 방에서 나와 거실 불을 켜고 커튼을 치고 환풍기를 껐는데, 집이 조용해졌다.

얼마 뒤 욕실 문이 열리고 아버지가 말했다. "걱정은 나중에 해도 된다고. 지금은 아냐." 그러자 어머니가 말했다. "그렇겠지. 당신을 탓할 생각 없어." 아버지는 문이 열려 있는 내 방으로 들어왔다. 검정 애크미 부츠를 신었고 세로로 째진 호주머니와 진주 단추가 달린 흰색 셔츠에 방울뱀 벨트를 차고 있었다. 군복을 오래 입어서인지 아버지는 제대한 뒤에도 옷을 잘 입고 싶어 했다. 목장 매각을 배우고부터는 목장에 대해 아는 게 없으면서도 목장주처럼 보여야 한다고 느꼈다. 아버지는 내게 뭘 하고 있느냐고 물었다. 나는 벌들에 관해 공부하고 있고 전에 말씀드렸던 몬태나 박람회에 가 볼 생각이라고 말했다. 그곳에 가면 4H 텐트도 있고, 또래 남학생들이 양봉과 꿀 채취의 좋은 점을 시연해 보일 거라고 했다. "꽤 큰일처럼 들리는걸. 벌에 쏘여 죽지 않으려면 조심해야겠다. 듣자니 벌들은 떼로 덤빈다잖니." 아버지가 말했다. 아버지는 누나 방으로 가서 이것저것 묻고 누나의 물고기에 대해서도 이야기했다. 어머니가 초록색 가운에 젖은 머리를 수건으로 두른 채 심각한 얼굴을 하고 욕실에서 나왔다. 그런 차림으로 부엌에 들어가 냉장고에서 음식을 꺼내기 시작했다. 아버지도 어머니를 따라 부엌에 들어갔다. "내가 해결할 거야." 어머니도 무슨 말을 했지만 소리가 작아서 내겐 들리지 않았다. 아버지는 현관으로 나갔는데, 밖은 어둡고 쌀쌀했다. 가로등이 켜져 있었다. 아버지는 가늘고 탕탕거리는 사슬에 걸린 그네에 앉아 매미 울음소리에 맞춰 흔들거렸다. 아버지가 혼잣말을 중얼거리는 것을 보니 근심이 있다는 걸 알 수 있었다. (아버지는 종종 어떤 대화도 나눌 수 없다는 듯 혼잣말을 하곤 했다 — 어머니도 그랬다. 괴로운 일이 있으면 혼잣말을 더 많이 했다.) 아버지는 율동적으로 그네를 타면서 큰소리로 웃었다. 그런 다음 차도로 걸어가 차에 올라타더니 자신을 괴롭히고 있는 일을 해결하기 위해 — 내 짐작으로 — 어디론가 떠났다.

다음날은 일요일이었다. 이날도 우리는 교회에 가지 않았다. 아버지는 자기 이름을 써둔 가족 성서[17]를 화장대 서랍에 보관해 두고 있었다. 아버지는 수십 년 전 앨라배마에서 구원을 받아 공식적으로는 그리스도 교인이었다. 어머니는 유대인이면서도 "도덕적 불가지론자"라고 선언했다. 버너는 모든 걸 믿으면서 동시에 아무것도 믿지 않는다고 말했는데, 그러니까 버너가 매사 왜 그런 식인지 이해할 만했다. 나는 새들이 날고 물고기가 헤엄치는 — 증명할 수 있는 — 것들 외에는 내가 기억할 수 있는 모든 것, 심지어 믿음이 뜻하는 것조차 믿지 않았다. 그러

17) 출생 · 사망 · 혼인 등을 기록할 여백 페이지가 달린 큰 성서.

나 일요일은 여전히 예외적인 날이었다. 온종일, 특히 아침에는 아무도 말을 많이 하거나 큰 소리로 떠들지 않았다. 아버지는 주중에는 꺼내 입지 않는 무릎까지 내려오는 반바지에 티셔츠 차림으로 뉴스나 야구 경기를 시청했다. 어머니는 책을 읽고 가을 학기 강의 계획을 짜고 십 대 때부터 써 온 일지에 글을 썼다. 아침을 들고 나면 보통 혼자서 산책을 오래했다. 센트럴 애버뉴로 올라가 시내로 이어지는 강을 건넜는데, 시내에는 문을 연 데가 없었고 거리는 대개 텅 비어 있었다. 산책을 마치고 나면 집에 와 점심을 준비했다. 나는 일요일을 체스를 연습하고 체스 규칙을 배우는 날로 정했는데, 클럽의 형들이 모든 것의 열쇠라며 알려 준 방법이었다. 복잡한 규칙을 완전히 몸에 익히면 체스를 직관적으로 대담하게 둘 수 있다. 보비 피셔는 지금의 나보다 많지도 않은 겨우 열일곱의 나이에 그렇게 했다.

그날 일요일 아침에는 간밤에 부모님이 욕실에서 1시간이나 이야기했던 "해결할" 문제에 대해 아무런 얘기도 오가지 않았다. 나는 아버지가 밤에 나갔다가 몇 시에 들어왔는지는 몰랐다. 아버지는 여느 일요일처럼 반바지 차림으로 TV를 시청하고 있었다. 전화가 몇 번 울렸다. 내가 두 번 받았지만 저쪽에서 아무 말이 없었다. 그렇게 이상한 일도 아니었다. 뭐가 됐건 아무도 이상하다고 말하지 않았다. 어머니는 시내로 산책을 하러 나갔다. 아버지는 「언론과의 만남」을 시청했다. 아버지는 선거에 관심이 많았고 공산주의자들이 아프리카를 장악하고 있지만 케네디가 막아 낼 거라고 믿었다. 버너와 나는 햇볕이 잘 드는 뜨거운 뜰로 나가 경기할 공간을 더 만들려고 배드민턴 네트 장대를 옮겼다. 참으로 한가한 일요일이었다. 차고 주변으로 접시꽃들이 피고 있었다. 그레이트폴스에서는 할 일이 없었다.

11시가 되자 공원에서 대각선 방향에 있는 시온 루터교 교회가 평소처럼 종을 울리며 신자들을 들이기 시작했다. 차들과 소형 트럭들이 여느 때처럼 도착해 우리 집 맞은편 길가에 줄지어 섰다. 아이들과 함께 온 가족들이 회색 목조건물로 걸어 들어갔다. 나는 현관 그네에 앉아 구경하는 걸 좋아했다. 그들은 늘 기분이 좋았고 서로 흥미를 느끼고 내가 보기에 동의하는 것도 같은 주제를 떠들어 대며 웃었다. 언제던가 평일에 교회 안이 궁금해 문을 열고 들어가 보려고 했던 적이 있다. 그러나 문은 잠겨 있었고 아무도 없었다. 회색빛 판자 건물은 문을 닫은 가게처럼 보였다.

루터교 교회 종이 울리기 시작했을 때 낡은 차 한 대가 우리 집 앞으로 와서 섰다. 나는 그 운전자 — 남자였다 — 도 교인이고 차에서 내려 맞은편 교회로 가겠거니 생각했다. 그러나 그 남자는 낡고 칙칙한 빨간색 플리머스에 그대로 앉아 누가 자기한테 관심 가져주기를 기다리듯 담배를 피웠다. 차는 40년도산이었는데, 진흙투성이에 움푹 팬 곳도 많았고 이유는 모르겠는데 어쩐지 낯이 익었다. 뒷좌석 창이 깨져 있고 타이어는 무늬가 다 달랐고, 뒷바퀴 하나는 휠캡마저 없었다. 사고를 한 번 이상은 당한 듯한 차가 번쩍거리고 깨끗한 아버지의 벨 에어 뒤에 서 있으니 우리 집 앞 풍경으로 어울리지 않았다.

남자는 차에 앉아 담배를 피운 뒤 — 버너와 나는 라켓을 쥔 채 배드민턴 네트 옆에서 지켜보고 있었다 — 우리 집을 둘러보고는 차에서 내렸는데, 운전석 문이 탕 소리를 냈다 꽝 닫혔다.

거의 동시에 아버지가 반바지 바람으로 현관문을 열고 나와 콘크리트 보도를 걸어갔는데, 그 남자가 차에서 내리는지 계속 지켜보고 있었던 듯했다. 남자가 차에서 내려 버렸으니 급한 불을 끌 필요가 생긴 것이다.

그 남자가 천천히 보도를 걸어오자 아버지가 "그만, 워워. 워-워-워-워"라고 말했다. "이곳까지 오면 어떡해. 여긴 우리 집이라고. 그 문제는 해결하겠다니까." 아버지가 말했다. 전혀 우습지 않건만 아버지는 그 말끝에 웃음을 흘렸다.

남자는 턱을 깊숙이 내린 채 콘크리트 보도에 서서 아버지를 응시했다. 아버지가 "워-워-워-워"라고 말하는데도 물러서지 않았다. 악수를 청하지도 않았다. 기분이 언짢은지 미소도 짓지 않았다. 남자는 두툼한 밤색 모직 바지에 더러운 회색 스웨터를 입고 선홍색 카디건까지 걸쳤고 양말 없이 바닥이 닳은 갈색 구두를 신고 있어 추운 지방에서 온 사람 같았다. 8월의 날씨와는 맞지 않는 차림새였다.

남자가 보도에 올라서 걸음을 떼자 다리가 불편한 것이 확실히 보였다. 그는 어깨 반동으로 몸을 움직였고 무릎이 안쪽으로 휘어 있었다. 키가 크지는 않았지만 — 아버지보다 작았다 — 뼈를 움직이는 게 번거롭고 거북한지 몸이 무거웠다. 길게 자란 번지르르한 검정 머리는 하나로 묶었고 두꺼운 검은 테 안경을 쓰고 있었다. 낯빛은 누렇고 여드름 자국들로 거칠었으며, 목에는 반창고가 붙어 있었다. 성기게 난 염소수염 때문에 쉰 살쯤 돼 보였지만 더 젊을지도 몰랐다. 여기까지 내켜서 온 게 아니라는 인상을 풍겨서인지 그의 존재는 우리 집 앞뜰에 삭막한 풍경이었다. 버너와 내가 배드민턴 네트 옆에 멀찍이 서 있는데도 그 남자한테서는 무슨 냄새가 났다. 고기 냄새와 약 냄새가 뒤섞여 있었다. 그가 떠난 뒤 아버지한테서도 같은 냄새가 났다.

그 남자가 악수도 거절하고 물러서지도 않자 아버지는 그의 어깨를 잡고 돌려세운 뒤 이야기를 나누며 우리 집이 아닌 플리머스 쪽으로 되돌아갔다. 그러나 어느 순간 그 남자는 옆으로 방향을 틀어 보도를 벗어나 잔디에 올라섰고 아버지의 손에서 벗어났다. 그는 버너와 내 쪽도 아니고 아버지 쪽도 아닌 다른 쪽으로 얼굴을 돌렸는데, 아버지든 우리든 보고 싶지 않다는 뜻 같았다. 곧 그가 말했고 버너와 나도 들을 수 있었다. "이러면 모두한테 정말로 나쁠 수 있다고요, 대위님." '대위'라는 호칭은 아버지가 공군에 있을 때 듣던 칭호였다. 그 남자는 주위를 둘러보고는 아버지한테 집중했다. 아버지는 버너와 내가 듣고 있지만 듣지 않았으면 싶은지 낮은 목소리로 다른 이야길 했다. 말을 마친 다음 팔짱을 끼고 몸을 뒤로 젖혀 한 발을 다른 발 앞에 놓았는데, 내가 한 번도 본 적이 없는 자세였다. 마치 아버지가 한 말들이 둥둥 떠올라 멀어지는 모습을 보려는 자세 같았다.

아버지는 고개를 끄덕이며 두 손을 반바지 주머니에 넣었고 말없이 고개만 끄덕였다. 그러자 남자는 아주 열심히 말하기 시작했는데, 말이 점점 빨라졌다. 당신이란 말은 또렷이 들렸고 위험과 형제라는 말도 들렸지만 다른 말들은 모호했다. 아버지는 고무 샌들과 맨발을 내려다보고 고개를 흔들며 "아니-아니-아니-아니"라고 말했다. 듣고 있는 말에 동의하는 것 같지만 실제로는 아닌 듯했다. 그런 다음 아버지는 "그건 무리야, 미안해"라고 했고 "이해해. 흠, 좋아"라고 말했다. 그 순간 안도인지 실망인지 모르겠지만 그 자의 몸에서 팽팽한 긴장이 사라졌다. 잠시 뒤 남자 — 나중에 알게 된 건데 이름이 마빈 윌리엄스고, 다들 "마우스(쥐)"라고 부르는 크리 족 인디언이었다 — 는 인사도 없이 돌아서서는 안쪽으로 휜 무릎과 어깨로 몸을 힘겹게 조종하며 자기 차로 돌아가 문을 쾅 닫고 시끄럽게 시동을 걸더니 반바지와 샌들 바람으로 콘크리트 보도에 서서 지켜보고 있는 아버지를 돌아보지도 않고 휑하니 떠났다. 루터교 교회에서 다시 종이 울리고 있었다. 마지막 예배 종이었다. 옅은 쥐색 정장을 입은 남자가 정문을 닫고 있었다. 그가 우리 집을 올려다보고 손을 흔들었지만 아버지는 그를 보지 않았다.

그날 아침 어머니는 산책에서 돌아와 우리가 가장 좋아하는 크레이프 빵을 만들었다. 식사를 하는 동안 아버지는 말을 많이 하지 않았다. 혹이 세 개 달리고 음매 하고 우는 낙타에 관한 농담을 했다. 농담을 잘하면 사람들이 붙는다며 버너와 내게 농담하는 법을 배우라고 말했다. 식사를 마친 뒤 아버지와 어머니는 침실로 들어가 문을 닫고 한참을 있었다. 간밤에 욕실에서 머문 시간보다 더 길었다. 어머니가 산책에서 돌아오기 전까지 아버지는 샌들을 벗고 뜰에서 배드민턴을 쳤다. 우리 둘과 2대 1로 붙었다. 껑충껑충 뛰어다니고 윗입술을 땀으로 적시고 숨을 헐떡거리고 셔틀콕을 탁탁 치고 큰소리로 웃으며 신나게 즐겼다. 마치 이보다 더 좋을 수 없고 인디언이 찾아온 일은 전혀 중요하지 않다는 듯이 말이다. 버너가 그 남자의 이름을 물었을 때라야 우리는 그가 마빈 윌리엄스이고 크리 족 인디언이라는 사실을 알았다. "사업가"라고 아버지는 말했다. "정직하지만 요구가 많은" 사람이라고 했다. 한번은 경기 도중 아버지가 두 손을 허리에 얹고 따뜻한 잔디에 가만히 서서 땀에 젖은 벌건 얼굴에 미소를 지었다. 아버지는 심호흡을 하고서 모든 일이 잘 풀릴 거라고 말했다. 우리 가족이 그레이트폴스에 꼭 살아야 되는 건 아니지만 더 장래성 있는 마을로 이사를 가게 될 지도 모르겠다고 했다. 그 말은 내게 충격이었고 바로 고민을 불렀다. 몇 주 후면 개학이라 체스며 양봉이며 이것저것 여러 가지를 배울 계획을 세워 두었으니까. 사실 나는 상황이 그렇게 돌아가서 기뻐했다. 상황이 어떻게 돌아가는지 몰랐으니 망정이지 지금에서 보면 미친 짓이었다. 아버지가 우리를 구할 터무니없는 일을 해야겠다는 구상을 시작한 것은 아마도 윌리엄스 마우스라는 인디언이 우리 집 뜰에 나타나 아버지를 죽이고 돈을 못 받으면 우리 가족 모두를 죽이겠다는 위협(그런 말을 험악하면서도 부드러운 목소리로 했다)을 남기고 떠난 지 몇 시간이 흐른 뒤였을 것이다. 나중에 밝혀졌지만 그 구상이란 은행을 터는 일 — 언제 어떤 은행을 털 것인가, 가능한 들킬 가능성을 낮추며 감옥에 들어가는 일이 없도록 하려면 어머니의 협력을 어떻게 구할 것인가 하는 것이었다. 감옥을 피하는 행운은 일어나지 않았다.

8

나중에, 내가 알고 싶은 만큼 이야기의 전말을 알았을 때 알게 된 사실은 아버지가 어머니와 욕실에서 이야기를 나눈 토요일 전날인 금요일에 인디언들이 도살한 소 네 마리를 그레이트노던 하역장에서 딕비에게 전했고 다음 날 아버지로부터 돈을 받기로 하고 떠났다는 것이었다. 딕비는 훔친 소고기 합의가 무리 없이 진행되어 이제는 소고기를 더 받아서 또 다른 그레이트노던 기차에서 수석 웨이터로 일하는 친구에게 조달해 이문을 더 남길 수 있겠다고 판단했다. 아버지도 그것이 모두를 위한 훌륭한 계획이라고 생각했다. 그러나 토요일 저녁에 아버지가 돈을 수금하러 블랙 이글에 있는 딕비의 작은 방갈로를 찾아가자 딕비는 소고기에서 고약한 냄새가 난다며(때는 여름이었고 죽은 고기를 냉장이 안 되는 트럭으로 운송하기에는 너무 더운 날씨였다) 시애틀과 시카고를 오가며 호화롭게 지내는 식당차 승객들은 고사하고 인디언들에게도 내놓지 못할 정도라고 말했다. 딕비는 그런 고기에다 돈을 지불할 수는 없다고 했다. 매매

증서나 양해 한 마디 없이 조사받지도 않은 고기를 저장소 냉동실에 넣어 둔 사실을 누구 — 가령 철도 공안 — 한테 발각될지도 몰라 이미 그 소고기를 트럭에 싣고 가 미주리 강 하류에 버렸다고 했다.

달갑지 않은 뜻밖의 일이었지만 아버지는 딕비에게 고기가 “상했다면” 물건을 받지 말았어야 했던 거 아니냐고 딱 부러지게 말했다. 어쨌거나 물건은 받았으니 고기 값(4백 달러)은 그 — 딕비 — 의 책임이라고 했다.

아버지가 믿은 것은 퉁방울눈에 호리호리하고 목소리는 계집애 같고 나비넥타이에 흰 재킷을 입고 다니는 딕비가 인디언들을 두려워한다는 사실이었다. 딕비도 인디언들을 불신하고 인디언들도 그를 불신한 탓에 더 많은 소고기를 사려고 했던 계획은 갑자기 탐탁지 않은 생각으로 보이기 시작했다. 딕비의 이 깨달음은 경찰에 붙잡혀 보수 좋은 식당차 일자리마저 잃게 되지 않을까 하는 더 큰 두려움으로 발전했다. 나중에 밝혀진 사실이지만 딕비가 말려들어 있는, 그래서 그레이트폴스 경찰이 그를 감옥에 넣고 싶어 했을 만한 다른 불법 활동들이 있었다. 식당차 종업원들과 객차 사환들이 매춘부를 기차에 태운다는 소문이 돌고 있었다. 매춘부는 어떤 마을에서 기차에 올라타 기차가 달리는 동안 일을 치른 뒤 다음 날 아침 내린다고 했다.

아버지는 고기가 상했다는 말을 한순간도 믿지 않았다. 한 번도 없던 일이었고 그럴 만한 이유도 없다고 보았기 때문이었다. 그러나 아버지가(욕실에서 어머니와 의논을 한 뒤) 4백 달러를 다시 청구하고 주먹질을 해서라도 (극단적인 상황이 아니면 절대 아버지답지 않은 행동이었다) 그 돈을 받아 내려고 딕비의 집에 찾아갔을 때는 딕비가 이미 웨스턴 스타를 타고 마을을 떠나 독립된 삶을 준비해 둔 시카고로 떠난 후였고 아버지는 홀로 인디언들과 싸워야 했다.

그때 아버지가 빠진 궁지는 미리 알 수도 있었고 경계했어야 했던 일이었다. (가령 고기를 인도할 때 현장에 있지 않았던 것이 그중 하나였다. 또 한 가지는 일이 잘못됐을 경우 배상할 수 있는 충분한 현금을 보유하고 있지 않은 것이었다.) 그러나 당시 아버지가 그 거래를 보증하기 위해 수중에 가진 거라곤 다달이 받는 공군 연금에서 남은 돈과 어머니가 포트쇼에서 1년 중 아홉 달을 가르쳐서 받은 몇 푼과 쉐보레가 전부였다. 부모님은 비상시를 위해 돈을 저축하지도 않았는데 비상사태가 터져 버렸다. 당좌 예금은 써 본 적이 없었다. 언제나 현금만 썼다.

다음 날 — 일요일이었다 — 아침, 마우스인지 윌리엄스인지 하는 사람이 우리 집에 나타나 아버지와 뜰에 서서 우리 가족을 죽여버리겠다고 한 말을 다시 했고, 아버지는 그 협박을 진지하게 받아들였다. 윌리엄스는 게다가 자기네가 소를 한 마리가 아닌 네 마리나 훔치는 위험을 무릅썼고 소들을 도살하고 운반하는 훨씬 더 위험한 일까지 했고 고기를 넘길 때 흑인 딕비에게 조롱까지 당했으니 원래 받기로 한 4백 달러보다 더 많은 6백 달러를 받아야겠다고 말했다. 덧붙여 동료 중 한 명이 소를 훔친 혐의로 보호구역 경찰의 감시를 받고 있어 몇 달간 숨어 있어야 하므로 와이오밍 주로 떠날 경비까지 필요하다고 했다. 그런 이유로 윌리엄스는 자기와 친구들이 받아야 할 돈은 애초에 합의했던 4백 달러도 6백 달러도 아닌 2천 달러라고 말했다. 그 2천 달러가 어떻게 산출됐는지는 설명하지 않았다.

아버지는 협박 같은 것에 익숙하지 않은 사람이었다. 사람들과 잘 지내고 사람들을 기쁘게 해 주고 자신의 외모나 친절한 태도, 남부 억양, 전쟁에서 폭격수로 용맹하게 복무한 것에 찬사나 받으며 살아온 사람이었다. 살해 협박은 아버지에게 엄청난 충격이었다. 아버지는 돈을 어떻게 구할 것인지 고민하고 괴로워하기 시작하다 급기야는 은행을 털 기막힌 생각에까지 이르렀다. 그때 아버지 생각에는 그편이 자신과 어머니와 버너와 내가 인디언들 손에 죽는 것보다, 영영 자취를 감출 생각으로 모든 걸 포기하고 한밤중에 우리 식구를 벨 에어에 태워 떠나는 것보다 더 나아 보였던 모양이다. 돈을 구한다거나 — 돈을 빌리거나(신용 대출도 힘들었고, 친척들은 아버지를 싫어했으며, 봉급도 없고 돈을 빌릴 만한 데도 없었다) 그레이트폴스 경찰을 찾아가거나 윌리엄스를 설득하는 식의 다른 대처법이 떠오르지 않았거나, 그렇게 했다간 문제가 악화될 뿐이라고 느꼈을지 모른다. 경찰에 자수해 선처를 구해 보자는 생각이 뒤늦게 떠올랐을지도 모르지만 아버지는 은행을 터는 것이 좋은 생각이라고 결정해 버렸고, 결국 그렇게 되었다.

어머니는 아버지와 함께 공판을 받고 비즈마크의 노스다코타 여자 교도소에 수감돼 있을 때 수감 이후와 이전의 며칠을 일지에 기록했다. 어머니와 아버지가 한 일을 아주 상세히 검토한 기록이었다. 어머니는 월라월라에서 대학을 다닐 때 시인을 꿈꾼 사람이었던 만큼 자기들의 이야기를 잘 쓰면 교도소를 나왔을 때 어떤 기회가 생길 거라 생각했을지 모른다. 그러나 어머니는 교도소를 나오지 못했다. 일지에서 어머니는 아버지와 아버지의 결함을 꼬치꼬치 비판했다. 어머니는 자신이 미쳤다거나 억지로 관여했다고 변명하거나 변호하지 않았고 어떻게 그 일에 끼어들게 되었는지 해명하려고도 하지 않았다. (어머니는 누나와 내게 일어난 일에 대해 슬픔을 표현한다.) 일지에서 어머니는 자신이 사려 깊고 똑똑하고 상상력은 풍부하지만 남들과 어울리지 못하고 회의적이고 조심스럽고 명랑하다(명랑하지는 않았다)고 생각하는 사람이라 믿었다고 말했다. 이런 특성들 때문에 어머니는 버너와 내가 아버지의 공군 일로 우리가 옮겨 다닌 지역들에 동화되는 것을 결코 원치 않았다. 어머니는 그런 지역들이 우리의 좋은 점과 중요한 점을 희석시키고 타락시켜 우리를 어머니가 경시하고 미개하다고 여기는 곳들, 즉 미시시피와 텍사스와 미시간과 오하이오의 특징인 진부하고 평범한 사람으로 만들 거라고 느꼈다. 어머니가 일지에 쓴 낱말은 다음과 같은 것들이다. **희석시키다, 조심스러운, 소외된, 진부한, 부패한.** 어머니는 자신과 아버지가 결혼을 하지 말았어야 했고, 결혼하지 않았으면 두 사람 모두 더 행복해졌으리라는 것을 내다보았어야 했다고 생각했다. 이 대목에서 어머니는 대학교수와 결혼해 시인이나 그런 비슷한 삶을 사는 것에 관해 썼다. 전부터 아버지를 떠날 생각을 했던 만큼 도둑질 얘기가 나왔을 때 바로 아버지를 떠났어야 했다고 말했다. 다만 일지에도 썼지만 어머니가 자신에 대해 알게 된 것은 자신이 그렇다고 알고 있던 모든 점(거울을 들여다보면 평범하지 않은 사람이 보였다)이 다 진실이라고 해도 자신이 나약하기도 하다는 사실이었다. 전에는 미처 생각하지 못했지만 자신이 생글거리고 잘 생기고 낭만적인 베브 파슨스와 결혼한 이유가 그런 나약함에서 비롯되었다고 믿었다. (임신 중이긴 했지만 40년대 여대생이라도 어떻게 해야 하는지 알 만한 일이었기에 어머니가 충분히 처리할 수도 있었다.) 그랬기에 어머니는 그 옛날 베브를 떠나지도 우리를 없애지도 못한 것이었다. 이런 사실들로부터 어머니는 자신이 다른 사람과 하등 다를 바 없다고 믿게 되었고, 결국 가차 없이 (정신 나간 논리로) 은행을 털기까지 했다. 어머니는 자신을 범죄자라고 보지 않았다. 그런 생각은 해 본 적이 없었다. 조부모님이 어머니를 그렇게 키우지 않았다(이것은 아마도 유대인들이 없는 곳에서 유대인으로 살면서 다른 사람들의 견해와 경고가 아무리 타당해도 채택하지 않는 독특함과 관계있을지 모른다).

그러나 내가 생각한 — 버너와 나만 집에 있고 부모님은 캐스케이드 카운티 교도소 감방에 있을 때 생각한 — 것은 부모님이 당시 얼마나 젊었는가 하는 것이었다. 고작 서른일곱, 서른넷이었다. 그리고 그분들이 은행을 털 만한 사람들이 아니라는 것이었다. 그러나 은행을 터는 사람들이 드물기 때문에, 그런 일을 저지르는 소수의 사람이 그들 자신을 뭐라고 믿건 어떻게 키워졌건 그렇게 될 운명이었다는 말이 더 이치에 닿을 뿐이다. 비감함을 이길 도리가 없어 나는 그렇게 생각하지 않을 수가 없다.

자기 부모를 두고 어차피 범죄자가 될 사람들이었다고 믿는 건 기묘한 일이 아닐 수 없다. 길을 잘못 든 기적이라고나 할까. 나는 어머니가 자신을 "나약하다"고 한 말이 무슨 의미였는지 알 것 같다. 어머니에게 범죄와 나약은 같은 뜻이었는지 모른다.

9

월요일 아침이 되자 집 분위기가 달라졌다. 큰일이 일어나고 있었다. 아버지가 새 일을 시작하고 공군을 떠나고 짐을 싸서 새로운 마을로 이사를 가는 것보다 더 큰 일이었다. 부모님은 어젯밤 늦게까지 문을 닫고 침실에 있었는데, 둘이 다퉜다는 걸 알 수 있었다. 나는 어머니가 동의하지 않는 일을 아버지가 하려나 보다고 이해했다. 벽장문이 두어 번 꽝꽝거리는 소리와 어머니가 "이번이 마지막이야……", "그 사람은 안 돼……", "이건 진짜 미친 짓이라고……"라고 말하는 소리가 들렸다. 매번 어머니 목소리가 처음에는 컸다가 금세 줄어들어 말을 끝까지 듣지 못했다. 세 번인가 아버지는 침실을 걸어 나가 정문 현관까지 나갔다. (아버지 부츠가 마룻바닥을 쿵쿵 찍는 소리가 들렸다.) 그때마다 아버지는 다시 돌아와 침실 문을 닫고 다시 대화를 시작했다. "그래서 당신 선택은 뭔데?" 아버지가 말했다. "당신은 늘 이런 일을 겁내지"라거나 "그렇게 하면 안 잡힌다고"라고 했다. 얼마 뒤 두 사람은 드문드문 말했다. 다음에는 그마저도 뜸해졌다. 나는 내 방을 나와 불이 켜져 있는 부엌으로 가서 물을 마셨다. 부모님의 방문 틈으로 주황빛이 새어 나왔다. 내가 방으로 올라오니 버너가 와 있었다. 버너는 아무 말도 하지 않았다. 내가 가려는 대학 교기들이 걸려 있는 벽을 보고 싸늘하게 누워만 있었다. 어렸을 때야 더 작은 집에 살 때 같이 자기도 했지만 그레이트폴스로 이사를 오고부터는 그런 적이 없었다. 나는 버너랑 침대를 같이 쓰는 게 불편했다. 그러나 중요한 일이 아니었다면 버너가 오지도 않았을 거고, 내가 들었으니 버너도 들었다는 걸 알 수 있었다. 담배 냄새와 사탕 냄새가 났고, 버너는 옷을 입고 있었다. 부모님의 대화가 끝난 뒤에야 우리는 잠이 들었다. 내가 아침에 주먹을 꽉 쥔 채 깨 보니 버너는 방에 없었다. 다시 만났을 때도 우리는 지난밤 얘기를 하지 않았다. 마치 아무 일도 없었던 것처럼.

아버지는 아침이면 대개 기분이 좋았다. 그러나 그날 월요일 아침에는 무슨 일인지 침통했다. 어머니는 아버지와 마주치지 않으려고 하는 듯했다. 어머니는 아침을 준비했고 우리 가족은 앉아서 식사를 했다. 아버지는 앞에 놓인 달걀 너머로 버너와 내게 나라를 위해 우리가 할 수 있는 유익한 일이 무엇이겠느냐고 물었다. 우리에게 무슨 계획이 있는지 알고 싶을 때 아버지가 묻는 말이었다. 나는 아버지에게 몬태나 박람회가 오늘 시작되고, 내가 양봉에 관심이 있으며 양봉이 유익한 일이 될 거라고 알려 주었다. 아버지는 아무런 언급도 하지 않았는데 질문한 사실을 잊은 듯했다. 아버지는 농담도 하지 않았고 미소도 짓지 않았다. 눈이 충혈돼 있었다. 어머니에게 잘 먹겠다는 인사도 하지 않았다. 면도도 하지 않았다. 기지로 출근할 때는 늘 면도를 했고 신경도 썼다. 수염을 깎지 않아 얼굴이 수척하고 창백했다. 아버지에게 무슨 일이 있다는 것이 이 식탁의 유일한 쟁점이었지만 아무도 묻지 않았다. 어머니는 안경 너머로 짜증 섞인 얼굴로 아버지를 보고 있었다. 아버지가 자기를 대하는 태도가 마음에 들지 않는다는 듯 어머니는 입을 굳게 다물고 있었다.

아버지가 새 바지와 윗주머니 달린 셔츠도 입지 않고 검정 부츠도 신고 있지 않다는 사실도 눈에 띄었다. 목장 판매 회사로 일하러 갈 때의 차림이 아니었다. 대신 아버지는 낡고 푸른 공군 점프 슈트에 페인트가 묻고 목이 짧은 흰색 테니스화를 신고 있었는데, 잔디 깎을 때나 잔디에 물을 줄 때나 입는 옷이었다. 아버지는 제대했을 때 "파슨스"라는 이름표를 비롯해 계급장을 가위로 오려둔 분이었다. 지금 아버지는 자신을 아는 누구든 알아보지 않았으면 하는 사람처럼 보였다.

식사가 끝나자 대화는 훨씬 줄어들었다. 버너는 자기 방으로 들어가 문을 닫고 전축을 틀었다. 어머니는 부엌을 청소한 뒤 현관에 앉아 아침 햇살 속에 차를 마시고 십자말풀이를 하고 수녀들에게 가르치는 소설을 읽었다. 나는 집을 둘러보는 아버지를 지켜보았다. 아버지는 어디론가 가고 있는 모습이었는데, 나는 거기가 어디고 나도 갈 수 있는 곳인지 알고 싶었다. 아버지는 욕실 찬장에서 가죽으로 된 세면도구 가방을 꺼내 이것저것을 넣었다. 양말과 속옷은 낡은 공군 자루에 넣었고, 나는 방문 안쪽에 서서 내내 보고 있었다. 우리는 새로운 마을로 이사를 가지 않는 한 여행을 하지 않는 가족이었다. 한 자리를 지키는 게 호사라고 아버지는 늘 말했다. 아버지의 가장 큰 바람은 다른 사람들처럼 한곳에 정착해 사는 것이었다. 이 나라에서는 어디든 자유롭게 정착할 수 있다고 믿었다. 어디서 태어났는지는 크게 중요하지 않았다. 그것이 미국의 좋은 점이었고, 전쟁을 통해 우리가 해방시켜 준 나라들, 제한되고 편협한 삶이 존재하는 나라에는 해당되지 않는 미덕이었다. 내가 두려웠던 건 아버지와 어머니가 갈라서기로 하는 것이었다. 아버지의 행동은 그런 일이 일어나게 됐을 때 벌어질 상황을 보여 주는 듯했다. 침묵. 긴장. 분노. 물론 두 사람이 갈라서자고 얘기하는 소리를 들은 적은 없었다.

나는 아버지가 낡은 파란색 가방(아버지가 그 가방에 공군에서 소지하던 검은색 45구경 권총을 넣는 것을 본 적이 있었다) 지퍼를 채우는 것을 보고 말했다.

"어디 가실 거예요?"

아버지는 자기 침대 가장자리에 앉아 나를 쳐다보았다. (부모님의 침대는 두 개였다.) 아침이면 늘 그렇듯 집이 더웠다. 우리 집은 오후나 되어야 환풍기를 틀었다. 지금은 고작 9시였다. 아버지는 내 말을 못 들었는지 — 이따금 그랬다 — 미소를 지어 보였다. 그러나 아침 식사 때의 수척하고 밤잠 설친 낯빛과 달리 지금은 안색이 돌아와 있었다.

"너 사립 탐정이냐?" 아버지가 말했다.

"네, 맞아요." 내가 말했다. 나는 엄마랑 헤어지실 건가요?라고 말하고 싶지 않았다. 그렇다는 말을 듣고 싶지 않았다.

"출장 갈 거란다." 아버지는 가방을 계속 만지작거리며 말했다.

"돌아오실 거예요?"

"아, 그럼. 왜? 따라가고 싶니?" 아버지가 말했다.

어느샌가 어머니가 책을 움켜쥔 채 내 옆에 와 있었다. 어머니는 한 손으로 내 어깨를 꽉 잡았다. 키는 크지 않지만 악력은 셌다. "앤 따라가지 않을 거야. 얘가 나라를 위해 할 일을 내가 준비해 뒀거든." 어머니가 말했다. 어머니는 나를 문간 밖으로 밀어내고는 침실로 들어가 문을 닫았다. 내가 엿들을 줄 알고 부모님은 작은 소리로 말했지만 나는 두 사람의 격앙된 말소리를 들었다. "그건 안 돼 …… 어떤 경우에도 그건 안 된다고 ……." 어머니가 말했다. 그러자 아버지가 말했다. "에이 빌어먹을. 그 얘긴 나중에 하자고." 아버지는 좀처럼 욕을 하지 않았고 어머니도 마찬가지였다. 버너는 욕을 했다. 루디한테서 욕을 배웠다. 아버지가 어머니에게 그런 말을 해서 나로서는 충격이었다.

어머니가 문을 벌컥 열다가 내가 엿듣고 있는 것을 보고 화를 낼까 봐 나는 내 방으로 돌아와 바둑무늬 체스판 앞에 앉았다. 명확한 목적을 띤 흰 말들이 줄줄이 서서 내 명령에 따라 전투에 돌입할 태세를 취하고 있는 모습을 보니 마음이 평온해졌다.

잠시 뒤 아버지는 권총이 들어 있는 가방을 메고 정문으로 나가 차에 올라탔다. 아버지는 내게 무슨 일로 출장을 가는지 말해 주지 않았고 다녀오겠다는 인사조차 하지 않았다. 내 짐작에 이번 출장은 목장을 파는 일과는 관계가 없고 우리 집에 왔던 인디언과 관계가 있는 듯했다. 어쨌거나 중요한 일이 아니라면 아버지가 급하게 떠나진 않으리라는 건 알 수 있었다. 그 일이 우리 삶에 일찍이 없던 일이라고 느껴졌다.

10

아버지는 이후 며칠 동안 몬태나 동부와 노스다코타 서부 (한 번도 가본 적 없는 곳들)를 돌며 털 만한 은행을 물색했다. 곧바로 은행을 터는 것이 아니라 전부터 구상해 온 기준에 근거해 마을과 은행을 고른 다음 그레이트폴스로 돌아와 가족과 잠시 재회하고 며칠 뒤 찜해 둔 마을로 돌아가 은행을 터는 것이 아버지의 계획이었다. 이 계획은 덜 경솔하면서 좀 더 신중하고 재검토하거나 심지어 포기하기에 더 쉬워 보였다. 은행을 터는 방법으로 더 현명해 보였다. 반대로 모든 일이 틀어져 사람들이 감옥에 이를 수도 있었다.

물론 다음과 같은 장면을 상상하면 기분이 묘하다. 당신은 한적한 시골길을 달리는 어떤 차를 지나친다. 식당차에서 어떤 남자와 나란히 앉아 얘기를 나눈다. 모텔에 투숙하려는 어떤 손님, 매력적인 미소와 반짝거리는 담갈색 눈에 자신이 살아온 이야기를 들려주길 좋아하고 상대가 자길 좋아했으면 하는 친절한 남자 뒤에 서 있다. 이 남자가 조금 있다 어느 은행을 털지 마음을 정하기 위해 장전한 총을 품고 돌아다니고 있다고 생각하면 기분이 묘하다.

아버지는 인디언들 때문에, 또한 돈을 준비해 놓지 않으면 우리 가족에게 재앙이 닥칠 거라고 한 윌리엄스 마우스의 위협 때문에 겁을 먹기는 했지만, 광대하고 휑한 몬태나 지역들을 지나쳐 노스다코타까지 쭉쭉 이어지는 먼 길을 달리면서 여러 은행과 마을을 점검하고 숨을 장소를 생각하고 지나쳐 온 주 경찰관과 보안관 숫자에 주목하고 주 경계에서 은행까지의 거리를 산출할 즈음(주 경계라는 것이 우리가 살았던 다른 지역 주민들에게는 별 의미가 없지만 남부인인 아버지에게는 중요한 의미가 있었다), 그러니까 그 모든 일을 마쳤을 즈음에는 강도질이 무분별할지는 몰라도 받아들일 만은 하다고, 의외로 별걱정을 할 필요가 없는 생각으로 보기 시작했던 것 같다. 내가 그렇게 보는 이유는 이틀 뒤 아버지가 집에 돌아왔을 때 보인 태도 때문이다. 아버지는 자신만만하고 기운 넘치고 다시 기분이 좋아 보였다. 떠날 때 안고 간 커다란 문제가 그야말로 간단한 문제로 밝혀지기라도 한 것처럼 말이다. 문제를 가볍게 보는 것이 아버지의 대표적 특징이었다. 아버지의 마음이 편해졌다고 보는 데는 아버지가 은행털이에 나를 데려갈까 하는 생각까지 했다는 사실도 있다. 물론 아버지가 내게 강도질을 제안까지 한 것은 아니다. 그 사실은 나중에 어머니의 일지를 보고 알았는데, 닫힌 문틈으로 두 사람 사이에 오가는 말을 엿들었지만 제대로 알아듣지는 못한 그때 나온 얘기였다. 아버지의 견해로는 내가 그럴싸한 공범자가 될 만했다. 또 다른 후보인 어머니는 이국적인 외모와 작은 키에다 사람들에게 쌀쌀맞기까지 해서 — 불리한 요소라고 보았다 — 금방 눈에 띌 거라고 여겼다. 아버지는 은행을 터는 사람끼리 마음에 맞기를 원했다. (아버지가 나를 끌어들이려 해서 결국 어머니가 직접 나서 자신과는 전혀 맞지 않는 일을 하게 되었을 것이다.)

아버지가 했던 말이 있어 나는 아버지가 오래전부터 은행을 털 생각을 품고 있었다는 것을 알았다. 그러나 진지하게 받아들인 적은 없었다. 어머니의 일지를 보면 아버지는 자신이 머리가 좋은 사람이라 잡힐 리가 없다고 생각했다. 게다가 훔치는 금액이 만 달러를 넘지 않는 한(손에 넣은 돈은 만 달러에 훨씬 못 미쳤다) 예금자에게 손해 가는 일은 없다고 연방 정부가 확인해 줄 거라 믿었기에 "전국 은행"을 터는 것은 "피해자 없는 범죄"라고 생각했다. 앞서도 말했지만 아버지는 군인이란 이유로 많은 혜택을 받았기 때문에 모든 일을 잘 봐준 공군에 복무하는 내내 뉴딜 시절로 돌아가 사회 간접 자본을 확대하고 있는 정부를 적극 신뢰했다. 아버지는 일편단심 민주당원이라고 말해도 좋을 만했다.

잡히는 문제에 대해서는 아버지는 몬태나 동부와 다코타 서부가 비슷하다(휑하고 공허하고 비사교적이고 가난하다)는 점을 발견하고는 눈에 띄는 어머니만 없다면 아버지를 알아볼 사람이 없겠다고 생각했다. 그래서 고만고만한 차림으로 남의 이목을 끌지 않고 고만고만한 차에 아들을 태우고 갈 생각이었다. (쉐보레도 눈에 안 띄게 하려고 노스다코타 번호판을 훔칠 작정이었다.) 아버지는 당신이 은행을 털 만한 사람으로 보이지 않는다는 사실을 알았다. 그랬기에 가면을 쓰거나 변장을 하지 않고도 은행을 털 수 있었다. 재빨리 은행을 털고 차로 돌아가 햇볕에 달구어진 매혹적인 풍경 속을 달려 저녁때쯤 그레이트폴스로 돌아갈 생각이었다. 그러면 아무도 모를 것이라고.

제정신인 인간이 들어도 그럴싸한 논리다. 그레이트폴스가 있는 캐스케이드 카운티의 보안관이 나중에 부모님이 잡히고 나서 「트리뷴」에 얘기하기를, 많은 사람들이 몬태나를 강도짓을 하고도 잘 잡히지 않는 곳 — 그래서 진짜 많은 도난 사건이 일어났다(아버지는 모르는 사실이었다) — 으로 여긴다고 했다. 그 보안관 얘기가, 사람들은 물건을 훔친 뒤 텅 빈 구역으로 사라져 버리면 인구가 거의 없기 때문에 자기네를 알아볼 사람이 없을 거라고 생각한다고 했다. 그러나 사실은 은행 강도가 몬태나에서는 늘 눈에 띈다고 했다. 결국 아버지는 그런 범죄의 덫에 걸린 전형이었던 셈이다. 그랬으니 혼자 그곳에 가지 않았겠는가. 반면에 동네 사람들 대부분은 자기네가 범죄를 저지른 적이 없다는 사실을 아주 잘 안다. 게다가 아버지의 경우에는 날 좋은 날 그곳까지 찾아오는 사람이 거의 없으므로 친화적인 얼굴에 모두가 주목할 것이었다.

어머니는 모든 걸 분명하게 인식했을 것이다. 인디언들이 우리 가족을 죽이겠다는 위협에 겁을 먹은 나머지 아버지가 은행을 털기로 결심하고 월요일 아침 파란색 점프 슈트에 권총을 휴대하고 떠나자마자 어머니는 우리 삶이 큰 변화에 휘말려 든 것처럼 행동하기 시작했다. 어머니는 우리 셋이 당장 집을 청소해야 한다고 했다. 우리 집이 배관 공사와 가스 누수 공사를 한 집인 데다 우리가 이사 왔을 때도 깨끗했던 적이 없던 탓에 어머니가 좀체 관심을 두지 않던 것이 바로 청소였다. 어머니는 덤불처럼 숱이 많은 머리 위에 붉은 수건을 쓰고 낡은 면바지를 입고 밑단을 말아 올리고서 손톱을 보호하기 위해 검은색 고무장갑을 낀 다음 부엌 바닥과 욕실 타일을 닦고 벽장의 먼지를 쓸어 내고 창문을 물로 닦고 찬장에서 접시를 꺼내고 세제로 선반을 닦았다. 버너와 나는 바닥과 문과 목조 부분과 벽장 구석과 창문틀을 비누와 걸레로 닦고 창유리를 식초로 문지르는 일을 배당받았다. 그랬더니 손이 푸석푸석해졌고 시큼한 냄새도 났다. 어머니는 우리에게 성 빈센트 드 폴 성당에 기부할 옷들을 골라 성당 사람들이 가져갈 수 있도록 울타리를 친 뒷문 쪽 내 자전거 옆에 쌓아 두라고 했다. 그리고 버릴 물건이 없는지 찾아보라며 날 다락으로 올려 보냈다. 다락은 후끈후끈하고 어둡고 방충제 냄새와 썩은 내가 진동했고 먼지와 검댕이도 수두룩했다. 나는 방울뱀이나 독거미나 말벌들이 서까래에 둥지를 틀고 있을 것만 같아 아무것도 안 들고 후다닥 내려왔다.

우리가 이런 청소를 왜 하느냐고 묻자 어머니는 아버지가 출장 갔다 오시면 우리 가족이 그레이트폴스를 떠날지도 모른다며 뷰트에 살고 있는 집주인 바가미안 씨에게 집을 돌려주어야 하기 때문이라고 말했다. 어머니는 집주인에게 맡긴 보증금을 돌려받고 싶어 했다. (아버지는 바가미안 씨가 "어머니와 같은 종족"이라고 했다. 그러나 어머니는 그가 희생자 종족인 아르메니아 사람이라고 했다.)

어머니는 우리가 어디로 가는지는 말하지 않았다. 일요일 아침에 아버지한테서도 같은 얘길 들었던 터라 나는 사실이겠구나 생각했고 두 주 후면 학교가 시작되는데 등교도 못해 볼까 두려웠다.

아버지가 떠나고 며칠 동안 전화가 여러 번 울렸고 나는 아버지라 생각하고 얼른 전화를 받았다. 그러나 저쪽에선 대답이 없었다. 마침내 어머니가 전화를 받아서 말했다. "원하는 게 뭐에요? 누구에요?" 상대편은 아무 말도 하지 않고 전화를 끊었다.

그 며칠 동안 나는 우연히 창밖을 보다가 차 두 대가 우리 집 앞을 천천히 지나가는 것을 네 번인가 보았다. 한 대는 마우스란 사람이 일요일에 타고 왔던 붉은 플리머스 고물차였다. 이번에는 운전자가 마우스가 아니었고 인디언이라 꼭 단정할 수는 없는 젊은 사람이었다. 어떤 때는 더 낡아 보이는 차가 지나갔다. 지붕은 찌부러지고 스프링은 망가진 갈색 스테이션왜건이었다. 인디언 같은 덩치 큰 여자를 포함해 대여섯 명이 그 차에 타고 있었다. 매번 운전자는 우리 집을 빤히 보면서도 차를 세우지는 않았다. 조금만 머리를 굴려 보아도 이 인디언들이 우리가 이 집을 떠나고 며칠 전 차를 타고 복스엘더까지 다녀오고 (인디언들에 관한 것을 더 자세히 알아보기 위해) 내가 두려워하고 아버지가 지금 우리 식구의 새 보금자리를 찾고 있는 이유와 관계있다는 걸 알 수 있었다.

아버지가 없는 동안 있었던 다른 주목할 만한 일은 버너가 빨간 립스틱을 바르면서 방에서 나온 일이었다. 어머니는 그 모습을 보고 버너에게 멋진 연기 경력을 쌓기 위해 뉴욕이나 파리로 떠나려는 "팜파탈" 같다며 우스갯소리를 했다. 버너는 당황하지 않았다. 가르마가 있는 한가운데부터 머리를 풀어 헤쳐 빗질을 거꾸로 해 어깨 위로 지저분하게 늘어뜨려 놓았는데, 그렇게 하니 버너의 납작한 얼굴이 더 납작해 보이는 데다 안 그래도 여드름 때문에 지저분해 보이는 얼굴이 주근깨까지 돋보여 더 지저분해 보였다. 청소를 하다 나는 버너에게 머리를 왜 그렇게 부풀려 놓았느냐고 물었다. 버너는 얼굴을 찌푸리며 "남자친구(루디)" — 그즈음 통 보지 못했다 — 가 자기한테 관심 받고 싶으면 좀 더 성숙해 보일 필요가 있겠다고 말했단다. 버너 말이 자기는 루디와 도망칠 생각이라며 어머니에게 말하면 죽여 버리겠다고 했다. "여기 있다간 미쳐 버리겠어." 버너는 그렇게 말하고 입을 봉했다. 나는 부모님과 함께 사는 걸 참고 말고 한다거나 도망치는 것이 선택일 수 있다는 생각을 한 번도 해 본 적이 없었던 만큼 충격을 받았다. 내게는 어떤 것도 해당되지 않는 사항 같았다.

버너와 내가 집을 청소하고 아버지가 은행을 털 결심으로 몬태나와 노스다코타의 광야를 미친 듯이 질주하고 있을 때 일어난 또 한 가지 일은 어머니의 마음이 이상한 상태로 접어 들었다는 것이다. 집을 북북 문지르고 환기를 시킨 것도 그 중 하나였다. 그러나 어머니는 내가 듣는 데서 터코마에 있는 조부모님에게 몇 번이나 전화를 걸어 집에 가도 되느냐고 묻지 않고 버너와 내가 가서 살 집을 마련해 달라고 부탁하기도 했다. 어머니는 조부모님과 16년 가까이 보지 못한 사이가 아니라 한 달에 한 번은 만나고 있었다는 듯 지극히 자연스럽고 다정하게 이야기했다. 아마도 조부모님은 버너는 되지만 나는 안 된다고 할 것이다. 남자애는 손이 너무 많이 가니까. 그러나 알지도 못하고 자기를 좋아하지 않을지도 모르는데 어쩌다 조부모가 된 엄하고 의심 많고 이해심 없는 두 늙은이와 함께 살아야 하는 문제는 도망쳐야겠다는 버너의 생각에 또 하나의 빌미만 제공했을 뿐이었다.

일련의 사건들로 어머니는 내 행복에 마음을 썼고 내가 몬태나 주의 수중에 들어가지 않도록 마음을 썼는데, 내게도 그것이 중요했던 만큼 결국 그렇게 되었다. 그러나 아버지가 도둑질할 은행을 골라 수요일 밤에 돌아오기 전까지 우리가 집 안을 문질러 닦던 그 이틀 동안 어머니의 마음 상태가 어땠는지가 나의 가장 큰 관심사로 남아 있다. 어머니가 돌아가시고 이만큼의 세월이 흘렀는데도 그렇다.

남편이 이성을 잃고(아니면 정신이 반쯤 나가) 은행을 털 준비를 하고 가족을 거의 파멸에 이르게 하고 외아들을 강도질에 끌어들이는 것이 기발하다 여기고 자기네 부부가 인생에 대해 이해하고 있던 모든 것을 뒤흔들어 감옥행과 재앙을 일으킬 조짐을 보인다면 어떤 여자(더군다나 남편을 떠날 생각을 전부터 하고 있던 여자)라도 어떻게든 도망칠 기회를 찾으려거나 자신과 아이들을 살리기 위해 국가를 끌어들이거나 아니면 무력 대응을 하고 자기 입장을 고수하여 그런 일이 일어나지 않도록 해서 정신력으로 가족을 지키려 할 것이라고 생각할지 모르겠다. (어머니는 비록 왜소하고 불만이 많긴 해도 의지가 강해 보이는 사람이었다. 사실은 그렇지 않았지만 말이다.) 하지만 그건 어머니의 방식이 아니었다.

집이 어느 때보다 반질반질해지고 부모님과 통화도 하고 아버지를 향한 분노도 가라앉자(아버지가 없었으니까) 어머니는 날아갈 듯한 기분을 느껴본 적이 없어서인지 들뜨지 않고 돌연 차분해졌다. 평소와는 다른 차분함이었다. 최근 들어 몇 주 만에 안도감을 느끼는 듯했다. 마치 중요한 결정이 내려지고 제자리가 맞춰진 듯했다. 어머니는 우리와 웃고 떠들면서 버너는 유명한 영화배우가 되겠고 나는 대학교수나 체스 우승자나 양봉 전문가가 되겠다고 놀렸다. 이런저런 세상사에 대해서도 의견을 표명했다. 어머니가 그런 얘길 우리와 한 적이 없어 그런 걸 알고 있는지도 몰랐다. 상원 의원 케네디 — 어머니는 그에게 별 감흥을 못 느꼈다. 모로코의 지진. 나처럼 라디오에서 정보를 들었을 쿠바 혁명 등등. 어머니는「더글러스 에드워즈」,[18]「멈추지 않는 총」,「추적자」(내가 좋아하는 프로들)를 우리랑 같이 시청했다. 드라마와 다른 프로에 대해서도 농담을 하곤 했다.

버너와 나는 요 며칠간 어머니에게 많은 말을 하지 않았다. 우리 둘 다 어머니처럼 남을 의식하는 어색한 태도를 보이고 있었는데, 그렇다고 우리가 아버지에게 대들거나 한 것은 아니고 다만 부분적일지라도 언제 온다는 말도 없이 아버지를 "출장" 길에 오르게 만든 두 사람 사이의 암묵적인 불화를 존중한 행동이었다. (나는 아버지가 내 상상대로 정말로 은행을 털러 갔는지 얼마나 궁금했는지 모른다.) 이 불화에 대해 모든 걸 터놓고 대화를 시작할 — 심지어 누나하고도 — 길이 보이지 않았다. 그래서 우리는 그저 집을 청소하고 식사를 하고 텔레비전만 보았다. 나는 체스 책을 읽고 쓸데없이 첫 수 전략을 짜 보고 양봉 카탈로그를 보고 학교가 시작되기만을 바랐다. 버너는 평소처럼 제 방에서 라디오를 듣고 화장을 해보고 머리 모양을 이리저리 바꾸고 전화로 루디와 밀담을 나누었는데, 분명 탈출 계획을 짰을 것이다. 돌아올 곳이 곧 없어질 테니 결코 돌아오지 못할 탈출이 될 것이었다. 그렇게 짧은 시간에 세상을 보는 태도가

18) 15분짜리 뉴스 프로그램.

바뀐 것에 대해 어머니는 이렇게 얘기할지 모른다. 사실은 수십 년 동안 변화가 일어나고 있었지만 아버지가 안 계신 그 이틀 사이 분명해진 것뿐이라고 말이다.

아버지가 집에 와서 삶이 어디로 흐를지를 기다리는 동안 어머니가 바뀌고 평온해진 데는 어떻게 보이느냐 하는 것이 큰 역할을 했을 거라고 나는 지금도 믿고 있다. 어떻게 보이느냐 — 키(열다섯 살 때 셜리 템플만 했다), 외모(잘 웃지 않고 안경을 꼈고 꼼꼼한 유대인 특유의 이질성), 눈에 띄는 기질(의심 많고 예리하고 자기 방어적이고 종종 쌀쌀맞은) — 는 마치 겉모습이 자아를 만들기라도 하듯 어머니가 생각하거나 말하는 모든 것과 관련이 있어 보였다. 어쩌면 누구나 그럴지 모른다. 그러나 어머니의 모든 것은 우리 가족이 어디에 살든 어머니를 두드러지게 했다. 만약 어머니와 생김새도 행동도 비슷한 사람들이 많은 폴란드나 이스라엘이나 뉴욕이나 시카고에서 살았다면 그러지 않았을 것이다. 어머니의 모든 것은 뭐든 눈에 띄었고 세상과 맞지 않아 보였다. 그때는 말할 수 없었지만 나는 어머니의 모든 것(우리에게 말하는 것, 충고하는 것, 싫어하는 것, 옹호하는 것들)이 다른 사람들의 생각 때문이 아니라 단지 어머니가 그런 사람이기 때문에 비롯된 거라고 당연하게 받아들였다. 지역 사회 때문도 아니었고 상식 때문도 아니었다. 어머니는 이런 얘길 일지에 쓰지 않았지만, 어머니의 본래 자아와 남들에게 비치는 모습 때문에 모든 게 시련이었을 것이다. 강의를 위해 포트쇼에 있는 학교까지 운전하는 것, 숱한 이사와 주거 공간들, 받아들이기 힘든 마을들, 앞서 가려고 어리석은 계획을 짜는 아버지의 경박하고 멍청한 공군 동료들. 친구가 없는 것까지. 앞서도 말했지만 어머니는 자신이 의지가 강한 사람이라고 한동안 믿고 있었다. 그런 의지 때문에 주위 환경(자신이 사랑하는 버너와 나를 빼고)과 잘 섞일 수 없는 사람인 걸 알고 대다수의 익숙한 삶은 무시하면 그만이라고 생각했을 것이다. 허물없음이나 어울림은 유효한 것이 아니어서 어머니의 관심 사항이 아니었다. 어머니가 우리 또한 동화되지 않기를 바란 데는 그런 이유도 한몫했을 것이다.

어머니가 그때 평온했고(어쩌면 그냥 굳어 있었던 것일 수도 있다) 우리와 농담을 하고 버너에게는 배우가 될 것 같다고 놀리고 내게는 대학 교수가 되겠다며 소리 내어 웃고 우리와 TV를 보고 「비밀의 폭풍」이나 「세상은 이렇게 돌고」 같은 드라마가 얼마나 사실적인지에 대해 이야기한 것은 삶에 떠밀려 와 보니 자신이 고생을 참고 살았다기보다 사실은 변화에 대한 갈망이 컸는데도 그것을 오랫동안 억눌러 왔다고 깨달았기 때문이었을지 모른다. 게다가 아버지가 미쳐서 은행을 털 준비(어머니는 이미 알고 있었다)를 하는 것을 보고 어머니가 느낀 것은 절망이나 공포나 더 큰 소외감이 아니었던 것 같다. (그랬다면 진부했을 것이다.) 오히려 자유였다. 자신을 억누르는 모든 영향력에서 벗어난 자유를 말이다. 어머니는 이런 해방감이 자신을 고립시켰던 바로 그 특성들에서 비롯되었고, 그 특성들이 고통이 아니고 힘이었다고 결론 내렸을지 모른다. 그런 점이 의심하기 좋아하는 어머니의 특징이 될 수도 있었을 것이다. 그랬다면 어머니는 일찍부터 더 기분 좋게 살았을지 모를 일이다. 기분이 좋아 보이는 어머니는 생각만으로도 이상하다. 그만큼 어머니는 이상했다.

그렇다고 해도 어머니가 버너와 날 터코마(아니면 시카고나 애틀랜타나 뉴올리언스)행 기차에 태워 보내 아버지가 왔을 때 텅 빈 집을 보고 정신 — 정신이란 게 있다면 — 이 번쩍 들게 하지 않은 것은 여전히 설명이 되지 않는다. 또한 아버지가 다음 날 은행을 골라 흥분해서 콧노래를 부르며 집에 왔을 때 떠나거나 아버지에게 그만두라거나 경찰을 찾거나 분명하게 선을 긋기는커녕 오히려 공범자가 되어 아버지처럼 삶을 내팽개친 것도 설명이 되지 않는다. 상당한 지성을 갖춘 두 사람이 왜 은행을 털기로 결심하고 사랑이 증발해 날아가 버린 시점에서도 함께 했을까를 골똘히 생각하면 언제나 이런 추리밖에 나오지 않는다. 시간이 흘러도 이해가 되지 않아 상상력으로 지어내야 하는 추리밖에는.

11

이 이야기는 내 아버지가 타고난 범죄자가 아니라고 보아야 정확도가 높아질 것이다. 사실 아버지는 타고난 범죄자가 되어버렸다. 그러나 연속된 사건들 속에서 내 아버지건 누구건 자신이 타고난 범죄자라고 깨닫게 되는 순간은 없다고 본다. 이런 일에선 범죄자가 되겠다는 **의도**에 무게를 두어야 한다. 명확한 의도가 없었는데도 노스다코타의 크릭모어에 있는 농업은행을 터는 것과 같은 사건이 일어날 수 있다. 어쩌면 아버지는 사건 직후에도 의도가 없었다가 사건의 결과 자신에게 일어날지 모를 일에 생각이 미쳐서야 의도를 갖게 됐을 수도 있다. 마음이 타락해 버린 베브 파슨스에게 그 계획이 꼭 필요할뿐더러 별스럽지도 않아 반대할 만한 근거가 없었을 것이다. 그랬기에 아버지에게는 좋은 일이 아니었다. 게다가 아버지는 자신이 무장강도 행각을 벌일 사람이 아니라고 여긴 만큼 실제 범죄를 저지르고 나서도 그런 생각이 곧바로 바뀌지 않았고, 어쩌면 형사들이 우리 집에 와서 거실을 둘러보며 "노스다코타 여행"에 대해 물어본 뒤 부모님에게 무심하다시피 수갑을 차고 교도소로 가야겠다고 말하는 그 순간까지도 그런 생각이 바뀌지 않았을 수 있다. 그런 일에 경험이 없는 초범들이라면 자신의 행동과 자기 자신에 대해 그렇게 생각할지도 모른다.

그러나 차에 올라타 은행을 털려고 나서기 직전까지 사람들은 어떻게 행동할까? 만약 누군가가 수요일 밤에 차를 타고 우리 집을 지나치다 불이 환히 켜져 있어 창문으로 우리 어머니가 부엌에서 저녁을 짓고 있는 모습과, 이웃집 불들도 켜져 있어 우리 아버지가 샤워를 마치고 나와 공원 저편으로 차들이 지나다니고 달이 휘영청 높이 뜬 서늘하고 윙윙대는 어스름 속에서 현관 계단에 앉아 신발끈을 묶은 뒤 젖은 머리카락에서 파우더 냄새를 풍기며 버너와 내게 "출장" 중에 본 것들 — 드넓은 내해처럼("멕시코 만처럼") 보이던 대초원, 오로라, 또 산은 없지만 야생 동물들이 많았던 것 — 을 열거하고, 우리 둘은 이야기에 폭 빠져 있는 모습을 보았다면, 그 집에 무장 강도를 준비 중인 사람이 있다고 생각이나 했을까? 아니, 하지 않았을 것이다. 그러나 솔직히 말해 평범한 행동의 이면이 동전의 양면처럼 가깝다는 사실은 흥미롭지 않을 수 없다.

우리가 재앙에 대해 알고 있다고 생각하는 모든 징조들, 경고들은 대체로 잘못돼 있다. 징조를 보는 눈은 아이들도 어른들 못지 않고, 어쩌면 더 나을지도 모른다. 몇 해 전 목을 매 자살한 남자가 있었다. 고뇌와 정신적 문제와 절망감이 너무 커 아무리 좋은 것에도 마음이 동하지 않은 증권 중개인이었다. 하지만 그가 마지막 하나 — 아내가 여자 친구들과 플로리다에서 휴가를 보내고 집에 돌아왔을 때 남편을 발견하게 되는 — 까지 철저히 계획하여 끔찍한 순간에 이른 그 주만 해도 그를 아는 사람들은 그가 세상의 짐을 훌훌 털고 하늘을 날 것처럼 기분이 정말 좋아 보였다고 입을 모았다. 그는 큰소리로 웃고 농담을 하고 사람들을 놀리면서 어느 누구도 예상하지 못할 계획을 짠 것이었다. 사람들은 그가 한 고비를 넘겨 삶을 이해하고 옛날 모습 — 떠올리면 기분 좋고 다시 만나고 싶었던 사람 — 으로 돌아오는 길을 찾아냈다고 믿었다. 그런 일이 있고 난 뒤 그는 지은 지 2년밖에 되지 않았고 무척 좋아한다고 했던 자기 집 현관 홀 샹들리에에서 대롱거리고 있었다. 우리가 어떤 사람인지는 미스터리다. 정말 미스터리다.

아버지는 수요일 밤 8시쯤 자신감에 차서 집에 왔다. 누가 보면 일급 거래를 성사시켰거나 금광이나 유정(油井)을 발견했거나 로또에 당첨 되었나 했을 것이다. 나갈 때와 똑같이 공군 점프 슈트 차림에 테니스화에는 잔디가 묻어 있고 면도도 하지 않은 그대로였다. 몰래 총을 넣어 둔 파란색 가방도 도로 가져왔다. (집 청소를 했을 때 나는 내가 제대로 봤는지 확인하려고 아버지의 양말 서랍을 뒤져 보았었다. 총은 거기에 없었다. 아버지가 가져간 것이었다.)

아버지는 집에 돌아와 얼마 동안은 집 안을 성큼성큼 걸어 다니며 부엌에 있는 어머니에게 말을 걸고 버너와 내게 말을 걸고 때로는 혼잣말을 하기도 했다. 팔을 흐느적거리며 편안한 모습으로 집이 깨끗해진 걸 알아차린 듯 방방이 들여다보았다. 목소리는 자신감에 차 있고 방심하고 있을 때나 농담할 때나 술 마실 때처럼 평소보다 남부 억양이 강했다. 아버지의 머릿속은 현대식 삶이 끼치고 있는 변화로 가득했다. 하늘에는 일기를 예보하고 밤에는 별처럼 떠 있는 인공위성이 있었다. 아버지는 이것이 항공에 큰 이익이 될 거라 생각했다. 브라질 정부는 정글을 완전히 새로운 도시로 개조해 수천 명을 이주시켰다. 그 덕분에 인종 문제가 해결될 거라고, 아버지는 생각했다. 신장이 망가지면 새로운 신장을 살 수 있었다. 유익하다는 것은 자명했다. 아버지는 이 모든 뉴스를 차에서 잡힌 캐나다 라디오 방송으로 들었다고 했다. 운전할 때 국경 근처에 있었던 탓에 주파수가 잡힌 것이었다.

앞서도 말했지만 아버지는 샤워를 마치고 버너와 날 어스름한 현관으로 데리고 나가 대초원이 어떤 모습 — 바다 같았다고 — 이었는지 말했다. 우리는 고개를 들어 하늘을 돌고 있는 인공위성을 찾았다. 우리는 보지 못했지만 아버지는 본 것 같다고 했다. 아버지는 앨라배마에서 자랄 때 어른들이 들려준 온갖 웃기는 얘기며 몬태나에 견주어 앨라배마가 얼마나 다채로운 곳인지에 대해 말해 주었다. 몬태나 사람들은 유머 감각이 없고 엄격하고 비우호적인 것을 미덕으로 여긴다고 했다. 아버지는 우리 둘에게 또 다시 — 종종 묻는 질문이었으니까 — 앨라배마 사람이라고 느끼느냐고 물었다. 우리 둘은 이번에도 아니라고 했다. 아버지는 내게 그럼 고향이 어디 같으냐고 물었다. 나는 그레이트폴스라고 말했다. 버너는 처음에는 없다고 했다가 화성이라고 말해 우리 셋은 웃었다. 아버지는 조종사를 꿈꾸었으나 폭격수에만 적격이어서 여간 실망하지 않았지만 실망은 교육적이고 때로는 엎어진 결과가 더 나을 수도 있다고 말했다.

폭격수가 폭탄 투하법을 배울 때 범하는 끔찍한 실수와 그 책임이 얼마나 막중한지에 대해서도 이야기했다. 어머니는 한두 번 부엌에서 밖으로 나왔다. 아버지가 가져온 슐리츠 맥주 두 병을 둘이 한 병씩 마셨다. 평소 볼 수 없던 모습이었다. 술이 들어가자 부모님은 쾌활해졌는데, 아버지가 없는 동안 어머니가 우리에게 보여 준 쾌활함이었다. 어머니는 얇은 발목이 드러나는 6부 흰색 바지에 단화를 신고 예쁜 초록색 블라우스 — 우리는 그런 옷이 있는 줄도 몰랐다 — 를 입고 있었다. 소녀 같은 모습으로 평소보다 더 많이 미소 짓고 맥주병 목을 잡고 조금씩 술을 들이켰다. 아버지를 정감 있게 대했고 아버지가 실없는 소리를 하면 소리 내어 웃고 고개를 가로 젓곤 했다. 두어 번은 아버지 어깨를 치며 익살꾼이라고도 했다. (말했듯이 어머니는 잘 들어주는 사람이었다.) 그러나 아버지는 조금도 달라 보이지 않았다. 보통 때처럼 기분이 좋았다.

우리가 그렇게 현관에 앉아 있을 때 매미들이 나무에서 울기 시작했는데 버너가 아버지에게 이상한 사람들이 차를 타고 우리 집을 지나갔고 응답을 하지 않는 전화가 몇 번 왔었다고 말했다. 버너는 우리 집 앞을 지나간 사람들이 인디언들 같았다고 했다. 아버지는 이렇게만 말했다. "아, 그 사람들은 괜찮아. 걱정하지 마라. 백인들 방식을 이해 못해서 그래. 그렇지만 괜찮아."

나는 아버지에게 답사를 하러 갔던 일에 대해 물었다. 아버지는 모든 일이 술술 풀렸지만 정리를 하러 곧 돌아가야 하고 이번에는 나도 같이 갈지 모르겠다고 했다. 우리 식구 모두가 갈 수도 있다고. 나는 아버지가 일요일에 했던 말 — 다른 마을로 이사를 갈지 모른다 — 이 사실인지 물었다. 나는 학교며 체스 동아리며 이해관계가 걸린 일들 때문에 계속 초초해 하고 있었다. 아버지는 미소를 지으면서 아니라고, 이사는 가지 않을 거라고 했다. 우리 가족이 정착을 하고 버너와 나는 친구를 사귀고 훌륭한 시민으로 살아야 할 때라고 했다. 아버지는 목장 사업이 성공을 거두기를 기대했다. 장사 요령을 배우게 되면 내게도 가르쳐 주겠다고 했지만 나는 이 일이 새로운 사업과 어떻게 맞물리는지 알 수가 없었다. 출장 갈 때 총은 왜 가지고 갔냐고 물어볼까 하는 생각도 했다. 그러나 아버지가 진짜 이유를 말해 줄 것 같지 않아 묻지 않았다. 지금 생각해 보면 그때 아버지가 한 얘기들은 내게 조금도 진실하게 들리지 않았다. 나는 믿어야 한다는 것만 알았다. 아이들도 어른들 못지않게 가식을 떨 줄 안다.

우리는 10시 반이 넘어서야 저녁을 먹었다. 나는 졸리기만 하고 배는 고프지 않았다. 저녁을 먹고 있을 때 전화가 두 번 울렸다. 한 번은 아버지가 받아서 으하하 웃고는 나중에 전화하겠다고 말했다. 두 번째는 상대가 무슨 심각한 얘기라도 하는지 서서 듣기만 했다. 아버지는 식탁으로 돌아와 말했다. "아무것도 아니야, 아무것도. 아까 그 사람이야."

식사를 하다 어머니는 아버지에게 버너가 좀 달라진 것 모르겠느냐고 물었다. 아버지는 당연히 안다고 했다. 머리 모양이 예뻐졌는데 마음에 든다고 했다. 어머니는 버너가 립스틱을 바르고 있다 — 버너는 또 바르고 있었다 — 며 감시를 게을리하면 할리우드나 프랑스로 도망을 가 버리겠다고 했다. 아버지는 버너가 어머니와 섭리 수녀회에 가서 순결 서약과 함께 수녀가 될 준비를 할 수도 있다고 말했는데, 그 말에 어머니는 웃었고 버너는 웃지 않았다. 나는 그날 밤을 우리 가족이 그 해 여름 — 아니면 처음으로 — 에 보낸 최고의 자연스런 시간으로 기억한다. 잠깐이었지만 삶이 이처럼 안정되고 든든한 방향으로 나아갈 수도 있구나 생각했다. 부모님은 행복했고 서로를 편히 대했다. 아버지는 어머니의 태도에 고마워했다. 그 보답으로 어머니의 옷이며 외모며 분위기를 칭찬했다. 두 사람은 마치 한때 있었지만 보이지 않았거나 서로 오해했거나 잊고 있던 것을 발견하고서 다시 한 번 서로에게 반한 듯했다. 이것은 결혼한 사람들에게서만 기대할 수 있는 모습인 것 같다. 부모님은 서로 사랑에 빠졌고 함께 삶을 이어온 상대를 힐끗힐끗 보았다. 이런 그림은 어떤 이들에게 흐릿해지는 법이 없는데, 내게도 그렇다. 그러나 기묘한 것은 부모님이 그렇게 서로를 힐끗 보고 폭풍우가 끝난 뒤 흩어지는 구름처럼 좌절과 불안과 걱정을 떨치고 최고의 모습을 재발견한 그 일이 우리 가족의 파멸 직전에 일어났다는 점이다.

이제는 아버지에 관한 이야기를 해야겠다. 우리 식구가 앞으로 닥칠 일을 무시한 채 한 가족이 되어 웃고 농담하고 식사를 한 그날 밤사이 아버지의 얼굴은 다시 변했다. 이틀 전 집을 떠날 때만 해도 아버지는 뚱뚱하고 지쳐 보였더랬다. 이목구비가 흐트러지고 희미하고 창백했었다. 걸음도 마지못해 걷듯 어정쩡했더랬다. 그러나 밤에 집에 돌아와 집 안을 성큼성큼 걸어 다니며 자신의 관심 주제들 — 인공위성, 남아메리카 정치, 장기 이식, 우리의 삶이 나아질 수 있는 법 — 에 대해 이야기하는 아버지의 얼굴은 날카롭고 윤곽이 뚜렷해 보였다. 희미한 식탁 불빛 아래서 아버지는 열정적이었고 세심해 보였다. 아버지의 눈은 작고 담갈색이었다. 남의 이목을 잘 끌지 않는 옅은 갈색이었다. 웃을 때는 실눈이 되어 버려 시력이 약해 보였을 수도 있었다. 얼굴 골격까지 커서 전체적으로 눈이 파묻혀 보이곤 했다. 그러나 저녁 식탁에서 아버지의 얼굴은 이전에 못 본 세상을 보기라도 한 듯 눈빛이 달라져 있었다. 두 눈이 반짝거렸다. 아버지가 그런 눈으로 나를 바라보았을 때 처음에는 기분이 좋았다. 그러나 나중에는 불편해졌다. 2시간 전 집 안 곳곳을 돌아다니며 이제야 처음 본 듯 새로운 관심을 보였던 때처럼 아버지는 모든 것을 재평가하고 있는 것 같았다. 아버지가 집에 대해 전에 없던 용도를 계획하고 있는 것만 같아 집이 낯설게 느껴지기까지 했었다. 지금 아버지의 눈빛이 그런 느낌이었다.

오랜 세월이 흐른 지금까지도 나는 그때의 아버지 눈을, 너무나 달라졌던 눈빛을 떠올리곤 한다. 자신 때문에 너무나 많은 것이 바뀌려던 순간이어서 오랫동안 눌려 있던 것이 홀연 아버지의 얼굴에 드러나지 않았을까 생각했다. 그러니까 아버지는 늘 존재했던 자신의 본래 모습으로 변해 가고 있었다. 아버지는 실제의 자신 위에 겹겹이 씌워진 것들을 벗겨 내기만 하면 되었다. 나는 이런 현상을 다른 사람들 — 술집 앞 차도나 공원이나 버스 터미널에 큰대자로 뻗어 있거나 긴긴 겨울을 나려고 구빈원 문 밖에서 줄을 서 있는 노숙자들 — 의 얼굴에서도 목격한다. 그들의 얼굴 — 많은 이들이 잘 생겼지만 망가졌다 — 에는 본래의 자신이 될 뻔했지만 그렇게 되지 못한 자의 자취가 보인다. 나는 좋아하지도 믿고 싶지도 않지만, 이런 걸 두고 운명의 법칙이라고 한다. 그러나 이것은 꼭꼭 숨어 있는 이야기처럼 내

안에도 있다. 사실 그렇게 망가진 사람을 볼 때면 나는 속으로 늘 이렇게 말한다. 내 아버지가 저기 있구나. 저 사람이 내 아버지구나. 내가 알던 사람이구나.

12

우리가 한 일들. 결코 하지 않은 일들. 꿈꾼 일들. 그것들은 오랜 시간이 흐른 뒤에야 맞춰진다.

아버지가 돌아온 수요일 밤에 버너와 내가 잠자리에 든 뒤 나는 부모님이 부엌에서 얘기를 나누고 웃으면서 설거지하는 소리를 들었다. 물 흐르는 소리. 접시와 그릇이 딸그락거리는 소리. 유리장이 열리고 찰칵 닫히는 소리. 부모님의 낮은 목소리.

"아무도 생각 못 할 거야 ……." 아버지가 말했지만 뒷말은 들리지 않았다.

"그런 식으로 가족 소풍을 가고 싶은 거야?" 어머니가 말했다. 물이 계속 흐르다 멈췄다. 어머니의 목소리는 평소보다 더 비꼬는 투였다.

"아무도 생각 못 할 거라니까." 아버지가 되풀이 말했다. 이번에는 내 이름도 나왔다. "델을."

"그건 안 돼. 안 된다고." 어머니가 말했다.

"괜찮다니까." 물기 빠진 접시를 쌓는 소리.

"그래서, 행복해?" 내게도 들릴 만큼 목소리가 컸다.

"이게 행복이랑 무슨 상관이야?"

"상관있어. 당연히."

나는 꿈을 꾸었다. 잠옷 바람으로 부엌으로 뛰어 들어가니 부모님이 서서 나를 바라보았다. 키가 큰 아버지는 여전히 실눈을 반짝거리고 있다. 체구가 작은 어머니는 흰색 6부 바지에 초록색 단추가 달린 예쁜 초록색 블라우스를 입고 있었다. 근심이 가득한 얼굴. 나는 "갈게요" 하고 말한다. 주먹을 불끈 쥐었다. 얼굴이 축축했다. 심장은 쿵쿵 뛰었다. 아프고 열이 날 때 세상이 물러나며 점점 멀어지듯 부모님이 시야에서 멀어지기 시작했다. 부모님은 점점 작아졌고 나는 불빛 어지러운 부엌에 홀로 남아 있었다. 부모님은 소실점이 되어 사라지기 일보 직전이었다.

13

나는 그날 밤 자지 않고 부모님이 돌아다니는 소리를 듣다 목요일 아침에 늦잠을 잤다. 어머니가 8시에 내 방에 들어왔다. 안경 낀 부드러운 얼굴로 내 얼굴을 응시하며 작고 서늘한 손으로 내 맨 어깨를 만졌다. 어머니 가슴에서 달콤한 아이패나 치약 냄새와 시큼한 차향이 났다. 내 방문은 열려 있었다. 아버지 모습이 지나갔다. 아버지는 청바지와 민무늬 흰색 셔츠에 애크미 신발을 신고 있었다.

"누나는 아침 먹었어. 네 시리얼도 준비해 뒀단다." 어머니의 눈은 뜻밖의 무엇을 보기라도 한 듯 내 얼굴을 뚫어지게 응시했다. "엄마 아빠는 오늘 하루 집에 없을 거야. 내일 돌아올 거야. 너희 둘이 집을 보면 좋은 경험이 될 거야." 어머니의 얼굴은 평온했다. 어떤 결심이 선 얼굴이었다.

아버지가 문간에서 멈췄다. 머리를 빗질해 윤기가 났다. 면도도 했다. 내 방에서 아버지의 파우더 냄새가 났다. 텅 빈 문간에 서 있으니 아버지가 더 커 보였다.

"전화 오면 받지 말거라." 아버지가 말했다. "아무 데도 가지 마. 우린 내일 저녁에 올 거다. 너희들한테 좋은 경험이 될 거야."

"어딜 가시는데요?" 나는 아버지 뒤로 거실에 들이치는 햇빛을 쳐다보았는데, 잠이 부족해서인지 눈이 따가웠다.

"일거리가 더 생겼거든. 말했잖니." 아버지가 말했다. "엄마 의견도 들어봐야 해서." 아버지는 부드럽게 말했지만 나는 아버지 이마에 핏줄이 서는 걸 볼 수 있었다.

어머니는 처음 듣는 말인 듯 아버지를 쳐다보았다. 내 침대 옆에 무릎을 꿇고 앉아 손가락을 내 가슴에 살짝 얹었다. "맞아." 어머니가 말했다.

"우리는 따라가면 안 돼요?" 내가 말했다.

"너희들은 다음에 데려가마." 아버지가 말했다.

간밤의 꿈이 떠올랐다. 갈래요. 소리 지르고. 주먹을 불끈 쥐고.

"누나를 잘 보거라." 아버지는 짐짓 미소를 지어 보였다. "여긴 파슨스 대령의 관할권이니까." 아버지는 어떤 상황에서도 농담을 했다.

"누굴 쏘실 거예요?"

"맙소사." 어머니가 말했다.

미소 짓고 있던 아버지의 커다란 입이 떡 벌어졌다. 아버지는 불빛 때문에 눈이 부신 듯 눈을 가늘게 떴다. "왜 그런 말을 하는 거냐?"

"얘도 아는 거지." 어머니가 말했다. 어머니는 내 침대 옆에 서서 내가 뭘 잘못한 것 마냥 날 응시했다. 나는 아무것도 몰랐다.

"뭘 알고 있는 거니, 델?" 아버지 얼굴 위로 다시 미소가 번지기 시작했다. 이해한다는 표정이었다.

"지난번에 총을 가져가셨잖아요."

아버지가 내 방으로 한 걸음 들어왔다. "아. 여기 사람들은 총을 가지고 다닌단다. 흔한 일이야. 거친 서부잖니. 누굴 쏘지는 않아."

어머니는 계속 날 보고 있었다. 안경 너머 작은 두 눈이 내 기색을 살피기라도 하듯 강렬했다. 어머니는 블라우스 속에서 땀을 흘리고 있었다. 냄새가 났다. 집이 벌써부터 더웠다.

"무섭니?" 어머니가 물었다.

"아니요." 내가 말했다.

"안 무섭대." 아버지는 그렇게 말하고서 문간에서 나가 부엌에 걸린 시계를 보았다. "갈 시간이야." 아버지는 복도로 사라졌다.

어머니는 속속들이 알지는 못하는 사람을 보듯 계속 날 응시했다.

"가고 싶은 곳이 있나 생각해 두렴, 어때? 엄마가 데리고 갈게. 너랑 버너랑." 어머니가 말했다.

현관 방충망이 탁 닫혔다. "여긴 파슨스 대령의 관할권이다." 아버지의 말소리가 들렸다. 현관에서 버너에게 얘기 중인 모양이었다.

"모스크바요." 내가 말했다. 『체스 마스터』라는 책에서 보니 훌륭한 선수들은 러시아 출신이었다. 희생형이자 가공할 눈빛으로 유명한 미하일 탈. 공격형으로 유명한 알렉산드르 알레힌. 나는 『메리엄 웹스터 사전』에서, 다음에는 『월드북』에서, 마지막으로 내 방 서랍장 위에 있는 지구본에서 모스크바를 찾아보았다. 소비에트 연방이 무엇이고 그것과 러시아가 왜 다른지는 몰랐다. 아버지가 체스를 둔다고 했던 레닌도 소비에트 연방에 역할을 한 인물이었다. 스탈린도 그랬다. 아버지는 이들을 경멸했다. 루스벨트가 스탈린의 총에 맞아 무덤 속에 있기라도 한 것처럼 말했다.

"모스크바라고! 네 할아버지가 들으시면 심장마비를 일으키겠는 걸. 엄마는 시애틀을 생각했는데." 어머니가 말했다.

밖에서 쉐보레 경적이 울렸다. 방충망 문이 다시 닫히는 소리가 들렸다. 버너가 날 보려고 안으로 들어오고 있었다. "아빠 열받고 있어." 버너가 말하는 소리가 들렸다. 어머니는 몸을 숙여 내 이마에 얼른 입을 맞췄다. "그 얘긴 돌아와서 하자." 어머니가 말했다. 그리고 떠났다.

우리 가족이 미시시피 주 빌럭시에 살았을 때 — 내가 열한 살이던 1955년이었다 — 아버지는 그레이트폴스에서 그랬던 것처럼 기지에서 일하고 주말이면 집에 머물렀다. 아버지는 미시시피를 좋아했다. 아버지가 자란 곳과 가까워서였는데, 아버지는 멕시코 만을 좋아했다. 그때 아버지가 공군을 떠났다면 아버지에게도 어머니에게도 좋았을 것이다. 두 사람이 갈라서고 각자의 길을 갔을 수도 있었을 것이다. 아이들은 부모가 사랑해 주기만 하면 적응해 나가기 마련이다. 부모님은 우릴 사랑했다.

아버지는 보고 싶은 영화가 있거나 딱히 할 일이 없으면 토요일 아침에 날 데리고 극장에 가곤 했다. 멕시코 만에서 길이 끝나는 시내 중심가에는 트릭시라는 냉방장치가 되어 있는 극장이 있었다. 영화는 10시에 시작해 단편과 만화와 장편으로 4시까지 이어졌는데, 입장은 한 번만 가능하고 입장료는 50센트였다. 우리는 캔디와 팝콘을 먹고 닥터 페퍼 탄산음료를 마시면서 타잔이나 정글짐과 조니 맥셰인과 호팔롱 캐시디를 비롯해 로럴과 하디, 단편 뉴스 영화와 아버지가 좋아하는 오래된 전쟁 영화까지 전부 보았다. 우리는 오후 4시에 시원한 극장에서 나와 뜨겁고 소금기 있고 텁텁한 멕시코 만 해안으로 돌아왔다. 햇빛 때문에 눈이 부시고 속은 니글거리고 한나절을 별 의미 없이 보내 할 말도 없었다.

그런 어느 토요일 아침 아버지와 내가 어둠 속에서 나란히 앉아 있을 때 1930년대 뉴스 영화가 스크린에 떴다. 남서부 여러 주를 위협했던(아나운서가 말했다) 클라이드 배로와 보니 파커를 다룬 영화였다. 두 사람은 강도질과 살인으로 악명을 날리다 루이지애나의 한 시골길에 매복해 있던 보안대 총에 맞아 죽음으로 생을 마감했다. 그들은 고작 20대였다.

나중에 아버지와 내가 후텁지근하고 햇빛 쏟아지는 오후 — 6월이었다 — 로 걸어 나오니 눈도 아프고 머리도 무거웠는데 누가(트릭시의 경영자들) 그랬는지 극장 앞에 길쭉한 트레일러 트럭이 세워져 있었다. 트럭 위엔 네 짝 문이 달린 30년대식 회색 포드가 있었는데 구멍투성이고 창문은 부서져 있고 문과 엔진뚜껑도 구멍이 숭숭 나 있고 타이어도 바람이 빠져 있었다. 바퀴 옆에 페인트칠을 한 표지판이 있었다. "보니와 클라이드가 실제로 탄 차 — 가짜라고 증명하는 사람에게 만 달러 물어 드림". 극장주들은 차까지 나무 계단을 설치해 관람객들이 50센트를 내고 올라가서 차 안을 살펴볼 수 있게 해 놓았다. 마치 보니와 클라이드가 아직도 죽은 채로 있으니 모두 와서 보란 듯이 말이다.

아버지는 뜨거운 콘크리트 보도에 서서 줄지어 들어가고 멍하니 보고 농담을 하고 기관총처럼 떠들어대고 큰소리로 웃는 관람객들 — 아이들과 어른들, 남녀들 — 과 그 차를 응시했다. 아버지는 돈을 내고 볼 생각이 없었다. 저 차는 가짜라며 진짜는 절대 이런 곳에 두지 않는다고 했다. 세상일은 그런 식으로 굴러가지 않는다고. 게다가 페인트도 갓 칠한 듯하고 탄알 구멍도 진짜처럼 보이지 않는다고. 비행기에 난 탄알 구멍을 수도 없이 봤는데, 저것보다 더 크고 들쭉날쭉하다고 했다. 그렇다 해도 사람들은 저런 것에 돈 날리는 짓을 멈추지 않으리라.

우리가 보도에 서서 얼마간 차를 보고 있을 때 아버지가 말했다. "은행 강도가 되어 보고 싶지 않니, 델? 흥미진진하겠지. 그러면 엄마가 놀라겠지?"

"아니요." 나는 번쩍거리는 총알구멍이며 차창 속을 들여다보며 소리 지르고 히죽거리고 웃는 촌스런 사람들을 생각에 잠긴 얼굴로 쳐다보며 말했다.

"그래?" 아버지가 말했다. "아버지는 한 번 해보려고. 물론 저 두 사람보단 잘해야지. 머리를 쓰지 않으면 말이다, 구멍 숭숭 뚫린 스위스 치즈 꼴이 되기 십상이지. 엄마는 이 말을 오해하겠지. 엄마랑은 결부시킬 필요 없어." 아버지는 날 끌어당겼다. 아버지 셔츠에서 햇볕에 풀을 먹인 듯한 냄새가 났다. 우리는 오후 나절을 계속 걸었다.

이 얘기는 어머니에게 하지 않았고, 나 역시 누나와 함께 현관에 서서 부모님이 은행을 털기 위해 차를 타고 가는 모습을 지켜본 그날 이후로도 오랫동안 생각조차 하지 않았다. 당시는 그 모든 걸 짜 맞추지 않았고 나중에야 그렇게 했다. 그것은 아버지가 늘 하고 싶어 했던 일이었다. 어떤 사람은 은행장이 되고 싶어 한다. 또 어떤 사람은 은행을 털고 싶어 한다.

14

실제 은행 강도 사건에 대해 내가 아는 이야기의 대부분은 어머니의 일지와 「그레이트폴스 트리뷴」을 통해서 알게 된 것이다. 앞서 말했듯이 「그레이트폴스 트리뷴」은 뭐든 대중에게 생생하게 전달해야 할 의무가 있는 만큼 그 사건을 경고의 메시지가 담긴 익살극으로 다뤘다. 나도 부모님이 그런 일을 저질렀다는 사실에 매료되어 머릿속으로 사건을 재구성해 보았지만, 기사의 내용이 너무 우스꽝스럽고 의문스러워 충분히 와 닿지 않았다.

아마도 많은 사람들이 은행을 턴다고 하면 밤에 잠자리에 누워 철천지원수를 살해할 계획을 짜듯 철두철미해야 한다고 생각할 것이다. 복잡한 요소들을 짜 맞추고, 조목조목 바로잡고, 애초의 계산과 나중에 일어날 체포 가능성을 더듬어 확인해 보아야 한다고 말이다. 결국 우리는 우리 머리로는 도저히 생각해 낼 수 없는 논리에서 한 가지 지워지지 않는 문제에 봉착하고

만다. 그 후에는 매복해 있다 원수를 죽일 수 있겠다는 생각이야(생각은 할 필요가 있으니까) 납득이 가지만 그런 계획을 실행할 수 있는 것은 미쳤거나 자살 충동에 빠진 사람뿐이라고 결론을 내리게 된다. 세상이 그런 행동을 반대하기 때문이다. 어쨌거나 우리는 음모를 꾸미고 도모하고 살해하는 일에서 아마추어이고, 세상이 그토록 반대하는 일을 꺾을 만한 집념도 없다. 이 생각에 이르면 우리는 계획 따윈 잊고 잠을 청한다.

성공하고자 했다면 부모님은 우리 집 차가 금세 눈에 띌 거라는 사실을 깨달았어야 했다. 휘장을 뗐다고는 해도 아버지의 파란색 점프 슈트도 공군 신분을 밝혀 줄 요소였다. 바래지지 않은 대위 표시가 쉽게 눈에 띄었을 테니까. 아버지의 잘생긴 외모와 친절한 남부 억양과 태도도 노스다코타 은행에 있는 모든 사람들의 기억에 남을 터였다. 아버지가 그레이트폴스 기지에서 몇몇 사람들에게 은행을 털고 싶다고(농담이었다고 해도) 했던 사실도 속속 제기될 것이다. 부모님은 또한 아버지의 직관과 달리, 은행털이들은 군중 속에 섞이지 않고 자신이 예전과 다르고 다른 모든 사람과도 다른 존재가 되었다는 이유로 눈에 띈다 — 그 사실을 깨닫지는 못하지만 — 는 사실도 깨달았어야 했다. 이런 모든 이유로 누가 은행을 털었는지 찾아내는 것은 전혀 어려운 일이 아니다.

그러나 어떤 무능한 인디언 무리에게 진 하찮은 빚 — 어떤 식으로든 바로 잡을 수 있었던 문제 — 때문에 목요일 아침에 순진하게 차를 타고 떠난 내 부모님에게는 이런 생각이 떠오르지 않았다. 그렇지만 다음날 강력범이 되어 그레이트폴스로 돌아오는 차 안에서는 그 생각이 떠올랐던 것 같다. 자신들이 저지른 짓 때문에 도망을 쳐야겠다는 생각이 깨끗한 여름 하늘 위로 떠올랐으니 말이다.

15

부모님은 200번 고속도로를 타고 동쪽으로 달려 루이스타운과 윈네트를 지나 머설셸 강 유역으로 들어서 조던과 서클과 시드니로 향했고 산에서 미네소타까지 뻗어 있는 단단하고 마른 풀이 난 여름날의 고원을 통과했다. 부모님은 아는 이 하나 없고 아버지가 "출장" 중에 발견한 것 외엔 아는 것 하나 없는 곳에 와 있었다. 그것이 아버지 생각에는 대단한 일로 보였을 것이고 두 사람이 눈에 띄지 않는다는 느낌을 더 들게 했을 것이다.

아버지는 노스다코타 주 경계를 이리저리 교차하며 이틀을 계속 달려 크릭모어라는 마을(당시 인구 6백 명)과 노스다코타 농업은행에 당도했다. 중심가 건너편의 한 카페에서 점심을 먹었다. 아버지에게 말을 걸거나 아버지의 공군 복장에 관심을 보이는 사람은 없었다. (멀지 않은 미놋에 공군 기지가 있었기 때문이다.) 그래서 아버지는 그런 차림으로 은행이 문을 열자마자 들어가서 45구경 권총을 휘두르며 출납 계원들의 서랍에 든 돈과 널려 있는 다른 돈을 긁어모아 — 돈이 훤히 보이게 금고실 문이 열려 있지 않는 한 금고실에는 들어가려고 애쓰지 않을 참이었다 — 그 돈들을 가방에 담아 사라지면 사람들이 너무 놀란 나머지 기억을 못할 거라고 믿었다. 3분 안에 차를 몰고 서쪽의 몬태나 주 경계로 향하면 곧 막을 내리고 하찮은 존재로 돌아갈 수 있을 거라 믿었다. 어머니는 생김새가 너무 티가 나 차에서 나오지 않고 기다리고 있을 터였다. 아버지가 안에서 은행을 터는 동안 어머니는 엔진만 공회전시키고 있다가 아버지가 오면 떠날 것이었다. 그랬다, 그것은 대범한 계획이었다. 그러나 아버지는 일이 아주 간단하고 머리를 잘 썼다고 믿었다. 그 은행을 가본 적이 없어 더 유리할 거라고 믿었다. 대부분의 은행 강도들은 현장을 "보아 둘" 필요성을 느끼고 그렇게 했다가 사람들 머리에 무의식적인 기억을 심어 주어 나중에라도 그들을 알아보게 만들 수 있었다. 그러나 아버지는 나중에라도 알아볼 사람이 없을 거라 생각했다. 그렇게 이른 시간에 그런 작은 농업은행을 찾는 사람이 거의 없을 거고, 있다 해도 아버지의 위협용 45구경 권총에 얼이 빠져 아버지 자체도 아버지가 어떻게 생겼는지도 도통 주목하지 않을 거라고 생각했다. 총의 용도는 바로 그런 주의 전환이었다. 아버지는 적게는 5, 6천 달러, 많게는 만 달러를 챙겨 도망칠 수 있었다. 그것 또한 아버지는 나름 머리를 썼다.

아버지의 계획에서 난감한 대목은 은행을 턴 뒤 발각을 피하는 문제였다. 탁 트인 공간들이 아버지 편이 되어 줄 터였다. 그런 이점을 살리기 위해 아버지는 전주 목요일에 주 경계 건너편 크릭모어 남쪽에 있는 위보라는 몬태나 마을에도 가 보았다. 공인중개사 자격으로 위보 은행과 보험 회사와 술집에서 그 지역에 살 만한 농장이 있는지, 주인이 떠나고 비어 있는 곳은 없는지, 그레이트폴스의 고객을 대신해 자신이 계약을 할 수 있는지를 조사하고 다녔다. 아버지가 보기에 그 지역에는 그런 빈 곳들이 점점이 있었다. 아무도 그 땅을 주목하지 않았다. 지평선만 끝없이 펼쳐진 그곳에서는 누구도 눈에 띄지 않을 터였다.

마을 상인들과 지도를 통해 정보를 갖춘 아버지는 농장을 몇 군데 돌아보다 차량과 장비는 있지만 사람은 보이지 않는 곳에서 버려진 듯한 한 농장을 발견했다. 아버지는 농장 터로 들어가 차에서 내려 문을 두드렸다. 아무도 없는지 확인하려고 창문으로 집 안을 들여다보았다. 열쇠가 없지만 트럭들 중 한 대를 시운전해 볼까 했더니 아버지가 고른 트럭에는 열쇠가 있었고 트럭은 굴러갔다. 헛간은 문이 열리는지, 집은 쉽게 들어갈 수 있는지 확인해 보니 둘 다 가능했다.

아버지의 계획은 목요일 밤에 어머니와 함께 이 외딴 농장으로 차를 몰고 오는 것이었다. 차안이나 헛간이나 아니면 집 안에서 불도 켜지 않고 잘 생각이었다. 차는 헛간에 숨겨 둘 생각이었다. 아버지가 크릭모어에서 공군 가방에 권총과 모자(위장용)를 넣고 다니면서 훔친 노스다코타 번호판을 농장 트럭 중 한 대에 붙일 생각이었다. 이 농장 차 — 포드 트럭이었다 — 를 타고 두 사람은 다음날 아침 노스다코타 주 경계를 가로질러 가까운 크릭모어로 갈 생각이었다. 어머니는 은행 문 여는 시간에 농업은행 앞에 차를 세울 것이었다. 아버지는 트럭에서 내려 은행으로 걸어 들어가 은행을 털고 나와 트럭에 다시 올라탈 것이었다. 그러면 어머니는 차를 몰고 주 경계를 가로질러 쉐보레가 기다리고 있는 위보 농장으로 갈 터였다. 두 사람은 옷을 갈아입고 총과 모자와 파란색 가방과 노스다코타 번호판 — 돈을 뺀 모든 것 — 을 농장 연못이나 개천이나 우물에 버리고서 소풍 나왔다가 집으로 돌아가는 사람들처럼 그레이트폴스로 돌아갈 것이었다. 버너와 나는 집에서 기다리고 있을 것이었다.

아버지는 목요일에 루이스타운을 지나 노스다코타로 향하는 차 안에서 어머니에게 이 계획을 상세히 말해 주었다. 어머니는 은행을 터는 것에 대해 아무것도 몰랐다. 그러나 이번에도 주의 깊게 듣고 검토하면서 아버지의 계획이 너무 복잡하고 잘못될 가능성이 많다고 보았다. 어머니가 은행을 터는 일에 가담한 것은 어떤 이유에서였다. 가장 단순하고도 아주 믿을 만한 이유, 그러니까 사람들이 은행을 턴다는 것이었다. 이 말이 불합리하게 들린다면 여러분은 은행을 터는 건 미친 짓인 걸 알기에 그런 짓을 저지를 계획도 저지를 생각조차도 없는 사람의 관점에서 사건을 바라보고 있는 것이다.

어머니는 농장 주인이 집에 왔다가 차 안이나 집에서 우리 두 사람이 자고 있는 걸 보면 어쩔 거냐고 물었다. (아버지의 대답은 이랬다. 너무 졸려서 안전을 위해 차도를 벗어났다고 하면 아무도 고소하지 못할 것이라고. 아직 은행을 털지 않았으니 집으로 돌아가면 된다고.) 하지만 낡은 트럭이 도중에 고장이 나 크릭모어를 못 빠져 나가면 어떡해? (여기에 대해서는 아버지도 대답이 궁했다.) 쉐보레를 되찾으러 갔는데 누가 기다리고 있으면 어떡해? (아버지는 비어 있는 농장이면 쓸모가 있기 전까진 비어 있을 거라고 추정했다. 그것이 아버지의 사고방식이었다.)

어머니는 아버지의 방안이 변수가 너무 많다고 말했다. 실패

할 수 있는 지점이 너무 많다고. 더 간단하면 더 좋겠다고. 아버지를 인디언들과 딕비의 중개인으로 빠져들게 만든 계획부터가 너무 복잡했다고도 했다. 아버지는 충분히 신중하지도 충분히 세심하지도 않았고, 앨라배마의 시골에서 갱스터 영화를 너무 많이 보고 자랐다. 어머니는 갱스터 영화를 본 적도 없었고 보니와 클라이드 차와 아버지가 내게 노상강도가 돼 보고 싶다고 말했던 것에 대해서도 알지 못했다. 그런데도 어머니는 가담했다.

더 나은 계획 — 정말 간단했다 — 은 쉐보레 차 번호판을 노스다코타 번호판으로 바꿔 달고 아버지가 제안한 이른 아침에 크릭모어로 가서 은행 바로 앞이 아닌 은행 뒤에 차를 세워 두는 것이었다. 아버지가 은행에 들어가 은행을 털고서 건물을 돌아 나와 어머니가 기다리고 있는 차에 올라타 뒷좌석에 드러눕거나 짐칸에 타면 어머니는 왔을 때처럼 떠날 것이었다. 서두를 것도 없었다. 모든 게 자연스러워 보일 테니까. 이 계획은 자신들과 상관이 있지 않는 한 세상일에 흥미를 못 느끼는 인간 습성을 이용한 것이었다. 노스다코타 크릭모어 — 특이할 만한 일이라곤 일어나지 않는 마을 — 의 금요일 아침 9시에 거리에 있는 사람들에게도 해당되는 습성일 터였다.

어머니의 일지에는 아버지가 어머니의 더 간단한 계획에 대해 뭐라고 반박했는지 나와 있지 않았다. 4백 마일이 넘는 긴 여정이었다. 두 사람은 점심 먹을 때와 윈네트에서 기름 넣을 때를 빼고는 차에서 대부분의 시간을 보내며 서로의 의견을 충분히 나눴다. 어머니는 몬태나 주의 글렌다이브라는 마을에서 하루를 묵고 저녁을 들면서 보통 사람들처럼 보이는 것이 최선이라고 마침내 "아버지를 납득시켰다"고만 써 놓았다. 다음날 아침 두 사람은 일어나 크릭모어까지 약 60마일을 달려 계획한 일을 실행하고 누나와 내가 있는 집으로 곧장 달릴 예정이었다. 어머니는 아버지가 복면을 썼어야 했다고 말한다. 그러나 아버지는 그 마을에 자신을 아는 사람이 없으니 얼굴 자체가 이미 복면이라며 그 제안을 거절했다. 잘생긴 복면이라면서.

지나고 나서 보니 어머니의 계획이 이겼던 것이 몹시 아이러니하다. 불합리한 면이 많긴 했어도 아버지의 계획이 어머니의 계획보다 잘 먹혔을지 모른다. 아버지가 오랜 시간(어쩌면 몇 년이나) 궁리하고 숙고한 데 반해 어머니의 확신에 찬 계획은 두 사람을 당장은 아니더라도 금방 잡히게 했다. 벨 에어는 아버지가 전주 화요일에 크릭모어의 간이식당에서 점심을 먹었을 때부터 기억되었다. 두 사람이 금요일 아침에 크릭모어에 도착해 은행 뒤에 차를 세워 놓고 돈을 훔친 뒤 마을을 빠져나갔을 때 벨 에어는 거듭 인지되었다. 글렌다이브의 옐로스톤 모텔의 객실 담당 직원과 그레이트폴스 번호판과 자동차 앞 유리에 붙은 군용 매점 스티커를 알아본 도슨 카운티의 보안관이 차를 기억해 둔 것이었다. 아버지의 재미있는 남부 억양과 예의바른 태도, 공군 복장, 군용 45구경 총도 한몫했다. 은행 경비원은 점프 슈트 어깨에 해져서 조그맣게 난 구멍들까지 알아보았다. 그가 공군 하사로 복무한 적이 있어 어깨에 난 구멍들이며 옷감이 변색된 곳은 대위 표시의 흔적일 거라고 정확하게 추측해 냈다. 부모님은 그런 작은 목초지 마을의 삶을, 모든 사람이 모든 것에 주목하는 삶을 미처 알지 못했다. 그러나 쉐보레만 없었다면

이 후반부 일들 중 어떤 것도 그때까지 그레이트폴스 집에서 우리와 함께 있던 부모님과 직접적으로 결부되지 않았을지 모른다. 사건 당시는 아무도 생각지 못했지만 나중에 사람들이 쉐보레를 알아보고는 그때 일을 인지해 냈고, 놀랍게도 인지했다는 것조차 모른 채 인지해 낸 다른 사실들까지 그때 일과 짜 맞추었던 것이다. 나중에 밝혀졌지만 아버지는 크릭모어에서 그렇게까지 기억할 만한 인물은 아니었다. 아버지에게 불리한 증언이 나온 시점에서야 굉장히 기억할 만한 존재가 되어 버렸다.

부모님이, 내 어머니와 아버지가 가방에 권총을 넣어 둔 채 몬태나 주 한복판을 가로지르며 누나와 내 운명도 머지 않아 따르게 될 자신들의 운명을 향해 달리는 동안 차 안에서 무슨 얘길 나누었는지는 지금도 궁금하다. 많은 일이 그렇듯, 그 얘기도 흔한 생각과는 다르지 않았을까 싶다. 내 상상으로는(굳이 표현하자면) 부모님은 다투지도 않고 속이 끓거나 두려워하거나 혐오하지도 않았을 것 같다. 아버지는 어머니에게 강도질을 권하지 않았다. (그럴 필요가 없었다.) 어머니는 강도짓을 피할 수 있는 이유를 되풀이하지 않았다. (이미 결정된 사항이었으니까.) 아버지는 돈이 생기면 삶이 바로 서고 자신은 부유해지고 우리 가족은 흩어지지 않고 그레이트폴스에 정착해 정상적인 가족으로 살 수 있으리라 생각했다. (실제로 그렇게 말했다.) 아니면 자신이 영락없는 실패자고, 바보 같은 짓거리를 해왔다고 결론 내리고서 (농장이나 차를 팔거나 소를 훔치는 일보다 더 한) 뭔가 인상적인 일을, 아버지와 우리 가족 모두를 풍족하게 살게 하거나 풍족한 삶을 산산 조각 내 다시는 예전처럼 살 수 없게 만들 일을 하고 싶어 했을지 모른다. 아버지의 변덕스럽고 신중하지 못한 성격으로 볼 때 두 경우 모두 해당될 수 있었다. 그러나 인디언들에게 갚아야 하는 2천 달러는 은행을 털지 않고도 해결할 수 있었던 만큼 아버지가 원한 돈은 그 이상이었던 게 분명하다. 그 이상의 것이 — 그게 무엇이었든 — 아버지에게 강도짓이 갖는 의미였다.

물론 어머니의 경우에는 달랐다. 어머니는 단연 모험을 좋아하지 않았고 양식을 가진 사람이었다. 사태를 파악하고 좋고 나쁜 것을 식별하는 법을 배우며 자랐고 서른네 살의 나이에도 여전히 실현 가능한 미래를 그릴 수 있었다. 그러나 어머니가 그렇게 하기 — 아버지를 따라가고 더 간단한 계획을 궁리해 내고 차에 앉아 기다리다 강도짓이 완수되면 차를 타고 도망치기 — 로 동의했고 심지어 사건 전날 밤에도 기분이 좋았던 것을 보면 기꺼이는 아닐지라도 적어도 알고서, 그러니까 강도질이 끝나고 나면 사정이 나아질 수 있다는 생각으로 그렇게 했다고 해석해야 할 것 같다.

머리가 잘 돌아가는 분이었으니 어머니도 실수였다는 걸 알았을 것이다. 그 집과 얼마 되지 않는 가재도구를 그대로 두고 그 밤에 떠나지 않았던 일에 대해 말이다. 아버지가 공군에 적을 두고 있지 않았으므로 그레이트폴스에는 미련 둘 것이 없었다. 두 사람 다 쌓아 두는 걸 싫어해 쉐보레와 두 자녀 말고는 가진 것도 거의 없었다. 어머니의 머리는 그렇게까지 멀리 내다보지는 않았던 모양이다. 그렇게 했더라면 불확실성 때문에라도 엄두를 내지 않았을 것이다.

50년이 지난 지금 짐작컨대, 아버지가 털 만한 은행을 고르기 위해 다코타의 황무지를 배회하고 있을 때 어머니는 예기치 않게 찾아든 해방감과 안도감에 은행을 터는 것이 어쩌면 자신이 원하는 것을 손쉽게 거머쥐게 해 줄 모험이 되겠다는 잘못된 결론에 이르렀을지도 모른다. 그 결론은 어머니가 애초에 베브 파슨스와 결혼하도록 흔들었던 — 다르게 살 수 있었던 삶을 포기하고 더 모험적이고 더 뜻밖일 것 같았지만 그렇지 않았던 삶으로 이끈 — 잘못된 판단과 크게 다르지 않았을 것이다. 훔친 돈의 반만 있으면 어머니는 잘못된 판단으로 치욕이 돼버린 삶으로 돌아갈 필요가 없을 것이었다. 차를 타고 그 밤을 달려 회색빛의 낯선 샤이엔, 와이오밍, 오마하, 네브래스카에서 눈을 뜨고 이미 지겹도록 봐온 길을 또 좇는 것보다 강도짓이 더 나아 보였을지 모른다. 어머니의 일지에는 크릭모어로 가는 길에 어머니가 아버지에게 은행을 털고 나면 돈이 얼마일지는 몰라도 충분할 테니 반을 챙겨 우리 둘을 데리고 떠나겠다고 말했다고 적혀 있었다. 아버지는 웃으면서 "그래, 당신 기분이 어떨지 보자고"라고 말했다고 한다.

내게는 이것이 매혹적이지만 더 이상 물러설 곳이 없는 절벽 끝처럼 느껴진다. 표면적으로는 삶이 변한 게 없었던 만큼 두 사람은 여행하는 내내 이야기하고 비밀을 나누고 애정 섞인 말을 주고받았다. 그들은 그때 흉악범이 아니었다. 정상(正常)이라는 것이 얼마나 멀리까지 연장될 수 있는지 놀랍지 않은가. 뗏목을 타고 바다로 나가면 육지가 점점 작아지듯, 아니면 기구를 타고 대초원의 바람기둥에 휩쓸려 올라갈 때 땅이 넓어지고 평평해지면서 아래 세상이 점점 흐릿해지듯, 정상으로부터 멀어지면서도 어찌 하여 여전히 그것이 시야 안에 있다고 생각할 수 있는 것인가. 그 사실을 알아채기도 하고 알아채지 못하기도 한다. 어쨌거나 그때는 이미 너무 멀리 와 버려 길을 잃고 만다. 부모님이 파국적인 선택을 했기 때문에 나는 정상적인 삶을 불신하는 동시에 간절히 바라기도 하는 것 같다. 정상적인 삶을 꿈꾸면서 동시에 우리 부모님이 이른 끝을 수용하기란 힘들다고 한때는 생각했다. 그러나 내가 한 번 더 쓰고 있으니 시도는 해 볼 만하지 않은가. 이 이야기는 거듭 쓰지 않고서는 거의 이해할 수 없다.

전혀 다른 사람이 되기 전의 부모님의 마지막 모습을 떠올리면 동쪽으로 향하는 쉐보레에 처음으로 아이들 없이 나란히 앉아 두 사람은 전날 밤부터 생긴 오래된 친밀감을 조금 느꼈거나 더듬어 보았을 거라는 생각이 든다. 여느 부모들처럼 말이다. 상대를 통해 독특하고 유쾌하면서 너무나 본질적이어서 결코 따져 보거나 전혀 경험해 보지 못한 무언가를 성취했다는 — 연애 초기에나 한 번 가졌을 — 느낌을 말이다. 물론, 어머니가 임신을 하지 않았고 아버지가 신사답게 처신하지 않았다면 사랑이란 것이 으레 그렇듯, 두 사람 사이에 한때는 있었지만 아이 없이 끝난 사랑이었다는 것을 먼 훗날 놀라워하며 그 모든 일을 지난 추억으로 웃어넘길 수 있었으리라.

16

글렌다이브까지는 차로 6시간 30분이 걸렸다. 부모님은 옐로스톤 모텔에 투숙했다. 아버지는 기억에 남을 만한 말을 삼가면서 객실 담당원에게 애써 명랑한 모습을 보였다. 어머니는 이목을 끌고 인상을 남길 수 있어 아버지가 방명록에 이름을 적는 동안 차에 남아 있었다. 아버지와 어머니는 블라인드를 내리고 덥고 곰팡내 나는 객실에서 낮잠을 잤다. 7시인데도 아직까지 환한 시각 — 그런데도 마을은 휑했고 제비들은 떼 지어 옐로스톤 강에 비친 제 모습을 보고 뛰어들고 있었다 — 에 아버지는 차를 타고 마을로 들어가 조던 호텔에서 혼자 저녁을 먹고 아파 누워 있는 아내에게 가져갈 거라며 소고기 한 접시와 마카로니를 싸 달라고 부탁했다.

부모님이 그날 밤 — 강력범이 되기 전 — 을 어떻게 보냈는지는 어머니 일지에 자세히 적혀 있지 않아 알 길이 없다. 그런 밤을 견본으로 삼을 만한 글도 없다. 부모님은 찌는 듯이 더운 객실에 있었다. 꼭 필요한 주제만 이야기했거나 공상을 했을 것이다. 보통 사람들이었다면 새벽 2시에 겁에 질려 땀범벅이 되어 잠에서 깨어 옆에 누운 사람을 깨워 테이블 램프를 움켜잡고 이렇게 소리쳤을 것이다. "아니야, 잠깐만! 잠깐만! 우리가 대체 뭘 하고 있는 거야? 이런 지경에 처해 계획을 꾸미고 여기까지 차를 몰고 와 모든 일이 잘 될 거라고 상상한 것까진 좋아. 하지만 이건 미친 짓이야! 아이들이 있는 집으로 돌아가서 다른 방법을 강구해야 해." 이것이 이성적인 사람들이 반성의 순간이 왔을 때 생각하고 말하고 행동하는 방식이다. 그러나 우리 부모님은 그렇지 않았다. 어머니는 일지에 이렇게 써 놓았다. "글렌 다이브의 밤은 너무 더워 잠을 잘 잘 수가 없었다. 파나마 운하, 어쩌면 수에즈 운하를 통과하다 곤경에 빠져 오도가도 못 하는 신세가 된 보트 — 배 — 를 탄 기분 나쁜 꿈을 꾸었다. 남편은 언제나처럼 숙면을 취하고서 일찍 깼다. 내가 눈을 떴을 때는 남편은 옷을 입고 의자에 앉아 권총을 만지작거리고 있었다."

부모님이 다음에 한 일은 7시 30분에 일어나 옷을 객실에 어질러 놓은 채 아침도 먹지 않고 문에다 **방해 금지**라고 쓴 카드를 걸어 놓고 모텔을 나온 것이다. 두 사람이 방에서 늦게까지 자고서 볼일을 보러 갔다 돌아오는 것처럼 보이기 위함이었다.

부모님은 동쪽으로 달려 아버지가 어머니의 더 간단한 계획에 굴복하기 전 애초 계획했던 곳 근처 — 트럭을 빌리겠다고 한 비어 있는 농장 — 에 있는 위보라는 작은 마을을 통과했다. 두 사람은 위보를 지나 노스다코타 주 경계를 넘었다. 그곳에는 또 다른 주의 시작을 알리는 작은 금속 표지판만 있었다. 주 경계에서 멀지 않은 곳에서 부모님은 비포장 농장 길로 방향을 틀어 높은 가지에 까치들이 앉아 있는 푸른 미루나무 숲 너머 시

내가 흐르는 보리밭에 들어섰다. 아버지는 차에서 내려 이글거리는 아침 햇빛 속에서 번호판을 바꾸었다. 다시 달 생각으로 검정색 글자가 찍힌 몬태나 번호판을 떼고 사흘 전 훔친 평화의 정원으로 불리는 노스다코타의 녹색과 흰색 번호판을 달았다. 아버지는 눈에 띄지 않을 거라고 여겨 푸른 점프 슈트에 테니스화로 갈아 신었고, 입었던 멋진 옷은 부츠와 함께 떨어져 있는 나무 가지 아래 포개 놓았다. 어머니는 차에 남아 뱀이 나오지 않을까 떨고 있었다. 그런 다음 두 사람은 다시 고속도로로 돌아와 동쪽으로 방향을 꺾어 주 경계를 넘으면 처음 등장하는 마을, 그것 때문에 선택한 크릭모어로 들어섰다.

농업은행은 크릭모어의 시내 중심가 서쪽 끝에 있었다. 아침 8시 58분인데도 거리에 사람이 많아 아버지는 적잖이 놀랐다. 농장 트럭과 밀 깎는 기계류와 곡물 차량들이 오가고 있었고 사람들은 장을 보러 나와 있었다. 아침형 인간들의 마을이었다. 계획대로 아버지는 중심가로 차를 몰지 않고 보험회사가 자리한 첫 번째 모퉁이에서 방향을 꺾어 자신이 아는 뒷골목으로 반 구역쯤 들어갔다. 잡초와 자갈이 많아 차가 고장이 날 수도 있었지만 은행 뒤편에는 다른 건물이 없었다. 아버지는 자갈투성이 골목으로 들어가 은행 뒤편에 차를 댔다. 직원 차 두 대가 세워져 있었다. 아버지는 일을 오래 끌 생각이 없었다. 모든 일을 가능하면 주의를 끌지 않고 처리하고 싶었기에 어머니의 충고를 듣지 않고 변장을 하거나 가면을 쓰지 않기로 했다. 이때까지도 아버지는 자신이 은행 강도로는 보이지 않는다고 믿었다. 용모도 반듯하고 머리도 산뜻하게 쳤고 면도도 했으니까. 훤한 얼굴의 아버지는 전형적인 노스다코타 사람다웠다(점프 슈트를 제외하고).

부모님이 은행 뒤편에 도착한 때는 9시 3분이었다. 아버지는 갈색 모자를 쓰고 점프 슈트 주머니에 장전한 총을 넣고 차에서 얼른 내렸다. 두 사람은 말을 하지 않았다. 아버지는 은행과 보석 가게를 가르는 어둑하고 포장이 덜 된 옆 골목으로 곧장 들어갔다가 중심가 보도에 나타났다. 예상 외로 태양이 눈부셨고 하늘도 더 높고 푸르렀다. 아버지는 태양에 찍힌 점들까지 보았다고 어머니에게 전했다. 그 무서운 순간에 아버지는 어느 쪽으로 방향을 틀어야 할지 몰랐다. 게다가 거리는 5분 전보다 훨씬 더 북적거렸다. 어머니의 일지에 따르면 아버지는 돌아서 골목으로 다시 들어갈 뻔했다고 한다. 그렇게 할 수도 있었던 순간이었다. 그러나 순간적으로 아버지는 이런 북적거림이 은행을 빠져나왔을 때 주의 전환이 되겠다고 판단했다. 돈 가방을 들고 나오기까지는 3분밖에 걸리지 않을 것이다. 아버지는 눈에 띄지 않고 골목으로 다시 사라질 수 있었다.

아버지는 달아오른 차도를 따라 몇 발짝을 걸어 놋쇠 틀에 고급 유리가 끼워진 커다란 은행 문에 이르렀다. 선글라스를 꼈더라면 눈이 가려져 변장 효과가 났겠구나 하는 생각을 했다. 아버지는 은행으로 곧장 들어갔지만 뒤에서 문이 닫히는 순간 멈칫했다. 은행 안이 너무 시원하고 어둑하고 조용하고 평온했던 것이다. 밖은 부산하고 뜨겁고 시끄러웠다. 은행 규모가 너무 작은 것에도 아버지는 놀랐다. 혹시라도 누가 기억할 거라는 생각 없이 들어왔기 때문이었다. 고객이라고는 차단막이 쳐진 창구 세 개 중 한 곳에서 격자창 사이로 이야기를 나누고 있는 사람뿐이었다. 작고 마른 금발의 여자였다. 그 여자는 출납 계원이 지폐를 세어 이웃한 보석 가게의 돈궤가 되어 줄 천 주머니에 넣는 것을 지켜보고 있었다. 아버지는 은행에서 광택제 같기도 하고 새로 산 냉장고를 열었을 때 같은 냄새가 났다고 어머니에게 말했다.

이 시점에 아버지는 얼른 주의를 모아 주머니에서 45구경 권총을 꺼내 자리에 앉은 출납 계원의 창구로 걸어갔다. 다른 두 직원은 착석해 있지 않았다. 아버지는 사람들에게 은행을 털러 왔다고 선언했다. 자신이 말이다. 보석상 고객과 은행 간부 두 명 — 금속 칸막이 뒤에서 정장 차림으로 책상에 앉아 놀란 토끼눈을 하고 아버지를 쳐다보고 있는 남자들 — 과 비어 있는 직원 책상에 앉은 나이 지긋한 경비원에게 대리석 바닥에 바짝 엎드려 시키는 대로만 하라고 소리쳤다. 경보기를 누르거나 소란을 피우거나 일어서려거나 예기치 않은 돌발 행동을 하면 쏘아 버릴 거라고 말했다. (나중에는 이 사실을 부인했다.)

이 순간 — 선언하고 총을 꺼내고 "움직이면 쏜다"라고 연극조로 명령한 이 순간 — 이야말로 아버지가 진실로 즐거워하고 자신의 존재를 자각하고(일본 하늘에서 엄청난 폭탄을 떨어뜨린 이래로), 그토록 오랫동안 원하던 일을 마침내 하고 있다는 흥분을 느꼈던 순간이었을지 모른다. 이런 기회를 얻게 된 것은 부당하게 돌아간 상황(인디언들, 일자리, 공군, 어머니) 때문이고 무장 강도만이 만족스러운 해법이자 보상책이라고 느끼면서 말이다. 왜냐하면 아버지가 훔치는 것은 예금자가 아닌 정부의 돈이고, 정부를 위해 아버지는 수없이 희생하고 수천 명을 죽인 애국자이며, 정부는 무고한 사람의 돈을 한 푼도 축내지 않으면서 우리 가족의 모든 문제를 한방에 해결해 줄 무한 재원을 가지고 있으니까.

이런 흥분이 오래가지는 않았을 것 같다. 아버지는 은행 간부들과 경비원은 주시하면서도 무릎 자세로 힘겹게 딱딱한 바닥을 뱀처럼 슬금슬금 움직이고 있는 보석상 점원에게는 거의 주목하지 않은 채 출납 계원의 대리석 계산대에 가방을 올려놓고 그에게 서랍 세 개를 모조리 비우고, 세기만 하고 보석상이 아직 수령하지 못한 돈도 가방에 넣으라며 말하지 말고 얼른얼른 하라고 지시했다. 출납 계원이 지폐 뭉치를 가방에 넣어 볼링공이 들어갈 만큼 부피가 커졌을 때 간부 두 명 중 래시 클로즌이라는 날렵한 부지점장 — 나중에 법정에서 아버지에게 불리한 증언을 한 사람 — 이 머리를 쳐들어 아버지를 올려다보고 물었다. "고향이 어디시오, 당신?" (아버지의 앨라배마 억양을 간파한 것이었다.) "이럴 필요가 없지 않소. 이런 식으로 하는 건 잘못된 방법이오." 그러자 차가운 바닥에 엎드려 있던 보석상 점원이 말했다. "당신은 돈을 갖고 도망가지 못할 거요. 마을을 빠져나가기도 전에 총에 맞을 거요. 총을 가진 사람이 당신만이 아니니까."

아버지는 그 말을 들었을 때 자존심이 팍 상해 은행에 있는 모든 사람들에게 "거대한 분노의 물결"을 느꼈다고 어머니에게 말했다. 한 명씩 쏘아 버려 자신이 잡힐 가능성을 없애고 그들을 꼴좋게 자신보다 더 불운하게 만들어 버리고 싶은 유혹을 느꼈다고 한다. 그렇게 하지 않은 것은 총살이 계획에 없었기 때문이었다고 아버지는 어머니에게 말했다. 오랫동안 은행을 털 생각을 품고 그 생각을 즐겼지만 아버지의 계획에 살인은 들어 있지 않았다. 아버지는 똑똑한 사람은 그러는 거라면서 그 계획을 지킬 생각이었다. 그러나 살면서 훨씬 더한 짓도 했던 만큼 그들을 죽일 수도 있었다고 했다. 그들은 직접 죽이는 것은 비행기에서 폭탄을 떨어뜨리는 것과는 차원이 다르므로 범행 후 자랑을 할 수도 있었다.

서랍에 있는 돈을 모조리 가방에 넣은 뒤 젊은 여직원은 창구 뒤에 서서 아버지를 똑바로 응시했다. 나중에 진술하길 아는 사람 보듯 아버지를 보았다고 했다. 아버지도 사람들 모두 자신을 주의 깊게 보았고 권총이나 심지어 강도짓에도 크게 놀라워하지 않았다는 것을 알았다. 여기 은행은 아버지만이 아니라 누구한테도 털려 본 적이 없었다. 그러니까 아버지는 벌써부터 사람들에게 잡히고 있었던 셈이다. 더 많이 놀란 쪽은 아버지였을지 모른다. 아버지가 나중에 어머니에게 말하길, 잡히겠다는 생각이 이때 처음으로 진지하게 들었다고 한다. 그 순간에는 강도짓을 포기하고 싶었다고. 물론 가능하지 않았지만. 아버지는 열린 금고 위에 걸린 커다란 벽시계를 쳐다보았다. 9시 9분이었다. 놋쇠와 은과 강철로 이루어진 금고가 유혹하듯 벽 속에 들어가 있었다. 수천 달러가 그 안에 있었다. 그러나 아버지는 그 많은 돈을 가방에 담을 수도 없고 그 많은 돈이 필요하지도 않다고 판단했다. 아버지가 농업은행에 머문 시간은 4분이었다. 모두가 아버지의 얼굴을 보았다. 모두가 아버지의 부드러운 음성과 남부 억양을 들었다. 은행 강도가 든 이 날을 이야기할 때면 모두들 죽는 날까지 아버지를 떠올리게 될 것이다. 아버지는 그 모든 걸 알았다. 어쩌면 그 사실을 좋아했을지도 모른다. 아버지는 자신의 땀 냄새를 맡을 수 있었고, 다른 사람들도 맡을 수 있었다. 이제 아버지에게 남은 일은 2천 5백 달러가 든 돈 가방을 들고 떠나는 것이었다. 아버지는 그렇게 했다. 군더더기 말없이. 마치 은행을 턴 것이 해서는 안 될 나쁜 짓이었다는 듯이.

17

아버지가 은행 뒤편에 주차를 한 뒤 어머니는 운전석으로 옮겨 앉았다. 발이 닿게 운전석을 앞으로 당겼다. 어머니는 시동을 켜 놓고 기다렸고 아버지가 돈 가방을 들고 골목에 나타났다. 아버지는 곧장 뒷좌석에 올라타 담요를 덮고 웅크리고 있었고, 어머니는 은행에서 일어난 일과 노스다코타 번호판을 단 희고 빨간 쉐보레와는 아무 상관이 없다는 듯 천천히 차를 몰아 서쪽으로 향해 유유히 마을을 빠져나갔다.

좌회전을 하려고 중심가 모퉁이로 차를 대고 있을 때 어머니는 은행이 자리한 그 구역에서 겪고 싶지 않은 일을 전혀 겪지 않았다고 썼다. 어떤 여자가 은행으로 들어가고 있었다. 경보기도 울리지 않았고 보안관이나 주 경찰도 도착하지 않았으며 "강도야!"라고 소리치며 달려 나오는 사람들도 없었다. 무사히 빠져나가겠다고 어머니는 생각했다. 아버지나 몬태나의 그레이트폴스가 들어 있지 않은 새로운 삶을 곧 보게 될 거라고 생각했다.

계획에 따라 어머니는 아버지를 뒷좌석에 숨긴 채 몬태나 주 경계로 다시 차를 몰아 울퉁불퉁한 농장길을 달려 보리밭을 지났고 불과 한 시간 전에 왔던 미루나무 숲과 개울에 당도했다. 아버지는 차에서 내려 먼지와 열기 속에 점프 슈트과 테니스화를 벗고 속옷 바람으로 돈(훔치기로 한 액수보다 적다는 걸 아버지는 알고 있었다)을 뒷좌석 뒤로 쑤셔 넣었다. 빈 파란색 가방 속에 점프 슈트와 신발과 총과 모자와 담요와 녹색과 흰색이 섞인 노스다코타 번호판에다 먼지 낀 돌덩이 몇 개를 밀어 넣어 개울에 던졌다. 가방은 가라앉지 않고 누런 물거품 속에서 소용돌이치다 사라졌다. 그러나 아버지는 아무도 볼 사람이 없으니 괜찮다고 생각했다. 아버지는 청바지와 흰색 셔츠로 갈아입고 부츠를 신고 몬태나 번호판을 다시 달았다. 어머니는 고속도로로 다시 차를 몰아 주 경계 방향으로 좌회전했고, 두 사람은 모든 걸 뒤로했다.

글렌다이브에서 부모님은 옐로스톤 모텔에 차를 세웠다. 아버지는 방으로 들어가 버려둔 옷가지들을 챙겼다. 모텔 사무실로 가서 객실 담당원 — 전날 밤 손님을 받은 직원이 아니었다 — 에게 말했다. 아버지는 현금으로 모텔비를 치르면서 요즘 하늘에는 위성이 많아 누가 무슨 짓을 하는지 모두가 알게 될 거라고 농담을 했다. 객실 담당원이 나중에 떠올리기를 생소한 얘기였다고 했다. 아버지는 객실로 돌아가 어머니의 작은 여행 가방을 쉐보레에 옮겼다. 어머니는 차에서 기다리고 있었다. 아버지는 운전석에 올라타 그레이트폴스로 차를 몰았다. 모든 일이 어머니의 간단한 계획대로 진행되었다. 부모님이 잡힐 수도 있다는 생각을 했다 — 했어야 했다 — 고 해도, 집으로 오는 차

안에서 자신들과 우리 가족 앞에 펼쳐질 더 나은 삶을 기다리고 있을 나와 버너를 떠올리는 동안 마음이 놓이고 행복해져 그 생각은 깡그리 지워졌을지 모른다.

18

무장 강도의 여파와 부모님이 이제 곧 감옥으로 향할 범죄자가 된 것과 관련하여 내가 계속 생각해 온 세 가지가 있다.

하나는 부모님이 시종일관 서로 달랐다는 점이다. 누나와 나는 그 사실을 받아들이며 자라 왔다. 이런 현격한 차이 — 성격, 외모, 사고방식, 기질(앞에서 묘사한 적이 있다) — 는 나와 버너의 삶을 구획하는 양극을 이루었다. 우리 둘은 부모님의 서로 다른 특성을 지니고 있었다. 어떤 것은 내게 있고 어떤 것은 버너에게 있었지만, 그분들과 아주 비슷하지는 않았다. 나는 낙천적이었지만 아버지만큼 낙천적이지는 않았다. 신중했지만 어머니만큼 완강하고 회의적이지는 않았다. 버너는 어머니를 닮았지만 어머니보다 컸다. 열다섯 살인데 키가 170센티미터나 되었다. 아버지처럼 상냥한 면이 있었지만 그것을 감추고 어머니처럼 그런 면이 없는 듯이 굴었다. 우리 둘은 어머니를 닮아 꽤 똑똑했다. 그러나 버너는 실리적이었는데, 부모님은 그렇지 않았다. 버너는 기분파면서도 부모님처럼 꺾일 줄도 알아 어떤 시점에서 실패와 운명을 받아들이는 편이었지만 나는 그런 적이 없었다.

그러나 부모님이 노스다코타 은행을 털고 집으로 돌아와 우리 가족이 다시 모였을 때 — 경찰이 오기 전까지 — 버너와 나는 어머니와 아버지의 차이가 줄어든 것 같다는 걸 단박에 알아차렸다. 의견 합의가 훨씬 잘됐고, 한숨이나 말다툼이나 원수처럼 굴던 일도 현저히 줄어들었다. 부모님이 떠났다가 돌아오기 전에는 볼 수 없던 모습이었다. 내 판단으로 이 새로운 유대는 부모님이 떠나기 전날, 그러니까 두 사람의 기분이 아주 좋았던 그날 밤에 형성된 것이었다. 이미 말했듯이 마치 서로에 대한 옛 호감이 되살아나 양극의 간격이 줄고 서로 좋아해서 결혼까지 한 사이인 걸 기억해 낸 사람들 같았다.

강도 행위 후 며칠 동안 부모님이 무슨 생각을 했을지는 신만이 알 것이다. 훔친 돈은 집 안 어딘가에 있었다. 부모님은 남들 눈에 띄고 적대적인 사회 속에 있다(하루 전만 해도 눈에 보이지 않는 사람들이었건만)고 느꼈을 것이다. 개인적인 이유로 마음 졸였던 이전의 삶이 당황스러울 만큼 갑자기 손이 닿지 않는 것만 같았을 것이다. 너무 멀리 떠내려간 뗏목이나 높이 떠오른 풍선처럼 말이다. 과거는 비참하게 끝났고 미래는 위태로웠다. 부모님을 뭉치게 한 데는 이것도 한몫했을지 모른다. 결과에 대한 뜻밖의 공동의 자각이었다. 그런 자각이 두 사람에게 충분히 스며들지는 않았었다. 어쩌면 결과를 자각하지 못한 것이 그분들의 가장 큰 흠이었을지 모른다. 물론 행동에는 결과가 따른다는 것을 알 만한 분별은 있었다.

두 번째는 어머니의 일지를 읽은 후에야 떠올리게 된 궁금증이다. 어머니가 감옥에서 스스로 목숨을 끊고 수십 년이 흘러 아버지가 공범자로 원한 쪽은 어머니가 아니라 나였다는 사실을 알게 된 때였다. 그때 나는 궁금했다. 아버지는 과연 은행을 털 생각이고 내가 도와주면 좋겠다고 내게 말을 했을까? 열다섯 살 난 아들에게 이 문제를 꺼내기 위해 어떤 말을 골랐을까? 목요일 아침에 내가 깨어날 즈음 내 방으로 들어와 개인적으로 할 얘기가 있다며 그 얘길 전했을까? 아니면 기다렸다가 우리가 머설셸을 지나 동쪽으로 향하는 차 안에서 그 기이한 주제를 꺼냈을까? 아니면 크릭모어에 막 들어섰을 때 말했을까? 아니면 말하지 않고 날 위장물로만 이용하고 은행 뒤편에 세워 놓은 차에 날 앉혀 놓고 아무것도 모른 채 아버지가 나타나기만을 기다리게 했을까?

만약 아버지가 그 제안을 했다면 나는 뭐라고 대답했을까? 안 된다고? 절대 그럴 수 없다고 했을까?(이론상으로는 그랬을 것이다.) 물론 나는 네라고 대답했거나, 아니면 말없이 따라나서기만 했을 것이다. 나는 버너처럼 반항적이거나 자기주장이 강하지 않았다. 아버지를 사랑했고 아버지 식대로 세상을 보고 싶었다. 만약 내가 공범자가 되었다면 아버지와 나 사이에 무엇이 달라졌을까? 모르긴 해도, 전부겠지. 나는 하루아침에 어른이 되었을까? 내 인생은 망가지고 말았을까? 우리는 아버지와 아들이기보다 형제처럼 되었을까? 학교 선생님 대신 범죄자가 되어 있을까? 모두 다 가능했다.

그래서 또 하나의 의문이 든다. 우리가 함께 붙잡혔다면 어떻게 되었을까? 잡혀서 감옥에 갔을까? 아니면 보니와 클라이드처럼 경찰의 습격을 받고 사살돼 영화로 만들어졌을까? "아버지와 아들이 은행을 털다 총살되다." 이것은 아버지가 큰맘 먹고 접은 생각이자 어머니가 날 구해 낸 운명이다.

만약 부모님이 잡히지 않았다면 은행 강도로서의 삶을 끝낼 수 있었을까? 내가 계속 생각해온 세 번째 궁금증이다. 어머니의 경우에는 우리가 아는 한 분명 그랬을 것이다. 적어도 내 추리에 따르면, 어머니에게는 은행 강도를 한 번은 할 만한 목적 — 만족스럽지 않은 삶을 뒤로하는 것 — 이 있었다. 그 목적만 성취되면 어머니는 의심할 여지없이 어디 다른 곳에서 새 삶(버너와 나와 함께)을 시작했을 것이다. 어머니는 고작 서른넷이었다. 어머니가 은행 강도를 영원히 뒤로 하고 어디 작은 대학에서 교수로 살았을 — 사람들을 덜 멀리하고 재혼하지 않고 운명에 순응하며 — 거라고 생각해도 터무니없지 않았다.

아버지의 경우에는 확신하기가 힘들다. 아버지는 은행 강도를 좋아했거나 좋아한다고 믿었다. 강도질이 잘 풀렸다면 전에도 말했듯이 아버지는 성격상 계속 잘 풀릴 것이고 어쩌면 더 잘 될 거라고 생각했을 수도 있었다. 못해도 한 번은 더 했을 것이다. 게다가 아버지는 자신의 생각이 틀렸다는 증거가 산더미처럼 있어도 자신은 은행을 털 만한 사람으로 보이지 않는다고 믿었다. 물론 그것은 아버지의 대단한 오해였다.

19

부모님은 금요일 밤에 7시가 넘어 집에 도착했다. 지치고 심란하지만 집에 와 마음이 놓이는 듯했다. 나는 흥분해서 버너와 내가 지난 이틀을 어떻게 보냈는지, 무슨 일이 있었고 무엇을 보고 무슨 생각을 했는지 말하기 시작했다. 인디언들은 몇 번이나 우리 집 주위를 맴돌았다. 전화기가 수없이 울렸지만 우리는 받지 않았다. 버너와 나는 먹다 남은 스파게티와 삶은 달걀과 토스트를 만들어 먹었다. 체스도 두고 「언터처블」, 어니 코바치 쇼와 뉴스도 보았다. 나는 잔디를 깎았고 벌들이 차고 옆 백일초에 앉아 일하는 모습을 관찰했다. 밤에는 현관 그네에 앉아 별들을 바라보곤 했다. 집에서 멀지 않은 데서 진행되고 있는 몬태나 박람회의 떠들썩한 소리도 들었다. 와일드웨스트 로데오에서 아나운서가 확성기로 말하는 소리, 마차 경주, 관중들의 환호성. 증기 오르간 소리. 어떤 남자의 증폭된 웃음소리.

부모님은 마음이 복잡해 보였고 서로에게 신경을 썼다. 상대의 화를 돋우지 않으려고 조심하고 있는 듯했다. 어머니는 목욕을 하고 부엌에 들어가 햄을 얇게 썰어 프렌치토스트를 만들었다. 아버지는 저녁보다 아침을 좋아했고 아침 식사가 위에 더 좋다고 믿었다. 아버지는 집 밖으로 나가 차를 뒷골목 쪽으로 몰았다. 여간해선 하지 않는 행동이었다. 그도 그럴 것이 아버지는 팔려고 애는 썼지만 팔지 못한 선전용 모델들 못지 않게 벨 에어도 자랑스러워했기 때문이다. 게다가 열쇠는 평소처럼 차에 꽂아 두지 않고 차 문을 잠그고 집으로 가지고 들어왔다.

식구들이 모두 식탁에 앉았을 때 아버지는 알아보러 갔던 사업에 뛰어들었다간 미친 짓이 되고 말 거라고 했다. 유정(油井)이더라고, 의미심장하게 말하고는 빙긋이 웃으며 한심한 생각이었다는 듯 고개를 저었다. 그 점을 지적해 준 사람은 어머니였다고 했다. 어머니를 데려간 것은 현명한 처사였다고. 어머니의 사업 감각이 날카로웠다고 했다. 이제부터는 농장과 목장을 사고 파는 일에만 전념할 생각이라고 했다. 그 일은 안정적이라고. 조만간 우리 땅을 가질 기회가 올 거라고도 했다. 우리는 그레이트폴스에 머물 거라고. 버너와 나는 2주 후에 학교에 갈 수 있다고. 바가미안 씨에게 우리 집을 사겠다고 할 생각이라고. 우리 집이 요즘은 짓지 않는 "장인 주택"[19)]이라고 했다. 페인트칠도 새로 하고 벽지도 새로 발라야 한다며 홀과 벽난로가 없는 것이 아쉽다고 했다. 그러나 다른 운치 있는 특징들이 있다며 거실 천장에 있는 원형 돋을새김이 그 중 하나라고 했다. 아버지는 집의 대칭과 견고한 스타일에 감탄했다. 거실 창으로 들

19) 1930년대에 유행했던, 미국 전역에서 쉽게 발견할 수 있는 스타일의 집. 정문 현관 공간이 길고 넓으며 이것을 지지하는 기둥 모양은 긴 사다리꼴이다.

어오는 바깥 빛이 근사하고 — 사실이었다 — 여름에는 시원하다고도 했다. 그래서 아버지가 앨라배마에서 살던 "터널형 통로" 집이 생각난다고 했다. 이제는 이사할 생각이 없다고 했다. 그 말을 듣고 나는 안도했지만 자신이 알고 있는 삶을 전부 뒤로 하고 루디 패터슨과 도망칠 결심을 한 버너에겐 아무런 감흥이 없었을지 모른다.

나는 아버지가 집에 왔을 때 전날 아침 가지고 나갔다가 잃어버렸다고 했던 파란색 가방을 가지고 온 것을 알아챘다. 아버지는 자기 물건이라면 군대식으로 몹시 신경을 쓰는 사람이었다. 내가 아버지의 양말 서랍을 다시 들여다보니 권총이 없었다. 그래서 출장 가서 무슨 일이 있어 권총을 가져오지 못했다고만 여겼다. 무슨 일인지는 짐작이 가지 않았다. 나는 또 아버지가 저녁을 먹고 우리에게 그레이트폴스에 머물 거라고 한 뒤에도 부츠를 벗지 않고 흰색 셔츠와 청바지 차림 그대로 거실에 앉아 TV를 켜서 「섬머 플레이하우스」를 보고 부엌 문 틈으로 설거지를 하고 있는 어머니와 이야기하고 있다는 사실도 알아챘다. 아버지는 어머니에게 그레이트폴스도 편안하지만 앨라배마로 돌아가도 행복하겠다고 말했다. 친척들이 가까이 있으니 이득이라고. 어머니는 고향 근처에 살겠다는 건 결코 나쁜 생각이 아니라고 대답했다. 많은 사람들이 평생을 그 생각과 싸우며 산다고, 아직 젊은데 그런 생각을 하다니 운이 좋다고도 했다.

물론 모든 것이 거짓이었다. 부모님이 선언한 것, 서로를 대하고 있는 태도, 우리가 믿어 주기를 원한 것, 두 분이 그려 보인 미래까지. 부모님은 자신들이 저지른 행위에 옷을 입히고 자신들이 바란 결과를 멋들어지게 꾸미면서 윤색을 하고 있었다.

그러나 사건은 우리가 꾸미는 대로 되지 않는 법이다. 부모님은 재앙을 앞서 달리고 있었다. 하지만 두 사람은 모든 것이 떠났을 때와 같은, 버너와 나를 비롯해 모든 것이 똑같아 보이고 상황이 달랐다 해도 똑같았을지 모를 익숙하고 평화로운 곳으로 돌아와 있었다. 어쩌면 부모님은 자신들이 똑같다고, 전처럼 살 수 있다고 생각했을지 모른다. 그들의 문제도 그대로 있었다. 욕망도 그대로였다. 파국적인 결과가 대기하고 있다는 것, 자신들을 덮쳐 두 사람의 삶에 종지부를 찍으려 하는 일들이 다가오고 있다는 생각이 부모님에게는 충분히 미치지 않았다. 부모님은 여전히 전처럼 생각하고 행동하고 이야기할 수 있었다. 그 점은 용서할 만하고, 본인들이 내팽개친 삶을 마지막으로 맛보며 황홀해한 것은 마음에 들기까지 한다.

20

토요일 아침에 나는 어머니가 통화하는 소리에 잠에서 깼다. 어머니는 무언가를 힘주어 말하고 있었는데 내가 화장실에 가려고 전화기가 있는 복도 구석 벽으로 가자 가까이 오지 말라고 손짓했다. 아버지는 집에 안 계신 것 같았다. 차가 돌아와 있던 자리에 없었다. 밤사이 날씨도 달라졌다. 집이 시원하고 바람이 불었는데, 앞문과 뒷문이 모두 열려 있었다. 부엌 창문으로 옅은 구름이 서쪽에서 바삐 달려오는 모습이 보였고, 햇빛은 연두색을 띠고 있었다. 커튼이 파도치듯 출렁거렸고, 우리 집 뜰과 길 건너 공원에 서 있는 느릅나무들은 비라도 내리는 듯 앞뒤로 흔들거렸다. 우리가 버린 옷가지들이 성 빈센트 드 폴 트럭을 기다리며 아직까지 뒷문 입구에 쌓여 있었다. 집 안은 상쾌했고 산들바람이 부는데도 대체로 조용했다. 오후에 중요한 일이 있을 것만 같은 아침이었다.

어머니는 전화를 끊고 먹을 것을 사러 시내에 있는 이탈리아 식품점에 다녀오겠다고 했다. 버너는 아직 자고 있었다. 따라오고 싶으면 그래도 된다고 해서 나는 기뻤다. 생각해 보니 나는 어머니와 많은 시간을 함께하지 못했다. 어머니는 버너와 더 많은 시간을 보냈다.

그러나 어머니는 걸으면서 별말을 하지 않았다. 이탈리아 상점 안에서 어머니는 「트리뷴」을 샀다. 우리 마을에서 일어나는 일에는 흥미가 없다며 한 번도 사지 않던 신문이었다. 집으로 오는 길에 나는 내 관심사를 몇 개 꺼내 보았다. 미시시피에 살 때 중고로 산 슈윈 자전거가 낡아서 더는 탈 수가 없다고 했다. 영국 자전거 라레이를 살까 생각 중인데 타이어가 얇고 핸드브레이크와 기어와 안장 뒤에 바구니도 달렸다고 했다. 학교 다니면 책이랑 체스 말들을 바구니에 싣고 다니고 싶다고 했다. 지금까지는 자전거 타고 학교 다닐 수 없었지만 이제는 그래도 되지 않을까 생각했다. 나는 어머니에게 뒤뜰에 벌집 상자를 만들기로 한 일을, 조지아 주에다 주문한 벌들이 봄이 오기 전에 도착하면 만들기로 했던 것을 일깨워 주었다. 벌을 키우면 유익할 거라고 했다. 접시꽃에 가루받이를 할 수 있다고. 꿀은 우리 가족이 나눠 먹을 수 있고 알레르기에 효과가 있어 버너에게 좋을 거라고 했다. 게다가 벌들은 아주 조직적이고 목적이 분명한 곤충이어서 교육적이기도 한데, 예전에 버너와 내가 제련법과 소크 백신에 대해 쓴 것처럼 양봉에 대해서도 배운 것을 보고서로 제출할 수 있을 거라고 했다. 몬태나 박람회가 아직 진행 중인데 양봉 전시장에 가보고 싶다는 바람도 다시 알려주었다. 오늘이 마지막 날이라고. 그러나 어머니는 자신은 바쁘고, 그런 건 아버지가 보아야 한다고 말했다. 자신은 박람회를 좋아하지 않는다는 사실도 알려 주었다. 그런 곳은 위험하다고. 거기서 일하는 사람들 중 아동 유괴범이 많다고 했지만 어머니가 지어낸 얘기 같았다. 어머니의 관심은 옷에 쏠려 있었다. 버너에게 속옷이 필요하다고 했다. 나는 빨리 자라지 않는데 버너는 엄청 빠르게 자란다고 했다. 나도 느끼고 있었는데, 어머니 말이 자연스러운 현상이라고 했다. 나는 작년에 산 옷을 한 철 더 입을 수 있었다. 내가 이제껏 말한 요체는 전혀 먹히고 있지 않는 듯했다.

우리가 집 앞에 이르자 루터교 교회의 문들이 활짝 열려 있고 안에서는 예배가 진행되고 있었다. 매서운 바람을 맞고 선 나무들 아래서 어머니는 아치를 이룬 흔들리는 나뭇가지들 사이로 하늘을 올려다보았고, 바람에 찬 기운이 묻어 있다고 말했다. (나는 느끼지 못했다.) 어머니는 아쉬워했다. 좀 있으면 서쪽 봉우리에서 눈을 보게 될 거라고 했다. 가을이 모르는 새 우리 곁에 와 있을 거라고.

집에 돌아와 어머니는 차와 볼로냐 샌드위치를 만들어 현관 계단에 앉아 바람이 살랑거리는 햇빛 아래서 신문을 읽었다. 평소에는 잘 틀지 않는 거실의 커다란 스톰버그칼슨 앰프도 켜 두었다. 어머니는 자신들의 강도 사건이 그레이트폴스까지 닿아 뉴스로 다뤄지고 있는지 알고 싶어 촉각을 곤두세우고 있었다. 물론 나는 모르는 사실이었다. 나중에 내가 박람회 폐장 시간을 알아보려고 그날자 신문을 훑어본 적이 있다. 내게는 아무것도 눈에 띄지 않았던지 내 기억에는 강도 사건과 관련된 기사가 없다. 내 삶에서만 보자면 그 사건은 아직 일어나지 않았던 셈이다.

그러나 나는 인디언들이 이제는 차를 타고 우리 집 앞을 지나가며 우리를 혐오스럽게 노려보지 않는다는 사실을 알고 있었다. 전화도 울리지 않았다. 그날 아침 경찰차가 두세 번 지나갔고 어머니도 보았다. 나는 아무런 이상도 발견하지 못했다. 다만 내 주위에서 일어나고 있는 동태를 느끼고만 있을뿐, 말로 설명할 수 있을 정도는 못 되었다. 표면상으로는 아무것도 보이지 않았고, 내가 아는 것도 삶의 표면이었다. 그러나 아이들에게는 감지 능력이 있다. 누군가가 자신을 돌봐 주고 있고, 보이지 않게 일이 처리되고 있으며, 나쁜 일은 일어나지 않을 것 같다고 느낄 수 있다. 아니면 전혀 다르게 느낄 수도 있다. 바르게 크면 누구나 가지는 감각이다. 버너와 나는 바르게 컸다고 생각했다.

정오가 됐는데도 아버지가 돌아오지 않자 어머니는 외출을 하려고 옷을 입었다. 이것 또한 토요일에 없던 일이었다. 어머니는 학교 갈 때 가끔 입는 정장을 입었다. 커다란 연분홍 격자무늬가 박힌 두꺼운 초록색 모직 제품으로 여름에는 잘 입지 않는 옷이었다. 어머니는 스타킹과 굽이 약간 높은 검정 구두를 신었다. 옷을 입고 핸드백을 찾아 집 안을 여기저기 둘러보았는데, 경직되고 불편해 보였다. 정장 때문에 몸이 가려운 듯했고 구두는 시끄럽게 딱딱거렸다. 욕실 거울을 보며 얼마나 부풀렸던지 어머니 머리가 스펀지 같았고, 그 바람에 얼굴이 작다 못해 잘 보이지 않을 정도였다. 어머니가 원했던 모습이었을 것이다. 버너가 어머니를 보고는 "내가 지금 뭘 본 거야?"라고 말하고서 자기 방으로 들어가 문을 닫았다.

나는 거실에 서서 어머니에게 어딜 가냐고 물었다. 내 주위에서 무슨 일이 일어나고 있다는 느낌이 계속 들었다. 비가 올 것 같더니 보통 때처럼 그런 기운이 가셨다. 날이 습하면서 화창해지고 사정없이 뜨거워졌다. 어머니는 친구 밀드레드 렘링거가 데리러 올 거라고 했다. 어머니가 일한 학교의 보건 교사인데 학기 중에는 수업 있을 때마다 차를 같이 탔지만 여름 방학이 시작된 후로는 한 번도 못 봤다고 했다. 나는 밀드레드 아줌마를 만난 적이 없었는데 어머니 말이 그 아줌마에게 개인적인 문제가 생겨 의논 상대가 되어줄 거라고 했다. 오래 걸리지 않을 거라고 했다. 배고프면 버너와 내가 남은 볼로냐 샌드위치를 먹으면 된다고 했다. 저녁은 해 놓았다면서.

마침내 밀드레드 아줌마의 차가 집 앞에 도착해 경적을 울렸다. 어머니는 서둘러 현관 계단을 내려가 차에 올라탔다. 문이 네 개 달린 갈색 포드였다. 차는 떠났다. 내게 느껴지는 이상한 느낌이 어머니 때문이라는 생각이 들었다.

얼마 뒤 버너가 방에서 나와 우리는 볼로냐 샌드위치와 치즈를 먹었다. 아버지는 아직도 돌아오지 않았다. 버너가 치즈를 좀 가져가서 강에 있는 오리들과 기러기들에게 던져 주자고 말했다. 우리가 곧잘 하는 일이었다. 학교에 가지 않고 부모님과 집에 있으면 우리는 부모님을, 부모님은 우리를 관찰하는 것 말고는 딱히 할 일이 없었다. 그런 상황에서 아이는 대개 기다릴 수밖에 없다. 부모님이 뭐라도 해 주기를, 아니면 까마득히 먼 일 같지만 어서 나이 들기를.

강은 집에서 고작 세 구역 떨어진 이탈리아 식품점 건너편에 있었다. 버너는 선글라스를 끼고 손과 사마귀를 가리려고 흰색 레이스 장갑을 꼈다. 가는 길에 버너는 루디 패턴슨이 그러는데 카스트로가 조만간 핵무기를 개발해 가장 먼저 플로리다를 날려 버릴 거라고 했다고 내게 충고했다. 그러면 아무도 도망칠 수 없는 세계대전이 시작될 거라고 했지만 나는 믿지 않았다. 루디가 또 말해 주었다며 모르몬교도는 비(非)모르몬교도로부터 자신들을 보호할 특수복을 입고 있는데 그 옷은 절대 벗으면 안 된다고 했다. 버너 말이 요즘은 밤에 창문으로 기어 나가 루디를 만난다며 루디가 종종 자기 집 차를 몰래 몰고 온다고 말했다. 두 사람은 벼랑길을 달려 시립 공항이나 공원에 가서 도시의 불빛을 보고 시카고와 텍사스 라디오 방송을 듣고 담배를 피운다고 했다. 루디가 카스트로 주제에서 벗어나 그레이트폴스를 탈피할 생각을 진지하게 한 곳이 여기라고 했다. 루디는 실제 나이보다 더 먹었다고 느꼈고 가슴에 털도 나서 열여덟 살로도 통했다. 나는 두 사람이 차에서 다른 짓은 하지 않았는지 알고 싶었다. "키스했지. 추잡한 짓은 안 했어. 난 루디 입이 그다지 마음에 들지 않아. 성긴 콧수염도 그렇고. 냄새도 안 좋아. 흙냄새가 난다니까." 버너가 말했다. 그리고는 터틀넥에 가려져 있던 상처를 보여 주었다. "녀석이 이랬어. 그래서 열나 패줬어. 엄마가 뭐라 그러더라구." 버너가 말했다. 나는 그게 뭔지 알았다. 학교에서 어떤 녀석은 그걸 "혀 문신"이라 불렀다. 버너의 상처가 있는 딱 그 자리에 녀석도 상처가 있었다. 녀석은 아프다고 했다. 나는 왜 그런 짓을 하는지 이해할 수 없었다. 그때는 아무도 내게 섹스에 대해 설명해 주지 않았다. 나는 들은 사실만 알 뿐이었다.

우리는 잠시 강가 풀밭에 서 있었다. 메뚜기들과 파리들이 철썩거리고 반짝거리는 물가 주위에서 윙윙거리며 날아다녔다. 차들이 멀지 않은 센트럴 애버뉴 다리를 쌩쌩 달렸다. 한낮은 덥고 조용했다. 용광로처럼 더운 날이면 공기 중에 쇠 맛이 났는데, 겉은 시원해 보이는 강물에서도 쇠 맛이 났다. 강 건너 그레이트폴스의 높은 빌딩들 — 밀워키로드역과 그레이트노던역, 레인보 호텔, 퍼스트 내셔널 은행, 그레이트폴스 제약회사 — 이 이국적으로 보였다. 대머리독수리가 편평한 수면 위를 날아 스쿼 섬과 아나콘다 굴뚝 — 높이가 5백 피트나 돼서 인상적인 — 쪽으로 가서 강 저편 나무에 내려앉자 콩알만 해 보였다. 송어들은 우리가 던져 준 노란 치즈볼을 먹겠다고 솟구쳐 올랐다. 청둥오리들은 강기슭과 갈대밭 쪽으로 떠내려가면서 가까이 붙어 날개를 퍼덕거리며 싸워 댔다. 나는 흥분한 메뚜기 한 마리를 두 손으로 잡아 강물 위에 내려놓았다. 녀석은 물결 따라 빙빙 돌며 날개를 퍼덕거려 날아오르려 애썼다. 잠시 뒤 녀석은 사라졌다. 커다란 공군 제트기가 기지에서 하늘로 날아올랐다. 제트기는 남쪽으로 비스듬히 날다 소리가 우리에게 닿기도 전에 시야에서 사라졌다. 나는 그레이트폴스가 좋긴 했지만 마음에 쏙 드는 마을은 아니었다. 나는 웨스턴스타에 올라타 홀리크로스나 리하이 같은 대학으로 떠나 이후에 펼쳐질 내 인생을 상상해 보았다.

21

집으로 돌아올 때 햇빛이 정수리를 때렸다. 남쪽에서 뜨거운 바람이 불어와 센트럴 애버뉴에는 먼지가 일었다. 달리는 차들의 타이어가 덜컹거렸다. 나무들은 먼지투성이에 잎들은 말라 바삭했다. 공기 중에 찬 기운이라곤 없었다.

루터교 교회에선 결혼식이 치러지고 있었다. 앞문과 옆문이 활짝 열려 있고 키 큰 은색 선풍기 두 대가 통풍을 위해 배치돼 있었다. 카우보이모자를 쓴 남자 둘이 재킷을 손에 들고 셔츠 차림으로 묘지에 서서 담배를 피우고 있었다. 교회 갓돌에 진흙투성이 붉은 픽업트럭이 덩그러니 서 있었다. 빈 깡통과 은식기와 낡은 부츠 몇 개가 뒤 범퍼에 매달려 있었다. "결혼했어요 — 하늘이 맺어 준 인연" 그리고 "불쌍한 여자"라는 문구가 측면 창유리에 흰색으로 휘갈겨져 있었다.

버너와 나는 걸음을 멈췄고 버너는 선글라스를 낀 채 신랑 신부가 나오는지 보려는 듯 열린 앞문을 응시했다. 우리는 교회에 들어가 본 적이 없었다.

"왜 결혼들을 하려고 하는지 몰라." 버너가 지겹다는 표정으로 말했다. "공짜에는 대가가 따르는 법이잖아." 버너는 신발 사이로 우리 집 앞뜰 녹색 잔디에 신중하게 침을 뱉었다. 나는 한 번도 생각해 본 적 없는 의문이었지만 버너는 내가 미처 생각하지 못한 내 생각을 알고 있다고 여겨질 때가 간혹 있었다. 버너는 확실히 나보다 빠르게 자라고 있었다. 버너는 자기가 이해 못 하는 일은 좋아하지 않았다.

"루디네 부모님은 결혼을 안 했대." 버너가 말했다. "진짜 엄마는 샌프란시스코에 살고 있는데, 루디는 여기서 도망치면 거기 갈 거래. 나도 따라갈까 생각 중이야. 엄마 아빠한테 말하면 목 졸라 죽여 버릴 거야." 버너가 흰 장갑을 낀 채 내 팔을 잡고 내 두 귀를 아프게 꼬집었다. 버너는 나보다 힘이 셌다. "명심해. 똥강아지." 버너가 말했다.

버너는 전에도 내게 그런 비슷한 말을 했다. 똥강아지니 빙충이니 땅꼬마니 하면서. 나는 그런 말이 싫었지만 우리 사이가 여전히 가깝다는 표시로 생각되기도 했다. 그래서 기분이 상하지 않고 더 좋아졌다.

"암말 안 할 거야." 내가 말했다.

"뭐, 들어 줄 사람도 없긴 하다만. 체스 맨[20] 씨. 넌 그런 애니까." 버너는 조롱하듯 말하고서 집으로 들어갔다.

아버지가 식탁에 앉아 검정 카우보이부츠에 구두약을 바르고 있었다. 아버지가 공군 구두를 닦는 모습은 백 번도 넘게 보

20) 체스의 말이라는 뜻. 앞에 언급된 사형수 케릴 체스먼을 암시할 수도 있다.

았을 것이다. 나무로 만든 구두약 상자는 어머니가 읽고 있었던 「트리뷴」 위에 놓여 있었다. 아버지는 손톱도 깎았던 모양이었다. 초승달 같은 손톱이 신문지 여기저기 흩어져 있었다.

아버지가 내 옷장에서 꺼냈는지 지구본이 식탁 위에 놓여 있었다. 부엌에는 구두약 냄새가 진동했다. 주말 농장 소식 때문에 라디오도 켜져 있었다. 아버지는 평소처럼 토요일 복장을 하고 있었다. 고무 샌들에 반바지, 팔뚝에 새긴 똬리 튼 뱀 문신을 드러내는 붉은 꽃무늬 하와이 셔츠까지. 그 문신에는 아버지가 폭탄을 떨어뜨릴 때 탔던 폭격기 이름도 새겨져 있었다. 늙은 독사라고. 아버지는 어깨에도 문신이 있었다. 조종사가 되어 따지 못해 늘 아쉬워했던 공군 기장이었다.

아버지는 내게 환한 미소를 지어 보였다. 우리가 들어갔을 때 아버지는 침울하고 결연해 보였었다. 기분이 좋아 보이지는 않았다. 면도는 하지 않았지만 눈은 첫 출장을 다녀왔을 때처럼 반짝거리고 있었다.

버너는 멈추지 않고 자기 방으로 계속 걸어갔다. "더워. 차가운 욕조에 들어갔다가 물고기 밥을 줘야겠어." 그녀가 말했다. 환풍기가 켜져 있지 않았는데 버너가 현관에 들어섰을 때 켰다. 바람이 들어오기 시작했다. 버너의 방문이 닫히는 소리가 났다.

"할 얘기가 있단다." 아버지가 헝겊과 구두약을 들고 말했다. "여기 좀 앉아라."

어머니보다 아버지와 보낸 시간이 더 많았던 것 같은데도 나는 아버지와 단둘이 있는 것이 여전히 어색했다. 보통은 어머니가 가까이 있었다. 아버지는 나와 단둘이 있을 때면 진지한 얘기를 하고 싶어 했다. 주제는 보통 아버지가 우리를 사랑하고 우리 가족을 위해 항상 열심히 일하고 있으며, 한 번도 구체적으로 말한 적은 없지만 우리 각자의 미래에 관심이 많다는 사실을 내가 알아주었으면 한다는 것이었다. 그럴 때면 아버지가 버너와 날 너무 모르고 있다고 느껴졌다. 우리는 당연히 그럴 거라고 믿고 있었으니까.

나는 어질러져 있는 헝겊들과 까맣게 변한 칫솔과 둥근 구두약 옆에 앉았다. 아버지는 지구본을 돌려 미국을 가리켰다. "아빠는 정말로 널 박람회에 데려가고 싶단다." 아버지는 다른 중요한 의미가 담긴 것처럼 내 눈을 뚫어지게 보았다. 아니면 내가 거짓말하다 들켜 진실의 중요성을 이해시키려 애쓰는 것 같았다. 그때 난 거짓말하지 않았다.

"오늘이 마지막 날이에요." 내가 말했다. 아버지가 구두를 닦느라 깔아 놓은 신문에 그렇게 공지돼 있었다. 아버지가 그걸 보고 얘기를 꺼낸 건지도 몰랐다. "아직은 시간 있어요."

아버지는 창밖으로 차가 지나가는 걸 보고서 다시 지구본을 보았다. "나도 안다. 헌데 오늘은 영 기분이 안 나는구나."

미시시피에 살 때 우리 집에서 멀지 않은 데서 이동 박람회가 열려 가 본 적이 있었다. 아버지와 나는 밤에 가보았다. 나는 빨강 머리를 땋아 내린 봉제 인형에게 고무공을 던졌지만 하나도 넘어뜨리지 못했다. 코르크 마개로 장전한 소총을 쏘았을 때는 헤엄치고 있는 오리를 몇 마리 맞춰 마름모꼴 캔디를 한 묶음 탔다. 어떤 쇼는 내가 나이가 어려 볼 수 없다며 아버지가 날 두고 혼자 보러 가기도 했다. 그때 나는 먼지 폴폴 날리는 밖에 서서 사람들의 목소리며 놀이기구 음악이며 유령의 집에서 흘러나오는 웃음소리를 들었다. 하늘은 카니발 불빛으로 노란 빛을 띠고 있었다. 아버지는 다른 사람들과 우르르 나와서는 잘 보았다고만 하고 다른 말은 하지 않았다. 우리는 범퍼카를 타고 태피[21]를 먹고 집으로 돌아왔다. 나는 그때 이후로 박람회를 가보지 못했지만 그 박람회가 그렇게까지 좋지는 않았다. 체스 동아리 형들 말이 몬태나 박람회는 가축과 가금류와 농업 같은 쓸모없는 것만 전시한다고 했다. 그러나 나는 여전히 벌에 관심이 있었다.

아버지는 부츠에 약을 바르며 코로 숨을 내쉬었다. 아버지한테서 구두약보다 더 강한, 지독한 냄새가 났다. 기분이 좋지 않은 것과 관계있을 듯한 역한 냄새였다. 아버지는 편히 앉아 헝겊을 내려놓고 세수하는 것처럼 양손으로 얼굴을 비비고는 손을 머릿속에 집어넣었는데, 그러자 역한 냄새가 확 올라왔다. 아버지는 눈을 질끈 감았다 떴다.

"아버지가 앨라배마에서 살았을 때 우리 집 건너편에 살던 친구가 있었단다. 우리 동네에 집을 진료실로 쓰는 늙은 의사가 있었는데, 그 양반이 어느 날 내 친구를 진료실로 불러들였어. 이 늙은 의사가 내 친구한테 해서는 안 될 어리석은 짓을 하려고 했지." 아버지의 번득이는 짙은 눈동자가 구두약에 모아졌다가 내게로 홱 들렸다. "무슨 말인지 알겠니?"

"네, 아버지." 나는 몰랐지만 그렇게 말했다.

"이름이 버디 잉크스터였던 내 친구는 물론 의사 양반한테 그만두라고 했지. 그리고는 곧장 집으로 가서 자기 엄마한테 말했어. 걔네 엄마가 뭐라고 한 줄 아니?" 아버지는 눈을 가늘게 뜨

21) 설탕을 녹여 만든 무른 사탕.

고서 궁금하다는 듯 머리를 갸웃했다.

"아니요."

"이렇게 말했어. '버디, 그 늙은이한테 그놈의 물건 잘라 버리라고 해!'"

버너가 목욕물을 받기 시작했다. 환풍기가 돌아가고 있는데도 나는 더웠다. 셔츠 옷깃 밑으로 땀이 흐르기 시작했다. 욕실 문이 닫히고 잠겼다.

"그 친구 엄마가 한 말뜻을 알겠니?" 아버지는 손가락 두 개로 구두약 뚜껑을 집어 들어 조심스럽게 꽉 닫았다. 찰칵 소리가 부드럽게 났다. "요즘 그런 일이 일어났다간 그 인간은, 늙은 의사 말이다, 감옥행은 물론이고 사람들이 곡괭이와 횃불을 들고 그 인간을 쫓아낼 게다. 알겠니?" 나는 몰랐다. 밖에서 경적이 울리고 모터 돌아가는 소리가 들리더니 차가 부르릉 떠났다. 아버지는 그 소리를 못 들은 것 같았다. "그러니까, 그 엄마 말은 잉크스터가 세상 사는 법과 제 할 일을 계속하는 법을 배워야 한다는 뜻이었다. 알아들겠니?"

"그런 것 같아요." 나는 알아들었다고 생각했다.

"나쁜 일은 네게도 일어날 수 있단다." 아버지가 말했다. "그런 일을 헤쳐 나가며 사는 거지." 아버지는 자신의 이야기가 내게 먹히게 하려고 애썼다. 사람들이 하는 말과 행동에서 중요한 점을 놓칠 수도 있지만 그것을 이해하려면 자기 자신을 믿어야 한다고 말하는 것 같았다. 그러나 아버지가 정말로 내게 하려던 말 — 그런 표현을 쓰지는 않았지만 — 은 나쁜 일이 내게 다가오고 있을지 모르니 그 일을 헤쳐 나가기 위해선 나만의 방법을 알아낼 필요가 있다는 것으로 나는 이해했다. 아버지는 내가 버너도 책임져 주기를 원했다. 그래서 버너가 아닌 내게 말했겠지만, 그것은 아버지가 날 모르는 만큼 버너도 모른다는 사실을 입증해 준 셈이었다.

"너랑 네 누나는 어떻게 살아가야 할지 생각은 하고 사니?" 아버지의 두 눈은 건조하고 피곤해 보였다. 손톱에는 구두약이 덕지덕지 묻어 있었다. 아버지는 헝겊으로 손톱에 묻은 얼룩을 닦아내고 있었다. 지금 아주 먼 데서 내게 말하고 있는 듯했다.

"그럼요." 내가 말했다.

"그렇구나. 어떨 것 같으냐, 네 미래가?" 아버지가 물었다.

"전 변호사가 되고 싶어요." 나는 체스 동아리의 한 형이 자기 아버지가 변호사라고 했던 게 기억나 대뜸 말했다.

"그럼 서둘러야겠구나." 아버지는 그렇게 말하고서 손톱이 깨끗해졌는지 살펴보았다. 손톱 안쪽에 검은 때가 남아 있었다. "모든 걸 이해하기 쉽게 해 줄 방법을 찾아 보거라." 아버지는 희미하게 미소 지었다. "순서를 세워 보거라. 어떤 일이 더 중요한지 말이다. 예상과 다를지도 모른단다." 아버지는 눈길을 돌려 앞창으로 거리를 보았다. 루터교 교회 신자들이 교회 맞은편의 공원 나무들 밑에 모여들고 있었다. 결혼식이 끝나 가는 중이었다. 사람들이 모자와 종이부채로 부채질을 하며 웃고 있었다. 어머니가 밀드레드 렘링거 아줌마의 포드에서 내리고 있었다. 초록과 분홍이 섞인 격자무늬 모직 정장을 입은 어머니는 조그맣고 슬퍼 보였다. 어머니는 차 쪽으로 인사도 하지 않고 조용히 문만 닫고 현관으로 걸어오기 시작했다. 밀드레드 아줌마의 차는 떠났다. "골칫거리가 오는구나." 아버지가 말했다. 나는 아버지가 우리의 대화를 어머니에게 말하지 말라고 할 줄 알았다. 우리가 무슨 비밀 얘기라도 나눈 듯 — 나는 그렇게 생각하지 않았지만 — 그렇게 말하곤 했으니까. 그러나 아버지는 그 말을 하지 않았다. 그래서 나는 우리의 대화가 부모님끼리 합의가 된 얘기라고만 이해했을 뿐 정말로 무슨 얘기였는지는 이해하지 못했다. 부모님이 잡힌 뒤 버너와 내가 어떻게 할 것인가 하는 얘기였다는 것을.

아버지는 공모자의 미소를 지어 보이고는 식탁에서 일어났다. "엄마가 알아듣게끔 말해 줄 거다. 기다려 보렴. 엄만 영리하잖니. 아빠보다 백배 더." 아버지는 어머니에게 문을 열어 주러 갔다. 우리의 대화는 거기서 끝났다. 그런 대화를 두 번 다시 가지지 못했다.

22

범죄를 저지른 사람들에 관한 이야기들이 있다. 어느 날 갑자기 그들은 모든 걸 자백하고 당국에 의지해 양심상 모든 것 — 부담, 피해, 수치, 자기혐오 — 을 내려놓기로 결심한다. 감옥으로 떠나기 전에 속을 시원하게 만든다. 죄의식이야말로 그들에게 최악이라는 듯이.

이제야 말하면 죄의식은 생각만큼 자백과 관련이 없다. 참을 수 없는 문제는 오히려 모든 것이 졸지에 혼란스러워지는 것이다. 과거로 돌아가는 깨끗한 길이 뒤죽박죽 엉키고 끊겨 버린다. 어제 느끼던 것과 오늘 느끼는 것이 판이하게 달라진다. 시간도 그렇다. 하루하루가 아주 이상하게 흐른다. 처음에는 빨리 흐르다 나중에는 거의 흐르지 않는다. 그러면 미래도 과거만큼 혼란스럽고 헤아릴 수 없어진다. 사람이 그런 상황에 처하면 마비가 돼 버린다. 길고, 지속적이고, 참을 수 없는 현재에 갇히고 만다.

멈출 수만 있다면 그 상황을 멈추고 싶지 않겠는가? 미래가 어떤 모습이든 현재를 내주고 싶지 않겠는가. 끔찍한 현재에서 풀려날 수만 있다면 모든 걸 자백하고 싶지 않겠는가? 나는 그렇다. 성인(聖人)만이 안 그럴 것이다.

그날 토요일에 또 다른 경찰차가 우리 집을 여러 번 지나갔다. 경찰복을 입은 운전사가 우리 집을 주의 깊게 보는 듯했다. 아버지는 몇 번이나 창가로 가서 밖을 보았다. "그래, 보이는구나"라는 말을 몇 번이나 했다. 어제까지만 해도 사이가 좋고 이야기를 잘 나누었다. 그러나 지금은 내가 익히 알던 대로 서로를 데면데면 대했다. 아버지는 할 일이 별로 없어 보였다. 반면에 어머니는 목적이 있었다. 오가는 얘기는 많지 않았다. 나는 내가 요즘 읽고 있는 "진지 개념"과 "공격적 희생"에 버너의 관심을 끌어 볼 생각으로 내 침대에 두루마리 체스판을 펼쳐 버너에게 보였다. 버너는 그럴 기분이 아니라고 했지만 나로서는 체스가 단지 게임이 아니라 삶의 축소판이었기 때문에 이해할 수가 없었다.

어머니는 렘링거 아줌마를 만나고 온 후 다시 집안일에 매달렸다. 빨래를 세탁기에 잔뜩 넣고 돌린 다음 뒤뜰에 나가 나무상자에 올라서서 빨랫줄에 빨래를 널고 집게를 꽂았다. 버너가 늘 더럽혀 놓는 욕조도 닦고 바람 때문에 모래가 계속 떨어지고 있는 현관도 쓸었다. 간밤에 개수대에 남아 있던 그릇까지 닦았다. 아버지는 뒤뜰로 나가 접이식 의자에 앉아 낮 하늘을 쳐다보며 공군에서 배운 안구 운동을 했다. 잠시 뒤 집으로 들어와 현관 홀 벽장에서 카드 테이블을 꺼내 거실에 설치하고 그림 맞추기 퍼즐을 내려 조각들을 테이블 위쪽에 늘어놓고 앉았다. 아버지는 퍼즐을 좋아했고 퍼즐을 잘하는 머리는 따로 있다고 믿었다. 몇 년간은 로직 퍼즐[22]도 몇 개 맞추고서 잠깐 전시도 했다가 홀 벽장에 넣고는 다시는 보지 않았다.

아버지는 퍼즐에 동참하고 싶어 할 누군가를 위해 식탁 의자를 끌어다 놓고는 퍼즐을 펼치고 바로 뒤집어 놓고서 찬찬히 들여다 보며 작은 섬처럼 눈에 띄는 것부터 딱딱 맞췄다. 아버지는 버너에게 기분이 좋아질 거라며 해보고 싶지 않으냐고 물었다. 버너는 싫다고 했다. 그것은 프레더릭 에드윈 처치가 그린 나이아가라 폭포를 완성하는 퍼즐이었다. 거대한 초록색 물이 키 작은 붉은 바위 위로 세차게 떨어졌고 하얀 바위틈 사이에선 물빛이 하얗고 노랗게 변했다. 나는 아버지와 그 퍼즐을 여러 번 맞췄고, 볼 때마다 외조부모님과 어머니가 나이아가라 폭포 밑에서 보트를 타고 찍은 사진이 떠올랐다. 아버지는 그 퍼즐이 인상적이어서 좋아했다. 퍼즐 상자에는 이 그림이 허드슨리버 화파[23]의 대표작이라 써 놓고는 폭포 이름은 허드슨 강이 아닌 나이아가라 폭포라고 해 놓아 나는 이해가 되지 않았다. 나는 전체 퍼즐을 1시간 안에 맞출 수 있게 조각을 연결하는 공식은 없는지 궁금했다. 매번 그림을 이해하고 맞는 조각을 찾는 것이 퍼즐에서 가장 어려운 일 같았다. 게다가 한 번 맞췄으면 됐지 왜 또 하고 싶은지 알 수 없었다. 퍼즐 맞추기는 체스와 달랐다. 체스는 할 때마다 똑같아 보일 수 있지만 말을 움직이는 경우의 수는 무한했다.

22) 가로와 세로의 숫자를 힌트로 해서 풀어 나가는 논리 게임.
23) 19세기 중엽 미국의 미술 유파. 회원들 중 상당수가 허드슨 강이 흐르는 뉴욕 주 동부를 중심으로 활동했다.

나는 잠시 아버지 곁에 서서 보라색과 파란색이 섞인 하늘 조각과 강이 분명해 보이는 부위를 가리켰다. 버너는 어머니에게 환풍기 때문에 코가 막힌다며 나가서 산책을 해도 되는지 물었지만 두 분은 허락하지 않았다.

어머니는 또 다시 홀에 있는 전화기를 오래 붙들고 있었다. 아버지는 신경을 쓰지 않는 체했다. 결국 어머니는 줄이 긴 전화기를 들고 욕실로 들어가 문을 닫았다. 나는 덜커덕거리는 환풍기 밑에서 어머니가 소곤대는 소리를 알아들을 수 있었다. "아니, 평범한 상황이면 이러지 않겠지만 ……." 나는 또 들었다. "…… 어쩐지 영원히 지속될 것 같아……." 어머니가 내가 모르는 누군가와 이런 대화를 나누고 있으니 거실에서 나이아가라 폭포를 맞추고 있는 아버지가 이상해 보였다. 마치 어머니가 아버지의 엄마이기도 해서 아버지도 우리처럼 돌봐 줘야 하는 듯했다.

조금 있다 나는 내 방으로 가서 침대에 누웠다. 버너가 내 방으로 들어와 문을 닫고는 자기 생각에 엄마 아빠가 미친 것 같다고 했다. 버너가 말하길 어머니가 전화를 끊고 부엌으로 들어오기에 자기는 나와서 어머니가 누구와 통화를 했는지 알아낼 수 있을까 하고 부모님 방에 들어갔다고 한다. 여행 가방이 어머니 침대에 놓여 있었고 어머니 옷가지가 들어 있었다고. 그래서 방을 나와 여행 가방은 대체 뭐냐고 물었더니 어머니 말이 우리가 곧 여행을 갈 거라고 했단다. 행선지는 말하지 않았다고 했다. 버너가 아버지도 같이 가는 거냐고 묻자 어머니는 본인이 원하면 갈 수 있지만 아버지는 아마 가지 않을 거라고 말했단다. 버너는 이런 얘길 하고 있으니 속이 메스껍고 토하고 싶다 — 그러진 않았다 — 더니 잠시 후에는 집을 도망쳐 루디 패터슨과 얼른 결혼하고 싶다고 말했다. 나는 그 여행에 초대받지 못하겠구나 생각했다.

4시에 어머니는 낮잠을 자러 방으로 들어갔다. 어머니 방문이 닫히자 아버지가 내 방에 와서 들여다보고는 버너의 방으로 갔다. 박람회 마지막 날 오후는 입장료가 반값이고 밤에는 불꽃놀이가 있다는 기사를 읽었다며 우리더러 차를 타고 가고 싶은지 알고 싶어 했다. 보러 갈 만한 이유로 충분하지 않느냐고 말했다. 아버지는 장난기 섞인 듯한 미소를 지었고 어머니를 속이고 있다는 인상을 주었다.

나는 당연히 아주 많이 가고 싶었다. 배워야 할 중요하고 복잡한 것들이 있었다. 전문가들은 여왕벌이 사는 유리 벌통과 벌에 쏘여 죽지 않으려면 발연통을 어떻게 다뤄야 하는지를 실물로 보여 줄 것이다. 아버지는 벌에 쏘인 적이 있다며 날 걱정했었다.

버너는 관심 없다고 했다. 침대에 누운 채 학교 애들 말이 마지막 날은 돈 없고 늘 취해 있는 냄새 나는 인디언들만 간다고 했단다. 인디언들이라면 두 인간이 떠나지도 않고 1주일 내내 차를 타고 우리 집 앞을 지나다녀 지겹게 봤다고 했다.

아버지는 반질반질한 카우보이 부츠에 부동산 사무실에 갈 때 입는 다림질한 청바지를 입었다. 그러나 보통 때처럼 면도와 빗질은 하지 않았다. 아버지는 미소를 짓고 있었지만 얼굴 근육이 뼈와 따로 노는 것처럼 이번에도 어색했다. 아버지는 버너의 문간에 서서 인디언들을 지나다니게 해서 미안하다며 지금은 그들이 진정됐다고 했다. 옛날에 클레오라는 삼촌이 아버지에게 버밍햄으로 드라이브를 가자고 한 적이 있었단다. 당시 아버지에겐 팻시라는 여자 친구가 있었다. 아버지는 삼촌에게 팻시를 만나야 해서 못 가겠다고 했단다. 다음 달 클레오 삼촌은 차단기가 작동되지 않은 철도 건널목을 건너다 돌아가셨고 아버지는 두 번 다시 삼촌을 만날 수 없어 그때 같이 가지 않은 일이 두고두고 후회되더라고 했다.

"그건 아버지 잘못이 아니잖아." 버너가 손톱을 다듬다 말고 침대에서 일어나 앉아 말했다. "클레오 삼촌이 더 조심했어야 했던 거지." 버너는 아버지와의 말싸움에서 우월감을 즐겼다.

"그야 그렇지." 아버지가 말했다. "근데 난 클레오 삼촌이랑 언제든 버밍햄에 갈 수 있다고 생각했거든. 결국은 그럴 수 없게 됐잖니."

버너가 뭐라고 했지만 환풍기 때문에 잘 들리지 않았다. 이런 말을 했던 것 같다. "그래서 내가 안 가면 아버지도 죽기라도 한다는 거야?"

"아니길 바란다." 아버지가 말했다. "그런 일이 없기를 진심 바란다." 전에도 말했지만 버너는 입이 가벼웠다. 방금 아버지가 한 말은 버너가 "오만하다"는 뜻이었다.

"공갈 협박이야. 난 협박당하고 싶지 않아." 버너가 말했다.

"그런 뜻으로 얘기한 건 아니다." 아버지가 말했다.

버너가 또 뭐라고 했지만 알아듣지 못했다. 그러나 투덜대는 목소리로 보아 누그러졌다는 건 알았다. 버너의 방에서 마룻바닥이 끼익 거리는 소리가 났다. 아버지가 고집을 부리면 버너도 거역할 수 없었다. 그런 일은 어머니만 할 수 있었다. 우리는 부모님을 사랑했다. 부모를 사랑하는 건 중요한 것이니까. 이것은 꼭 짚고 넘어가야 한다. 우리는 항상 부모님을 사랑했다.

23

우리는 강을 따라 3번가를 달렸고 버너와 내가 산책하다 오리들에게 먹이를 주던 곳을 지나쳤다. 하늘이 다시 동요했고 바람이 불며 각종 냄새를 실어 왔다. 밑이 평평하고 보랏빛인 구름들이 남쪽에서 흘러왔다. 흰 물결이 수면 위로 넘실거렸고 갈매기들은 습한 바람에도 높이 날았다. 천둥번개가 칠 기세였다. 온종일 그런 기미가 보였다. 가을이 시작되고 있었다. 어머니가 옳았다.

나는 뒷좌석에 앉아 양봉 시험장보다 주 경찰이 시민들을 위해 무기를 전시해 놓은 곳을 생각하고 있었다. 체스 동아리 형들은 바주카포와 수류탄과 톰슨 기관단총이 전시돼 있을 거라고 추측했었다. 경찰이 이런 무기를 어떤 용도로 쓰는지에 대해서도 각종 추측이 오고갔다. 그 생각은 범죄 분자로 간주되는 인디언들과 미국에 맞서 음모를 꾸미는 공산주의자들 중심으로 돌아갔다. 나는 권총이 있는지 확인하려고 아버지 양말 서랍을 또 한 번 열어 보았었다. 세 번째도 없었다. 아버지가 누군가를

(아마도 마우스라는 사람을) 쏘고는 총을 강에 던져 버렸을 거라는 공상을 해 보았다.

버너는 앞좌석에 앉았고 같이 가는 것에 뚱해 있었다. 나는 싫고 좋고를 따지지 않았다. 박람회장 입구에는 차량이 많았다. 아버지가 백미러를 두 번 보고는 말했다. "좋았어, 우리 뒤를 바싹 쫓고 있는 게 누굴까, 델?" 이것은 경기였다. 나도 백미러를 몇 번 봤지만 뭐가 보이거나 하지 않았었다. 그러나 이번에는 같은 검정 차가 두 번이나 보였다. 우리 차가 흰 도료를 칠한 박람회장 담장 바깥쪽을 달리고 있을 때 담장 안쪽에 있는 놀이기구의 윗부분이 보였다. 대회전 관람차, 제퍼(학교 애들이 설명해 준 놀이기구), 구불구불 올라가다 쉬익 내려오고 사람들이 손을 흔들고 소리를 지르고 있는 기차 모양 롤러코스터의 굽은 꼭대기가 말이다. 음악 소리와 구경꾼들 소음과 확성기 목소리가 집에서 들었을 때처럼 바람에 마구 뒤섞였다. 빙고 게임 숫자를 읽어 주는 여자들 목소리도 들은 적이 있다. 바람에 톱밥과 똥오줌과 그것보다 달콤한 냄새가 실려 왔다. 나는 흥분해 문이 닫히기 전에 어서 들어가고 싶었다. 이를 악물고 있어 턱이 아팠고 발가락도 따끔거렸다. 그러나 아이들로 꽉 찬 낡은 고물 자동차들과 도로변에 한 줄로 서서 보행자 입구로 걸어가고 있는 인디언들 때문에 길이 막혔다.

바로 그 순간, 그러니까 우리 차가 넓은 입구 쪽으로 방향을 꺾을 차례가 되었을 때 나는 돈다발을 발견했다. 조바심이 나서 뒷좌석 등받이 틈 사이로 손을 질러 넣었는데, 좌석 아래 서늘한 공간에서 뭔가가 손에 닿아 얼른 꺼내 본 것이다. 지폐 다발이 흰 띠지에 묶여 있었다. 띠지에는 노스다코타 크릭모어 농업은행이라고 찍혀 있었다. 나는 너무 놀랐다. 내가 얼마나 큰 소리로 "아"라고 했던지 아버지가 운전석 거울로 나를 휙 보았다. 아버지의 두 눈을 빤히 보고 있자니 내가 마치 포로가 된 듯했다. "뭘 본 거냐? 뒤에서 뭘 봤어?" 아버지가 말했다. 아버지의 입이 바로 눈 밑에서 움직이고 있는데도 목소리 감이 멀었다. 나는 아버지가 고개를 돌려 날 보겠지 생각했는데 그렇게 한 것은 버너였다. 버너는 돈다발을 보자마자 앞을 직시했다. "빌어먹을 경찰을 본 거냐?" 아버지가 말했다.

"아니요." 내가 말했다.

사람들이 뒤에서 경적을 울려 댔다. 우리 차가 박람회장으로 좌회전을 해야 하는 지점에서 딱 멈춰 있었던 것이다. 입구 안쪽을 보니 차들이 잔디 위에 세워져 있고 잔디 너머로 놀이기구들과 광장이 있었다. 보안 위원이 우리에게 앞으로 가라는 손짓을 해 보였다. 나오는 차들에게 손을 흔들고 있는 보안 위원도 있었다. 혼란이었다.

"그럼 그 소동은 뭐였어?" 아버지는 앞으로 가지 않고 백미러만 노려보며 화를 냈다.

"벌이요." 내가 말했다. "벌한테 쏘였어요." 그 말밖에 생각이 나지 않았다. 나는 청바지 앞에 지폐를 내려놓았다. 버너가 고개를 반쯤 돌려 마치 내가 해서는 안 될 짓을 하고 있는 것처럼 코웃음을 쳤다. 심장이 쿵쿵 뛰기 시작했다. 내가 돈을 발견했어요, 이게 왜 여기 있는 거죠?라고 왜 말하지 않았는지 알 수 없었다. 그러기는커녕 내가 돈을 훔쳤거나 다른 사람이 훔쳤고, 그 돈 때문에 잡히면 안 되니까 보이지 않게 돈을 없앨 것처럼 굴었다.

"빌어먹을 경찰들." 아버지가 말했다. "다 망쳤어." 아버지는 또 다시 백미러로 우리 뒤에 있는 누군가를 노려보았다. 보안 위원 앞에서 방향을 꺾어 박람회장으로 들어가지 않고 가속 페달을 세게 밟아 3번가를 전속력으로 달렸다. 아버지가 왜 경찰을 걱정하는지 알 수 없었다.

"어디로 가는 거예요?" 내가 물었다. 흰색 담장이 휙휙 지나갔다.

"내년에 가자." 아버지가 말했다. "오늘은 너무 붐비는구나. 인디언들을 전부 들여보내고 있어. 게다가 비도 올 것 같으니까."

"싫어요, 그건." 내가 말했다.

"네가 인디언들을 좋아할 줄 알았어." 버너가 거만하게 말했다.

"나도 좋아한다. 오늘만 빼고." 아버지가 말했다.

"오늘이 아니면, 그럼 언제요?" 버너는 아버지까지 조롱했다.

"내가 기분이 좋고 준비가 됐을 때." 아버지가 말했다. 박람회는 그렇게 끝이 났다.

24

우리는 스멜터 애버뉴와 블랙이글을 달렸다. 아버지의 눈은 도망칠 필요가 있는 대상을 보기라도 한 듯 백미러에 꽂혀 있었다. 그것 때문에 박람회에 가지 않은 것이라고 나는 추측했다. 아버지는 손가락을 머리카락 속에 밀어 넣었다가 옷깃 위 목덜미를 문질렀다. 내가 화가 나서 아버지만 뚫어지게 보고 있으니 아버지도 나를 보았다. 우리는 용광로 굴뚝과 밤낮으로 불이 켜져 있고 가스 배출구에서 노란 불꽃이 분출하는 제련소를 향해 달리고 있었다. 제련소에 가까워지자 악취가 풍겼다. 루디는 자기 아버지한테서 늘 제련소 냄새가 났다며 어머니가 샌프란시스코로 떠난 데는 그 이유도 있었다고 했었다.

"그러니까 우린 안 가는 거야?" 버너가 물었다.

"놀이기구들은 거의 문을 닫았던데." 아버지가 대답했다.

"아니, 안 닫았어." 버너가 말했다. "내가 봤다고. 아빠 운전하고 있었잖아. 아니면 하려고 애를 썼든지." 버너가 말했다.

"난 놀이기구는 관심 없어." 내가 말했다. 뜨거운 제련소 가스가 차 안에 가득 찼다.

"구린 플루토늄 냄새." 버너는 이렇게 말하며 창문을 내렸고 우리는 파이프와 거대한 밸브와 큼지막한 탱크가 미로처럼 들어서 있는 곳을 지나쳤다. 은색 안전모를 쓴 일꾼들이 좁은 통로와 철제 발판을 오가고 있었고, 배기관에선 불꽃이 돌풍을 집어삼키려 널름거렸다. 제련소는 스멜터 애버뉴와 강 사이에 있었다. 우리는 15번가 다리로 향했다. 그 다리를 건너면 다시 그레이트폴스였다.

"난 양봉 전시장이 보고 싶었다고." 나는 상심해서 풀 죽어 말했다. 양봉도 내게 배울 기회가 닿지 않은 것 중 하나였다.

"벌들이 우리보다 똑똑해." 버너가 큰소리로 말했다. 발견된 돈은 한쪽으로 기운 채 내 바지 앞에 불룩 솟아 있었다. 버너가 또 다시 날 슬쩍 보며 능글맞게 웃었다. 버너는 늘 내가 모르는 것을 아는 체하며 날 얕잡아 보았다.

"내 생각엔 말이다, 여기 벌들은 몬태나 사람들하고 똑같을 것 같다." 아버지가 15번가 다리 쪽으로 방향을 꺾으며 말했다. "몬태나 사람들은 일방통행이야. 일벌들이지. 생기가 없어. 폭격을 맞고도 용케 산산조각 나지 않고 잘난 놈들하고만 어울리는 스웨덴 놈들 스칸디나비아 놈들 독일 놈들 같지. 유대인들처럼 완전 구두쇠고. 내가 차를 팔아 봤거든." 아버지는 일본 놈들에게 폭탄을 투하해 유대인들이 전당포를 운영할 수 있도록 해준 적도 있다고 말하곤 했다. 나는 꿀벌 사회는 개인적이지 않아서 인간들이 큰 교훈을 배울 수 있다고 말하고 싶었다. 그러나 바지 속에 돈이 있어 관심을 끌고 싶지 않았다.

"어딜 가는 건데." 버너가 말했다.

아버지는 거울을 보며 우리 뒤를 계속 확인했다. "기지로 갈 거다. 제트기가 이륙하는 거나 구경하렴." 그런 구경이라면 이사를 가는 곳마다 했다. 아버지는 기분 전환용이라 여겼다. 아버지의 눈은 비록 박람회는 무산됐지만 제트기 구경이면 되지 않겠냐는 듯 날 보았다. 버너는 해당 사항이 없는 농담이라는 듯 눈썹을 실룩거렸다. 나는 웃지 않았다.

"엄마가 짐을 싸 놨던데. 어딜 가려는 거야?" 버너가 물었다.

우리는 낡은 WPA 다리에 올랐다. 아버지는 코를 킁킁거렸고, 콧구멍을 꼬집었다 다시 코를 킁킁거렸다. 아버지의 눈은 내가 아닌 백미러 쪽을 흘깃 보았다. "난 엄마랑 결혼을 한 것뿐이다, 알겠니? 엄마의 생각을 모두 읽을 수도, 엄마에 관한 걸 모두 알 수도 없어. 엄마는 너희들을 아주 사랑한다. 나처럼 말이다." 아버지는 흥분했다. 그리고 이렇게 덧붙였다. "아빠한테 야수의 주의를 끌 만한 골칫거리가 좀 있는데 말이다. 이제 보니 내가 말을 제대로 한 적이 없구나."

"가면 어디로 갈 건데?" 버너는 아버지를 똑바로 쳐다보았다. 멀미가 나는 건지 주근깨투성이 얼굴이 창백했다. 그러나 아버지는 이번에도 백미러를 보았다. 나는 우리 뒤에 무엇이 있는지 보았다. 검은색 포드였고 앞좌석에 양복을 입은 남자 둘이 있었다. 그들은 얘기를 나누고 있었다. 한 명은 웃고 있었다. 박람회에서 본 그 차인지는 기억나지 않았지만 그렇겠지 생각했다.

"엄마가 너희들을 데리고 여행을 가야 할지도 모르겠다. 그렇다고 걱정할 건 없다." 아버지가 말했다.

"내가 한 말 못 들었어?" 버너가 말했다.

"아니, 들었다." 아버지는 차가 다리를 막 벗어났을 때 깜박이를 켰고 기지 방향인 동쪽으로 가려고 했다. 그런데 갑자기 속도를 높여 다리를 곧장 벗어나 또 다른 구역으로 가서 7번가에서 오른쪽으로 방향을 틀어 시내로 들어가 견고한 느릅나무와 떡갈나무와 잘 정돈된 잔디가 있는 흰 목조 가옥들 — 우리 집보다 좋았다 — 과 붉은 벽돌로 지은 학교가 들어선 그늘진 거리에 당도했다. 나는 이 동네에 누가 사는지 몰랐다. 변호사 아버지를 둔 체스 동아리 형들이 살 것 같았다. 그레이트폴스가 그리 크지 않은데도 이 동네는 처음이었다. 그레이트폴스는 시가 아니라 읍이었다.

나는 뒤를 돌아보았다. 검은색 포드가 여전히 따라붙고 있었고 두 남자는 여전히 얘기 중이었다. 우리는 제트기를 구경하러 기지로 가지 않을 모양이었다.

"아버지 총은 어쨌어요?" 내가 물었다.

아버지의 눈이 날 쏘아보곤 포드 쪽으로 돌아갔다. "네가 그걸 어떻게 알아?"

"아버지 서랍에서 봤어요."

아버지는 실망한 듯 한숨을 쉬었다. "그런 짓은 하면 안 된다. 아빠의 사적인 일이니까." 아버지는 화 내지 않았다. 아버지는 우리에게 화내는 법이 없었다. 우리도 아무 짓이나 하지는 않았다.

"그게 왜 사적인 거야? 사적인 게 뭔데?" 버너가 물었다.

"너희들은 이치에 닿다가 무슨 뜻인지 아니?" 아버지의 눈은 계속 백미러를 주시하고 있었다. 우리는 7번가를 달려 다시 강에 이르렀다. 넓은 수면 위로 여전히 흰 물결이 일고 있었다. 강 건너 박람회장이 있었고, 미끄러지듯 달리는 구름들 아래로 제퍼와 대회전 관람차와 롤러코스터 꼭대기가 보였다. 아무것도 해체되지 않았다. 우리도 저 곳에 있을 수 있었을 텐데.

아버지가 운전 중인데도 몸을 홱 비틀어 날 노려보았다. 나는 바지 속에 든 돈 뭉치를 꽉 쥐었다. 아버지가 그 돈을 보면 뚜껑이 열릴 것이다, 라는 생각이 들었다. 아버지의 두 눈은 이글거렸다. 나는 아버지 얼굴을 오른쪽만 볼 수 있었는데, 뺨이며 턱이며 입이며 한쪽 눈썹까지 죄다 움직이는 것 같았다. 아버지는 차가 가고 있는 방향을 보지 않았다. 나는 아버지가 방금 한 말이 기억나지 않았다.

"물었잖아. 이치에 닿다가 무슨 뜻인지 아느냐고?"

아버지가 부츠를 닦고 있을 때 나왔던 주제였다. 체스는 이치에 닿는 게임이었다. 이치가 무엇인지는 두고 보기만 하면 되었다. 아버지는 체스에 흥미가 없었다. "알아요." 내가 말했다.

아버지는 입을 딱 벌리고 주위를 보았다. 우리가 캐스케이드 카운티 교도소 뒤편을 지나고 있었던 것이다. "뭐라고 했니?" 내 목소리가 크지 않았던 모양이다.

"안다고요." 나는 더 큰소리로 말했다. "알고 있다고요."

아버지는 여전히 내 말을 못 들었다는 듯이 날 돌아보았다. 입 냄새가 났다. 아버지는 눈을 깜박거렸다. 사람이 달라 보였다.

"왜 나한테는 안 물어?" 버너가 턱을 치켜들고 반항적으로 말했다. "난 다 안다고."

"훌륭해!" 아버지는 방해하지 말라는 듯 버너를 노려보았다. "그래도 혹시 모르니 말해 주마." 아버지는 손으로 입을 쓱쓱 문지르고는 손을 다시 머리카락 속에 넣었다. "이치에 닿는다는 건 받아들인다는 거다. 이해하면 받아들이게 되고. 받아들이면 이해하게 되지." 아버지는 화난 표정으로 버너를 쏘아본 뒤 다시 백미러를 보며 눈을 번뜩였다. 검은색 포드는 아직도 있었다. 양복을 입은 두 남자도. 내 눈에는 그들이 학교 교장이나 외판원으로 보였다.

센트럴 애버뉴 다리로 가는 길목에는 상가 구역이 있었다. 술집들, 렉솔 제약회사, 울워스 상점. 그 구역 안쪽에 자리한 높은 사무소 건물은 내가 체스 말을 산 모형 전문점이었다. 회관도 있었다. 차량은 많지 않았다. 사람들이 반값 박람회장에 몰려 있었기 때문이다. 우리 집은 바로 강 건너 작고 누추한 추레한 동네에 있었다.

"난 아빠 말이 틀렸다고 생각해." 버너가 소신껏 말했다. 그녀는 날 돌아보고 볼을 부풀렸다. 학교 선생처럼 늙어 보였다. 버너는 아버지에게 대들길 좋아했고 도망칠 구실을 하나 더 만들고 싶어 했다.

"흠, 네가 틀렸다. 네가 틀렸어." 아버지가 말했다.

"난 이해가 안 돼도 받아들여. 받아들이진 않아도 이해는 한다고." 버너가 말했다. 팔짱을 꽉 끼고서 우리가 건너고 있는 다리 아래로 흐르는 강을 차창 밖으로 보았다. "이치에 닿지 않는 건 아빠라고. 그런 거라고. 아빠도 알 거 아냐."

아버지는 묘하게 미소 지으며 고개를 저었다. "아버지가 너희들한테 인색하다 생각하는 거냐? 그래?" 아버지는 검은색 차가 아직도 뒤에 있는지, 방향을 꺾어 다리를 탔는지 확인하려고 다시 백미러를 응시했다. 역시나 있었다.

우리 둘은 아무 말도 하지 않았다. 아버지가 왜 그런 걸 묻는지 이해되지 않았다. 부모님은 우리에게 결코 인색하지 않았다. "그렇지 않단다." 아버지가 말했다. "난 그저 너희들한테 삶의 중요한 교훈을 알려주고 싶었을 뿐이다. 처음에는 이치에 닿지 않겠지만 받아들이고 이해해야 하는 상황이 있단 걸 말이다. 이치에 닿도록 만드는 건 너희들이야. 어른이 되면 그래야 하거든."

"그럼 난 어른이 되지 않겠어." 버너가 심술궂게 말했다. 그 순간 나는 아버지가 얘기하고 있는 것이 내 바지 속에 든 돈이란 걸 깨달았다. 아버지의 뜻을 다른 말로 전한 것이었다. 내가 그 돈을 발견한 것을 아버지가 거울을 보고 알았거나 아니면 내 쪽으로 고개를 돌렸을 때 내가 바지 속에 돈을 집어넣는 것을 보았으리라. 아버지가 내게 하려는 말은 집에 도착하기 전에 그 돈을 원래 있던 곳에 두고 돈의 출처에 대해서는 이해할 수 없어도 받아들이라는 뜻이었다. 최악의 경우는 집에 당도할 때까지 내가 그 돈을 바지 속에 넣어 두고 설명을 요구하는 것이었다. 돈을 돌려놓는 것이 이치에 닿는 일이었다. 돌려놓기만 하면 만사 오케이였다.

"네가 왜 울고 있는지 모르겠구나." 아버지가 말했다. 버너는 배 위로 두 팔을 꼭 포갠 채 차창 밖을 사납게 응시하고 있었다. "아무도 널 해코지하지 않았는데, 누이."

"난 아빠 누이가 아냐. 그리고 울고 있지도 않다고." 버너가 화를 내며 말했다.

"아니 아니. 넌 울고 있어. 하지만 울면 안 된다." 아버지는 버너를 본 다음 거리를 또 보았다. 센트럴 애버뉴는 우리 집으로 이어졌다.

언제부터인가 버너는 우는 걸 참을 수가 없고 울었을 때 사람들 — 특히 나 — 이 자신을 대하는 태도가 싫다는 듯 울음을 딱 그쳤다. 대신에 화를 냈다. 그러나 지금은 새끼손가락이 눈가를 찔러 심호흡을 하느라 눈물을 보인 것뿐이었다. 우리는 어렸을 때처럼 흑흑거리거나 흐느끼거나 울부짖지 않았다. 내가 기억하기로 나는 버너보다 오래 운 적이 없었다. 어머니는 결코 울지 않았다. 그러나 아버지는 TV에서 전쟁 영화를 보다 한 번 운 적이 있었다.

지금, 아버지가 버너에게 집중하고 있는 지금이야말로 돈을 뒷좌석 밑으로 옮겨 놓을 절호의 기회였다. 나는 신발 끈을 묶는 척하며 등을 구부려 바지에서 돈 뭉치를 어렵사리 꺼내 좌석 사이로 쑤셔 넣었다. 돈이 내 수중을 벗어나자 기분이 날아갈 듯 가볍고 좋았다. 백미러를 쳐다보니 아버지가 또 다시 날 뚫어지게 보고 있었다.

"넌 뭘 하는 게냐?" 아버지가 말했다. 버너는 내가 배신이라도 한 것처럼 불만스런 눈길을 던졌다. 어이없어 하는 얼굴이었다. 버너는 고개를 돌려 다시 거리를 내다보았다.

"신발 끈을 묶었어요." 내가 말했다. 우리 동네가 보이기 시작했다. 공원에 서 있는 느릅나무와 네군도단풍나무 우듬지들이 미풍에 흔들거렸고, 루터교 교회의 키 작은 종각은 나무들 사이에 가려 잘 보이지 않았다.

"네 누나한테 왜 입 다물고 있는지 물어 봐라." 아버지는 어색하게 손을 올려 버너의 어깨를 툭툭 쳤다. 버너는 아버지를 보지 않았다. "난 모르겠구나. 당최 말이다. 너한테는 말해 줄지 모르겠다. 딸아, 왜 우는지 델한테 말해 볼래? 아빤 인색한 사람 아니다. 그런 사람이라고 생각하지 않았음 좋겠구나."

"사람들이 우는 건 비참해서야." 버너가 씹어뱉듯 말했다.

우리는 공원에서 차를 돌리고 있었다. "비참하다고?" 아버지는 사람들의 생각이 자신과 같지 않을 때면 충격을 받았다.

나는 다시 뒤를 돌아보았다. 남자 둘이 타고 있는 포드가 루터교 교회를 지나 방향을 꺾어 우리 차를 따라오고 있었다. 아버지는 검은색 포드에서 벗어나고 싶다는 듯 보도 쪽으로 핸들을 홱 꺾었다. 포드는 천천히 지나갔다. 두 남자는 우리 가족을 보았다. 한 명은 말하고 다른 한 명은 고개를 끄덕이고 있었다. 그들은 모퉁이에 이르러 공원 서쪽 편에서 차를 돌려 센트럴 애버뉴 쪽으로 천천히 움직였다. 나는 그들이 경찰인 건 알겠는데 왜 우리 뒤를 따라왔는지는 알 수 없었다. 뒷좌석 밑에 쑤셔 넣은 돈에는 생각이 미치지 않았다.

"저 두 얼간이들이 누굴 것 같으냐?" 아버지가 센트럴 애버뉴로 사라지는 포드를 지켜보며 말했다. 두 주먹은 핸들을 꽉 잡고 있었다. 턱 근육은 다른 할 말을 끌어내려는 듯 씰룩거렸다. 우리는 집 앞에 조용히 있었다. 루터교 교회에서 결혼식을 할 때 뿌려진 흰 색종이들이 차도를 가로질러 우리 집 잔디로 날아들었다.

"아마도." 아버지가 말했다. 아버지는 말을 끊고 입맛을 다시고서 멀찍이서 여전히 노려보고 있는 비참한 버너에게 미소를 지어 보였다. 아버지가 나도 돌아보았지만 나는 무슨 말을 해야 할지 몰랐다. "모르몬교 선교사들이지 싶다. 그 사람들은 양복에 넥타이를 하고 다니거든. 우리에게 권하고 싶은 책을 가지고 있었을 거다. 차를 세워 말이나 붙여 볼 걸 그랬구나. 재미있었을 텐데. 안 그러니?" 그 말뜻은 우리가 그 남자들을 웃어넘길 일로 치부하고 깊이 생각하지 않길 바란다는 것이었다. "어땋다냐, 누이?" 남부 사투리였다. 아버지는 사람들이 이 말투를 좋아한다고 생각했다. 아버지의 눈썹이 치켜 올라갔다. 아버지는 우리는 다시 한패가 되었지만 버너는 아니라는 뜻의 눈길을 내게 보냈다. 내가 좋아하는 눈길이었다.

"난 먼 데로 갔으면 좋겠어. 캘리포니아나 러시아에 있으면 좋겠어." 버너는 슬픔에 잠겨 말했다.

"우리도 언젠가 그러길 바란다, 딸아." 아버지가 말했다. "너랑 엄마가 누구보다 바라는 일 같구나. 엄마랑 둘이 얘기를 해보렴." 아버지는 내 쪽으로 몸을 틀었다. 뭐라고 할 줄 알았더니 싸움에 졌다는 듯 미소만 활짝 지어 보였다. 아버지는 차 문을 탕 열고 차에서 내리면서 말했다. "우리가 뜬구름 잡는 소리를 하고 있구나, 얘들아. 실없는 얘긴 이제 그만 하자."

버너는 얼굴을 찌푸리더니 아버지가 비열하고 불쌍하다는 듯 코웃음을 쳤다. 우리 둘 다 박람회에 가지 못했지만 나는 아버지를 그렇게 보지 않았다.

"그렇고말고." 아버지는 마치 내 대답을 듣기라도 한 듯 차 밖에서 말했다. "아빤 그것만 알면 된다." 아버지는 버너와 내가 앉아 있는 문 쪽으로 몸을 숙였다. 거리에는 돌풍이 불어 흰 색종이들이 어지럽게 흩날렸고 나무 우듬지들은 더 많이 휘었다. 비 냄새가 물씬 밀려왔다. 폭풍우가 몰아칠 기세였다. "얘들아, 이제 내리렴. 여기가 우리 집이다. 우리가 할 수 있는 건 아무것도 없어. 즐거운 우리 집이잖니. 적어도 지금은." 아버지가 말했다.

25

집에 들어오자 아버지는 피곤해 죽겠다며 방으로 들어가 불 켜진 텅 빈 침대에 벌러덩 누워 부츠도 벗지 않고 입은 옷 그대로 한 팔을 눈에 올리고 곧바로 잠들었다.

날이 저물어 가자 집집마다 불이 들어왔고 비가 내리기 시작했다. 비는 부드럽게 내리다 바람이 강해져 빗방울이 창문을 도배할 정도로 거칠어졌다. 쌀쌀한 바람이 집 안으로 들어와 커튼이 풍선처럼 부풀고 식탁에 놓인 신문도 들썩거렸다. 어머니는 창문을 닫고 축축해진 커튼을 걷고 탁자용 등을 켜고 아버지의 구두약을 치웠다.

어머니는 말이 별만 없었고 사무적으로 보였다. 부엌에서 저녁을 준비하면서도 렘링거 아줌마나 전화 통화에 대해 말하지 않았고 우리가 아버지와 어딜 다녀왔는지도 묻지 않았다. 그러나 나는 박람회에 가 보기로 약속을 해서 나갔는데 너무 붐볐다고 알려주었다. 뒷좌석 밑에서 돈을 발견했다거나 버너가 울었고 러시아에 가고 싶다고 했다거나 경찰관 두 명이 우리를 미행

했다는 이야기로 빠지지는 않았다. 그 얘기는 나중으로 미뤄야겠다고 느껴졌다.

버너는 집에 도착해 평소처럼 아무런 말없이 자기 방으로 들어가 문을 닫았다. 라디오 소리를 낮게 맞춰 놓고 옷장 속 철제 옷걸이를 긁어 대고 외로움을 달래 주었을 물고기에게 말하는 소리가 들렸다. 버너는 도망을 가려고 짐을 싸고 있는 것 같았다. 나는 그녀를 말릴 수도 없었고 부모님께 일러바칠 수도 없었다. 우리는 늘 그런 식이었다. 쌍둥이들은 서로 불화를 일으키지 않는다. 그러나 버너는 도망을 가더라도 돌아올 거라는 생각이 들었다. 그것 때문에 비난할 사람은 아무도 없었다.

나는 내 방에 앉아 창문을 조금 열어 둔 채 조명처럼 쉬잇 거리는 바람과 지붕을 타닥타닥 때리고 방안으로 후드득 떨어지는 빗줄기를 느꼈다. 천둥과 번개는 치지 않고 채찍질하듯 여름비만 내렸다. 이따금 비가 그치곤 했다. 벽을 통해 아버지가 코 고는 소리, 어머니가 부엌일 하는 소리, 까마귀들이 젖은 나뭇가지에 앉아 까악 거리다 비가 또 내리기 전에 폴짝폴짝 뛰어 다시 자리에 앉는 소리가 들렸다. 나는 문을 닫는 박람회장을, 톱날이며 텐트며 전시품이 비에 흠뻑 젖고 일꾼들이 놀이기구를 해체해 트럭에 싣고 양봉 전시장과 총기 전시장이 폐쇄되고 진열품들이 수거되는 모습을 생각해 보았다. 『월드북』 백과사전에서 "B"를 찾아 벌에 관해 읽었다. 꿀벌 세계는 여왕이 존경받고 누군가가 희생되는 이상적이고 질서정연한 사회였다. 그러지 않으면 모든 것이 혼란에 빠졌다. 어디서 읽었는데, 벌들은 환경과 다른 벌들에 완벽하게 반응해서 인간의 모든 것을 푸는 열쇠라고 했다. 입학해서 바로 보고서를 쓰면 학교생활의 좋은 발판이 될 만한 정보였다. 나는 그 페이지에 연필을 끼워 놓고 책을 덮었다. 학교가 시작되고 아버지도 다시 일을 나가고 어머니도 가르치러 나가면 나도 한결 편안해질 것이다.

얼마 뒤 아버지의 졸린 목소리가 나지막이 말하기 시작했다. 양말을 신은 두 발이 마룻바닥을 쿵쿵거렸다. 부엌에서 접시와 냄비와 프라이팬이 딸그락거렸다. 어머니도 나지막이 말했다. "…… 깊은 물에 사는 물고기는 ……." 아버지가 말했다. "…… 세상에서 가장 좋은 건 ……." 어머니가 말했다. 나는 부모님이 차 뒷좌석에 있는 돈 얘기를 하는지, 아버지의 권총을 어쩌다 분실했는지, 두 사람이 어딜 다녀왔는지, 침대 위에 있는 어머니의 여행 가방에 대해 이야기하는지 궁금했다. 밤바람은 부드럽고 침대 커버 밑쪽은 비에 젖어 가고 내 방문 아래 복도 불은 켜져 있는 가운데 침대에 누워 있으니 이런 의문들이 빙빙 돌았다. 의문들은 바싹 다가왔다 갑자기 아주 멀어져 나는 매트리스 양옆을 꽉 잡았다. 몇 년 전 성홍열을 앓아 의식이 완전히 돌아오지 않던 때와 느낌이 비슷했다. 어머니가 들어와 내 침대에 앉더니 차가운 손가락을 내 관자놀이에 댔다. 아버지는 문간에 서 있었다. 키가 크고 어렴풋했다. "어때? 우리 방으로 데려가야 하지 않을까." 아버지가 말했다. "괜찮을 거야." 어머니가 말했다. 나는 이불을 턱까지 끌어올려 꽉 쥐었다.

어둠 속에서 올빼미 울음소리에 귀를 기울였다. 생각을 끝까지 이어가고 싶었지만 잠을 주체할 수가 없었다. 그래서 잠이 서둘러 떠나기만을 기다렸다.

26

"저녁 먹을래?" 어머니가 몸을 숙여 부드럽게 물었다. 안경알에 어머니 뒤로 있는 전등불이 비쳤다. 어머니의 손바닥이 내 얼굴에 닿았다. 손에서 비누 냄새가 났다. 어머니는 내 머리를 쓸어내리고 엄지와 검지로 내 귓바퀴를 살짝 잡았다. 나는 이불을 똘똘 감고 있어 팔을 움직일 수가 없었다. 손이 저렸다. "몸이 많이 뜨겁구나. 아프니?" 어머니가 말했다. 어머니는 침대 발치로 가서 침대 커버를 만졌다. "비가 들어왔구나."

"버너는 어딨어요?" 나는 버너가 떠나겠지 생각하고 있었다.

"저녁 먹고 자러 갔어." 어머니가 창문을 닫았다.

"아버지는 어딨어요?" 뭔가가 울컥 내 속을 훑고 지나갔다. 입이 바짝바짝 말랐고 머리카락은 머리 가죽에 들러붙었다. 마디마디가 아팠다.

"아버진 아무 데도 안 갔어."

어머니는 문 쪽으로 갔다. 복도에는 황색등이 켜져 있었다. 벽 뒤에선지 밖에선지 물이 똑똑 떨어지고 있었다. "비가 그렇게 오더니만." 어머니가 작은 소리로 말했다. "이젠 그쳤어. 샌드위치 만들어 줄게."

"고마워요." 내가 말했다. 어머니는 문 밖으로 나가 사라졌다.

저녁 식탁에서 나는 피클과 상추와 프렌치드레싱 — 내가 좋아하는 것들 — 을 얹은 치즈 샌드위치를 먹었다. 배가 고파 허겁지겁 먹고 버터밀크를 마셨다. 아버지는 버터밀크를 강장제라 믿었다. 내 옷이 쭈글쭈글하고 축축했다. 바람이 집을 닦아 주기라도 한 듯 집에서 시원하고 깨끗한 냄새가 났다. 우리가 집을 닦은 건 며칠 전이었다. 지금은 밤 10시 반이었고 식탁에서 저녁을 먹을 시간은 아니었다.

아버지의 부츠 뒤축이 현관에 닿는 소리가 들렸다. 아버지의 뒷모습이 창을 지나갔다. 가끔씩 아버지는 기침을 하고 목청을 가다듬었다. 차도 몇 대 지나갔다. 비스듬히 기운 자동차 불빛이 반쯤 젖힌 커튼을 스쳐 갔다. 어떤 차가 보도에 섰다. 강한 불빛이 비에 젖은 뜰을 비추었다. 누가 타고 있는지는 알 수 없었다. 어두운 현관에서 아버지가 말했다. "안녕하신가, 친구들. 어서들 오게. 마침 저녁을 차려놨는데 다 모였군." 아버지는 큰 소리로 웃었다. 전조등이 꺼졌고, 차는 말하는 사람도 내리는 사람도 없이 천천히 움직였다. 아버지는 다시 웃었고 음정이 맞지 않는 휘파람을 불어 대며 불며 자꾸 왔다 갔다 했다.

어머니는 안방으로 다시 들어갔다. 내가 앉은 식탁에서도 어머니가 보였다. 많은 옷이 어머니의 여행 가방에 들어 있었다. 어머니는 그 옷들 위에 다른 옷가지를 포개 놓았다. 어머니가 방문으로 밖을 내다보았고, 나는 왠지 모르게 들킨 것에 움찔했다.

"이리 와 볼래, 델. 하고 싶은 얘기가 있어." 어머니가 말했다.

나는 양말만 신고 들어갔다. 너무 많이 먹었는지 몸이 무거웠다. 어머니 침대에 누우면 그대로 잠이 들 것 같았다.

"샌드위치는 어땠니?"

"짐은 왜 싸요?"

어머니는 계속 옷을 포갰다. "내일 우리가 기차 타고 시애틀에 갈 생각이었거든."

"언제 돌아오는데요?" 내가 물었다.

"준비가 되는 대로."

"버너도 가는 거예요?"

"그럼. 가지. 벌써 설명해 줬어."

"아버지는요?" 전에도 이렇게 물었었다.

"안 가." 어머니는 벽장으로 가서 침대 위에 있던 빈 옷걸이를 다시 걸었다.

"왜 안 가는데요?" 내가 말했다.

"아버지는 마무리 지을 일이 있어. 어쨌든 여기 있는 게 좋대."

"시애틀에 가면 우린 뭘 할 건데요?"

"글쎄." 어머니는 사무적인 목소리로 말했다. "거긴 진짜 시(市)니까. 할아버지 할머니를 만날 거야. 너랑 버너를 무척 알고 싶어 하셔."

나는 버너가 날 쏘아볼 때처럼 어머니를 매섭게 쏘아보았다. 어머니는 떠나는 이유를 말하지 않았고, 나도 묻지 말아야 한다는 건 알았다.

"학교는 어쩌고요?" 심장이 쿵쾅거리기 시작했다. 학교생활을 시작도 못해 보고 싶지는 않았다. 그런 일은 두 번 다시 못

본 애들한테나 있지 않았던가. 목이 메여 왔다. 눈물이 벌써 고인 듯 눈시울이 뜨끈했다.

"학교는 걱정하지 마."

"계획을 얼마나 많이 세워 놨는데." 내가 말했다.

"나도 알아. 누구에게나 계획은 있어." 어머니는 이런 어리석은 대화를 그만하고 싶은지 고개를 저었다. 어머니가 나를 보고 안경 너머로 눈을 깜박였다. 지쳐 보였다. "유연해져야 한다." 어머니가 말했다. "유연하지 않으면 큰 사람이 될 수 없어. 엄마도 유연해지려고 노력해."

나는 그 말이 무슨 뜻인지 안다고 생각했지만 다른 의미가 있는 것도 같았다. "이치에 닿다"라는 말처럼. 나는 어떤 유연함을 뜻하든 내가 그렇지 않다는 걸 인정하고 싶지 않았다.

집 밖에서 바람이 일어 젖은 나뭇잎들에서 물이 날려 지붕 위로 따닥 떨어졌다. 집 안은 쥐 죽은 듯 조용했다.

어머니는 침실 창으로 걸어가 두 손을 모아 창에 대고 밖을 응시했다. 창유리에 침실과 어머니와 나와 여행 가방과 옷들이 놓인 침대가 비쳤다. 창문 앞에 서 있는 어머니는 왜소해 보였다. 어머니 너머로는 형체와 그림자만 보였다. 옅은 빛깔의 접시꽃과 백일초가 옆에 자라고 있는 차고. 어머니가 깨끗한 옷을 거둬 오는 빨랫줄. 아버지가 심고 말뚝에 매어 놓은 떡갈나무 묘목. 아버지 차까지. "캐나다에 대해 좀 알고 있니?" 어머니가 물었다. "어엉?" 이것은 어머니가 다정하고 싶을 때 내는 소리였다.

아버지의 퍼즐에서 캐나다는 나이아가라 폭포 너머에 있었다. 백과사전에서 캐나다를 찾아본 적은 없었다. 여기보다 북쪽이었다. 뜨거운 눈물이 눈에 고였다. 나는 숨을 한껏 내뱉었다

참았다. "왜요?" 목소리가 조여 들었다.

"아." 어머니는 창에 이마를 갖다 댔다. "엄마는 상황을 보이는 대로만 보는 습성이 있어. 너는 달랐으면 좋겠구나. 엄마의 약점이거든." 어머니는 손톱으로 창유리를 톡톡 쳤다. 어둠 속에 있는 누군가에게 신호를 보내듯이. 어머니는 안경을 벗어 입김을 호호 불어 안경알을 블라우스 소매로 닦았다. "네 누나는 달라." 어머니가 말했다.

"그 앤 나보다 훨씬 똑똑해요." 나는 들키고 싶지 않아 재빨리 눈을 비비고 바지에 손을 닦았다.

"아마 그럴 거야. 불쌍한 것." 어머니는 고개를 돌려 다정하게 웃어 보였다. "이제 그만 자러 갈까. 아침에 떠날 거거든. 10시 반 기차야." 어머니는 아무 말 말라며 손가락을 입에 갖다 댔다. "칫솔 말곤 아무것도 가져갈 필요 없어. 다 두고 갈 거야. 알겠니?"

"내 체스 말들은 가져가면 안 돼요?"

"그러렴." 어머니가 말했다. "할아버지도 체스를 두시니까. 아니 두셨지. 체스를 두다 보면 할아버지랑 부딪히는 일도 있겠다. 그만 가 보렴."

나는 부모님 방을 나왔다. 어머니는 다시 짐을 꾸리기 시작했다. 내가 정말로 말하고 묻고 싶었던 것, 경찰과 학교와 도망치려는 버너와 우리가 떠나는 이유에 대해서는 물어볼 기회가 없었다. 이미 말했듯이 내 주위에서 무슨 일이 일어나고 있었다. 내 역할은 정상(正常)으로 가는 길을 찾는 것이었다. 아이들은 누구보다 정상을 잘 안다.

27

나중에 어머니가 다시 들어와 내 발 밑의 젖은 매트리스 부위에 마른 담요를 깔아 주었다. 나는 눈을 감고 있었는데 담요에서 나프탈렌 냄새가 났다. 내 방문이 조용히 닫히고 어머니가 버너 방을 노크하는 소리가 들렸다. 버너가 말했다. “배 아파.” 어머니가 말했다. “괜찮아질 거야. 뜨거운 물 좀 갖다 줄게.” 문이 닫히고 잠시 뒤 어머니가 버너 방으로 돌아왔고 두 사람은 이야기를 나눴다. 버너의 침대 스프링이 끽끽거렸다. “그럼, 그럼.” 어머니가 그렇게 말하는 소리가 들렸다. 뒤이어 어머니가 부엌으로 돌아가는 발소리와 부엌에서 물 흐르는 소리가 들렸다.

비는 완전히 그쳤다. 시원한 바람이 다시 내 방으로 새어 들어왔다. 박람회장의 불꽃놀이 소리가 들리는 것 같아 나는 창틀을 다시 들어 올렸다. 그러나 제련소의 용광로 끓는 소리와 마을에서 울리고 있는 사이렌 소리만 들렸다. 화물 조차장에서 독한 젖소 냄새가 실려 왔다. 아버지 발소리에 이어 부모님의 대화 소리가 들렸다. 두 사람은 할 말이 별로 없는지 간간이 짧게 말하다 침묵했다. 조금 있다 어머니 — 어머니 발소리를 알았으니까 — 는 방으로 돌아가 문을 닫았다. 아버지는 현관으로 다시 나가 그네에 앉았다. 방충용 문이 끼익 열렸다 닫혔다.

나는 잠시 시애틀에 대해 생각했다. 내가 도시라고 본 곳은 몇 개뿐이었고 대도시는 아예 없었다. 내가 상상하는 시애틀은 검푸른 바다 밑에서 천천히 솟아오르는 해와 햇빛이 비칠 때 실루엣으로 점점 커져 가는 빌딩들이었다. 그제야 해가 동쪽에서 떠오른다는 사실이 기억났다. 빛은 서쪽에서 건물에 떨어질 것이었다. 나는 스페이스니들이 어떤 모습일지 상상해 보았다. 허공에 높이 솟은 거대한 빌딩을. 그러다가 잠이 든 모양이다. 잠들기 전에 내가 해 뜨는 방향을 잘못 생각했고 그 얘길 아무한테도 하지 말아야지 했던 기억은 지금도 남아 있다.

밤중에 화장실에 가려고 일어났더니 아버지 혼자 나이아가라 폭포 퍼즐을 음식처럼 카드놀이용 탁자에 펼쳐 놓고 맞추고 있었다. 집 앞 가로등이 모두 켜져 있었다. 나이아가라 폭포는 완성돼 가고 있었다. 들쭉날쭉한 엷은 하늘 조각 몇 개만 남아 있었다. 아버지는 어제 입은 옷 그대로 입고 있었다. 주름진 흰색 셔츠와 청바지에 발가락 부위가 닳은 부츠까지. 그러나 면도는 했고 목욕을 한 것 같은 냄새가 났다. 아버지는 나를 돌아보더니 내가 다시 자러 들어가려 하지 않는데도 기뻐하는 듯했다.

아버지는 말문을 열었다. "있잖니, 아빠가 어렸을 때 말이다. 네 나이만 ……." 아버지는 퍼즐 조각을 들고 만지작거리며 들어갈 곳을 찾더니 하늘의 빈 공간에 넣었고 딱 들어맞았다. 아버지 손톱 밑에는 구두약이 남아 있었다. "…… 운동을 꽤 잘했단다. 운동은 아주 중요했지. 달리 즐거울 게 없었거든. 세계 대공황이 뭔지 알 거라 믿는다만."

윤리 시간에 루스벨트와 후버 대통령, 노동자 행진이며 식량 배급줄에 관해 배운 적이 있었다. "네, 알아요."라고 나는 말했다.

"흠……." 아버지가 퍼즐을 또 하나 신중하게 끼웠는데 이번에는 맞지 않았다. 아버지는 고개를 저었다. "내가 축구와 야구도 아주 잘할 수 있었을 거야. 아무도 가르쳐주지 않았어도 말이다. 알겠니? 코치가 없었단다. 물에 가라앉든지 아니면 타고난 능력으로 헤엄을 치든지 둘 중 하나인 거지. 그래서 ……." 아버지는 이런 얘기를 하게 돼서 기쁜지 미소를 지었다. "아빤 가라앉더구나." 아버지는 헛기침을 하고 침을 삼켰다. "그래서 육군에 들어간 거란다. 바로는 아니었지만 결국 갔지." 아버지는 더 작은 퍼즐을 집어 들고 빈 공간에 눌러 넣었고 맞아 떨어지자 콧노래를 불렀다. 이제 남은 퍼즐은 네 개뿐이었다. 아버지는 의자에서 돌아앉아 나를 찬찬히 보았다. "왜 깼니? 무슨 고민이라도 있어?" 아버지가 말했다.

"아니요." 내가 말했다. 물론 고민은 있었다. 학교. 떠나기. 아버지가 같이 가지 않는 이유. 경찰이 우리를 쫓고 집 주위를 맴도는 이유 등등. 고민은 많았다.

"그래, 다행이다." 아버지가 말했다. "열다섯이면 고민이 없어야지. 그렇지 않니?" 아버지는 식탁 의자에 편히 앉았다.

"그럼요." 내가 말했다.

아버지는 퍼즐로 귓속을 긁었다. "네 엄마는 뭔가를 위해 버티고 있다는 생각이 드는구나. 아마도 늘 그랬을 거야. 미래의 삶을 위해. 아빤 엄말 비난하지 않아. 그렇다고 엄마와 결혼한 걸 후회하지도 않아. 결혼을 안 했으면 너도 네 누나도 없었을 테니까." 아버지는 흥미로운 것이 붙어 있기라도 한 듯 퍼즐 조각을 보았다. "지금은 엄마가 아빠한테 화가 좀 나 있어. 시애틀에 가면 그 모든 걸 이해할 거다. 엄마는 아빠하고 다르게 대학에 갔잖니."

"아버지는 왜 안 갔어요?" 내가 정말로 묻고 싶었던 건 아버지가 왜 우리랑 같이 가지 않는지, 어머니가 왜 아버지에게 화가 났는지 하는 거였지만 대신 이 질문을 했다. 꼭 알고 싶었던 의문이기도 했으니까.

"그냥 생각이 안 들었어." 아버지는 태연해 보였다. "그만하면 똑똑하다고들 했거든. 장래성이 있다고. 그 말이 맞았을 거다."

"아버지도 시애틀에 같이 가실 거예요?" 나는 안 가는 줄 알면서도 갈 수 있지 않나 하는 마음을 전하고 싶었다.

"아빠는 여기가 좋아. 오후에도 말했잖니. 여기서 너희들이 돌아오길 기다리마. 그게 엄마의 계획이야."

"아버지는 다시 출근하실 거예요?"

아버지는 환하게 웃으며 퍼즐로 다시 귓속을 긁었다. "받아 주면. 다시 시작해야지. 아빤 기술이 좋으니까." 아버지는 퍼즐 조각을 들고 내가 볼 수 있게 앞뒤로 돌렸다. 우리가 어렸을 때 아버지는 버너와 날 위해 이런 속임수를 곧잘 쳤다. 아버지의 눈이 둥그레졌다. 어째야 할지 모르겠다는 듯 — 실은 그렇지 않았다 — 눈가의 미소가 흔들렸다. 아버지는 대뜸 퍼즐 조각을 입에 쏙 넣고 씹어서 꿀꺽 삼킨 다음 헛기침을 하고 심하게 콜록거렸다. "아들아, 맛있구나. 아빠는 동전과 단추보다 퍼즐이 더 좋아." 아버지가 말했다.

"아버지 손에 있잖아요." 내가 말했다. 나는 내 귀를 만졌다. 동전이나 단추 같은 게 내 귀에서 종종 나타나곤 했기 때문이다.

"먹었어." 아버지가 말했다. "너도 먹어보겠니? 세 개 남았는데." 아버지가 하나를 집어 들었다.

"아버지 손에 있잖아요." 나는 또 말했다.

아버지는 두 손을 무릎에 올려 톡톡 치며 고개를 끄덕였다. 나는 퍼즐이 나오기를 기다렸다. "그만 주무시오, 대령." 아버지가 말했다. "바쁜 하루였잖니. 다들 말이다." 아버지가 손을 뻗어 내 맨 어깨를 잡고 끌어당겼는데 아버지의 큰 몸은 아주 따뜻했고 감귤 냄새가 났다. 아버지는 내 등을 툭툭 세 번 치고서 나를 저만치 밀어낸 뒤 진지한 표정을 지었다. 나는 퍼즐 조각이 다시 나타나기만을 기다렸다. 바보처럼. "돌아오면 네 몸을 만들어야겠다. 넌 근육이 좀 붙어야겠어. 다시 만나거든 그것부터 하는 거다." 아버지가 말했다.

"퍼즐 조각은 어딨어요?" 내가 말했다.

아버지는 손가락으로 배를 가리켰다. "바로 여기 있지." 아버지는 배를 찌르며 아래를 보고 말했다. "매번 속임수를 쓰진 않아. 그건 마술사의 비밀이지. 잘 자거라."

"안녕히 주무세요." 내가 말했다. 나는 내 방으로 돌아가 문을 닫고 차가운 침대에서 잠이 들었다.

28

젖은 나뭇잎들 사이로 햇빛이 내 방에 비쳐 들었고 바닥과 침대 발치에 직사각형 무늬가 거미집처럼 생겼다. 루터교 교회의 주일 예배 종이 날 깨웠다. 나는 밤새 깨어 있었거나 아니면 꿈꾼 일을 실제로 했다고 여길 만큼 생생한 꿈을 꾸었다. 박쥐 한 마리가 창문 방충망에 걸려 들었다. 나는 침대에서 일어나 창틀을 높이 들어 올려 박쥐가 다치지 않게 주의하며 지우개로 방충망을 탁탁 쳤다. 나는 녀석의 사람 같은 찡그린 얼굴과 회색빛 매끄러운 가죽과 파닥이는 날개를 보았다. 녀석은 내가 부르기라도 한 것처럼 날 응시했다. 나는 방충망을 툭툭 쳤다. 박쥐는 좌우로 눈을 돌렸다. 잠시 뒤 녀석은 사라졌고 방충망은 비었다.

어떤 차가 우리 집 차고 바로 옆에 세워져 있었다. 엔진이 돌아가고 있었고 배기가스가 공중에 자욱했다. 차 안에 불이 찰칵 들어왔다. 양복을 입은 남자 둘이 보였다. 한 남자가 흰 종이를 들고 운전하고 있는 남자에게 뭔가를 읽어 주고 있었다. 두 사람은 등을 구부려 빨랫줄 기둥 사이로 우리 집을 쳐다보았다. 그들은 나를 볼 수 없었다. 내 뒤로 불빛이 없었으니까. 그러나 한 남자가 손가락으로 날 가리켰고 이내 불이 꺼졌다. 엔진이 빨리 돌아갔다. 타이어가 물을 튀기며 젖은 자갈길을 달렸다. 꿈은 거기서 끝났다.

복도에서 버너 목소리가 들렸다. 나는 누워 천장에 난 빗물 자국을 응시했다. 얼룩이 아메리카 합중국의 주들처럼 점점이 찍혀 있었다. 루터교 교회 종이 언제 울렸던지 기억이 나지 않았다. 우리 집 뒤편에서 개가 짖어 댔다. 시애틀 여행은 미뤄질지도 몰랐다. 이렇게 누워 있으면 여행을 잊을 수 있을 듯했다. 나는 가고 싶지 않았다.

어머니가 버너에게 딱 부러지는 투로 말하는 소리가 들렸다. 그와 동시에 내 방문이 열리고 어머니가 화가 난 단호한 얼굴로 문에 서 있었다. "더 재워 주고 싶지만 지금 가야 해." 어머니는 가장자리가 하얀 부채꼴인 분홍색 베갯잇을 들고 있었다. "가지고 갈 게 있으면 여기 넣어." 어머니는 들어와서 그 베갯잇을 내 침대에 떨어뜨렸다. "많이는 넣지 마. 필요한 건 가서 사면 되니까." 어머니가 날 응시했다. 나는 이불을 턱까지 덮고 있었는데, 햇빛이 바닥과 흰 벽 사이로 떨어졌다. 어머니는 오늘도 분홍색 격자무늬 초록색 모직 정장 치마를 입고 있었지만 블라우스는 흰색이었다. 그렇게 입고 있으니 더 왜소하고 젊어 보였다. 어머니의 얼굴은 코와 안경 주위에 모여 있었다. "버너는 옷 입었어." 어머니가 말했다. "두 번 말하지 않게 하렴." 어머니는 경고의 의미로 문을 열어 놓고 사라졌다.

나는 서둘러 옷을 입었다. 목욕할 시간은 없을 듯했다. 베갯잇 속에 발사나무로 만든 체스 말 상자, 『체스 마스터』 잡지, 『체스 기초』 그리고 도서관에서 대출하고 반납을 못한 『양봉의 이해』라는 책을 넣었다. 『월드북』 백과사전 두 권 "B"와 "M"도 넣었다. 이 책들은 두꺼웠고 정보가 더 많았다. 아버지 얘기로는 우리가 돌아온다고 해서 양말 한 켤레, 속옷, 티셔츠 한 장 말곤 더 챙기지 않았다. 나는 욕실로 가서 이를 닦고 세수하고 겨드랑이를 닦았다. (아버지는 이런 걸 "공군 목욕"이라고 불렀다.) 머리를 빗고 아버지가 써도 된다고 했던 모발제를 발랐다. 아버지는 보이지는 않고 목소리만 들렸다. "애들 아침은 먹여야지." 아버지가 말했다. "기차에서 먹으면 돼." 어머니가 퉁명스럽게 대답했다.

버너는 회색과 파란색이 섞인 헐렁한 물방울무늬 드레스에 흰색 테니스화를 신고 거실에 앉아 기다리고 있었다. 머리는 평소처럼 부스스한 채 뒤로 넘기기만 했다. 립스틱은 바르지 않았다. 작은 반점이 많은 무릎을 모아 소파에 앉아 있었고 지금도 배가 아픈지 짜증나고 창백해 보였다. 아버지가 열다섯 살 생일 선물로 준 초록색 작은 여행 가방이 버너의 발 사이에 놓여 있었다. 버너는 가방에 찍힌 악어가죽 문양이 마음에 들지 않는다고 대놓고 말했었다. 아버지가 기지에서 제비뽑기로 탄 상품이었다. 내가 방으로 가려고 복도 문을 지날 때 버너는 안경 너머 흐리멍덩한 표정으로 날 응시했다. 나이아가라 폭포 퍼즐은 아버지가 먹어 치운 한 조각만 빼고 다 맞춰진 채 카드놀이 탁자에 놓여 있었다. 이제는 완성될 수 없는 무용한 퍼즐이 되고 말았다.

그때 아버지가 간밤에 입은 옷 그대로 부엌에서 나왔다. 동작이 크고 유연하고 기분이 좋아 보였지만 면도를 하지 않았고 낯빛은 어두웠다. "넌 이제 다 큰 숙녀잖니." 아버지가 버너에게 말했다. "아직도 상태가 안 좋아 보인다. 아빠하고 집에 있는 편이 낫겠다." 버너가 아니라는 비슷한 말을 하려는 순간 어머니 목소리가 부엌에서 들려왔다. "그러지 마. 그 앨 귀찮게 하지 마. 괜찮으니까."

아버지는 듣고 있는 사람이 많이 있기라도 한 듯 거실을 둘러보았다. 나를 보고 미소 짓고 윙크했다. "버너는 내 딸이야." 아버지가 큰소리로 말했다. "귀찮게 하는 게 아냐. 말하고 있는 거라고. 네가 없는 동안 네 물고기들을 돌봐 주마." 아버지가 말했다.

그때 초인종이 집 안에 울려 퍼졌다. 아버지가 날 보았다. 여전히 미소 짓고 있었다. 아버지는 천장에서 비새는 걸 어쩌겠냐는 듯 손바닥을 펼쳐 두 팔을 뻗어 보였다. 놀랐다는 표시로 아버지가 전에도 그렇게 하는 걸 본 적이 있다. "아, 누가 왔는지 알아볼까나." 아버지는 문을 열어 주러 거실을 가로질러 걷기 시작했다. "아마도 모르몬교 사람들일 거다. 우리가 기다리던 희소식을 가져왔을 걸. 우리 같이 가서 확인해 보자, 어때?"

부엌에서 어머니가 말했다. "누구야?" 다음 순간 어머니가 접시를 떨어뜨렸다. 아버지가 우릴 기다리고 있는 희소식에 문을 열어 주던 그 순간 접시가 와장창 깨졌다.

29

지금부터 시간은 다르게 기록되어야 한다. 다음날과 반나절 동안, 그러니까 월요일 정오까지 시간은 뒤죽박죽 쏜살같이 흘렀다. 조목조목은 기억이 나는데 연결고리들은 거의 기억나지 않는다. 그 전까지 시간은 물처럼 흘렀었고 가정의 질서도 탄탄했다. 지금도 가끔은 그 이틀이 아예 없었거나 내가 꿈을 꾸었거나 잘못 기억하고 있는 것이 아닐까 하는 생각이 든다. 그러나 다른 방식으로 오늘에 이르는 길을 찾을 수 있지 않았을까 하는 심정으로 나쁜 일들이 없어지길 바라는 것은 잘못된 생각이다.

아버지가 문을 열었을 때 덩치 큰 두 남자가 현관에 서 있었다. 어머니는 부엌에서 나와 식탁 의자에 앉았다. 어머니의 여행 가방은 소파 옆에 있었고, 버너는 초록색 작은 여행 가방을 두 발 사이에 둔 채 소파에 계속 앉아 있었다. 나는 내 체스 말들과 책들을 넣은 분홍색 베갯잇을 들고 복도에 서 있었다. 어머니는 떨어뜨린 접시를 주워 담을 생각조차 하지 않았다.

"안녕하십니까, 베브 씨." 둘 중 누가 문 밖에서 말했다. 그들은 정장 차림에 앞단추를 풀어놓고 있었다. 둘 다 챙을 올리고 내리는 여름용 중절모를 쓰고 있었다. 그들은 아버지보다 덩치는 컸지만 키는 크지 않은 거구들이었다. 검은색 포드로 우리 뒤를 따라왔고 내가 꿈에서 봤던 우리 집 뒷골목에 있던 남자들이었다. 둘 중 덩치가 더 크고 나이 든 남자는 얼굴이 크고 붉고 살쪘고 이마도 두툼하고 턱까지 올라온 목도 뚱뚱했다. 안경도 끼고 있었다. 운전석에 앉아 나를 가리켰던 사람이 그 남자였다. 그들은 경찰이었다.

아버지는 뒤에 있는 어머니를 흘깃 돌아보았다. 아버지는 경찰이 자신의 이름과 우리 가족이 사는 곳을 아는 것이 웃긴다는 듯 미소를 지었다.

"무슨 소동이라도 났습니까, 형사님들?" 아버지는 과장된 투로 말했다. 두 남자는 문간으로 들어섰다. 둘 다 덩치가 너무 커 나란히 못 들어오고 각자 몸을 약간 틀었다.

"소동은 없습니다, 베브 씨." 몸집이 더 큰 경찰이 안으로 들어오며 말했고 아버지를 지나쳐 거실에 있는 물건을 훑어보았다. 입이 꼭 미소를 지을 것 같더니만 그러지도 않았다. 더 젊고 호리하지만 그래도 거구인 다른 경찰은 이마가 넓고 눈이 푸르고 단춧구멍만 했다. 이렇게 생긴 사람은 핀란드 혈통이라고들 했다. 그 남자도 집 안을 들여다보고 있었다. "집에 누가 또 있습니까, 베브 씨?" 나이 많은 쪽 경찰이 말했다. 아버지는 한 발 물러나 두 팔을 벌려 거실을 둘러보았다.

"우리 아이들이요." 아버지는 이런 상황에서도 태연해 보였다.

"혹시 권총이 있으십니까?" 거구의 경찰이 커다란 손을 내밀어 아버지의 어깨를 만졌다. 지금은 두 남자 모두 우리 집 거실에 들어와 있었다. 거실이 빈 공간 없이 꽉 찬 느낌이었다. 여섯 사람이 있었다. 우리 집 거실에 여섯 사람이 있기는 처음이었다. 나이 많은 경찰은 숨소리까지 내게 들릴 정도였다.

"없습니다." 아버지는 권총이 앞에 앞에 있기라도 한 듯 밑을 내려 보았다. "저는 권총을 소지하고 있지 않습니다." 지금 아버지의 목소리는 남부 억양이 강했다.

"집 안 어디에도 없습니까?" 그 경찰의 시선은 집을 쭉 훑고 있었다. 안경알 때문에 연푸른 눈이 커 보였다.

"네. 이 집에는 없습니다." 아버지는 고개를 저었다.

"최근에 노스다코타를 방문한 적이 있습니까, 베브 씨?" 거구의 경찰은 일상적인 대화를 하듯 심각하지 않게 물었다. 그는 아버지 옆에 있다 내가 서 있는 복도 문 쪽으로 걸음을 옮겼다. 상체를 굽힌 채 복도를 걸으며 욕실과 부모님 방을 보았다. 더 키가 크고 젊은 경찰은 지켜보는 것이 자기 임무인 양 아버지를 빤히 보았다.

"잘 지내니, 얘야?" 거구의 경찰이 큰 손을 내 어깨에 올렸다. 담배와 가죽 냄새가 났다. 그는 진흙이 묻은 고무 덧신을 신고 있었다. 우리 집 깨끗한 바닥에 진흙 조각이 떨어져 있었다.

"네에." 내가 말했다. 그의 외투 아래 바지 벨트에 금배지가 달려 있었다. 하얀 셔츠 속 배는 탄탄했다. 접힌 깃에는 자그만 삼각형 금핀이 있었다.

"여행이라도 가는 거니?" 경찰은 상냥하게 물었다.

나는 어머니를 보았다. "시애틀에 갈 거예요. 오늘 기차로요.

할머니 할아버지를 뵈러 가요." 어머니가 말했다.

"저는 노스다코타에 간 적이 없습니다." 아버지가 말했다.

거구의 경찰은 내 어깨에 올린 손을 내리지 않았다. 깨진 접시가 바닥에 떨어져 있는 부엌을 감정하듯 들여다보았다. "밖에 있는 쉐보레가 선생 차가 맞습니까?"

"네 맞습니다. 산 지 오래 되지는 않았습니다." 아버지가 말했다.

"그게 어제는 아니겠지요, 어떻습니까?" 그 경찰이 말했다. 나는 그의 손 때문에 움직이고 싶지가 않았다.

"아, 네에." 아버지가 말했다. 아버지는 재미난 질문이라는 듯 어머니를 보고 씩 웃었다. 눈빛이 매섭고 말이 나오기도 전에 입이 달싹거리는 것이, 아버지의 얼굴 이목구비가 살아 있었다. 입가에는 침이 조금 고여 있었다. 아버지가 혀로 한쪽 입가를 핥자 아래턱이 덜컥거렸다. 아버지는 불시에 무슨 행동을 할 것처럼 허리께에서 양손을 흔들어 댔다.

"너희들은 방에 들어가 있으렴." 어머니가 말했다.

버너는 얼른 일어나 작은 여행 가방을 들고 복도 쪽으로 가기 시작했다. 그러나 거구의 경찰이 손을 들며 말했다. "여기 있는 게 좋겠다." 그가 나를 끌어당겼고 나는 그의 외투 밑에서 권총을 느꼈다. 버너는 걸음을 멈추고 어머니를 보았다. 입술에 주름이 잔뜩 잡히는 게 화가 난 모습이었다.

"그렇게 해." 어머니가 말했다. 버너는 뻣뻣한 자세로 소파로 돌아가 여행 가방을 무릎에 올려놓고 앉았다.

거구의 경찰은 피아노 쪽으로 가서 등을 구부려 아버지의 제대증과 루스벨트 대통령 사진과 메트로놈을 자세히 보았다.

"지금도 공군 제복을 입으십니까?" 그 경찰은 안경을 코끝까지 내리고서 흥미로운지 제대증을 더 자세히 보았다.

"전혀요." 아버지가 말했다. "지금은 더 좋은 옷을 입고 다니죠. 목장 사업을 하고 있어서요." 나는 아버지가 왜 거짓말을 하는지 몰랐다.

"이름이 뭐지, 숙녀분은?" 거구의 경찰이 물었다. 그는 버너를 돌아보았다. 다른 경찰은 아버지를 계속 감시했다.

"버너 파슨스요." 버너가 말했다. 우리 집에서 버너가 자기 이름을 말하니까 어색했다.

"최근에 노스다코타로 여행을 간 적이 있니, 버너?" 덩치 큰 경찰이 물었다.

"아뇨." 버너는 고개를 저었다.

"대답하지 마." 어머니가 화를 벌컥 내며 말했다. 그러나 식탁 자리에서 일어서지는 않았다. "아직 애라고요."

"꼭 대답하지 않아도 된다." 그 경찰은 아버지를 보고 빙긋이 웃었는데 붉은 뺨이 살쪄 보이고 눈썹이 위로 올라갔다. 그가 안경을 다시 밀어 올리고서 엄지손가락을 벨트 아래 넣어 바지를 추켜올리자 진흙투성이 덧신 위로 흰 양말이 보였다. 그는 한숨을 쉬었다. "베브 씨, 나가서 얘기를 좀 더 할 수 있을까요. 우리가 나가 있는 동안 비숍이 모두를 즐겁게 해 줄 겁니다." 그가 고개를 끄덕이자 다른 경찰이 문에서 물러났다.

"좋습니다." 아버지가 말했다. 아버지의 남부 억양이 더 도드라졌다. 아버지는 여전히 팔을 앞뒤로 흔들고 감시당하는 사람처럼 고개를 좌우로 돌렸다. 그런 아버지를 보니 유쾌하지 않았다. 절망한 사람처럼 보였다. 나는 그 모습을 잊어 본 적이 없다.

비숍이란 경찰은 뒤로 가서 방충망 문을 열었다. 나무들 사이로 햇빛이 들어왔고 바깥 공기는 따뜻했다. 간밤에 내린 비로 우리 집 잔디가 반짝거리고 있었다. 신자들이 루터교 교회로 들어가고 있었다. 아버지는 배불뚝이 경찰의 안내를 받아 문으로 향했다. 그는 아버지 등허리에 손을 얹고 있었다. "무슨 얘길 하실 거죠?" 아버지가 현관으로 나왔을 때 물었다. 손으로 머리를 빗고 고개 숙여 부츠를 찾았다.

"글쎄요, 황당한 얘길 해 볼까요." 배불뚝이 경찰이 아버지를 따라가며 말했다.

"아무 말 안 해도 돼." 어머니가 소리쳤다.

"나도 알아." 아버지가 말했다.

다른 경찰인 비숍이 유리로 된 현관문을 닫았다. 바깥에서 진행되는 일을 더는 볼 수 없었고 우리 네 사람은 집 안에 있었다.

30

우리가 비숍이란 경찰과 집에 머문 시간이 5분이었을 수도 있고 15분이었을 수도 있다. 루터교 교회 종이 몇 번 더 울렸다. 교회는 문을 닫고 예배를 시작했다.

해가 지붕 위에 걸리자 거실은 더워졌고 고요했다. 평소 같으면 다락 환풍기를 켰겠지만 지금은 아무도 움직이지 않았다. 나는 베갯잇을 내려놓고 피아노 의자에 앉았다. 어머니는 무슨 생각을 해보라는 듯 내 쪽을 계속 보았다. 나는 무엇인지 알 수 없었다. 아버지가 말하지 않아도 되는 게 무엇일까 궁금했다. 경찰이 떠나면 우리끼리 그 얘기를 하지 않을까 짐작했다. 기차 시간은 이미 지났다.

젊은 경찰은 외투 주머니에 두 손을 넣고 현관문을 등진 채 서 있었다. 껌을 씹다가 어느 순간 모자를 벗어 주머니에서 하얀 손수건을 꺼내 이마를 닦았다. 머리칼이 짧고 은발에 가까웠는데 모자를 벗으니 더 젊어 보였다. 서른쯤 돼 보였지만 나는 사람들 나이를 잘 가늠하지 못했다. 머리와 넙데데한 얼굴과 단춧구멍만 한 눈이 서로 맞지 않았지만 경찰 인상으로는 자연스러워 보였다. 그는 버너가 좋아할 만한 남자처럼 보였다. 눈이 루디처럼 야성적이었다.

"학교 다니니?" 그가 내게 물었다. 어머니는 날 계속 보고 있었지만 아무 말 하지 않았다. 어머니가 내게 무엇을 원하는지 알 수 없었다. 버너는 몸을 꼼지락거렸다. 초록색 작은 가방을 내려놓고 조바심이 나는지 깊은 한숨을 쉬었다.

"네." 내가 말했다.

경찰은 손수건으로 눈을 닦고는 손수건을 접어 외투 주머니에 넣고 모자를 다시 썼다. 그런 모자를 쓰기에는 너무 젊어 보였다.

"메리웨더 루이스요." 내가 말했다.

"중학교에 다닌다고?" 그는 놀라워했다. "그렇게 커 보이지 않는데." 나는 어머니를 보았다. 어머니가 무슨 생각을 하는지 알 수 없었다. "나도 15년 전에 그 학교에 다녔단다. 지금은 애들이 생겼지." 비숍 경찰이 말했다. 그는 어머니를 보고 시선을 고정했다. "그레이트폴스를 잘 아십니까?" 그가 어머니에게 물었다. 어머니는 눈을 그에게 돌렸다가 식탁 위에 포개 놓은 손 쪽으로 떨구었다. 그러다 아버지와 다른 경찰을 볼 수 있는 앞창으로 시선을 홱 돌렸다. "아이들의 친부모가 맞습니까?" 어머니가 앞선 질문에 대답하지 않자 비숍 경찰이 또 물었다. 그는 문설주에 몸을 기댄 채 어머니가 이상하게 보이는지 — 분명 그렇게 보였을 것이다 — 어머니를 주시했다.

"그게 형사님 업무인가요?" 어머니가 말했다.

"아니요, 그렇지는 않습니다." 비숍 경찰이 말했다. 그는 왼쪽

귓불을 잡아당기며 미소 지었다. 어머니는 시선을 다시 창 쪽으로 옮겼다.

아버지와 경찰은 농담이라도 주고받는지 앞뜰에서 경찰이 소리 내어 웃었다. 유리문 틈으로 웃음소리가 새어 들어왔다. 그래서 나는 모든 게 잘 풀렸나 보다 생각했다. 경찰이 말했다. "아, 그건 이해할 수 있습니다, 베브 씨. 우리 일이니까요."

"두 분은 은행 강도처럼 보이지 않는군요. 마트에서 일하는 사람들 같습니다." 비숍 경찰이 말했다.

그 순간 나는 폐로 숨을 들이킬 수가 없었다. 말을 하려고 입을 열었다. 그러나 말이 나오지 않았다. 나는 입을 닫고 숨을 쉬려 애썼다. 버너의 얼굴은 보고 싶지 않았다.

"그것 또한 형사님 업무가 아니지 않나요." 어머니가 말했다.

"지금은 부인이 틀리셨습니다." 비숍이 말했다.

앞문 반대편에서 누군가가 말하고 있었다. 현관 계단을 쿵쿵 올라오는 묵직한 발소리가 들렸다. 어머니는 식탁 의자에 그대로 있었다. 내 가슴에서 심장이 마구 뛰기 시작했다. 나는 어머니가 우리 집에 은행 강도 따위는 없다고 말해 주었으면 했다. 그러나 어머니는 내 얼굴만 응시했다. "너희 둘은 아무 데도 가지 마. 이 집에 계속 있는 거야." 어머니가 버너와 내게 말했다. "알아 들었니? 렘링거 아줌마가 아니면 누구하고도 이 집을 나가지 마. 알겠니?" 어머니는 왼손으로 오른손을 잡고 있다 손을 바꿔 오른손으로 왼손을 잡았다.

현관문이 열리고 — 벌컥 열린 듯했다 — 거구의 경찰이 성큼성큼 들어왔다. 중절모를 손에 들고 있었다. 머리가 거의 대머리였고 모양은 둥글고 머리 위에 붉은 반점들이 있었다. 밖을 보니 아버지가 두 손을 등 뒤로 하고 뜰에 서 있었다. 아버지는 현관문 쪽을 보고 씩 웃으면서 머리를 가로 젓고 뭐라고 소리치고 있었다. 내게 소리치는 것 같았지만 알아들을 수가 없었다.

"우리 시애틀에 안 가?" 버너가 말했다. 버너는 물방울무늬 치마를 입고 소파에 계속 앉아 있었다. 버너 쪽에서는 밖이 보이지 않았다.

"엄마가 말한 대로만 해." 어머니가 말했다.

"지금 일어나 주셨으면 합니다만, 파슨스 부인." 거구의 경찰이 말했다. "파슨스 부인"이란 호칭이 뜻밖이고 충격이었다.

뒤이어 집에서 이런저런 움직임이, 부산스러움이 일었다. 신발과 의자가 바닥을 긁는 소리, 옷과 옷이 닿는 소리, 숨소리와 살가죽이 밀착하는 소리 등등. 비쩝 경찰이 은빛 수갑을 꺼내더니 대머리 형사와 부엌 식탁으로 가서 어머니 어깨에 서로 손을 올렸다. "어서 일어나 주시지요, 니바 부인." 덩치 큰 경찰이 말했다. 그는 모자를 식탁 위에 내려놓았다. 어머니는 일어서지도 움직이지도 않고 경직된 채 아무 말 하지 않았지만 입술은 살짝 벌어져 있었다. 두 경찰은 양쪽에서 어머니의 팔을 잡고 등 쪽으로 돌려 두 손을 모았다. 어머니는 저항하지 않았지만 두 손이 떨리고 있었고 안경 너머로 계속 눈을 깜빡거리다 천장을 보았다. 거구의 경찰이 수갑을 잡고 어머니 손목에 조심스럽게 채웠다. "여성분들께는 꽉 채우지 않습니다." 그는 그 말을 하며 빙긋 웃었다.

아버지는 밖에서 혼자 계속 떠들고 있었다. "이만하길 다행일 수도 있죠." 나는 아버지가 하는 말을 들었다. 루터교 교회 신자들이 교회를 나와 구경하고 있었다. 카우보이모자를 쓴 남자가 무슨 말을 했지만 내게는 들리지 않았다. “괜찮아요, 괜찮아요.” 아버지가 소리쳤다. “박람회장은 왼쪽에 있어요. 박람회장은 왼쪽에 있다고요.”

“제겐 아이들이 둘 있어요.” 어머니가 경찰들한테 말했다. 그들은 등 뒤로 손이 묶인 어머니를 어색하게 식탁에서 일으켜 세우기 시작했다. 어머니는 체구가 작아서인지 팔이 등에 쉽게 닿지 않았다. 내가 본 장면을 묘사하기란 간단치가 않다. 거구의 경찰이 담배를 피웠던 건지 부엌에 담배 내가 진동했다. 그는 가쁜 숨을 쉬었다. 어머니는 발을 움직이려 하지도 않았지만 몸부림치지도 아이들이 있다는 말 외엔 다른 말도 하지 않았다. 어머니의 눈은 나를 보는 것이 힘든 과업이거나 한 듯 내가 아닌 앞만 뚫어지게 보았다.

“아, 네, 우리도 알고 있습니다.” 거구의 경찰이 아주 세심하게 어머니를 앞장세우며 말했다. “아다마다요.”

“어딜 가는지 말해 줘야지.” 버너가 말했다. 침착해 보였지만 그녀도 나만큼 충격에 싸여 있었다. 우리는 무슨 말을 하고 무엇을 해야 할지 몰랐다. “엄마가 돌아올 때까지 집에 있을게.” 버너가 말했다. 경찰이 어머니를 데리고 현관문을 통과했다. 아버지는 보도에 서서 정신 나간 사람처럼 떠들고 있었다. 버너와 나는 그 모든 걸 지켜보았다. 상상해 본 적도 없는 일이 눈앞에서 벌어지고 있었다.

나는 피아노 의자에서 일어났다. 서 있어야만 할 것 같았다. 심장은 여전히 쿵쾅거리고 있었지만 그와 동시에 아무 일 없는 듯 침착하게 굴었다.

“엄마가 한 말 기억해.” 어머니는 돌아보지 않고 말했다. 현관에 닿자 어머니는 발만 응시하며 현관 계단을 조심조심 내려갔는데 경찰들이 양팔을 잡고 있어 안 그래도 작은 사람이 더 작아 보였다. “밀드레드 아줌마가 데리러 올 때까지 아무데도 가면 안 돼.”

거구의 경찰이 맨 아래 계단에서 돌아서며 말했다. “내 모자 좀 갖다 주겠니, 얘야.” 그의 모자는 부엌 식탁에 놓여 있었다.

나는 거실을 지나 작은 중절모를 집어 들었다. 모자는 의외로 가벼웠고 땀내와 담배 내가 났다. 나는 현관문으로 걸어가 그에게 모자를 건넸다. 경찰은 어머니의 팔을 잡고 있지 않은 손으로 모자를 톡톡 치고서 대머리에 썼다.

“아이들을 돌봐 줄 사람이 올 겁니다.” 그가 말했다.

어머니의 얼굴이 날 보더니 벌게졌다. 버너는 문까지 갔다. 내 기억의 눈에 따르면 어머니의 얼굴은 어둠에 둘러싸여 있었다. “걔들은 그냥 둬요.” 어머니가 성난 목소리로 말했다. “내가 다 준비해 뒀어요.” 어머니는 내게 말하고 있었다.

“애들은 청소년 담당관이 맡을 겁니다.” 거구의 경찰이 말했고 어머니의 팔을 더 거칠게 잡았다. “부인은 이제부터 관여할 수 없습니다.”

“내 애들이라고요.” 어머니는 경찰을 노려보았다.

“그 점을 고려했어야죠. 오늘부터는 몬태나 주에 소속된 아이들입니다.” 경찰이 말했다.

두 경찰은 손이 뒤로 묶인 채 콘크리트 보도에 서서 입 벌리고 웃고 있는 아버지 쪽으로 어머니를 데리고 갔다. 흰 색종이들이 어제부터 보도에 들러붙어 있었다.

“변호사를 구해야 합니까?” 아버지가 물었다. 기분이 아주 좋아 보였다. "아는 변호사가 없는데."

경찰관 비숍이 아버지를 경찰차로 안내한 뒤 뒷문을 열어 주었다. "필요 없을 겁니다, 베브 씨." 그가 말했다.

"제 판단으로는 이렇게까지 하실 필요는 없으실 것 같은데요." 아버지는 내 쪽을 돌아보았다. 제 판단으로는, 이라고 아버지는 말했다. 나는 아버지가 그렇게 말하는 걸 처음 들었다.

"잘못 짚으셨습니다." 비숍이 말했다.

어머니가 경찰차 뒷좌석에 올라탈 때 안경이 얼굴 한쪽으로 흘러내렸다. 어머니의 한쪽 팔을 잡고 있던 거구의 경찰이 조심스럽게 안경을 제자리로 올려 주었다. 어머니는 열린 차 문으로 다시 날 보았다. "집에 있어야 해, 델. 밀드레드 아줌마 말고는 누구하고도 나가면 안 돼. 그래야 하면 도망쳐." 어머니가 소리쳤다.

"안 나가." 내가 말했다. 어머니 눈에 눈물이 고여 있는 듯했다.

아버지는 거리에서 경찰차 저편에 있었다. 차 안으로 등 떠밀려 들어가고 있는 중이었다. 아버지가 갑자기 차 지붕 너머를 쳐다보았다. 흥분한 눈이 날 발견하자 아버지가 소리쳤다. "것 봐라. 이 제복꾼들도 특별할 게 없잖니." 비숍이 아버지의 정수리를 더 꽉 잡고 어머니가 앉은 뒷좌석으로 세게 밀어 넣었다. 아버지가 무슨 말을 더 했지만 나는 알아듣지 못했다. 비숍이 차문을 쾅 닫았다. 교회 사람들이 더 많이 나와 계단에 서서 구경하고 있었다. 일어날 수 있는 최악의 일이 최악의 방식으로 일어나고 있는 광경이었다.

비숍은 경찰차 운전석으로 돌아갔다. 더 나이 많은 거구의 경찰은 조수석에 앉았다. 뒷좌석 차창에 어머니의 얼굴이 비쳤다.

어머니는 화를 내며 — 그렇게 보였다 — 옆에 앉은 아버지에게 뭐라고 말하고 있었다. 어머니는 나를 보지 않았다. 경찰차가 기어를 철커덕 넣고 차를 공원 모퉁이 쪽으로 천천히 몰았다. 나는 현관문에 서서 그 모든 걸 지켜보았다. 우두커니 서서. 부모님이 체포된 채 차를 타고 떠나는 것이 아무렇지도 않은 듯이. 햇빛이 느티나무 잎들을 뚫고 개울처럼 반짝거리고 있었다. 공기는 무겁고 따뜻했다. 화물 조차장에서 디젤 기관차 냄새가 희미하게 밀려왔다. 센트럴 애버뉴 쪽에서 사이렌이 한 번 울렸고 경찰차는 속도를 올렸다. 차도에 있던 다른 차들이 길을 비켜 주었다. 나는 이웃의 구경거리가 된 줄도 모르고 서서 지켜보다가 집으로 들어갔다. 사실은 달리 뭘 할지 생각할 수가 없었다. 그냥 서 있을 수도 없었다. 이 일은 그렇게 끝이 났다.

31

부모님에게 수갑이 채워지고 면전에서 은행 강도라 불리고 유치장으로 실려 가는 모습을 뒤에 남아 지켜보게 되면 정신이 나갈지 모른다고 생각할 것이다. 온 방을 미친 듯이 뛰어다니며 울부짖고 절망에 빠지고 아무것도 바로 잡지 못할 거라고 말이다. 누군가는 그럴지도 모르겠다. 하지만 그런 상황에 처해 보기 전에는 어떻게 행동할지 아무도 모른다. 내가 말할 수 있는 것은 그런 일은 거의 일어나지 않는다는 것이다. 물론 인생은 영원히 변해 버리지만 말이다.

집 안으로 들어오니 버너는 문을 닫고 제 방에 들어가 버리고 없었다. 나는 거실 한가운데 혼자 서서 집을 둘러보았는데 심장이 빠르게 요동쳤고 두 발도 가만있질 못했다. 나는 벽에 걸린 사진들을 훑어보았다. 이 집에 이사 왔을 때부터 있던 사진들과 몇 장뿐인 우리 사진들. 루스벨트 대통령 사진과 아버지의 제대증도. 내 소지품이 담긴 베갯잇도 있었다. 어머니의 여행 가방과 버너의 작은 여행용 악어가죽 가방도 보였다. 내 눈은 어머니의 작은 책꽂이며 카드놀이 탁자에 있는 나이아가라 폭포 퍼즐이며 긁힌 데가 많은 피아노며 내가 열한 살 때 그레이트폴스로 가지고 온 몽고메리 워드 가구로 옮겨갔다. 가구 중 쓸 만한 것은 없었다. 바닥에 깐 얼룩진 페르시안 카펫. 텔레비전. 아버지의 전축. 똑같은 범선이 반복해 찍혀 있는 벽지. 과일 모양 조명이 달린 더러운 천장과 아버지가 감탄한 큰 메달. 이 모든 것의 책임자가 나였다 — 적어도 지금은. 나는 상황을 제대로 볼 필요가 있었다. 침착하고 정연하게.

사실 그 순간에는 강을 건너 유치장으로 가고 있을 부모님 생각이 나지 않았다. 부모님이 털었다고 하는 은행에 대해서도 궁금하지 않았다. 한편으론 부모님이 체포되면서 결백을 주장하지 않아 정말로 은행을 턴 것 같기도 했다. 나로서는 은행 강도와 그런 짓을 저지르는 사람들에 대해 알 재간이 없었다. 보니와 클라이드는 우리 부모님하고 달랐다. 내가 아는 로젠버그 부부[24]는 전혀 다른 사람들이었다. 사실 처음 몇 시간 동안은 부모님 일을 생각하긴 했지만 그분들이 은행을 털었는지 아닌지를 생각하지 않았다. 그것보단 부모님이 벽 뒤로 그러니까 경계 뒤로 사라졌고 버너와 나는 반대편에 남게 되었다는 사실이었다. 나는 부모님이 돌아오기를 원했다. 그분들의 삶은 여전히 우리의 현실, 아주 큰 현실이었다. 우리는 여전히 품 안의 자

24) 공산주의자인 줄리어스와 에셀 로젠버그 부부는 1950년에 원자 폭탄 설계의 비밀을 소련에 제공했다는 혐의로 연방 검찰청에 체포되어 사형을 선고받았다. 이들 부부는 최후까지 무죄를 주장하였고 세계적인 구명 운동의 대상이 되었지만 3년 뒤 전기의자에서 처형되었다. 20세기 말에 공개된 KGB 비밀문서는 줄리어스가 소련의 스파이였음을 확인하고 있다.

식으로 살고 있었다. 하지만 그 삶을 이어가려면 부모님은 벽을 넘어 돌아와야만 했다. 무슨 이유에서인지 부모님이 돌아올지 의심스러웠다. 나는 여전히 충격에 빠져 있었을 것이다.

그것과 동시에 내 생각이 미친 것은 차 뒷좌석 밑에 든 돈이었다. 누군가 — 경찰 — 가 그 돈을 발견할까 겁이 덜컹 났다. 지폐를 묶은 띠에 찍힌 농업은행은 내게 아무 의미가 없었다. 거구의 경찰이 노스다코타를 언급했고 아버지는 가지 않았다고 했다. 아버지가 쉐보레를 얼마 전에 샀으니 그 돈은 구매하기 전부터 거기 있었고 아버지나 은행 강도와는 아무 상관이 없을 수도 있었다. 그런데도 나는 연관을 지었다. 차에 돈다발이 또 있을지 몰랐다. 그렇다면 치워야 했다. 돈을 어디에 둘지는 모르겠지만 경찰이 돌아와 집을 수색하기 전에 해야 했다. 물건을 도난당하면 경찰이 그런다는 걸 알고 있었으니까.

나는 부엌문을 나가 뜰을 가로질렀다. 문이 잠겨 있지 않은 벨 에어의 따뜻한 뒷좌석으로 기어 들어가 쿠션 밑을 뒤지자 시원하고 꼭꼭 싼 돈다발이 만져졌다. 팔꿈치까지 손을 푹 집어넣으니 차대의 볼트와 쇠붙이와 먼지와 검댕까지 손에 닿았다. 뜯지 않은 껌 한 통과 단추 하나, 세인트 패트릭 병원에서 온 빈 봉투도 발견했는데, 모두 내가 넣어 둔 것들이었다. 쿠션 밑에서도 앞좌석 밑이나 사물함에서도 돈다발을 더는 찾지 못해 결국 없다고 결론지었다. 찾아낸 돈은 전처럼 바지 속에 쑤셔 넣고 차에서 나와 서둘러 뜰을 가로질러 집으로 돌아왔다. 경찰이 기다리고 있지 않기를 바라면서. 집에 와서는 지폐(맨 위에 20달러짜리 지폐가 있었지만 세어 볼 생각은 하지도 못했다)를 싱크대 서랍에 있는 은쟁반 밑에 넣었다. 그러나 돈 뭉치 때문에 서랍이 닫히지 않았다. 나는 돈다발을 꺼내 띠지를 찢어 화장실로 가지고 가서 변기에 넣고 물을 내렸다. 잘하는 짓이었다. 부모님도 현명한 생각이었다고 여길 것이다. 나는 돈다발을 다시 싱크대 서랍에 넣고 두 뭉치로 나눠 나란히 넣었다. 그러자 서랍은 아무도 알아챌 수 없게 잘 닫혔다.

그런 다음 나는 내 방으로 돌아갔다. (버너의 방에서는 아무 소리도 들리지 않았고 나도 얘기할 기분이 아니었다.) 문을 닫고 블라인드를 내렸다. 천장 등을 끄고 전날처럼 입은 옷 그대로 누었다. 나는 가만히 누워 가슴이 오르내리는 것을 지켜보고 심장 박동을 느끼고 숨결을 관찰하고 숨을 깊게 들이쉬어 호흡을 조절하려 애썼다. 그렇게 하면 머리가 복잡해 한밤중에 깼을 때 잠들 수 있다고 어머니가 말해 준 방법이었다. 자신도 밤에 종종 깬다고 하면서. 나는 잠이 들었다 깨면 이 모든 일이 끝나 있지 않을까 기대했다. 아니면 모든 게 꿈이었고 눈을 뜨면 시애틀행 기차를 타고 버너와 어머니와 함께 또 다른 학교가 있고 사람들을 알게 될 새로운 삶을 향해 가고 있을지 모른다고 말이다. 지금은 낮 12시 반이었다. 내 베이비 벤 탁상시계는 10분이 느렸다. 루터교 교회의 종이 다시 울리고 있었다. 길 건너에서 개가 짖어 대기 시작했다. 밖은 햇빛이 눈부셨지만 내 방은 어둡고 서늘했다. 새들이 노래하고 있었다. 어디선가 물이 똑똑 떨어지는 소리가 들렸다. 예상대로 나는 크게 애먹지 않고 잠이 들었다. 그리고 오랫동안 잤다.

32

잠에서 깨니 집에서 사람 목소리가 들렸다. 나는 경찰이 와서 버너에게 뭐라고 하면서 돈을 찾고 있겠거니 짐작했다. 내 심장은 진정이 되어 있었다. 그러나 이내 쿵쾅거리기 시작했다. 싱크대 서랍을 맨 먼저 보겠지.

나는 누가 있건 놀라게 해서 쫓아낼 작정으로 방문을 벌컥 열었다. 그러나 복도에서 부모님 침실 밖에 있는 작은 콘센트 옆에 서서 전화를 하고 있는 사람은 버너였다. 그녀는 파란 코끼리 그림이 있는 파자마를 입고 있었다. 맨발이었고 엄지손가락으로 전화 코드를 감았다 풀었다 하고 손가락 하나를 숱 많은 머릿속에 넣고 무슨 이야기를 듣는지 미소 짓고 있었다. 목소리가 더 굵어졌다. 화장도 다시하고 립스틱도 바른 얼굴이었다. "아, 그래, 난 몰라. 좋은 생각이야." 목소리가 어머니와 비슷했다. 버너가 누구와 얘기하는지는 몰라도 루디 패터슨일 것 같았다. 버너가 아는 친구들 중 내가 아는 사람은 그뿐이었고, 버너는 둘이서 뭘 했는지 내게 말해 주었었다.

나는 경찰이 아니어서 안도했다. 그러나 곧 경찰이 올 거란 예감이 강하게 들었다. 나이가 많은 쪽 경찰이 다시 온다고 하지 않았던가. 나는 앞창으로 가서 밖을 보았다. 거리와 공원에는 인적이 없었고 빛과 그림자만 어른거렸다. 루터교 교회는 잠겨 있었다. 우리 집 잔디에는 그늘이 예쁘게 져 있었다. 이 동네에 살고 전에 본 적 있는 뚱뚱하고 앳된 귀머거리 소년이 검정색 래브라도 개에게 나뭇가지를 던지고 있었다. 개는 뛰어가 나뭇가지를 주워 가지고 와서 소년의 발 앞에 떨어뜨렸다. 소년은 개의 머리를 쓰다듬으며 무슨 말을 했다. 공원에도 경찰은 없었다. 이따금 소년은 슬쩍 고개를 돌려 우리 집을 쳐다보았다.

나는 부엌 창가로 가서 아버지 차가 있는 곳을 내다보았다. 그러나 차는 보이지 않았다. 차가 있던 차고 옆자리는 쉐보레가 방금 전까지 있다 사라진 듯 투명 상자처럼 보였다. 나는 아무것도 없기를 기대하며 싱크대 서랍을 열어 보았다. 그러나 플라스틱 쟁반 밑에 20달러 지폐 두 뭉치가 나란히 놓여 있는 것을 보고 나는 이것이 꿈이 아니라 실제로 일어나고 있는 현실임을 알았다.

나는 어머니가 아침에 떨어뜨려 깨진 접시 조각을 주워 싱크대 밑에 있는 쓰레기통에 버렸다. 조각이 커서 빗자루를 쓸 필요가 없었다. 조금 있다 버너가 부엌으로 들어왔다. 코끼리 파자마를 입은 버너는 부모님이 집에 없어 더 좋고 이런 기회를 기다리고 있었던 만큼 최대한 누리겠다는 듯 태연해 보였다.

“아버지 차를 견인해 갔어. 커다란 래커 트럭이 왔더라고.” 버너가 창밖을 내다보며 말했다. “아주 큰 늙은 멍멍이네.” 버너는 공원에서 나뭇가지를 던지고 있는 소년을 보았다. 나는 돈을 옮기고 싶었다. 돈과 연관되고 싶지 않았다. "누가 올 것 같진 않아." 버너가 말했다. 그녀는 파자마 등허리를 긁으면서 소년과 개를 응시했다. 자다 일어나 머리가 부스스하고 헝클어져 있었다. "그러니까 하고 싶은 걸 맘껏 할 수 있단 뜻이지."

"왜에?" 내가 말했다.

버너의 입술이 야비한 미소를 지었다. 그녀는 새우 눈을 하고서 자기가 나보다 잘났다 싶을 때면 잘하는 한숨을 내쉬었다. "하고 싶은 거 다 할 거야." 그녀가 말했다. "뭘 하든 그게 원하는 거라고." 버너는 손가락을 귀로 가져가 빙빙 돌린 뒤 날 가리켰다. "넌 돌았어." 그녀가 말했다. 종종 하는 말이었다.

"뭘 할 건데?"

"나도 몰라." 버너는 냉장고를 열어 속을 들여다보고 문을 닫았다. "무의미한 일은 아닐 거야. 무의미한 일은 질리게 했어. 루디가 결혼하고 싶대."

"못해." 내가 말했다. 나는 결혼할 수 없다는 걸 알았다. 우리는 열다섯 살이었으니까. 게다가 버너는 결혼하고 싶지 않다고 하지 않았던가. 그것도 어제 말이다.

"허락해 주는 곳이 있을 거야. 우린 유타 주에 있는 솔트레이크시티로 갈 거야. 여기보다 좋은 곳이야. 지금은 교회에서 결혼할 순 없지만."

이런 얘길 들으니 화가 치밀었다. 나에 관한 모든 것, 내가 생각하는 모든 것이 하찮게 여겨졌다. 파자마 차림으로 부엌에 서서 루디와 결혼하겠다는 이야기를 하면서 버너는 나와 내가 생각하는 모든 것에 그림자를 드리웠다. 마치 내 운명이 자기 운명과 닮아야 하고 자기가 내 계획을 젖은 휴지처럼 찢어발겨 사라지게 할 수 있다는 듯이.

그러나 나는 나 자신과 내 계획에 대해 그렇게 느끼지 않았다. 나는 나만의 윤곽을 느낄 수 있었다. 무슨 일이 일어나든 나는 나일 것이다. 그러자 마음이 진정되었고 그것은 긍정적인 신호로 보였다. 만약 내가 누나에게 매여 있어 모든 걸 잃었고 내 인생도 끝났다고 느꼈다면 어떻게 했을지는 나도 모른다. 만약 그랬다면 그 순간부터 나아갈 기회가 거의 없지 않았을까.

"결혼을 바로 하진 않을 거야." 버너가 말했다. 그녀는 고개를 돌려 다시 창밖을 응시했다. 그러다 일그러진 미소를 지으며 고개를 홱 돌렸다. "엄마가 날더러 널 돌보라고 했어." 버너의 눈에서 눈물이 왈칵 솟구쳤다. 나도 따라 울 수 있었다. 울 만한 이유는 충분했으니까. 그러나 버너는 눈물을 잘라냈다. "눈물은 아주 싫다니까." 그녀가 말했다.

"도망칠 필요 없어." 내가 말했다. 도망이라니 생각만으로도 끔찍했다.

"아니, 가야 해." 버너가 말했다. "난 말이야……." 나는 버너를 껴안고 싶었다. 내가 모든 걸 통제하고자 한다면 그렇게 하는 것이 가장 자연스러울 것 같았다. 복도에서 전화가 울리기 시작했다. 집 안의 정적을 깨는 시끄럽고 귀에 거슬리는 불쾌한 벨소리였다. 그 순간은 그렇게 지나갔다. 버너와 나는 대치하다시피 서 있었고 전화는 계속 울렸고 우리를 주목하는 것은 달리 없었다.

33

일요일에 관한 기억은 선명하지 않은 단편으로 남아 있다. 집에 우리 둘만 있으니 모든 게 홀가분하고 집이 편안했다는 기억이 있다. 우리는 냉장고에서 음식을 꺼내 먹었다. 차가운 스파게티와 사과였다. 앞창으로 늦은 오후의 그늘이 진 공원을 내다보며 먹었다. 차들이 지나다녔다. 한두 대는 천천히 달리면서 차에 탄 사람들이 차창에 몸을 기대 버너와 내가 서 있는 모습을 올려다보았다. 누가 손을 흔들어 우리도 손을 흔들어 보였다. 나는 우리 남매를 알아볼 수 있는 것은 없다고 생각했다. 어머니는 누구든, 가령 체스 동아리 회원이 우리를 보러 왔다면 내가 창피를 당했을 거라는 이유로 우리더러 동화되지 말라고 했지만, 그것은 어머니의 주제넘은 생각이었다. 게다가 내 부모 말고는 나는 창피하다고 느낄 만한 일을 한 적이 없었다.

버너와 나는 집을 나가지 말라는 어머니의 지시를 어기고 어두워지기 전에 동네를 산책했다. 그럴 수 있었기 때문에 한 일이었다. 아무도 우리를 주목하지 않았다. 일요일 저녁이라 동네는 조용했고 집들은 문이 닫혀 있었다. 동네는 내가 평소 생각했던 것보다 좋아 보였다.

우리는 돌아와 현관 계단에 앉아 하늘이 보랏빛으로 물들고 달이 떠오르고 이웃집 창문에 불빛이 반짝거리는 것을 지켜보았다. 공원 나뭇가지에 종이 연이 높이 걸려 있었다. 나는 저걸 어떻게 내릴까 생각했다. 우리는 차가 집 앞에 서고 낯선 사람들이 우리더러 어딜 같이 가자고 하기만을 기다렸다. 그러나 아무도 오지 않았다.

부모님에 대해서는 말을 아꼈다. 우리는 현관 계단에 앉아 박쥐들이 초승달 앞에서 거뭇해지는 나무들 주위를 날아다니고 동쪽 하늘에 나타난 으스름한 별들을 바라보며 부모님이 체포당할 만한 일을 했거니 추측했다. 너무도 극적인 일이었으니까. 그날 부모님은 밤에 돌아오지 않았었다. 처음 있는 일이었다. 권총도 사라지고 없었다. 돈이 있었고, 인디언들이 전화를 해대고 차로 집 앞을 지나다녔다. 그런 말을 입 밖에 낼 수야 없었을지라도 나는 그 일 — 은행을 털어 아버지가 필요로 했던 무엇인가를 충족시키는 것 — 이 사실이었기를 잠시나마 원했을지 모른다. 어머니에게 그 일이 어떤 의미였을지는 더 어려운 문제였다. 또한 그날 오후 버너와 나는 정신이 반쯤 나가 있었지만, 사람은 오히려 정신이 반쯤 나가 있을 때 자기 앞에 무슨 일이 벌어지고 있는지를 온전히 이해할 수 있는지도 모른다. 그렇지 않고서야 왜 우리가 침착해지고 산책까지 했겠는가? 그렇지 않고서야 아버지가 은행을 털고 우리 삶을 산산조각 냈는데도 왜 내가 아버지를 더 실속 있다고 생각했겠는가? 그렇지 않고서는 도무지 이치에 닿지 않는다. 우리 둘 다 부모님이 왜 은행을 털었는지, 그게 왜 좋은 생각으로 보였는지 물어볼 생각을 하지 못했다. 우리에겐 그 일이 현실이 되었을 뿐이었다.

우리는 완전히 어두워져서야 집으로 들어갔다. 모기들이 돌아다녔다. 창문에는 나방들이 퍼덕거렸고 매미들도 울어 댔다. 일요일 밤 센트럴 애버뉴를 다니는 차량은 거의 없었다. 우리는 문을 잠그고 커튼을 치고 현관 불을 껐다. 버너의 생각이 어땠건 나는 경찰이나 청소년 관계자 같은 사람이 와서 우리를 데려가고 경찰을 집을 수색할 거라고 믿었다. 버너와 나는 같이 사는 남편과 아내인 양 아무도 들이지 않기로 했다.

나는 부엌으로 가서 돈을 꺼내 버너에게 어디서 난 돈인지 말했다. 버너가 전날 이 돈을 보지 않았을까 했는데 버너는 보지 못했다고 했다. 버너는 부모님이 훔친 돈인 것 같으니 숨기거나 변기에 내려 버리자고 말했다. 돈을 식탁에 놓고 세어 보았더니 모두 5백 달러였다. 그러자 버너는 마음을 바꿔 돈을 반으로 나눠 각자 무엇을 할지 정하자고 했다. 돈을 가졌으니 우리도 어쨌거나 체포될 테고, 그러니 갖고 있어야 한다고 했다. 버너는 집에 더 많은 돈이 숨겨져 있을지도 모른다며 경찰이 오기 전에 찾아보자고 했다. 우리는 부모님 방에 들어가 어머니 지갑이며 서랍 속이며 매트리스 밑이며 옷장 속이며 구두 속 그리고 낡은 구두와 스웨터와 아버지의 공군 모자를 놓아 둔 옷장 선반들까지 보았다. 어머니의 동전 지갑에 30달러가 접혀 있긴 했지만 돈다발은 더 이상 없었다. 우리는 또 어머니가 "유대인 책"이라고 부르던 것을 찾아냈다. 나는 그 책을 본 적은 있지만 어떤 내용이 들어 있는지는 몰랐다. 그것은 소책자였고 어머니가 히브리어라고 했던 글자로 쓰여 있었으며, 우리의 아기 때 사진 몇 장과 타지마할 필름이 든 뷰마스터(입체카메라)와 어머니의 안경 처방전과 화필 몇 개와 우리가 그때까지도 읽어 볼 엄두조차 내지 않았던 어머니의 시와 일지와 함께 서랍장 맨 아래 칸에 들어 있었다. 그 소책자에는 어머니가 말해 주었지만 나는 발음할 수 없는, "H"로 시작하는 이름이 있었다. 그 책에 대해 뭘 더 캐물은 적은 없었다. 불현듯 우리 집에는 뭘 숨겨도 못 찾을 만한 곳이 없고 경찰은 찾는 데 귀신이란 생각이 떠올랐다. 우리 집에는 지하실이 없었다. 다락은 덥고 뱀들과 말벌들의 서식지라 올라가고 싶지 않았다. 우리는 돈이 어디에 더 있을지 짐작이 가지 않았고 결국 찾는 걸 포기했다.

그런데 모노그램으로 "P"자가 새겨져 있는 아버지의 가죽 보석함 — 아버지 냄새가 났다 — 에서 나는 아버지의 고등학교 반지를 발견했다. 두툼한 금반지였는데, 네모난 청석이 박혀 있고 데모폴리스를 뜻하는 "D"자와 양옆으로 앞발을 들고 서 있는 무스탕 두 마리가 조그맣게 새겨져 있었다. 아버지는 데모폴리스가 그리스어로 "사람 사는 곳"을 뜻한다며 모두 사람은 평등하다는 의미여서 그 말을 좋아한다고 했었다. 나는 반지를 끼워 보고서 — 엄지손가락에만 맞았다 — 내 반지가 없는 것 같아 그 반지를 껴야겠다고 생각했다. 보석함에는 아버지의 금빛 대위 휘장과 손목시계, 파란색 바탕에 흰색 파슨스 명찰, 군 인식표와 훈장 리본들이 들어 있는 상자도 있었다. 옷장 구석에는 리본과 휘장은 없지만 당장 입고 나가도 될 만큼 깨끗이 다려진 무거운 공군 제복이 있었다. 나는 재킷을 입어 보았다. 나한테는 너무 컸고 집에서 입기에는 너무 더웠다. 이따금 이 제복을 입어보곤 했는데 중요한 사람이 된 듯해서 좋아했다. 주머니에 돈은 없었다. 아침에 이 제복을 입고 기지로 출근할 때면 아버지는 늘 기분이 좋았다. 불과 몇 달 전 일이었다. 오래 전 일은 아니지만 이미 지난 시간이었다.

버너는 어머니가 겨울에만 입는 짙은 모직 바지를 꺼내더니 바지가 우스운지 거울 앞에서 들어 보였다. 버너가 입어 보려 했지만 너무 작았다. 그러자 어머니가 우편으로 주문한 굽 없는 검정 신발을 찾아내 깡마른 큰 발을 쑤셔 넣어 대충 신고서 뒤꿈치를 탁탁 쳐 부모님 방을 따각따각 걸으면서 엄마는 스타일을 모른다고 했지만, 그렇지 않았다. 어머니는 어머니만의 스타일이 있었다. 우리는 부모님이 돌아오지 않을 것을 알았던 것 같다. 삶이 정상으로 돌아올 길이 보였다면 우리가 부모님 옷을 입고 웃으면서 부모님 흉내를 내지는 않았을 테니까.

9시가 막 지났을 때 현관문 두드리는 소리가 났다. 우리는 당연히 경찰이라 생각하고 방 불을 껐다. 나는 아버지 재킷을 입고 복도를 엉금엉금 기어서 부엌으로 들어갔다. 아무도 현관문 유리로 내 모습을 볼 수 없었다. 나는 부엌 창문으로 가서 창턱에 기대 어두컴컴한 앞뜰을 보았는데, 나뭇잎들과 나뭇가지들 위로 달이 휘영청 떠 있었고 길 건너 텅 빈 농구대는 가로등 불빛에 그림자가 져 있었다. 키도 크고 팔도 긴 루디 패터슨이 보도에 서서 종이 봉지를 들고 담배를 피우고 하늘을 올려다보며 문이 열리기를 기다리고 있었다. 그는 내 쪽에서 보이지 않는 누군가에게 말하고 있었다. 노래를 부르고 있는 건지도 몰랐다. 현관 불은 켜져 있지 않았다.

루디는 버너를 데리고 가려고 온 것이었다. 그럴 계획이었으니까. 나는 홀로 집에 남아 일어날 모든 일에 맞서고 혼자 힘으로 살아가야 할 것이다. 두 사람은 솔트레이크시티나 샌프란시스코로 갈 것이다. 버너의 결심이 그랬으니까. 나는 어떻게 해야 할지도 모르면서 그를 집에 들이지 않을 작정이었다. 문을 잠그고 버너와 집에 있고 싶었다. 버너가 도망을 간다고 해도 더 나을 것 같지 않았다. 그건 나도 마찬가지였다.

버너가 현관문까지 가서 누가 보든 상관없다는 듯 모퉁이 쪽을 보았다. "누구야?" 버너가 물었다.

내가 말했다. "루디야. 들일 수 없어. 엄마가 아무도 들이지 말랬잖아."

"까먹고 있었다." 버너는 그렇게 말하면서 입구로 나아갔다. "내가 오라고 했어. 잰 들어와도 돼. 바보같이 굴지 마. 우린 사랑하는 사이라고." 버너는 현관문으로 곧장 가서 루디 패터슨을 집 안으로 들였다.

루디가 달빛 비치는 보도에 서 있을 때 내가 어떤 감정을 느꼈건 그가 우리 집에 들어서니 집 안 분위기가 잠깐이었지만 180도 달라졌다. 루디는 좋은 영향을 줄 만한 사람으로는 보이지 않는 부류였다. 그런데도 그가 문을 들어서자 시간도 멈추고 우리 삶도 덩달아 멈추었다. 마치 미래와 과거가 동시에 끝나고 우리 셋만 남은 듯 바깥세상은 사라졌다.

루디는 들어오자마자 시끄럽게 굴었다. 우리 집 거실을 둘러보며 담배를 피우고 이것저것 시찰했다. 그날 내가 기억에 새긴 그 물건들을. 벽에 걸린 사진들. 아버지의 제대증. 어머니의 여행 가방과 내 소지품이 든 베갯잇까지. 루디는 지난번에 버너가 지켜보는 가운데 공원에서 같이 농구를 했을 때보다 더 나이 들어 보이고 덩치도 더 커 보였다. 그는 고작 열여섯 살이었고 헝클어진 붉은 곱슬머리에 긴 팔에는 붉은 주근깨가 많았고 손은 크고 손등에 벌써부터 털이 났으며 버너가 좋아하지 않는 콧수염도 약간 있었다. 티셔츠 소매 아래로 알통도 있었고 손가락 마디는 바위를 기어오르거나 싸움이라도 한 것처럼 생채기가 많았다. 그는 더럽고 꼭 끼는 작업복 위에 쇠장식이 달린 넓은 허리띠를 차고 옆구리에 작은 칼을 꽂았고 두꺼운 검정색 앵클부츠를 신고 있었다. 공군 기지에서나 그의 아버지가 제련소에서 일할 때나 입는 차림이었다. 루디는 누나가 여름부터 친하게 지냈고 나한테 잘해 줘서 나도 좋아했던 그 남자 친구가 아닌 듯했다. 지난번에 봤을 때부터 그에게 이상한 면이 보였다. 뭔지는 알 수 없었다.

그러나 나는 버너가 같이 도망갈 결심까지 한 걸 알면서도 루디가 여전히 좋았다. 그는 불가사의하고 위험해 보였다. 나도 같이 도망을 가서 내일과 그 내일에 담길 모든 것에 직면하지 않는 것이 좋지 않을까 생각했다.

루디는 거실을 돌아다니면서 계속 떠들어댔다. 집 안까지 들어온 건 처음 있는 일이었다. 긴장해서 나온 과한 행동일 수도 있었다. 술도 마셨다. 종이 봉지에 팹스트 맥주 세 병과 셀로판에 싼 땅콩이 들어 있었다. 그는 땅콩을 까먹고 껍질은 아버지의 나이아가라 폭포 퍼즐 위에 올려 두었다. 작업복 뒷주머니에는 에반 윌리엄스 위스키 반 파인트도 있었는데, 루디는 그것을 "피트"라고 불렀다. 이상한 상태에 빠진 우리 집에서 그의 존재감은 상당했다.

루디는 우리 부모님이 구치소에 있고 집에 우리만 있다는 걸 알았다. 내가 잠에서 깼을 때 버너가 전화로 얘기하고 있던 사람이 루디였고, 그때 버너가 말한 것이었다. 루디는 아버지와 새어머니 사이가 좋지 않고 모르몬교도들은 어쨌거나 미쳤다고 말했다. 그는 부모님의 종교를 믿지 않았다. 모르몬교도는 자기네끼리만 통하는 비밀 언어를 만들어 냈다고 했다. 가톨릭교도와 유대인들을 노예화하고 흑인들은 아프리카로 보내거나 처형시킬 계획도 세웠다고 했다. 워싱턴은 불태워 없앨 거라나. 모르몬 교회를 떠나는 교인이 있으면 추적해 사슬에 묶어 데려온다고도 했다. 루디는 "피트"를 꺼내 한 모금 들이키고 입맛을 다신 다음 놀랍게도 버너에게 건넸고, 버너는 꿀꺽 마시고 병을 내게 건넸고 나도 한 모금 마셨다. 위스키를 꿀꺽 삼키자 숨이 막힐 듯해 이를 악물었다. 위스키가 배까지 내려가는 동안 목이 조이며 타들어 갔고 배가 점점 아팠다. 버너는 또 한 모금을 마셨다. 전에도 마셔 본 모양이었다. 인상을 쓰지도 않았고 마신 뒤에도 맛있는지 손가락으로 입술을 톡톡 쳤다. 루디는 이번에는 담배를 건네 불을 붙여 주자 버너는 한 모금을 빨고서 엄지와 중지로 잡은 담배를 멀찍이 보냈다. 이런 일이 우리 집 거실에서 일어나다니! 12시간 전만 해도 부모님이 이곳에 있었다. 그분들의 법칙이 우리의 행동을 다스리고 우리의 모든 것을 결정지었건만. 지금은 부모님도 없었고, 부모님의 법칙도 없었다. 머리가 어질어질했다. 내 삶이 앞으로 어떻게 될지 막연하기만 했다.

버너는 거실 의자에 앉아 루디를 구경만 했다. 그는 공연을 하고 있는 것처럼 보였다. 거실을 돌아다니면서 부모님이 자길 공립 고아원에 보내 버리겠다고 위협했다며 그러면 진짜 끔찍할 거라고 말했다. 그 얘기는 마일스 시티에 있는 큰 고아원으로 보내져 모르는 사람들에게 입양을 받고 그들의 사유재산이 된다는 의미였다. 루디 또래 아이를 입양하는 사람은 아무도 없으니 부모가 죽었거나 부모에게 버림받은 비천한 농장 아이들이나 부모가 나쁜 길로 든 불결한 인디언 아이들과 고아원에 남아 죄수처럼 지내야 할 것이다. 살아남는다 해도 망가진 삶이었다. 어머니가 두려워한 것이 이런 결말이어서 버너와 내게 렘링거 아줌마가 아닌 다른 사람과는 절대 떠나지 말라고 당부한 것 같았다.

거실은 이내 루디의 담배 냄새와 위스키와 맥주 냄새로 진동했다. 조금 전까지도 깨끗했던 공간이 말이다. 내일이면 다시 치워야 할 것이다. 나는 다락 환풍기를 켰다. 환풍기가 덜거덕거리며 돌아가자 연기가 빠지기 시작했다. 문과 창문은 내가 일찌감치 잠근 그때부터 계속 잠겨 있었다.

나는 아버지의 공군 재킷을 여전히 입고 있었는데 루디가 입어보고 싶다고 했다. 내가 재킷을 벗어 주자 루디가 그것을 입었고, 옷은 나보다 그에게 더 잘 맞았다. 게다가 효과도 즉각 나타났다. 그는 우리 집 거실을 돌아다니며 담배도 더 피우고 맥주도 더 마셨지만 장교라도 된 듯, 우리 집이 숙영지이기라도 한 듯 전투태세를 갖췄다.

"공산당을 격추시킬 준비가 되었노라." 루디는 당당하게 걸으면서 장군 목소리를 흉내 냈다. 버너도 준비가 되었다고 말했다. 물론 그는 취해 있었다. 바보 같아 보였다. 큰 존재감이 약간 빛바래지긴 했어도 여전히 나는 그가 좋았다. 나도 조금은 취해 있었을지 모른다.

"음악 틀 것 없어?" 루디는 소파 위에 걸려 있고 우리가 이사 왔을 때부터 이 집에 있던 뿌연 거울에 제 모습을 비춰 보고는 우쭐대며 말했다.

"아버지 레코드가 몇 장 있어." 버너가 아버지를 가리키며 말했다.

"들어보고 싶은데." 루디가 말했다. 그는 내가 『월드북』에서 본 패튼 장군처럼 양손을 허리에 댔다.

버너가 전축 쪽으로 가서 진열장에서 78회전 음반 한 장을 꺼내 턴테이블에 올렸다. 나는 아버지가 그렇게 하는 걸 보기만 했었다.

곧이어 아버지가 가장 좋아하는 곡을 글렌 밀러 밴드가 연주하기 시작했다. "「리틀 브라운 저그」로군." 아버지는 글렌 밀러가 군복무 중 죽었다는 이유로 그를 무척 존경했다.

루디는 혼자서 춤을 추기 시작했다. 한 손에는 맥주를 쥐고 다른 손에는 담배를 쥔 채 거실을 쭉 미끄러졌다가 미소 띤 얼굴로 무릎을 약간 굽히고 팔을 들었다 내렸다 하며 빙글빙글 돌았다.

"같이 춤추자고." 그가 내게 말했다. 그는 춤을 추며 다가와 피아노 의자에 앉아 있는 날 두 팔로 안아 일으켜 세웠다. 나를 뒤로 보내 빙빙 돌리고 손가락을 흔들고, 날 밀었다 당기고 큼직한 검정 부츠로 내 발을 밟기도 하고, 빙긋이 웃고 위스키와 담배 냄새를 폴폴 풍기고, 이따금 두 손으로 내 어깨와 등 한가운데를 꽉 쥐곤 했다. 나는 춤을 춰 본 적이 없었다. 지금도 춤을 추겠다는 생각은 들지 않는다. 내 기억에 어머니와 아버지는 춤을 추었지만 최근에는 없었다. 두 사람의 키 차이 때문에 춤추기는 쉽지 않았다. 어머니는 러시아 발레를 좋아했고 아버지가 숙달했다는 “중류층 무도회 취향”은 싫어했다.

루디와 내가 빙글빙글 춤을 추는 동안 버너는 담배를 입에 문 채 내게 얼굴을 찌푸렸다. 나는 즐거웠다. “남자친구랑은 그만 추고 네 여자친구랑 추는 게 어때.” 버너가 말했다.

“내가 지금 델 군에게 짜릿한 맛을 선물했어.” 루디는 숨을 헐떡이면서도 미소를 크게 지었다. 그는 내 손을 놓고 돌아서서 버너하고도 춤을 추기 시작했다. 버너도 나만큼 춤을 잘 추지 못했다. 나는 머리가 어지럽고 속이 좀 메스꺼웠다. 그래서 버너가 앉아 있던 의자에 앉았고 두 사람은 내 앞에서 빙그르르 춤을 추었다.

「리틀 브라운 저그」 다음 곡은 아버지가 곧잘 연주하던 「스타더스트」였다. 버너와 루디는 처음에는 거리를 두고 뻣뻣하게 춤을 추었다. 루디는 발에 신경을 쓰느라 표정이 내내 심각했다. 버너는 지루해 보였다. 두 사람은 전에도 그래본 적이 있는 듯 거리를 좁혀 나갔다. 루디의 어깨 위로 버너의 얼굴이 나타났고 버너는 눈을 감고 있었다. 그들은 키가 비슷했고 여러모로 닮아 — 버너와 내가 닮은 것보다 더 많이 — 보였다. 둘 다 주근깨가 있었고 골격이 컸다. 버너의 흰 테니스화가 루디의 부츠와 함께 엉성한 스텝으로 양탄자 위를 움직였다. 두 사람 다 담배를 들고 있었고 루디는 맥주까지 들고 있었다. 나는 바닥에 있는 에반 윌리엄스 위스키를 한 모금 더 마셨다. 이번에도 배가 불타는 것 같았지만 처음만큼 여파가 나쁘지 않았고 내가 미처 깨닫지 못한 사이 이내 진정이 되었다. 나는 초록색 안락의자에 편히 앉아 버너와 루디가 춤추는 모습을 구경했다. 루디는 아버지의 공군 재킷을 입고 있었고, 버너는 그의 목에 착 붙어 있었다. 누가 현관문을 쾅 열고 들어왔다가 우리가 해서는 안 되는데 담배 피우고 술 마시며 추태를 부리고 있는 모습을 보게 될 것만 같았다. 그러나 나는 개의치 않았다. 행복했으니까. 버너가 행복해서 나도 행복했다. 버너를 기쁘게 하기란 힘들었으니까. 한순간이었지만 부모님이 춤을 추고 있고 모든 것이 있어야 할 자리로 돌아와 있는 듯했다.

글렌 밀러의 또 다른 곡에 맞춰 춤을 추고 나자 루디의 얼굴이 벌게졌다. 아버지의 재킷을 입고 있어 땀이 나고 있었다. 그는 춤추다 말고 갑자기 외투를 벗어 의자 위에 던지고는 다시 춤을 추면서 오래 머물지 않을 거라고 했다. 버너는 거실 한가운데 서서 그를 지켜보았다. 루디는 그날 밤 돈 구할 계획을 세웠지만 방법은 우리에게 말하지 않는 게 좋겠다고 했다. (도둑질이 아닐까, 짐작했다.) 열일곱이어서 현장에서 잡히면 디어로지 교도소에 갈 수 있다고 했다. 여기서는 보는 눈들이 많지만 캘리포니아는 인구가 너무 많아 그레이트폴스에 있을 때처럼 튀어 보이지 않을 거라고 했다. 그는 그레이트폴스를 "지옥 구덩이"라고 부르며 아주 싫어했다.

루디가 버너에게 집에 먹을 것 좀 없느냐고 물었다. 자기한테 있는 거라곤 이탈리아 식품점에서 "들치기"한 땅콩과 아버지 지갑을 털어 인디언한테서 산 맥주와 위스키가 전부라고 했다. 버너는 냉장고에 냉동고기 — 아버지가 기지에서 가져온 소고기 — 가 있다고 말했다. 요리를 해 줄 수 있다고. 루디는 그거면 훌륭하다고 했다.

루디와 나는 외부 사람들이 우리를 볼 수 없게 앞 커튼을 치고 부엌 불은 켜 둔 채 식탁에 잠시 앉아 있었다. 이틀 전 우리 가족이 앉았던 자리에 말이다. 루디는 담배를 피웠고 맥주와 위스키를 번갈아 마셨다. 버너는 냉동고기를 프라이팬에 그대로 넣고 가스레인지 웨스팅하우스 — 아버지가 부르는 이름이었다 — 에서 요리하기 시작했다. 버너가 요리하는 모습을 본 적이 없어서 나는 버너가 요리를 할 줄 모른다고 생각했다. 요리는 나도 할 줄 몰랐다. 루디가 거실 책꽂이에서 어머니 책 — 아르튀르 랭보 시집 — 을 꺼내 한두 줄 읽었다. "후추가 나는 습기 많은 나라들로 — 가장 잔인무도한 산업적 또는 군사적 착취를 위하여."[25] 내가 지금도 기억하는 구절이다. 루디는 여전히 내게 친근하고 불가사의해 보였다. 헝클어진 붉은 머리와 심줄이 많은 팔도 평범하지 않아 보이는 그를 호의적으로 보게 만들었다. 그가 나보다 똑똑하다고는 생각되지 않았다. 내가 아는 체스를 두지 않았으니까. 지구 반대편에 대해 그는 몰랐지만 나는 알았으니까. 루디는 대학 갈 계획 대신 도망칠 계획을 짜고 있었다. 『타임』이나 『라이프』나 『내셔널 지오그래픽』도 읽어 본 적이 없을 것이었다. 그렇다고 지능이 떨어지는 사람은 아니었다. 벨트에 칼을 차고 징 박힌 부츠를 신고 술을 마시고 담배를 피우고 돈 구할 음모를 꾸미고 모르몬교도에 대해 알고 공항 근처까지 가서 자기 아버지 차에서 버너랑 한 짓을 보면 그랬다. 그것도 대단한 일이었다.

식탁에서 루디는 새로운 기후에서 나게 될 겨울이 기대된다

25) 랭보의 시 「민주주의」의 한 구절.

고 말했다. 친어머니가 살고 있는 캘리포니아일 거라고 했다. 그의 아버지는 루디가 태어나지 말았어야 했거나, 하다못해 참을성 많은 부모한테서 태어났어야 했다고 말했다고 한다. 그는 담배를 맥주병에 넣고 또 한 대 불을 붙이고서(우리 집에는 재떨이가 없었다) 자기는 결국 교도소에 가게 될 거라고 했다. 우리 부모님이 그 순간 구치소에 있고 그 일로 우리가 상처 받고 있을지 모른다는 사실은 잊은 듯했다. 그는 그레이트폴스에서 사는 동안 친구를 사귀지 못했다며, 친구를 못 사귀는 마을이라면 문제가 있는 거 아니냐고 했다. 친구가 없기는 버너와 나도 매한가지였지만, 우리 경우에는 맞춰 살기를 두려워하는 어머니와 관계가 있었다. 루디는 식탁 맞은편에 앉은 날 지그시 보다 버너와 내가 처한 끔찍한 상황을 퍼뜩 기억해 내고는 자기가 아는 한 우리 둘은 그런 곤경을 당할 만한 짓을 한 적이 없다고 말했다. 그건 아무래도 괜찮다고 나는 생각했다. 무슨 이유에서였건 부모님이 은행을 털었다면 잘못의 주체는 부모님이라고, 진작부터 느꼈으니까. 당연히 그렇지 않은가. 루디는 해병대 입대나 버너와의 결혼 얘길 꺼내지 않았다. 그건 의논이 끝난 주제였다.

버너가 루디의 스테이크를 흰 쟁반에 올려 부엌에서 나와 그 앞에 내려놓았다. 나이프와 포크도 쟁반에 놓여 있었다. 달랑 스테이크뿐이었다. 다른 건 없었다. 스테이크가 널빤지같이 딱딱해 보였고 지방이 있는 모서리 부위는 타서 말려 있었다. 먹음직스럽게 보이지 않았다. 버너는 양손을 허리에 올려 옆구리를 누르며 스테이크가 마음에 들지 않는지 얼굴을 찌푸렸다. "수프 말고는 뭘 만들어 본 적이 없어서 말이야." 그녀가 말했다. 버너는 의자를 빼서 루디 건너편에 앉아 스테이크를 보며 계속 얼굴을 찌푸렸다. 환풍기가 돌아가고 있는데도 집이 더웠다. 버너의 윗입술에 땀이 맺혀 있었다. 루디도 땀을 흘리고 있었다. 탄내가 식탁 주위를 떠다녔다.

"이 정도면 훌륭해." 루디가 말했다. 담배는 여전히 물고 있었다. 먹다가 피우다가 할 모양이었다. 그가 스테이크를 잘랐지만 잘 잘리지 않았다. 우리 둘은 앉아서 그를 지켜보았다. 루디는 나이프를 내려놓고 칼집에서 붉은 손잡이가 달린 칼을 꺼내 스테이크를 쉽게 잘랐다.

"완벽해." 그렇게 말하고서 한 조각을 먹었는데 내가 보니 속은 여전히 얼어 있었다. 그는 부지런히 씹었고 담배는 쟁반 끝에 내려놓았다. 고기를 씹고 있는 그의 코에서 연기가 흘러 나왔다. 그는 맥주를 꿀꺽꿀꺽 들이켰다. 그런 다음 또 한 조각을 잘랐는데 이번에는 먹기 전에 돌아앉아 우리가 춤을 추고 위스키를 마셨던 거실을 둘러보았다. 아버지의 재킷은 의자 위에 놓여 있었고 나이아가라 폭포 퍼즐은 땅콩 껍질과 함께 카드용 탁자 위에 흩어져 있었다. 내 소지품이 든 베갯잇과 어머니의 여행 가방은 경찰이 왔던 그 아침부터 계속 한자리에 놓여 있었다. 루디는 모든 게 제자리에 있는지 확인하고 싶은 듯했다.

그는 다시 돌아앉아 스테이크 조각을 또 반으로 잘랐고 버너와 나는 그런 그를 계속 지켜보았다. 먹기가 힘든지 그의 부츠가 바닥을 긁어 댔다. 루디는 담배를 또 한 모금 빨고서 턱을 치켜들고 코로 연기를 내뿜은 뒤 포크로 스테이크 조각을 찍어서 입에 넣고는 씹으면서 빙긋이 웃었다. 그리고 헛기침을 했다가 스테이크를 꿀꺽 삼켰다. "난 우리끼리도 무전여행을 잘 할 수 있다고 보는데 말이야." 나는 그가 무슨 뜻으로 하는 말인지 몰랐다. "무전여행"이 뭔지도 몰랐다.

"부모님은 네가 지금 어디 있다고 생각하는데? 도망갔다고 생각해?" 버너가 물었다.

"아마도." 루디는 고기를 꼭꼭 씹으며 말했다. "미주리 강에서 누가 날 건져내도 내 시신도 보러 오지 않을 걸." 자기 말에 흥분한 듯 그는 의자에서 벌떡 일어나 한 손에는 칼을 쥐고 다른 손에는 담배를 쥔 채 허공을 서너 번 찔러 댔다. 허공을 찌를 때마다 "얏! 얏! 얏!" 소리를 질렀고 싫은 사람을 때리기라도 하듯 눈을 흘겼다. 그다지 인상적이지는 않았다.

그는 다시 자리에 앉아 스테이크를 한 조각 더 잘라 먹고는 숨을 크게 내쉬었다. 그는 날 보고 씩 웃었다. 따뜻한 미소였다. "너도 먹어 볼래, 델? 진짜 맛있어." 그는 나이프와 포크까지 올린 채 쟁반을 내게 밀었다. 사냥칼은 뭔가를 또 찌를 필요가 있을지 몰라 자기 앞에 계속 두었다.

"난 배 안 고파." 내가 말했다. 사실은 고팠다.

루디는 몸을 틀어 고기 기름을 닦아내지도 않고 칼을 칼집에 도로 넣었다. "이젠 배불러." 그가 말했다. 먹은 건 고작 두 조각 반이었다. 그는 손등으로 입을 훔치고 부츠 바닥으로 담배를 비벼 끄고는 꽁초를 핥아 셔츠 주머니에 넣었다. 트림을 감추려고 기침을 했다. "이젠 잘 수 있겠다." 그가 말했다. 그는 다시 입을 막았다. "하지만 돈을 구하러 가야 해."

"어디서 구할 건데?" 버너가 말했다. 버너는 말을 아끼고 있었다. 우리는 루디를 동물원의 원숭이 보듯 지켜보고 있었다.

"말해 주면 너희도 공범이 되니까 교도소에 가게 될 거야." 그는 일어나 냉동 스테이크가 아닌 코스 요리라도 먹은 듯 배를 두들기며 다시 거실로 걸어 나갔다. 새 담배를 입에 물고 셔츠 주머니에서 종이 성냥을 꺼내 불을 붙였다. 그는 뭔가를 찾아 두리번거리는 듯했다. 그 모습을 보니 출장 갔다 돌아왔을 때의 아버지가 떠올랐다. 버너와 나는 식탁에 그대로 앉아 관객처럼 그를 보고 있었다. 루디는 좋은 사람인데 부모님의 사랑을 받지 못해 상처받았을지 몰랐다. 누구도 해치지 않았을 것이다. 다만 믿을 수 없고 엉뚱해 보였다. 웃고 있지 않으면 입이 안쪽으로 말려 들어가 공범은 둘째 치고 알아서도 안 될 사기꾼 같아 보였다. 루디가 철조망이 쳐 있고 끔찍한 일들이 일어나고 탈출이 불가능한 바람 몰아치는 허허벌판에 갇혀 국가의 보호를 받고 있을 모습이 그려졌다. 나는 아버지의 졸업 반지를 계속 끼고 있었다. 금빛 무스탕 두 마리가 뒷다리로 서 있는 반지를. 나는 그 반지가 요술을 부려 아버지를 불러 주고 버너와 내게 일어나고 있는 일들을 통제해 주기를 바랐다. 물론 아버지가 그 모든 일의 원인 제공자였지만.

"오늘밤에 여기 있을 거야, 아니야?" 버너가 듣기 싫은 쇠소리로 물었다. 목소리가 색달랐지만 꼬집어 뭐라고 말할 순 없었다.

"그건 좋은 생각이 아니야." 내가 말했다.

"내 생각도 그래." 루디는 거실을 계속 시찰하며 버너의 초대에 응하지 않았다. 전당포에서 팔 만한 물건을 찾고 있는 게 분명했다. 그러나 우리 집에는 팔 물건이 없었다. 아버지의 재킷. 글렌 밀러 음반. 메트로놈도 있었지만 그는 알아보지 못했을 것이다. 우리가 가진 돈을 찾고 있을 수도 있었다. 그러나 그가 그 돈을 알 리는 만무했다. "누가 찾으러 올지도 몰라. 여기 있는 건 좋은 생각이 아냐." 그는 우리가 통했다는 듯 내게 눈을 찡긋했고 엄지손가락을 벨트 밑에 넣었다.

"지금은 여기 있잖아. 뭐가 다른데?" 버너가 화를 내며 말했다.

"아무도 안 왔으니까 다르지." 그는 루스벨트 대통령 옆에 있는 아버지의 공군 제대증을 다시 살펴보고 있었다. 경찰도 그랬던 것처럼. 원하면 그가 가져가도 그만이었다. 나는 누가 오기 전에 그가 떠나 주기만을 바랐다.

"우리 집 늙은이는 루스벨트를 싫어해." 루디가 말했다. "루"를 "주"라고 발음했다. 그는 내 의견이 궁금한지 날 돌아보았다. "루스벨트가 나라를 진흙탕에 빠뜨렸대나. 마누라는 공산당원이고 모든 사람, 특히 검둥이들을 가여워한대지." 그런 말을 자주 듣지는 않았다. 아버지가 의사라고 했던 동아리 형이 말한 적은 있었다. 아버지는 그런 말을 한 적이 없었다. 아버지는 사람들을 싫어하지 않았고 우리도 그랬다.

"여기 있을 거야, 갈 거야?" 버너는 까칠하게 물었다. 식탁에서 일어나 루디의 쟁반을 집어 들었다.

"야간 근무가 있어." 루디가 무심해지고 싶은 듯 말했다. 그가 루스벨트 대통령 사진을 떼서 가져가 버릴지도 모른다는 생각이 들었다. 그는 소파 끝에서 식탁까지 걸어와 맥주가 남은 종이봉투를 들고 현관문으로 걸어갔다. 어떤 차가 경적을 울리며 우리 집 앞을 지나갔다. 11시가 넘은 시각이었다. 따뜻한 여름밤이었고 누군가가 소리를 질러 댔다. "야-호-호. 범죄자들이다. 너희들은 범죄자들이다. 범죄자들이다. 야-호-호." 그 차는 경적을 또 울렸다. 누군가가 웃었다. 뒤이어 그 차가 속도를 올려 쉭 소리와 함께 사라졌다.

"다시는 못 보는 거지. 그런 거지?" 버너는 루디의 쟁반을 들고 얼굴을 찌푸렸다. "나한테 잘된 일일지도 모르지."

"난 돌아올 거야, 알잖아." 루디가 말했다. 그는 우리에게 어른처럼 보이고 싶어 했다. 말했듯이 그의 붉은 머리와 담배와 알통이 솟은 팔과 손가락 마디는 그에게 어울렸다. "너하고 난 영원히 여길 뜰 거야. 난 약속을 지키는 남자야."

"넌 어른이 아냐. 열여섯이잖아." 버너가 말했다.

"다음 주면 아니야. 오래 기다리지 않아도 알게 될 거야." 루디는 환한 미소를 거뒀다. 그는 사과하듯, 우리의 판단을 기다리고 있듯 유리문 손잡이를 잡고 있었다. 사실 우리는 판단을 내리고 있었다. "넌 참고 기다리기만 하면 돼." 그는 문을 밀었다.

버너가 말했다. "내가 나올 수 있는 곳은 여기까지야." 버너는 돌아서서 부엌으로 걸어갔다.

"아무도 들이지 마, 델." 루디는 버너를 무시한 채 말했다. "그 사람들이 언제든 데리러 올 거야."

"엄마도 그렇게 말했어." 내가 말했다.

루디는 물고 있던 담배를 빼서 헛기침을 한 뒤 연기를 거실로 후 불고는 아무것도 가져가지 않기로 결심했는지 우리 집 거실을 휙휙 둘러보기만 했다. 그런 다음 문 밖으로 나가 문을 쾅 닫았다. 버너는 싱크대에서 설거지를 하고 있었다. 나는 앞으로 루디 패터슨을 볼 일이 없기를 바랐고 그가 떠나서 기뻤다. 그는 아무런 도움도 못됐다. 그것을 알 길은 없었지만 결과적으로 그랬다.

34

그날 일요일 밤에 버너와 나는 집 안을 정돈하고 설거지를 하고 담배꽁초며 땅콩 껍질이며 맥주병이며 경찰이 들어왔을 때 묻은 진흙이며 집을 불결하게 보이게 만드는 모든 걸 치웠다. 나이아가라 폭포 퍼즐과 카드 테이블도 치웠고 내 지구본은 서랍에 도로 넣었고 아버지의 공군 재킷은 옷장에 걸었으며 어머니의 여행 가방과 버너의 가방도 원래 있던 곳에 갖다 놓고 내 베갯잇도 내 방에 두었다.

우리는 말을 별로 안했다. 버너는 루디를 다시는 보지 못할 사람이라고, 루디 같은 사람들은 다행히도 자기 삶에서 퇴장한다고 — 그녀의 경험(이랄 것도 없지만)에 비추어 — 결론 내렸다. 루디는 버너를 사랑하지 않았고 그 점에선 버너도 마찬가지였다. 나는 루디가 그런대로 좋긴 하지만 버너가 도망을 가기보다는 부모님이 오실 때까지 집에 있는 게 좋겠다고 말했다. 내가 아무도 통제할 수 없는 상황을 책임지고 있는 집 안의 남자임을 내세우려 애썼다.

*

해가 지붕 너머로 떨어지자 방 안 공기가 쌀쌀해졌다. 나는 환풍기를 끄고 바스러진 달빛 속에 누워 부모님 생각에 집중했다. 심장을 진정시키고 싶었다. 운동장을 뛰고 또 뛰고 있기라도 한 듯 심장이 온종일 쿵쾅거리고 있었다.

부모님이 머릿속으로 함께 미끄러져 들어오며 또 변하고 있었다. 두 사람이 사랑을 다시 찾았다기보다 각자의 특성을 버리고 서로 한 몸이 된 것처럼. 사실은 그렇지 않았다. 부모님은 그냥 부모님 자신이었다. 또한 그날의 충격과 혼란은 나보다도 부모님에게 훨씬 더 컸을 것이다. 그런데도 이렇게 느끼는 것 — 부모님은 덜할 거라고 — 이 마음 편했다. 이미 말했듯이 나는 그날 정신이 반쯤 나가 있었을지 모른다. 정신이 나갔다는 것은 사람들이 보통 생각하는 것과는 차원이 다르다.

나는 우리가 다음날 아침에 아니면 온종일 무엇을 해야 할지 몰랐다. 누가 오더라도 집에 있기만 할 것이다. 밀드레드 렘링거 아줌마가 오면 우리가 무엇을 해야 할지 말해 줄 것이다. 침대에 누워 있을 때 전화가 몇 번 울렸다. 버너는 루디 전화가 아닐까 하고 한 번 받으러 갔다. 그러나 버너가 여보세요, 라고 말했을 때 응답이 없다는 걸 알 수 있었다. 그 뒤로 버너는 전화를 받지 않았다.

한순간 나는 거의 잠에 빠져들었다. 그때도 심장은 이상하게 쿵쾅거리고 있었다. 버너가 내 방에 들어와 침대에 드는 걸 알 수 있었다. 이번 주만 두 번째였다. 말했듯이 그레이트폴스로 이사 온 뒤로 우리는 한 침대에서 잠을 자지 않았다. 그러나 부모님이 버너의 방을 마련해 주었을 때 버너를 그리워한 나였던 만큼 그녀가 돌아와 기뻤다. 나는 버너 침대에 올라가 본 적이 없었다. 그랬다면 버너는 버럭 화를 냈거나 나를 놀렸을 것이다. 지금은 혼자가 아니어서 정말 기뻤다.

버너는 울고 있었고 눈물인지 담배인지 알 수 없는 냄새가 났다. 옷을 걸치고 있지 않아 깜짝 놀랐다. 살이 차가웠는데 버너는 파자마를 입은 내게 찰싹 붙었다. 울고 있어서 더 추워했다. 버너가 내 손을 잡고 자기 배에 갖다 댔다. "따뜻하게 해줘. 잠이 안 와." 그녀가 말했다. 코를 킁킁거리고 한숨을 쉬었다. "위스키를 마셨어. 그런데도 잠이 안 와." 버너는 내 쪽으로 더 붙었다. 비누 냄새도 나고 목캔디와 치약 냄새도 나고 머리에선 담배 냄새도 났다. 버너가 여드름 난 얼굴을 내 목으로 밀어붙였는데 볼이 축축하고 서늘했고 코는 막혀 있었다.

"난 자고 있었어." 나는 거짓말을 했다.

"그럼 다시 자. 방해하지 않을 테니까." 그녀가 말했다. 밤중에 기적 소리가 들렸다. 나는 팔짱을 끼고 있었다. 버너가 내 손을 꽉 쥐었다.

"나 혼자 도망갈 거야." 버너가 내 귀에 대고 속삭였다. 헛기침을 하고 침을 삼키고 코를 들이마셨다. "내가 미쳤나 봐." 그녀가 말했다. "신경 안 쓰고 아무 짓이나 할래."

버너는 잠시 아무 말하지 않았다. 나는 그녀 옆에 누워 숨을 들이켰다. 버너가 갑자기 내 귀 아래 목에 키스를 하더니 내게 더 찰싹 붙었다. 나는 버너가 키스하는 게 싫지 않았다. 오히려 안심이 됐다. 버너가 내 손을 놓고 자기 손을 움직였다. 손이 거칠고 앙상했다. "오늘밤에 루디랑 하고 싶었던 거였어." 그녀가 말했다. "그치만 너랑 할래."

"좋아." 내가 말했다. 나도 하고 싶었다. 상관없었다.

"오래 걸리지 않을 거야. 루디 차에서 해 봤거든. 어쨌든 너도 알아야 하잖아."

"난 아무것도 몰라." 내가 말했다.

"그럼 완벽하네. 그딴 건 문제 되지 않아. 신경 쓰지 마."

"알았어." 내가 말했다.

"진짜야, 그건 전혀 중요하지 않아." 그녀가 속삭였다.

이 얘기는 여기까지만. 다른 사람들에게 할 얘기는 못 되니까. 우리가 한 짓은 우리 외엔, 그 시간 외엔 거의 의미가 없었다. 밤중에 버너가 깨서 일어나 앉아 날 바라보며 말했다(나도 깨어 있었다). "넌 루디가 아니야."

"맞아. 난 델이야." 내가 말했다.

"있지, 아까 난 안녕이라고만 말하고 싶었어."

"안녕." 내가 말했다. "어딜 갈 건데?"

버너 — 내 누나 — 는 빙긋이 웃고는 내 품에 안겨 다시 잠이 들었다. 추웠거나 무서웠던 모양이다.

35

부모님이 없는 집에서 일어나니 기분이 이상했다. 얼마 전에도 — 부모님이 은행을 털러 갔을 때 — 부모님 없이 일어나긴 했지만 이번에는, 그 월요일에는 모든 것이 달랐다. 부모님은 구치소에 있었고 — 그러려니 짐작했다 — 우리는 우리 둘에게 무슨 일이 닥칠지 알지 못했다.

나는 8시까지 내리 잤다. 햇빛 때문에 방이 찜통이 되어서야 땀에 젖어 일어났다. 복도 선풍기가 다시 돌아가고 있었다. 버너는 내 침대에 없었다. 나간 지 좀 됐는지 내 옆자리가 차가웠다. 센트럴 애버뉴를 달리는 차 소리가 벽을 뚫고 들어왔다. 공항에서 비행기가 이륙하는 소리도 들렸다. 불현듯 버너가 떠나 버렸고 이제부턴 나 혼자 지내야 하는구나 하는 생각이 들었다.

그러나 옷을 입고 나가 보니 버너는 부엌에 있었다. 간밤에 남은 스테이크를 다시 구워 조금 먹고 내 것을 쟁반을 남겨 놓았다. 나는 찬 우유와 같이 먹었다. 집에서 맥주와 담배 냄새가 아직도 났다. 날이 더 더워지기 전에 음식물 쓰레기를 버려야겠다고 생각했다.

버너는 털이 없는 주근깨투성이 다리와 긴 발이 보여서 여간해선 입지 않는 버뮤다 반바지[26]를 입고 있었다. 테니스화에 세일러 블라우스를 입고 있었고 샤워도 한 모습이었다. 머리는 뒤로 빗어 붉은 고무줄로 묶었다. 밤에 있었던 일에 대해서는 말이 없었다. 버너는 기분 나쁘지 않은 듯했고 나도 그랬다. 우리가 옛날만큼 닮지 않았지만, 나는 그게 좋았다.

"엄마 아빠를 보러 가야 해." 버너가 말했다. 싱크대에서 자기 접시와 내 접시를 닦으면서 창문으로 옆 마당을 내다보았다. 배드민턴 네트와 이웃집과 바지랑대를. "지금 안 가면 다른 데로 옮겨가서 영영 못 보게 될 거야." 버너는 젖은 손가락으로 조리대에 있는 신문을 집어 들어 내가 앉은 식탁에 놓았다. "누가 현관 방충망 안쪽에 멋진 선물을 넣어 뒀더라고."

오늘자 「트리뷴」이었다. 부모님 — 나란히 따로 있는 — 이 구치소에 있는 사진이 보이도록 접혀 있었다. 두 사람은 "캐스케이드 카운티 구치소"라는 글자와 그 밑에 숫자가 적힌 흰색 카드를 들고 있었다. 아버지는 머리가 헝클어져 있는데도 미소 짓고 있었다. 어머니의 입은 내가 한 번도 본 적 없는 모양으로 팽팽히 구부러져 있었다. 어머니는 안경을 끼고 있었고 끔찍한 장면을 보고 있기라도 한 듯 미간을 붙인 채 눈을 휘둥그렇게 뜨고 있었다. 표제가 "농업은행 강도들"이었다. 신문을 놓고 간 사람이 누군지, 신문 상단에 손으로 쓴 쪽지가 핀으로 꽂혀 있었다. "너희들이 보고 싶어할 거라고 생각했어. 너희들이 정말

26) 무릎이 보일 정도로 길이가 짧고 품이 좁은 바지. 버뮤다제도 원주민들의 복장에서 유래했다.

자랑스럽구나."

누가 우릴 위해 신문을 놓고 갔다는 사실이 놀라웠다. 신문을 보았을 때 나는 손이 떨렸다. 기사에는 우리 부모님이 지난 주 금요일 노스다코타 주 크릭모어에서 농업은행을 털었다고 나와 있었다. 총도 가지고 있었다고. 훔친 돈은 2천 5백 달러라고. 우리 부모님이 그레이트폴스로 도망갔고 그 마을 서쪽에 있는 셋집에서 체포되었다고 했다. 이름에 인용 부호가 찍힌 (아버지는 "베벌리," 어머니는 "니바"같이) 아버지는 "앨라배마 출신"에 공군을 퇴직했고 로키 보이 보호구역 인디언들이 연루되어 있는 범죄 혐의로 그레이트폴스 경찰의 감시를 받고 있었다고 되어 있었다. 어머니는 "워싱턴 주" 출신이고 포트쇼에서 교사로 일했다고 쓰여 있었다. 어머니에게 구속 기록은 없지만 시민권을 조사 중이라고 했다. 부모님은 돌아오는 주에 노스다코타로 인도될 거라고 했다. 아이들에 대해서는 언급이 없었다.

버너는 싱크대 물을 빼고 있었다. "엄마 아빤 거짓말쟁이야. 딴 사람들하고 다를 게 없어." 그녀가 말했다.

부모님이 어떤 거짓말을 했는지 나는 기억할 수 없었다. 그러다 총이 생각났다. 신문에서 이런 기사를 읽는 건 끔찍한 일이었다. 그 일을 알게 된 것도 불쾌했다. "인도되다"는 TV에서나 듣던 말이었다. 그 말은 부모님이 돌아오지 않는다는 의미였다. 그 돈다발이 부모님이 훔친 돈일지 몰라 우리는 가지고 있으면 안 되었다.

"구치소에 가면 우리도 체포될 거야." 버너는 태연하게 말했다. 그녀는 거리와 공원이 내다보이는 앞창으로 걸어갔다. 루터교 교회 앞에 세워진 차 위로 밝고 눈부신 아침 햇빛이 쏟아지고 있었다. 흠잡을 데 없는 하늘에서 솜털 구름이 나무들 위로 지나다녔다. "그래도 가 봐야 해. 엄마 아빠가 거짓말쟁이라 해도."

"그래. 나도 가고 싶어." 내가 말했다. 청소년 기관에 넘겨지고 싶진 않았지만 선택의 여지가 없었다. 부모님을 보러 가지 않을 수는 없었다. "엄마 아빠를 본 뒤엔 어쩔 거야?" 우리가 도망을 갈 거라고 버너가 확실하게 말해 주길 원했다.

"레인보 호텔에서 점심을 먹고 친구들을 몽땅 초대해 성대한 파티를 열 거야." 버너가 말했다.

버너는 절대 농담을 하지 않았다. 제 엄마와 똑같다고 아버지는 말했었다. 버너에게는 유머 감각이 없다고 했다. 그러나 레인보 호텔에 가고 친구들을 초대하겠다고 하니 어쩌면 버너가 늘 농담을 하고 있었는데 아무도 몰랐던 게 아닐까 싶었다. 버너에 관한 건 무엇 하나 쉽지가 않았다. 버너는 창가에서 고개를 돌려 팔짱을 끼고 날 보았는데, 넌 똑똑하지가 못하다고 알려주고 싶어 할 때처럼 내 이마를 빤히 보았다. 그러다 빙긋이 웃었다. "사실은 나도 어떻게 할지 몰라." 그녀가 말했다. "부모님이 구치소에 있는 애들이면 똑같지 않겠어. 무슨 나쁜 일이 일어나나 기다리는 거지." 버너가 말했다.

"안 그랬음 좋겠어." 내가 말했다.

"찾아 나설 필요까진 없어. 네가 어디 숨어 있든 찾아낼 거니까." 버너가 말했다.

어떤 사람들은 날 때부터 뭘 알고 태어나는 것 같다. 버너는 그날 일어난 모든 일이 부모님에게만이 아니라 우리에게도 일어난 일인 줄 이미 이해하고 있었다. 나도 알았어야 했다. 같은 나이인데도 나는 버너보다 한참이나 어렸다. 세월이 흘러도 나는 버너가 세상을 아는 만큼은 알지 못할 것이다. 그렇기에 여러모로 좋은 점이 있다. 그러나 여러모로 결코 좋지 않은 점도 있다.

36

구치소는 세컨드 애버뉴 북쪽 캐스케이드 카운티 법원 건물 뒤에 있었다. 이틀 전 아버지와 함께 차를 타고 지나친 곳이었다. 나는 자전거를 타고 모형 전문점에 가는 길에 지나친 적이 있었다. 커다란 3층 벽돌 건물로 넓은 잔디밭과 콘크리트 현관 계단과 깃대가 있고 출입구 위에는 1903이라는 연도가 새겨져 있었다. 늙은 떡갈나무들이 잔디에 그늘을 드리웠다. 높은 지붕에는 저울을 들고 있는 여자 동상이 있었다. 정의와 관계있다는 동상이었다. 법원 건물을 지나면 이따금 보안관들의 차와 수갑 찬 사람들을 건물 안팎으로 호위하고 있는 부보안관들을 볼 수 있다.

버너와 나는 구치소로 들어가기 전에 이 구역을 한 바퀴 돌았다. 거리에서도 감방 창문이 보이는지 확인하고 싶어서였는데, 보이지 않았다. 메아리치는 로비에 들어서자 우리 바로 앞에 **구치소는 지하 — 금연**이라고 적힌 표지판이 있었다. 로비에는 아무도 없었다. 우리는 어둑한 계단을 내려가 붉은 색 페인트로 **구치**

소라고 적인 금속 문에 이르렀다. 이 문을 통과하자 복도가 나오고 복도 끝 유리창 뒤에 불 켜진 사무실이 있었다. 제복을 입은 부보안관이 유리창 안에서 책상에 앉아 잡지를 읽고 있었다. 그의 뒤로 창살문이 바로 보이고 그 문 너머로 감방이 한쪽으로만 줄지어 있는 콘크리트 복도가 보였다. 갑작스런 등장이었다. 감방을 마주한 긴 벽 위쪽에는 격자창이 나 있어 흐릿한 빛이 들어왔고, 그 때문에 나쁜 곳이 분명한데도 감방이 시원하고 쾌적해 보였다. 우리 부모님도 그곳에 있을 터였다.

버너와 내가 집을 나와 걸어서 센트럴 애버뉴 다리를 건너고 밀워키 로드역을 지나고 시내로 들어가 구치소까지 오는 동안 아침 햇살은 밝고 따뜻했고 서쪽의 솜털 구름은 여전히 산 위에 고루 퍼져 동쪽 평원으로 향하고 있었다. 강에서는 뜨거워진 아침 산들바람에 달콤한 냄새가 실려 왔다. 막바지 여름에 강에서 카누를 타고 있는 사람들도 보였다. 우리는 감옥에서 필요하다 싶은 종이 봉지 두 개와 세면도구를 챙겨 가져왔다. 아버지의 안전면도기. 비누. 치약과 칫솔, 바바솔 면도 크림, 와일드루트 모발제, 빗과 머리솔까지. 버너는 어머니가 쓸 물건들을 챙겼다.

미주리 강을 건널 때 월요일 아침이라 차들이 많았다. 나는 고등학교에서 본 형이 탄 차가 지나갔다고 생각했다. 버너와 나는 눈에 띄지 않았을 것이다. 종이 봉지를 들고 다리를 건너는 큰애들일 뿐이었다. 눈에 보이지 않은 사람들. 그러나 만약 그때 누군가 날 알아보고 내가 구치소에 갇혀 있는 부모님을 만나러 간다는 걸 알았다면 나로서는 감당하기 힘들었을 것이다. 강에 뛰어들어 물에 빠져 죽었을지도 모른다.

짧은 검정 머리를 단정하게 가르마 탄 부보안관은 우리를 봐서 기쁜지 유리창 뒤에서 환하게 미소 짓고 있었다. 버너가 유리 구멍으로 우리가 누구이며 부모님이 안에 계신 것 같아 면회를 하고 싶다고 말했다. 그 말에 부보안관은 더 환하게 미소 지었다. 그는 책상에서 일어나 유리창 옆에 난 금속 문을 열고 우리가 있는 쪽으로 왔다. 이 공간은 복도 끝에 있었고 갈색 페인트를 칠한 바닥에는 플라스틱 의자들이 볼트로 고정돼 있었다. 소나무향이 나는 살균제와 풍선껌 같은 달콤한 냄새가 났다. 구치소는 그 어떤 곳보다 냄새가 많이 나는 곳이었다.

부보안관이 우리 "부대" — 아버지가 이따금 쓰던 말이었다 — 에 뭐가 들었는지 확인을 해야 한다고 말했다. 우리는 종이 봉지를 보여주었다. 그는 웃으면서 이런 물건을 가지고 온 건 기특하지만 부모님에게 필요하지 않고 구치소 규칙상 선물은 금지돼 있다고 말했다. 보관해 둘 테니 집으로 돌아갈 때 가져가라고 했다. 그는 얼굴이 달덩이처럼 크고 갈색 제복이 부풀어 보일 만큼 뚱뚱했다. 다리를 심하게 절뚝거려 걸을 때마다 손을 뻗어 무릎 위 허벅지를 눌러 주어야 했다. 그럴 때마다 다리에서 찰카닥하는 부드러운 금속성 소리가 났다. 나는 의족이겠거니 짐작했다. 전쟁터에서 입은 부상일 거라고. 그런 것쯤은 알고 있었다. 교도관이 되겠다고만 하면 그도 보안관이 될 수 있었다. 어쩌면 가톨릭 주교와 부모님을 체포했던 얼굴 불그스름한 경찰이 나타나 우리를 알아보고 말을 걸지도 모르겠다 싶었다. 그러나 그런 사람들은 보이지 않았고, 그래서인지 이곳에 있는 것이 더 이상했다.

부보안관 — 그는 이름을 말해 주지 않았다 — 은 종이 봉지를 가져가고 우리의 주머니며 신발 속까지 확인하고는 사무실로 돌아가 커다란 금속 열쇠를 들고 다시 나왔다. 또 다른 작은 열쇠로 방금 나갔다 온 문을 열었고 **독방동**이라고 적힌 문 안쪽으로 우리를 안내했다. 금속 문 뒤편 바닥은 연노랑 페인트가 칠해져 있었고 신발을 신고 있는데도 우리 집 마룻바닥보다 훨씬 딱딱하고 차가웠다. 신발창이 바닥에 들러붙는 것만 같았다. 이 안에 갇혀 있는 사람들은 느낄 것이다. 집이 존재하는 것과 정반대의 이유로 감옥이 존재한다고.

구치소까지 걸어오는 동안 버너와 나는 부모님에게 무슨 말을 할지 이야기했었다. 그러나 구치소 안에 들어오고 커다란 금속 열쇠로 부보안관 책상 뒤에 있는 창살문이 열리자 말문이 막혔다. 버너는 헛기침을 몇 번이나 하고 입술을 핥았다. 오지 말걸 하고 후회하고 있는 듯했다.

첫 번째 창살문 뒤로는 우리 세 사람이 들어서 있을 만한 공간만 있고 또 다른 창살문이 있었다. 절대 깨부수고 나갈 수 없는 문이었다. 이곳에선 아까 같은 소나무향 살균제 냄새와 음식 냄새와 학교 남자 화장실처럼 지린내가 났다. 문 열리는 소리가 콘크리트 벽에 부딪쳐 메아리쳤다. 긴 벽에 붙은 수도꼭지 아래 검정색 호스가 똘똘 감겨 있었고, 페인트칠이 되어 있지 않은 바닥은 축축하고 번들거렸다.

독방들이 길게 늘어선 복도에는 아무도 보이지 않았다. 어떤 남자 목소리 — 아버지는 아니었다 — 가 어디선가 전화 통화를 하고 있었다. 감방 맞은편 벽에 난 격자창으로 공을 드리블하고 발을 끄는 소리가 들렸다. 누군가 — 남자 — 가 큰소리로 웃고 루디와 내가 여름에 공원에서 게임을 했을 때처럼 공이 농구 백

보드에 튕겨 나오는 소리가 났다. 밖에서 새어 들어오는 연초록 불빛 말고 빛이라곤 콘크리트 천장에 걸린 백열등뿐이었는데, 그마저도 철망에 걸려 불빛이 바닥까지 닿질 않았다. 이곳은 어둠침침한 동굴 같았다. 부모님이 있어 감흥이 반감되긴 해도 신이 나는 곳이라고 나는 생각했다.

"오늘은 수감자들이 많지 않단다." 절름발이 부보안관이 두 번째 창살문으로 우리를 들어오게 하고 다시 문을 잠그면서 말했다. 권총은 차고 있지 않았다. "월요일 아침에 풀려났거든. 여기서는 충분히 환대를 받았지. 그래도 대개는 다시 보게 된단다." 그는 명랑했다. 그의 책상에는 조그맣고 빨간 트랜지스터 라디오가 놓여 있었는데, 볼륨을 낮춘 엘비스 프레슬리 노래가 들렸었다. "여기서는 너희 엄마를 특별대우 해 준단다." 부보안관이 말했다. "너희 아빠는 진짜 총을 가지고 있더구나." 그는 초록빛과 그림자로 반짝거리는 콘크리트 복도로 우리를 안내하기 시작했다. 우리가 지나온 첫 번째 감방들은 비어 있었고 어두웠다. "부모님이 이곳에 오래 있지는 않을 거다." 부보안관이 말했다. 그는 다리를 찰카닥거리며 끌어당겼다. 왼쪽 귀에는 보청기를 차고 있었다. "수요일이나 목요일에 노스다코타로 이송될 거야."

그러다 갑자기 우리는 사람이 있는 감방 앞에 이르렀다. 아버지가 빛과 그늘이 교차하는 어둠 속에서 매트리스 씌우개인 흰색 천이 콘크리트 바닥에 떨어져 있는 철제 간이침대에 앉아 있었다. 무엇 때문인지 나는 아버지가 그 천을 거둬 낸 것만 같았다.

"여긴 너희들이 올 곳이 아니다." 아버지가 큰소리로 말했다.

우리가 오고 있는 걸 알기라도 했던 것처럼. 아버지가 침대에서 일어났다. 입술이 마른지 입술을 핥는 것은 보였지만 전체적으로 아버지 모습이, 특히 얼굴이 잘 보이지 않았다. 아버지의 눈이 평소보다 커졌다. 버너는 계속 걸어가다 아버지를 보지 못했었다. 아버지 목소리를 듣고서야 "아, 죄송해요"라며 걸음을 멈추고 아버지를 보았다.

"내가 정부를 너무 믿었던 거야. 그게 나의 큰 문제였어." 아버지는 앞서 다른 누군가에게 이 말을 하고 있었던 것처럼 말했다. 아버지는 감방 문으로 다가 오지 않았다. 나는 아버지의 말 뜻을 알 수 없었다. 아버지는 근심스럽고 지친 얼굴을 하고 있었고, 집 떠난 지 하루밖에 되지 않았는데도 더 야위어 보였다. 충혈된 눈은 어디 기쁘게 해 줄 사람 없나 찾을 때처럼 주위를 두리번거렸다. 목소리는 평소보다 남부 억양이 강했다. "사람 죽이는 건 고려해본 적이야 있지만 진짜로 생각해 본 적은 없었다." 아버지가 말했다. "물론 죽일 수도 있었겠지." 아버지는 우리를 바라본 뒤 침대에 다시 앉아 많이 참고 있다는 듯 두 주먹을 무릎 사이에 찔러 넣었다. 옷은 경찰이 우리 집에 왔을 때 입고 있던 옷 그대로였다. 청바지에 흰색 티셔츠. 뱀가죽 벨트는 보이지 않았고 부츠도 없었다. 더러운 양말만 신고 있었다. 머리는 빗질을 하지 않았고 얼굴은 면도를 하지 않아 잿빛으로 보였다. 신문에 실린 사진 속 모습 그대로였다.

이 당시 나는 평온함을 느꼈다. 예상 밖의 반응이었다. 아버지와 함께 있어서 안심이 됐다. 나는 아버지에게 돈에 대해 물을 생각이었다. 어디서 난 돈이냐고.

"세면도구를 챙겨 왔는데 들일 수가 없대." 버너가 어색하고 평소보다 높은 어조로 말했다. 버너는 손을 등 뒤에 두고 있었다. 쇠창살을 만지고 싶지 않았던 것이다.

"여기에도 화장실이 있다." 아버지가 앉은 자리 옆으로 고개를 돌려 뚜껑이 없는 변기를 보았다. 불결해 보이고 냄새가 났다. 아버지는 한쪽 손목을 문질렀다 다른 쪽 손목을 문지르고 다시 입술을 핥았는데 무의식적으로 하는 행동 같았다. 손바닥으로 뺨도 문지르고 눈도 꼭 감았다가 떴다.

"언제 내보내 준대요?" 내가 물었다. 나는 부모님이 거짓말쟁이라고 했던 버너의 말을 생각하다가 다른 것들까지 기억해 냈다. 노스다코타. 아버지의 파란색 점프 슈트.

"무슨 뜻이니, 아들아? 아버지는 내게 희미한 미소를 지어 보였다.

"언제 집으로 보내 주냐고요?" 나는 큰소리로 말했다.

"아마도 언젠가는." 아버지가 말했다. 관심 밖이라는 말투였다. 아버지는 토요일에 차에서 그랬듯이 손으로 머리를 긁었다. "이런 일에 괜히 고민하지 마라. 학교 갈 준비는 다 했니?"

"네, 했어요." 내가 말했다. 아버지가 오래 전부터 감옥에 있었던 것 같은 기분이 들었다. 개학이 언제인지 아버지는 전부터 알고 있었다.

"버너하고 체스는 뒀니?" 아버지는 아직도 버너에겐 말을 걸지 않았다.

"엄마는 어딨어?" 버너가 불쑥 물었다. 우리는 부모님이 같은 감방에 있을 거라 생각했었다. 버너가 또 물었다. "정말로 은행을 턴 거야?"

"여기 어딘가에 있을 거다." 아버지는 어머니가 뒤에 있기라도 한 듯 엄지손가락으로 감방 벽 쪽을 가리켰다. "엄마가 아빠한테 말을 안 하는구나." 아버지가 말했다. "엄말 비난하는 게 아냐." 아버지는 고개를 저었다. "내가 책임을 다하지 못했으니까. 이 모습이 너희들한테 일상적인 일로 보이지 않았으면 좋겠구나." 아버지는 은행을 털었느냐는 버너의 질문에는 대답하지 않았다. 나는 아버지가 몇 해 전 "해볼 수도 있지"라고 했던 말이 기억나 대답이 듣고 싶었다.

"당연한 거 아냐." 버너가 말했다.

아버지는 어슴푸레한 빛 속에서 미소를 지어 보였다. 감옥에 있는 아버지를 면회하러 가면 할 말이 무척 많을 거라고 생각할 것이다. 버너는 두 분에게 뭐가 필요한지, 우리가 전화해야 할 사람이 있는지, 있으면 누구인지 물어볼 계획이었다. 아버지 친척인지? 변호사인지? 어머니의 학교인지? 그러나 내가 예상했던 느낌과 실제 느낌은 전혀 딴판이었다. 감옥은 모든 걸 멈추게 했다. 감옥의 기능은 그런 것이었다.

"이제는 엄마를 만나러 가야 한단다." 우리 뒤에서 부보안관이 말했다. 늘어선 감방들 끝에서 그의 라디오 소리가 계속 들려오고 있었다. 그는 우리 사이에 더는 할 말이 없고 서로를 난처하게 만들고 싶어 하지도 않는다는 걸 알았다. 높은 격자창으로 누군가의 말소리가 흘러 들어왔다. 농구공이 한 번 되튀었다가 멈췄다. "저—어—기, 저 위에 그 인공위성이 있어." 어떤 남자 목소리가 말했다. "누가 그래?" 누군가가 대답했다. 다시 공이 튀는 소리가 났다.

"구치소는 너희들이 올 곳이 아니다." 아버지가 걱정스러운 표정으로 우리를 쳐다보며 이 말을 또 했다. 이마의 핏줄이 도

드라져 보였다.

"맞습니다. 하지만 아버지를 사랑하니까요." 부보안관이 끼어들었다.

"저도 압니다. 저도 아이들을 사랑합니다." 아버지는 우리가 옆에 없는 듯이 말했다.

"우리가 전화해 줬으면 하는 사람 있어?" 버너가 물었다.

아버지는 고개를 저었다. "기다려 보자구나. 변호사랑 얘기할 거야. 엄마 아빠는 조만간 노스다코타로 가야 해." 아버지가 말했다.

버너는 아무 말 하지 않았고 나도 그랬다. 나는 아버지의 고등학교 반지를 엄지손가락에 끼고 있었다. 반지 얘기는 하고 싶지 않아 그 손을 등 뒤에 두었다.

"너희들을 기쁘게 해 줄 방법이 있으면 좋으련만." 아버지는 두 손을 깍지 끼고서 꽉 쥐었다. "내가 여기서 뭘 할 수 있겠니?"

"애들도 안답니다, 베브 씨." 부보안관이 말했다. 돈에 대해 물을 수 있는 절호의 기회였지만 나는 잊고 있었다.

전화가 울렸다. 시끄러운 전화 소리가 감방 복도에 울려 퍼졌다. 버너와 나는 얼마 동안 서 있기만 했다. 무슨 말을 더해야 할지 알 수가 없었다. 우리는 와야 한다는 생각밖에 못하고 왔다.

부보안관이 한 손은 내 팔을 잡고 다른 한 손은 버너의 팔을 잡고 우리를 딴 곳으로 이끌었다. 상황이 어찌 돌아가는지 알았던 것이다.

"안녕, 아빠." 버너가 말했다.

"그래." 아버지가 말했다. 아버지는 일어서지 않았다.

"안녕히 계세요." 내가 말했다.

"그래, 델. 아들아." 아버지가 말했다. 아버지는 은행 건에 대해서는 대답하지 않았다.

37

어머니의 감방은 불이 켜져 있지 않은 감방들 맨 끝에 있었고 얇은 쇠줄로 하얀 금속 표지판을 쇠막대에 걸어 둔 것 말고는 아버지의 감방과 다르지 않았다. 그 표지판에는 붉은색 글씨로 자살이라고 적혀 있었다. 걸어가는 중에 부보안관은 "여성"용 시설이 따로 있지는 않다고 말해 주었다. 나라가 제공할 수 있는 최선은 사생활 보호라고 했다.

어머니도 아버지의 감방에 있던 것과 같은 간이침대에 앉아 있었지만 어머니의 이불잇은 뜯겨서 침대 밑에 떨어져 있지 않았다. 어머니는 또 다른 여자 옆에 앉아 조용히 얘기를 나누고 있었다. 간이침대가 또 하나 있었다. 변기는 아버지 것과 달리 때가 꼈거나 불결하지 않았다.

"아이들이 면회를 왔습니다, 니바 부인." 부보안관이 명랑한 목소리로 말했다. 그는 우리를 앞으로 밀어주고 자기는 벽으로 물러서 어머니와 우리만 마주할 수 있게 해주었다. "가 보렴. 어머니가 보면 기뻐하실 거다." 그가 말했다.

"오, 얘들아." 어머니는 우릴 보자마자 일어섰다. 손에 쥐고 있던 안경을 끼고서 쇠창살로 다가왔다. 어머니는 작아 보였다. 피부는 얼룩덜룩하고 코끝은 불그스름했다. 끈 없는 흰 테니스화에 하얀 단추로 앞섶을 채우고 허리띠는 없는 진녹색 치마를 입고 있었다. 어머니는 가슴이 없어 보였다. 안경 너머 두 눈은 크고 깊었다. 어머니는 우리가 낯설기라도 한 듯 살짝 웃어 보였다. 내 눈은 자연스레 **자살**이라는 표지판으로 돌아갔다. 감방에 있는 다른 여자와 관계있겠거니 여겼다. "어떻게 여기까지 왔니? 밀드레드 아줌마를 기다리라고 했잖아." 어머니가 말했다.

"어디 딴 데 갈 데를 몰라서. 그냥 왔어." 버너가 말했다. "아빠도 봤어. 말을 별로 안 하더라."

어머니는 쇠창살 사이로 두 손을 내밀었다. 나는 아직 인사를 하지 않았지만 어머니의 오른손을 잡았고 버너는 왼손을 잡았다. 어머니는 우리 손을 꽉 쥐었다. 집 떠나기 전날 밤 내 방에서 얘기할 때보다 훨씬 피곤해 보였다. 어머니가 결혼반지를 뺀 것을 보고 나는 적잖이 놀랐다. 다른 여자도 진녹색 치마에 테니스화를 신고 있었다. 키가 크고 체격도 컸다. 앉아 있는데도 알 수 있었다. 그녀는 앉아 있던 침대에서 일어나 다른 침대에 누워 얼굴을 벽 쪽으로 돌렸다. 자리에 눕더니 신음 소리를 냈다.

"세면도구를 챙겨 왔는데 들일 수가 없대." 버너가 말했다. "우린 엄마 아빠가 같이 있을 거라 생각했어."

"그랬구나." 어머니는 우리 손을 잡고 미소 띤 얼굴로 우리를 바라보며 말했다. 어머니는 큰소리로 말하지 않았다. "여기 있으니까 마음은 가벼운 거 있지. 이상하지 않니?"

"그러게요, 엄마." 내가 말했다. 어머니 목소리는 당장이라도 나와서 같이 돌아다니며 이야기 나눌 수 있을 것처럼 자연스러웠다. 감옥에 있는 것이 어색해 보이지 않았던 아버지보다 이런 어머니가 더 충격이었다. 반면에 나는 소외감이 들고 마음도 가볍지 않았다. 어머니의 반지가 어디에 있는지 궁금했지만 묻고 싶지는 않았다.

"언제 나올 거야?" 버너는 명령조로 말했다. 울고 있으면서 울지 않으려 애쓰고 있었다.

"엄마가 좀 실망했던가 봐." 어머니가 말했다. "여기 친구하고 그 얘길 하고 있었어." 어머니가 얼굴을 벽 쪽으로 돌린 채 숨을 크고 쉬고 두 발을 포개 놓은 덩치 큰 여자를 돌아보았다. "집으로 전화를 걸었더랬어." 어머니가 말했다. "한 번은 해도 된다고 했거든. 너희들이 전화를 안 받더구나. 어디 나갔나 했어." 어머니는 안경 너머로 눈을 깜박였다. 어머니한테서 땀 냄새가 났다. 늘 나던 그 냄새였다. 풀 먹인 죄수복 냄새도 공중에 떠다녔다.

"이제 우리는 어떻게 되는 거야?" 버너가 물었다. 입을 꾹 다문 채 뺨 위로 눈물을 뚝뚝 흘리며 턱을 떨고 있었다. 구치소 밖에서는 차들이 지나다니고 있었다. 경적 소리가 들렸다. 우리가 있는 곳과 밖은 아주 가까웠다. 나는 버너가 울지 않았으면 했다. 울어 봤자 좋을 게 없었으니까.

"우린 어디로 가요?" 내가 물었다. 나는 우리를 데려가려고 오고 있다는 렘링거 아줌마를 생각하고 있었다.

"기다려 보렴. 놀라운 곳일 거야. 멋진 곳일 거야." 어머니는 쇠창살 사이로 빙긋이 웃으며 고개를 끄덕였다. "엄마가 너희 둘을 지켜 줄게. 밀드레드 아줌마가 올 거야. 아직도 오지 않았다니."

황갈색 정장에 서류 가방을 든 젊은이가 또 다른 부보안관의 안내를 받아 감방으로 들어왔다. 그는 우리 쪽으로 오다 아버지 감방 앞에 섰다. 아버지의 손이 나오자 젊은이도 손을 내밀어 악수를 했다. 아버지는 웃으면서 말했다. “네에, 네에.” 이 남자가 아버지와 얘기 나누는 걸 보고서 나는 우리 부모가 이제는 서로 무관한 사이가 되었음을 알 수 있었다. 그래서 어머니의 마음이 가벼워졌는지도 몰랐다. 무언가가 어머니 손을 떠났다. 무거운 짐이.

“너희들은 학교에 가야 하지 않겠니?” 어머니가 쇠창살 사이로 물었다. 늦은 아침의 햇살이 어머니 감방으로 스며들었다. 어머니는 우리의 손을 놓고 싱긋 웃었다. 함께 한 시간이 2분도 채 되지 않았다. 중요한 말은 하지도 못했다. 우리가 뭘 기대했는지는 지금도 잘 모르겠다.

“우릴 사랑하지 않는 거야?” 버너는 눈물을 참으면서 말했다. 나는 버너를 바라보며 손을 잡았다. 버너에겐 모든 게 절망적인 듯했다.

“당연히 사랑하지.” 어머니가 말했다. “그런 걱정은 하지 마. 믿어도 돼.” 어머니가 작은 손을 뻗어 버너의 얼굴을 만지려 했지만 버너는 가까이 가지 않았다. 어머니의 왼손은 잠시 허공에 떠 있었다.

“자살을 하시려는 거예요?” 내가 물었다. 붉은 표지판 때문이었다. 나는 그냥 넘길 수가 없었다. 어머니에게 얘기하기 전까지 나는 이 말을 입에 올려 본 적이 없었다.

“당연히 아니야.” 어머니는 고개를 저었다. 어머니는 우리 뒤로 있는 창문을 올려다보았다. 거짓말이었다. 어머니는 노스다코타 주 교도소에서 자살을 했고 어쩌면 그날 구치소에서 이미 그런 암시를 비쳤던 것인지도 모른다. "말했잖니, 엄마가 전에 마음이 좀 약했다고." 어머니가 말했다.

아버지와 얘기 나누던 갈색 정장의 젊은이가 말했다. "흠, 좋습니다. 여기 앉아 계십시오. 저는 부인과 얘기를 나누겠습니다." 그 남자의 서류 가방이 탁 닫혔다. 그는 무슨 서류를 꺼내 아버지의 서명을 받고 있었다.

"아내는 내게 과민 반응을 하고 있습니다." 아버지의 목소리가 감방 복도에 울려 퍼졌다.

"당연히 그러겠지요. 많이들 그럽니다." 젊은이는 웃으면서 우리 쪽으로 걸어왔는데 부츠가 콘크리트 바닥에 딱딱 소리를 냈다.

물러나 있던 부보안관이 버너와 내게 가까이 다가와 말했다. "이 분은 부모님의 변호사란다. 엄마와 이야기 나눌 수 있게 비켜 주는 게 좋겠다. 부모님은 나중에 보렴. 다시 들여보내 주마."

버너는 그 남자가 다가오는 걸 보고 눈물을 뚝 그쳤다. 어머니는 우리에게 미소를 지었다. 어머니의 눈에도 눈물이 고여 있었다. 나는 보았다.

"엄마는 뭘 써 보기로 결심했어." 어머니는 내가 좋아할 만한 소식이라는 듯 날 보고 고개를 끄덕였다.

"뭘 말이에요?" 내가 물었다. 부보안관이 내 어깨에 손을 올렸다. 그는 나를 끌어당겼다.

"아직은 뭐가 될지 몰라." 어머니가 말했다. "뭐가 됐건 희비극일 거야. 네 생각이 어떤지 나중에 얘기해주렴. 넌 똑똑하니까."

"정말로 은행을 털었어?" 버너가 물었다. 어머니는 시인하지 않았다. 부보안관은 어머니가 변호사와 이야기 나눌 수 있게 버너와 날 데리고 갔다. 어머니는 이곳에 오래 있지 않을 것이었다. 그리 될 줄 당시에는 몰랐지만 나는 어머니를 다시는 만나지 못했다. 알았더라면 더 많은 말을 했을 것이다. 버너가 은행 건을 들먹여서 유감이었다. 그 질문에 어머니가 당황했으니까.

나오는 길에 우리는 아버지가 있는 감방을 다시 지나쳤다. 아버지는 양말을 신은 채 망가진 침대에 누워 서류 뭉치를 들고 읽고 있었다. 우리가 눈에 띄었던지 아버지가 몸을 반쯤 일으켜 우리를 지그시 바라보았다. "괜찮니?" 아버지가 서류를 우리 쪽으로 탁 내려놓으며 말했다. "엄마는 보았니?" 부보안관은 우리더러 계속 가라고 했다.

"네. 봤어요." 아버지 감방을 지나치면서 내가 말했다.

"그럼 됐다. 너희를 보고 엄마가 행복했을 테니까. 엄마한테 사랑한다고 말했니?" 아버지가 말했다.

말했어야 했는데 하지 못했다.

"했어요." 버너가 말했다.

"가 보거라." 아버지가 말했다.

우리가 말할 시간은 그때뿐이었다. 아버지 또한 다시는 보지 못했기에 진실을 말하기보다는 그 편이 더 나았다는 생각이 지금도 계속 든다.

38

우리를 돌봐 주러 오거나 우리를 안전한 곳으로 데리고 갈 사람이 없다는 사실은 우리의 존재가 얼마나 하찮으며 그레이트폴스가 어떤 곳인지를 말해 주는 좋은 척도이다. 청소년 기관에서도 오지 않았다. 경찰도 오지 않았다. 우리의 복지를 책임질 후견인도 오지 않았다. 내가 있는 동안 아무도 집을 수색하지 않았다. 아무도 그렇게 하지 않으면 — 주목하지 않으면 — 사람도 상황도 재빨리 잊히고 표류하는 법이다. 우리가 그랬다. 아버지는 많은 걸 잘못 알고 있었지만, 그레이트폴스에 대해서만큼은 아니었다. 그레이트폴스 사람들은 우리를 알고 싶어 하지 않았다. 우리가 사라지겠다고 해도 흔쾌히 그러라고 할 사람들이었다.

버너와 나는 그 월요일에 다른 길로 집으로 걸어갔다. 우리는 각자 다르게 느꼈다. 제각기 해방감을 느꼈을 것이다. 우리는 우체국을 지나 강 쪽으로 내려가 술집들과 전당포들과 볼링장과 렉솔 제약회사와 내가 체스 말과 양봉 잡지를 산 모형 전문

점을 따라 센트럴 애버뉴까지 걸어갔다. 도로는 차들로 붐비고 시끄러웠다. 그러나 이번에도 우릴 주시하는 사람은 없었다. 아직 개학 전이었다. 여기는 못 올 곳이 아니었다. 남매가 화창한 8월의 늦은 아침에 고약한 강바람을 맞으며 다리를 건너고 있는 것뿐이었다. 누가 생각이나 하겠는가. 이들의 부모가 구치소에 있다는 것을. 이들이 보살핌과 보호를 받아야 할 아이들이라는 것을.

우리는 다리 한가운데 난간에 멈춰 서서 펠리칸들이 미끄러지듯 날아 강물 위로 솟아오르는 모습을 구경했다. 누런 더껑이가 흔들거리는 강기슭에는 백조들이 떠 있었다. 두 사람이 카누를 타고 제련소 굴뚝과 15번가 다리 쪽으로 내려가는 모습도 보였다. 걸어오는 길에 버너는 선글라스를 꼈고 침묵했다. 엄마 아빠에 대해 일언반구도 없었다. 아래로 미주리 강이 흐르는 난간에 서 있으니 건조한 바람이 불 때마다 버너의 머리카락이 일어섰다 내려앉았다. 버너는 그 다리가 이제 곧 출발하려는 기차라도 된 듯 철제 난간을 꽉 붙잡고 있었다. 너무 어려 도망갈 수도 없고 자립할 수도 없는 어린애처럼 보였다. 우리는 열다섯 살이었다. 그러나 나이는 사실 중요하지 않았다. 우리 나이는 우리가 처해 있는 현실일 뿐, 현실은 나이를 고려하지 않는다.

그러나 묘한 것은 진실을 생각하게 만드는 요소이다. 그것은 인생에서 일어나는 사건들과는 별 관련이 없다. 그때 당시 나는 잠시 진실을 생각하다 말았다. 사실들 가운데 미묘한 점을 찾아내기란 불가능해 보였다. 숨겨진 의도가 있다 해도 사는 동안에는 거의 밝혀지지 않는다. 체스를 생각하면 이해하기가 훨씬 쉬웠다. 말들의 진짜 배역은 의도된 대로 항상 머물러 있을 뿐 모든 것을 움직이는 것은 더 큰 힘이다. 아주 잠깐이었지만 그때 나는 우리 — 버너와 나 — 가 그런 존재가 아닐까 생각했다. 우리 자신보다 더 큰 힘에게 명령을 받아 움직이는 작고 고정된 형상들이라고. 나는 그렇지 않다고 결론 내렸다. 좋든 싫든 알든 말든, 우리는 어떤 더 큰 의도가 아니라 우리 자신만 책임질 수 있다고. 우리의 배역이 정말로 고정돼 있다면 나중에 밝혀질 문제라고.

살아오는 동안 내 사고 습성은 인간이 개입된 모든 상황은 완전히 뒤집어질 수 있다는 걸 이해하는 방향으로 흘러왔다. 누군가가 내게 사실이라고 보장하는 모든 것이 반드시 사실은 아닐지 모른다. 세상이 의지하고 있는 모든 믿음의 기둥은 언제든 폭발할 수 있고 그렇지 않을 수도 있다. 많은 것이 지금 모습 그대로 오래 머물러 있지는 않는다. 그러나 이런 진리를 알았다고 내가 냉소적으로 변한 것은 아니다. 냉소적이라는 건 선(善)이 존재할 수 없다고 믿는 것이다. 나는 선(善)이 있다는 사실은 알고 있다. 다만 아무것도 당연시하지 않고 언제 닥칠지 모를 변화를 준비하려는 것뿐이다.

또한 그때쯤 나는 어떤 일을 다른 것에 종속시키는 법을 알아가는 중이었다. 체스 게임이 가르쳐주는, 그것도 바로바로 가르쳐주는 교훈이었다. 부모님의 삶에 일대 변화를 가져온 그 사건은 8월의 그날 이후 나를 이끈 사건들에 종속되어 갔다. 이런 간단치 않은 사실을 알게 된 것이 지금까지의 이야기이다. 우리 부모를 더 분명하게 볼 줄 알게 된 것도. 그랬기에 그날 버너와 다리에 서 있을 때 내가 해방감을 느꼈고, 그랬기에 내 심장이 흥분으로 마구 뛰었다고 믿는다. 그런 감정은 이해하기 어려운 진실이자, 내가 아버지의 반지를 강에 던져 버리고도 그 후로 그 생각을 별로 하지 않은 이유였을지 모른다.

오래지 않아 버너가 그늘진 거리에서 내 인생을 떠나 자신의 인생이 이끄는 곳으로 걸어가는 모습을 현관에서 지켜보고 있는 날 생각하는 것보다는 그날 아침 다리에 서 있는 우리를 남겨 두는 것이 최선이다. 버너가 떠나는 모습에 집중하면 이 모든 것이 상실에 관한 이야기 같으니까. 그러나 지금 이 순간까지도 나는 그렇게 생각하지 않는다. 나는 진보와 미래에 관한 이야기라고 생각한다. 너무 가까이 있으면 쉽게 보이지 않는 것이 그 두 가지다.

2부

39

다음에는 무슨 일이 있었던가. 밀드레드 렘링거 아줌마가 낡고 찌그러진 갈색 포드를 타고 우리 집에 도착해 현관 계단으로 곧장 올라와 문을 두드렸다. 나는 문 뒤에서 혼자 기다리고 있었다. 아줌마는 안으로 들어와 내게 가방을 싸라고 했다. 가방은, 물론 없었다. 내겐 몇 가지 안 되는 내 소지품이 든 베갯잇만 있었다. 그녀는 버너가 어디 있느냐고 물었다. 나는 어제 떠났다고 말했다. 밀드레드 아줌마는 거실을 둘러본 뒤 버너를 찾아볼 시간이 없다며 그녀가 어디에 있건 이것도 본인의 선택이라고 말했다. 이제 곧 몬태나 주 청소년 담당관들이 와서 버너와 나를 찾아 보호 관리에 들어갈 거라고 했다. 그들이 아직까지 오지 않은 건 기적이라고 말했다.

밀드레드 아줌마는 나를 조수석에 태우고 1960년 8월 30일 늦은 아침에 그레이트폴스를 빠져나가 87번 고속도로에 올라타 얼마 전 아버지가 버너와 날 데리고 갔던 북쪽 방향으로 곧장 달렸다. 그때 우리는 인디언 집들과 소들이 도살된 장소이자 아버지가 자신과 어머니가 불행 길에 들어선 걸 처음 어렴풋이 알았을지 모를 트레일러를 보았다.

우리 뒤로 그레이트폴스의 풍경이 따라오고 있을 때 밀드레드 아줌마는 많은 말을 하지 않았다. 내게 무슨 일이 일어나고 있는지, 아니면 설명할 길이 없으니 우리는 조용히 있어야 하고 나는 누구에게도 폐 끼치지 말아야 한다는 사실을 내가 정확히 이해하고 있다고 생각한 모양이었다.

북쪽의 단구와 하이우드 서쪽에 들어서자 뜨거운 밀밭과 도로를 건너는 메뚜기들과 뱀들, 높고 푸른 하늘, 꼭대기에 흰 눈이 쌓여 있는 푸르고 흐린 베어스포 산만이 보였다. 몬태나 주의 해버는 북쪽 멀리 있는 마을이었다. 아버지는 여름 초반에 해버 주민에게 닷지 신차를 배달하고서 인터마운틴을 타고 그레이트폴스로 돌아왔었다. 아버지는 그 마을을 "큰 구덩이에 빠진 황량한 곳"이요 "두메산골"이라고 했다. 그런 곳에서 폴란드 해군의 기함을 용케 보았다며 썰렁한 농담도 했다. 나는 밀드레드 아줌마가 차를 왜 그곳으로 모는지 짐작이 가지 않았다. 지도에서 보면 해버는 몬태나에서도 거의 북쪽 끝이고 나라 전체로도 북쪽 끝이었다. 그 위는 캐나다였다. 그러나 나는 어른들이 종종 이상한 일을 하지만 나중에 보면 결국 옳은 일이고, 그러고 나면 누군가가 날 돌봐 줄 거라는 믿음에 따라 행동하고 있었다. 우리 가족에게 일어난 일을 봤을 때 그런 생각은 터무니없고, 내게도 터무니없게 보였어야 했다. 그러나 나는 어머니가 날 위해, 또한 버너를 위해 계획했던 일을 내가 하고 있다고 느꼈다. 내 성격상 그렇게 생각할 수밖에 없었다.

해버는 긴 언덕 기슭에 자리하고 있었다. 그레이트노던 화물

조차장이 보이고 폭이 좁은 밤색 강이 흐르고 고속도로 북면으로 벼랑이 쭉 이어져 있었다. 이곳에서 밀드레드 아줌마가 조수석에 앉은 날 보고 내가 너무 야위고 수척해 빈혈이 올지 모르겠다며 이 시간 이후로는 못 먹을 수 있으니 뭘 좀 먹어야겠다고 말했다. 밀드레드 아줌마는 엉덩이가 펑퍼짐한 권위적인 여자였다. 짧고 검은 곱슬머리, 작지만 번득이는 다갈색 눈, 붉은 립스틱, 살찐 목, 나쁜 안색을 가리려고 분을 발랐지만 분이 잘 먹히지 않은 얼굴을 하고 있었다. 아줌마와 아줌마 차에서는 담배와 껌 냄새가 났다. 재떨이를 보니 립스틱이 묻은 꽁초와 성냥과 박하 껌 봉지가 수북했지만 운전을 하는 동안에는 아줌마는 담배를 피우지 않았다. 어머니 말로는 밀드레드 아줌마가 결혼 문제로 힘들어했고 지금은 혼자 살고 있다고 했다. 나는 어떤 남자가 그녀와 결혼을 하고 싶어 할까 궁금했다. (가끔은 어머니에게도 그런 생각이 들곤 했다.) 밀드레드 아줌마는 덩치도 큰 데다 조금도 예쁘지 않아 두목 같았다. 작고 빨간 삼각형 무늬에 크고 빨간 구슬이 달린 초록색 실크 드레스에 뻣뻣한 양말과 무거운 검정 구두를 신고 있었는데, 불편해 보였다. 그녀 뒤로 창문 옷걸이에 걸린 흰색 간호사복에 흰색 간호모를 쓰면 훨씬 자연스러워 보일 듯했다.

해버에서 언덕을 내려가 첫 동네 — 거기가 중심가였다 — 에 들어서자 은행과 그레이트노던 철도 정거장 건너편에 샌드위치 가게가 있었다. 우리는 가게로 들어가 카운터에 앉았다. 나는 차가운 미트로프와 버터 바른 롤케이크와 피클과 레모네이드를 먹었는데, 기분이 한결 좋아졌다. 밀드레드 아줌마는 담배를 피면서 내가 먹는 모습을 지켜보며 헛기침을 여러 번 했고 미시간에 있는 사탕무 농장에서 자란 얘기며 부모님이 제7일 예수 재림파였다는 것, 남동생이 하버드 대학(그렇게 들었다)에 들어간 것, 자기는 공군 남자와 눈이 맞아 몬태나에 "정착했다"는 얘기를 들려주었다. 그 남자는 결국 전근을 갔고 아줌마는 그레이트폴스에 남아 간호사 공부를 하고 다시 결혼을 했지만 맞지 않았다고 했다. 그때 렘링거라는 이름을 다시 찾았다고 했다. 나이가 마흔 셋이라고 했지만 내가 보기에는 예순도 넘어 보였다. 갑자기 아줌마가 자리에서 몸을 돌려 내 귓불을 잡으며 열이 난다거나 어디 아픈 데가 없는지 물었다. 그렇지는 않았지만 나는 우리가 어디로 가고 있는지 불안했다. 아줌마는 점심을 먹었으니 뒷좌석에서 잠을 좀 자라고 했다. 그 말은 곧 우리의 종착지가 여기 해버가 아니라 더 먼 곳이란 뜻이었다.

해버에서 우리는 철로와 탁한 강물 위에 세워진 목제 고가 도로를 건너고 벼랑을 끼고 마을이 내려다보일 만큼 높게 경사져 있는 좁은 고속도로를 따라 북쪽으로 달렸다. 타는 듯한 햇빛 속에 해버는 침울하고 음침하고 쓸쓸해 보였다. 한 번도 와 본 적 없는 먼 북쪽까지 오니 마음이 스산하고 적막하고 닿을 수 없는 곳으로 가고 있는 것만 같았다. 버너가 어디 있건 나보다는 좋은 곳에 있겠다는 생각이 들었다. 그러나 내가 원치 않는 대답이 나올지 몰랐고, 그런 답이 나왔을 때 내 인생에 대해서는 어떻게 말하고 어떻게 할지 알 수 없는 데다, 버너와 같이 가지 않고(같이 가자고도 하지 않았지만) 집에 남아 있었던 것이 실수였다는 사실을 직면해야 할지 몰라 나 자신에게 아무것도 물을 수가 없었다.

해버 북쪽은 우리가 지나온 곳들과 다르지 않았다. 끝없이 이어진 마른 농경지. 가로지른 전선 외엔 구름 한 점 없이 파란 하늘 속으로 황금빛 밀밭이 바다처럼 녹아 들고 있었다. 사람이 살고 있거나 전기가 필요해 보이는 집들이나 건물은 거의 없었다. 키 작은 푸른 언덕들이 저 멀리 어렴풋이 가물거렸다. 그 언덕들은 캐나다에 있는 것 같았으므로 우리가 그곳으로 가고 있을 리는 만무했다. 내 방에 있는 지구본에 따르면 저 앞에 있는 것이 캐나다였다.

밀드레드 아줌마는 다시 말을 많이 하지 않고 운전만 했다. 담배를 한 대 피우더니 맛이 없는지 밖으로 던져 버렸다. 대머리수리들이 커브를 그리며 날갯짓 없이 하늘에 떠 있었다. 지금 여기서 길을 잃으면 대머리수리들 말고는 아무도 없으니 살아남지 못하겠단 생각이 들었다.

어느 순간 밀드레드 아줌마가 숨을 깊이 들이켰다 계속 침묵하고 있던 무언가를 터놓기로 결심한 듯 숨을 토해 냈다. 아줌마는 입술을 핥고 코를 꼬집고 또 다시 마른 헛기침을 했다.

"이제는 내가 무슨 말을 해 줘야겠구나, 델." 아줌마가 말했다. 두 손은 운전대를 잡고 있었고 검정 구두는 벗어서 밀어 놓고 스타킹 신은 채로 페달을 밟고 있었다. 아줌마는 앞만 뚫어지게 보고 있었다. 해버에서 출발한 뒤로 우리가 본 차는 고작 두 대였다. 우리가 가고 있는 곳에는 눈에 띄는 곳이 없어 보였다. "난 지금 널 내 동생 아서와 잠시 살게 하려고 서스캐처원으로 가고 있단다." 아줌마는 유쾌한 소식은 아니라는 듯 불쑥 말했다. "이 생활이 영원히 지속되진 않을 거야. 그러나 지금은 어쩔 수 없구나. 미안하다." 아줌마는 다시 입술을 핥았다. "엄마가 원한 일이야. 그렇다고 널 탓하지는 마렴. 누나가 떠나 버린 건 아쉽구나. 너희 둘이 좋은 단짝이 될 수 있었을 텐데."

아줌마는 날 보고 희미하게 미소 지었다. 짧은 머리칼이 뜨거운 산들바람에 날렸다. 치아가 심하게 고르지 않아서인지 아줌마는 크게 미소 짓지 않았다. 나는 버너가 실제로 내 옆에 있고 밀드레드 아줌마가 우리 둘에게 말하고 있다고 느껴졌다.

"저도 그런 건 원치 않아요." 나는 아주 단호하게 말했다. 밀드레드 아줌마의 동생이라니. 캐나다라니. 영원히 그럴 리는 없다고 확신했다. 그랬기에 동의한 것이었다.

밀드레드 아줌마는 도로가 우리 발밑을 엄습하듯 내달리며 잠깐 동안 말없이 운전만 했다. 생각하는 중일지도 몰랐고 그저 기다리는 건지도 몰랐다. 마침내 아줌마가 말했다. "흠, 널 다시 데려가면 말이야, 난 유괴범으로 체포돼서 감옥에 갈 거야. 그러면 널 도울 수 있는, 상습범도 아니고 네 불쌍한 엄마의 마지막 부탁을 들어주려 했던 유일한 사람이 사라지게 돼. 경찰은 널 찾아서 고아원에 넣을 거야. 그러니 잘 생각해. 난 널 구해 주려는 거니까. 네 누나도 좀 더 똑똑했다면 구할 수 있었을 텐데."

아까부터 목이 조여 들더니 이제는 가슴까지 꽉 조여 통증이 느껴졌다. 시속 60마일쯤 달리고 있고 창문으로 뜨거운 밀밭 냄새가 불어오고 있는데도 갑자기 숨을 들이킬 수가 없었다. 어깨로 문을 밀어 달리는 찻길 위로 몸을 던져 버리고 싶은 충동을 느꼈다. 전혀 나답지 않은 충동이었다. 나는 폭력적이거나 돌발 행동을 하는 애가 아니었다. 그러나 시커먼 도로가 굉장한 속도로 내 인생을 날려 버리고 있는데도 막아 줄 사람 하나 없는 듯했다. 나는 벌떡 일어나 걸어서 집에 당도할 수도, 심지어 어디로 갔는지도 모르는 버너도 찾을 수 있겠다고 생각했다. 내 손가락이 차문 손잡이를 찾아 꽉 쥐고서 당길 준비에 들어갔다. 버너는 부모님이 거짓말을 해서 밉다고 했다. 그러나 나는 부모님을 미워하기 싫었고 도리를 아는 자식으로 남아 어머니가 원하는 대로 했다. 그 나쁜 여파가 지금 일어나고 있었다. 내가 무엇을 기대했는지, 날 위한 어머니의 계획이 무엇인지는 말할 수 없었을 것이다. 어머니는 내가 아닌 밀드레드 아줌마에게만 모든 걸 설명했으니까. 그러나 내가 기대한 것은 이런 게 아니었다. 속았고 버려졌고 내 도리가 무시당했다고 여겨졌고, 지금은 스스로 숨통을 끊어 버려도 대머리수리들만이 날 발견할 수 있는 곳에서 이상한 아줌마와 함께 있었다. 어리다는 건 최악의 조건이었다. 버너가 왜 그렇게 나이 들려 했고 도망을 쳤는지 알 것 같았다. 그게 구원의 길이었으니까.

가슴이 막히는 통증은 시린 물을 마셨을 때의 얼얼한 느낌과 비슷했다. 그러나 울음은 더 큰 패배의 신호만 될 터였다. 밀드레드 아줌마는 날 불쌍하게 볼 터였다. 나는 눈을 꼭 감았고 따뜻한 손잡이를 꽉 잡았다 놓은 뒤 뜨거운 바람에 눈물을 씻겨 보냈다. 이제 와서 생각하면 밀드레드 아줌마가 했던 말 — 내가 캐나다로 가서 낯선 사람에게 맡겨질 것 — 은 바로 전주에 내 인생을 관통했고 내가 통제하려 했지만 하지 못한 그 모든 일들에 비하면 약과였을 것이다. 밀드레드 아줌마는 날 돕고 어머니를 도우려 애쓰는 것뿐이었다. 아줌마의 말을 들었을 때 내가 느낀 것은 슬픔을 넘어선 무엇이었다.

"그럴 만도 해." 밀드레드 아줌마가 마침내 말했다. 내가 울고 있는 걸 안 모양이었다. "네 잘못이 아니란 걸 안다고 해도 위로가 되지는 않는단다. 차라리 네 잘못이면 더 편할 수도 있지." 아줌마는 큼직한 다리를 운전석에 맞추고서 턱을 치켜들고 도로 위에 뭐가 있기라도 한 듯 앞을 똑바로 보았다. 나는 울음을 그쳤다. "우린 지금 캐나다 국경을 지나고 있어." 아줌마가 운전석에 편히 기대며 말했다. "거기 가면 널 조카라고 말할 거야. 교복을 사러 메디신햇으로 갈 거야. 날 유괴범으로 몰고 싶다면 그때가 안성맞춤일 거다." 아줌마는 입술을 오므렸다. "근데 웬만하면 감옥은 피하는 게 좋겠지."

저기 멀리 고속도로가 까만 선으로만 보이는 곳에 두 개의 거무스름하고 낮은 돌기가 구름 한 점 없는 파란 하늘을 등지고 지평선에 걸려 있었다. 밀드레드 아줌마가 바라보고 있는 쪽을 보지 않았다면 나는 그 돌기를 보지 못했을 것이다. 그곳이 캐나다였다. 구분이 되지 않았다. 똑같은 하늘. 똑같은 햇빛. 그런데도 다른 곳이었다. 내가 저곳으로 가고 있다니 어떻게 그런 일이?

밀드레드 아줌마는 바닥에 있는 커다란 빨간 가죽 지갑 속을 뒤적거리며 운전을 계속했다. 거무스름한 돌기는 곧 두 개의 낮고 네모난 형태로 가시화되었다. 대초원 언덕에 나란히 서 있는 건물들이었다. 각 건물 옆에는 차가 세워져 있었다. 국경이 시작되는 곳이었다. 그곳에서 무슨 일이 일어날지 몰랐다. 누군가가 날 잡아다가 수갑을 채워 고아원에 보내거나 텅 빈 집으로 돌려보낼 수도 있었다.

"무슨 생각을 하고 있니?" 밀드레드 아줌마가 물었다.

나는 캐나다 쪽 하늘을 응시했다. 내가 무슨 생각을 하는지 대놓고 물어봐 준 사람이 없었다. 우리 집에서는 버너와 내가 무슨 생각을 하는지 중요하지 않았다. 그러나 우리는 늘 생각하고 살았다. **나는 무엇을 잃게 될까?** 하는 것이 내가 속으로 한 말이자 생각하고 있던 말이었다. 다른 사람들 — 체스 동아리 회원들 — 이 하던 말이어서 떠올랐을 것이다. 그 말을 밀드레드 아줌마에게 하지는 않았을 것이다. 그러나 나는 내가 생각한 말이 사실로 느껴져 충격이었다. 나는 "무슨 일이 일어날지를 어떻게 알아요?"라고만 물었다. 무슨 말이든 해야 해서 지어낸 말이었다.

"오, 절대 알 수 없어." 밀드레드 아줌마는 운전대를 잡은 손에 운전 면허증을 쥐었다. 차가 나란히 서 있는 두 개의 목조 건물로 들어서고 있었기 때문이다. 이곳을 통과하면 고속도로는 갈라졌다. "세상에는 두 부류의 사람이 있단다." 밀드레드 아줌마가 말했다. "흠, 실제로는 부류가 더 많겠지. 그러나 둘로 최소화하면 자기는 아무것도 모른다고 이해하는 사람과, 자기는 늘 알고 있다고 생각하는 사람으로 나눌 수 있어. 나는 전자에 속해. 그쪽이 더 안전하거든."

푸른 제복을 입은 덩치 큰 남자가 우리가 다가가고 있던 오른쪽 막사에서 걸어 나왔다. 그는 경찰 모자를 바로 쓰면서 우리에게 앞으로 오라고 손짓했다. 그때는 알아보지 못한, 왼쪽 구석에 작은 영국 국기가 들어 있는 붉은 국기가 막사 옆 깃대에 걸려 펄럭이고 있었다. 깃대 밑 표지판에는 **여기서부터는 캐나다입니다. 서스캐처원 윌로 크릭 항구**라고 적혀 있었다.

맞은편 건물은 미국 막사였다. 막사 위에서 성조기가 펄럭였다. 그러나 하와이가 포함된 별 50개짜리 성조기가 아닌 듯했다. 국경은 두 가지 일이 동시에 이뤄지는 곳이었다. 들어오고 나가기. 나는 나가고 있었고, 그것은 의미심장했다. 상이한 푸른 제복에 휘장을 달고 옆구리에 권총을 찬, 아까보다 덩치가 작고 모자를 쓰지 않은 남자가 미국 막사에서 산들바람 속으로 걸어 나왔다. 나는 밀드레드 아줌마가 차를 대는 것을 지켜보았다. 그 남자가 나에 대해 알고 있고 우리 두 사람을 체포하러 오는지도 몰랐다. 나는 앉아서 앞을 똑바로 응시했다. 설명할 수는 없지만 왠지 우리가 통과했으면 싶었고, 혹시나 저지당할까 두려우면서도 흥분됐다. 밀드레드 아줌마가 말한 두 부류의 사람들 중 나 또한 전자에 속하는 사람이었을 것이다. 그렇지 않다면 왜 내가 이제껏 이해해 온 삶이 등 뒤로 사라지고 있는 이곳에 와 있겠는가? 예상치 못한 감정이었다. 나는 혼자 침대에서 일어나 누이가 내 삶에서 걸어 나가는 것 — 어쩌면 영원히 — 을 지켜보았다. 부모님은 감옥에 있었다. 날 돌봐 주거나 찾으러 오는 사람도 없었다. 나는 무엇을 잃게 될까?는 아마도 옳은 질문이었을 것이다. 그 답은 거의 없다인 듯했다.

40

캐나다로 올라가는 고속도로는 더 끝없는 농경지를 가로질렀다. 내 눈에는 국경 아래쪽과 구분이 되지 않았지만 집이며 헛간이며 풍차며 사람이 사는 흔적이 더 많았다. 해버 북쪽에서 처음 보았던 푸른 언덕이 사이프러스힐 주립 공원이었다고 밀드레드 아줌마가 말해 주었다. 알프스와 비슷한데 평원에 빙하가 있었을 때부터 이례적으로 저 혼자 대초원으로 변하기 시작했다고 한다. 그들만의 고립된 숲과 야생 동물도 있다고 했다. 거기 사람들은 이방인들을 좋아하지 않는다고. 그러나 우리가 지나온 마을들 — 고븐록, 컨슬, 레이븐크랙, 롭사트 — 은 몬태나의 여느 평범한 마을들과 비슷했다. 서스캐처원(거의 들어본 적 없는 이름)을 비롯해 그런 이상한 이름을 가진 곳에서 자라면 자신에 대해 늘 이상한 기분이 들겠다고 생각은 했지만 말이다. 그레이트폴스를 떠난 뒤로 나는 정상 범주라 할 만한 삶을 살지 못했다.

낮게 걸린 늦은 오후의 태양 아래 북으로 계속 달리면서 밀드레드 아줌마는 자신이 캐나다에 대해 알고 있고 쓸모 있겠다 싶은 정보를 열거했다. 캐나다는 영연방에 속해 있고 주(province)를 미국의 주(state)와 다르게 부르는데 주가 열 개뿐이라는 것 외엔 사실상 차이가 없다고 했다. 주로 영어를 쓰지만 설명하기 힘든 차이가 있다며 내가 알게 되고 배울 수 있을 거라고 했다. 캐나다에도 추수감사절은 있지만 11월의 목요일이 아니라고 했다. 캐나다는 아버지도 참전했던 세계대전에서 싸웠고 영국 여왕의 명령을 따라야 해서 우리 미국보다 먼저 전쟁에 참여했고 우리만큼 공군이 우수하다고 했다. 캐나다는 건국 시기가 미국만큼 빠르지 않아 아직까지 개척지 느낌이 나고 아무도 그 나라를 국가로 보지 않으며, 어떤 지역에서는 프랑스어를 쓰고 수도는 동쪽 구석에 있지만 미국 사람들이 워싱턴 D. C.를 존중하는 식으로 수도를 존중하지는 않는단다. 캐나다도 달러를 쓰지만 색깔이 다르고 때로는 수상하리만치 화폐 가치가 우리보다 높다고 했다. 캐나다에도 인디언들이 살고 있고 미국보다 대우를 잘 받고 있으며, 캐나다가 미국보다 땅덩이는 크지만 대체로 아무도 살지 않고 황량하고 얼음으로 뒤덮여 있을 때가 많다고 했다.

나는 차에서 이런 얘길 들으면서 멀리 인적이 끊긴 곳에 고립되어 있는 막사 두 개를 지나쳤을 뿐인데 어떻게 그렇게 다를 수 있을까 생각했다. 어디로 가는지도 몰랐던 아침나절보다는 기분이 괜찮았다. 위기가 지나갔거나 위기를 모면한 듯했다. 내가 느낀 감정은 안도였다. 다만 누나도, 버너도 함께 했더라면 좋았을 걸 싶었다.

더 많은 밀밭이 지나갔고 오후의 공기는 상쾌하고 시원했다.

저 멀리 농부들이 콤바인[27]을 몰고 있는 곳마다 먼지 구름이 일어나는 것이 보였다. 곡물 트럭들은 베어 낸 밀을 실어 가려고 기다리고 있었다. 작은 형체들이 트럭들 주위를 움직였고 수확기들이 짐을 비우면 트럭들은 출발했다. 사이프러스힐을 벗어난 뒤론 이정표라고 할 만한 것이 없었다. 하이우즈나 베어스포나 미주리 강처럼 여기가 어디라고 말해 주는 산이나 강이 없었다. 심지어 나무도 잘 보이지 않았다. 바람막이와 헛간과 트랙터가 있는 키 작은 하얀 집만 저 멀리 보였고, 뒤이어 또 한 집이 보였다. 내가 어디에 있는지를 말해주는 것은 해의 방향이었다. 그리고 내가 개인적으로 알고 있는 것들, 도로나 울타리나 바람이 불어오는 일정한 방향으로도 알 수 있다. 우리 뒤로 사이프러스힐이 사라지자 다른 지점들이 참조할 수 있는 중심점이 나타날 조짐이 보이지 않았다. 중심점이 어디나 무엇이나 될 수 있어 쉽게 길을 잃거나 미쳐 버릴 수 있었다.

밀드레드 아줌마는 동생인 아서 렘링거에 대해서도 말해 주었다. 미국인이고 나이는 서른여덟이며, 본인 선택으로 캐나다에서 산 지 몇 년 되었다고 했다. 아줌마 집안에서 대학에 간 사람은 그 동생뿐이었는데, 동생은 변호사가 되고자 했지만 이런저런 이유로 학업을 마치지 못했고 미국에 환멸을 느꼈다고 했다. 지금은 여기보다 북쪽인 서스캐처원의 포트로열이란 작은 마을에서 호텔을 운영하고 있다고 했다. 아줌마와 동생이 서로 국경 근처에 살게 된 건 우연의 일치였다고. 아줌마는 동생을 자주 보지는 않지만 그건 중요하지 않다고 했다. 사랑하고 있으

27) 수확과 탈곡을 동시에 할 수 있는 기계.

니까. 동생이 날 맡아 주겠다고 한 건 내가 미국인이고 달리 갈 곳이 없고 누나가 부탁했기 때문이라고 했다. 내가 할 일을 찾아 줄 거라고 했다. 동생은 자식이 없어 나와 버너 — 도망을 가지 않았다면 — 에게 관심을 가져줄 거라고 했다. 보면 알겠지만 좀 유별나다고 했다. 교양 있고 똑똑하다고도 했다. 배울 점이 많을 거고 내가 좋아할 거라고 했다.

밀드레드 아줌마는 담배에 불을 붙여 큰 콧구멍으로 연기를 내뿜어 창밖으로 날려 보냈다. 운전만 몇 시간째였다. 단지 위험 지대에서 날 빼내기 위해서 말이다. 아줌마는 녹초가 되어 있을지도 몰랐다. 나는 우리가 가고 있는 서스캐처원의 포트로열이란 곳을 그려 보았다. 타국이어서인지 낯설고 위협적으로 들렸다. 내가 그릴 수 있는 것은 날 위한 곳이 없는, 사방에 펼쳐진 대초원뿐이었다.

"제가 동생분이랑 얼마나 있게 될까요?" 나는 무슨 말이든 해야겠기에 이 말을 했다.

밀드레드 아줌마는 등을 곧게 펴고 앉아 두 손으로 핸들을 잡았다. "나도 모르겠구나." 아줌마가 말했다. "두고 봐야지. 그렇다고 우울한 지난날을 생각하며 시간을 보내진 말거라." 아줌마는 담배를 한 쪽 입가에 문 채 말은 다른 쪽으로 했다. "죽기 전까지 네 인생에 흥미진진한 일들이 얼마나 많겠니. 그러니 현재에만 집중해. 선도 긋지 말고, 잃어도 괜찮은 것을 여태 갖고 있었다고 생각해. 그게 중요해." 몬태나 박람회에 가지 않은 날 아버지가 버너와 내게 했던 말과 크게 다르지 않은 충고였다. 어머니가 세상을 보는 태도와는 정반대였지만, 나는 그것이 어른들의 보통 생각이라고 이해했다. 어머니는 늘 여기저기 선을 긋고 자신의 관점에서만 세상을 이해했다. 밀드레드 아줌마는 입고 있는 초록색 실크 드레스가 더운지 볼에 바람을 넣고 손으로 부채질을 했다. "무슨 말인지 알겠니?" 아줌마는 팔을 뻗어 주먹을 살짝 쥐고 문을 두드릴 때처럼 내 무릎을 톡톡 쳤다. "알겠니? 두드려, 이렇게?"

"알 것 같아요." 내가 말했다. 그러나 내가 이해했는지는 사실 중요하지 않은 듯했다. 밀드레드 아줌마와 내 미래에 대해 이야기한 것은 그때가 마지막이었다.

41

찰리 쿼터스는 작은 금속통을 들고 트럭 펜더에 발을 딛고 내렸다. 그 통에 맥주와 얼음이 들었다는 건 나중에 알았다. 그는 서스캐처원의 메이플 크릭이란 마을에서 우리를 기다리고 있었다. 밀드레드 아줌마의 동생이 사는 곳까지 나와 버너를 데려가기 위해서였다. 아줌마 말이 그 남자는 동생의 만능 부하라며 자기는 좋아하지 않는다고 했다. 메이티[28]인데 왠지 꺼림칙하다고. 아줌마는 날 넘겨준 뒤 우리가 통과한 국경으로 가면 관심을 사게 될까봐 앨버타 주 레스브리지를 거쳐 그레이트폴스로 돌아갈 거라고 했다. 우리가 지나갈 때 미국 쪽 경찰이 우릴 주시했단다. 아줌마 혼자 돌아가면 이상하게 여길 거라고 했다.

찰리 쿼터스는 트럭 엔진 뚜껑에 금속 통을 올려놓고 밀드레드 아줌마의 차창으로 다가와 팔꿈치를 대고 몸을 들이밀었다. 날 건너다보며 두툼한 입술로 기분 나쁘게 씩 웃었다. 나는 서

28) 캐나다 프랑스인과 북아메리카 인디언 사이에서 태어난 혼혈.

쪽 하늘의 말꼬리구름만 응시했다. 그 구름 너머 하늘은 보랏빛과 금빛과 밝은 초록빛을 띠었고 더 위쪽은 푸른빛으로 물들어 갔다. 나는 두려워하지 않는 척 했지만 사실은 두려웠다.

밀드레드 아줌마가 손바닥으로 그를 밀어냈다. 그 남자의 옷과 머리에서 새큼달큼한 이상한 냄새가 났다. 키는 작지만 가슴은 컸고 다부진 근육질에 머리가 꽤 컸다. 지저분한 갈색 작업복 바지를 입었고 검정색 고무장화에 바지 밑단을 쑤셔 넣었고, 팔꿈치에 구멍이 나 있고 주머니가 뜯겨 나간 누덕누덕한 보라색 플란넬 셔츠를 입고 있었다. 기름진 검은 머리는 여성용 모조 다이아몬드 머리핀으로 뒤에서 묶었고, 눈은 푸르고 단춧구멍만 했으며 귀는 컸다. 호감이 안 가는 미소를 지었을 때 보니 치아는 눈에 띄게 크고 누랬다. 그는 난쟁이 같았다. 『월드북』(그레이트폴스에 두고 온)에서 난쟁이 사진을 본 적이 있었다. 그러나 이 남자는 다리가 O자형이긴 해도 난쟁이보다는 컸다. 건방지고 까칠해 보였는데, 난쟁이들도 그렇다고 했다.

그는 밀드레드 아줌마의 차 안으로 손을 뻗어 계기판에 놓여 있던 아줌마의 담뱃갑에서 태리턴 한 개비를 꺼내 귀 뒤에 꽂았다.

"화물이 두 꾸러미인 줄 알았는데요." 화물 취급하면 내가 싫어할 걸 뻔히 안다는 듯이 그는 다시 날 흘겨보았다. 그는 내키는 대로 말했다.

밀드레드 아줌마가 매섭게 말했다. "댁은 이 아이만 맡아 주면 돼. 안 그랬다간 내가 쫓아가서 가만 안 둘 거야."

찰리가 계속 히죽거려 아줌마는 그를 다시 밀어내야 했다. 나는 이런 식으로 말을 툭툭 내뱉는 게 캐나다의 화법인지 궁금했다. “뭘 좀 먹여야 합니까?” 찰리가 물었다.

“아니. 거기까지 데리고 가서 재우기만 하면 돼.” 밀드레드 아줌마가 말했다.

가슴받이가 달린 작업복에 밀짚모자를 쓴 덩치 큰 두 남자가 길 건너 호텔에서 걸어 나왔다. 마을은 한적했고 거리는 해질녘이라 어스름했다. 호텔 정문 위에 걸린 간판에는 **더 커머셜**이라고 적혀 있었다. 문이 열렸을 때 보니 안에는 불빛이 약한 전등이 켜져 있었다. 두 남자는 보도에 서서 우리를 지켜보며 이야기했다. 한 명이 뭐 때문인지 웃었고, 잠시 후 두 사람은 각자의 픽업트럭으로 걸어가 보도 밖으로 차를 빼 반대 방향으로 천천히 달렸다. 그들도 캐나다인들이었다.

“애가 어디 아픈 데는 없습니까?” 찰리는 나 때문에 즐거운지 미소를 띠며 말했다.

“건강한 아이야.” 밀드레드 아줌마가 손을 뻗어 내 팔을 꽉 잡고 내 얼굴을 보았다. “저 사람도 우리하고 다르지 않아, 알겠니?”

“고아입니까?” 찰리 쿼터스는 뒷좌석 창문에 걸려 있는 밀드레드 아줌마의 하얀 제복을 보며 말했다. 그는 손을 뻗어 옷을 만졌다.

나는 불 켜진 하늘 아래 그림자가 반쯤 져 있는 커다란 곡물창고 네 곳만 앞창으로 응시했다. 가장 가까운 창고에 깔때기 관이 걸려 있고 불 켜진 전구 하나가 땅에 쌓여 있는 곡물을 비추었다. 나는 그제야 고아라는 말과 고아원을 연결시킬 수 있었다.

밀드레드 아줌마는 찰리의 능글맞은 얼굴을 똑바로 응시했다. “댁과 달리, 앤 엄마 아빠가 있어. 아들을 엄청 사랑한다고.

이거면 듣고 싶은 말은 됐지."

"죽도록 사랑하겠구먼." 찰리가 말했다. 그는 몸을 펴고 일어나 몇 발짝 물러서 하늘을 보았다. 서쪽 하늘은 파랗고 동쪽 하늘은 거무스름했다. 말꼬리구름들이 벌써 사라졌고 별들이 희미하게 반짝거렸다.

"이제 내가 할 일은," 밀드레드 아줌마가 이렇게 운을 떼며 말했다. "내 동생한테 맡겨질 너한테 편지를 쓰는 거겠구나. 네 친척에 대해 알아보고 연락 주마. 선을 긋지 말라고 했던 말, 기억해. 넌 잘해낼 거야. 분명히." 아줌마가 갑자기 내 쪽으로 몸을 숙여 내 얼굴을 입 쪽으로 당겨 내 목을 잡고는 턱에 키스를 했다. 내가 답례 키스를 하지 않자 아줌마는 나를 꽉 껴안았다. 밀드레드 아줌마의 지갑 속에 든 담배와 과일 향수와 파운데이션과 아줌마가 씹은 박하 껌 냄새가 한꺼번에 풍겼다. 아줌마의 푹신한 어깨에 내 귀가 눌렸다. "고생했다." 아줌마가 속삭였다. "그 사람들의 인생이 망가졌다고 네 인생도 그런 건 아니야. 이제부터가 시작일 거야. 네 누나는 벌써 시작했잖니."

"내가 원한 시작이 아니에요." 내가 말했다. 또 다시 목이 조여 들었다. 고작 그 말 때문에 아줌마에게 화가 났다.

"시작을 늘 우리 자신이 선택하게 되진 않는단다." 아줌마가 손을 뻗어 내 문을 밀어서 열고는 나를 밖으로 떠밀었다 "자, 이제 가. 계속 지체할 순 없어. 이건 모험이야. 두려워하지 마. 넌 잘해낼 거야. 말했잖아."

아줌마에게 무슨 말을 더 할 수도 있었지만 하고 싶지 않았다. 시애틀에 가려고 내 소지품을 싸 둔 베갯잇이 뒷좌석 바닥에 있었다. 나는 그것을 홱 집어 들고 도로로 나와 차 문을 닫았다. 밀드레드 아줌마는 어머니와 합의한 일을 완수했다. 그러나 내가 원한 것은 다시 차에 올라 아줌마더러 갈 수 있는 데까지 가 보자고 하는 것이었다. 어머니가 날 위해 지금 계획을 짠다 해도 그런 건 계획에 넣지 않을 것이다. 그래서 나는 하라는 대로 했다. 다른 무엇보다 어머니를 위해. 나는 끝까지 좋은 아들로 남았다.

42

“그래, 내 얘기는 좀 들었냐?” 찰리 쿼터스가 물었다. 우리는 그의 낡은 인터내셔널 하비스터 트럭을 타고 어둠 속을 덜거덕거리며 달리고 있었다. 보이는 거라곤 전조등 불빛에 비친 자갈 노면과 휙휙 스쳐가는 먼지 자욱한 갓길과 도로변의 두툼한 밀뿐이었다. 해가 지자 쌀쌀했다. 밤공기가 빵 냄새처럼 구수했다. 텅 빈 학교 버스 한 대가 지나갔다. 우리 전조등이 비어 있는 좌석들을 휙 비췄다. 어두워졌는데도 저 멀리 들녘에서는 밀을 계속 베고 있었다. 별들이 하늘을 가득 채웠다.

나는 아무 얘기도 못 들었다고 했다.

“뭐 상관없다.” 그가 말했다. 우리 둘 사이, 그의 다리 쪽에 레버액션[29] 소총이 놓여 있었다. 트럭에서는 맥주와 휘발유와 뭔지 모르지만 비슷하게 독한 새큼달큼한 악취가 풍겼다. 트럭 화

29) 총의 개머리판 손잡이 근처의 아래쪽에 있는 레버를 앞뒤로 움직여서 총알을 빼내거나 장전하는 식의 연발 동작을 하는 조작법.

물칸에 짐승 시체가 있었는데 뭔지는 알 수 없었다. "이제부터 할 일을 말해 주마." 찰리가 말했다. "여기선 네가 널 책임질 거다. 그러나 네가 필요 없어지면 네 몸은 네가 돌봐야 한다. 날마다 일을 해야 한다. 네 숙소는 내 이동 주택 옆에 있는 오버플로 하우스다. 밥은 호텔에서 먹는다. 아서 렘링거의 호텔 말이다. 너 혼자 호텔까지 갔다가 돌아와야 한다. 물론 며칠은 내가 롤스로이스로 데려다 줄 거다. 그리고 어떤 말썽도 피워선 안 된다."

찰리는 운전석을 뒤로 빼 발을 페달에 간신히 대고서 한 손으론 핸들을 잡고 다른 손으론 아까 귀 뒤에 꽂아 둔 밀드레드 아줌마의 담배를 피웠다. 금속 통에서 맥주도 다시 꺼내 마시고 있었다. 도로 가장자리에서 사슴 한 마리가 밀밭에 가슴 높이까지 파묻혀 있었는데, 녀석의 초록 눈이 전조등 불빛에 번득였다. 찰리가 핸들을 그쪽으로 돌렸지만 사슴은 쉽사리 달아났다. "제길, 잡을 수 있었는데." 찰리가 소리쳤다. 그는 날 겁주는 게 재밌는지 음흉하게 웃었다. "내가 몇 살이나 먹은 것 같냐?" 그는 담배를 입에 문 채 말했다.

"모르겠어요." 내가 말했다. 나는 일을 해야 한다는 말에도 대꾸하지 않았었다. 일이라니, 생각지도 못했다. 내일 해가 뜨면 또 무얼 보게 될지 알 수 없었다.

"알고 싶지 않냐?"

"네." 내가 말했다.

"50이다! 근데 젊어 보이지." 그는 말을 툭툭 내뱉었다. "내가 인디언이라 생각하고 있지. 다 알고 있다."

"몰라요." 내가 말했다.

"메이티다." 그가 말했다. "그게 뭔지 모르지, 어응?"

"네." 내가 말했다. 밀드레드 아줌마가 메이티라고 했지만 나는 잘 모르기도 했거니와 철자도 몰랐다.

"고대 왕들의 혈통이지." 찰리는 뭉툭한 턱을 치켜들고 말하면서 담배 연기를 입가로 내뿜었다. "거슬러 올라가면 커스버트 그랜트[30]가 있다. 메이티 혈통이지." 그는 차가운 공기에 코를 킁킁거렸다. "인디언들은 완전히 달라졌어. 정신 질환이 많이 생겼지. 알코올 중독에 근친상간까지. 인디언들은 우릴 받아들이지 않아. 기회만 있으면 메이티를 죽이고 싶어 하지."

찰리가 갑자기 브레이크를 밟았다. 나는 때맞춰 계기판을 잡았다. 그랬는데도 무릎 쪽으로 엎어졌고 심장이 쿵쾅거리기 시작했다. 밀밭 사이로 난 좁고 반짝이는 자갈길에 차가 섰다. "볼일을 좀 봐야겠다. 넌 어떠냐?" 찰리가 말했다. 그는 내 대답도 듣지 않고 시동을 끄고서 차 문을 열고 나가 밝은 불빛 속에서 트럭 앞에 다리를 벌리고 섰다. 나도 볼 수 있는 곳에서 페니스를 내놓고는 힘을 모으면서 흙바닥에다 오줌을 세차게 쏟아 냈다. 나도 누고 싶었다. 간호사여서 그런 광경을 익히 봤을 밀드레드 아줌마에게도 말할 용기를 내지 못했었다. 그러나 도로에서, 그것도 찰리 앞에서 할 수 있을 것 같지 않았다. 아버지와 있었다면 모를 일이었다. 나는 도시 소년이었다. 그래서 짤깍거리는 트럭에 앉아 있기만 했다. 전조등 불빛에 찰리와 포물선을 그리며 떨어지는 오줌과 열린 문으로 레몬 맛 나는 오줌 냄새와 함께 들어오고 있는 먼지가 보였다. "무슨 일이 있었던 거냐?"

30) 메이티 부족의 지도자로 이름을 날린 인물.

찰리가 도로에서 소리쳤다. 숨을 훅 토해 내고 볼일을 끝냈다. “거기서 쫓겨난 거냐? 범죄라도 저질렀어?”

나는 그를 쳐다보기도 그의 물건을 보기도 싫었다. “아니요.” 나는 말하고 싶지 않았다. 부모님이 그레이트폴스 구치소에 있어요. 어머니는 날 고아원에 보내고 싶지 않대요. 내가 여기 캐나다에 있으면 좋겠대요라고 말이다.

찰리는 오줌을 눈 자리에 침을 뱉은 뒤 다시 코를 빨아들여 가래를 뱉었다. “비밀이란 좋지.” 그가 지퍼를 올리며 말했다. “여긴 숨어 있기 좋은 곳이야.” 모기들과 각다귀들이 밀밭에서 전조등 열기 속으로 날아 들어왔다. 몇 놈은 열린 문으로 들어왔다. 갑자기 빛 속으로 날개가 홱홱 움직였다 위로 방향을 틀어 다시 사라졌다. 곤충들에게 이끌려 온 매인지 올빼미였다. 그 바람에 심장이 더 심하게 쿵쾅거렸다. 찰리는 보지 못했다. “A. R.에 대해 좀 알고 있냐?” 그는 여전히 도로에 서서 전조등 불빛 너머 어둠을 응시하며 말했다. 밀드레드 아줌마의 동생을 뜻하는 것 같았다.

“밀드레드 아줌마가 동생이라고 말해 줬어요.” 내 말이 그에게 들릴 것 같지 않았다.

찰리는 자갈길에 검정색 고무장화를 문질렀다. “보면 이상하다 싶을 게다.” 그는 이제 아무것도 하고 있는 것 같지 않았다. “뭐라고 부르면 되냐?”

“델이요.” 내가 말했다.

“몇 년이나 먹은 게냐, 델?”

나는 그 말이 무슨 뜻인지 알았다. “열다섯이요. 곧 열여섯이에요.” 내가 말했다.

찰리는 문으로 돌아와 운전석에 올라탔다. 그에게는 동물 냄새가 따라다녔다. "외롭지 않냐?" 그는 부르릉 시동을 걸었다. 전조등이 흐릿해졌다 밝아졌다.

"부모님이 보고 싶어요. 누나도요." 내가 말했다.

"걔는 어디로 갔는데? 고아원에?" 찰리는 문을 닫고 창문을 올렸다. 모기들이 우리 주위에서 윙윙거렸다.

"도망갔어요." 내가 말했다.

"잘됐네." 그는 운전대에 손을 얹고 침묵했다. "너도 뭐가 뭔지 모르는 거냐, 그래?"

"네." 내가 말했다.

"내가 무슨 말을 해주면 좋겠니?"

"왜 누군가가 여기로 날 데려왔을까요?" 밀드레드 아줌마와 있을 때도 그랬지만 내가 하는 말은 내가 생각하고 있던 것일 뿐이었다.

방금 전 전조등 속으로 뛰어들었던 것이 이번에는 바로 앞에 떨어졌다. 올빼미였다. 얼굴이 희고 활처럼 굽은 녀석이 날개를 활짝 펴고 가시 돋친 발을 움켜쥔 채 전조등 불빛 너머 무언가를 골똘히 보고 있었다. 잠시 뒤 녀석은 사라졌다. 나는 올빼미를 본 적은 없었다. 그레이트폴스의 내 방에서 밤에 녀석들의 울음소리만 들었을 뿐이었다. 그러나 어떻게 생겼는지는 알고 있었다. 이번에도 찰리는 보지 못한 듯했다.

"A. R.은 괴짜야. 미국인이지." 찰리가 말했다. "여기 산 지는 오래 됐다. 이야기 상대가 없어 그도 외로울 거다. 잘은 모르지만. 손 좀 만져 보자."

거칠고 단단하고 엄청나게 큰 손이 내 손을 찾아 네댓 번인지 대여섯 번인지 꽉꽉 쥐었다. 그의 손은 두껍고 손가락이 짧고 손톱은 뭉툭하고 작업복 바지처럼 오돌토돌했다. 내가 손을 빼려 하자 그는 더 세게 잡고 놓아주지 않았다. "늙은 간호사가 널 따먹으려고 하지 않디?" 그는 금방이라도 웃음을 터뜨릴 듯이 말했다.

나는 그의 얼굴을 볼 수가 없었다. "아니오." 내가 말했다.

"그러고 싶었을 걸. 난 알 수 있어. 나도 따먹고 싶었을 거야. 우리 둘 다 당할 수 있었어. 물론 넌 그런 꼴을 당하고 싶지 않겠지. 착한 아가씨를 기다려라. 내가 너무 일찌감치 속을 보여버렸군. 이게 나다." 발버둥 끝에 나는 손을 빼고서 다시 잡히지 않으려고 다리 밑으로 넣었다. 그는 나를 접주었다. "좋아, 그게 너로군, 델." 그가 속도를 올리자 트럭이 시끄러운 소리를 냈다. 전조등이 길을 환히 비췄다. 벌레들이 몰려들었다. "히틀러한테는 관심이 없을 것 같다만, 어떠냐?"

"없어요." 내가 말했다. 히틀러에 대해 내가 아는 거라곤 아버지가 해 준 얘기뿐이었다. 아버지는 그를 "시클그루버(히틀러로 바꾸기 전의 성), 어린 아돌프, 도배공"이라고 불렀다. 히틀러를 싫어했다.

찰리는 기어를 조금 내렸다. "난 관심이 있단다." 찰리가 말했다. "빡세게 살았거든. 나도 대체로 오해받고 사는 사람이지." 그가 갑자기 눈을 부라리며 짤막한 손가락 두 개를 코 밑에 갖다 댔다. 그리고는 고개를 돌려 나를 바라보았다. "이것 봐라, 응? 이렇게 생기지 않았던, 응? 귀여운 콧수염이 있었잖냐. *Nein, nein, nein* (아니, 아니, 아니)! *Achtung* (차렷)! *Achtung* (차렷)!"

아버지는 히틀러가 죽자 아내도 따라 죽었다고 했다. 자살했다고.

“히틀러는 멋진 예술가였어.” 찰리가 다시 속도를 올리며 말했다. “나는 내가 시인이라 생각한다. 뭐 지금 모든 얘길 할 필요는 없겠지.” 그는 가속 페달을 세게 밟았고 우리는 기우뚱거리며 어둠 속으로 들어갔다. 이제 내가 있는 곳은 캐나다였다. 이것이 어머니의 계획이었다.

43

인생을 바꾸는 사건들은 종종 있는 그대로 보이지 않는다.

여러 목소리가 나를 깨웠다. 남자의 웃음소리, 웅얼거리는 두 번째 목소리, 자동차 엔진 뚜껑이 쾅 닫히는 소리. 뒤이어 더 많은 웃음소리. "여자들이 내가 이미 알고 있는 것 말고 모르는 걸 말해 주면 얼마나 좋대요." 찰리 쿼터스처럼 들리는 목소리가 말했다. 이 목소리들은 내가 잠들어 있던 방, 들어온 것까지는 기억나지만 어딘지는 모르겠는 방 밖에서 들려오고 있었다. 서늘한 흙냄새와 코를 찌르는 시큼한 금속 냄새로 공기가 탁했다. 테두리가 하얀 얇은 회색 무명천이 내 침대 — 접이식 간이침대였다 — 옆 창문 위에 압정으로 꽂혀 있어 아침 햇빛이 부드러웠다. 빛이 어디서 들어오는지, 간밤에 얼마나 달렸는지, 여기가 최종 목적지인지 알 수가 없었다.

나는 일어나 앉았다. 그 방은 작고 천장이 낮고 커튼 뒤에서 물결이 치듯 녹색 그림자가 일렁였다. 나는 머리가 지끈지끈했다. 등과 다리도 쑤셨다. 나는 팬티만 입고 있었다. 내 옷과 신발과 양말은 침대 끝에 리놀륨 바닥에 포개져 있었다. 기억이 뚝뚝 끊겼다. 트럭 전조등이 어떤 작고 하얀 건물을 가로질렀고, 문이 열렸고, 손전등이 간이침대가 있는 방을 휙휙 비췄다. 찰리 쿼터스가 환하게 밝은 자갈길에 오줌을 누며 아래를 골똘히 보고 있었다. 올빼미의 보드라운 얼굴도 꿈처럼 지나갔다. 히틀러와 필리핀 여자 얘기도 나왔던가. 나는 깨려고 애를 썼지만 깨지 못했다.

커튼을 젖혀 먼지 낀 창으로 밖을 보았다. 창유리 하나가 금이 가 창턱에 유리 가루가 떨어져 있었다. 바깥에는 라일락 덤불이 있고, 그 뒤쪽엔 이슬이 반짝거리는 잔디밭이 있었다. 그 너머로는 울퉁불퉁하고 좁은 아스팔트 도로와 둥그스름하고 잡초가 많은 콘크리트 보도, 방벽 같이 네모난 더없이 파란 하늘이 보였다.

고무바퀴를 단 낡은 흰색 이동 주택이 부서진 아스팔트에 서 있었다. 지붕이 편평한 장방형 이동 주택이었고 사람이 살고 있는 듯했다. 지붕 위에는 TV 안테나가 비스듬히 달려 있었다. 이동 주택 옆에는 지붕에 풍향계가 달렸고 입구가 열려 있는 반원형 막사가 있었다. 그 뒤로는 지붕이 뾰족탑처럼 높이 솟은 목조 곡물 창고가 있었다. 곡물 창고의 저장고 위에 빛바랜 글자가 찍혀 있었다. **서스캐처원 기업 연합**, 그 밑에는 **파트로**라고.

찰리 쿼터스의 움푹 팬 픽업트럭은 이동 주택 밖에 세워져 있었다. 찰리는 트럭 앞에 서서 푸르스름한 셔츠에 황갈색 재킷을 팔에 걸친 채 밀짚모자를 들고 있는 남자와 얘기 중이었다. 찰리의 차림새는 검정색 고무장화도, 바지를 장화 속에 집어넣은 것도, 플란넬 셔츠도 어제 그대로였다. 이동 주택 주위로는 녹슨 금속 기구, 타이어며 빈 통, 자전거, 동물 우리, 낡은 오토바이 한 대가 흩어져 있었고, 목재 받침대 위엔 창문이 없는 녹색 스튜드베이커 한 대가 있었다. 자투리 쇠붙이들을 볼트로 죄고 용접을 해서 만든 기묘한 물건들이 잡초들 속에 있으니 더 돋보였다. 수확기 칼날을 댄 자전거 바퀴. 핸들과 거울을 단 건초 포장기. 차바퀴 테로 만든 해시계. 나무 토막에 붙인 바람개비들과 회전목마들이 어질러진 물건들 속에서 빛을 굴절시키며 반짝거리고 있었다. 국경에서 본 것과 같은 국기가 달린 깃대용 나무 막대가 이동 주택 옆쪽에 세워져 있었다.

찰리가 짧지만 힘센 두 팔을 기운차게 이동 주택 쪽으로 돌렸다가 내가 밖을 내다보고 있는 창문 쪽으로 돌렸다. 나는 그가 내 문제를 의논하고 있고, 푸른 셔츠를 입은 남자는 아서 렘링거일 거라고 생각했다. 밀드레드 아줌마의 동생. 찰리가 자기 말 좀 들어 보란 듯이 큰소리로 말했다. “여긴 뭐 하나 쉬운 게 없단 말이죠.” 그는 등을 펴며 소리 내어 웃었다. 다른 남자는 내가 있는 건물을 보더니 한 손을 엉덩이에 대고 뭐라고 말하며 고개를 끄덕였다. 찰리가 돌아서서 잔디를 가로지르며 내 쪽으로 오기 시작했다.

나는 얼른 티셔츠와 바지를 입었다. 찰리가 데리러 왔을 때 속옷 바람으로 맞이하고 싶지 않았다. 나는 양말도 신지 않고 신을 신었다. 나가는 문을 찾았다. 그 방에는 간이침대가 또 하나 있었다. 어두운 곳에는 상자들이 쌓여 있어 침대를 더 들일 공간은 없었다. 전등도 없었다. 찰리의 목소리가 벌써 들리기 시작했다. “넌 누구에게 의지하고 싶냐? 부탁인데…….” 그가 누구한테 말을 하고 있는지 알 수가 없었다.

나는 서둘러 낮은 문으로 나가 부엌에 들어섰다. 부엌은 조그맣고 공기가 탁하고 난잡했다. 더 많은 상자가 쌓여 있었고, 주철 난로와 스크린에 금이 간 구식 TV도 있고, 개인지 코요테인지 모를 봉제 인형이 부식된 걸쇠들과 함께 떡갈나무 아이스박스 위에 놓여 있었다. 나는 셔츠 밑단을 바지 속으로 밀어 넣고 어떤 문으로 나가 바닥이 지저분하고 문에다 창을 낸 작은 출입구를 지나 부신 햇빛 속으로 나왔다. 햇빛이 너무 갑작스럽고 눈을 찔러 절로 눈이 감겼는데, 바로 그때 찰리가 모퉁이를 돌아왔다. 초록색, 은색, 빨간색 점이 눈앞에서 빙빙 도는 것처럼 보였다. 머리 가죽이 두개골을 조여 왔다. 무슨 일이 일어날지 몰랐지만 중요하겠다는 생각은 들었다. 나는 지금 그레이트폴스에서 멀리 와 있었다.

"됐네요. 나와 있네요." 찰리가 큰소리로 말했다. 나는 억지로 눈을 떴다. 내가 잠자고 있던 흰색의 치장 벽토 건물은 꿈속에서 자동차 불빛이 휙 지나간 곳이었다. 건물이 납작 엎드린 듯 낮고 치장 벽토는 썩어 문드러져 속에 든 욋가지와 회반죽이 보일 정도였다. 나는 바지 지퍼를 올렸다. 신발 끈이 풀려 있었다. 나는 눈을 가리고 얼굴을 찡그렸다. "A. R.이 왔다." 찰리는 내게 유쾌하지 않은 이 상황이 재밌기라도 한지 큼지막한 이를 드러내고 씩 웃었다. "자 이쪽으로 와라. 널 만나고 싶어 한다." 그가 돌아서기에 나는 그를 따라 풀밭을 지나갔고, 우리는 내려앉고 있는 도로를 건너 이동 주택과 반원형 막사 쪽으로 갔다. 파란 셔츠를 입은 남자가 내가 한 번도 본 적 없는, 구멍이 세 개 있는 반짝이는 밤색 뷰익 창문에 대고 말을 하고 있었다.

나는 용기를 내 주위를 둘러보았다. 이곳은 읍이었지만 내가 봤던 읍들과, 심지어 아버지 차를 타고 버너와 내가 복스엘더에 있는 인디언 보호구역까지 가서 인디언 집들을 본 곳과도 달랐다. 회색의 목조 가옥 두서너 채가 도로의 형체가 남아 있는 길을 따라 흩어져 있었다. 다른 집들이 있었다는 흔적들도 보였다. 주춧돌만 남은 텅 빈 벽돌 건물, 무너진 목조 헛간, 서 있는 굴뚝, 뭔가가 있었지만 사라지고 없는 빈터가 그런 흔적들이었다. 아직 허물어지지 않은 대여섯 채 집들도 비어 있는 듯했다. 문들이 경첩에 매달려 대롱거렸고, 마당은 잡초로 무성했다. 어떤 집은 지붕이 없고, 어떤 집은 지붕에 판자를 얼기설기 대 놓았고, 굴뚝은 부서지고 현관은 내려앉아 있었다. 흰색 이동 주택과 반원형 막사와 내가 방금 전까지 잠을 자고 있었던 집 말고는 어디에도, 지붕에 구멍이 뚫려 비가 샐 것 같은 다른 한 집에도 전선이 연결돼 있지 않았다. 헐렁한 회색 치마를 입은 덩치 큰 여자가 뒷걸음질 치며 길 건너에서 우리를 지켜보고 있었다. 뒷마당에는 빨랫줄이 쳐 있었다. 하얀 시트와 여자 속옷이 건조한 바람에 나부꼈다.

포장도로로 보이는 저 앞쪽으로 대형 곡물 트럭 두 대가 곡물 창고 건너편에 지붕이 납작한 상가 건물들이 들어서 있는 황폐한 거리를 덜컹거리며 지나갔다. 이 건물들도 창문이 떨어지고 문이 없는 것이 버려진 듯했다. 사람들은 눈에 띄지 않았다. 내가 반원형 막사를 지날 때 보이기 시작한 마을 끝에는 바람막이용으로 심었지만 결국은 죽어 버린 네군도단풍과 양버들(몬태나에 있을 때 알게 된 나무들)이 줄줄이 서 있었다. 이 나무들과 마을 끝머리 너머로는 수확을 끝내 짚더미가 군데군데 있는 밀밭들이 있었고, 멀지 않은 곳에 날 없는 풍차와 꾸준히 땅을 파고 있는 검은색 기름펌프가 있었다. 더 멀리로는 산이나 언덕이 없는데도 평평하지 않고 기복이 있는 땅이 펼쳐져 있었는데, 눈을 씻고 보아도 나무 한 그루 보이지 않았다. 광대한 시선을 끊어 놓는 것은 지평선뿐이었다.

“됐네요, 나와 있어요.” 찰리는 여전히 큰소리로 말했다. 나는 그를 따라 풀밭을 가로질러 이동 주택과 새 차 같은 뷰익이 서 있는 막사 쪽으로 갔다. 그제야 막사 안쪽으로 천 지붕이 달린 낡은 지프와, 기러기같이 생긴 나무 미끼들이 실려 있는 편평한 단축 트레일러, 그리고 삽 더미가 보였다. “내가 꼬마를 깨웠죠.” 찰리는 계속 말했다. “미국에선 부드러운 대접에 익숙했을 텐데. 여기선 살아남지 못할 겁니다.” 그는 고개를 돌려 나를 찾았다. 대낮에 보니 찰리는 더 이상했다. 머리는 우둘투둘한 데다 더 컸고, 어깨는 부자연스럽게 좁고, 다리는 장화 길이가 끝나는 무릎에서 바깥으로 굽어 있었고, 검은 머리는 모조 다이아몬드 머리핀으로 여전히 뒤로 묶고 있었다. 야외에서 보니 그의 외모는 심란했다.

나는 눈 위를 가리지 않으려고 두 손을 주머니에 넣었다. 눈이 따가웠다. 메뚜기들이 우거진 풀밭에서 펄쩍 뛰었다가 뱀처럼 빠르게 땅을 가로질러 내 발치까지 기어왔다. 나는 좀 긴장이 됐다. 조그만 갈색 새들이 번쩍거리는 바람개비와 회전목마와 금속 조각품들 사이로 날아다녔다. 햇빛 때문에 머리와 어깨는 뜨끈하고 눈은 따끔거렸지만 팔에 난 털들은 추운지 곤두섰다. 가르마에서 땀이 나기 시작했다.

황갈색 재킷과 밀짚모자를 들고 있던, 뷰익 창문으로 누군가 — 조수석에는 여자가 앉아 있었고, 무슨 얘길 들었는지 웃고 있었다 — 와 이야기 나누고 있던 남자가 몸을 일으켜 내가 있는 곳으로 걸어오기 시작했다.

"욘석을 침대에서 억지로 끌어냈습죠." 찰리는 그 남자를 위해 계속 큰소리로 말했다. "이 분이 렘링거 씨다. '나리'라고 불러라."

나는 다시 눈을 가렸다. 해가 그 남자의 머리 뒤에서 반짝거렸다. 나는 긴장했다. 이 사람이 나의 책임자였다. 아서 렘링거.

"기다리고 있었다." 그 남자가 말했다. 나는 고개를 들어 그의 얼굴을 보았다. 키가 크고 잘생기고 아름다운 금발에 가르마가 나와 반대로 오른쪽에 있었다. 미소는 짓지 않았지만 흥미롭다는 표정을 띠고 있었다. 나는 아무 말도 하지 않았다. "이름을 말해 볼까, 어떠냐?"

"델 파슨스에요." 내가 말했다. 이런 곳에서 들으니 내 이름이 이상하게 들렸다.

그 남자는 찰리 쿼터스를 보고 싱긋 웃었다. "'델'에 무슨 다른 의미가 있나? 독특한 이름인 걸."

"아니오, 나리." 내가 말했다.

"어허, 큰소리로 말해야지." 찰리 쿼터스가 말했다.

"둘이라고 하지 않았던가?" 그 남자가 내 얼굴을 자세히 보려는 듯 가까이 다가왔다. 목에 줄 달린 금속테 안경이 걸려 있었다. 손이 크고 뼈마디가 굵었고 매니큐어가 발라져 있었다. 그는 즐거워 보였다.

"다른 애는 여기 오기 전에 도망갔다는군요." 찰리가 말했다.

"흐음, 안됐네." 아서 렘링거가 말했다. "피곤해 보인다. 고단하냐?" 그는 밀짚모자로 얼굴에 부채질을 했다.

"네, 나리." 내가 말했다. 그는 자기 이름을 말하지 않았다. 아서 렘링거는 그의 생김새와 어울리지 않는 이름이었다. 더 나이 든 사람의 이름 같았다.

"쫓기는 몸인 거냐, 그런 거야?" 그의 눈이 찰리에게 돌아갔다가 다시 내게 돌아왔다. 그가 내게 더 많은 얘길 요구했지만 나는 편히 얘기할 기분이 아니었다.

"모르겠어요." 내가 말했다. 따뜻한 미풍에 잡초 마당에 있는 은빛 바람개비들이 빙빙 돌았다. 돌 때마다 짤깍짤깍 부드러운 소리가 났다.

"욘석은 말하는 걸 안 좋아하더군요." 찰리가 말했다. 그는 고개를 돌려 빙빙 도는 바람개비들을 보았다. 그걸 보면 기분이 좋아지는 모양이었다.

"흠. 기마경찰이 여기로 오거든 동부에서 온 내 조카라고만 하면 된다." 아서 렘링거가 말했다. "토론토가 어디 붙었는지도 모르는 작자들이니까. 캐나다 이름을 하나 지어 주련?"

"아니오, 나리." 내가 말했다.

그는 미소를 지었다가 나를 어떻게 해야 할지 잘 모르겠는지 미소를 싹 거뒀다. 미소를 지었을 때 보니 턱에 움푹 팬 곳이 있었다. 안색은 부드럽고 창백했다. 예사롭지 않은 인상이었다. "하긴 지을 이름이 없기도 하다." 그는 나를 평가하듯 손가락으로 밀짚모자를 돌리기 시작했다. 그의 시선이 내 어깨 위쪽으로 내가 잠을 잔 치장 벽토 오두막을 향했다. "저 작은 집에서 잠을 잔 거냐, 저기서?" 그는 한 자 한 자 취사선택한 듯 말했다.

얼굴 위로 땀이 흘러내렸다. 나는 그 끔찍한 오두막 주위를 둘러보았다. 오두막 저편 잡초들 속에 널빤지로 만든 창고가 있었다. 옥외 변소란 걸 알 수 있었다. 커다란 흰 개가 변소 문을 마주보고 서서 꼬리를 흔들고 있었다. 변소 옆에 은색 바람개비가 놓여 있으면 찰리가 볼일을 보고 있다는 뜻이었다. 아버지는 옥외 변소와 관련해 우스갯소리를 잘했다. 구린내가 나고 전화번호부 종이로 뒤를 닦고 사생활이 보장되지 않는 곳이었다고 했다. 내가 그런 화장실을 쓰게 되리라곤 생각도 못했다. 나는 치장 벽토 오두막으로 돌아가고 싶지 않았다. "잘 모르겠어요, 저는 ……." 내가 말했다.

"안에 있는 물건들은 너 좋을 대로 옮겨도 된다. 내 것도 몇 개 있다만." 아서 렘링거는 모자를 계속 돌리면서 말했다. "찾겠다고 작정을 해도 저기 있으면 널 찾기가 쉽지 않을 거다. 아무도 널 성가시게 못할 거다." 그는 손등으로 큰 귀를 긁었다. 지금은 불편해 보였다. "내가 사는 포트로열은 저 길로 4마일 떨어져 있다." 그가 돌아서서 고속도로 쪽을 보았다. "저기가 동쪽이다. 네가 호텔에서 할 일을 찾아주마. 혼자 지내 본 적은 있나?"

"아니오, 나리." 내가 말했다.

"그럴 거라 생각했다. 그래도 일은 해 봤을 것 같은데." 그가 말했다.

"아니오, 나리." 내가 말했다. 나는 아서 렘링거가 나에 대해 뭘 아는지 몰랐지만 거의 모든 걸 알고 있지 않을까 생각했다. 내가 체스를 좋아하고 벌에 관심이 많고 어머니가 이런저런 이유로 원치 않아 일을 해 본 적이 없다는 건 모를 것 같았지만.

"여기 있으니 기분이 이상하지?" 그는 무슨 생각이 떠오른 듯한 표정을 지었다. 이맛살을 찌푸렸다. 나는 이런 사람을 만나본 적이 없었다. 밀드레드 아줌마는 그가 서른여덟 살이라고 했지만 그의 얼굴은 청년의 얼굴이었다. 반면에 옷 입은 걸 보면 나이보다 늙어 보였다. 내가 익히 보던 사람들과 달리 그는 모순적이었다.

"예, 나리." 내가 말했다.

그는 긴 손가락들로 밀짚모자를 천천히 돌렸다. 한 손가락에 금반지가 끼어 있었다. "흠, 살다 보면 유감스러운 일들이 일어나기도 한단다. 우리도 어쩔 수 없는 일이." 그가 말했다. 그는 내 어깨 너머로 치장 벽토 집을 다시 보았다. "내가 여기 왔을 때……." 그는 말을 끊고 그 집을 바라본 뒤 다시 말했다. "살던 곳이 저 작은 집이다. 나는 초원에 서서 하늘을 쳐다보며 울긋불긋한 새들이 보이고 여기가 아프리카고 구름은 산이라고 상상하곤 했다." 멋쟁이 셔츠 같아 보이는 그의 파란색 셔츠 앞면이 땀에 젖어 있었다. 멋진 베이지색 재킷은 아직도 팔에 걸치고 있었다.

"나리도 미국 사람이다, 너처럼! 그래서 이상하지." 찰리가 불쑥 말하고는 웃었다. 아서 렘링거를 두고 하는 말이었다. 그는 갈색 새들이 바람개비 정원을 날아다니는 모습을 보고 있었는데, 안 듣는 척하면서 다 듣고 있었던 것이다. 그가 고무장화 신은 발로 풀을 걷어차고 메뚜기와 작은 새들을 날려 보내며 문 앞에 나무 디딤판이 있는 이동 주택 쪽으로 걸어가기 시작했다. "둘이 유유상종이군요." 그가 말했다.

"넌 뭘 좋아하냐, 델?" 아서 렘링거의 푸른 눈은 선명하지 않았다. 그는 이제부터 본격적인 대화에 들어갈 것처럼 머리를 옆으로 젖히고 한 손을 어색하게 바지 주머니에 넣었다. 얘기는 하고 싶은데 무슨 말을 해야 할지 모르는 것 같았다. 밀드레드 아줌마가 특이한 사람이라더니 정말로 그랬다.

"책 읽는 걸 좋아해요." 내가 말했다.

그가 입을 오므리고 눈을 깜박였다. 내 말이 흥미로운 모양이었다. "그럼 앞으로 좋은 대학에 들어갈 계획이냐?"

"네, 나리." 내가 말했다.

그는 한쪽 바지 자락만 속에 쑤셔 넣은 채 부드러운 스웨이드 가죽 부츠를 신고 있었다. 값비싼 부츠 같아 보였다. 입은 옷도 비싸 보였는데, 그래서 이곳에 더 어울리지 않아 보였다. 그는 부츠 앞코로 먼지투성이 땅을 문지르고는 고개를 돌려 뷰익을 보았다. 차에 탄 여자가 우리를 지켜보고 있었다. 그녀가 손을 흔들었지만 나는 흔들지 않았다. "네가 플로렌스와 잘 지낼 것 같구나." 아서 렘링거가 말했다. "그녀는 화가란다. 에드워드 호퍼 열성팬이지. 아주 예술적이야." 그가 고개를 끄덕였다. 이런 얘기를 하는 것이 즐거운 듯했다. "내 방에 플로렌스의 그림이 걸려 있단다. 다음에 만나면 보여주마." 그는 우리가 있는 곳을 두루두루 둘러보았다. 뜨거운 풀밭, 반원형 막사, 망가진 이동 주택, 아무도 살지 않는 마을의 집들을. "내 고향 사람들 같았으면 여기 남아 있는 것들을 죄다 불태워 버렸을 거다." 그가 말했다.

"왜요?" 내가 물었다.

내 말이 웃겼던지 그의 부드러운 턱에 움푹 팬 자리가 불쑥 나타났다. 하지만 그는 웃지 않았다. "아, 저런 걸 보면 질색할 테니까." 그가 말했다. 그리고는 미소를 지었다. "성공 확률 제로거든. 미국인들은 그걸 두려워하지. 아랫동네 인간들은 역사를 모른다고나 할까."

"전 여기서 얼마나 있어야 해요?" 내가 물었다. 꼭 알고 싶은 중요한 문제여서 묻지 않을 수 없었다. 내가 그레이트폴스로 언제 돌아갈 수 있는지 말해 준 사람이 없었다. 아서 렘링거는 몰라서인지 아니면 중요하지 않아서인지 내 부모님에 대해 언급하지 않았다.

"글쎄다, 네가 있고 싶은 만큼." 그가 말했다. 그는 밀짚모자를 머리에 얹었다. 갈 준비를 하고 있었다. 그가 챙에 달린 가죽끈을 턱 밑에서 잡아당겼다. 그러자 사람이 전혀 달라 보였다. 좀 바보 같았다. "여기가 좋아질지도 몰라. 배울 게 있을 테니까."

"안 좋아질 것 같아요." 내가 말했다. 무례하고 배은망덕하게 비칠 수 있었지만 그게 진심이었다.

"그럼 떠날 방도를 찾아보겠구나." 그가 말했다. "그게 너의 목적이 되기도 하겠다." 그는 돌아서서 뷰익 쪽으로 걸어가기 시작했다. "델, 네가 와서 난 아주 기쁘다. 조만간 또 보자." 그는 돌아보지도 않고 이 말을 했다. "찰리가 네가 할 일을 알려줄 거다."

"알겠어요." 내가 말했다. 그가 내 말을 들었는지 알 수가 없어 한 번 더 말했다. "알겠어요."

아서 렘링거와의 첫 만남은 그렇게 끝났다. 말했듯이 인생을 바꾸는 사건들은 실제 모습과 다르게 보일 수 있다.

44

「나약한 인간이 저지른 범죄 일지」에서 어머니는 마치 버너와 내가 곁에 있고 자신이 쓴 글을 읽자마자 우리가 자신의 생각을 읽을 수 있고 그 생각으로 덕을 볼 믿을 만한 친구인 듯이 글을 썼다. 어머니의 일지는 내게 어머니의 가장 진솔한 목소리를 보여주는 표본으로, 자식들이 한 번도 듣지 못했지만 어머니가 할 수만 있었다면 표현했을 — 어머니가 삶에 부과한 한계를 거둬낸 — 목소리를 담고 있었다. 모든 부모와 자식도 그러할 것이다. 우리 모두는 서로에 대해 일부만 알 뿐이다. 어머니는 노스다코타 교도소에서 오래 살지 않았다. 이 글을 읽으면 어머니가 무장 해제되기 시작했다는 걸 누구나 알 수 있다. 진실하게 들리든 그렇지 않든.

사랑하는 아이들아.

너희 둘은 지금쯤 국경을 넘었겠지. 알겠지만 국경을 넘는 건 길을 걷는 것과는 다를 거야. 물론 온전한 새 출발은 아니겠지만 새 출발이긴 할 거야. [어머니가 밀드레드 아줌마와 이 문제를 의논했던 게 분명했다.] 새 램프 아래 헌 출발이라고나 할까. 엄마는 다 알고 있어. 하지만 너희들은 캐나다에서 기회를 가질 거고 아빠와 나 때문에 더럽혀질 일은 이제 없을 거야. 너희들이 어디서 왔고 우리가 무슨 짓을 했는지 아무도 관심 갖지 않을 거야. 눈에 띄지도 않을 거야. 엄마도 가 본 적은 없지만 그곳은 미국이랑 아주 비슷한 것 같아. 그 점이 좋아.

엄마는 나이아가라 폭포를 기억하고 있어. 어릴 때 부모님이랑 봤거든. 너희들도 그 사진을 본 적이 있지. 봤잖니. 사람들을 갈라놓는 게 무엇인지 몰라도 그렇다고 폭포가 얘기하더구나. (아무튼 엄마 눈엔 그랬어.) 우리가 같아 보이는 것과 다른 것을 세심하게 구별하지 않는다는 거 알고 있지. 너희들은 항상 구별하며 살아야 한단다. 아, 그래. 너희들에겐 이 모든 걸 생각할 아침이 수천 번이나 있겠구나. 너희에게 어떠냐고 묻는 사람도 없을 거야. 델, 너는 세상을 거꾸로 상상할 줄 알지. 그런다고 했잖니. 그게 너의 강점이란다. 그리고 버너, 넌 독특한 걸 좋아하니까 잘살 거야. 너희 할아버지는 폴란드를 떠나 워싱턴 주 터코마에 도착하기 전까지 여러 국경을 넘었단다. 언제나 현재에서 권위를 끌어낼 줄 아는 분이었어. 반드시 말이야.

엄마는 이번에 내 속에서 아주 새로운 냉정을 발견했어. 내 마음의 한대(寒帶)를 찾아낸 게 나쁘지는 않아. 예술가들이 곧잘 이러거든. 어쩌면 다른 이름을 붙일 수도 있지 않을까…… 힘? 아니면 지혜? 전에는 아빠를 위해 거부했거나 거부하려고 했던 면이었어. 이제부터 너희들에게 도움이 되려 하지만 상황이 좋지 않구나. 너희들이 이해할 거라 믿는다…….

나는 이 "편지"를 몇 번이나 읽었다. 읽을 때마다 어머니가 버너와 날 다시는 못 만날 줄 예상했다는 걸 알 수 있었다. 어머니는 이것이 우리 가족의 끝이란 걸 아주 잘 알았다. 슬픔을 넘어서는 슬픔이었다.

45

어디서 읽기를, 외로움이란 좋은 일이 있을 것이라 약속된 저 앞에 도달하기를 기다리며 긴긴 줄에 서 있는 것과 같다고 한다. 다만 그 줄은 결코 움직이지 않고 다른 사람들이 언제나 우리 앞에 끼어들어 우리가 닿고 싶은 저 앞은 자꾸자꾸 멀어져 끝내는 그 줄에서 아무것도 얻을 게 없다고 믿게 된다.

아서 렘링거과의 첫 만남 — 1960년 8월 31일 — 이후 이어진 나날들은 분명 그렇게까지 외로운 날들은 아니었다. 재난으로 끝나지만 않았다면 내 처지에 있는 소년 — 버려졌고, 익숙한 모든 것이 사라지고 눈앞에 보이는 것 외엔 아무런 전망도 없는 소년 — 으로서는 넉넉하고 풍만한 날들로 보였을지 모를 일이다.

처음 — 사냥꾼들이 도착하고 기러기 사냥이 시작되기 전 — 에 내 일은 서스캐처원의 포트로열에 있는 아서 렘링거 소유의 레너드 호텔에서 이루어졌다. 아서 렘링거는 창문으로 대초원이 내다보이고 (내가 생각하기에) 북쪽과 서쪽으로 수백 마일이나 볼 수 있는 꼭대기 층인 3층에 살고 있었다. 나는 매일 걸어서 출근하거나 찰리의 망가져 가는 J. C. 히긴스 자전거를 타고 고속도로를 달려야 했다. 도로변에는 대형 곡물 트럭들이 뿌려 놓은 짚들이 금빛 카펫처럼 흩어져 있었고, 그 옆으로는 리더에서 스위프트 커런트까지 양곡기를 실어 나르는 캐나다 태평양 철로가 달리고 있었다. 이따금 찰리는 나를 자기 트럭에 태워 레너드 호텔까지 데려다 주었다. 파트로 주민이자 스웨덴 사람인 게딘스 부인도 종종 같이 타고 갔는데, 그녀는 조용히 앉아 창밖만 응시했다. 레너드 호텔에서 내 일은 객실과 욕실 청소였고, 일당은 점심을 포함해 캐나다 돈으로 3달러였다. 게딘스 부인은 주방에서 호텔 식당에 들어가는 음식을 준비했다. 오후 반나절은 내 시간이어서 나는 자전거를 타고 고속도로를 달려 아무 할 일 없는 파트로로 돌아가거나, 불빛이 침침한 식당에 남아 수확 인부들이나 철도원들과 이른 저녁을 먹고 저문 뒤에 돌아갈 수 있었다. 찰리가 고속도로에서 히치하이크를 하지 말라고 단단히 일러 주었다. 캐나다인들은 히치하이커를 믿지 않으며 내가 범죄자이거나 인디언이라 지레 짐작하고 날 박아 버릴 수도 있다고 했다. 게다가 히치하이크를 하면 눈에도 띄어 의심을 부르고 아무도 원치 않는 기마경찰의 주목까지 받게 될 거라고 했다. 마치 찰리 자신이 절대로 검문받으면 안 될 비밀이라도 간직한 사람 같았다.

나는 어머니 부탁으로 도와준 것 말고는 청소를 해 본 적이 없는데도 그 일을 할 수 있었다. 찰리는 내게 배정된 열여섯 개의 객실과 투숙객들이 이용하는 각 층의 두 개 욕실을 빨리 드나드는 요령을 알려 주었다. 투숙객으로는 석유 채굴 인부들, 철도에서 일하는 청년들, 외판원들, 가을이면 대초원을 넘어오는 수확 인부들이 있었다. 많은 투숙객이 나보다 나이가 조금 더 많은 젊은이들이었다. 많이들 외로워했고 향수병에도 걸렸으며, 몇몇은 폭력적이고 술과 싸움질을 좋아했다. 하지만 그들이 자는 객실이나 몸을 씻고 볼일을 보는 욕실은 어떻게 두든 아무도 신경 쓰지 않았다. 그들의 작은 객실은 악취 — 땀과 오물과 음식과 위스키와 찰흙과 병에 든 연고와 담배 냄새 — 를 풍겼다. 복도 욕실들도 악취가 나고 습하고 미끈미끈했으며, 집에서도 그랬겠지만 남자들이 볼일을 보고도 한 번도 닦은 적이 없어 때가 껴 있었다. 이따금 내가 양동이와 대걸레와 빗자루와 걸레와 화장수를 들고 객실 문을 열면 서너 개의 침대가 있는 방에서 담배를 피우거나 창밖을 내다보거나 성서나 잡지를 읽고 있는 청년이 남아 있곤 했다. 필리핀 여자들이 침대에 앉아 있기도 했는데, 한두 번은 아무것도 걸치고 있지 않았고, 몇 번인가는 석유 채굴 인부나 외판원이나 아침까지 자고 있는 또 다른 여자와 함께 침대에 있었다. 그럴 때면 나는 아무 말 없이 조용히 문을 닫고 그 방을 청소하지 않고 넘어갔다. 찰리가 설명하길, 그 필리핀 여자들은 진짜 필리핀 사람이 아니라고 했다. 블랙풋 족 인디언이거나 아서 렘링거가 스위프트 커런트나 메디슨햇에서 택시로 불러들여 밤에 술집에서 일하면서 분위기를 띄우고 레너드 호텔을 투숙객들에게 더 매력적으로 보이게 하는 그로반트[31] 여자들이라고 했다. 여자들은 이런 용도가 아니면 출입할 수 없었다. 나는 아침에 일하러 왔다가 스위프트 커런트 택시가 호텔 옆 골목에 서 있고 운전사가 앞좌석에서 잠

31) 북아메리카 인디언의 한 부족인 아라파호 족 중 서부 일족의 일원.

을 자고 있거나 책을 읽으면서 여자들이 옆문으로 나오기를 기다리는 모습을 종종 목격했다. 찰리는 그 필리핀 여자들 중 한 명은 남편이 없고 아기만 있는 후터파 교도[32)]라고 말해 주었다. 그러나 나는 레너드 호텔에서 그런 여자를 본 적이 없어 후터파 여자들이 그 정도로 비굴할지, 아니면 그들의 부모가 이런 일을 허락할지 의심스러웠다.

그렇다고 해서 내가 포트로열에서 지내는 것에 완벽하게 적응했다는 뜻은 아니다. 전혀 그렇지 않았다. 나는 부모님이 교도소에 있고, 누나는 도망을 갔고, 나는 십중팔구 낯선 사람들 속에 버려졌다는 사실을 잘 알았다. 그러나 그 모든 사실에는 눈을 감고 밀드레드 아줌마의 말대로 하루하루가 저만의 작은 존재 의미가 있는 듯이 현재를 사는 것이 더 쉬웠다. 그렇게 사는 것은 생각보다 훨씬 쉽다.

작은 마을인 포트로열은 초가을에 생기 넘치고, 내가 살아야 하는 4마일 떨어진 파트로에 견주어 상당히 편리한 곳이었다. 파트로는 이동 주택에 사는 찰리와 내게 아는 척을 잘 하지 않는 게딘스 부인 외에는 사람이 살지 않는 이상하고 유령 같은 거주지였다. 포트로열은 철도가 있고 리더와 스위프트 커런트 사이로 32번 고속도로가 다니는 작고 번잡한 대초원 공동체였다. 아버지가 노스다코타에서 은행을 털었다는 마을도 여기 마을과 크게 다르지 않을 것 같았다.

레너드 호텔은 중심가 서쪽 끝을 점하고 있는 정사각형의 3층

32) 체코 모라비아 지방에서 일어나 미국 서북부에서 캐나다 일부에까지 걸쳐 있으며 집단농장을 경영하고 원시 교회를 본떠 재산 공유를 강조하는 재세례파(再洗禮派).

목조 건물이었다. 흰색 페인트를 칠했고, 지붕은 평평하고 객실 창문들은 아무런 장식이 없고, 특색 없는 작은 입구로 들어서면 어두운 응접실과 창이 없는 식당이 나왔고, 좁은 복도를 따라 안으로 더 들어가면 창이 없는 어둑한 술집이 있었다. 레너드 호텔 간판은 지붕에 달려 있었다. 마을에서는 보이지 않지만 자전거 타고 출퇴근할 때 고속도로에서는 보였다. 작달막한 정자체의 **레너드 호텔**이 붉은 네온빛으로 반짝였고, 그 옆에는 둥근 쟁반에 마티니 잔을 올려 내밀고 있는 지배인 모습이 있었다. (나는 그때 마티니가 뭔지 몰랐다.) 대초원과는 어울리지 않는 이상한 풍경이었다. 그러나 나는 오고갈 때 그것을 보는 게 좋았다. 그 간판은 지금 여기, 내가 있는 곳과는 거리가 먼 세상과 관련 있었지만 신기루나 꿈처럼 날마다 내 앞에 나타났다.

레너드는 사실 그레이트폴스의 레인보나 내가 지금껏 본 멋진 호텔들과 비교하면 호텔 같지도 않았다. 마을과도 별 상관이 없었다. 술고래들과 아무짝에도 쓸모없는 인간들과 아서 렘링거에게 기러기 사냥터를 세놓고 호텔 술집에서 공짜 술을 마시는 성질 고약한 농부들을 제외하곤 이곳을 찾는 마을 주민은 거의 없었다. 레너드 호텔은 한때 금주 마을이었던 포트로열에서 반감의 어두운 그림자를 이겨 냈다. 도박과 여자가 허용되었지만, 대부분의 점잖은 사람들은 결코 오지 않았다.

내 일은 늘 2시쯤이면 끝났다. 저녁을 먹으려고 6시까지 남아 있으면 아서 렘링거를 종종 볼 수 있었다. 그는 늘 옷을 잘 차려입고 여자 친구 플로렌스 라블랑과 이야기하고 농담하고 숙박비를 내는 투숙객의 비위를 맞춰 주었다. 첫 만남의 느낌이 좋았는데도 찰리는 내게 아서 렘링거와 대화를 나누는 건 기대하지 말라고 했다. 아서 렘링거가 아무도 함께 할 수 없는 별세계에 존재하는 인간이기나 한 듯 질문을 하거나 눈에 띄거나 심지어 친근하게 굴어서도 안 된다고 했다. 나는 방문객이고 특별한 지위나 특권이 없다는 걸 이해해야 한다고 했다. 이따금 나는 작은 응접실에 있을 때나 계단에서 빗질을 하고 양동이와 대걸레로 물청소를 하고 있을 때나 부엌에서 식사를 할 때 아서 렘링거와 마주치곤 했다. "옳거니, 여기 있었군, 델." 그는 마치 내가 피해 다니기라도 한 것처럼 말했다. "지금 있는 숙사에선 지낼 만하냐?" (혹은 그 비슷하게 말했다. 아버지한테 들어서 숙사가 뭔지는 알았다.) "네, 나리." 나는 그렇게 대답하곤 했다. "불편하면 말해라." 그가 잘하는 말이었다. "잘 지내고 있어요." 내가 대답했다. "그럼 됐다, 됐어." 아서 렘링거는 그렇게 말하고 가던 길을 가곤 했다. 그러고 나면 며칠 동안 그를 보고 싶지 않았다.

나와 내 행복을 책임지기로 했으면서 아서 렘링거가 나에 대해 알고 싶어 하지 않는 것 같아 나로서는 사실 수수께끼였다. 내 또래 남자아이에겐 중요한 문제였다. 처음 만났을 때 그는 선량하지만 무슨 일로 정신이 없는 듯 괴상해 보였다. 지금은 훨씬 더 괴상해 보였지만, 새로운 사람을 아는 것은 으레 그렇거니 했다.

마을에 머물러 있는 날이면 나는 저녁을 먹기 전까지 남는 시간 동안 포트로열 마을을 어슬렁거리며 뭐가 있는지 보곤 했다. 저녁을 먹고 나면 어스름한 고속도로가 곡물 트럭과 저녁 대신 맥주로 배를 채운 농장 일꾼들로 위험 지대로 변하기 전에 자전거를 타고 지친 채 파트로로 돌아갔다. 내가 이 두 가지를 한 것은 혼자 있는 게 낯설고 날 돌봐 줄 사람이 없기 때문이었다. 또한 여기선 아무리 작은 것도 더 인상적으로 보이기도 한 데다, 내가 절망에 빠지지 않고 병적인 생각을 물리치려면 『월드북』에 글을 쓰는 사람처럼 사물을 조사하고 사물에 관심을 보여야 한다고 결론 내렸기 때문이었다. 그러나 이 쓸쓸한 대초원 마을의 심장부에서 달리 할 일이 없어 나는 마을을 둘러보았고, 조사관이 돼 보니 누나와 부모님하고 살 때는 알지 못했던 사소한 자유를 맛볼 수 있었다. 마지막 이유는 내가 있는 곳이 캐나다이고, 이 나라에 대해 아는 것 — 미국하고 얼마나 다르고 얼마나 비슷한지 — 이 전혀 없었기 때문이었다. 나는 두 가지를 모두 알고 싶었다.

나는 새 작업복에 헌 톰맥캔 신발을 신고 딱딱한 포장도로를 걸으면서 날 주목하는 사람이 정말 없구나 생각했다. 포트로열 인구가 얼마나 되는지, 왜 여기에 마을이 있고 왜 사람들이 여기 사는지, 심지어 왜 포트로열(큰 요새)이라고 부르는지도 알지 못했다 — 개척기에 군부대가 있었을지 모르기 때문이라는 것만 알았다. 이곳의 상점들은 고속도로인 중심가 양쪽으로 들어서 있었는데, 마을을 이루는 모든 걸 갖추고 있는 듯했다. 곡물 트럭과 농장 트럭과 트랙터 들이 날마다 한가운데를 지나다녔다. 이발소, 카페를 겸한 중국 세탁소, 당구장, 벽에 여왕의 사진이 걸려 있는 우체국, 마을 회관, 작은 병원 두 개, '노르웨이의 아들' 협회, 울월스 대형 마트, 약국, 영화관, 여섯 개의 교회(모라비아 형제단, 가톨릭, 벧엘 루터교를 비롯하여), 폐쇄된 도서관, 도살장, 에쏘 대리점이 있었다. 찰리가 내 바지와 속옷과 신발과 외투를 사 준 협동조합 백화점도 보였다. 로열 은행, 주유소, 귀금속 가게, 트랙터 정비소, 인가된 술집이 딸려 있는 눈의 여왕이란 작은 호텔도 있었다. 학생들은 없지만 학교도 하나 있었다. 사람들의 이름을 새긴 전쟁 기념비와 깃과 깃대까지 갖춘 흰색 구조물이 나무 한 그루 없는 조그만 공원 맞은편에 자리해 있었다. 포석을 깔지 않은 네모 반듯한 열 개의 거리에는 마을 주민들이 사는 아담한 흰색 집들이 들어서 있었다. 집들은 잔디가 깨끗했고, 가문비나무며 정원이며 상자형 화단에서 얼마 전 꽃을 피운 피튜니아도 종종 보였고, 하얗게 페인트칠을 한 돌들 가운데 깃대를 꽂고 영국 국기를 달아두거나 몬태나에서도 보았던 아기 예수 구유를 장식해 놓은 집들도 간혹 보였다. 흙바닥에 울타리를 쳐서 만든 야구장, 겨울이 왔을 때 컬링과 하키를 할 수 있는 스케이트장, 네트가 없는 잡초 투성이 테니스장도 있었고, 마을이 끝나고 밀밭이 시작되는 지점 남쪽으로는 공동묘지도 보였다.

둘러보는 중에 나는 귀금속점 창으로 부로바와 론진과 엘진 같은 명품 시계며 조그만 다이아몬드 반지와 팔찌며 은식기와 보청기며 반짝이는 귀걸이를 열심히 들여다보았다. 어둑한 약국에 들어가 알람용 작은 시계를 사면서 여자들 향수와 향긋한 비누와 탄산음료와 조제실과 계산대에서 얼얼한 화학 약품 냄새를 맡기도 했다. 어느 날 오후에는 쉐보레 매장에 들러 신형 차를 살펴보았다. 아버지가 보았다면 높게 평가했을 광택 나는 붉은색 임팔라 하드톱 모델이었다. 나는 잠시 운전석에 앉아 드넓은 대초원을 씽씽 달리는 내 모습을 상상했다. 아버지가 신형 드소토를 몰고 와 집 앞에 세웠던, 버너와 내 인생이 평온했던 그때처럼 말이다. 노란 나비넥타이를 맨 점원이 다가와 차 문 옆에 서서 원한다면 차를 몰고 집에 가도 된다고 말하면서 소리 내 웃고 내게 어디서 왔느냐고 물었다. 나는 미국인이고 레너드 호텔에 있는 삼촌 집에 와 있고 아버지가 "합중국"(처음 쓰는 표현이었다)에서 차를 판다고 했다. 그러나 점원은 별 흥미가 없는지 가 버렸다.

또 어느 날에는 폐쇄된 도서관까지 걸어가 두꺼운 유리문으로 안을 들여다보았다. 어두컴컴한 곳에 비어 있는 서가 통로며 넘어져 있는 의자며 문 쪽으로 기울어진 사서용 키 큰 책상이 보였다. 주말에만 운영하고 "서부극"만 보여 주는 극장 앞에서 간판도 읽었다. 더러운 뒷골목들을 탐험해 철도 조차장까지 가서 곡물 운송선이 선로를 동서로 옮기는 것도 구경했는데 — 그레이트폴스에서 그랬던 것처럼 — 수척한 승객들이 객실로 들어가면서 아는 사람 보듯 날 유심히 보았다. 나는 화요일이 "도살일"이라고 손 글씨로 써 있고 불운한 소가 안쪽 축사에서 대기하고 있는 도살장도 지나쳤다. 남자들이 건물 구석에서 마스크를 쓰고 용접기로 농기구를 땜질하고 있는 매시해리스 정비소도 지나쳤다. 공동묘지는 마을 저 멀리 있었지만 거기까지는 가지 않았다. 공동묘지는 가 본 적이 없었지만 캐나다라고 미국과 다를 것 같지 않았다.

그리 멀지 않은 집에서 기다리는 가족이 있을 때 마을을 어슬렁거리는 것과 기다려 주거나 내가 무얼 하고 있는지 몸은 괜찮은지 생각해 주고 알고 싶어 하는 사람이 아무도 없을 때 걷는 것은 사뭇 다르다. 그 해 9월 초, 내가 겪은 여름이 자취를 감추고 날씨가 갑자기 바뀌어 내게도 다른 사람들에게도 겨울이 느껴지기 시작하던 때, 나는 그런 여행을 몇 번이나 했다. 내게는 말을 걸지 말라고 누가 지시한 것도 아닐 텐데 내게 말 거는 사람이 거의 없었다. 거리를 지나다니면 거의 대부분이 내 눈을 보면서 봤던 애구나 하는 기색을 띠었는데, 날 기억하고 있단 사실을 너도 알아야 한다고 말하는 것 같았다. 포트로열에서 내게는 특이할 게 없었지만, 모두가 서로를 알고 그렇다고 믿는 사람들 사이에서 나는 특이한 존재였다. (이것이 아버지가 이해하지 못했고 노스다코타에서 은행을 턴 뒤 잡힐 수밖에 없었던 결정적 요소였다.) 그러니까 이방인이 모르는 곳을 여행하듯 마을을 둘러보았다고나 할까. 그러나 다른 나라이기에 이상했을 뿐 그곳은 내가 이미 알고 있던 곳과 크게 다르게 보이거나 느껴지지 않았다. 오히려 미국과 유사해서 이질성이 심오하고 매력적으로 다가왔고, 결국에는 그곳을 좋아하게 되었다.

내가 약국 창문 앞에 서 있을 때 어떤 엄마가 딸과 함께 내 옆을 지나갔다. 나는 진열되어 있는 다채로운 약통과 비커와 분말 제품과 절구와 공이와 놋쇠 저울을 신기해하며 들여다보고 있었다. 그레이트폴스의 렉솔에는 없던 품목들이어서 포트로열 약국이 더 근사해 보였다. 그 엄마가 돌아서서 보도로 다시 올라와 내게 물었다. "내가 뭐 도와줄까?" 그녀는 희고 붉은 꽃무늬 드레스에 흰색 가죽 벨트를 차고 흰색 가죽 구두를 맞춰 신고 있었다. 사투리 억양이 없었다. 밀드레드 아줌마가 해 준 말이 있어 나는 억양에 민감했다. 딸의 엄마는 나를 전에 본 적이 있는지 친절하기만 했고 내가 여기 사람이 아니라는 것도 알았다. 이런 식으로 완전한 이방인 취급을 당하기는 처음이었다. 전에는 나에 관한 모든 걸 알고 있는 어른들에 둘러싸여 있었으니까.

"아니요, 괜찮습니다." 내가 말했다. 그 엄마의 영어는 내게 다르게 들리지 않았지만 내 영어는 그 엄마가 익숙하게 듣던 것과 다르게 들릴 수도 있을 것 같았다. 생김새도 다르게 보일까 싶었지만, 그럴 것 같지는 않았다.

"누구네 집에 온 거니?" 미소는 띠고 있지만 날 의심하는 눈치였다. 내 또래 같고 금발의 고수머리에 약간 불거져 나온, 작고 예쁘장한 푸른 눈을 가진 딸이 엄마 옆에 서서 날 계속 쳐다보았다.

"삼촌네 왔어요." 내가 말했다.

"삼촌이 누구신데?" 딸의 눈과 똑같은 그녀의 푸른 눈이 기대에 차서 반짝거렸다.

"아서 렘링거 씨요. 레너드 호텔 주인이에요." 내가 말했다.

그 엄마가 눈살을 찌푸리며 걱정스러운 표정을 지었다. 아서 렘링거라는 이름 때문에 내가 다른 사람이 되기라도 한 듯 경직된 모습을 보였다. "삼촌이 널 리더에 있는 학교에 보낼 거라니?" 그녀는 걱정스럽다는 듯이 물었다.

"아니요." 내가 말했다. "저는 부모님이랑 몬태나에 살고 있어요. 곧 돌아갈 거예요. 학교는 거기서 다녀요." 나는 이런 얘기를 현재진행형으로 말할 수 있어 기분이 좋았다.

"우리도 그레이트폴스에서 하는 박람회에 가 본 적이 있단다. 좋긴 했는데 정말 혼잡하더구나." 그녀가 말했다. 그녀가 환하게 미소 지으며 딸에게 어깨동무를 하자 딸도 미소를 지었다. "우리는 LDS란다. 언제든 와 보렴."

"고맙습니다." 내가 말했다. 나는 LDS가 모르몬교도란 걸 알고 있었다. 아버지가 얘기해 주기도 했고, 루디가 자기네 집은 천사들하고는 얘기해도 흑인은 좋아하지 않는다고 했으니까. 그 엄마가 다른 얘기를 더 하지 않을까, 나에 대해 묻지 않을까 생각했다. 그러나 그러지 않았다. 두 사람은 나를 약국 앞에 남겨 둔 채 가던 길을 계속 갔다.

포트로열에 남아 뭘 알아본답시고 바쁘게 돌아다니지 않는 오후에는 찬 음식을 작은 도시락에 담아 바구니에 싣고서 자전거를 타고 파트로로 돌아갔다. 햇빛이 사라지기 전에 허물어져 가는 내 집에서 도시락을 먹었다. 춥고 어두운 방에서 혼자 뭘 먹으면 비참했다. 내 오두막에는 방이 두 개 있었지만, 두 곳 모두 눅눅한 냄새 나는 상자들이 천장까지 쌓여 있는 데다 가을이면 오고 조만간 다시 올 기러기 사냥꾼들의 숙소로 몇 년을 쓰인 탓에 어지럽기 짝이 없었다. 내가 잠을 자는 철제 침대와 버너를 위해 준비되어 있던 침대, 그리고 울퉁불퉁한 붉은 리놀륨을 깔았고 천장에 형광등이 하나 걸려 있고 밤에 목욕할 때 타르 냄새 나는 양수기 물을 끓이는 화구 두 개짜리 풍로가 있는 "부엌"을 제외하곤 내가 있을 자리가 거의 없었다. 이 집은 어디서나 케케묵은 담배 내와 부패한 음식과 변소 냄새, 그리고 내가 아무리 출처를 찾아 청소를 하려고 해도 찾을 수 없어 날마다 집을 나설 때면 내 입에서도 나고 내 몸과 옷에도 배어 있는 코를 찌르는 사람 냄새가 났다. 아침마다 나는 옥외 펌프에서 이를 닦고 약국에서 산 팜올리브 비누로 세수를 했다. 그러나 날씨가 점점 추워지자 세수를 하는 동안 바람 때문에 팔과 뺨이 얼얼하고 근육이 땅기고 쑤셨다. 버너가 여기 있었다면 낙담해서 또 도망을 쳤을 게 뻔했다. 그랬다면 나도 같이 갔을 것이다.

그러나 어두워지기를 기다렸다가 가져온 음식을 으스스한 천장 불빛 아래 먹고 나서 곧장 침대에 누우면 비참한 기분이 들곤 해 나는 기분 나쁜 불빛 속에 체스 잡지를 읽으려 애쓰거나 지직거리는 텔레비전이라도 볼 수 있기를 소원하며 양철 지붕 아래서 나는 비둘기 울음소리와 바람이 도로 건너편 곡물 창고를 때리는 소리와 밤중에 도로를 달리는 승용차와 트럭 소리에 귀 기울이곤 했다. 이따금 찰리 쿼터스가 밤늦게까지 호텔 술집에 있다 차를 몰고 와 이동 주택 앞 풀밭에 서서 혼잣말하는 소리도 들었다. (나는 『월드북』 "M"권에서 메이티[Métis]를 찾아 인디언과 프랑스인 혼혈을 뜻하는 말이란 걸 알아냈다.)

밤이면 그 모든 것이 나에게 맞서 모의라도 꾸미는지 부모님과 버너에 대한 비참한 생각과, 가을만 되면 이따금 앓아 눕는 날 돌봐 주거나 의사에게 데려다 줄 사람 하나 없는 이곳보다는 창문이 철창이어도 적어도 학교는 보내 주었을 거고 거친 농장 아이들과 비뚤어진 인디언들일지라도 얘기할 사람이 있는 청소년 기관에 맡겨졌더라면 더 나았겠다는 확신이 자꾸 소용돌이쳤다. 세상 모든 것이 날 앞서고 있는데 나는 계속 뒤처지고 있었다. 아무런 언급도, 내가 전에 알던 세상으로 돌아갈 수 있는지, 부모님을 만나게 될지, 아니면 부모님이 날 찾으러 올지, 아무런 언급이 없었다. 내게 말 거는 사람이라곤 나도 좋아하지 않고 내게 전혀 관심 없는 찰리밖에 없기 때문이고, 내게 말을 좀 해 보라고 누구도 권하지 않아 내 앞날이 어찌될지 알 수 없기 때문이었다. 그랬기에 파트로의 어두운 그곳에 버려져 있으니 내가 예전의 내가 아닌 것만 같았다. 대학에 갈 수 있고 부모님과 누나가 있는 다재다능한 그 소년이 아니었다. 지금의 나는 세상 사람들 눈에 더 작고 보잘것없고, 심지어 눈에 보이지 않을 수도 있었다. 그런 탓에 삶보다 죽음이 더 가깝게 느껴졌다. 열다섯 살 소년과는 어울리지 않는 감정이 아닌가. 나는 늘 내가 행운아라고 믿어 왔건만, 이곳에 이러고 있으니 더 이상 행운아가 아니고 앞으로도 계속 그럴지 모르겠단 생각이 들었다. 파트로에 있는 내 오두막은 사실 불행의 모습이었다. 내가 밤마다 큰소리로 울 수만 있었다면 울었을 것이다. 그러나 울어도 들어줄 사람이 없었고, 어쨌든 나는 우는 게 싫었고 겁쟁이가 되고 싶지 않았다.

그러나 내가 날마다 이런 식으로 침몰하지 — 쓰라린 자포자기에 빠져 남은 날을 썩히지 — 않고 자전거를 타고 파트로까지 4마일을 달려 어두워지기를 기다리지 말고 5시쯤 차가운 도시락을 먹고 나머지 시간은 눈앞에 보이는 것에 관심을 주면서 내 주위에 있는 것에 주목한다면(밀드레드 아줌마의 충고대로 선을 긋지 않으면), 그러면 내 상황을 더 잘 볼 수 있고 나 자신을 이겨 내고 버틸 수 있을 것 같았다.

어쨌든 널브러져 있는 건 날 위하는 길이 아니었으니까. 내가 무엇이고 세상 어디쯤 있고 상황이 어떻고 어찌 돌아갈지 모르겠는 막막함이 밤마다 찾아 들었지만, 모든 게 이미 악화돼 있었다! 이것이 버너가 이해한 진실이자 결코 돌아오지 않을 생각으로 집을 떠난 이유였다. 은행 강도의 자식으로 사는 것보다 더 못한 삶은 없다는 걸 안 것이다. 찰리 쿼터스가 내게 말하길, 도망을 치고 숨을 곳이 필요한 사람들이 국경을 넘는다며 그가 보기에는 캐나다가 그런 면으로는 최적의 장소라고 했다. (물론 내게는 국경이 그 정도로 대단하지는 않았다.) 그러나 찰리 말은 국경을 넘는 과정에서 다른 사람이 된다는 의미이기도 했다. 그런 일이 내게 일어났고, 나는 그것을 받아들일 필요가 있었다.

낮인데도 달을 볼 수 있고 내가 저녁을 먹기 전이나 먹은 후, 하늘이 높고 시원해지는 긴 오후면(부서진 간이 식탁이 엉겅퀴 속에 버려져 있어 나는 오두막에 있던 망가진 의자를 내와 북쪽이 보이는 라일락 덤불 옆 창밖에 식탁을 설치했다), 그런 날이면 나는 파트로를 둘러보는 두 번째 여행을 하곤 했다. 이 조사는 다른 성격의 여행 같았다. 포트로열에서의 산책이 내가 알던 세상과 그 마을의 차이를 찾아 나 자신이 새로운 것을 받아들이도록 하는 것이었다면, 4마일밖에 떨어지지 않은 파트로 시찰은 어디 다른 곳에서 잘살기 위해, 아니면 잘살아 보지도 못하고 사라져 버린 문명의 패배를 고스란히 보여 주는 박물관 견학 같았다.

차도는 남북으로 여덟 개, 동서로 여섯 개밖에 없었고 그마저도 무너지고 있었다. 집들은 열여덟 채가 있었지만 창문도 깨지고 문도 떨어져 나가고 커튼도 바람에 휘날리는 사실상 빈집들이었다. 집마다 호수가 있고 거리마다 표지판이 있었지만 이름을 알아볼 수 있는 것은 몇 개 되지 않았다. 사우스 온타리오가(街). 사우스 앨버트가(내 오두막이 있는 곳). 비어 있는 작은 우체국과 게딘스 부인의 집이 있는 사우스 매니토바가. 그리고 수확이 끝난 밀밭과 마을 사이로 난 사우스 래브라도가. 원뿔형으로 보이는 사우스 래브라도가에는 죽은 가는잎보리수나무와 양버들과 골담초와 산벚나무 들이 우뚝 서 있고, 뇌조들이 나뭇가지에 앉아 고속도로를 지키고, 까치들이 나무 아래 덤불에서 벌레를 차지하려 다퉜다.

그 거리들을 걸으면서 집터와 기초 바닥을 계산해 보니 한때는 집이 50채 넘게 있던 곳이었다. 어수선한 풀밭과 현관 앞마당 뒤쪽에는 녹슬고 불탄 자동차 잔재와 기울어진 본체, 그리고 캐비닛과 깨진 거울과 특허 약병과 침대틀과 세발자전거와 다리미판과 조리 기구와 유모차와 요강과 자명종 시계가 반쯤 묻혀 있는 쓰레기 구덩이가 있었다. 마을의 뒤편, 밀밭과 가는잎보리수나무 가로수길 남쪽으로는 사과를 재배했던 것 같은 과수원 흔적이 있었다. 누군가가 태우려고 했거나 땔감용으로 모아 두려 했다가 잊은 모양인지 마른 나무 줄기들이 켜켜이 쌓여 있었다. 나는 카니발의 잔재 같은 녹슬고 해체된 물건들도 발견했다. 팽이처럼 빙빙 도는 놀이기구의 붉은색 의자들, 궤도 열차의 와이어 캡슐, 범퍼카 세 대와 대회전 관람차 좌석 하나가 파손된 채 흩어져 있었고, 무거운 기어 체인의 얼레와 도르래는 잡초들 속에 묻혀 있었다. 초록색과 빨간색으로 페인트칠을 한 매표소도 쓰러져 있었는데, 노란색 표 뭉치가 안에 그대로 있었다. 공동묘지는 보이지 않았다.

나는 수목한계선 너머 자생 개밀밭에서 햇빛을 비스듬히 받고 있는 흰색 벌집 두 통을 발견하고 잠시 관심을 보였다. 찰리가 전에 돌보던 벌집이겠거니 짐작했다. 그러나 벽돌 위에 놓여 있고 중요한 지붕도 없는 벌집들은 비어 있었다. 벌집의 판벽은 이음매가 느슨해져 있었다. 밑에서부터 썩고 있었기 때문이었다. 얇게 칠한 페인트는 변색이 된 데다 금이 가 있었고, 밀랍 틀(밀랍 틀에 대해서는 잘 알고 있었다)이 썩은 면장갑과 함께 잡초 속에 있었다. 메뚜기들이 먼지 속에서 밀랍 틀 주위를 윙윙거렸다.

더 멀리, 밀밭에서 백여 미터 떨어졌고 말라붙은 연못 바닥 너머에서 나는 오후 산들바람 속에 모터가 윙윙 돌아가고 있는 기름펌프를 조사했는데, 모터가 위아래로 움직일 때마다 악취 나는 풀 냄새가 풍겼고, 딱딱하게 굳은 흙은 펌프질로 흘러나온 기름에 젖어 검은빛이었다. 모터에 부착된 두 개의 커다란 흰색 계량기는 내가 모르는 것을 측량하고 있었다. 어느 날 내 오두막에서 보니 저 멀리 웬 남자가 픽업트럭을 타고 마을로 들어와 펌프장으로 가고 있었다. 그는 차에서 내려 계량기를 확인하고 여러 가지 움직이는 부품을 조사한 뒤 종이에 뭔가를 적었다. 그러고는 차를 타고 리더 쪽으로 떠났고 (내가 알기로) 다시는 오지 않았다.

어떤 때는 작은 상가 거리까지 나가 보곤 했다. 고속도로를 끼고 있고 곡물 창고 지붕과 캐나다 태평양 철로를 마주 보고 있어 한때 번성했던 상업 지구였다. 침대에 누워 있으면 밤늦게 화물열차가 지나가고, 대형 디젤기관차가 모여들고, 연결 완충기가 삐걱거리고, 브레이크와 침목이 끼익하는 소리가 종종 들렸다. 그레이트폴스에 있는 내 방에서도 들리던 소리였다. 파트로에는 기차가 서지 않았다. 곡물 창고는 오랫동안 비어 있었다. 이따금 나는 자다 화들짝 깨서는 아버지에게 얘기만 들었지 그레이트폴스에서는 한 번도 본 적 없는 오로라를 볼 수 있길 바라며 맨발에 팬티 바람으로 달 밝은 추운 어둠 속으로 나오곤 했다. 오로라는 파트로에서도 보지 못했다. 곡물 차량과 유조차와 대형 무개 화차의 땅딸막한 그림자들이 흔들거리며 나아갔는데, 브레이크를 늦춰 불꽃이 튀었고, 승무원실의 조명은 노랗고 흐릿했다. 종종 어떤 남자가 승강장 맨 끝에 서서 — 대규모 군중에게 박력 있는 연설을 하고 있는 사진 속 정치가처럼 — 누군가가 지켜보고 있다는 사실은 모른 채 뒤에서 밀려드는 정적과 그의 얼굴을 환히 비추지는 않는 붉은 미등을 물끄러미 보고 있었다.

그러나 그 작은 상가 지대 — 텅 빈 소규모 은행, 1909년산 채석장 돌로 지은 프리메이슨 건물, 신발들이 흩어져 있는 아틀라스 신발 가게, 어둑어둑한 당구장, 녹슨 유리 주둥이 주유기들이 있는 주유소, 보험 사무소, 은색 헤어드라이어 두 개가 찌그러지고 깨져 있는 미용실, 벽돌이며 깨진 가구며 선반으로 어지러운 바닥들, 전기가 끊긴 차가운 전등, 비바람이 들이닥치는 망가진 뒷문들, 인간의 발길이 끊긴 모든 점포들 — 를 둘러볼 때면 나는 언제나 버려진 삶이 아닌 그곳을 살다간 삶을 생각하고 있었다. 그러자 처음에 든 생각과 달리 그 마을이 더 이상 박물관처럼 보이지 않았다. 나는 보다 긍정적인 시각을 갖게 되었다. 내가 아무리 동화되지 말라고 배웠어도 사람은 모르는 사이 동화되어 버리는지 모른다고 여겨졌다. 나는 지금 동화되고 있었다. 다른 사람들에게 동화되거나 그들을 위해 동화되는 것이 아니라 혼자 동화되었다. 동화되는 건 그렇게 어렵지도 위험하지도 영구적일 필요도 없을지 모른다. 이런 생각이 들자 또 다른 해방감이 들면서 인생이 다시 시작되는 것 같고, 앞서 말했듯이 전혀 다른 사람이 되어 가는 듯했다. 정체되어 있지 않고 계속 움직이는 사람 말이다. 움직임은 세상 만물의 섭리였다. 좋든 싫든 나를 둘러싼 세상은 내가 어떻게 느끼든 계속 변할 것이다.

46

여름 날씨가 가을 날씨로 변하면서 내 임무도 덩달아 변했다. 바람이 강해지고 북쪽에서 더 많이 불어와 들녘의 먼지를 밀어 올렸다. 구름도 크기와 부피가 커지고 빠르게 움직였고, 회색 비가 대초원을 휩쓸고서 동쪽으로 물러났다. 나는 찰리 쿼터스를 더 자주 보게 되었다. 그는 더 정기적으로 나와 게딘스 부인을 태우고 다녔다. 정오가 지나면 그는 나를 트럭에 태우고 먼 길을 달려 자신이 하는 일에 날 끌어들였다. 그 일이란 대개 코요테를 사냥하는 것과 관계있었다. 먼저 멀리서 망원경으로 관찰하다 코요테들이 도로를 건너겠다 싶은 지점에서 차를 지그재그로 몰아 녀석들의 길을 차단했다. 뒤쥐들을 깨우려고 굴에 물을 퍼 붓거나 토끼와 여우와 오소리와 사향뒤쥐와 때로는 작은 사슴, 어떤 때는 스라소니나 올빼미나 매나 기러기를 잡기 위해 각종 덫을 놓는 일도 있었다. 그는 모든 사냥감을 총으로 쏘아 죽이거나 칼로 해치웠다. 몸을 씰룩거리고 눈을 깜박거리는 짐승을 트럭에 던져 놓은 뒤 가죽을 벗겨 말리고 늘이고 때로는 무두질을 해서 반원형 막사에 보관해 두었다가 킨더슬리까지 차로 달려 브렉트먼 가게에서 팔았는데, 나는 가게에 못 들어오게 했다. 그가 말하길 이따금 대초원의 무스가 방호림이나 저습지에서 쉬고 있는 모습을 볼 수 있다며 녀석들의 뿔이 값나가는 물건인데 요즘은 개체 수가 많지 않다고 했다. 그는 이 일을 "초벌 박제술"이라고 불렀다. 덫사냥은 메이티들이 생계를 유지하는 방법이지만 사냥감이 사라지고 있고 옛 관례를 반대하는 연방법도 통과됐다고 알려주었다. 지금은 아서 렘링거 같은 사람 밑에서 일할 수밖에 없다고 했다. 그는 렘링거를 싫어하고 떨쳐 내고 싶은 모양이었지만 절대 바뀌지 않을 그의 삶에서 렘링거는 없어서는 안 될 존재였다.

그는 내게 자기를 따라다니며 트럭 운전을 배우라고 했다. 찰리는 그 트럭을 ½톤이라고 불렀다. 날이 점점 추워지고 있어 기러기와 들오리와 왜가리가 북쪽에서(그가 자주 들먹이는 곳은 랙락 롱주 호와 레인디어 호였다) 몰려와 포트로열 북쪽으로 몇 마일 떨어진 사우스 서스캐처원 아래 밀밭과 저습지와 웅덩이에 잠시 머물 거라며 그때 내가 제 몫을 해 주어야 한다고 했다. 그 말은 곧 총 쏘는 법도 배우고(총을 쏠 수 없는 나이인데도) 찰리를 따라 들판으로 가서 기러기들이 다음날 어디를 "이용"할 것인지 알기 위해 전날 저녁에 녀석들을 찾아내고 은신처를 파놓고 다음날 아침 동이 트기 전에 미끼를 설치하고 사냥꾼들을 은신처에 배치해 두라는 뜻이었다. 어둠이 걷히고 동이 터 미끼가 발견되면 기러기들이 먹잇감을 향해 떼 지어 강 위로 날아오를 것이고, 그때 사냥꾼들이 총을 쏜다고 했다.

내가 해야 할 가장 중요한 일은 붉은 해가 지평선 위로 조금

씩 떠오를 때 미끼에서 1천 야드 떨어진 데서 망원경을 들고 트럭 운전석에 앉아 있는 것이었다. 그 동안 찰리는 사냥꾼들과 은신처에 쭈그리고 앉아 있었는데, 보통은 은신처 네 곳에 네 사람이 있었다. 그는 자기 목소리만으로 기러기들을 부르곤 했다. 목에서 만들어 내는 이상하고 작위적인 아크-아이크 소리를 그는 자랑스러워했는데, 그 소리를 듣고 기러기들이 미끼로 유인돼 총을 쏘기가 수월했다. (그 소리는 메이티들만 알 수 있다며 나는 결코 배우지 못할 거라고 했다.) 트럭에서 망원경으로 보면 은신처가 세 군데나 보였고 총에 맞은 기러기들이 떨어지는 것도 볼 수 있고 죽은 놈들뿐 아니라 다리를 절뚝이는 놈들까지 셀 수 있었다. 한 사람당 다섯 마리를 초과할 수 없어 수를 확인해야 했다. 사냥이 끝나고 땅에 죽었거나 죽어 가는 기러기들이 널려 있고 새들이 더는 미끼에 걸려들지 않을 만큼 해가 높이 걸리면 찰리와 나는 사냥꾼들을 트럭에 태워 레너드 호텔에 데려다 놓은 뒤 지프와 바닥이 평평한 트레일러를 타고 사냥터로 돌아가 미끼와 시체를 모아 막사로 가지고 왔다. 우리는 손질용 통나무에 죽은 새들을 올려 날개와 발과 머리를 손도끼로 자르고 찰리가 만든 깃털 뽑는 기계로 깃털을 벗기고 내장을 빼낸 다음 두꺼운 습자지에 싸서 그날 떠나는 사냥꾼들에게 주거나 아니면 언제 고향 — 대개 미국이었다 — 으로 떠날지 모를 사냥꾼들을 위해 찰리의 냉장고에 보관해 두었다.

이 일은 내게 전혀 새로운 삶이었다. 나는 공군 기지와 기지 부속 마을과 학교, 그리고 부모님과 누나가 있는 집만 보고 자란 데다 친구도 없고 적응도 잘 못하고 일이나 모험을 해 본 적도 없고 대초원에서 단 하루도 지내 본 적이 없는 아이였다. 일이란 걸 해 본 적이 없는데도 — 아서 렘링거에게도 말했고 계속 마음에 걸렸던 문제 — 나는 일이 싫지 않았고 레너드 호텔에서든 기러기 사냥터에서든 내가 일을 잘하고 있는지 계속 살폈다. 내 임무는 솔직히 보잘것없긴 했지만 나는 훌륭한 일로 느껴졌다. 레너드 호텔에 있을 때는 아무도 보는 사람이 없다고 믿는 혼자 있는 사냥꾼들의 행동을 관찰했는데, 알아 두면 좋을 것 같아서였다. 사냥터에서는 내 또래나 나처럼 살아온 남자애들이 얻을 수 없는 특별한 견문을 익히고 있었다 — 이것은 늘 나의 목표였다. 그러나 무엇보다 좋았던 건, 임무에 들어가는 날에는 내 머리를 상습적으로 점령하는 주제들 — 부모님과 그분들의 슬픈 운명과 범죄, 그리고 쌍둥이 누나 — 에서 놓여날 수 있다는 것이었다. 내 미래까지도 말이다. 하루 일이 끝나고 침대 속으로 들어가면 피곤하고 종종 온몸이 욱신거리고 잠깐 동안 머리까지 텅 비게 돼 곧바로 잠이 들 수 있었다. 물론, 나중에 어둠 속에서 혼자 눈을 뜨면 그 생각들이 또 다시 나를 만나러 와 있곤 했지만 말이다.

찰리 쿼터스는 내 생애 만날까 상상해 봤던 인물들 중 모든 방면에서 가장 이상한 인물이었다. 말했듯이 나는 그를 좋아하거나 신뢰하지도 않았고 그가 있으면 늘 불안했다. 첫날에 어두운 트럭에서 그가 내 손을 꽉 쥐었던 걸 나는 결코 잊지 못했다. 내가 내 작은 식탁에서 집으로 가져온 저녁을 먹고 오두막을 나와 산책을 하며 환경에 적응하고 혼자 지내는 법을 찾고 있을 때면 그가 지켜보고 있다는 것도 알았다. 이따금 우리가 함께 트럭을 타고 덜컹거리며 드넓은 밀밭을 가로지를 때 그는 립스틱을 바르곤 했다. 한 번은 그에게서 감미로운 향수 냄새도 났다. 어떤 때는 눈 화장을 짙게 했고, 어떤 때는 검은 머리가 보통 때마다 더 짙은 것이 이마에 검은 얼룩이 져 있기도 했다. 물론 나는 아무 말 하지 않고 못 본 척했다. 아서 렘링거도 알면서 상관하지 않는 듯했다. 두 사람 다 타의 추종을 불허하는 이상한 사람들이었으니까. 내 오두막 뒤에 있는 옥외 변소 — 볼일을 볼 수 있게 톱으로 자른 구멍 두 개와 석회 한 자루와 오래된 서스캐처원『코먼웰스』잡지 더미가 있었다 — 는 공용이어서 나는 볼일을 볼 때면 찰리가 불쑥 나타나지 않을까 늘 의식이 됐다. 변소에 빗장이나 자물쇠가 없어 내가 못을 박아 연결한 깃밧줄로 문을 잡아당기고 있어야 했다. 나는 "왕좌에 앉아" — 이것도 아버지의 표현이었다 — 있을 때면 그 줄을 단단히 쥐고 있었다. 이런 긴장 탓에 자연스레 조심스러워져 나는 찰리가 이동 주택을 나가고 없을 때나 뱀이 나타날까 무서운 한밤중에 변소에 갔고 아니면 레너드 호텔의 객실 화장실을 이용하려 애썼다.

그러나 사실 찰리(그의 진짜 이름은 찰리 퀜틴이었다)에 대한 이런 걱정은 괜한 헛수고였다. 내가 있을 때면 찰리는 대개 무슨 괴롭고 처리할 수 없는 일에 정신이 팔린 듯 심란해 보였다. 나는 무슨 일인지 알지도 못했고 묻지도 않았다. 찰리는 종종 밤에 한잠도 못 잤다고 말하곤 했다. 한밤중에 코요테 울음소리에 잠이 깨 이따금 창밖을 볼 때면 그의 이동 주택에는 늘 불이 켜져 있었다. 그가 잠을 못 이루고 풍경 소리만 듣고 있는 모습이 그려지곤 했다. 소년 시절에 "심한 장염"에 걸린 적이 있는데 그 증상이 종종 재발해 정상 생활이 힘들다고 말해준 적이 있었다. 그가 이동 주택 밖에서 자신의 조각품과 은색 바람개비들 주위를 날아다니는 새들에게 먹이를 주고 있는 모습도 가끔 보이곤 했다. 그는 바람개비들이 더 잘 돌아가게 하려고 걸핏하면 작은 플라스틱 프로펠러를 조정했다. 때로는 막사에 보관해 둔 바벨을 꺼내 풀밭에서 들어 올렸다 내렸다 했다. 때로는 나무로 만든 골프채 가방과 골프 공이 든 복숭아 바구니를 꺼냈다. 그는 수풀 위에 공들을 올려놓고 고속도로와 철로 쪽으로 날렸는데, 공들은 차 지붕을 스쳐 가거나 곡물 창고 옆면에 땡그랑 부딪치거나 밀밭으로 씽 날아가 사라졌다. 그가 공을 주워 오는 모습을 본 적이 없는 걸 보면 공은 무한정 있는 모양이었다.

그러나 대체로 그의 임무 — 그는 내켜 하지 않았다 — 는 사냥꾼들이 왔을 때 내가 무엇을 해야 하는지 가르치는 것이었다. 내게 맡길 다른 일이 딱히 생각나지 않아 그 동안 나를 바쁘게 놀리려고 아서 렘링거가 궁리해 낸 계획이었을 것이다. 그러나 배우는 것에 관심이 많은 나는 그 일 외에 배우는 게 없어 우울해지고 있었다. 나는 찰리에게 학교 문제를 물어보았다. 미국 학교 버스처럼 옆면에 **리더 스쿨 2번 버스**라고 페인트로 써 놓은 노란색 학교 버스가 아침마다 파트로를 지나가던데 학교에 갈 수 있느냐고 말이다. 그 학교 버스가 오후에는 덜컹거리며 포트로열로 돌아왔고, 학생들 얼굴이 창문에 비치곤 했다. 내가 도로 갓길로 낡은 자전거를 타고 일하러 갈 때면 그 버스가 종종 지나갔다. 나를 보고서도 손짓을 하거나 손을 흔들거나 얼굴 표정이 바뀌는 애들이 없었다. 한 번은 거리에서 그 애의 엄마가 내게 말을 걸기도 했던 앳된 얼굴에 황소 눈을 한 금발의 모르몬교 여자애도 보았다. 그녀는 나를 봤는지도 모르는 듯했다.

내 처지를 점점 좋게 보기 시작하고 지금 있는 곳에 적응도 잘 되고 있었지만(렘링거 말대로), 학교 버스가 삐걱거리며 지나갈 때면 뒤처지고 있다는 기분이 새삼 들고 두 번 다시 교실에 앉아 교육을 받거나 내가 꿈꾼 다재다능한 인재가 못 될 것만 같았다(어떤 면에서는 이 때가 가장 큰 고비였다). 넓은 관점에서 볼 때 나는 전반적인 상황상 학교의 중요성을 과대평가했던 것 같다.

내가 학교에 대해 물었을 때 찰리는 무시했다. 내게는 말을 잘 걸지 않는 게딘스 부인이 고속도로를 따라 리더 쪽으로 가다 보면 여기서 고작 몇 마일 떨어진 서스캐처원의 버드테일이라는 마을에 불량소녀들을 위한 가톨릭 학교가 있다고 알려 주었다. 부인 말이 그 학교는 1주일 내내 돌아간다고 했기 때문에 토요일마다 자전거를 타고 학교에 다닐 수 있지 않을까 생각했다. 그러나 내가 그 학교를 들먹이자 찰리는 캐나다 학교는 캐나다 아이들만 다닐 수 있다며, 나는 어떤 이유로도 캐나다인이 되고 싶어 해서는 안 된다고 했다. 그날은 첫 겨울 폭풍을 몰고 올 기다란 젖빛 구름이 고작 50마일 밖 앨버타 주 하늘에 걸려 있던, 얼마 남지 않은 따뜻하고 푸르른 날들 중 하루였다. 찰리와 나는 땅 위로 솟은 바위에 알루미늄 접이식 의자를 펴고 앉아 대규모 기러기 떼가 보리밭을 가로질러 사우스 서스캐처원 강기슭에 자리를 잡는 것을 지켜보고 있었다. 점점 더 많은 새들이 비스듬히 내려앉으며 먹을 자리를 잡았다. 녀석들을 사냥할 날이 1주일밖에 남아 있지 않았다. 우리는 기러기들의 성향을 파악하고, 그들이 이용하는 들판을 결정하고, 수가 얼마나 되고 물은 어디에 있고 어느 곳이 말랐으며 총을 쏘기 가장 좋은 은신처는 어디가 좋을지를 기록하기 위해 그곳에 앉아 있었다. 나는 찰리와 있는 게 불편했지만, 사냥이든 사냥꾼들이든 재미로 기러기를 쏘는 것이든 아는 게 전혀 없어 그가 알고 있고 내게 알려 주는 내용을 흔쾌히 받아들였다.

찰리는 묶었던 머리를 풀고 짧은 근육질 팔이 드러나는 러닝셔츠를 입고 있어서 손과 웃통이 더 크고 더 힘세 보였다. 양 팔뚝에는 문신이 있었다. 한쪽에는 찰리처럼 풍성한 머리에 미소 짓고 있는 여자 얼굴과 그 밑에 *Ma Mère* (내 어머니)라는 글자가 새겨져 있었다. 다른 팔뚝에는 의미가 분명하지 않은, 붉은 눈으로 노려보는 푸른 들소 머리가 새겨져 있었다. 찰리는 오래되고 낡은 레버 소총을 무릎 위에 걸쳐 놓고 입에 담배를 문 채 반짝거리는 강 위로 흩어져 있는 기러기 떼와 언덕 꼭대기에서 기러기들을 관찰하며 녀석들에게 천천히 다가가고 있는 코요테 두 마리에게 망원경을 조준하고 있었다.

“캐나다인들은 속이 비었어.” 날더러 캐나다인이 되고 싶어 해서는 안 된다고 선언한 뒤 찰리가 한 말이었다. 나도 그럴 생각은 없었다. 다만 학교에 가고 싶고 뒤처지고 싶지 않을 뿐이었다. 캐나다 학교도 미국 학교와 같은 과목을 가르치는지 궁금했다. 학교 버스를 탄 아이들은 나와 비슷했다. 영어를 쓰고 부모님이 있고 같은 옷을 입고 있었다. “반면에 미국인들은 기만과 배반과 파멸로 가득 차 있어.” 찰리가 말했다. 그는 망원경을 눈에 바짝 대고서 담배 연기를 소용돌이 모양으로 따뜻한 허공에 내뿜었다. “엄마 아빠가 은행 강도라던데, 그런 거냐?”

그 사실을 알고 있어 유감이었다. 아서 렘링거가 말해 주었을 것이다. 그러나 부인할 길도 없었다. 하지만 내 부모가 아무리 은행 강도라 해도 찰리가 미국인에 대해 한 말은 수긍이 가지 않았다.

"네." 나는 마지못해 대답했다.

"그렇게 나쁜 일도 아니구먼." 그가 망원경을 내려놓고 눈을 크게 뜨고 날 보았는데, 광대뼈가 툭 불거지고 이마가 넓고 아래턱이 널찍한 얼굴이 기괴해 보였다. 이날도 분홍 립스틱은 발랐지만 눈 화장은 하지 않은 모습이었다. 찰리의 검푸른 한쪽 눈 — 왼쪽 눈 — 의 흰자에 붉은 반점이 있었다. 눈에 그런 게 있어도 보이는지 궁금했다. "내 부모는 앨버타 주 라크라비슈호의 불결한 집에서 살다 결핵으로 죽었지. 그분들에겐 은행털이도 넘지 못할 문턱이었을 거다." 그가 말했다.

"전 나쁘다고 생각해요." 나는 죽은 그의 부모가 아닌 은행 강도가 된 내 부모를 두고 말했다. 버너와 내가 그레이트폴스에 있는 구치소를 방문한 지 몇 주밖에 되지 않았는데도 부모님에게 일어난 일이 까마득하게 느껴졌다.

찰리는 손으로 입을 막고 기침을 한 뒤 뱉은 물질을 유심히 보고는 휙 던졌다. "아랫동네로 내려가면 뭔가가 내 속으로 들어오는데, 여기로 돌아오면 그게 빠져나가. 이젠 더 이상 내려갈 수도 없지만." 그가 말했다. 과거에는 라스베이거스, 캘리포니아, 텍사스 등 미국을 많이 여행했다고 했다. 그러나 무슨 일 — 뭔지는 말해 주지 않았다 — 때문에 돌아갈 수가 없게 됐다고 했다. "여긴 완전히 한물갔어. 주민들은 정부한테 속고 있다고 생각하지만 그렇지 않아." 그가 말했다. "날아가 버릴 날만 기다리는 곳이지." 나는 찰리가 캐나다 전체가 아니라 우리가 있는 곳만 의미한다고 생각했고, 캐나다에 대해서는 그도 아무것도 모를 수 있었다. 그는 망원경을 의자 옆에 내려놓았다. 2백 야드 아래쪽은 날아오르고 내려앉으면서 서로 음모를 꾸미고 날개를 퍼덕거리고 장난치는 흑백의 기러기들과 녀석들의 날카로운 울음소리로 가득했다. "6주만 있으면 너도 여길 뜨고 싶을 거다, 뻔해 뻔해." 그가 말했다. "여긴 시베리아처럼 변할 거다. 내가 볼 때 북쪽은 갈 곳이 못 돼."

"렘링거 씨는 왜 나한테 아무 말도 안 해요?" 나는 정말로 알고 싶어서 물었다.

찰리는 접이식 의자에 앉은 채로 소총을 무릎 위로 들어 올려 조심스럽게 어깨에 멨다. 조준만 하고 있는 줄 알았더니 그게 아니었다. "난 주인 일에 참견하지 않아." 그가 말했다.

그는 몸이 흔들리지 않게 나일론 등받이에 등을 대고서 우리가 지켜보고 있었던 두 코요테 중 한 놈에게 총구를 겨냥했다. 녀석은 백여 야드 떨어진 곳에서 보리도 자라지 않은 벌거숭이 언덕을 총총히 내려와 기러기들에게 들키지 않고 접근할 수 있는 두 번째 언덕 쪽으로 가고 있었다. 또 한 놈은 더 멀리, 땅을 개간했을 때 쌓아둔 돌무더기 옆에 서 있었다. 이 코요테는 꼼짝 않고 첫 번째 녀석을 조용히 지켜보고 있었다. 나는 그때 말을 하지 않았다.

찰리는 총을 낮추고 먼 곳을 응시하며 숨을 깊이 들이켰다 담배꽁초 속까지 들어가게 내뱉고서 총을 다시 조준해 의자에 등을 착 기대고 공이치기를 당겨 다시 숨을 들이켰다 코로 내쉬고 담배를 입가로 뱉어 내고 다시 한 번 숨을 들이켰다 방아쇠를 당겨 귀청 떨어지는 한 방을 탕 쏘았다. 나는 바로 옆에 앉아 있었다.

총알은 첫 번째 코요테 뒤로 떨어졌다. 먼 거리였는데도 먼지와 짚이 날리는 게 보였다. 두 번째 코요테가 긴 뒷다리로 앞다리 쪽을 차면서 즉각 뛰기 시작했다. 녀석은 뒤를 돌아보았고 앞으로 달리면서 동시에 옆으로도 달릴 수 있는 것 같았다. 우리 아래쪽에 있던 기러기 떼가 총소리에 놀라 공기를 집어삼킬 듯 엄청나고 귀청 찢는 새된 울음소리를 냈다. 모두가 대소동 속에 즉시 날아올랐지만 모두가 재빠른 것은 아니었다. 천 마리이거나 더 넘을지도 모를 기러기들(사실은 셀 수 없었다)이 날개를 퍼덕거리며 소리 지르고 날아올라 떠들썩하게 떠났다.

찰리가 쏜 코요테는 멈춰 서서 기러기들이 날아올라 빙글빙글 도는 모습을 지켜보았다. 녀석은 우리 쪽으로 고개를 돌려 우리 뒤로 백 야드쯤 떨어진 찰리의 트럭과 함께 희미한 점 두 개를 보았다. 녀석은 이런 사실들 — 두 개의 점, 총소리, 날리는 먼지, 기러기들의 돌발 행동 — 을 연결 짓지 못했다. 녀석은 하늘에 만들어진 거대한 소용돌이를 다시 올려다본 뒤 왼쪽 뒷발로 왼쪽 귀 뒤를 긁다 가려운 데를 더 잘 긁어 보려고 머리를 젖히고서 몸을 흔든 다음 다시 우리를 돌아보고는 첫 번째 코요테가 사라진 방향으로 총총히 사라졌다. 다른 기러기들이 있는 곳일 거라고, 나는 생각했다.

"기다렸다 저놈의 악마 개를 다시 찾아야지." 찰리는 코요테를 놓친 건 중요하지 않고 연습일 뿐이었다는 듯이 말했다. 그는 다 쓴 탄약통을 빼고 땅에서 연기를 피우고 있는 담배 쪽으로 손을 뻗었다. "세상에도 저런 놈이 있지. 날 보면 돼." 그가 말했다. "놈은 안전하다고 생각할 거다. 놈의 죽음과 내 죽음은 놀이야. 재밌다니까. 난 아는데, 놈은 모르거든."

"렘링거 씨는 어떤데요." 내가 말했다.

"난 주인 일에 참견하지 않는다니까. 아까 말했잖아." 찰리는 담배를 입술 사이에 다시 찔러 넣고 짜증스런 표정을 지었다. "이상한 인간이야. 우리를 개무시하는 인간도 있어, 안 그렇디?"

나는 무슨 말인지 이해가 되지 않았지만 물어보지는 않았다. 말했듯이 찰리 쿼터스와 있으면 불편했다. 그는 지나치게 죽음을 통해 삶에 열중하는 것 같았다. 뭐든 크게 개의치 않는다는 뜻으로 나는 이해했다. 그에게 그 말의 의미를 더 설명해 달라거나 말해 달라고 했다면(그럴 생각이 전혀 없었지만) 그는 해주었을 것이다. 그랬다면 그가 정말 그런 사람인 걸 아는 게 고작이었을 것이다.

47

찰리가 기러기에 대해 배우라며 대초원으로 날 데리고 가지 않는 날이면, 내가 포트로열에 머물지 않고 내 오두막에서 절망에 빠지지 않고 혼자 있을 수 있는 날이면, 내 삶이 행복하다 할 만하고 내가 버려지지 않았고 아버지가 말했듯이 이치에 닿는 삶을 이어가고 있다는 착각이 들기도 했다.

솔직히 시간은 흐르는 것 같지 않았다. 내가 파트로에 한 달을 있었든 여섯 달이나 그 이상을 있었든 첫날이나 백날이나 똑같아 보였을 것이다. 이곳은 날 위한 작은 임시 세상일 뿐이었다. 나는 마침내 내가 다른 곳 — 캐다나 학교든 어디 학교나, 위탁 가정이나, 어떻게 해서든지 국경 아래 나를 기다리고 있는 곳 — 으로 가게 될 것을 알았다. 현재의 삶과 일상과 일과와 사람들이 영원하지도 심지어 그리 길지 않으리라는 것도 알았다. 그러나 나는 사람들의 예상과 달리 그 문제를 깊이 생각하지는 않았다. 말했듯이 그럴 기분이 아니었고, 아버지도 좋게 생각했을 것이다.

시간의 경과를 대신 보여 준 것은 나날의 날씨였다. 대초원의 날씨는 시간 이상의 의미를 지니며, 눈에 보이지 않게 일어나는 내 안의 변화를 가늠하는 척도다. 내가 그레이트폴스를 떠난 뒤로 짙푸른 하늘과 더불어 덥고 건조하고 바람이 많이 부는 여름날은 서서히 물러나고 가을 구름이 실려 왔다. 양떼구름에 이어 비단 구름이, 뒤이어 찬 기운을 꽁지에 단 새털구름이 왔다. 해는 남쪽으로 기울어 파트로 주변의 죽은 나무들과 레너드 호텔의 흰 외벽을 새로운 각도에서 비추었다. 갑자기 비가 며칠씩 내리기도 했다. 낮게 걸린 회색 구름이 세찬 바람을 몰고 와 비를 뿌리고 나면 공기는 더욱 차고 매서워졌고, 찰리가 나를 위해 협동조합에서 사 준 땀내 나는 격자무늬 재킷 — 검정과 빨강이 섞인 — 은 새옷인데도 바람이 솔솔 들어왔다. 따뜻한 날이 얼마 남지 않은 것이었다. 풀밭에는 모충들이 나타났다. 황갈색 거미들이 파리를 잡으려고 내 오두막 썩은 여닫이창에 둥지를 짓고 거미줄을 쳤다. 이불 속에는 네군도단풍 벌레들이 기어 다녔다. 검정과 초록이 섞인 무해한 뱀들이 양지 바른 보도블록 위에 쓰러져 있기도 했다. 고속도로 건너편 곡물 창고에는 고양이 두 마리가 출현했고, 내 오두막 벽 뒤로는 쥐들이 들어왔다. 시끄럽게 울어대던 노란 메뚜기들도 더는 잡초 속에서 윙윙대지 않았다.

날마다 지나다니는 대형 학교 버스를 보면 아이들도 외투와 모자에다 장갑까지 끼고 있었다. 기러기와 들오리와 왜가리 들이 아침저녁으로 약한 햇빛 속에 긴 은빛 대열을 너울거리며 하늘을 가득 채우기 시작했고, 심지어 밤에도 아득한 울음소리가 공기를 채웠다. 아침 일찍 일어나 보면 창문에는 서리가 반쯤 끼어 있고, 오두막 주위에 핀 잡초와 엉겅퀴는 딱딱하게 굳어 햇빛에 반짝거렸다. 밤이면 코요테들이 쥐와 고양이나 폐가와 쓰레기굴에 보금자리를 튼 비둘기를 사냥하려고 대담하게도 마을까지 내려왔다. 내가 이곳에 온 첫 날 보았던 게딘스 부인의 개가 밤중에 종종 짖어 대곤 했다. 어느 날 내 방에서 거친 이불과 담요를 덮고 누워 있는데, 그 개가 으르렁거리고 내 집 문을 긁고 할퀴고 낑낑거리는 소리가 들렸다. 뒤이어 코요테들이 깨갱깨갱 울어대 나는 그 개를 두 번 다시 못 보겠구나 생각했다. (어머니가 좋아하지 않아 우리 집은 개를 키워 본 적이 없었다.) 그러나 아침에 보니 녀석은 텅 빈 거리에 서 있었고, 눈 위에는 지난 밤의 흔적만이 반짝거렸고 코요테들은 사라지고 없었다.

날씨와 빛의 변화가 왜 내 마음의 변화를 낳고 시간의 경과를 인지하는 것을 넘어 포용력까지 넓혀 주었는지는 나도 모른다. 하지만 그 경험은 서스캐처원에 있던 그때부터 지금까지 이어오고 있다. 어쩌면 도시 소년이(도시에서는 시간이 정말 중요하다) 잘 알지도 못하고 모르는 사람이 태반인 텅 빈 땅에 별안간 떨어지게 되자 자신이 겪고 있는 경험과 흡사하고 그 경험을 더욱 견딜 만하게 해주는 자연의 힘에 더 지배 받게 되었는지도 모른다. 이런 자연의 힘 — 지구 자전, 하늘에서 각도를 낮추는 해, 비를 품은 바람과 기러기 떼의 도착 — 과 비교하면 시간은 인위적인 것일 뿐, 중요도가 떨어지고 떨어져야 한다.

추위가 찾아든 이 시기에 아서 렘링거가 뷰익을 타고 굉장한 속도로 서쪽 — 어딘지 모를 곳 — 을 향해 고속도로를 달리는 모습이 가끔 보이곤 했다. 목적지가 있겠거니, 나는 생각했다.

조수석에 앉은 플로렌스의 머리도 자주 보였다. 메디슨햇 — 이름이 마음에 쏙 드는 마을 — 으로 가는 길일지도 몰랐다. 어떤 때는 렘링거 차가 찰리의 이동 주택 옆에 있고 두 사람은 종종 열띤 토론 중이었다. 4주가 넘도록 나는 아서 렘링거와 의미 있는 접촉을 못했다. 말했듯이 그런 건 기대하진 않았다. 그가 절친한 친구가 되길 원하지도 않았다. 그러기엔 나이가 너무 많았다. 하지만 그가 나에 대해 더 알고 싶어 할지도 몰랐고, 나 역시 그의 사연을 알 수 있을지도 몰랐다. 그가 왜 포트로열에 사는지, 대학에는 갔는지, 그에게 일어난 흥미로운 일들까지. 내가 부모님에 대해 아는 모든 사실도 그렇고, 세상은 그렇게 배워가는 거라고 나는 믿었다. 밀드레드 아줌마가 내가 그를 좋아하고 그에게 많은 걸 배울 거라고 장담하지 않았던가. 하지만 그의 이름 — 밀드레드보다 더 어울리지 않아 보이는 이름 — 이 내가 아는 거의 전부였다. 옷은 어떻게 입고 잠깐의 대화였지만 말투는 어떻고 미국인이고 미시간 출신이라는 것만 알았다.

그 결과 나는 아서 렘링거에게 불안감을, 우리 두 사람과 관련된 기다림 때문에 불쾌감을 느끼기 시작했다. 밀드레드 아줌마는 내게 캐나다에 도착하면 현재에 주목해야 한다고도 하지 않았던가. 그러나 현재에 주목하면 일상의 패턴을 이해한다고 믿고서 상상의 나래를 마구 펼쳐 없는 이야길 지어낼 수도 있다. 내가 아서 렘링거라는 인물의 불완전한 일부(내가 아는 전부)와 관련지어 생각한 것은 모르긴 해도 그에게 "대담한 계획"이 있다는 것이었다. 가려져 있고 계속 숨기고 싶어 하고 그를 예측할 수 없고 비범하게 보이게 하는 의미 — 찰리와 밀드레드 아줌마 둘 다 내가 알아차릴 거라고 했던 것 — 가 있을 거라고 말이다. 부모님이 수감되는 일을 겪은 후, 나 또한 겉보기에 나쁜 일이 전혀 발견되지 않는데도 좋지 않을지 모를 일을 찾는 버릇이 생긴 듯했다.

세상에는 그런 사람들 — 감출 수는 있지만 부인할 수 없는 잘못을 저질러 그것에 지배받는 사람들 — 이 있다. 그 전까지 내가 아는 어른이라곤 부모님이 전부였다. 그들은 비범하지도 중요하지도 않았고, 작고 눈에 띄지 않았다. 그리고 상황을 잘못 판단했다. 내가 아들이 아니었다면 그 점을 처음부터 알았을지 모른다. 부모님에 대해 간파하고 무엇이 진실인지 판단할 시간을 갖게 된 후 나는 어디서든 일이 또 잘못될 수 있는 가능성을 찾고 있었다. 이것이 바로 뒤집어 생각하기의 기능이다. 이 버릇은 어렸을 때부터 줄곧 따라다녔는데, 그때는 그것을 좋다고 생각할 만한 동기가 많았다.

어느 날 게딘스 부인이 호텔 주방일로 바빠 내가 아서 렘링거의 객실을 청소하기 위해 열쇠를 받아 3층으로 올라가게 되었다. 침대를 정돈하고 욕실을 청소하고 수건과 목욕용 수건을 치우고 낡은 양철 천장에서 떨어지고 창틀 밑으로 날아든 먼지를 닦으면 되는 거였다.

그의 객실은 방이 고작 세 개였고, 가진 것이 많은 사람의 객실 치고는 의외로 작았으며 주인이 없을 때는 정리 정돈이 되어 있지 않았다. 아서 렘링거를 그때가 아니면 알 수 있는 기회가 없을 것 같아서 나는 뭐든 눈에 보이기만 하면 검토하려고 했고 필요 이상으로 오래 들여다보기도 했다. 아는 건 없고 알고 싶은 욕구만 커지자 내가 말한 대로 불안감이 커졌다. 불안감은 의심 뿐 아니라 호기심의 원천일 수 있다.

아서 렘링거의 침실과 작은 거실과 욕실 벽은 어두운 판벽이었고 베니션 블라인드[33]를 치고 테이블 램프만 켜져 있어 어둠침침했고 여러 가지 진기한 물건들이 걸려 있었다. 누렇게 변한 커다란 미국 지도에는 여기저기 — 디트로이트, 오하이오 주 클리블랜드, 네브래스카 주 오마하, 워싱턴 주 시애틀 — 에 흰색 못핀이 박혀 있었다. 이곳들이 뭐와 관련이 있는지는 표시가 없었다. 침실 창문 옆에는 유화도 한 점 걸려 있었는데, 북쪽으로 대초원이 펼쳐져 있는 파트로의 곡물 창고 그림이었다 — 나는 금방 알아보았다. 렘링거가 이 그림을 두고 플로렌스가 호퍼의 「밤을 지새우는 사람들」 방식으로 그렸다고 했는데, 나는 그때 이해를 못했지만 『월드북』 "N"권을 그레이트폴스에 두고 와 뜻을 찾아볼 수 없었다. 그 벽의 다른 쪽에는 키가 큰 청년 넷이 찍은 액자도 있었다. 젊고 자신에 찬 청년 넷이 두꺼운 모직 양복에 폭이 넓은 넥타이를 매고 넓은 문 위에 에머슨이라고 적힌 벽돌 건물 앞에 서서 두 손을 허리에 대고 미소 짓고 있었다. 부스스한 금발에 깡마른 동안의 젊은이가 웃고 있는 사진도 있었다(여러 해 전에 찍은 아서 렘링거였는데, 옅은 색의 눈이 딱 그였다). 그는 블라우스 같은 바지에 역시나 웃고 있는 날씬한 여자의 여인의 어깨에 긴 팔을 두르고 서 있었다. 두 사람 옆에는 아버지가 "야구 모자를 쓴 포드 쿠페"라고 부르는 40년대 차가 있었다. 찍은 지 수십 년은 된 것 같고 누가 봐도 가족으로 보이는 사람들이 나란히 서 있는 사진도 있었다. 검은 머리를 뒤로

33) 이탈리아의 베네치아에서 처음 개발된 가리개. 얇은 금속판이나 플라스틱 따위를 엮어서 만들며 좌우 양쪽에 가로로 줄을 매달아 여닫을 수 있다.

질끈 묶고 볼품없고 거친 옅은 빛깔의 치마를 입은 덩치 큰 여인은 얼굴을 찡그리고 있었고, 그 옆에 넓은 이마와 움푹 팬 눈과 큼지막한 손을 가진 키 크고 머리 큰 남자도 얼굴을 찡그리고 있었다. 짙은 색 머리에 어색한 미소를 짓고 서 있는 누나 같은 소녀 옆에는 아서 렘링거로 보이는 키 크고 깡마른 소년이 짧은 바지와 부츠에 단추 네 개 달린 모직 정장을 입고 있었다. 소녀는 밀드레드 아줌마였겠지만 알아볼 수가 없었다. 그들은 거대한 사구를 배경으로 포즈를 취하고 있었다. 사진의 측면에는 호수인지 바다인지가 보였다.

곰팡이 슨 침실 구석에는 옷걸이가 세워져 있고 벨트와 멜빵과 나비넥타이가 놋쇠 갈고리에 걸려 있었다. 벽장은 무거운 정장, 트위드 재킷, 풀 먹인 셔츠 같은 옷들로 가득했다. 침실 바닥에는 크고 비싸 보이는 신발들이 어지러이 놓여 있었는데, 엷은 색 양말이 신발 속에 들어 있기도 했다. 여자 옷도 있었다. 잠옷 한 벌과 슬리퍼 한 켤레와 원피스 여러 벌의 임자는 플로렌스일 것 같았다. 욕실에는 렘링거의 은색 모노그램 칫솔과 빗과 하마메리스[34] 약병과 면도용품, 콜드크림 통과 걸어 두는 고무 물병과 샤워캡, 그리고 머리핀이 든 파란색 접시가 있었다.

장식이 있는 2인용 나무 침대 위로는 벽에 책꽂이가 있었다. 화학과 물리학과 라틴어에 관한 두꺼운 파란 책들, 키플링과 콘래드와 톨스토이가 쓴 양장본 소설들과 책등에 나폴레옹, 카이사르, U. S. 그랜트, 마르쿠스 아우렐리우스라고 이름만 있는 책들이 있었다. 『무임 승차자들』, 『인질이 된 승객』, 『기본권』,

34) 피부 상처 치료용 액체.

『조합의 거물들』, 『기만의 선수들』 같은 제목의 얇은 책들도 보였다. 마지막 책의 저자는 J. 에드거 후버로, TV에서 보고 나도 이름을 아는 사람이었다.

침실과 욕실의 어두운 구석에는 테니스와 배드민턴 라켓이 세워져 있었다. 전축도 있었고 전축 옆 나무 상자에는 바그너와 드뷔시와 모차르트 음반이 들어 있었다. 전축 캐비닛 위에는 체스판이 놓여 있었는데, 체스 말은 흑백의 상아로 만들었고 조각이 복잡했으며 들면(해 봤다) 무거웠다. 이것을 보자 아서 렘링거를 만나면 체스를 두자고 할 수도 있겠고, 그를 더 알게 되면 둘이 같이 체스를 두며 새로운 전략을 배울 수도 있겠다는 생각이 들었다.

작은 응접실에는 거친 천을 씌운 무겁고 팔걸이가 둥근 소파와 낮은 탁자를 서로 마주보고 있는 등받이 의자 두 개가 있었다. 탁자 위에는 아서 렘링거와 플로렌스 라블랑이 마주 앉아 술을 마시고 음악을 듣고 책 이야기를 나눈 듯 반 정도 비운 브랜디 병과 작은 유리잔 두 개가 놓여 있었다. 테니스와 배드민턴 맞은편으로 블라인드를 친 창문 옆에는 나무로 만든 키 큰 횃대가 있었는데, 막대에 가느다란 놋쇠 사슬을 감아 매듭을 지은 것이었다. 새는 보이지 않았다.

횃대 뒤쪽 벽에는 어두워서 잘 보이지는 않았지만 "그대가 무얼 찾건 있는 힘을 다해 찾아라. 그대가 가게 될 무덤에는 어떤 업무도, 계략도, 지식이나 지혜도 없나니." 라는 글이 새겨진 황동 명판이 걸려 있었다. 이 글귀는 내가 이해하는 무엇과도 관계가 없었다. 명판 옆으로 나무 갈고리에는 복잡한 끈과 죔쇠가 달린 가죽 권총집이 걸려 있었는데, 내가 알아볼 수 있었던 건

갱 영화에서 보았기 때문이었다. 속에는 손잡이가 희고 총열이 짧은 은색 권총이 들어 있었다.

물론 나는 권총을 바로 꺼냈다. (그 전에 문부터 잠갔다.) 크기는 작은데 의외로 무거웠다. 탄창 뒤에 있는 구멍으로 보니 총알이 적어도 다섯 개는 들어 있었다. 스미스앤드웨슨 총이었다. 나는 구경(口徑)이 뭔지 몰랐다. 그래서 영화에서 본 대로 총구를 코에 올렸다. 합금 같기도 하고 총 닦을 때의 톡 쏘는 기름 같기도 한 냄새가 났다. 작은 총은 매끄럽고 반들거렸다. 나는 총을 창밖으로 조준해 화물 조차장과 많은 곡물 차량이 햇빛을 받고 있는 철로를 보았다. 그런 다음 누가 볼까 두려워 얼른 물러났다. 그 권총은 내가 아서 렘링거에게 있다고 생각한 의미나 대담한 계획과 직접적인 상관이 있어 보였다. 그의 방에 있는 그 어떤 물건보다 더 그렇다고 느껴졌다. 아버지도 총을 소지하고 있었다. 나는 아버지가 그 총을 잃어버린 적이 없다고 믿었고, 지금은 은행털이에 썼다고 믿는다. 권총을 소지했다는 것만으로 아버지가 중요하다거나 특별해 보이지는 않았다. 공군은 어쨌거나 총을 무료로 받았으니까. 그러나 아서 렘링거에 대해서는 느낌이 달랐고, 나는 이제껏 쭉 느껴 오던 불안감을 또 다시 경험했다. 그가 알 수 없는 예측 불가능한 사람이라는 것을. 그 불안감은 부모님과 그분들의 강도 행위와 그 일이 버너와 내게 미친 무서운 영향에 대해 느꼈던 것과 비슷했다. 그때의 내 생각을 이보다 더 잘 말할 수는 없었을 것이다. 그러나 권총은 확실히 위험한 물건으로 보였다. 그런데도 내게는 아서 렘링거가 권총을 소지할 사람으로 보이지 않았다. 그는 너무도 교양 있게 보였다 — 물론 착각이었지만. 나는 지문을 지우려고 셔츠로 손잡이를 닦고 총을 권총집에 도로 넣었다. 하라는 대로 청소를 하지 않았기 때문에 나중에 돌아가야 했다. 그러나 발각이 될까 덜컥 겁이 났다. 그래서 문을 열고 복도로 나가 아무도 없는지 확인하고서 다른 볼일을 찾아 후다닥 계단을 내려갔다.

48

날이 점점 추워지고 10월 초(미국인들에게 사냥 허가가 떨어지는 시기)에 사냥꾼들이 당도하기 시작하자 찰리는 내게 종일 "기러기 작업"에 몰두했으면 좋겠다고 말했다. 말했듯이 파트로의 내 오두막에 있는 한 달 동안 시간은 흐르는 것 같지도 않았고 내게 큰 의미도 없었다. 개학을 고작 몇 주 앞둔 두 달 전만 해도 그렇지 않았다. 나는 더디게 흐르는 긴긴 날들을 미하일 탈이 체스 문제를 터득했던 방식으로 통제하고 이겨낼 수 있기를 소원했다.

방 두 개짜리 내 작은 집에는 처음보다 적응을 잘했다. 옥외 변소는 쓰지 않을 수 없었다. 그래서 찰리가 지켜보고 있지 않다는 확신이 들 때만 썼고 절대 오래 머물지 않았다. 다행히 오두막에는 풍로와 천장 등을 작동시키고 열을 제공하는 전기가 들어왔다. 바람이 차가워 이제는 양수기 물로 세수를 할 수 없었다. 그래서 밤에 양동이에 물을 받아 쓰레기장을 뒤져서 찾은 양은 냄비를 이용해 목욕을 했고, 목욕 수건과 쥐새끼들 눈에 띄지 않게 담배 케이스에 보관해 둔 팜올리브 비누로 몸을 문질러 닦았다.

나는 구석방에 있던 두 개의 침대 중 하나를 부엌 — 또 하나의 방 — 으로 옮겼다. 구석방은 오두막 북향에 자리하고 있어 찬바람이 치장 벽토와 욋가지를 뚫고 들어왔고 금이 간 창으로도 쌩쌩 들어왔다. 그래서 어둡기까지 한 그 방은 밤에 안락해 보이지가 않았다. 반면에 부엌에는 이음매들이 갈라진 오래된 양철 난로가 있었다. 나는 썩은 판자와 부러져서 죽은 목재와 마을을 둘러보다 주운 골담초 잔가지를 장작으로 썼다. 양수기에서 빨래와 설거지를 하고 운 좋게 찾아낸 빗자루로 바닥을 쓸면서 얼마나 머물고 어떻게 될지 모를 환경에 적응을 잘하고 있다고 생각했다. 나는 포트로열에 있는 이발소에서 머리를 깎고 싶었다. 레너드 호텔에서 욕실 거울로 이따금 내 모습을 보니 몸이 더 말랐고 머리도 많이 길었다. 내 오두막에는 거울이 없었고, 밤에는 내 모습이 어떤지 거의 생각하지 않았다. 잠자리에 들 때나 머리도 깎아야겠고 아버지처럼 손톱도 잘라야겠다고 떠오를 뿐이었다. 그러나 다음날이면 또 까맣게 잊었다.

나는 부엌 벽에 놓여 있던 상자 몇 개를 찬바람 드는 북쪽 방으로 옮겨 갈라진 벽과 금이 간 창을 막으려고 창문과 벽 앞에 쌓았다. 포트로열 약국에서 라벤더 향이 나는 보라색 양초를 사서 밤에 태웠다. 라벤더가 수면을 돕는다고 어머니에게 듣기도 했고 춥건 따뜻하건 오두막에서 담배 연기와 썩은 담배 냄새와 수십 년간 이곳을 거쳐 간 사람들 냄새가 났기 때문이었다. 이 오두막도 파트로의 다른 것들처럼 곧 무너질 것이었다. 내가 여길 떠나 일 년 뒤에 돌아오면 흔적도 거의 남아 있지 않을지 모른다.

저녁에 식사와 산책을 마치고 혼자 있는 게 참을 만하면(내 상황이 정말로 참을 만하다고 느낀 적은 없었다) 침대에 앉아 이불 위에 체스판을 펼쳐 플라스틱 말들을 네 줄로 세워 놓고 이상적이되 불특정한 적을 상대로 수를 짜고 출정 계획을 세웠다. 나는 버너 말고는 체스를 같이 둬 본 사람이 없었다. 아서 렘링거는 어떨까 생각해 보았다. 내 전략은 보통 무모한 정면공격에 한정되었다. 내 영웅이 된 미하일 탈의 수법으로 희생 공격을 써서 적을 물리치곤 했다. 상대 말이 부족해 게임은 늘 순식간에 종반에 이르렀다. 가끔은 더디면서 기만적인 양동작전을 펼치면서(이 작전은 썩 좋아하지 않았다) 내 상대와 내가 각자 무엇을 하고 있고 상대는 무엇을 계획할 지에 대해 날카로운 논평과 의견을 내놓곤 했다. 승리를 위해 내 계획을 누설하지는 않았다. 이렇게 체스를 두면서 나는 낡은 제니스 라디오를 들었다. 불빛이 라디오 숫자 뒤에서 희미하게 반짝거렸고 구름 없는 추운 밤이면 바람이 국경을 가리지 않고 세상을 돌고 있기라도 한 듯 아득한 목소리가 라디오에서 흘러나왔다. 디모인시. 캔자스시티. 시카고의 WLS. 세인트루이스의 KMOX. 텍사스 방송국의 지직거리는 흑인 음성. 신을 열광적으로 지지하는 암스트롱 목사의 음성. 스페인어 같은 남자들 목소리. 내 판단으로 프랑스인들도 있었다. 물론 음질이 좋은 캘거리와 새스커툰 방송국에서 전해 주는 뉴스도 있었다 — 캐나다 권리장전, 토미 더글러스의 협동 연방. 그리고 노스 배틀필드, 에스터하지, 아시니보이아처럼 모르는 곳이지만 미국이 아니라는 건 알 수 있는 지명도 있었다. 나는 여기서 아주 멀지는 않은 노스다코타 방송국으로 다이얼을 돌리면 재판을 받고 있는 부모님 소식을 들을 수 있을까 궁금했다. 그런 방송국은 아직 찾지 못했지만 이따금 양철 난로가 타닥거리며 타고 있는 어둠 속에서 침대에 누워 내가 듣는 미국인 목소리가 내게 말을 하고 있고, 내 사정을 잘 알고, 내가 밤늦도록 깨어 있기만 하면 날 위해 조언을 해 준다고 믿는 척했다. 이런 상상과 라벤더향이 숱한 밤들을 잠들게 해주었다.

어떤 밤에는 북쪽 방으로 옮기지 않은 상자를 한두 개 열어 내가 이곳에 오기 전 이 집에서 일어난 일들의 증거에 주의를 돌리곤 했다. 대초원에서는 역사와 기억이 시간의 경과만큼이나 낯설었다. 마치 파트로의 주민들이 과거가 아닌 또 다른 생생한 현재로 사라진 것만 같았다. 그렇지 않고서는 엄숙한 묘지라곤 없고 남겨진 것만 많은 것이 설명이 되지 않았다.

아서 렘링거는 자신이 젊은 시절에 내 오두막에서 살았고 상자 속 물건 대부분이 자기 것이라고 말해 주었었다. 눅눅해지고 곰팡내 나는 상자 속에서 나는 그의 객실에서 본 것과 관계있는 물건을 찾아냈다. 연필로 "AR"이라고 쓴 한 상자에는 얇은 책과 무명실로 묶은 갈라지고 누레진 1940년대 잡지들이 들어 있었다. 그중 하나는 『자유사상가들』이었다. 또 하나는 『결정 요인』이었다. 내가 호텔 방에서 본 두 권의 책 — 『인질이 된 승객』과 『세계 분석』 — 도 있었다. 나는 그 책들이 어떤 내용인지 몰랐다. 『자유사상가들』이란 책을 꺼내 보니 겉표지에 「노동조합주의, 면제와 특권」이란 제목의 "A. R. 렘링거"의 논문이 수록되어 있다고 나와 있었다. 나는 그 논문의 첫 페이지를 읽었다. 첫 페이지는 "댄버리 해터스의 교훈"과 "프로테스탄트 직업윤리"라는 것과 관계있었고 노동자들이 어떻게 "개인의 자유를 최대화"하지 않는지를 파고들고 있었다. 뒷장에는 A. R. 렘링거가 "중서부 출신의 젊은 하버드생"으로 자신의 "금빛 찬란한 교육"을 인권 봉사에 기울이고 있다고 적혀 있었다. 아서 렘링거가 다른 잡지에도 논문을 쓴 것 같았지만 그것들까지 펼쳐 볼 마음은 들지 않았다.

다른 상자들에는 "AR"이란 이니셜이 없었다. 그 상자들 속에는 생명보험 증권과 폐기된 수표 묶음과 에스더 매그너슨이라는 여자의 서스캐처원 운전 면허증, 고무줄로 묶은 노란 몽당연필들, 오래된 팸플릿들, 그리고 많이 부패되고 쥐들의 보금자리가 된 "영국인을 위한 은하수"라는 전쟁 국채 소책자가 있었다. 팸플릿 중에는 "사회 개혁 복음"과 관계된 것도 있고, "금주회"라는 것도 있었다. "주부 클럽"에 관한 회원용 소책자와 "밀과 여성"과 "곡물 재배 입문서"에 관한 보고서도 있었다. "캐나다 연맹"과 관계있는 소책자의 첫 페이지에는 외국 이민자들이 자신들의 짐을 떠맡고 있지 않으며, 전선에서 돌아오는 군인들이 "최고의 일자리를 최우선으로 선택"할 수 있게 해야 한다고 되어 있었다. 그 책자에는 신문에서 오린 흑백 사진 한 장이 끼워져 있었다. 흰색 두건에 흰 의상을 입고 얼굴을 가린 사람들이 활활 타오르고 있는 십자가를 마주보고 있는 사진이었다. 사진 밑쪽에는 빛바래진 잉크로 "1927년 무스 조"라고 쓰여 있었다.

또 다른 상자에는 필름이 든 녹슨 금속통들이 있었지만 필름의 내용에 대해선 아무런 표시가 없었다. 필름통들 위에는 아버지가 버너와 날 위해 실연해 보였던 배 모양으로 접힌 성조기가 있었다. 편지를 보관해 놓은 구두 상자들도 있었다. 받는 사람은 주로 서스캐처원 모스뱅크에 사는 Y. 레이트 씨였고 소인이 찍힌 날짜는 1939년과 1940년이었다. 새끼줄로 단단히 묶어 놓은 이 편지들 중에는 내가 조지 워싱턴으로 알고 있는 그림의 3센트짜리 붉은색 미국 우표가 붙은 것들도 있었다. 나는 이 편지들 중 하나쯤은 읽어도 된다고 생각했다. 아무도 캐나다에 있는 내게 편지를 보내지 않아 누군가의 편지를 읽으면 타인의 존재를 인식할 것 같아서였다. 파트로의 내 삶에서 타인의 존재는 거의 소멸돼 있었다. 편지는 이런 내용이었다.

아들에게

엄마 아빠는 아주 멋진, 그야말로 현대적인 도시들을 떠나 차를 타고 여기 덜루스에 왔단다. 노후하고 냉장고 같던 프린스 앨버트보다 훨씬 따뜻하구나, 확실히 그래. 거기 사람들은 어떻게 사나 몰라. 바람도 그렇고. 맙소사. 물론 너도 많은 걸 알고 있겠지. 엄마는 지은 죄가 있어 어릴 때 학교에서 캐나다에 대해 배운 내용을 잊으려 한단다. 아빠는 두 나라 사이에 국경이 있어 유감이라고 하더구나. 엄마는 잘 모르겠어. 어떤 사람은 자기가 세상에서 제일 잘 안다고 생각하는 것 같아. 테네시 주는 행복하게 죽고 싶은 곳이더구나.

네가 RCN(캐나다 해군)에 대해 생각하고 있다는 걸 알아(아니 들었어). 그런 생각을 하다니 정말 용감해(네가 물을 좋아한다면 말이야). 엄마는 네가 생각을 좀 더 했으면 좋겠어. 알겠니? 지금은 큰 전투를 벌여도 얻을 게 별로 없어. 최악의 사태가 일어날 수도 있어. 물론 넌 그런 생각을 하지 않겠지만. 엄마 입장에서 생각을 해보렴.

엽서를 한 장 보낼게. 1919년에(20년 전이라니! 세상에!) 서스캐처원으로 돌아가는 그 유명한 기차 여행을 하고 있는 우리의 "백마 탄 왕자" 엽서란다. 너는 기억이 나지 않겠지. 아빠와 할머니와 내가 리자이나 철도 옆에서 소모 정장을 입고 있는 널 일으켜 주었고, 넌 작은 캐나다 국기를 흔들었어. 그래서 네가 애국심이 깊은가봐. 아니면 달리 이유가 없거든. 건강하렴. 엽서를 찾아봐. 엽서가 봉투에 맞지 않아 봉투가 찢어지겠더구나. 아빠가 네게 안부를 전해 달래. 그 어느 때보다 간절히.

사랑을 담아
엄마가

나는 상자 속을 뒤져 아마도 아서 렘링거였을 "백마 탄 왕자" 엽서를 찾아보았다. 그러나 밑에는 크리스마스카드들과 하키복을 입고 미소 짓고 있는 스포츠머리 남자애들 사진이 실린 말라붙은 신문 스크랩만 더 있었다. 상자 바닥에는 벌거벗은 여자들이 화려한 꽃 장식 받침돌과 책이 놓여 있는 탁자 옆에서 포즈를 취하고 있는 그림엽서가 몇 장 있었다. 여자들은 풍만했고 마치 옷을 입고 있는 것처럼 행복한 미소를 짓고 있었다. 이런 엽서를 학교 형들이 갖고 있다고 해서 알고는 있었지만 직접 보기는 처음이었다. 박람회에 가면 자판기에서 살 수 있다고 했다. 나는 한 장 한 장 자세히 검토한 뒤 나중에 다시 보고 싶을 것 같은 세 장을 내 『월드북』 "B"권에 끼워 놓았다. 나중에 그 엽서들이 정말로 다시 보고 싶어져 다시 보았다. 그리고 몇 년이나 간직했다.

상자 바닥에서는 쇠테 안경과 무늬 없는 금반지도 있었다. 반지는 노란색 바이엘 아스피린 통에 담겨 있었고, 그 통에는 닳아서 매끄러운 아스피린 두 알과 에펠탑이 새겨진 모조 팔찌도 들어 있었다. 나는 보지도 않고 그 통에 반지가 있다는 걸 알았다. 어떻게 알았는지는 묻지 말라. **결혼반지일 거야,** 라고 나는 생각했다. 그 반지가 누군가의 과거에서 상실된 좋지 않은 결과를 나타낸다는 것쯤은 미루어 알 수 있었다.

다른 상자들은 그렇게까지 뒤지지 않았다. 어떤 상자에는 리자이나 신문들이 있었다. 또 다른 상자에는 쥐들의 습격을 받은 진흙투성이 옷가지들과 신발들이 있었다. 또 어떤 상자에는 각종 서류와 영수증과 밀 수확 합계와 곡물 창고 수수료와 신형 워털루 보이 트랙터 구입서가 있었다. 또 어떤 상자에는 1948년 서스캐처원 선거와 CCF(협동조합당)에 관한 미공개 인쇄물이 산더미같이 있었다. 나는 여기, 내 집에서 얼마나 많은 사람이나 가족이 뒤섞여 살았을까 상상해 보았다. 많은, 많은 사람들이 나중에라도 돌아와 현재를 개선하길 바랐지만 결코 돌아오지 못했을 것 같았다. 아니면 죽었을 것 같았다. 또 아니면 어디 다른 곳에서 더 나은 삶의 기회를 찾아 이전의 삶을 뒤로했을 것 같았다.

나는 아서 렘링거가 미국인들은 파트로 같은 곳을 그냥 두지 못할 거라고 했던 말이 무슨 뜻인지 궁금했었다. 미국인들은 이런 곳을 발전의 수치로 여겨 불태워 버릴 거라고 했었다. 그런데 상자들을 외풍이 드는 부엌 벽에 다시 쌓는 동안 어쩌면 그의 말이 맞을 거라고 여겨졌다. 땅도 없고, 영속성도 없고, 자기 집을 소유해 본 적도 없고, 가지고 다니는 것도 거의 없고, 얼마 없는 소유 재산까지(버너와 날 제외하고) 빼앗기고 그레이트폴스에서 교도소로 내쳐진 사람들, 바로 내 부모가 아서 렘링거가 언급했던, 파트로를 불태우진 않더라도 전혀 돌보지 않았을 사람들이었다. 그들은 과거로부터 도망치는 사람들, 피할 수만 있다면 뒤돌아보지 않는 사람들, 온전한 삶은 늘 저 앞바다 어디엔가에 있다고 생각하는 사람들이었다.

49

나는 많은 걸 한꺼번에 배우고 있었다. 새떼가 강을 떠나려 할 때 사냥꾼들이 밖을 보고 준비를 할 수 있을 만큼 해가 높이 떠 있되 금방 발각되지는 않을 은신처를 정하는 법. 나무로 만든 미끼를 은신처 양쪽에 놓고 기러기들이 모든 게 전날 밤과 똑같다 생각하면서 내려올 수 있으면서 총이라든가 너무 열성적인 사냥꾼들의 흰 얼굴로 주의를 돌리지 않을 만큼만 먼 곳에 착륙점을 두는 법도 배웠다. 찰리는 미국인들이 대개 뚱뚱하거나 늙었거나 둘 다인데다 은신처의 차고 무른 흙을 참지 못해 툭하면 잘못된 순간에 일어서서 기어 나간다고 했다. 그러면 오리들 — 흰뺨오리와 고방오리와 댕기흰죽지 — 이 가장 먼저 몰려와 어둠 속 유령들처럼 은신처 주위에서 비명을 질러 대며 몸을 숙여 머리를 갸웃거리다 팍 날아오른다고 했다. 그러나 녀석들을 쏘면 귀가 밝은 기러기들이 놀라 달아나 버려 실망스런 결과만 빚어진다고 했다. 사냥꾼들은 뭘 봤다거나 들었다 싶으면 무조건 총을 쏴 버리므로 미끼 자리를 신중하게 정해야 한다고 했다. 사람이 죽기도 했다고. 찰리도 장탄에 맞아 흉터가 있다고 했다. 위험한 "하늘 파괴자들"이 이번에도 있었지만 찰리는 자신이 신호를 보냈을 때만 장전을 허용했다. 취해 보이는 사냥꾼이 있으면 그에게 보고하는 게 내 의무였다. 그런 사냥꾼들은 전날 밤늦게까지 술집에서 술을 마신 사람들이라 술 냄새가 날 거라고 했다. 아파 보이거나 걷거나 돌아다니는 걸 힘들어하거나 엽총을 경솔히 다루는 사람이 없는지도 보고해야 했다. 찰리는 허가증을 확인하고 사냥이 시작되고 끝나는 때 — 해가 높이 떠 기러기들이 땅을 볼 수 있는 때 — 를 승인해 줄 것이었다. 앞서도 말했지만 나는 트럭에 앉아 추락하고 절뚝거리는 새들을 망원경으로 보면서 기록하곤 했다. 파수꾼들이 어디 가까운 데서 훨씬 성능 좋은 망원경으로 관찰을 하면서 추락하는 기러기들을 사냥꾼들 수로 나누고 기록이 맞지 않으면 확인하러 오기 때문이었다. 기록이 맞지 않을 경우 그들은 소환장을 나누어 주고 총을 압류하고 취객을 찾아내고 찰리에게 벌금을 매기고 아서 렘링거에게는 최고 벌금을 매긴 뒤 그의 시내 영업 — 필리핀 여성, 식당 옆에 딸린 도박굴, 그밖에 승인을 받지 않고 벌이고 있는 일 — 에 대해 조사를 더 받고 싶지 않거든 거금을 내라고 강요하곤 했다. 아서 렘링거는 "안내 서비스" 자격증을 가지고 있었지만 정작 본인은 안내도 하지 않고 사냥이나 기러기에 대해 아무것도 모르고 신경도 쓰지 않았다. 그는 경영자로 예약을 받고 장부에 기재하고 호텔에 사냥꾼 투숙객을 받고 숙박비 — 그 중 일부를 찰리에게 지불했고, 찰리는 소액을 내게 지급했다 — 를 징수했다. 물론 사냥이 끝나면 사냥꾼들이 날마다 사례금 — 종종 미국 돈으로 — 을 돌려야 모두가 만족할 거라고 여겼다.

10월 초의 막바지 따뜻한 날들 중 어느 날 찰리와 함께 기러기들이 평소 이용하는 들판에서 은신처를 수색하고 파는 일로 아침나절을 보낸 뒤 나는 낡은 자전거를 타고 고속도로에 올라 파트로에서 서쪽으로 20마일 떨어진 리더로 향했다. 게딘스 부인이 얘기해 준, 불량소녀들이 다닌다는 학교를 찾아볼 생각이었다. 버드테일은 자동차로 6마일 가면 있었는데, 나는 언제쯤 — 기러기 사냥 기간이 끝나 한가할 것 같은 겨울쯤 — 에 학생으로 등록이 가능한지 물어볼 작정이었다. 나는 불량소녀가 무엇인지 몰랐다. 나처럼 전혀 다른 길을 가고 있는 소녀를 뜻하겠거니 생각했다. 게다가 여학생만 다니는 학교가 있다고도 생각지 않았다. 캐나다에서도 남학생 몇 명쯤은 받아 줄 거라고 믿었다. 게딘스 부인이 말하길 수녀님들이 운영하는 학교라고 하지 않았는가. 섭리 수녀회를 가르쳤던 어머니의 경험으로 볼 때 수녀님들은 열려 있고 관대한 사람들이어서 나를 도울 기회를 알아볼 것이고, 그것이 그분들의 사명이고 그런 이유로 결혼과 평범한 삶을 포기하고 사는 것이라고 믿었다. 내가 미국인인 건 문제가 되지 않을 것이었다. 어머니가 유대인이라거나 어머니 아버지가 노스다코타 교도소에 있다는 사실은 밝히지 않을 것이었다. 인생이 제대로 굴러가려면 거짓말이 필수 불가결했다. 학교에 들어가 더 이상 뒤처지지 않게 살 수만 있다면 거짓말 한두 개쯤은, 아니 그 이상도 흔쾌히 할 수 있었다.

여자애들과 어울려 지내면 좋겠다고 믿기 시작한 상황이기도 했다. 물론 버너도 여자였다. 그러나 쌍둥이였기 때문에 우리는 대개 서로를 같은 존재로 대해 왔었다. 같은 존재라는 건 남자도 여자도 아닌 우리 둘을 아우르는 그 중간쯤의 무엇이었다. 물론 그 삶은 지속되지 못했다. 두어 번 찰리가 중심가에 있는 중국집에 날 데리고 간 적이 있었다. 두 번 다 중국집 주인의 아이들이 어둑한 안쪽 자리에 앉아 학교 숙제를 하고 있었다. 나는 내 또래로 보이는 얼굴이 동글동글하고 귀여운 딸에게 더 관심이 갔다. 그 애는 날 봤으면서도 내색은 거의 하지 않았다. 그날 이후 파트로를 어슬렁거리고 다니거나 오두막에서 혼자 체스 말들을 정렬할 때 그 애와 친구가 될 수 있지 않을까 하는 허황된 상상을 몇 번인가 했다. 둘이 같이 텅 빈 마을을 돌아다니다 체스를 둘 수 있겠다고. (그 애가 나보다 체스를 잘할 거라고 생각하면서.) 내가 그 애의 숙제를 도와주는 상상도 했다. 그 이상의 다른 상상은 떠오르지 않았다. 이름도 모르고 말도 해 본 적 없는 애였으니까. 우리의 우정은 내 머릿속에만 존재했다. 그런 일은 결코 일어날 수 없었고, 일어나지도 않았다. 혼자가 되면 인생의 이런 슬픈 사실을 알게도 되지만, 그런 것이든 다른 무엇이든 다르게 상상할 수도 있었다.

차에서 볼 때는 파트로 서쪽 고속도로와 대초원이 포트로열로 가는 동쪽과 다르지 않았다. 그러나 자전거를 타고 가면서 보니 새로웠다. 마치 내가 누구와도 공유하지 않는 땅 같았다. 휑하고 기복이 완만한 농경지에는 짚 다발이 시야 끝까지 흩어져 있고, 기름펌프들이 까만 점처럼 박혀 있고, 하늘에는 새로운 기러기 떼가 반짝거리고 있고, 한 농부가 밭도랑을 태우고 있는 지평선으로는 희뿌연 연기가 피어오르고 있었다.

버드테일이란 표지판에 도착했는데도 마을의 흔적은 보이지 않았다. 파트로와 포트로열처럼 여기서도 도로 옆으로 캐나다 태평양 철도가 지나갔다. 하지만 그곳에 마을이 있었다는 표시인 철도 건널목이나 방풍림이나 풍차나 곡물 창고나 집터를 말해 주는 주춧돌 같은 것이 없었다. 게딘스 부인이 내게 거짓말하는 수고를 했을 것 같지는 않았다. 나는 앉아서 하늘을 쳐다보고 학교라곤 보이지 않는 주위를 둘러본 뒤 반대 방향에도 버드테일 표지판이 있지 않을까 싶어 자전거를 타고 더 가 보기로 했다. 도착해 보니 마을 표지판 옆에 "가톨릭 자매 학교"라고 쓴 표지판이 하나 더 있었다. 화살표가 밀밭을 벗어나 고속도로와 만나는 자갈길인 남쪽을 가리키고 있었다. 학교 이름 위에는 십자가가 페인트로 그려져 있었다. 그 길 언덕 꼭대기에 버려진 집이 한 채 있었고, 길은 언덕 너머 푸른 하늘 속으로 사라졌다. 학교가 조금 멀 수도 있었다. 10마일쯤 되었으니까. 찰리의 트럭을 타고 대초원을 수백 마일이나 달렸어도 사람이 살고 있거나 살았던 곳은 보지 못했었다. 그러나 내게는 학교가 여전히 중요한 목표였다. 나는 학교 건물이 보일 때까지 자전거를 탈 수 있었고 내가 학교를 어떻게 생각하는지도 알 수 있었다.

나는 타이어 자국이 있는 모래투성이 길로 앞바퀴를 힘겹게 굴렸다. 찰리의 낡은 자전거는 돌과 자갈을 만나자 뒤뚱거리며 흔들렸고, 페달을 밟고 언덕을 오르기란 쉽지 않았다. 그러나 버려진 집이 있는 언덕 꼭대기에 이르자 시야가 저 멀리까지 트였고 학교이거나 학교였던 곳이 길 아래 언덕의 반대편 기슭에 있었다. 크고 네모난 4층짜리 붉은 벽돌 건물이 대초원의 낮은 곳에 자리하고 있었는데, 그레이트폴스 고등학교가 거기 있었다 해도 크게 달라 보이지 않았을 것이다. 그러나 나는 그 건물을 보자마자 "불량"이 무엇을 뜻하는지 알 수 있었다. 청소년 기관에서 우릴 데려갔다면 버너와 나도 들었을 말이었다. 고아들. 그곳은 고아들이나 있을 법한 곳이었다.

학교가 자리한 넓은 땅은 좁고 마른 개천을 끼고 있는 목초지로부터 용케 살아남아 있었다. 개천 위로 솟은 단구에는 밀이 자라고 있었다. 잔디밭에는 홀쭉한 나무들이 서 있었고 불량소녀들 같은 형체도 점점이 보였다. 10월의 강렬한 햇빛 — 땀에 젖은 목이 따끔거릴 정도로 — 은 학교를 살풍경하고 적막하게 보이게 했다. 처음에는 돌아서서 비탈길을 따라 고속도로로 돌아갈까 했다. 이곳은 큰 떡갈나무와 축구장과 나를 반겨 줄 또래 남학생들 — 그레이트폴스에서는 거의 지겨워했던 것들 — 이 있는 곳이 아니었다. 내가 원하는 곳이 못될 곳이었다. 여기는 캐나다였다.

그럼에도 이 먼 곳까지 오지 않았던가. 그랬기에 나는 자전거 페달을 밟지 않고 울퉁불퉁한 언덕을 내려갔다. 시각은 1시쯤 됐을 것 같았다. 매 두 마리가 하늘 높이서 천천히 돌았다. 길이 학교와 수평을 이룬 평지에서 나는 페달을 밟기 시작했다. 잔디에 앉아 둘씩 넷씩 얘기를 나누던 여학생들과 잔디 주변을 산책하던 몇몇 여학생들이 내게 주목했다. 왔다 돌아가는 것 말고는 할 일이 없을 테니 자전거를 타고 여기까지 올 사람은 거의 없겠다는 생각이 들었다.

흰 두건에 검정 가운을 입은 키 큰 수녀가 학교 계단에 서서 마당을 감독하고 있었다. 점심시간이었다. 그녀는 여학생들 중 한 명에게 이야기하고 있었고, 그 소녀는 웃고 있었다. 수녀가 날 발견하고는 잔디 저편에서 계속 감시했다.

학교 운동장이 길과 접해 있는 곳에 높다란 쇠창살문이 있었지만 담은 없었다. 누구든 원하는 곳으로 떠나거나 도망칠 수 있는데도 담을 만들지 않은 것이 이상했다. 내가 생각한 고아원과는 달랐다. 길은 운동장으로 더 이어져 있었다. 건물 옆에는 차들이 주차돼 있었다. 쇠창살문은 사슬로 묶어 자물쇠를 채운 상태였다. 문 위에는 벽돌 기둥과 문이 열렸을 때 들어오는 사람들을 환영하듯 두 팔 벌리고 선 금으로 만든 예수상과 금속 깃발이 있었다.

내리막을 달릴 때 찬바람이 불었는데도 나는 자전거에 앉아 땀을 흘렸다. 돌아갈 때는 찬바람을 헤치고 가야 할 것이었다. 문 안쪽 어디에도, 하물며 잔디에서 청소 일을 하는 남자애도 없었다. 어딘가에는 남자가 있을 거라고 생각했다. 남자가 필요하지 않은 곳은 없으니까.

내가 문 밖에서 자전거에 앉아 학교 안을 들여다보고 있을 때 마당에 있던 여학생 둘이 내 쪽으로 걸어왔다. 한 명은 키가 큰 말라깽이에 안색이 나쁘고 입술에 주름이 많아 어른처럼 보였다. 다른 한 명은 보통 키에 머리는 갈색이고 예쁘지 않은 각진 얼굴을 했고, 한쪽 팔이 짧지는 않은데 다른 쪽 팔보다 작았다. 그 여학생의 미소가 예뻐서 보기 좋았는데, 그녀가 쇠창살문 틈으로 그 미소를 내게 보였다. 그들은 똑같이 볼품없는 담청색 치마에 흰색 테니스화와 녹색 발목 양말을 신고 있었다. 주머니가 있어야 할 왼쪽 가슴에는 흰색 실로 예수의 성명(聖名)이 수놓아져 있었다. 어머니를 마지막으로 본 날 어머니가 구치소에서 입고 있던 옷과 비슷했다.

"여긴 뭐 하러 온 거야?" 키가 크고 더 나이 들어 보이는 여학생이 그만 가 줬으면 좋겠다는 듯 딱딱하고 퉁명스럽게 말했다. 말을 할 때는 홀쭉한 몸이 흐트러졌다. 버너가 그랬던 것처럼 그 애도 받아칠 말이 있음 해보라는 듯 허리께를 쭈뼛 세웠다.

"그냥 학교 보러 왔어." 나는 그곳에서 이채로운 존재가 된 듯했다. 여기는 미국이 아니었다. 나도 모르는 학교에 올 권한이 없는 사람이었다. 자전거를 타고 즉시 떠나야만 할 것 같았다.

"넌 여기 들어올 수 없어." 앙상한 팔을 가진 예쁜 여학생이 말했다. 그 애는 이번에도 미소를 지었지만, 다정한 미소가 아니었다. 빈정대는 미소였다. 앞니가 하나 빠져 입 안에 시커먼 공간이 있어 예쁜 미소를 망쳐놓았다. 두 여학생 모두 손톱이 뜯겨 있고 팔에도 할퀸 자국이 있고, 입 주위로는 홍역 자국이 있고, 다리에는 나처럼 털이 나 있었다. 그들과 친구가 될 수는 없을 듯했다.

두 여학생 저 뒤로 계단에 서 있던 키 큰 수녀가 정면 계단을 내려오기 시작했다. 바람 때문에 그녀의 수녀복이 발목 주위에서 펄럭였다. 운동장에 있던 다른 여학생들도 무슨 소동인가 싶어 문 쪽에 있는 우리 셋을 바라보았다. 수녀는 팔을 흔들고 긴 다리를 성큼성큼 내딛으며 우리 쪽으로 다가왔다. 나는 말을 잘 못했다가 수녀가 청소년 기관에 전화를 걸 수도 있어 어서 떠나고 싶었다. 두 여학생은 뒤를 돌아보았지만 개의치 않는 눈치였다. 그들은 익숙한 습관인 듯 서로에게 짓궂고 흡족한 미소를 지어 보였다.

"여자 친구 같은 거 있니?" 나이 많은 쪽 여학생이 물었다. 그 애는 쇠창살 사이로 손을 내밀어 내게 손가락을 흔들었다. 나는 뒤로 물러섰다. 포트로열의 중국 여자애도 내게 손가락을 흔들진 않을 것이다.

"아니." 내가 말했다.

"이름이 뭐니?" 앙상한 팔을 가진 작은 여학생이 말했다.

나는 자전거 손잡이를 꽉 쥐고 발을 페달에 올려 떠날 준비를 했다. "델이야." 내가 말했다.

"썩 물러나! 썩!" 수녀가 잔디를 성큼성큼 걸어오며 소리치기 시작했다. 허리춤에는 구슬이 달려 있고 큰 십자가가 좌우로 흔들렸고, 새하얀 얼굴과 입과 눈과 볼과 이마는 풀을 먹인 하얀 천에 싸여 있었다. "썩 물러나, 이놈." 수녀가 소리쳤다.

두 여학생은 다시 수녀를 돌아보고는 잔인한 표정을 주고받았다. "이놈, 물러나지 못해. 여기서 뭘 하려는 거냐?" 수녀가 소리쳤다. 무슨 끔찍한 일이 일어났거나 일어나기라도 할 것처럼 굴었다.

"늙은 창녀야." 나이 많은 쪽 여학생이 아무렇지도 않다는 듯 말했다.

"밉상이라니까. 뒈졌으면 좋겠어." 작은 여학생 쪽이 말했다. 그 소녀의 눈은 작고 길쭉하고 눈동자가 짙었는데, 그 말을 했을 때는 본인도 놀랐는지 눈이 커졌다.

"내가 살던 곳의 원숭이 이름이 델이었는데. 서스캐처원의 쇼너본이란 곳이야." 나이 많은 쪽 여학생이 급히 달려오고 있는 수녀는 아랑곳하지 않고 말했다. 그녀가 갑자기 쇠창살 사이로 긴 팔을 쑥 내밀어 내 손목을 꽉 잡았다. 나는 손을 빼려 했지만 할 수 없었다. 그 여학생이 나를 잡아당기는 동안 다른 여학생은 웃기만 했다. 나는 옆으로 기울어진 채 오른 다리와 신발 뒤축으로 몸을 지탱했지만 쓰러지기 시작했다.

"손대지 마." 수녀가 소리쳤다. 나는 누구도 손대지 않았다.

"우릴 무서워하네." 작은 여학생이 말하고는 언니 같은 여학생이 쇠창살 사이로 날 감금하고 있는데도 그냥 가 버리기 시작했다. 나이 많은 쪽 여학생은 날 노려보고 괴롭히면서 좋아했다. 내 살을 찢어 버리고 싶은지 작고 뭉툭한 손톱으로 손목을 찔러 댔다.

"그 앨 놓아줘라, 마저리." 수녀가 정문에 거의 다 와서 소리쳤다. "널 해칠 거다." 수녀는 치마가 무거워 쉽게 움직이지 못했다.

나는 자전거에서 쇠창살 앞으로 끌려 내려지고 있었다. "그만해. 이럴 필요는 없잖아." 내가 말했다.

"근데 하고 싶은 걸 어째." 마저리는 뭘 할 속셈인지 날 쇠창살 쪽으로 계속 당겼다. 두들겨 패겠구나, 나는 생각했다. 그 여학생은 버너보다 훨씬 힘이 세고 덩치도 컸다. 얼굴은 침착했지만 크고 푸른 눈은 날 쏘아보고 있었고, 턱은 긴장을 했는지 힘이 잔뜩 들어 있었다. 나보다 어려 보였다. 왠지 열네 살일 것 같았다. "널 남자로 만들어 주고 싶은데. 아니면 얼간이로 만들거나." 그 애가 말했다.

그때 수녀가 당도해 곧바로 마저리의 어깨를 잡고 당겼는데, 마저리는 여전히 날 놓지 않았다. 수녀는 그 애의 턱을 잡고 머리를 옆으로 돌렸다. "그만, 그만, 그만." 수녀는 창백하고 뻣뻣한 입술을 벌려 성을 내며 말했다. 검은 수녀복 때문에 모든 행동이 부자연스러웠다. 수녀의 눈이 쇠창살을 뚫고 내게로 움직였다. "넌 여기 왜 온 거니?" 수녀가 말했다. 얼굴이 벌겋게 달아오르고 있었다. "여긴 네가 있을 곳이 아니야. 어서 가." 그녀도 매우 젊어 보였다. 화가 난 얼굴이었지만 부드럽고 깨끗했다. 마저리나 나보다 나이가 아주 많아 보이지는 않았다.

학교종이 치기 시작했다. 나는 자전거에서 떨어지고는 있었지만 완전히 떨어지진 않았다. 마저리는 여전히 내 팔을 아프게 잡고 있었고 표정이 없었다. 나는 왼손을 그 애의 억센 손가락 밑 — 내 살이 뜯기고 있던 곳 — 으로 밀어 넣었다. 손가락 하나를 억지로 들어 올리고 또 하나를 들어 올렸다. 나는 그 앨 다치게 하고 싶지 않았다. 그제야 나는 풀려났다. 나는 비틀거리며 그 애한테서 물러서다 자전거와 함께 자갈길로 넘어져 깜짝 놀랐다.

"넌 대체 누구니?" 수녀가 쇠창살 사이로 날 노려보았다. 그녀의 얼굴은 매끄럽고 반짝거리고 붉으락푸르락했다. 그녀는 이제 마저리의 어깨를 꽉 잡았다. 마저리는 내 하는 꼴이 우스웠던지 쓰러진 날 보고 미소 짓기 시작했다. "이름이 뭐니?" 수녀가 물었다.

나는 나에 대해 아무 말도 하고 싶지 않았다. 일어나 자전거를 일으켜 세우기 시작했다.

"델이래요." 마저리가 말했다. "원숭이 이름이죠."

"여긴 왜 온 거니?" 수녀는 마저리의 어깨를 놓지 않고 말했다.

"그냥 학교에 다니고 싶어서요." 땅에 무릎을 꿇고 있으니 여기 와 우스꽝스런 난쟁이가 돼 버린 듯했다.

"여긴 네게 맞는 학교가 아니야." 수녀의 억양은 내가 들어본 어떤 억양과도 달랐다. 말이 빠르고 씹어 뱉는 투였다. 그녀의 짙고 납작한 눈은 노여워하고 있었다. 내게 노여워하고 있었다. "어디 살고 있니?"

"파트로에요." 내가 말했다. "일은 포트로열에서 해요." 학교 운동장에 있던 여학생들이 건물 정면 계단으로 걸어가면서 한 줄로 서서 들어갈 준비를 했다. 또 다른 수녀 — 키가 작고 건장한 — 가 팔짱을 끼고서 계단 끝에 서 있었다. 마저리는 내가 안돼 보이는지 여전히 내게 미소 짓고 있었다.

"너한테 키스하고 싶다." 그 애가 내게 꿈같이 말했다. "물론 넌 하고 싶지 않겠지, 그지?"

"어서 들어가." 수녀는 마저리의 어깨를 놓아주며 몸을 떠밀었다. 마저리는 연기하듯 고개를 홱 돌리며 돌아서서 큰소리로 웃었고 친구를 따라잡으러 걷기 시작했다.

"죄송합니다." 내가 말했다.

"널 다시 보는 일이 없길 바란다." 젊은 수녀가 문 너머에서 말했다. 그녀는 고개를 젓다 얼굴을 쑥 내밀어 내가 알아 들었는지 확인하려고 쏘아보았다. "여기 다시 나타나면 그땐 순경을 부를 거다. 널 잡아갈 거야. 알아 들었니?"

"예. 죄송합니다." 내가 말했다. 나는 다른 말도 하고 싶었지만 어떤 말이 좋을지 생각나지 않았다. 절망이 어떤 건지 몰랐지만 절망을 느꼈다. 젊은 수녀는 저만치 가고 있었고, 무거운 검정 가운이 햇빛 속에서 흔들렸다. 나는 자전거 바퀴를 굴려 자갈길로 방향을 틀었다. 안장에 올라타 바람 부는 언덕으로 다시 올라가 고속도로와 파트로로 향했다.

50

플로렌스 라블랑이 그녀의 분홍색 메트로폴리탄을 타고 파트로에 와서 누런색 대형 봉투를 내 오두막 문 앞에 놓고 갔다. 미국에서 온 편지였고 봉투 아래쪽에 내가 알지 못하는 필적으로 델 파슨스에게 전해 주세요라고 적혀 있었다. 자전거로 불량소녀 학교에 다녀온 지 며칠밖에 지나지 않은 때였고, 사냥꾼들이 속속 도착하고 있어서 파트로에서 포트로열로 이사를 하기로 한 주였다. 찰리가 받은 지시는 사냥꾼들 중 한 명에게 내 오두막에 있는 또 하나의 침대를 내주라는 것과, 내가 낯선 어른과 한 방에서 자는 건 "좋은" 생각이 아닌 것 같다(플로렌스가 그랬다고 한다)는 것이었다. 찰리는 이 말에 능글맞게 웃으며 술 취한 늙은 사냥꾼들이 한밤중에 "덮칠" 수 있다고 말했다. 레너드 호텔 3층, 렘링거의 객실 복도에는 조그마한 "술고래의 대걸레 보관실"이 있었다. 나는 이 방을 배정받았고 욕실은 아래층 욕실을 석유 채굴 인부들과 철도원들과 같이 쓰고 밤에는 흰색 에나멜을 칠한 요강을 쓰게 되었다. 사냥이 있는 날이면 찰리가 트럭을 몰고 태우러 오곤 했다. 날이 점점 추워지고 바람도 강해지고 있어 나는 이제 더는 자전거를 타고 마을까지 가거나 외풍이 심한 오두막에서 잠을 자지 않아도 되고 사람도 만날 수 있어 기뻤다. 호텔에 있으면 기러기 손질이 끝난 뒤에도 사례금을 받고 사냥꾼들 심부름을 하고 밤에도 술집을 드나드는 일이 많을 것이었다. 바빠서 혼자 있는 시간이 없으면 부모님과 학교와 버너 생각이 나지 않았다. 이 셋은 내게 중요하지만 그래서 날 슬프게도 하는 것들이었다.

플로렌스 라블랑과는 접촉한 적이 거의 없었다. 찰리가 말해주길 그녀는 더햇에서 연하장 가게를 운영하고 있고 미망인이고 남편이 1941년에 홍콩을 지키고 있었을 때 자기 매력을 맘껏 발산한 지역 미인이었다고 한다. 지금은 노모를 돌보고 있다고 했다. 그러나 화가이기도 하고 호텔에서 술 마시고 출입을 해서는 안 되는 도박장에서 카드 놀이하는 걸 즐겼다. 모두가 그녀를 좋아했다. 아서 렘링거는 비밀이 많고 미국인이고 그녀보다 어리지만 돈이 많고 예의바르고 잘생겨서 그녀에게 어울리는 짝이었다. 그녀는 렘링거가 지겨워질 때 더햇으로 돌아갔다.

나는 오두막에서 지낼 때 밖을 보다가 플로렌스가 파트로 여기저기에 이젤을 세워 놓는 것을 수시로 보곤 했다. 한 번은 마을 뒤편, 골담초들 사이로 기름펌프와 하얀 벌집이 마주 보이는 곳에 세웠다. 어느 날은 내 구역에 서서 찰리의 이동 주택과 막사를 그리기도 했다. 아서 렘링거의 사생활은 절대 침범할 수 없었다. 그러나 멀리서 내게 친절하게 구는 플로렌스에 대해서는 그런 말이 없었던 만큼 나는 그녀에게는 마음대로 말을 걸어도 된다고 느꼈다. 게다가, 파트로에는 아무도 오지 않았다. 어떤 날이건 얘기할 사람이 없었다. 그녀는 개의치 않겠다는 생각이 들었다. 그래서 그녀가 갈색 작업복에 부드러운 검정 천으로 된 모자를 쓰고 등받이 없는 나무 의자에 앉아 텅 빈 파트로 우체국 앞을 지나는 거리를 칠하고 있을 때 나는 집들이 서 있었던 어수선한 풀밭을 가로 질러 화가가 진짜 그림 — 형식을 맞춰 그리지 않은 그림 — 을 어떻게 그리는지 알아보러 갔다. 형식에 맞춰 그린 그림은 진짜 그림이나 예술에 들지 않는다는 걸 나는 알고 있었다.

내가 다가오는 것을 보고 — 그녀가 누런 봉투를 두고 갔던 오후였다 — 플로렌스는 긴 붓을 들어 올려 메트로놈처럼 좌우로 흔들었다. 나는 이것을 날 알아보았다는 신호로 받아들였다. 하지만 그녀는 자신의 그림을 계속 바라보는 것이 중요하다는 듯 그림에서 눈을 떼지 않았다.

"내가 미스터리한 소포를 네 집에 놔뒀어." 그녀는 나를 보지도 않고 말했다. "몇 달 전보다 많이 컸구나. 어떻게 그럴 수 있지?" 플로렌스는 미소를 띠며 나를 훑어보았다. 그녀는 크지 않은 체구에 귀엽고 솔직하고 크게 웃는 입과 본인이 좋아하는 것 같은 허스키한 목소리를 지니고 있었다. 나는 그녀가 큰소리로 웃는 모습을 상상할 수 있었다. 이따금 그녀는 아서 렘링거와 술집에서 주크박스 음악에 맞춰 춤을 추곤 했고, 나도 목격한 적이 있었다. 렘링거는 멋진 정장을 입고 팔을 뻗으면 닿는 거리에 뻣뻣하게 서서 진지한 얼굴로 어색한 스텝을 밟아 술집에 있는 투숙객들과 그녀를 웃게 만들었다. 말했듯이 그녀는 술집 옆에 딸린 작은 방, 나는 좀처럼 가지 않지만 그녀가 "도박굴"이라고 부르는 곳에서 카드놀이를 즐겼다. 그녀의 짧고 부스스한 금발 사이사이에는 흰머리가 있었고, 아버지가 어떤 여자들에 대해 한 말처럼 "주머니가 좀 두둑해 보였다." 틀림없는 40대로 보였지만, 그녀가 젊고 가냘프고 제멋대로였고, 남편이 전쟁터에서 싸우고 있던 시절에 얼마나 더 예뻤을지 상상이 갔다. 뺨에 보이는 작은 핏줄들은 순탄치 않은 삶을 산 흔적이었다. 그녀의 번뜩이는 눈은 웃을 때마다 거의 보이지 않을 만큼 실눈이 되었다. 내 생각에는 아서 렘링거의 여자 친구로 어울리지 않았지만 내가 좋아하게 될 것 같은 여자였다. 몇 주 전에도 그녀가 내게 관심을 보여서 기뻤다.

나는 플로렌스 뒤로 비켜서 있어서 그녀가 하는 일을 똑바로 볼 수 있었다. 내가 본 그림은 아서 렘링거의 객실에 있는 곡물 창고 그림뿐이었고, "밤을 지새우는 사람들 유파"가 무엇인지, 에드워드 호퍼에 대해서도 그렇고 물감만으로 알아볼 수 있는 밑그림을 어떻게 만드는지 전혀 몰랐다. 다만 사물을 아주 정확히 보려면 아버지처럼 눈 운동을 해야 할지 모르겠다고 생각했다.

플로렌스는 매니토바 거리 한복판을 그리고 있었다. 그 그림은 비어 있는 우체국과 부서진 집 두 채를 지나 내가 걸었고 파트로가 온전한 마을이었을 때 번창했던 상가 뒤편까지 이어진 풍경화에 지나지 않았다. 건물들 위로 하늘은 아직 색을 칠하지 않아 캔버스가 비어 있었다. 철로 너머 우뚝 솟은 곡물 창고와 수평선 쪽으로 넓어지는 밀밭이 이 그림에도 등장했다. 아무나 아무 때나 볼 수 있고 아름답지도 않은 이런 것이 왜 그림의 주제가 되는지 알 수가 없었다. 프레더릭 처치의 나이아가라 폭포나 아버지가 형식에 맞춰 그린 꽃꽂이 그림과는 전혀 달랐다.

그런데도 그림이 마음에 들었는데, 그 말을 했더라면 예의 바르게 보였을 것이다. 그러나 내가 한 말은 "왜 이런 걸 그려요?"였다. 더 좋은 말을 선택했더라면 좋았을 것을.

바람이 마른 풀들을 이리저리 밀어 댔다. 한랭 전선이 파란 하늘을 동쪽으로 밀어내고 있어 날이 점점 흐려졌다. 찰리의 바람개비들이 미친 듯이 빙글빙글 돌고 있었다. 기러기들은 흔들거리는 띠처럼 북쪽에서 빠르게 날아오며 마지막 햇살을 쫓고 있었다. 그림을 그리기에 좋은 날은 아닌 듯했다.

"아." 플로렌스가 말했다. "그냥 내가 좋아하는 걸 그리는 거야, 알겠니? 그리지 않으면 예뻐지지 않을 것들 말이야." 그녀는 왼쪽 엄지손가락에 나무 팔레트를 끼운 채 들고 있었다. 여러 물감이 팔레트 위에 혹처럼 짜여 있었다. 그녀는 붓으로 두세 가지 색을 섞어 캔버스에 바로 칠했다. 그녀가 그리고 있는 것은 내가 본 풍경과 똑같았다. 밤을 지새우는 사람들 화풍이 이런 건가 싶었고, 경이로우면서 괴상해 보였다. 우체국이 그림에서는 예뻐진다는 게 무슨 뜻인지도 이해되지 않았다. 내가 볼 수 있는 우체국과 다를 게 없어 그림 속 우체국은 전혀 예쁘지 않았다. "난 사실 화가가 아니었어." 플로렌스가 말했다. "내 언니 디나 로가 화가였어. 심장병으로 죽기 전까지. 내 아버지도 원시적 전통으로 보자면 화가였어. 실제로는 매니토바 수리에서 얼음 자르는 일을 했거든. 어쩌면 그 때문에 내가 여기 사우스 매니토바 거리에서 그림을 그리고 있는지도 몰라." 그녀는 통통하고 둥근 얼굴을 내 쪽으로 돌렸다. 갈색의 길쭉한 눈이 반짝거리고 있었고, 손가락이 짧은 두 손은 찬바람 속에 있어 단단하고 불그스름했다. "넌 매니토바가 세상 어디에 붙어 있는

지도 모르지, 그치, 델? 아니야?" 그녀는 내가 생각하기에 늘 그래온 것처럼 즐기고 있었다.

"뭔지는 알아요." 내가 말했다. 매니토바는 주였다. 그녀가 내 이름을 알고 있어 기뻤다. 그러나 나는 밀드레드 아줌마와 찰리가 말해 준 것 외엔 캐나다에 대해 아는 게 없었다. 그녀가 내게 키가 커졌다고 해서 생각해 보았다. 정말로 커졌다면 기뻤겠지만 불과 한 달 사이 그렇게 되었을 것 같지 않았다. 이곳에 온 뒤로 내가 주로 느끼는 것은 더 작아졌다는 느낌이었다.

"아마 서스캐처원이 무슨 뜻인지도 모를 걸." 플로렌스가 팔레트 너머로 그림을 보면서 말했다.

"몰라요." 내가 말했다.

"흠. 너에게 '빨리 흐르는 강'이라고 말해 주게 돼서 기쁜 걸. 지금은 이곳에 그런 강이 많지 않아. 크리 족의 말인데, 나도 할 줄은 몰라. 지도와 역사책만 있으면 돼. 매니토바는 내가 태어난 곳인데 여기서 아주 멀지는 않아. 스푸트니크 위성으로 보면 말이지." 그녀의 스푸트니크 발음은 내가 라디오에서 듣던 것과는 달랐다. 루디가 루스벨트를 말할 때처럼, 원래 길게 발음해야 하는 '우'를 짧게 발음했다. 스풋니크라고. 그녀는 부서진 우체국의 실제 황폐한 상태와 비슷하게 보이게 하려고 정면을 계속 어둡게 칠했다. "반면에 야외 활동도 즐겨. 물론 지겹기도 해. 아서를 보려고 더햇에서 오는 길에 이 작은 마을을 지나쳤어. 낭만적이던 초기 연애 시절에 말이야. 그때만 해도 한두 집은 사람들이 살고 있었는데. 아무튼 마을이 큰소리로 날 불렀어." 그녀는 그림을 보며 이맛살을 찌푸렸다. "넌 살면서 그런 경험해 본 적 없니? 늘 듣던 말인데, 어느 날 갑자기 전혀 다른 의미로 와 닿는 거 말이야? 나한테는 그런 일이 자주 일어나."

내게도 그런 일이 있었다. 범죄자라는 말이 그랬다. 그 말은 언제나 한 가지 의미였다. 보니와 클라이드. 알 카포네. 로젠버그 부부. 이제 그 말은 내 부모를 의미했다. 그러나 나는 말하지 않을 것이다. 나는 이 말만 했다. "네, 있어요."

"그렇구나. 넌 여기 위쪽이, 우리가 마음에 드니?" 플로렌스는 자신이 조심스럽게 우체국에 물감을 바르고 있는 모습을 내가 보고 있는지 확인하려고 세 번이나 날 흘깃 보았다. 그림 그리는 모습을 누가 봐 주면 기분이 좋은 모양이었다. "캐나다 사람들은 모두가 이곳을 좋아해 주길 원해. 그리고 우리를, 좋아해 주길 원해." 그녀는 우체국 문에서 붓을 조심스럽게 쿡 찌른 다음 머리를 옆으로 돌려 그 방향에서 그림을 보았다. "하지만 말이야. 네가 우리를 정말로 좋아하면 나쁜 이유가 있어 그럴 거라고 의심해. 미국은 많이 다른 것 같아. 거기 사람들은 그다지 상관하지 않는다는 느낌이 들어. 나도 잘은 몰라. 옳은 이유로 일을 하는 게 캐나다의 비결이야."

"마음에 들어요." 내가 말했다. 물론 그렇게까지 구체적으로 캐나다에 대해 생각해보지는 않았다. 내 의지와 상관없이 왔기 때문에 좋아하지 않는다고만 여겼다. 그러나 갈 곳이 없는 내가 지금 떠나고 싶은지는 알 수 없었다.

"흠 ……." 플로렌스는 의자에 앉아 어깨를 구부리고 몸을 앞으로 숙이면서 팔레트를 멀찍이 밀어냈다. 손톱에 빨간 매니큐어를 칠한 짧은 엄지손가락으로 우체국 문을 가볍게 문지르자 내가 보던 실제 우체국 문처럼 보였다. "좋아." 그녀가 집중하며 말했다. "불행해지는 건 재미 없어." 그녀는 상체를 일으켜 자신이 그린 그림을 응시했다. "인생은 빈 수레로 우리에게 와. 행복은 우리 자신이 채워야 해." 그녀는 엄지손가락을 갈색 작업복에다 몇 번이나 닦은 다음 작품을 감상하려고 의자에 똑바로 앉았다. "지금 사는 곳이 좋니? 전에 살던 곳이 좋니? 미국에는 가 본 적이 없어서 말이야. 가 볼 새가 없었어."

"난 학교가 좋았어요." 학교가 있었다면 좋아했을 거예요, 라고 생각했다.

"그거 좋네." 플로렌스가 말했다.

"렘링거 씨가 왜 절 데리고 있는지 아세요?" 내가 물었다. 이런 말까지 하게 될 줄은 몰랐다. 그러나 날 좋아하는 것 같은 누군가에게 말할 수 있어 마음이 놓였다.

플로렌스는 이젤에서 시선을 돌려 고속도로로 이어진 텅 빈 거리를 응시했다. 하루에 두 번 다니는 그레이하운드 버스 중 두 번째 버스가 지나가고 있었다. 그녀는 다시 그림을 보았고 엄지와 검지로 붓을 꽉 잡았다. 땋아 내린 금발이 그녀의 부드러운 모자 아래 하얀 목덜미에 앉아 있었다. 목덜미에 점이 있어 머리를 빗을 때마다 빗이 걸릴 것 같았다. "흠." 그녀가 그림을 유심해 보며 말했다. "너한테 관심을 가져주지 않으니까 걱정되니?"

"가끔요." 정말로 그랬던 만큼 그냥 '네'라고만 대답했으면 좋았을걸.

"흠, 그런 걸로 고민하지 마." 플로렌스가 자신의 발치 쪽 차도에 놓아 둔 양철 물통에 붓을 담그며 말했다. "아서 같은 사람들은 세상과 소통을 안 해. 너도 눈치 챘을 텐데. 널 돌보지 않고 있다는 것도 모르고 있을 거야. 아주 똑똑하긴 해. 하버드에

다녔어. 네 스스로 적응하는 게 중요하다고 생각하는지도 모르지. 근데 말이야, 사람들은 상대가 원하는 걸 절대 안 하려고 하잖니. 그는 네게 호의를 베풀고 있는 거야. 어쩌면 넌 그 사람한테 새로운 존재일지 몰라." 그녀가 내게 짓궂은 미소를 씩 짓고는 구름을 쳐다보았다. "대리석 같은 하늘은 언제 봐도 싫어." 그녀는 하늘을 칠해 보겠다는 듯 허공에 대고 붓으로 X자를 그렸다. 그런 다음 붓을 양철 물통에 도로 넣었다.

그리 멀지 않은, 바람 부는 밀밭에서 기름펌프가 지렛대를 스르르 오르내리며 윙윙거리고 있었다. 공기 중에 자연의 소리가 아닌 것은 이것뿐이었다. 이 소리가 언제부터인가 밤에 잘 때 귀를 기울여도 거의 들리지 않았다.

나는 플로렌스 뒤에 서서 아무 말도 하지 않았다. 플로렌스는 몸을 숙여 팔레트를 차도에 내려놓고 나무 상자를 열었다. 그 속에는 반짝거리는 놋쇠 기구들과 깨끗한 붓들과 은색 물감 튜브와 작은 칼 몇 개, 하얀 천 조각 몇 개, 거무스름한 액체 병들, 뒷면이 붉은색인 카드 한 벌, 엑스포트 담배 한 갑과 작은 은색 술병이 하나 있었다. 하늘 높이, 점 같이 보이는 비행기가 이동하는 구름을 뚫고 나타나 해를 등지고 동쪽으로 천천히 움직였다. 아버지가 주방위군 기지에서 스콜피온 F-89 전투기에 날 앉혀 놓고는 조종사 헬멧도 쓰고 조종 장치도 움직이면서 내가 비행기를 조종할 수 있다고 상상해 보라고 한 적이 있다. 나는 비행기에 앉아 있으면 무엇이 보일까 궁금했다. 굽이굽이 멀어지는 세상? 로키 산맥과 미주리 강? 사이프러스 힐, 서스캐처원 강과 포트로열과 파트로와 그레이트폴스와 그 중간에 있는 모든 것? 그 모든 것이 한 눈에 훤히 보일까.

"아서한테서 너의 어려운 사정 얘기 들었어. 불쌍한 부모님 얘기며 이것저것." 플로렌스가 말했다. 그녀는 거무스름한 병들 중 하나를 꺼냈다. 그런 다음 양철통에 든 액체를 매니토바 거리에 쏟고 병뚜껑을 열어 투명한 액체를 양철통에 부었다. "넌 앞으로 흥미로운 인생 스토리를 갖게 될 거야. 예쁜 여자애들이 널 좋아할 걸. 여자들은 어두운 과거가 있는 남자들을 좋아하거든. 우리 아버지도 매니토바 교도소에 투옥된 적이 있어. 이유가 도둑질은 아니었던 것 같지만 말이야."

그녀는 양철통에 붓을 넣고 흔든 다음 우체국만 마무리 지으면 되는 그림을 돌아보았다. "물론 또 한편으로는." 플로렌스가 분주히 치우면서 말했다. "아서는 널 통해 자신을 보는지도 몰라. 더 순수한 모습을. 나 같으면 그러지 않을 텐데. 근데 남자들은 그러더라고. 또 한편으론 사람들이 이유도 모르고 행동하고 말한다는 거야. 그러다 자신의 행동이 다른 사람들 삶에 영향을 끼치면 그제야 알고 한 행동이었다고 말들 하지만 사실은 몰랐던 거지. 엄마가 널 여기로 보낸 것도 그래서일지 몰라. 달리 어떻게 해야 할지 몰라서 말이야. 그래서 넌 여기 있는 거야. 그렇다고 낙담할 필요는 없어. 나도 엄마거든. 그런 거란다. 몇 살이니 넌?"

"열다섯 살이요." 내가 말했다.

"누나는 도망갔다고?"

"네." 내가 말했다.

"누나는 이름이 뭔데?"

"버너요." 내가 말했다.

"그렇구나." 그녀는 붓이 들어 있는 양철통을 바닥에 다시 내려놓고 칼을 집어 들고 나무 상자에서 천 조각을 꺼내 팔레트에 있는 물감을 쓱 묻혀 천을 문질렀다. 이런 대화를 해보기는 처음이었다. 버너라면 어디에 있건 이런 식의 대화 — 세상이 왜 이 모양이고 우리는 무엇을 할 수 있는지에 대해 — 를 할 것 같았다. 내 부모가 아닌 어른들과 대화를 나누면 결실이 더 컸다.

"렘링거 씨는 어떻게 알게 되셨어요?" 내가 물었다.

플로렌스는 캔버스를 올려 둔 삼각대에 팔레트를 기대 놓고 붓끝을 하얀 무명천에 지그시 눌렀다. 차도에 무릎을 꿇고 이 모든 걸 했다. 나는 그녀 옆에 계속 서 있었다. "그 먼 일을 언제 돌아본다니." 그녀는 날 올려다보고 싱긋 웃었다. 그녀의 모자 — 부드러운 검정 벨벳 — 가 바람에 밀려 이마 뒤로 넘어갔다. 이젤 위에 놓여 있는 미완성 그림도 방해를 받고 있었다. "그러니까…… 1950년에 서스캐처원의 베스버러 호텔 술집에서 아서를 처음 만났어. 그때 내겐 프랑스 화가 남자 친구가 있었어. 수채화가였지. 장 폴인가 장 클로드인가 그랬어. 둘이 미식축구를 보러 간 적이 있어, 내가 그 운동을 좋아했거든. 그런데 내가 한 무슨 말 때문에 그 남자가 불같이 화를 내고는 가 버렸어. 마침 그 술집에 아서가 있었던 거야. 금발에다 잘 생기고 세련되고 옷도 잘 입었고, 나보다 어린 사람치곤 좀 기이한 데다 신사답고 약간 비밀스러웠지. 흥미로운 극적 특징이 있더라고. 게다가 화나고 지루해하고 못 올 데 온 사람 — 약간 혼란스러운 — 처럼 보였는데, 그런 게 여자들한텐 늘 매력적이지. 이유가 있어 여기 살고 있긴 한데 자신을 위해 뭘 해야 할지 모르는 사람 같았어. 그때 난 더햇으로 돌아갈 택시 요금이 없었어. 빨간 버스를 타고 스위프트 커런트로 가서 갈아탈 수도 있었지. 헌데 그 사람한테 멋진 차가 있지 않겠니. 올즈모빌이었어. 그때는 아서가 호텔 주인이 아니었어. 직원으로만 일하고 있었지. 그렇게 된 거야. 내가 뭐라고 했지? 1950년이라고? 그는 스무 살쯤 돼 보였어. 내 나이가 좀 더 많았지. 더 마르기도 했고. 우리 엄마는 아직도 레프케에서 일하고 있었어. 집에는 애도 있었지. 지금은 위니펙에 살아. 이게 살아 있는 색깔을 가진 내 인생 스토리야." 그녀는 날 다시 올려다보며 싱긋 웃고서 상자에 있는 그림 용품들을 정리했는데, 그녀의 붉은 손톱이 물건들 사이를 오고갔다. 나는 그녀에게 들은 내용을 토대로 아서 렘링거의 모습을 좀 더 선명하게 그려서 만난 적이 거의 없는 그 사람에게 맞춰 보려 했지만 잘 되지 않았다. 그는 여전히 내게 분명하게 보이지 않았다.

"곧 포트로열로 이사 갈 거예요." 내가 말했다. 그녀가 내 질문에 답을 해주어서 나도 아무 말이든 하고 싶었다.

"그게 나의 반짝이는 제안이었잖니." 플로렌스는 계속 무릎을 꿇고 말했다. "아서는 네가 여기 있으면 좋겠다고 생각해. 네 작은 오두막에서 말이야. 이런 데서 혼자 지내면 흥미롭긴 하지. 낭만적이기도 하고. 하지만 사냥꾼들이 오면 얘기가 달라져. 내가 널 보살펴 줄 수는 없지만 네 일을 알려고 노력할 순 있어. 네 엄마도 내게 고마워할 거야."

그건 사실이었다. 어머니도 이런 일이 일어날 것 — 누군가가 날 주목해 주고 내 가치를 알아봐 주고 내가 길을 잃지 않게 해 주리라는 것 — 을 알았을 것이다. 제값을 하는 사람들은 자신이 지금 왜 여기 있는지 등등, 그러니까 자신을 둘러싼 모든 문제를 설명할 수는 없다 해도 영원히 길을 잃지는 않는다는 것이 내 생각이다. "렘링거 씨는 왜 여기 있어요?" 내가 말했다.

플로렌스는 뻣뻣하게 일어섰다. 그녀는 키가 크지 않았고 어머니처럼 날씬하지도 않았다. 갈색 코르덴바지를 솔로 털어 낸 뒤 몸이 추워졌는지 온몸을 흔들고 양어깨와 펄럭이는 모자를 툭툭 쳤다. 나는 격자무늬 재킷을 입고 있었다. 확실히 추웠다. "여기가 캐나다여서 그럴 걸." 그녀는 히죽 웃었다. "우리가 늘 정해 놓고 다니는 건 아니잖니." 그녀가 말했다. "때로는 그냥 그곳에 닿는 거지. 아서가 그랬어. 그렇게 된 거야. '난 미국에 가는 게 아냐, 파리를 떠나는 거지.' 이건 위대한 예술가 뒤샹이 한 말이야. 그가 내 그림을 보았다면 정말 웃기다고 생각했을 걸." 그녀는 우체국과 텅 빈 거리 — 우리 앞 광경 — 를 그린 그림을 바라보았다. "그래도 난 맘에 들어. 전부는 아니지만." 그녀가 말했다. 그녀는 한 발짝 물러나 곁눈질로 그림을 본 뒤 똑바로 응시했다.

"나도 맘에 들어요." 내가 말했다. 포트로열로 이사를 가면 플로렌스도 자주 볼 것이고, 더 많은 걸 알고 싶은 아서 렘링거를 비롯해 내 인생의 사건들이 더 분명한 방향으로 발전할 수 있을 것 같았다.

"여기가 네게 아주 낯설 거라는 거 알아." 플로렌스가 말했다. "하지만 넌 그냥 플로렌스와 가면 돼. 알겠니? 내 아이들한테 잘 하는 말이야. 애들은 지겹다고들 하지. 그렇지만 여전히 사실이니까." 그녀는 자신의 메트로폴리탄 쪽으로 움직였다. "내 미술도구들 차로 옮기는 걸 도와주면 시내로 가서 저녁을 사 줄게. 집에는 찰리가 데려다 줄 거야. 넌 여기 단기 투숙객이네. 이사는 내일이라도 해도 돼." 그녀가 나무상자를 집어 들었다. 나는 이젤에서 그림을 내리고 양철통과 나무 의자와 이젤을 들었다. 우리는 그녀의 차로 갔다. 파트로에서 보낸 마지막 날이었다.

51

두꺼운 종이봉투 속엔 중요한 품목이 세 개 들어 있었다. 밀드레드 아줌마가 A. 렘링거 귀하라고 써서 동생 주소로 보냈지만 실은 내게 보낸 것이었다. 하나는 버너가 우리의 빈 집으로 보낸 편지로, 밀드레드 아줌마가 우리 둘이 떠난 뒤 우편함에서 발견한 것이었다. 봉투 속엔 밀드레드 아줌마가 직접 쓴 쪽지도 있었다.

델에게

유감스러운 관심사를 동봉한다. 아줌마는 노스다코타에서 있을 네 부모님 재판에 갈 거야. 하지만 너도 일이 어떻게 진행되는지는 알아야 할 것 같아서. 저들도 엄마는 전혀 관계없다는 걸 알아. 하지만 어쨌거나 현장에 있었으니까.

네 오랜 친구

밀드레드 R.

이런 전갈과 함께 9월 10일자 「그레이트폴스 트리뷴」 복사본이 들어 있었는데, 봉투가 두툼했던 건 그 탓이었다. 1면에는 나와 버너의 부모에 관한 또 다른 이야기가 실려 있었다. "앨라배마 남자"와 "워싱턴 주 출신" 아내가 9월 8일에 자신들의 법적 권리를 포기하고 캐스케이드 카운티 교도소에서 노스다코타 주 골든밸리 카운티의 비치 교도소로 이송되었다고 되어 있었다. 두 사람은 8월에 노스다코타 크릭모어에서 농업은행 무장 강도 혐의로 기소되어 사우스웨스트 1번가 자택에서 그레이트폴스 수사관들에 의해 체포되었다. 여성인 제니바 "네바"(철자를 잘못 씀) 레이철 파슨스는 몬태나 주 포트쇼에서 5학년 교사로 일했다. 남성인 "시드니 베벌리 파슨스"는 체포 당시 실직자였고 미 공군을 나온 퇴역 군인으로 폭격수로 복무하며 훈장까지 탄 2차 대전 참전 용사였다. 이들 부부의 두 아이 — 이름이 밝혀지지 않은 아들과 딸 — 는 행방불명되었으며 정체불명의 친척들과 있을 것으로 추정된다. 두 청소년을 몬태나 주 정부로 돌려보내려는 노력이 진행 중이다. 골든밸리 카운티에서 진행된 첫 심리에서 이들 부부에 대한 "무죄" 소송이 제기되었다. 두 사람의 변호사도 고용되었다. 기사에 따르면 그 해의 그레이트폴스 범죄율이 1959년에 4퍼센트 증가를 보였다고 한다.

기사 위에는 부모님이 체포된 다음날 아침 이웃이 우릴 위해 두고 간 버너와 나도 가지고 있던 사진이 찍혀 있었는데, 검거 장면이어서인지 부모님이 비정한 무법자로 보였다. 제복을 입은 경찰관들이 가파른 콘크리트 계단을 내려가 측면에 별 하나가 있는 검정색 소형 밴으로 부모님을 끌고 가는 사진도 있었다. 그분들은 수갑을 차고 있었다. 아버지는 번지르르하고 헐렁한 줄무늬 죄수복을 입고서 넘어지지 않으려고 바닥만 보고 걷고 있었다. 어머니는 버너와 내가 면회 갔을 때 입고 있던, 사람을 왜소해 보이게 하는 벨트 없고 볼품없는 옷을 입고 있었다. 어머니는 카메라를 응시하고 있었다. 부드러운 얼굴이 야위고 야무지고 화나 보였는데, 마치 이 사진을 볼 사람이 누군지 알고 있으며 그들에게 자신이 그들을 미워한다는 사실을 알리고 싶다는 표정이었다. (물론 그 사람들에 버너와 나는 끼어 있지 않았을 것이다.)

이 신문을 나는 지금도 간직하고 있다. 기사를 읽고 또 읽었고 잊지 않으려고 사진도 수도 없이 유심히 보았다. 그런데 춥고 외풍 들고 곰팡내 나는 내 오두막에서 창가에 자리한 간이침대에 걸터앉아 두 번째 사진을 보고 내 부모를 세상이 잠깐 주목했다가 잊어버릴 평생의 불운한 범죄자처럼 (마치 이런 이야기가 어디에나 있다는 듯이) 써 놓은 기사를 읽었을 때 나는 가슴에서 통증 없는 고통 같은 기묘한 느낌을 받았다. 그 느낌은 허기처럼 차츰 배로 내려와 내 삶을 또 다른 방식으로 괴롭히기 위해 그 자리에 오래 머물지 모르겠다는 생각이 들 만큼 머물러 있었다. 물론, 죄수복을 입었지만 부모님은 전과 다름없었다. 아버지는 여전히 키가 컸고 더 마르긴 했어도 잘생겼다. (이 여행을 위해 면도도 하고 빗질도 한 모습이었다.) 어머니는 과민하고 단호하고 진지했다. 그런데도 내게는 부모님이 전처럼 낯익어 보이지 않았다. 우리에게 일어난 일은 결코 평범하지 않았다. 그분들의 내면에서 또한 외부에서 일어난 변화로 나는 낯익다는 생각이 들지 않았다. 내가 아는 두 사람이 맞았지만, 나는 지금 아주 멀리서, 그때 우리를 갈라놓은 국경보다 더 큰, 길이를 잴 수 없는 경계선 저편에서 그분들을 다시 보고 있었다. 내 부모라는 사적 친밀함, 평범한 보편적 인간이란 두 특성이 결합했다가 한 가지 특성이 다른 특성을 중화하자 그분들은 내게 완전히 친밀하지도, 그렇다고 완전히 아무렇지 않거나 무관심하지도 않은 존재가 되었다. 노스다코타와 미지의 미래로 덜컹거리며 떠날 죄수 호송차를 향해 콘크리트 계단을 조심스레 내려오는 순간 부모님은 내게 불가사의한 무엇으로 변했다. 범죄자 부모를 둔 다른 죄 없는 아이들도 이런 기분을 느꼈으리라(분명). 그렇다고 해서 내가 부모님을 덜 사랑하게 된 것은 아니었다. 그러나 이 사진을 보았을 때 나는 두 번 다시 그분들을 못 보겠구나 생각했다. 또한 그렇게 짧은 시간에 두 분을 완전히 잃었구나 생각했다. 부모님이 가진 건 서로밖에 없어 보였지만, 실제로는 어느 쪽도 더 이상 서로를 소유하지 않았다.

여기에는 안도감 비슷한 것도 뒤따랐다. 놀랍게 들리겠지만 그 안도감이 마침내 내 통증 없는 고통을 없애 주었을 것이다. 지난 한 달 동안 나는 부모님의 운명을 걱정하고 또 걱정했고, 걱정 속에서 눈을 떴다. 살이 빠졌고, 더 조숙해지고 더 차분해졌다. 때로는 부모님이 버너와 함께 차를 타고 날 구하러 왔다가 찾지 못하고 떠나 버리는 꿈을 꾸기도 했다. 말하자면 나는 부모님의 끔찍한 추락에 힘입어 내 유년기와 안녕을 고해 가고 있었다. 그러나 이제는 부모님의 운명을 알았고(어느 정도), 그 때문에 나 자신의 가치를 인식할 수 있었다. 그것은 나쁘지 않은 일이었다. 버너가 부모님의 사진을 보거나 기사를 읽을 일이 없다는 것도 기뻤다. 버너가 어디에 있건 밀드레드 아줌마가 그녀한테는 누런 봉투를 보내지 않았기를 바랐다. 나중에야 알았지만 아줌마는 보내지 않았다.

52

사랑하는 델에게

네가 그레이트폴스에 있을 것 같진 않지만 달리 보낼 곳을 몰라 이 편지를 거기로 보내. 누군가가 너에게 전해 줄지도 모르니까. 엄마의 재미있는 친구, 밀드레드 아줌마일지도 모르지. 네가 이 편지를 소년원 같은 데서 읽지 않기만을 바라고 있어. 네가 그런 데 있다면 진짜 끔찍하니까. 불쌍한 엄마 아빠가 어떻게 됐는지 네가 알고 있는지 궁금해. 내 물고기들은 어떻게 됐어? 내가 널 엄청 사랑하는 거 알지! 어찌 됐건 말이야. 네가 준 돈은 아직 갖고 있어. 내가 도망가고 나면 너 혼자 부모님 교도소에 가겠구나 생각했어. 미안. 미안. 미안.

넌 어디 있어? 난 어떤 집에서 다른 사람들이랑 살고 있어. 나처럼 도망 나온 친절한 여자애도 있고 싸우는 게 싫다고 무단으로 해군을 나온 잘생긴 청년도 있어. 남자 둘이랑 여자 한 명은 늘 여기 있지는 않지만 우리를 잘 돌봐 주면서도 많은 보답을 바라진 않더라고. 이 집은 캘리포니아가(街)라고 하는 긴 거리에 있어(당연하지 않겠어.) 내가 샌프란시스코에 있거든. 말하는 걸 깜박했다. 그 지조 없는 자식 루디 레드 대디는 본 적이 없어. 어느 토요일에 샌프란시스코의 워싱턴 스퀘어라는 공원에서 만나기로 하고 짐을 꾸렸건만. 녀석도, 녀석의 엄마도 못 봤어. 혹시 녀석을 만나거든 잘 지내라고 전해 줘. 난 그 앨 사랑하지 않아. 편지는 써도 된다고 해.

어른들처럼 서로 편지를 주고받으면 어색하겠지, 안 그래? 그럴 수만 있다면 네가 여기 오면 좋겠어. 그럼 널 예전처럼 부려먹을 텐데. 하지만 여기 오면 체스를 할 수 있어. 사람들이 워싱턴 광장에서 체스를 두더라니까. 이것저것 배울 수도 있고 우승자가 될 수도 있지 않겠어. 난 다른 사람들(애들 말야)도 부모와 문제가 있다는 걸 알게 됐어. 도망치거나 은행을 털거나 자살을 하는 그 정도로 나쁜 일은 아니었지만 또 다른 문제들이 있더라고. 엄마 아빠한테서 편지 온 적 있어? 당연히 난 없어. 엄마 아빠가 지금도 내 생각을 할까 궁금해. 내가 도망친 걸 알기나 할까? 여긴 아름답고 아직까지 춥지 않고 사건이 계속 일어나고 있는 것 같아. 난 혼자 있는 게 좋아. 사람들한테 우리 부모님 얘길 했더니 아무도 믿질 않는 거야. 나도 더는 믿지 않을 거고, 말도 안 할지 모르겠어. 떠날 때는 다시는 보지 않겠다고 생각했지만 널 볼 수 있으면 좋겠어. 지금은 우리가 언젠가 만날 거라고 생각해. 난 여전히 너와 같은 지구에 살고 있으니까. 그렇지만 똥통 마을이고 앞으로도 그럴 그레이트폴스에 있지 않아서 기뻐.

내가 여기까지 어떻게 왔는지는 언젠가 말해 줄게. 살해당하거나 심하게 이용당하거나 굶어 죽지 않고 도착했어. 이만 총총

해야겠어.

사랑을 담아,
버너 파슨스

추신. 새로운 게 떠올랐어. 편지는 이 주소로 쓰면 되니까 꼭 써. 시간이 흘러가는 것도 기뻐, 그러니 너도 서둘 필요 없어.

날 보면 못 알아볼 거야. 양쪽 귀를 뚫었거든. 다리랑 겨드랑이 털도 깎았고 뻣뻣한 더벅머리도 짧고 귀엽게 잘랐어. 주근깨는 신경 안 써. 지금은 가슴이 좀 나왔어. 우리가 보브 삼촌이라고 부르는 아저씨가 날더러 유대인이냐고 묻더라. 그렇다고 했어. 내 얼굴에는 불행히도 꽃이 피었어. 믿을지 모르겠지만 베이비시터 일을 두 번 했어. 난 아기 때를 기억할 수 있어. 내가 볼 때 넌 아직도 앤데. 만나면 네가 준 돈 돌려줄게.

엄마 아빠가 우리 부모인 것, 우리의 운이 이 정도에 그친 건 유감이야. 지금은 우리 삶이 망가졌지만, 아직은 채워야 할 삶이 많이 남아 있어. 가끔은 부모님이 그리워. 어떤 꿈을 꿨고, 지금도 꿔. 꿈속에서 내가 모르는 사람을 죽였는데 내용을 잊어버렸댔어. 그런데 방금 그 꿈이 생각났어. 내가 살인을 저질렀는데, 그런 사실을 나도 알고 다른 사람들도 알아. 실제로 살인을 저지른 게 아니고 꿈일 뿐인데도 끔찍해. 내가 울면서 경주를 하고 있구나 느끼면서 깼어. 너도 그런 꿈 꿨어? 우린 쌍둥이니까 똑같이 느끼고 사태를(세상일까?) 똑같이 보지 않을까. 진짜 그랬으면 좋겠다. 엄마가 읽던 시들 중 기억하고 있는 시가 있어. 나는 해군 청년한테 큰소리로 읊어 주곤 해. “나에게도 한 번쯤은 사랑스러운 영웅적인 우화를 생각나게 하는, 황금빛 종이 위에 써 두어야 할 청춘이 있지 않았던가. 너무나 운이 좋았던 청춘이! 그 어떤 죄악 때문에—"[35] 지금은 전문은 기억나지 않아. 미안. 프랑스 시였는데. 엄마는 늘 그 시가 엄마 얘기라고 생각했던 것 같아.

다시 사랑을 담아,
쌍둥이 누나 버너 레이철 파슨스

35) 랭보의 시 「아침」의 첫 머리. 이어지는 구절은 다음과 같다. "…… 그 어떤 잘못 때문에 나는 지금의 나약한 모습이라는 보상을 얻은 것인가."

53

포트로열의 레너드 호텔에서 시작된 시간은 파트로에서 보낸 외로운 몇 주와는 모든 면에서 달랐다. 훨씬 나았고, 텅 빈 대초원에서 길을 잃고 헤매다 어찌어찌 피난처는 구했지만 여전히 길을 잃은 채 또 다시 아무것도 확실하지 않은 불완전한 삶, 정체된 삶이 아닌 내가 실제로 살고 있는 삶처럼 느껴졌다. 물론 그 삶은 오래 가지 않았고 재앙으로 끝났다.

더 많은 사냥꾼이 당도하기 시작했다. 한 번에 대여섯 명씩 왔다. 다채로운 미국 번호판을 단 큰 차들이 작은 객실에는 들어갈 수 없는 사냥 도구들과 함께 흙바닥에 주차돼 있었다. 렘링거 씨와 복도를 같이 쓰는 내 작은 따뜻한 골방에 있으면 밤중까지 나지막이 이야기 나누는 남자들 목소리가 마룻바닥과 관을 타고 올라왔다 어둠 속으로 멀어지곤 했다. 나는 내 좁은 침대에 조용히 누워 그들이 하는 말들을 이해해 보려 애썼다. 대부분이 미국인이니까 내가 알아들을 만한 이야기가 나오고 유용한 지식을 얻을 수 있지 않을까 생각했다. 내가 생각한 그런 얘기들이 무엇이었는지는 모르겠다. 많이 듣지는 못했다. 허먼, 위니프레드, 소니 같은 사람 이름, 누구누구가 모욕을 당했거나 상해를 입었다는 불평, 웃는 소리가 전부였다.

밤에는 레너드 호텔 술집에 있었다. 찰리와 내가 저녁 정찰을 나와 새로운 구덩이를 팔 곳을 정하고 나면(날이 저문 뒤 구덩이를 파고 짚으로 흙을 덮기 위해 우크라이나 소년 두 명을 고용했다) 나는 보통 호텔 주방에서 저녁을 먹은 뒤 담배 연기 자욱하고 시끄러운 술집의 주크박스 옆이나 도박장에서 카드를 치는 사람들 뒤에서나, 흐릿한 불빛 아래 술을 나르고 사냥꾼들하고나 때로는 자기들끼리 춤을 추다 종종 남자와 사라졌다가 밤새 나타나지 않는(전에 말했듯이) 필리핀 여자들에게 말을 걸며 초저녁을 보내곤 했다. 지금은 객실을 청소하지 않아 그들이 스위프트 커런트로 돌아가는 대기 택시에 올라타는 모습을 거의 보지 못했다.

술집에 있는 미국인들은 주로 올이 굵은 사냥 복장에 덩치가 크고 큰소리로 말하는 남자들이었다. 그들은 웃고 담배 피우고 호밀 위스키와 맥주를 마시며 놀았다. 그들 대다수는 캐나다에 있다는 걸 아주 웃기다고 생각했고, 추수감사절이 10월에 있는 거며 캐나다인들의 이상한 말투(나도 찾아보려 했지만 찾지 못했다)며 캐나다인들이 미국인은 싫어하면서 미국에서 부자로 살고 싶어 하는 것에 대해 조롱했다. 그들은 "아랫동네"의 선거에 대해, 닉슨이 케네디를 눌러 버리면 좋겠고, 공산주의자들과 싸우는 게 얼마나 중요한지 떠들어댔다. 자기 고향 미식축구 팀 얘기도 했다. (몇몇은 미주리였고, 몇몇은 네바다, 또 몇몇은 시카고였다.) 아내들에 관한 농담도 하고 자식들의 성적이며 자국에서 하던 일이며 다른 사냥터에서 있었던 주목할 만한 사건이며 자기네가 죽인 오리와 기러기와 다른 동물이 얼마나 많았는지에 대해 이야기했다. 가끔은 내게 말을 걸어오기도 했다. 내가 그냥 눈에 띄었거나, 장비가 없어 약국이나 철물점으로 아침 일찍 심부름을 보냈을 때였다. 그들은 내가 캐나다인인지, "렘링거 씨의 아들"인지, 그곳에 와 있는 다른 사냥꾼의 아들인지 알고 싶어 했다. 나는 그들에게 부모님이 편찮아서 몬태나 주에서 왔는데 조만간 다시 집으로 돌아가 학교를 다닐 거라고 했다. 그 말에 그들은 큰소리로 말하고 웃고 내 등을 탁탁 치며 학교를 땡땡이치다니 "행운아"라며 "사냥 안내인" 노릇도 해보고 대부분의 아이들이 꿈만 꾸는 모험 가득한 삶을 경험하고 나면 학교로 절대 돌아가고 싶지 않을 거라고 했다. 그들은 캐나다가 웃기긴 하지만 신비롭고 낭만적이라고 생각하는 듯했고, 자신들이 사는 곳은 지루하고 진부한데도 여전히 그곳에 살고 싶어 했다.

이런 저녁이 끝나면, 그러니까 찰리가 돌아다니며 기러기 은신처를 점검한 뒤 사냥꾼들에게 자러 가라고 말하는 8시 전이면 나는 계단을 이용해 내 방으로 돌아가 침대에 누워 『체스 마스터』 잡지를 읽고 나서 사냥꾼들이 쿵쿵거리며 각자의 방으로 올라가고 큰소리로 웃고 기침하고 가래를 뱉고 술잔과 병을 쨍 부딪치고 욕실을 쓰고 볼일을 보고 하품하고 부츠로 바닥을 탁탁 치고 방문을 닫고 들어가 코고는 소리까지 유심히 듣곤 했다. 그 시각이면 포트로열의 추운 거리에 나와 있는 독신남들의 목소리, 차 문이 닫히고 개가 짖고, 전철기가 호텔 뒤에서 곡물 차량을 조작하고, 공기 제동기가 빨간 신호등에서 잠시 멈추었다 대형 엔진이 부르릉 다시 켜지며 트럭이 앨버타나 리자이나 — 내가 전혀 모르는 두 도시 — 로 향하는 소리가 들렸다. 내 창문은 처마 밑에 있었다. 오두막에 살 때는 달빛과 촛불과 하늘의 총총한 별들과 찰리의 트레일러에서 새어 나오는 불빛만 있더니, 여기 내 방에서는 검은 공기를 붉게 물들이는 레너드 호텔의 간판이 보였다. 지금은 라디오가 없었다. 그래서 잠이 들기 위해 그날의 경험들과 그것에 따라붙는 생각들을 정리했다. 늘 그렇듯 부모님 생각을, 부모님이 교도소에서 지내는 게 힘들지는 않을지, 두 분이 지금 나에 대해 무슨 생각을 할지, 내가 부모님 재판을 보러 갔다면 어떻게 행동했을지, 우리가 무슨 얘길 나누고 나는 버너에 대해 뭐라고 말했을지, 다른 사람들도 있는 데서 사랑한다고 말했을지(아마도 했을 것이다) 생각했다. 미국인 사냥꾼들의 걸걸한 목소리와 그들 자식들의 성적과 부엌문에서 기다리고 있다던 아내들과 그들의 온갖 모험담도 생각했는데, 그런 것들이 부러움이나 억울함을 일으키진 않았다. 내겐 아무런 성적도, 기다리고 있는 사람도, 돌아갈 집조차 없었다. 내가 가진 거라곤 나날의 의무와 식사와 내 물건만 몇 개 있는 내 방뿐이었다. 그러나 놀랍게도 잠자리에 들 때는 거의 언제나 예전에 느끼던 편안함이 느껴졌다. 밀드레드 아줌마는 우리에게 일어난 일이 내 잘못이 아니므로 나 자신을 나쁘게 생각하지 말라고 했다. 플로렌스는 우리 인생이 빈 수레로 오고 우리의 과제는 행복을 채우는 거라고 했다. 내 어머니, 내가 있는 곳에 한 번도 와 보지 않았고 강 건너 풍경으로밖에는 캐나다를 알지 못하고 날 맡아 준 사람들에 대해서조차 모르는 그 어머니도 몬태나 주의 소년원보다는 이곳이 더 낫다고 생각했다. 그리고 어머니가 날 사랑하는 것은 의심할 여지가 없었다.

버너는 편지에서 우리 인생이 망가졌지만 갈 길이 많이 남았다고 했다. 내가 진짜로 행복했다고 지어낼 수는 없었을 것이다. 그러나 나는 양동이로 물을 나르지 않고, 양수기와 풍로와 비누를 이용해 씻지 않고, 춥고 외풍이 심하고 냄새 나는 오두막에서 자지 않고, 내가 모르는 사람을 만나지 않고, 찰리 쿼터스와 변소를 같이 쓰지 않게 된 것만으로도 만족했다. 그 동안에는 내 상황이 좋아질 거라 믿지 않았지만 점점 좋아지고 있는지 모른다고 느껴졌다. 그렇기 때문에 나란 인간의 일부는 인생이 나아질 수 있다고 믿고 싶어 한다고 볼 수 있었고, 이것이 내게 중요했다.

내가 아서 렘링거를 만나 제대로 말을 섞어 본 그때, 그는 내게 반농담조로 이름을 바꾸고 싶지 않지 않느냐고 물었고 나는 아니라고 대답했다. 누구나 그렇겠지만, 내 경우에는 특히 그런 문제가 논의될 때 내가 누구이며 나 자신에 대해 무엇을 알고 있는지에 매달리고 싶어 한다. 그런데 처마 밑에 자리한 내 방에서 나는 아서 렘링거는 어쩌면 내가 몰랐던 것을 알고 있겠구나 느꼈다. 그러니까, 이 세상에서의 임무가 경험을 얻는 것이라면 전에도 생각했듯이 다른 사람이 될 필요가 있을지 모른다는 것이었다. 물론 나는 그게 누구인지도 몰랐고, 어머니가 가르쳐 준 대로 우리가 태어날 때 갖고 있던 우리 자신으로 끝까지 산다고 믿어 왔었다. 아버지라면 당연히 최초의 자아 — 출발했을 때의 자아 — 가 더 이상 이치에 닿지 않으면 더 잘할 누군가에게 길을 내줄 필요가 있다고 말했을 것이다. 아버지는 그때 자신을 그렇게 생각했을지 모른다. 그러기엔 너무 늦어 버렸지만.

54

포트로열 — 진짜 삶과 보답이 있는 마을 — 에 적응함에 따라 나는 아서 렘링거의 영역으로 더 깊이 들어왔다. 플로렌스가 그렇게 될 거라고 했고, 나도 몹시 원했던 바였지만 왜 진작 그렇게 되지 않았는지는 말할 수 없을 것 같다. 파트로에서 지낸 몇 주 동안은 아서 렘링거와 접촉할 때마다 사람이 달라 보여 혼란스러웠고 안 그래도 외로운데 훨씬 더 외롭다고 느껴졌다. 어느 날은 내게 할 말이 있어 기다리고 있었던 사람처럼 다정하고 적극적이었지만 말은 하지 않았다. 또 어느 날은 서먹서먹하고 어색했고 나와 거리를 두고 싶어 하는 듯했다. 다른 때는 늘 비싼(내 생각에 그래 보이는) 동양풍의 옷을 입고 딱딱하고 거만하게 행동했다. 그는 내가 만나 본 사람들 중 가장 모순되는 사람이었다. 그러나 어머니 말고는 주위에 이상한 사람들이 없었고 누구보다 날 닮은 버너 외엔 그렇게 흥미로운 인간을 본 적이 없어 그런 그가 매력적이었고 날 좋아했으면 하는 마음도 들었다.

내가 레너드로 옮겨와 그를 자주 보기 시작한 뒤로 렘링거는 울퉁불퉁한 고속도로에서 뷰익을 과속으로 몰면서 자신이 관심 갖는 이런저런 주제들(그가 혐오하는 애들레이 스티븐슨,[36] 생디칼리슴에 의해 위축되고 있는 우리의 자연권, 그를 유명 변호사로 살게 해 주었을 거라는 말을 듣게 한 예리한 관찰력)에 대해 의견을 말하곤 했다. 그런 식으로 차를 타고 돌아다닌 날들 중 어느 날이었다. 뷰익이 갑자기 거의 90마일 속도로 달리며 먼지를 마구 일으켰다. 저 앞을 보니 울긋불긋한 꿩 여섯 마리가 부주의하게도 들녘을 벗어나 도로 위를 돌아다니며 자갈과 리디에서 곡물 창고로 가는 도중 트럭에서 떨어진 밀알을 쪼아 대고 있었다. 나는 렘링거가 브레이크를 걸거나 방향을 꺾기를 기다렸다. 아까부터 좌석 양쪽을 손으로 꽉 잡고 있었더랬다. 그러나 대형 뷰익이 속도에 떠밀려 미끄러지거나 그루터기 쪽으로 꺾어지거나 아니면 시속 90마일이 날려 보낼 수 있는 지점까지 날았다가 뒹굴지 않을까 — 그 후엔 우린 죽어 있겠지 — 하는 예감에 무릎은 딱 붙이고 두 발은 차 바닥에 세우고서 양손 모두 계기판 쪽으로 날렸다. 그러나 아서는 브레이크를 밟을 생각을 하지 않았다. 심지어 표정 변화도 없었다. 그는 꿩들 속으로 곧장 달렸다. 한 놈은 앞 유리에 부딪혔고, 두 놈은 공중으로 솟구쳤고, 네 번째와 다섯 번째 놈은 도로 위에서 깃털로 변해 버렸고, 여섯 번째 놈은 차가 오는 걸 간신히 알아채고 몸을 피했다. "여긴 저런 새들이 쌔고쌨다." 그가 말했다. 그는 백미

36) 미국의 정치가. 민주당 진보파에 속했다. 1952년과 1956년 두 차례에 걸쳐 대통령 후보로 지명되었으나 모두 아이젠하워에게 패했다.

러를 보지 않았다. 나는 경악했다.

그 뒤 우리는 서스캐처원의 리더라는 작은 마을을 돌고서 차를 주차시켜 놓고 샌드위치를 먹으러 모던 카페로 들어갔다. 아서는 자리 맞은편에서 맑고 푸른 눈으로 날 빤히 보았고, 말을 내뱉기 전 조용히 혼자 말해 보는 듯 얇은 입술을 씰룩거리다 미소를 지을 것처럼 하다 말았다. 그는 모피 깃이 달린 갈색 가죽 재킷을 입고 있었는데, 아버지가 전쟁터에서 가져온 폭격수 재킷과 비슷했지만 렘링거의 재킷이 더 멋졌다. 깃에는 초록색 실크 손수건이 냅킨처럼 꽂혀 있었다. 가슴에선 줄 달린 독서용 안경이 대롱거렸다. 금발 머리는 가지런히 빗겨져 있었다. 손톱 밑에 가느다란 털이 났고 매니큐어를 바른 앙상한 손가락들은 마치 음식이 그의 최대 관심사이기나 한 듯 포크와 나이프를 조종했다. 지난 몇 주 동안 그가 왜 날 무시했는지 말해 주는 이유는 없었다. 지금은 왜 무시하지 않는지를 말해 줄 이유도 없겠다고 생각되었다. 그냥 그렇게 된 것 뿐이었다.

"여기 온 지 얼마나 됐지, 델?" 아서 렘링거는 좋아하는 사람이 앞에 앉아 있다는 걸 깨달은 듯 갑자기 환하게 웃으며 물었다.

"5주요." 내가 말했다.

"일하는 건 재미있니? 뭘 좀 배우고 있어?" 그는 마치 말과 말 사이에 공백이 있고 한 자 한 자 듣는 게 좋은 듯이 입이 살아 있다는 느낌이 들게 또박또박 말했다. 그렇게 잘생기고 세련돼 보이는 남자치고는 목소리가 의외로 비음이었다. 늙은이가 아닌데도 그를 구식으로 보이게 하는 게 이런 것들이었다.

"네, 나리." 내가 말했다.

그는 주문해 놓은 볶은 돼지갈비에 포크질을 했다. "밀드레드 누나 말이 네가 좀 불안정할 수도 있다더군." 그는 기름진 모서리 부위를 작게 잘라 입 속에 넣었는데, 포크의 뾰족한 끝을 아래로 해서 먹는 사람은 처음 보았다. 그는 왼손잡이였다. 버너처럼. "불안정해도 괜찮아." 그가 말했다. "나도 불안정하거든. 난 남들 말도 쉽게 따라, 아니 한때 따랐지. 이곳에서 우리는 불안정해. 여기 있는 자체가 당연하지 않으니까. 그 점에서 너와 난 똑같다."

"전 불안정하지 않아요." 나는 밀드레드 아줌마가 그에게 그런 말을 한 것도 화가 났고, 그가 알아 버린 것도 화가 났다. 그렇게 보이고 싶지 않았다.

"글쎄." 그는 즐거워 보였는데, 잘생긴 용모에 어울리는 표정이었다. "혼자 지내 본 적이 없었을 테니 유쾌한 경험은 아니라고 보는데."

카페에는 런치 카운터에서 점심을 먹고 있는 농부들과 마을 사람들, 황동 단추가 달린 두툼한 갈색 외투를 입은 경찰관 두 명이 있었다. 그들은 우리를 주목했다. 포트로열의 거리에서 만난 모르몬교 여자처럼 그들도 아서 렘링거가 누구인지 알았다. 그는 알아보기 쉬운 사람이었다.

나는 질문은 하지 않고 듣기만 하기로 되어 있었다. 하지만 그가 왜 꿩들에게 돌진해 녀석들을 죽였는지 알고 싶었다. 정말로 충격적이었다. 찰리 쿼터스라면 능히 그랬을 테지만 내 아버지는 절대 그러지 않았을 것이다. 렘링거는 한 치의 망설임도 없어 보였었다. "여긴 맞춰 살기가 간단치 않아." 그가 기름진 고기를 조용히 씹으며 말했다. "난 여기가 조금도 맘에 들지 않아. 캐나다인들은 고립돼 있고 내향적이야. 흥분을 크게 안 하지.” 그의 금발이 몇 가닥 이마로 내려왔다. 그는 엄지손가락으로 내려온 머리카락을 뒤로 넘겼다. “작가 톨스토이가 말이다. 너도 들어봤겠지.” 책꽂이에서 이름만 본 적이 있었다. “지난 세기에 농부들에게 돈을 주고 여기로 오게 했다. 그들을 없애려고 그런 것 같다만. 아무튼 그들 중 몇 명은 아직 여기 있어. 정확히 말하면 그들의 후손들이. 잠시 문명화가 이루어졌지. 연극이며 가장행렬이며 경가극을 했어. 토론 클럽도 있었고, 유명한 아일랜드 테너 가수가 노래를 부르러 토론토에서 오기도 했어.” 그의 금빛 눈썹이 치켜 올라갔다. 그는 미소를 지으며 카페에 있는 다른 사람들과 경찰관들을 둘러보았다. 수군거림과 은그릇이 쟁반에 부딪치는 소리가 들렸는데 그는 즐기는 것 같았다. “지금은,” 그는 돼지고기를 잘라 먹으며 계속 말했다. “청동기시대로 돌아가고 있어. 완전히 나쁜 일만은 아니지.” 그는 실크 손수건으로 입술을 훔치고서 날 다시 뚫어지게 보다 물어볼 게 있다는 뜻으로 고개를 갸웃했다. 그러자 그의 목에 나뭇잎 모양의 작은 보라색 반점이 있는 것이 보였다. “넌 정신이 멀쩡하다고 생각하니, 델?”

나는 무슨 뜻인지 이해하지 못했다. 멀쩡한 정신은 불안정하다는 것과 정반대일 것 같았다. 그런 정신을 갖고 싶었다. “네.” 나는 대답했다. 주문한 햄버거와 나와 먹기 시작했다.

그는 고개를 끄덕이고 입 안에서 혀를 돌린 다음 헛기침을 했다. “여기 살면 확신에 대한 환상이 생겨.” 그가 다시 미소를 지었지만 날 바라보는 순간 그 미소는 천천히 사라졌다. “확신이 사라지면 사람들은 절망 때문에 미친 짓들을 하지. 넌 안 그럴 것 같다만. 지금 절망에 빠져 있는 건 아니겠지, 응?”

"네, 아니에요." 이 말을 하자 구치소에서 어머니가 무력하게 미소 짓던 모습이 떠올랐다. 어머니는 절망에 빠져 있었다.

아서는 커피 잔을 작은 손잡이가 달려 있지 않은 쪽으로 감싸 쥐고서 커피를 마셨다. 후후 불면서 마셨다. "그럼 됐다. 절망이 아웃됐으니." 그는 다시 미소 지었다.

나는 아서 렘링거의 객실을 청소할 때 여러 사진을 보았었다. 책도 보았고. 체스판도. 권총도. 그는 지금 사귀기 쉬운 사람으로 보였다. 내가 그토록 원한 친구가 될 수 있을 것 같은 순간이었다. 나는 어디에서도 누구에게도 여길 어떻게 오게 되었냐고 물어볼 생각을 하지 않았었다. 명령만 떨어지면 늘 옮겨 다녀야 했던 우리 가족에게는 화젯거리가 아니었다. 그러나 아서에 대해서는 꿩들에 대해 알고 싶은 것보다 훨씬 더 많이 알고 싶었다. 그는 나보다도 여기에 맞지 않아 보였고, 나는 그 모든 불리함에도 적응을 했기 때문이었다. 나는 우리가 많이 다르지 않다고 생각했다.

"맘에 안 든다면서 왜 떠나지 않았어요?" 내가 물었다.

렘링거는 코를 훌쩍였고 옷깃에서 손수건을 꺼내 잘생긴 코를 손수건으로 감쌌다. 그는 자기 누나 밀드레드처럼 헛기침을 했다. 그들의 닮은 점은 이것뿐이었다. "흠, 더 나은 질문이……." 그는 고개를 돌려 우리 옆에 있는 창으로 그의 뷰익과 경찰관들의 닷지가 나란히 주차돼 있는 거리를 바라보았다. 황금색 페인트로 쓴 **MODERN**이란 글자가 카페 안에서는 역순으로 보였다. 눈이 날리고 있었다. 바람 때문에 작은 눈송이들이 안개처럼 거리로 마구 밀려 올라와 지나가는 승용차들과 트럭들 주위를 빙빙 돌았고, 한낮인데도 차들은 전조등을 켰다. 아서는 하고 싶었던 말 — 더 나은 질문 — 을 잊은 듯했다. 엄지손톱으로 금반지만 툭툭 쳤다. 정신이 딴 데 팔려 있었다.

그는 재킷에서 담배를 꺼냈다. 익스포트 A였다. 플로렌스도 피우던 담배였다. 그는 한 개비에 불을 붙여 차가운 유리 위로 연기를 내뿜었고, 연기는 눈 내리는 바깥 풍경을 배경으로 떠올랐다. 그는 의미 있는 말을 하고, 품위 있고 나와 내 질문에 관심이 있는 사람처럼 행동할 필요를 느끼고 있었다. 하지만 그에게 이보다 더 자연스럽지 않은 일이 또 있었을까? 자기도 전혀 모르는 열다섯 살 소년. 어쩌면 내가 미국인이라서 좋아 보였는지 모른다. 플로렌스 말대로 나를 통해 자기 자신을 보았을지도. 그러나 이런 남자에게 그 사실이 뭐가 그리 중요할까?

렘링거가 담배를 피우는 모습 — 왼손 중지와 검지 사이에 담배를 끼우고 시선을 돌리고 있는 — 을 보니 더 나이 들어 보이고 피부도 매끄러워 보이지 않았다. 그의 옆모습은 정면으로 봤을 때보다 더 모나 있었다. 몽고반점이 있는 목은 더 가늘었다. 멍한 상태가 잠시 이어졌다. 그의 얇은 입술 가장자리가 담배를 쥔 손가락 옆으로 어른거렸다. "넌 은행 강도인 무법자들의 어린 아들이야." 그는 이 말을 하고서 고개를 돌려 창 쪽으로 연기를 내뿜었다. "네 인생이 그 사실에만, 그것하고만 연관되는 건 원하진 않지, 안 그러냐?"

"네에." 버너는 부모님 얘기를 했더니 아무도 믿지 않았고, 자기도 더는 믿지 않을 거라고 편지에 썼었다.

"네 자신이 다른 것과 연관되었으면 좋겠지." 그는 이번에도 또박또박 말했다. "더, 이상적으로."

"네에." 내가 말했다.

그는 방금 생각이 다시 바뀌기라도 한 듯 입술을 핥고 턱을 치켜들었다. "전기(傳記)를 읽어 본 적이 있니?"

"네에." 내가 말했다. 물론 내가 읽은 건 『월드북』에 나오는 간략한 설명뿐이었다. 아인슈타인. 간디. 퀴리 부인 등등. 학교에서 그들에 관한 보고서도 썼다. 그러나 아서는 진짜 전기를, 그의 책꽂이에 있던 내가 모르는 두꺼운 책을 의미한 것이었다. 나폴레옹. U. S. 그랜트. 마르쿠스 아우렐리우스 등등. 나는 그 책들을 읽고 싶었고, 언젠가는 읽을 거라고 느꼈다.

"내 생각에는." 렘링거가 말했다. "속에 많은 걸 가지고 있고 가져야 하는 사람들은 위대한 장군들이 하는 일에 관심을 가져야 한다고 본다. 그들은 늘 운명이 어떤 건지 이해를 하거든." 그는 만족스러워 보였고 더 자신 있게 말했다. "그들은 계획대로 되는 경우가 아주, 아주 드물고, 실패가 법칙이라는 걸 알아. 상상을 초월하는 지루함이 어떤 건지도 알아. 죽음에 대해서도 잘 알지." 그는 내 맞은편에서 묻고 싶은 표정으로 날 응시했다. 그의 미간에 주름이 졌다. 이것으로 그가 여기에 왜 있는지에 대한 물음의 답이 되었기를 바라는 표정이었다. 그는 내 아버지와 비슷했다. 그들은 내가 자신들이 하고자 하는 말을 들어주는 청중이길 원했다. 그는 내 물음에 답을 하지 않을 것이었다.

렘링거는 재킷에서 지갑을 꺼내 테이블 위에 지폐 한 장을 올렸다. 미국 돈과는 다른 빨간 지폐였다. 그는 느닷없이 나가고 싶어 했다. 뷰익으로 돌아가 대초원을 초고속으로 달리면서 아무거나 원하는 대로 부딪치고 싶어 했다.

"난 미국을 그다지 좋아하지 않아." 그가 일어서며 말했다. "여기서는 미국 얘기를 많이 못 듣지." 카운터에 있는 두 사람이 금발에 키가 크고 잘생기고 특이한 그를 훑어보았다. 경찰관 한 명도 우리 쪽으로 고개를 돌렸다. 렘링거는 눈치 채지 못했다. "아주 가깝다는 게 이상할 정도야. 늘 그런 생각이 들어." 미국을 말하는 것이었다. "120마일인데. 네가 보기엔 많이 다르냐? 여기 위쪽이?

"아니오." 내가 말했다. "비슷해 보여요." 정말로 그랬다.

"흠, 그럼 됐다." 그가 말했다. "벌써 적응했구나. 내가 여기 있는 것도 그런 이유일지 몰라. 적응을 했으니까. 물론 언젠가는 해외여행을 하고 싶다. 이탈리아로 말이다. 난 지도 보는 걸 좋아해. 넌 어떠냐?"

"저도요." 내가 말했다.

"그렇군. 이게 무슨 이겨야 하는 경쟁은 아니지, 응?"

"네, 그래요." 내가 말했다.

그는 더 이상 말하지 않았다. 그가 해외여행을 하고 싶다고 해서 이상했다. 특이하고 안 어울리기도 했지만 그는 여기에 속한 사람으로도 보였다. 사람은 내가 그를 만난 곳에 속하기 마련이라는 것이 그때의 내 철없는 생각이었다. 우리는 카페를 나왔다. 내가 그곳에 다시 갈 일은 없었다.

55

나는 사람들이 세상에 대해 알고 있다고 믿는 것에 근거해 다음에 일어날 일을 합리적이거나 논리적으로 보이게 만들 수는 없다. 그러나 아서 렘링거의 말대로 나는 은행 강도인 무법자의 아들이었다. 내 삶의 증거, 내가 누구라고 믿는 것, 내가 무엇으로 평판을 얻고 싶고 힘찬 활력과 긍지를 끌어내고 싶은지에 상관없이, 꼬리표처럼 따라붙는 무엇이 있다는 사실을 내게 상기시키는 것이 그의 방식이었다.

얼마 뒤 찰리 쿼터스가 아서 렘링거에 대해 내게 말해 준 중요한 주장이 이 경우에 해당했다. 그가 범죄를 저지른 뒤 자기 나라에서 도망쳤고 눈에 잘 띄진 않지만 폭력적인 성향과 변덕스러운 성질을 지닌 사람이라고 한 것이 말이다. 찰리는 렘링거를 경멸했고 이런 정보를 숨겨 줄 의리를 못 느꼈다. 그는 렘링거가 의리를 존중하거나 세상의 존경을 많이 받는 인물이 아니라고 했다. 이런 사람에 관한 진실을 알아두면 나를 지킬 수 있을지 모르니 나쁘지 않을 거라고 했다.

아서 렘링거가 모두에게 그런 것처럼 날 지켜본 것 — 그만의 것이고 나와는 닮은 점이 거의 없는 내적 존재로 — 도 이 경우에 해당했다. (그때 당시의 나는 이렇게 말하지도 못했을 것이고 아직 깨어나지 않은 내 안의 나만 알고 있었을 것이다). 나라는 존재는 그에게 주어진 사실에만 그치지 않았다. 그의 존재는 가장 직접적이고 대가가 지불된 것이었지만, 그 존재의 주요 특징은 어떤 결핍, 그가 알고 있고 몹시 채우고 싶어 하는 결핍을 구현하고 있었던 것이다. (그와 가까워진 때부터 뚜렷이 보였다.) 이에 계속 부닥치면서 그는 이 결핍이 자신의 핵심 문제라고 생각하게 되었다. 그가 원한 것은 자신이 결핍을 채우는 데 성공했다는 입증(나로부터 얻든 내가 해 주든)이었다. (훗날 내가 이런 결론을 내린 것은 그가 원하지 않았다면 내가 그곳에 있지 않았을 것이기 때문이다.) 그는 자신이 그 일을 해냈고 지난날 저지른 큰 잘못에 대해 더는 벌을 받지 않아도 된다는 확인을 원했다. 내가 파트로에서 영원히 혼자 지낼 일은 없을 거라고 나를 다독이며 보낸 그 몇 주 동안 그가 나를 무시한 것은 자신이 원하는 것 — 내가 열악한 환경에 적응하고 나 자신의 비극을 뒤로 하고 그의 비극을 위로하는 것 — 을 내가 줄 수 있다는 확신이 들지 않아서였다. 그는 자신에게 나쁜 일이 다가오고 있다는 걸 알았기에 잠깐 동안이지만 내가 "특별한 아들"이 되어 주길 원했다. 아들이 아버지를 위해 하는 것을 내가 해 주길 원했다. 다시 말해, 아버지가 착실하고, 알맹이 없이 딸랑거리는 깡통이 아님을 증언해 주기를. 아버지가 달리 가치가 없어 보여도 조금은 가치가 있다고 증언해 주기를 말이다.

나는 그때 고작 열다섯 살이었고 사람들이 내게 하는 말을 곧이곧대로 믿었다. 때로는 내 마음의 소리보다 더 많이 믿었다. 만약 내가 나이가 더 먹어 열일곱 살이고 그만큼의 경험이 더 있었다면, 세상에 대해 막연한 생각을 넘어설 수 있었다면, 내가 겪고 있던 느낌, 렘링거에게 끌리고 있고 부모님에 대한 감정을 내 생각의 파도 아래로 흐르게 한 그 느낌들이 내게도 나쁜 일이 다가오고 있다는 징조였음을 알았을지 모른다. 그러나 나는 너무 어렸고 내가 알던 작은 세계의 경계 밖으로 너무 멀리 와 있었다. 이런 느낌은 부모님이 강도짓을 계획하고 저질렀을 때 — 버너와 내가 집을 청소하며 부모님이 돌아오기를 기다렸을 때, 나중에 고등학교 입학 따윈 잊고 시애틀행 기차에 오를 준비를 하고 있을 때 — 도 들었었다. 하지만 그때는 예전의 느낌을 이 느낌에 연결하거나 두 느낌이 같은 것이라는 걸 인식하지 못했다. 내게는 그런 것을 연결할 능력이 없었다. 그런데 왜 우리는 누구도 좋게 보거나 유익하게 보지 않고 위험하고 예측 불가능하게 보는 사람들에게 끌리는 걸까? 부모님이 수감되고 바로 아서 렘링거의 그물에 걸려든 것이 얼마나 불운한 일이었던가를 그때부터 생각에 생각을 거듭해 왔다. 그럼에도 불구하고 우리가 해야 할 일은 주변 상황이 좋지 않고 위협이 있다는 느낌을 인지하는 것이고, 전에도 이런 기분을 느꼈고 그렇다는 것은 자신이 아무도 없는 넓은 땅에 혼자 있고 노출되어 있는 만큼 조심할 필요도 있다는 것을 기억하는 것이다.

물론 내가 한 일은 경계심을 드러내기보다 나 자신을 렘링거와 플로렌스 라블랑에게 "빠져들게" 했다는 것이다. 마치 그들에게 빠져들게 된 것이 어머니가 자신의 불운을 겪고난 뒤 나를 멀리 보냈기 때문에 일어난 지극히 당연하고 필연적인 결과인 것처럼. 물론 그 시간은 아주 짧았다. 그러나 나는 아이가 그러듯 — 내 일부는 여전히 아이였으니까 — 철저히 그 속으로 들어갔다.

56

10월 초에 레너드의 내 작은 골방에 정착하게 된 뒤로 나는 마치 돌연 아서 렘링거의 총아라도 된 듯 그를 자주 보았고, 그도 날 지겨워하지 않았다. 나는 내가 맡은 임무를 계속 수행했고 즐겼다. 저녁에는 찰리와 기러기를 정찰하고, 4시에 일어나 사냥꾼들을 어두운 밀밭으로 수송하고, 미끼를 놓고, 사냥꾼들과 잡담을 나눈 다음 내 자리를 잡고 추락하는 기러기들을 망원경으로 보았다.

내가 이런 임무에 매여 있지 않을 때는 아서 렘링거가 당연한 권리처럼 내 시간을 청구했다. 나는 기뻤다. 앞에서 말한 느낌들을 연결 짓지도 않았고 경계도 전혀(혹은 충분히) 하지 않았으며, 그를 좋아하기로 결정한 데다 그가 흥미로운 사람 — 언젠가 내가 경쟁할 수 있는 사람 — 이라고 생각했으니까. 플로렌스 말대로 그는 교양 있고 예의 바르고 옷을 잘 입고 경험이 많고 미국인이고 게다가 나를 좋아하는 듯했다. 앞서도 말했듯이, 나는 어머니가 날 낯선 사람들 손에 맡기려 했던 거라고 결론짓고서 그것을 새로운 방향으로 내 삶을 시작하는 방편으로 좋게 생각하고 있었다.

렘링거는 내게 자기를 "나리"라고 부르지 말고 이름을 부르라고 했는데 내게는 좀 어색했다. 그는 날 중국 식당에 데려가 젓가락질과 차 예절을 가르쳐 주었다. 나는 주인 딸을 힐끗 보기는 했지만, 이제는 그녀를 생각하지도 우리가 친구가 되지 않을까 하는 희망도 품고 있지 않았다. 어떤 때는 레너드 호텔 식당에서 아서와 플로렌스와 함께 저녁을 먹기도 했다. 플로렌스는 식탁에 놓을 꽃을 가져왔고 내가 마치 조카쯤 되고 우리가 함께한 역사도 있고 아서가 날 책임지고 있는 사람인 양 다른 손님들에게 날 소개했다. 그런 점에서 보자면 아서는 내가 포트로열 레너드 호텔에 실제로 살고 있고 사내자식들은 그러기도 하지 않느냐는 듯 날 진짜 아들같이 대했다.

이럴 때면 아서는 멋진 트위드 정장에 번지르르한 구두를 신고 밝은 색 넥타이를 맨 차림으로 자신의 관찰 솜씨가 얼마나 늘었는지에 대해 이야기했다. 변두리 호텔 경영자보다는 관찰자가 여러 사람을 위해 더 어울린다고 믿었다. 보장된 미래를 원한다면 능력을 키워야 한다고 했다. 그는 날 위해 준비한 듯 파란 줄이 있는 작은 공책을 멋쩍게 꺼내 내 생각과 관찰 결과를 기록하되 쓴 것을 누구에게도 보여주지 말라고 했다. 그 공책을 정기적으로 들춰 보면 아무 일도 일어나지 않았던 것 같은데도 얼마나 많은 — "아주 많은" — 일이 일어나고 있는지 알 수 있다고 했다. 그렇게 하면 내 삶의 진로를 평가하고 개선할 수 있다며 자기도 그렇게 했다고 말했다.

이 시기에 그는 날 자동차 여행에 몇 번 더 데리고 갔다. 한번은 빚을 갚으러 스위프트 커런트로 갔고, 한번은 플로렌스의 차가 고장 나 그녀를 데리러 메디슨햇까지 달렸다. 대초원을 가로지르는 시골길을 마구 달려 서스캐처원 강 위의 깎아지른 절벽까지 간 날도 있었다. 나룻배 한 척이 강에 걸린 밧줄을 손으로 당기며 천천히 강을 건너고 있었다. 우리는 히터가 돌아가는 뷰익에 앉아 강 아래 기러기 수천 마리가 반짝이는 물 위에서 꽥꽥거리고 굽이진 기슭 저편으로 흩어지는 모습을 구경했다. 흰 갈매기들은 소란스러운 하늘을 빙빙 돌았다. 렘링거의 금발은 언제나 이발과 빗질이 단정하게 되어 있고 윤기 나고 멋있었고, 안경은 대개 목에서 대롱거렸고, 몸에서는 베이럼 화장수 냄새가 났다. 차에서 그는 담배를 피우며 하버드가 얼마나 완벽한 곳이었는지 이야기했다. (나는 하버드에 대해 어렴풋이만 알았을 뿐 보스턴에 있는지도 몰랐다.) 해외여행을 하고 싶다 — 아일랜드와 독일에도 관심이 있었다 — 는 이야기도 했고 가끔은 그가 "미합중국의 경계"라 부르는 4천 마일에 달하는 국경에 대해서도 이야기했다. 그는 국경이란 것이 자연적이거나 필연적인 분할점이 아니고 자연에는 없는 것이므로 폐지되어야 한다고 말했다. 국경은 오히려 타산적인 이해를 위해 유지되고 있는 잘못된 구별짓기라고 보았다. 그는 루소의 말을 인용해 신이 세상을 선하게 만들었으나 인간의 간섭으로 세상이 악해졌다고 했다. 이른바 "전제 정부"와 교회와 모든 정당 — 내 아버지가 루스벨트 대통령 때문에 가장 좋아했던(나도 그랬던) 민주당을 특히 — 을 몹시 싫어했다. 렘링거는 루스벨트를 "앉은뱅이"나 "절름발이"라고 불렀고 그가 나라를 나쁜 길로 꾀어 유대인들과 노동조합에 팔아먹었다고 믿었다. 이런 주제를 말할 때면 그의 파란 눈이 반짝거렸다. 이런 주제만 나오면 화를 냈고, 그 화는 점점 심해졌다. 그는 특히 노동조합을 싫어했고, "거짓 메시아"라고 불렀다. 이 주제들은 내 오두막 상자들에 들어 있던 팸플릿과 잡지 —『결정 요소』,『자유사상가』— 에 그가 논문으로 썼던 쟁점들이었다. 그와 있으면 나는 주로 듣기만 하고 말을 하지 않았는데, 그가 나에 대해 조금이라든가 전혀 묻지 않았기 때문이다. 그가 물어본 것은 내 누나 이름, 내가 태어난 곳, 대학에 갈 계획, 새 숙소에 대한 적응 여부가 전부였다. 나는 부모님에 대해서도 어머니가 유대인이라는 사실을 말하지 않았다. 만약 그가 지금의 미국에 있다면 급진론자나 자유지상주의자로 불릴 것이고, 서스캐처원의 대초원에 있을 때보다 더 친근해 보일 것이다.

그러나 이런 얘기는 하면 할수록 부담스러운지 그는 기분이 나빠 보였다. 입을 활발하게 움직이고 눈을 깜박거리고 대개는 날 없는 사람처럼 외면한 채 계속 얘기했다. 때론 열정적이다가 때론 화를 내기도 했는데, 자신의 결핍에 순응하는 그만의 방식으로 보였다. 나는 대화에 거의 끼지도 못하고 이해도 많이 못했지만 공감했고(그가 유대인을 나쁘게 보는데도) 그와 보내는 시간이 좋았다. 우리가 있는 곳이 이국적인 만큼 그도 이국적이었다. 나는 사람이 흥미롭다고 생각해 본 적이 거의 없었던 만큼 그와 같은 사람을 알고 지내기도 처음이었다.

이 시기에 나는 잠도 잘 잤고 포트로열에서 지내는 것에 낙관했다. 소속감은 거의 느끼지 않았고 내 임무 외에 다른 일에는 거의 참여하지 않았다. 그러나 나만의 소속감과 정상성을 채워 나갔다. 그것이 내 성격이었으니까(지금도 그렇다). 나는 머리를 자르고 사례금으로 벌어 둔 캐나다 돈으로 이발료를 냈다. 공동 욕조에서 목욕을 하고 내킬 때는 거울 속에서 내 모습을 보기도 했다. 옷장 위에 체스 말들을 놓고 렘링거와 체스를 둔다는 생각으로 전략을 짜기도 했다. 나는 레너드 호텔이 집처럼 편했고, 사냥꾼들과도 외판원들과도 석유 채굴 팀이 떠나고 난 뒤 머문 인부들과도 어울렸다. 어쩌다보니 베티 아르스노라는 필리핀 아가씨와도 친해졌다. 그녀는 날 놀리면서 웃기도 하고 나를 보면 나만 한 남동생이 생각난다고 말했다. 나는 캘리포니아에 나보다 키 큰 누나가 있다고 말했다. (이번에도 부모님 얘기는 하지 않았다.) 그녀는 자기도 언젠가 캘리포니아에 가고 싶다며 스위프트 커런트에서 차를 타고 여기까지 나와 매일 밤 레너드 호텔에서 "접대부" 노릇을 하는 것도 그 때문이라고 했다. 그녀는 혈색이 나쁘고 말랐고 머리를 노랗게 물들였고 담배를 폈고 치아 때문에 잘 웃지 않았다. 내가 객실 문을 열었을 때 청년이 잠들어 있는 어둑한 침대 가장자리에 앉아 있던 그런 여자들 가운데 한 명이었다. 나는 그녀와 뭘 어쩌겠다는 생각은 해 보지 않았고, 뭘 어쩌고 싶다는 그림도 그려보지 않았다. 그런 경험은 버너와 해 본 게 전부였고, 그마저도 기억이 잘 나지 않았다.

그즈음의 나는 파트로를 더 이상 생각하지 않고 있었다. 아침이면 찰리 쿼터스와 거기까지 가서 내 오두막 맞은편 막사 밖에서 매서운 추위에도 도마용 통나무에 기러기들을 올려놓고 손질을 했는데도 말이다. 마치 내가 파트로의 오두막에서 지낸 적도 없고, 그 동네를 어슬렁거리거나 골담초 가로수길 너머에 서 있은 적도 없고, 남쪽이겠거니 생각한 방향을 응시하며 부모님을 다시 만나게 될까 생각한 적도 없는 것만 같았다. 시간을 잘 모르고 지내면 사건은 시간에 덮여 버린다. 말했듯이 그곳에서 시간은 내게 거의 중요하지 않았다.

이 시기에 플로렌스 라블랑은 내게 내 미래에 대한 계획을 생각 중이라고 말했다. 식당에서 나온 얘기였다. 그녀는 메디슨햇에서 흰색 리넨 식탁보와 냅킨과 은식기를 가져와 꽃과 함께 테이블을 꾸몄는데, 대초원에 문명의 환상을 만들고 싶고 그날이 캐나다에서 내가 처음 맞는 추수감사절이기 때문이라고 했다. 내가 학교를 다녔다면(그래야 했다) 학교를 쉬었을 거라고 했다. 그러나 월요일이어서 내게는 추수감사절 같지 않았다. 그런데도 플로렌스는 칠면조를 굽고 소스를 만들었고 으깬 감자 요리와 호박 파이를 차로 실어 와서는 우리의 휴일을 함께 축하해야 한다고 선언했다.

그 시간에는 식당에 손님이 별로 없었다. 외판원 한 명과 동쪽으로 가고 있는 예비 커플이 다였다. 석유 채굴 인부들과 철도원들과 사냥꾼들은 술집에 있었다. 렘링거는 자리에 앉아 식당 벽에 걸린 커다란 그림을 응시했다. 조그맣고 밝은 천장 조명이 그 그림을 비추고 있었다. 빨간 터키모자를 쓴 갈색 곰이 소리 지르는 인간들에 둘러싸여 춤을 추고 있는 그림이었다. 인간들 눈은 광기로 흥분해 있고, 붉은 입은 딱 벌어진 채 아우성치고 있고, 짧은 팔들은 허공에 떠 있었다.

플로렌스는 발그레한 볼을 하고서 나와 내 "궁지"를 줄곧 생각했다고 말했다. 자기 생각에 가을 동안에는 내가 포트로열에 남아 아서의 보살핌을 받아야겠다고 했다. 단장하는 법도 배우고 체력도 기르고 이발도 더 자주 해야겠다고 했다. 그리고 크리스마스 전에 버스를 타고 위니펙으로 가서 자기 아들 롤랜드의 집에서 지내라고 했다. 아들에게는 젊은 아내가 있고 두 사람의 아이는 소아마비로 죽었다고 했다. 내 이야기를 아들에게 했더니 아들이 선뜻 동의했다고 했다. 그 아들이 날 세인트폴 가톨릭 고등학교에 넣어 줄 거라고 했다. 며느리가 그 학교 교사여서 많은 질문을 받지는 않을 거라고 했다. 만약 질문이 들어오면 — 그녀는 날 보고 방긋 웃었는데 가늘어진 눈이 반짝거렸다 — 내가 감옥에 간 미국인 부모님에게 버림받은 도피자고 캐나다까지 혼자 힘으로 용감하게 왔으며 다른 친척이 없어 책임감 있는 캐나다 사람들의 보살핌을 받고 있다고 말할 거라고 했다. 그녀는 캐나다 공무원들이 날 몬태나로 돌려보내지는 않을 거라고 했다. 몬태나 주가 알게 되거나 신경을 쓰지도 않을 거라고 했다. 어쨌거나 3년만 있으면 내가 열여덟 살이 될 것이고, 그 시간은 금방 지나갈 것이며, 그 다음부터는 나도 다른 사람처럼 내 인생을 선택할 수 있다고 했다. 그러면 감사하게 될 거라고. 그녀는 내가 부모님과 다시 살게 될 거라고는 조금도 생각하지 않는 듯했다. 하지만 나는 3년 후면 부모님 중 한 분이 풀려나 내가 그분들을 찾을 수도 있고, 내가 돌아오길 그분들이 원할 거라고 생각했다. 지금은 이 모든 이야기를 예사롭지 않게 말하고 있지만, 당시에는 내 미래가 이런 식으로 얘기되고 무력한 처지에 놓여 있어 이상하기만 했다.

플로렌스가 그 계획을 이야기하고 있을 때 렘링거가 파란 눈을 내 쪽으로 옮겼다. 그는 근사한 검정 재킷에 폭이 넓은 보라색 넥타이를 매고 있었고, 언제나처럼 이 호텔에 묵고 있는 어떤 투숙객보다 비범해 보였다. 그는 내게 눈을 깜박였고 미소를 지었다. 얇은 입술은 굳게 다물려 있고, 턱에는 움푹 들어간 자리가 나타났다. 그는 곰과 아우성치는 사람들을 그려 놓은 그림을 돌아보았다. 마치 내 속의 무엇을 판단했고 결정을 내렸으므로 우주의 자연 질서와 신이 완벽하게 창조한 모든 것을 인간이 어떻게 망쳐 놓았는지에 대한 생각으로 돌아간 것 같았다. 나는 그런 시선이 싫었다. 무엇이 판단되고 있는지, 그 판단이 얼마나 믿을 만한지 몰랐다. 꼬집어 말할 수는 없지만 내게 좋지 않은 일이 다가오고 있다는 그런 느낌이었다. 말했듯이 아서가 만약 내게 원하는 것 — 관객이 아닌 증인 — 이 없었다면 나는 그곳에 있지 못했을 것이다. 그가 원한 것은 악감정을 내게 옮기거나, 아니면 그런 악감정을 가장 먼저 느낀 것이 실수였음을 내 존재를 통해 증명하는 것이었을지 모른다.

그러나 플로렌스는 내 미래에 대해 논의하는 것을 기뻐했고 나도 미래를 가지게 된다는 생각에 기뻤다. 그녀는 내게 캐나다 사람이 되는 문제를 생각해 보라며 내게 관련 책자를 주겠다고 말했다. 그러면 모든 게 정리될 거라면서. 캐나다가 미국보다 좋다는 건 미국인만 빼고 모두가 아는 사실이라고 했다. 캐나다는 미국이 가진 모든 걸 가졌지만 아무도 떠들어대지 않는다고 했다. 캐나다에서는 평범하게 살 수 있고, 캐나다도 나를 국민으로 맞게 돼 좋아할 거라고 했다. 그녀 말이 아서도 몇 년 전에 캐나다 사람이 되었다고 했다. (그는 고개를 젓고 손가락으로 금발을 만지고 우리를 계속 외면하고 있었다.) 나는 그 사실을 몰랐다. 찰리가 말해 준 것은 그가 나처럼 미시간 출신의 미국인이라는 것뿐이었다. 하지만 그 얘길 듣자마자 그가 다르게 느껴졌다. 나쁜 느낌이 아니라 그저 다른 느낌이었는데, 마치 그의 기묘함이 일부 걷히고 그가 미국인이라고 믿었던 때보다 흥미가 반감된 듯했다.어떤 면에서는 그가 대수롭지 않아 보이기까지 했다. 어쩌면 그런 것이 세상의 이곳과 저곳을 구별하는 진짜 차이일지 모른다. 그러니까 그 땅의 사람들을 어떻게 생각하는지, 그런 생각이 빚어내는 차이 말이다.

57

이 시기에 나는 버너에게 편지를 썼다. 네모난 창문으로 마을이 마주 보이는 내 작은 방 침대에 앉아 약국에서 구입한 얇은 파란색 종이에다 파트로에 있던 상자들 중 하나에서 발견한 샤프로 썼다. 나는 버너와 내가 우리를 갈라놓은 엄청난 거리를 두고 서로에게 편지를 쓰는 것도 그렇고, 넓은 관점에서 보자면 내가 있는 곳이 특이하지 않다는 것도 평범하게 들렸으면 했다.

편지에서 나는 캐나다에 있고, 모든 것에서 너무 멀어진 것 같지만 실은 그렇지 않다고 말했다. 그레이트폴스에서 여기까지는 차로 하루거리였다고. 캐나다 사람이 돼볼까 생각 중인데, 그것도 큰 변화는 아닐 거라고. 곧 위니펙에 있는 학교를 다닐 거고 멋진 새 삶을 살 게 될 거라고. 내가 만난 사람들이 흥미롭다고도 말했다. (손글씨로 보니 이 말이 아주 이상했다.) 그 사람들이 내게 아주 독특한 일다운 일을 맡겼는데, 일이 마음에 들고 적응도 잘했다고. 많은 걸 배우고 있고 그래서 좋다고. 부모님에 대해서는 아는 바가 전혀 없다는 듯 언급하지 않았다.

부모님 얘기가 아니어도 우리는 편지를 쓸 수 있었다. 아서 렘링거나 플로렌스 라블랑에 대해서도 어떻게 말해야 할지, 그들이 내 인생에서 무엇인지 알 수가 없어 언급하지 않았다. 위니펙이 어디에 있는지 모른다고도 하지 않았다. 플로렌스가 지금의 내 삶을 "궁지"라고 했던 것도 말하지 않았다. 내가 가진 이상한 느낌에 대해서도 말하지 않았다. 그 느낌은 그저 막연했고 버너가 알면 걱정할 것 같았다. 나는 버너에게 사랑한다고, 누나가 행복해서 기쁘다고, 공원에서 루디를 보거든 안부 전해 달라고 말했다. 운이 닿아 위니펙에서 버스를 탈 수만 있으면 샌프란시스코로 가서 다시 누나의 동생이 될 거라고 했다. 나는 편지에 서명을 하고 접어서 파란 봉투에 넣었고, 우체국에 가서 내가 가진 샌프란시스코 주소로 편지를 보낼 생각이었다. 나는 편지를 나무로 만든 옷장 위에 놓고 일어서서 창으로 마을의 지붕들과 지평선까지 바다처럼 펼쳐져 있는 땅을 바라보았다. 버너가 얼마나 멀리, 멀리 있는지, 내가 편지에 어떤 중요하거나 개인적이거나 그녀에 관한 내용을 쓰지 않았는지 생각해 보았다. 그녀가 내 편지를 읽고 나에 대해 알기는 어려울 것이다. 그렇게 쓴 것은 내 상황이 설명하기 쉽지 않고 상대를 걱정시킬 수 있기 때문이었다. 집에 편히 있고 날마다 학교 다니고 기차 타고 시애틀에 가는 그런 상황이 아니었으니까. 모든 게 안정되고 내가 위니펙에 가서 세인트폴 가톨릭 학교에 들어갔을 때 편지를 쓰면 더 낫고, 버너가 흥미로워하고 이해할 만한 얘깃거리도 더 많을 듯했다.

나는 편지를 집어 우리 모두 — 버너와 어머니와 나 — 가 떠나려 했던 그날 아침부터 가지고 있던 내 베갯잇 속에 넣었다.

나중에 그 편지가 읽고 싶어질 것 같았다. 내가 그때 어떤 삶을 살았는지 알기 위해선 내 작은 파란 줄무늬 공책에 관찰 결과와 의견을 써 두라고 렘링거는 말했었다. 그러나 나는 그 공책에 한 번도 뭘 쓰지 않았고, 포트로열을 떠날 때 공책을 두고 와 버렸다.

58

찰리 쿼터스는 내게 아서 렘링거의 인생 전말이 내가 들어 본 가장 이상한 이야기겠지만 내 나이가 되면 생짜 진실을 들어야 하고(대부분의 사람들이 선호하는 것과 달리), 그러고 나면 나 스스로 엄격한 한계를 정할 수 있을 거라고 했다. 한계를 잘 정하면 내가 속해 있는 곳에 계속 있을 수 있다고. 자신은 생짜 진실을 알았지만 한계를 제대로 정하지 못했다고 했다. 자신이 지금도 파트로의 형편없는 이동 주택에 혼자 살고 있는 것도 그 때문이라고 했다. 찰리의 화법은 늘 이런 식이었다. 자신과 관계 있는 어두운 사건들을 언급은 하되 자세히 말하지는 않았는데, 건전해 보이고 싶은 사람이라면(나는 그랬다) 그 사건들을 부끄럽고 불쾌하게 여겼을 것이다. 찰리는 평판이 나쁘고 난폭하고 변태 끼가 있었고, 앞서 말했듯이 나는 그를 좋아하지 않았다. 하지만 그는 머리가 좋았다. 대학에 들어가려 했지만 메이티에다 너무 똑똑하다는 이유로 거부당했다고 자랑하기도 했었다. 나는 그가 적어도 왕년엔 나와 같은 소년이지 않았을까, 그

착한 소년의 면모가 어딘가에는 남아 있지 않을까 — 한계와 생짜 진실을 내게 알려주려는 것을 보면 — 생각했다.

우리는 그날 아침 총에 맞은 기러기들을 손질하고 있었다. 막사의 훤히 트인 아치형 문 바로 안쪽, 우리가 손질용 도마로 쓴 철도 침목 옆에는 버려진 깃털이 수북이 쌓여 있었다. 몇 놈은 아직도 발을 꼼지락거렸고 또 몇 놈은 피투성이가 된 부리를 벌리고 씰룩거렸는데, 우리는 도끼로 녀석들의 머리와 다른 부위를 친 다음 칼로 배를 갈라 내장을 꺼낸 뒤 찰리가 직접 만든 털 뽑는 기계에 녀석들을 밀어 넣고 털을 제거했다. 내가 그의 이동 주택에 처음이자 마지막으로 간 날이었다.

이제야 말하지만 그 이동 주택 내부는 내가 봤던 어느 이동 주택과는 달랐다. 답답하고 환기가 안 되고 악취가 난다는 점에서 보면 내 오두막과 비슷했다. 그러나 그 이동 주택에는 찰리의 삶 — 또한 내가 이해할 수 없는 것 — 이 종합적으로 축적돼 있었다. 장방형의 공간은 창문에 판지를 바르고 종이테이프로 틈새를 막아 너무 더웠다. 한쪽 구석에는 송진을 붙인 검정색 철제 델마 난로가 놓여 있었고, 굴뚝 파이프가 낮은 천장을 뚫고 밖으로 이어져 있었다. 담요를 쌓아 놓은 더러운 파란색 소파가 그의 침대였다. 의자와 부서진 카드보드 슈트케이스와 찰리가 팔려고 보관해 둔 말린 짐승 가죽 더미, 골프채들, 기타 하나, 플러그를 꽂지 않은 작은 TV, 쥐들에게 약탈당해 뚜껑이 열려 있는 새 모이 상자들, 구석에 쌓여 있는 통조림들 — 옥수수콘과 생선 통조림과 협동조합 차와 비엔나소시지와 짭짤한 크래커 — 과 더러운 접시며 주방 기구들, 찰리의 화장품 상자와 틀에 끼운 작은 거울과 더 많은 은색 바람개비, 못 쓰게 된 프로

펠러와 필요한 부품, 불쏘시개 상자와 날개 없는 선풍기, 노란 액체가 든 피클 병, 벽에 걸린 권투 글러브 등등, 그야말로 잡동사니 굴이었다. 낡은 냉장고와 서랍이 열려 있는 옷장과 껍질이 벗겨진 베니어판도 있었다. 위쪽에는 찰리가 읽은 책도 있었다. 『붉은 강의 반란』이 그 중 한 권이었다. 『협동연방당과 메이티』와 『루이 리엘의 생애』라는 책도 있었다. 찰리의 시라고 적혀 있던 것 같은 철하지 않은 종이 뭉치도 있었지만 자세히 보지는 않았다. 벽에는 액자에 든 사진도 몇 개 있었다. 히틀러. 스탈린. 로키 마르시아노.[37] 장대를 들고 강 위에 높이 쳐진 줄을 타는 남자. 엘리너 루스벨트. 턱이 돌출해 있는 베니토 무솔리니와 가로등 기둥에 똑바로 묶인 연인과 함께 거꾸로 매달려 셔츠가 들려 배가 보이는 무솔리니까지. 찰리의 소년 시절 사진도 있었다. 웃통을 벗은 안짱다리 소년이 투창을 던지려고 하는 사진이었다. 카메라를 진지하게 들여다보고 있는 나이 지긋한 여인의 사진과 군복 차림에 히틀러 수염을 기르고 오른손을 들어 나치 경례를 하고 있는 찰리의 또 다른 사진도 있었다. 그때는 이 사진들을 전부 알아보지는 못했다. 무솔리니는 산 모습과 죽은 모습을 옛날 신문 — 아버지가 전쟁에서 구해 낸 것들 — 에서 본 적이 있어 알고 있었다.

찰리가 나를 거기로 들여 보낸 표면적 이유는 기러기들 목과 발과 날개를 좀 더 수월하게 자르고 싶으니 자신이 도끼로 쓰는 휘고 뾰족한 돌을 가지고 오라는 것이었다. 하지만 그가 정말 원한 것은 한계 없는 삶이 어떤 모습일지 보여주고 싶었던 것

37) 미국의 이탈리아계 권투 선수. 무패의 기록으로 6차례 헤비급 타이틀을 지켰다.

같다. 달콤하고 화학적인 것과 관련 식품이 한데 섞인 썩은 달걀 냄새가 났는데, 무두질용 용액과 찰리 자신의 냄새였다. 내부가 덥고 답답해서 악취가 더 심했다. 내가 그곳에 있던 2분 동안은 금속 문이 왼쪽으로 열려 있어 찬바람이 들어오고 있었는데도 냄새가 벽처럼 눈에 보이고 손에 만져질 것 같았다. 나는 어서 나가고만 싶었다. 이따금 내가 찰리 가까이 붙거나 바람이 내 쪽으로 불면 확 풍기던 그 냄새였다. 찰리의 기름투성이 옷과 염색한 머리에서 나는 냄새 같았다. 그런 특징에는 아무도 익숙해지지 않을 듯했고 나는 무감각해지고 싶었다. 그러나 익숙해져 버렸고, 그래서 찰리 주변에 있을 때면 내가 어느새 냄새를 맡고 있었고, 그 냄새에 무슨 마력이라도 있는 양 그가 눈치 못 채게 계속 냄새를 맡곤 했다. 그 냄새를 맡고 나면 얼마 동안은 맡지 말아야 할 냄새를 맡고, 속이 뒤집어질 것을 아는 맛을 또 보고, 다른 사람들 같으면 눈을 돌려 버릴 일에 눈이 떠지곤 했다. 다시 말해 한계를 잊은 것이었다. 물론 이런 끌림도 나이를 먹고 충분히 살았다 싶으면 멈춰 버린다. 그러나 불에 델 수 있고 물이 아주 깊을 수 있고 높은 곳에서 떨어질 수 있고 살아서 그런 얘길 못 할 수도 있다는 걸 배우듯이 이런 끌림도 성장의 일부이다.

찰리는 아서 렘링거를 줄곧 나쁘게 보고 있었다. 물론 속으로만 그렇게 보고 있었다. 그렇지만 내게는 렘링거가 위험하고, 기만적이고, 무자비하고, 문란하고, 파렴치한 사람이므로 나 같은 사람이 경계할 필요가 있고, 그가 똑똑하고 감언이설로 사람을 위험으로 이끌 수 있으므로 두려워할 필요도 있다고 했다. 언제

나처럼 구체적으로 말하지는 않았지만 그런 일이 찰리에게 있었다는 뜻이기도 했다. 우리는 기러기 시체를 계속 손질하고 있었다. 찰리가 내장 제거 작업을 하다 말고 무슨 생각이 떠오른 듯 고개를 들고 파트로의 텅 빈 마을을 바라보았다. 담배 연기를 깊숙이 빨아들였다가 모아 둔 뒤 큰 콧구멍으로 폭포처럼 내뿜었다. "사람들"이 여기로 오고 있다고 그는 말했다. "그는 그들을 알아. 자신을 지킬 전략을 세우려 하고 있지." 그는 렘링거를 의미했다. 그가 평소보다 더 기이하게 행동하는 것을 알아차렸어야 했다고 말했다. 그 기이한 행동이 내가 조금도 원치 않고 한계를 그를 필요한 있는 무시무시한 사건을 낳을 수 있다며 조심하고 가까이 하지 말아야 한다고 했다. 그의 행동은 어처구니없다고, 그는 말했다. 그러나 세상에는 아주 나쁜 일도 종종 일어나는 법이라고. (현실 같지 않은 일이 해가 떠오르는 것처럼 종종 현실이 되기도 한다는 사실을 나는 내 인생 — 말할 수 있든 없든 — 을 통해 이미 알고 있었다.)

찰리는 렘링거가 대학생 때 일반적이지 않은 견해를 가지고 있었다고 한다. 몇 가지는 나도 알고 있었다. 렘링거는 정부를 혐오했다. 정당을 싫어했다. 노동조합과 가톨릭교회와 그 밖의 것을 싫어했다. 동기들은 그를 좋아하지 않았다. 불간섭주의를 표방하는 반전(그렇게 불렸던 것이다) 친독 잡지를 위해 팸플릿을 써서 교수들은 그를 의심하고 고향인 미시간으로 돌아갔으면 했다. 기계공인 아버지가 부당하게 해고되었을 때 — 아서가 어릴 때 — 조합은 전쟁을 반대하는 예수재림파라는 이유로 그를 보호해 주지 않았다. 이 일로 가정은 끔찍한 위기를 맞았고 어린 아서에게는 오점을 남겼다. 그는 고등학교를 다니는 동안 자연스레 급진적 사상을 채택했다. 식구들은 그의 견해를 공유하지 않았다. 식구들은 불운을 뒤로하고 시골로 내려가 사탕무 농장을 시작했다. 그들은 아들을 이해하지 못했다. 아티 — 그렇게 불렀다 — 는 잘생기고 논리 정연하고 총명하고 변호사나 정치인의 행보를 걸을 거고 영특해서 하버드에 들어간 자식일 뿐이었다. (찰리는 하버드를 아주 잘 알고 있고 가 보기라도 한 듯이 그 말을 썼다. 이 모든 이야기는 몇 년 전 렘링거 본인에게 직접 들었다고 했다.)

여름 방학이면 아서는 집에 왔고 디트로이트에서 한 자동차 공장에 일자리를 구했다. 그곳에서 가난한 아파트에 살면서 다음 학기 학비를 대기 위해 돈을 모았다. 식구들은 방학인데도 그를 자주 보지 못했지만 학비를 위해 자진해서 일하는 그를 보고 미래가 밝겠다고 생각했다.

그런데 대학 3년차 여름 — 1943년이었다 — 에 아서는 쉐보레 공장에서 보수가 좋은 대걸레 청소를 하던 중 그 일을 감독하고 사원 등록을 확인하는 노동조합 대표와 논쟁이 붙었다. 조합에 가입하지 않은 아서에 대해 격앙된 말들이 오고갔다. 아서에 따르면, 그 감독은 아서가 선동적인 반노조 팸플릿을 쓰는 사람이라는 걸 알고 있었다고 한다. (조합은 그런 팸플릿에 주목하였고 하버드와 연관을 짓고 있었다.) 논쟁의 결과 아서는 해고되었고 다시는 그 도시에서 일자리를 구할 생각 말고 떠나라는 말을 들었다.

이 일은 또 다른 재앙을 불렀다. 일자리를 잃는 건 아서가 학비를 댈 돈을 모을 수 없단 뜻이었다. 가족은 그에게 줄 돈이 없었다. 그는 거의 빈털터리였고 집세도 내지 못했고 대학을 향한 열망은 갑자기 한계에 부닥쳤다. 그는 하버드 대학 관계자들을 찾아가 장학금을 받게 해달라고 간청했다. 그러나 대학 측이 좋게 보지 않던 그의 소신 때문에 그 간청은 외면당했다. 아서는 찰리에게 하버드의 문들이 닫혀 버렸고 남은 청춘이 혼란에 빠져 들었다고 말했단다.

이 시점에 불안이 그를 덮쳤다. 아서는 그것을 "신경쇠약"이라고 불렀다고. 그는 의기소침해졌고 가족과도 소원해졌으며, 아무것도 묻지 않는 — 앞으로 어떻게 먹고 살 것인지를 포함해 — 밀드레드 누나에게만 간혹 말했다. 아서는 절망에 빠져 다른 곳과 다른 사람들로부터 위로를 찾기 시작했다. 그 사람들은 시카고와 뉴욕 북쪽에 있었고, 이때는 훨씬 더 과격해진 그의 반조합, 반교회, 불간섭주의 견해를 공유했다. 그들은 자신들이 노조 무력화 사상을 지지하는 사람들이라 생각했고 노동조합과 수십 년 동안 대결해 왔다. 아서는 디트로이트를 떠나 뉴욕주의 엘마이라에서 어떤 가족과 함께 살며 그들의 낙농장에서 일하면서 정신적 안정을 되찾았다. 여기 농부들은 조합과 정부가 그들에게 불리한 일을 범하면 증오와 분노로 일어서는 과격분자들이었다. 아서는 그들의 사상에 점점 빠져들었다. 얼마 안 있어 그들의 적의와 복수욕을 가지게 되었고 많은 위험한 계획과 음모에도 친숙해졌다. 그런 계획들 중 하나가 디트로이트의 노동조합 사무소 뒤에 폭탄을 설치하는 것이었다. 아무에게도 해는 입히지 않고 노조 무력화 사상을 정당한 권리로 강조하겠다는 뜻으로 설치하는 폭탄이었다.

대학으로 돌아가는 길을 거부당한 것에 아직까지 분이 삭지 않았던 아서는 자신이 폭탄을 설치해야 — 조합 건물 뒤에 있는 쓰레기통에 — 한다고 확신했다. 그는 찰리에게 그때 자신이 정신병원에 있어야 했고 가족과 연락을 취할 수 있었다면 그랬을 거라고 말했단다. 누나가 간호사였으니까. 하지만 그런 일은 일어나지 않았다.

오히려 아서는 빌린 차 트렁크에 다이너마이트를 싣고 엘마이라에서 디트로이트까지 달렸다. 폭탄을 계획했던 장소로 옮겨 타이머를 맞춰 놓고 차를 타고 떠났다. 그러나 폭탄이 터지기 전 — 밤 10시 — 에 조합 부대표였던 빈센트 씨가 놓고 간 모자를 가지러 조합 사무소로 돌아왔다. 그가 뒷문으로 들어오고 있을 때 아서의 폭탄이 터졌고 빈센트 씨는 끔찍한 화상을 입었다. 그는 1주일 만에 죽었다.

곧바로 폭파범을 찾는 집중 수색이 시작되었다. 아무도 본 사람은 없었지만 미국에서 조합들을 때려잡으려고 할 수 있는 모든 일을 하는 과격 집단의 일원으로 추정되었다.

아서는 의도하지 않게 사람을 죽인 것을 알고 억울해 했고 잡혀서 교도소로 가게 될까 겁냈다. 범인은 디트로이트 출신으로 좁혀졌지만 스물세 살의 아서 렘링거를 의심하는 사람은 없었다. 조합을 지지하는 경찰도 그의 이름은 알았지만 그를 언급하지는 않았다. 폭파범을 찾는 수색이 진행 중일 때 아서는 엘마이라에 있는 농장으로 돌아와 있었다. 자신의 소신을 대놓고 포기하진 않았지만(그럴 일은 결코 없을 것이다) 본인이 지금 스스로 인생을 망친 집중 수색 대상자라는 사실을 알 만큼은 정신이 깨어 있었다.

그의 선택은 자수해서 자신이 저지른 일에 책임을 지고 감옥에 가거나, 아니면 갈 수 있는 데까지 멀리 달아나 — 그 일이 자기 탓이 아니고 자신은 혐의가 없기 때문에 — 아무도 자신을 못 찾을 것이며 세월이 지나면 죄를 벗어날 수 있다고 믿으며 사는 것이었다고, 그가 찰리에게 말했단다.

찰리는 내가 잘 듣고 있나 확인하려고 옆에 있는 날 보았다. 나는 자세히 들으려고 기러기 손질을 멈춘 상태였다. 그 이야기가 그만큼 충격적이었다. 찰리는 새 담배를 입에 물었다. 그의 왼쪽 눈 흰자위에 핏줄이 섰는데 핏줄이 빙빙 돌며 반짝이는 듯했다. 립스틱은 바르지 않은 모습이었다. 사냥꾼들과도 있을 때도 립스틱은 바르지 않았다. 그러나 마맛자국이 난 뺨엔 기러기 은신처에서 번진 루주 자국이 있었고 눈 주위도 여전히 거뭇했다. 그는 피가 흘러내리는 검은 용접공 앞치마를 두르고 있었고, 팔과 손에도 피가 묻어 있고 기러기 내장 냄새가 났다. 누구라도 충격을 받을 만한 모습이었다. 우리가 일하고 있는 막사 입구 주위로는 눈발이 사납게 날리고 있었다. 찰리 머리에서 눈송이가 녹아 검정 염색물이 흘러내렸다. 나는 손과 뺨이 따끔거리고 얼얼했다. 뽑힌 깃털들이 뻣뻣한 풀 속이나 찰리의 바람개비 주위로 날아갔다. 게딘스 부인의 흰 개가 내장 상자에 코를 비벼 대고 혀를 날름거렸다. 내용물은 날마다 기름통에 넣고 태운 뒤 찰리가 코요테와 까치를 사냥하고 싶을 때 발이며 날개며 머리를 흩뿌리곤 했다.

찰리가 짙은 눈썹을 치켜 들자 살찐 이마가 엉겨 붙었다. “너도 그가 그런 말 하는 걸 들을 수 있을 거다, 응? 알겠니? ‘신경쇠약.’ ‘모멸감.’ ‘대학 시절의 열망.’ 이 세상 모든 사람들보다 자기가 위에 있다는 식의 말들 말이지.” 찰리의 입술이 아니꼽다는 듯 뒤틀렸다. “그가 여기로 달려왔을 때 저주가 시작된 거다.

1945년이었지. 전쟁이 막 끝난 때였어. 그는 여기가 지상에서 가장 도달할 수 없는 곳이라 생각했다. 그를 돌봤고 지금도 돌보고 있는 사람들 생각일 수도 있어. 물론 꼭 그렇지만도 않다는 걸 알게 됐지만." 찰리의 입술 뒤로 큰 앞니가 드러났다. 그는 이 부위가 마음에 드는지 넓은 혀끝에 담배를 올려놓고 까딱거렸다. "그는 이제 운명과 마주해야 해, 알겠어? 다른 운명은 첫 번째 운명일 뿐이었어. 물론 그도 죽는 건 무섭겠지." 찰리는 침목 위에서 굳어 가는 기러기 시체를 내려다보았다. 숫돌을 새로 간 도끼를 쳐들어 기러기의 목을 쳐서 땅에 엎드려 있는 개에게 던져 주었다.

노조 무력화 음모자들 사이에서 아서가 숨을 곳을 찾는 노력이 시작되었다. 아무도 그를 찾고 있진 않았다. 그러나 아서는 결국에는 찾을 거라 생각했고 발각될 위험에 마주하고 싶지 않았다. 이해 관계자들도 그가 잘 견뎌 낼 거라 여기지 않았고, 그가 엉뚱하고 위험한 존재여서 모두를 침몰시킬 수 있다고 여겼다. 아서는 그때 누구든 자길 죽이고 엘마이라 농장에 묻어 버릴 수도 있었는데 왜 그러지 않았는지 모르겠다고 했단다. "나 같으면 그래 버리고 생각도 안 했을 텐데 말이지." 찰리가 말했다.

아서가 말하길, 그런 일은커녕 허셸 복스라는 키 작고 교활하고 난폭한 레너드 호텔 — 찰리가 사환으로 일했던 곳 — 의 사장이 서스캐처원에서 아서를 숨겨 주겠다고 나섰단다. 복스는 아서보다 나이 많은 오스트리아 이민자였고, 엘마이라와 시카고 음모자들의 위험한 성향을 공유해 국경 아래쪽의 많은 파괴 공작 — 스포캔의 주택 방화 사건(피해자는 불구가 되었다), 한 건의 약탈, 한 건의 구타 — 을 자진해서 도왔다. 복스는 아서가 독일식 성을 가졌고, 하버드를 다녔으니 똑똑하다고 생각해 그를 데려가기로 했다.

아서는 1945년 가을에 기차를 타고 오타와에서 리자이나까지 갔고 복스가 마중을 나와 그를 차에 태워 파트로의 그 작은 오두막까지 달렸다. 아서가 내게 말해 준 대로 그때는 마을에 사람들이 살고 있었다고. 캐나다에서 아서의 새 삶이 시작된 것이었다.

아서도 나처럼 일했다. 마을까지 자전거를 타고 갔고, 사장이 호텔에 투숙시키고 사냥비를 받는 사냥꾼들을 위해 길을 내고 심부름꾼 노릇을 했다. 하지만 나처럼 기러기 들판에 가거나 내장을 제거하거나 은신처를 파지는 않았다. 복스 사장은 아서가 그런 거친 일을 할 만큼 강하지는 않다고 생각해 그에게 객실 담당과 나중에는 감사와 야간 관리를 맡겼다. 그리고 사장은 딸과 방탕한 아내가 사는 핼리팩스로 돌아갔다. 아서는 남아서 레너드 호텔 경영을 도맡았다. 그가 찰리에게 말하길, 사장이 죽기 전까지 3년 동안 매주 영수증을 보냈는데 그가 놀랍게도 자신에게 레너드 호텔을 물려주었다고. 사장이 자길 좋아했고 보호하고 싶어 했고 아들처럼 대했다고 한다. "보통 아들, 그러니까 내가 원하는 아들은 아니었을 거야." 찰리가 말했다.

그러나 아서는 자신이 있는 곳에 결코 만족하지 않았다. 익숙했던 삶과는 완전히 단절된 채 응접실의 높은 곳을 차지하고 있는 사장의 초록색 앵무새 삼손과 함께 대초원이 내려다보이는 답답한 객실에서 지내는 것에 만족하지 않고 하버드로 돌아가기만을 열망했다. 그의 "돌이킬 수 없는 행동"과 "소신"을 벌

주기 위해 이방인들이 오고 있다고 항상 두려워했다. 그의 소신은 그를 교수들 눈 밖에 나게 한 저술들과 함께 꿈에 그쳤다고. 모든 걸 이겨냈다면 변호사가 될 수도 있었을 거라고 생각했다. "그 일로 한 남자의 인생이 산산조각 난 거지." 찰리가 말했다. 하지만 그는 대수롭게 여기지 않는 듯했다.

찰리는 아서가 한 가지 일 — 살인자로서의 짧은 이력 — 로만 부당하게 귀결되고 있는 자기 삶에 암담한 분노를 느끼고 우울을 겪기 시작했다고 말했다. 그에게는 살인자 이상의 무엇이 있었지만 달리 바꾸거나 좋게 만들 길이 없었다고. 그는 전보다 성숙해졌다고 느꼈다. 그러나 성숙은 인정을 받지 못했다. 찰리는 그가 체포돼서 감옥에 가고 대가를 치렀다면 사람들이 의심이나 하고 "기묘하다"며(찰리의 이 말은 아버지가 말과 비슷했다) 싫어하는 황폐하고 작은 대초원 마을에 버려지는 대신 지금쯤 자국인 미국에서 자유롭게 살 수 있을 거라고 했다. 마을 사람들은 아서가 괴팍한 백만장자니, 동성애자니, 누구의 지시를 받고 미국으로 사라졌던 추방자(사실이 아니었다)니 하는 소문을 내고 다녔다. 아니면 외국 관계자가 그를 보호하고 있다느니(사실이었다), 수상한 범죄를 저지르고 도망 다니는 범죄자라고도 했다. ("아니 땐 굴뚝에 연기가 나지는 않잖냐, 응?" 찰리가 말했다.) 그러나 포트로열 주민들은 진실을 끝까지 추적하고 싶어 하지는 않았다. 소문이 더 좋았으니까. 마을은 늙은 복스를 결코 받아들이지 않았다. 그가 음탕한 젊은 인디언 여자들을 들여오고 도박과 시끄러운 술판을 벌이고, 농부 남편들이 호텔에 몰래 가서 진탕 마셔 대고, 이방인들이 밤새 오고 가곤 했기 때문이었다. 그러나 마을 사람들은 소동을 원치 않았고, 포트로열

같은 마을은 자기네가 인정하지 않는 것은 무시하고 싶어 했기 때문에 용인했다. 복스가 매리타임스 — 찰리 말이 ("아무도 가 본 적이 없어서") 그곳이 캐나다 땅인 줄 아무도 몰랐다고 했다 — 로 돌아가자 마을은 선례를 따라 아서도 용인했지만, 아서 본인은 마을의 일원을 원치 않았다고.

찰리는 아서가 자기에게 요즘도 "배척감"을 느끼고 — 내가 이 말을 못 알아 듣자 찰리는 히죽 웃었다 — 자신도 수용을 원하지 않는 사람들에게 "수용을 거부당해 화가 난다"고 말했다고 한다. 그 일로 아서는 본인을 미워하고 적막감과 무력감을 느꼈고, 1945년에는 너무 어리고 너무 당황하여 여기까지 먼 길을 왔지만, 지금은 상황이 완전히 다른데도 잡혀서 "배척"당할 두려움에 떠나지 못하는 것을 몹시 아쉬워했다. 돌아가서 정의를 마주하기가 벅찰 것 같다고, 아서가 말했다고. 그는 대학으로 돌아갈 수 없는 이유 — 교수들이 그에게서 박탈할 기회라고 본 적절성에 대한 자격 — 를 알지 못한 것처럼 그 일도 어떻게 할 수 있는지 알지 못했다. 그는 어디서도 부적응자였고 훨씬 더 먼 곳으로 가길 바랐다. (내게도 이탈리아, 독일, 아일랜드 같은 "해외여행"을 말하지 않았던가.) 그는 거의 서른아홉이었지만 멋진 금발과 주름 없는 피부와 맑은 눈과 잘생긴 외모 때문에 십 년은 젊어 보였다. 그에게는 시간이 멈춰 나이를 먹지 않고 한 가지 모습으로만 있는 듯했다. 그러니까 아서 렘링거는 영원한 현재에만 머문다고나 할까. 그는 찰리에게 자살도 종종 생각하고 밤이면 들끓는 분노와 예고 없이 타오르고 자신의 본성과 상반되는 혼란의 희생양이 된다(꿩을 때려잡기도 했다)고 말했단다. 그는 옷을 차려입고(젊었을 때는 그러지 않았다) 보스턴 옷가게에서 멋쟁이 정장을 사서 배달도 시키고 메디슨햇에서 재단사에게 수선도 받고 다림질도 받으려고 플로렌스에게 옷을 맡기기 시작했다. 찰리 말이, 그가 때로는 자신을 변호사("법률 고문")라고 언급하기도 하고 때로는 저명한 작가라고 언급한다고도 했지만 나는 한 번도 목격하지 못했다. 찰리는 아서가 주위 사람들에게 영향은 끼치지만(결코 긍정적이지 않은) 깊은 인상을 남기지는 않는다고 말했다. 내가 모순적이라고 느꼈던 것도 바로 그 점이었다. 아서도 알았고, 알고 나서 고민도 하고 모든 걸 바꾸고 싶어 했지만 그러지 못했다.

찰리는 그 일만 아니었다면 오래 전에 여길 떠나 렘링거를 다시는 만나지 않았을 거라고 했다. 악마 같은 늙은 복스가 아서에게 찰리에 관해 알고 있는 비밀 — 무슨 일이 있어도 밝히고 싶지 않았던 과거(아서처럼, 내 부모님과 나처럼) — 을 알려 주었다고. 그 때문에 렘링거가 바라는 — 하인으로, 직원으로, 강요된 친구로, 농담의 대상으로, 막일꾼으로, 비밀스러운 적대자로 — 기간만큼 "도제 살이"를 하게 되었다고. 그 세월이 15년이었단다. 내가 살아온 세월과 같은 수치였다.

"그가 널 수중에 넣고 있다는 걸, 난 알 수 있어." 찰리가 말했다. 그는 가죽을 벗겨 내고 쌓아 두었던 쭈글쭈글한 기러기 몸통을 어둠침침한 막사 구석으로 들이기 시작했다. "그의 생존 전략에 네가 필요한 목적이 있어. 내가 틀리지 않았다면 말이지. 틀리지 않을 거다."

그의 냉동고는 펴서 말리는 중인 짐승 가죽들과 소금통들과 손보려는 미끼 더미와 오토바이와 땅 파는 도구들 사이에 있었고, 그 주위에선 화학 용매와 무두질 약품 냄새가 났다.

"전 그를 존경하지 않아요." 내가 말했다. 나는 내장을 제거하고 깃털을 뽑은 기러기를 그와 함께 냉동고에 넣으려고 옮기면서 말했다. 물론 전에는 존경할 뻔했다.

"받아야 할 벌이 끝나기를 바라는 사람은 필사적인 법이다." 찰리는 내게 넓은 등을 보인 채 말했는데 어둠 속에서 그의 머리핀이 반짝거렸다. "넌 그걸 몰라." 그가 무뚝뚝하게 말했다. "뭣보다 몰라."

찰리의 막사 안은 지독하게 추워서 손을 대면 모든 게 딱딱하고 찌릿했다. "내가 뭘 알아야 하는데요?" 내가 물었다. "내가 그에게 무슨 이용 가치가 있는데요?"

찰리 쿼터스는 깃털 빠진 회색 기러기 시체를 한 아름 안은 채 돌아서서는 우리가 트럭을 타고 메이플크리크 북쪽으로 어두컴컴한 도로를 달렸던 그 첫날 밤처럼 차가운 미소를 지어 보였다. 그가 내 손을 잡고 꽉 쥐었고 나는 트럭에서 뛰어내려 달아나고만 싶었던 그날 밤처럼. "아까 말했잖냐. 사람들이 지금 여기로 오고 있다고. 그도 자기 상황을 알아. 내가 아는 것보다 자신을 더 잘 알지. 하지만 마음이 약해. 난 그를 비난하진 않아." 찰리는 무거운 냉동고 뚜껑을 팔꿈치로 밀어 올렸다. 속에는 하얗게 얼어붙은, 주형처럼 단단히 굳은 기러기들이 들어 있었다. 그는 안고 있던 것을 떨어뜨리고 — 쿵 소리가 났다 — 서 물러났다. 나도 따라 하고서 불 켜진 막사 입구 쪽으로 재빨리 돌아섰다. 그와 단둘이 붙어 있는 게 싫었다. 그가 갑자기 무슨 짓을 할지 몰랐으니까.

찰리는 포트로열로 나를 데려다 주는 트럭에서 그 사람들 — 두 사람이라고 했다 — 이 15년 전 렘링거의 범죄 현장인 미국 디트로이트 출신이라고 했다. 아서가 찰리에게 그들에 대해 알려 준 것은 늦여름이었다고. 그와 접촉하는 관계자들이 그에게 마음의 준비를 하라고 말했다. (그들은 여전히 그를 별종으로 여겼고, 아서는 인정했다.) 경찰 수사는 오래 전 종료되었다. 그러나 그 일을 계속 기억하고 눈과 귀를 열어 두고 있는 사람들이 있었다. 그리고 예기치 않게 렘링거의 이름을 들었던 것이다. "완전히 요행이었지." 라고 아서가 말했다고. 그를 그 사건과 연결 짓거나 공적으로 대화할 대상이라고 여길 만한 의혹은 없었다. 그런 것은 개인적인 문제로 둘 일이었다. 피해자 가족과 조합원들은 이제 늙었고 무엇보다 아서가 살인을 저지를 수 있다고 믿지 않았었다. 그러나 아서가 아주 먼 서스캐처원의 작은 마을에 있는 호텔에서 별 이유 없이 혼자 살고 있고, 나이 들어 죽은 허셀 복스 — 그들 세계에도 알려져 있던 이름 — 와 친밀한 관계였다는 사실이 밝혀지자 상황은 그에 관한 다른 사실들(오래 전 조합 대표와의 말다툼, 팸플릿, 하버드의 문제아)과 맞물려 이상하게도 캐나다로 귀화한 이 렘링거를 가서 실물로 봐야 할 인물일지 모른다고 여겨지기 시작했다. 누군가가 발각되지 않고 그의 삶으로 들어가 그가 눈치 채지 못하게 관찰할 수 있다면 그가 범죄자일 가능성을 판단할 수 있을지 몰랐다. 그 후엔 그가 범죄자거나 적어도 공모자라는 가정 아래 그를 어떻게 할 것인지를 토론을 벌일 수 있었다. "그는 내가 그의 개판 인생에 열광했다고 생각했을 거다." 찰리는 운전을 하며 말했다.

아서는 걱정할 게 — 그를 관찰하러 두 남자가 파견된 것에 대해 — 아무것도 없다고 말했다. 평소와 다르게 행동하지만 않으면 되었다. 도망을 치거나 뭐든 인정하거나, 이 사람들에게 그가 정말로 조합 건물을 날려 버릴 만한 합당한 이유가 있었을 거라고 의심할 만한 쪽으로 행동하지 않으면 되었다. (그가 그런 짓을 했던 건 "그런 계획을 꾸밀 사람이 없었기 때문이지"라고 찰리는 말했다.)

길을 나선 — 검정색 크라이슬러 뉴요커를 타고 중서부를 거쳐 북쪽으로 방향을 돌려 캐나다 국경을 넘은 — 두 남자는 임무에 그다지 전념하지 않을 것으로 예상되었다. 이름은 알려져 있었다. 한 명은 살해당한 빈센트의 젊은 사위 크로슬리였다. 또 한 명은 가족은 아니지만 건전한 사회를 지키기 위해 따라 나선 전직 경찰 젭스였다. 이 두 사람은 렘링거가 자신들이 찾고 있는 사람이라고 딱히 생각하지는 않았다. 다만 범인 수색이라는 모험심으로 서스캐처원까지 먼 길을 달려오는 중이었다. 임무는 실패해도 사냥 준비만 갖춰지면 기러기 사냥에 나설지 몰랐다. 그들은 아서 렘링거가 범인으로 밝혀져 그와 직면했을 때 어떻게 할지도 제대로 생각해 놓지 않았다. 언어 말고는 아무것도 모르는 타국에서 무엇을 할지 말이다. 그에게 디트로이트로 돌아가라고 요구할지(가서는 무엇을 하라고?). 자신들이 본국으로 돌아가 경찰에게 다시 관심을 보여 달라 설득할지(어떤 증거로?). 캐나다 시민권자인 아서를 납치해 국경 너머로 수송할지(어떤 방법으로, 그 다음에 어떻게 할지? 총살해 버릴지? 그들에겐 총이 있었다. 알려진 사실이었고, 그것이 그들의 치명적인 실수였다). 이들은 보통의 단순한 일꾼들이었다. 정의나 복수를 위해 나선 사람들이기보다 밤에 술집에 모여드는 여느 사냥꾼들 같았다. 어쩌면 렘링거도 그들이 레너드에 와 볼 생각을 했다가 그에게 특이 사항이 없다는 걸 확인하고는(설령 있다 해도) 크라이슬러의 방향을 2천 마일 떨어진 디트로이트로 돌릴 거라는 얘기를 들었을 것이다.

문제는 낯선 사람들이 나타나 그의 정체와 범죄 사실을 알아내고 그가 회피한 모든 것에 맞닥뜨리게 하려고 그를 국경 너머로 연행하려 한다는 생각만으로도 아서가 냉소적이고 성마르고 심술궂게 변했고 더 큰 혼란에 빠졌다는 것이었다. 찰리는 그렇기 때문에 내가 조심할 필요가 있고 안 그러면 바보가 될 거라고 했다. 아서의 미래는 불투명했다. 지난날의 잘못된 판단이 기다리고 있었다. 찰리는 아서의 정신 상태가 불안정하다고 말했다. 그에게는 유죄인으로 보이지 않을 정신력이 없다고. 유죄 여부가 그의 일생이 되었다고. 이것이 내게 분명하게 보였어야 했지만 보이지 않았던 그의 태도 변화였다.

찰리가 말하길, 아서는 이곳에 있는 내내 누군가가 자신을 찾아오지 않을까란 생각으로 괴로워하고 초조해했다고 한다. 바람 매섭고 미래가 없는 마을에서 가족도 없이 고립되고 격리된 삶을 살았다고. 동료는 복스, 다음에는 찰리, 다음에는 플로렌스가 전부였다. 지금은 내가 있었다. 그는 어떻게 계속 머물 수 있었을까? 나는 이 점이 나중까지도 궁금했다. 사나운 날씨, 끝 모를 세월, 특색 없는 날들, 낯선 것이 영구화되었다. 불가능하다고, 누구나 생각할 것이다. 우리가 모던 카페에 있을 때 렘링거가 대답하지 않았던 "더 나은 질문"이었다. 내게 말했듯이 그는 적응했던 것이다.

하지만 그것 때문에 지금의 모습으로 변해 버리기도 했다. 괴상하고, 성급하고, 애석하고, 약간 위태롭고, 좌절을 겪어 폭력적인 모습으로 말이다. 그는 파편화된 삶을 포기할 수 없었다. (다시 몸을 숨길 수 있는 더 먼 외국으로 떠날 배짱과 생각만 있었다면 그 삶을 기꺼이 포기했을 것이다.) 찰리는 아서가 지금도 자신을 똑똑하고 순진한 대학생으로 보고 있다고 말했다. 누굴 죽일 의도가 없었지만 그렇게 해버렸기 — 우연히 어리석게 — 때문에 괴로워했고, 그 형벌이 삶이 돼 버린 이후 형벌이 어서 끝나기만을 원하고 있다고.

"너어." 찰리가 말했다. 차가 포트로열의 속도제한 표지판과 레너드 호텔 — 대초원에서 점점 커지고 있는 한 점 — 을 비롯해 키 작은 건물들, 추위가 시작돼 한산해진 먼지투성이 중심가를 지나고 있을 때였다. (소형 트럭들이 보도에 한가로이 서 있고, 우체국과 은행 깃발이 바람에 펄럭이고, 포트로열 주민들은 거리보다 건물에 바싹 붙어 다녔다.) "넌 이 얘길 나불대면 안 된다. A. R.한테도. 플로렌스한테도. 아니면 네 살가죽을 벗겨 버릴 거다." 그가 내게 했던 말(또 한 번 말했다)은 내가 한계를 정하고 "어떤 사건들"이 예상과 다르게 풀릴 경우 일어나는 일로부터 나 자신을 "보호하라"는 경고였다. 찰리는 그런 사건들이 무엇일지 생각해 보았을 텐데도 설명을 해주지 않았고, 그래서 나도 상상해 보려 하지 않았다.

우리가 중심가를 달릴 때 내가 생각하고 있었던 것은 디트로이트에서 오고 있다는 두 명의 미국인이었다. 아버지는 디트로이트가 보수가 좋고 보안이 잘 돼 있다고 말했었다. 그곳이 미국의 도가니라고. 권력의 중심지. 여러 유색인종의 집합소. 전세계를 모여들게 하는 곳이라며 아버지는 "디트로이트가 만들고 세계가 가진다"고 말했다. 기타 등등. 차를 몰고 나선 그 남자들도 그곳 출신이었고 진실을 찾아 옹호하러 오고 있었다. 나는 디트로이트에는 가보지 않았지만 거기서 북쪽으로 멀지 않은 오스코다에서 태어났기 때문에 관심이 있었다. 이런 생각들은 해볼 수는 있지만 실제 경험은 전혀 해 볼 수 없다.

"왜 날 끌어들이려는 건데요?" 내가 말했다. 당시 나는 대담해져 있었고 충격에서도 벗어나 있었다. 우리는 레너드 호텔의 작은 정문에 차를 대고 있었다. 정문 위에는 검정 페인트로 **로비**라고 적혀 있었다. 바람이 트럭 창문을 때렸다. 나는 찰리의 특이하고, 우둘투둘하고, 아직도 루주가 묻어 있는 옆얼굴을 응시했다. 난쟁이의 얼굴이었지만 몸은 더 크고 활기찼다.

"운이 좋으면 안 끌려들겠지." 그가 말했다. 그의 크고 두툼한 입술이 키스를 할 때처럼 튀어나왔는데, 생각을 하고 있다는 뜻이었다. "네가 똑똑한 녀석이면 여태 모아 온 돈을 가지고 버스에 탈 거다. 국경 근처에서 내려서 국경을 몰래 빠져나가 다시는 눈에 띄지 않으면 돼. 여기서 너는 그를 위한 평가 기준, 전략의 일부일 뿐이야. 그는 네게 일어나는 일에 털끝만큼도 관심 없어. 그저 뭘 증명하려고만 하는 거다."

"내려가면 잡혀서 청소년 시설에 보내질 거예요." 내가 말했다.

"나였다면 그런 데서 더 잘 살았을 거다." 찰리가 말했다. "넌 늘 최악을 안다고 생각하지. 하지만 이건 진짜 최악도 아니야."

그의 말은 그레이트폴스로 돌아가서 경찰서로 걸어 들어가 내가 행방불명된 델 파슨스라고 말하고 세간의 주목을 받으라는 뜻이었다. 다시 말해 철창이 있는 잠긴 방에 틀어박혀 열여덟 살이 될 때까지 아무 일 없기를 기다리며 얼어붙은 풍경만 응시하라는 뜻이었다. 그것은 어머니에게 최악으로 보였던 삶이었다. 내게도 여전히 최악으로 보였다. 나는 찰리에게 대답할 말이 없었다. 정말로 없었다. 그는 자기 자신만 알았다. 그러나 나는 아서 렘링거와 무슨 일이 일어나든 최악이 무엇인지 알았다. 또한 평가 기준으로서 내게 무슨 일이 일어나든 그 뜻을 내가 변덕의 일부요, 그 변덕이 끝나면 잊힐 존재에 지나지 않는다는 것으로 해석했다.

찰리는 내가 무슨 말을 더 하길 원하지 않았다. 그는 필요 이상으로 내 말에 귀 기울이지는 않았다. 나는 그의 낡은 트럭에서 내려 바람 부는 포트로열의 모래투성이 거리에 발을 딛고 문을 닫았다. "대부분의 실패자는 스스로 그렇게 된 사람이다. 그걸 잊지 마라." 문이 닫힐 때 그가 한 말이었다. 나는 아무런 대꾸도 하지 않았다. 그는 나를 내 미래에 남겨 둔 채 차를 몰고 떠났다.

59

찰리가 이른 아침에 렘링거에 관한 이야기를 해주었던 그날 오후 레너드의 작은 로비에 문제의 두 미국인이 도착했다. 레너드 호텔에는 정식 로비가 없었고 중앙 계단 밑에 정사각형의 어둠침침한 입구가 있을 뿐이었다. 안내 데스크에는 종과 램프가 놓여 있었고 열쇠는 벽에 줄줄이 걸려 있었다. 나는 점심을 먹고 낮잠을 자러 가는 중이었다. 새벽 4시에 일어난 데다 저녁에는 기러기를 정찰하러 나가야 했다. 찰리 말대로라면 미국인들이 곧 도착할 것 같아 나는 그들을 볼 생각으로 생김새를 상상해 보며 틈나는 대로 로비를 지나다녔었다. 하지만 그날에는 도착하지 않겠다고 생각했었다.

그들은 게딘스 부인과 숙박부에 이름을 쓰고 있었다. 부인은 주방 일을 보고 있다 벨 소리를 듣고 온 것이었다. 그녀는 미국인들에게 거의 말을 걸지 않았다. 그들이 각자의 이름 — 레이먼드 젭스, 루이스 크로슬리 — 을 말했을 때라야 숙박부에서 고개를 들었는데, 물기 젖은 두 눈은 마치 미국인들에게 못 믿을 구석이 있고 누구도 그녀를 업신여길 수 없다는 듯 엄하고 불신에 차 있었다.

그들은 가죽으로 된 여행 가방을 들고 있었다. 이따금 내가 사냥꾼들 짐을 객실까지 운반할 때 — 그 일로 25센트를 받았다 — 도 있어서 나는 엘리자베스 여왕의 사진이 걸려 있는 벽 옆에 서서 기다렸다. 게딘스 부인이 두 남자에게 객실이 만원이라(그렇지 않았다) 오버플로 하우스(내 오두막)에서 숙박을 해야 한다고 말했다. 그들이 준비되는 대로 찰리가 데려다 줄 거라면서. 찰리가 내게 했던 말이 옳았다는 첫 증거가 나왔다. 두 남자가 예상대로 미국에서 왔고, 신원이 확인되었다는 것. 나는 그 이야기가 사실이 아니라 — 찰리가 날 겁주려고 기상천외한 이유들로 지어낸 이야기 — 고 거의 생각했었다. 그러나 두 미국인은 예상했던 그 이름들을 댔다 — 젭스와 크로슬리라고. 또한 미국의 "자동차 도시"에서 왔다고 했다. 그들은 기분이 좋았고 신분을 감추려 하지 않았다. 그들을 알아보거나 그들이 포트로열에 왜 왔는지 아는 사람이 있는 줄도 모르는 듯했다. 게딘스 부인조차 그들이 누구인지 알고 있다면, 당사자들을 제외하곤 모두가 알고 있는 셈이었다.

"우리는 캐나다 서쪽 연안으로 갈 겁니다." 연장자인 전직 경찰 젭스가 미소 띤 얼굴로 말했다. 낯빛은 붉었고 윤기 나는 검정 소재로 만든 가발을 둥근 머리에 쓰고 있었지만 전혀 자연스럽지 않았다. 키는 작은데 살은 쪘고 바지를 배 위까지 올려 입은 데다 어릿광대 구두만큼 커 보이는 갈색 윙팁 구두를 신고 있어 바보스럽게 보이기까지 했다. 그는 캐나다 서쪽 연안에서 무엇을 할 생각인지는 말하지 않았다. 크로슬리는 그보다 젊었고 반듯하고 날카로운 이목구비에 검은 머리는 짧게 잘랐고 복장은 단정했다. 웃기도 잘했다. 그러나 눈은 사방을 경계했고 안색도 더 어두웠다. 그는 명랑함을 가장하려는 듯 금반지 낀 새끼손가락을 초초하게 비틀었다. 나중에 젭스가 총에 맞아 내 오두막 바닥에 죽어 있는 것을 보았을 때 나는 기겁했지만 그를 옮기는 일에 말려들어 가발을 집어들 수밖에 없었는데, 정말이지 끔찍했다. (그가 총에 맞았을 때 머리에서 흘러내린 것이었다.) 나는 가발을 본 적이 없어 처음에는 가발인지 몰랐다. 가발이 어찌나 얇고 작은지 놀라웠다. 그 가발은 기러기 내장과 깃털과 함께 소각통으로 들어갔다.

크로슬리는 게딘스 부인에게 먹을 게 없느냐고 물었다. 에스테번에서 아침을 먹은 뒤로는 아무것도 못 먹었다고 했다. 게딘스 부인은 얼굴을 찌푸리며 점심(그녀는 “만찬”이라 불렀다) 시간이 끝난 지 한참 됐지만(3시가 다 된 시각이었다) 상점가로 나가면 중국 요리를 먹을 수 있을 거라고 했다. 내가 안내를 해주겠다고 나서자 그제야, 그들은 내 존재에 주의를 돌렸다. 포트로열이 그렇게 큰 마을을 아니라고 했다. (젭스는 렘링거처럼 콧소리로 “읍”이라고 불렀다.) 시내에 중국인 “간이식당”만 있더라고 했다. 디트로이트에는 중국인 동네가 있다고 했다. 부인들과 종종 가 봤다면서. 그들은 캐나다 중국인과 미시간 주 중국인을 비교하고 싶어 했다.

그들은 가방을 로비에 둬도 되는지 물었고 게딘스 부인에게 기러기 사냥이 끝났는지 궁금하다고 했다. 차를 타고 오면서 기러기 수천 마리가 하늘에 떠 있고 이따금 한 마리씩 하늘에서 떨어지는 것을 보았는데, 총에 맞아 죽은 것 같더라고 했다. 크로슬리가 자신들도 사냥총을 가지고 있다고 했지만 주저하는 듯 보였다. 이틀이면 자기네도 사냥 준비를 할 수 있는지 물었다. 그들은 차를 타고 나가 그 광경을 보고 싶어 했다. 바람이 휘몰아치는 10월 초에도 이곳의 명물을 즐기려고 서스캐처원의 포트로열을 찾는 방문객들처럼. 하지만 이런 말은 믿을 만하지 않았고 찰리가 말한 그들의 정체만 더 신빙성 있게 와 닿았다.

게딘스 부인은 그들에게 호텔 사장이자 사냥 조직 편성을 맡고 있는 "렘링거 씨"와 이야기해 보라고 말했다. 저녁 때 식당과 술집에서 볼 수 있을 거라면서. 호텔에는 다른 사냥꾼들도 있다고 했다. 아침에 누가 취해 있거나 아프지 않는 한 자리가 나지 않을 거라고도 했다.

나는 어둑한 로비에서 그들 뒤에 서서 게딘스 부인이 "렘링거 씨"라고 말할 때 그들의 반응을 주시했다. 그들이 2천 마일 넘게 달려온 것은 렘링거를 관찰해서 그가 살인자인지 결론짓고 만약 그렇다면 그를 어떻게 할지 결정하기 위해서였다. 찰리 말대로 렘링거는 그 일을 결코 인정하지 않을 것이고 그 일을 알고 있는 사람은 거의 죽고 없는데 그들이 무슨 수로 결론을 내릴지 짐작하기 힘들었다. 내내 궁금했던 것들이 있었다. 살인자는 어떤 얼굴일까? 살인을 저지르고 나면 — 의도했든 하지 않았든 — 낙인처럼 얼굴에 그런 표시가 영원히 찍힐까? 젭스와 크로슬리는 쉽게 간파할 수 있다고 여겼을까? 살인을 저지르기 전에도 얼굴에 "살인자"라고 쓰여 있을까? 나는 사진으로, 옛날 극장에서 뉴스로 살인자들을 본 적은 있었다. 아버지는 그런 사람들과 그들의 모험에 매료됐다. 앨빈 칼피스와 프리티보이 플로이드와 클라이드 배로, 그리고 존 딜린저. 그들은 하나같이 내게 살인자로 보였었다. 이미 살인을 저지른 이들이었기에 의심의 여지가 없었다. 게다가 그들은 죽었다. 대부분이 총에 맞아 죽었고 가지런히 눕혀 사진까지 찍혔다. 내 부모도 아버지가 은행으로 들어가 은행을 털기 오래 전부터 은행 강도로 판별될 수 있었을 거라고, 나는 결론 내렸었다. 그 사실을 모르고 있었던 건 누나와 나뿐이었을 거라고.

그러나 지나치게 덥고 조용한 로비에서 렘링거의 이름이 나왔는데도 젭스나 크로슬리의 얼굴 표정에는 아무런 변화가 없었다. 그 이름이 아무 의미가 없다는 듯. "저기," 젭스가 말했다. 그의 살찐 양 엄지손가락이 바지를 불룩한 배 위로 끌어당겼다. "렘링거 씨라는 분에게 제 친구와 제가 얘기를 하고 싶어 한다고 전해 주십시오. 준비만 되면 우리도 기러기 사냥을 하고 싶거든요. 오늘밤에 술집에 가보지요. 그분께는 소개만 부탁드린다고 전해 주십시오. 우리는 호의적인 미국인이거든요." 두 사람은 이 말에 웃었지만 게딘스 부인은 웃지 않았다.

미국인들은 중국 식당을 찾아 바람 부는 작은 중심가로 함께 나갔다. 그러나 나는 미시간 주 번호판을 단 검정색 크라이슬러 뉴요커가 있는지 확인하려고 레너드 호텔 뒤편으로 얼른 가 보았다. 그 사람들이 내게 식사를 같이 하자고 했다면 나는 이미 먹었는데도 간다고 했을 것이다. 가까이 다가가서 나는 그들이 누구인지 알지만 그들은 내가 알고 있다는 사실을 모른다면 흥미진진할 것 같았다. 내가 위장한 사람이라도 된 것처럼 말이다. 나는 흥분했다. 그들에 관한 것들, 그들의 계획 같은 것을 알아낼 수 있을 것이었다. 물론 그것을 발설하면 안 됐겠지만 솔직히 내가 무엇을 말하고 누구에게 말할 수 있는지도 몰랐다. 열다섯 살 소년이라면 그런 가능성에 당연히 끌릴 만하지 않겠는가.

그러나 두 미국인은 내게 그다지 주목하지 않고 붉은 글씨로 **WU-LU**라고 적힌 간판을 향해 곧장 걸어갔다. 나는 그들을 보려고 밖으로 나갔다. 젭스가 짧은 팔을 젊은 남자의 어깨에 두르고 심각하게 이야기하기 시작했다. "이게 우리가 원하는 방향이야." 나는 젭스가 하는 말을 들었는데, 그의 비음 섞인 목소리가 차가운 미풍에 실려 오는 듯했다. "그래요, 나도 알아요. 나도 알아요." 크로슬리가 말했다. "하지만 ……." 뒷말은 들리지 않았지만 그들이 무슨 얘길 하고 있는지 알 것 같았다. 내 생각은 옳았다.

레너드 호텔 뒤편으로 돌아가 보니 사냥꾼들의 차들과 다른 손님들 차들이 렘링거의 밤색 대형 뷰익과 나란히 주차돼 있었다. 바람과 작은 눈송이들이 허공에서 서로 밀쳐 대고 있었다. 캐나다 퍼시픽 철도 조차장은 텅 빈 부지에 직경이 50야드 정도였다. 전철기가 텅 빈 철로를 따라 붉은색 유개 화차를 딴 선로로 돌리고 있었고, 전철수들은 랜턴을 들고 추위 속을 뛰어다니며 나뭇가지들을 던지고 유개 화차가 지나갈 때 화차에 뛰어올랐다. 나는 일하는 걸 좋아하니까 내가 할 일이 있겠다는 생각이 들었다. 학교가 날 위해 결코 개교를 하지 않고 내가 플로렌스의 바람을 저버리고 위니펙에 가지 않는다면 말이다. 아서가 말했듯이 세상 일이 늘 계획대로만 되지는 않았으니까. 그렇다는 걸 나도 알아 가는 중이었다.

나란히 주차된 차들 끝에 검정색 뉴요커가 있었다. 차 문이 두 개였고, 도로의 먼지를 뒤집어써 지저분했고, 초록과 노랑이 섞인 미시간 주 번호판을 달고 있었다. "물 위 동화 나라."[38] 나는 누군가 — 내가 — 가 카누를 저을 수 있을 만큼 드넓은 호수와 함께 초록으로 뒤덮인 숲을 상상했다. 카누는 한 번도 타본 적이 없었다. 그레이트폴스 고등학교에 보트 클럽이 있으면 미주리까지 노를 저어 가 볼 수 있겠구나 상상은 해봤다. 크라이슬러의 엔진 뚜껑에 손을 얹으니 찬 기운이 스며 들고는 있지만 아직은 따뜻했다. 이 차는 미국에서, 그것도 제조된 지역에서 왔다. 그곳은 아버지(와 내가) 미국 하면 연상하게 되는 모든 걸 대변했다. 용광로. 점점 가까워지는 세계. 나는 이런 가치들을 옹호했다. 아버지는 나와 누나에게 이 가치들을 주입했었다. 그래서인지 젭스와 크로슬리와 그들이 캐나다에 온 임무가 훌륭하고 옳다고 느껴졌다. 물론 그 임무가 성공해서 아서 렘링거가 미국으로 돌아가 감옥에 갇히기를 원하는 건 아니었다. 앞서도 말했지만 모든 징조가 그러지 말라고 하는데도 왜 우리가 그 사람들과 관계를 맺는지는 불가사의하다.

나는 주차장에 서서 엄청난 혼란을 느꼈다. 내가 몰락의 순간에 가까워졌는지도 몰랐다. 관자놀이가 조여 들며 지끈거렸고, (추위 때문인지) 턱과 코도 마비되었다. 손은 따끔거렸다. 발은 움직이려고 하지 않는 듯했다. 더없이 기묘한 사람이고 내가 알게 된 사실에도 불구하고 아서 렘링거는 폭탄을 나르고 터뜨리고 누굴 죽인 사람 같지 않았다. 그런 짓을 결코 하지 않을 사람 같았다. 찰리 쿼터스라면 더 쉽게 그런 짓을 할 수 있었을 것이다. 아니면 옛날 뉴스 영화에 나왔던 살인자들이나. 내 생각에

38) 미시간 주의 별칭.

아서 렘링거의 얼굴에는 "살인자"라고 쓰여 있지 않았다.

그의 얼굴에 찍힌 것은 "괴상한", "외로운", "좌절한"이거나 "똑똑한", "빈틈없는", "세속적인", "옷 잘 입는" 같은 글자였다. 그 모든 것에 나는 (감탄하지 않으려 했지만) 감탄했다. 그래서 나는 아서 렘링거가 살인자가 아니라고 결론을 내렸다. 내가 다시 움직일 수 있고 얼굴에 감각이 돌아오고 손이 더는 따끔거리지 않은 것도 그 때문이었다. 이 두 미국인은 이름도 차도 디트로이트 출신이라는 것도 같지만 찰리가 말한 그 사람들이 아닐지도 몰랐다. 이것이 내 사고 방식이었다. 어머니가 일지에도 썼지만 명백한 모든 것은 역으로 충분히 고찰해 볼 가치가 있다. 역이 진실일 수도 있으니까. 진실과 관계된 최근의 내 경험으로 보면 모두가, 아무리 그럴 것 같지 않은 사람도 머잖아 분명 범죄를 저지를 수 있었다. 그러나 나는 선뜻 믿기 힘들었다. 그것이 사실이라면 내가 맞춰 살 만한 세상을 알 수 없었다. 나는 범죄를 저지르고 싶지도 않았고, 맞춰 사는 것이 내가 가장 하고 싶은 일이었으니까. 그래서 나는 아서 렘링거가 저질렀다고 하는 죄를 범하지 않았다고 믿으려 무진 애썼다. 그렇게 생각하는 것이 모든 면에서 더 좋았으니까.

60

그날 나는 평소 하던 일들을 했다. 로비에서 시간을 지체해 낮잠을 조금 짧게 잔 뒤 미국인들의 차를 조사하러 나갔다. 날은 이제 더 짧아졌고, 찰리와 나는 5시경 강보다 높은 들판으로 차를 몰아 기러기들이 이용하고 있는 곳을 찾아내 우크라이나 소년들에게 은신처를 파라고 지시했다. 이 농장 소년들 — 둘은 건장하고 몸집이 컸다 — 은 형제였고 게딘스 부인의 죽은 남편 쪽 친척이었으며 부인처럼 조용하고 웃음이 없었다. 찰리가 은신처를 팔 지점을 일러주는 동안 그들은 내게 한 마디도 하지 않았다. 마치 내가 그들을 알아서는 안 되는 특권층 미국 소년이기나 한 듯 날 경멸조로 쳐다보았다. 나는 특권 따윈 있지도 않다고 생각했다. 발붙이고 살 곳도 가진 것도 없어 언제든 떠날 수 있는 이상한 특권만이 있을 뿐. 반면에 그 소년들은 자기들이 떠날 수도 없다고 믿었다.

아서 렘링거는 그날 온종일 모습을 보이지 않았다. 보통은 호텔을 돌아다니는 모습이 보였다. 말했듯이 이따금 무슨 구실을 대고 날 낚아채 뷰익에 태우고는 스위프트 커런트나 서쪽으로 이어지는 고속도로를 달렸고, 그때마다 어떤 주제에 대해 신나게 떠들었다. 이날은 그런 일도 없었다. 나는 호텔 뒤편의 추운 주차장에 서서 역으로 생각하자고 (그는 살인자가 아니다 등등) "결론" 내렸음에도 그의 부재가 미국인들이 출현과 관계있다고 여겨졌다. 미국인들에 대한 나의 역발상이 틀렸다는 걸 알았던 것 같다.

미국인들을 오버플로 하우스까지 안내한 사람은 찰리 쿼터스였다. 내가 로비로 내려갔을 때는 그들의 짐 가방도 없었고 차도 주차장에 없었다. 나는 찰리가 자기 말이 모두 맞지 않느냐며 거 보란 듯이 무슨 말을 하겠구나 생각했다. 하지만 그는 입을 꾹 다문 채 짜증만 낼 뿐, 일상적으로 내뱉는 남을 깔보는 말조차 하지 않았다. 넌 아무것도 모른다는 둥, 약해 빠졌다는 둥, 사는 게 아주 고되다는 둥, 다시는 학교에 못 갈 거라는 둥 그런 말들을 말이다. 트럭을 타고 가면서 한 얘기도 기러기 사냥에 관계된 것 — 그가 내게 이미 말해 준 것들 — 뿐이었다. 기러기는 바람을 타고 하늘 높이 날지만 때로는 바람 밑으로 날기도 한다든지, 기러기가 정말로 똑똑한 게 아니라 본능이 좋은 거지만 오리보다는 똑똑하다든지, 쇠기러기는 밀을 좋아하지만 흰기러기는 아니라든지, 기러기는 밤에 백 마일까지 날 수 있다든지, 하늘에서 보면 "검정 치마를 입은 뚱뚱한 농장 처녀"도 미끼로 보일 테니 미끼는 사실 필요하지 않다든지 하는 얘기들이었다. 찰리가 이런 얘길 자꾸 하니까 그 얘기가 나와는 아무 상관없고 그가 생각하고 싶지 않은 일에서 관심을 돌리고 있다는 예감이 들었다. 그 일은 두 미국인과 관계가 있을 거라고.

*

나는 평소처럼 주방에서 저녁을 먹고 7시에 술집으로 나와 찰리가 시킨 대로 사냥꾼들과 어울리고 주크박스를 들으며 바텐더와 이야기했고, 베티 아르스노에게 버너가 있는 캘리포니아 얘기를 해주고 자신을 학대했다는 그녀의 남자친구 이야기를 들어주었다. 사냥꾼들은 술 마시고 웃고 떠들고 시가와 담배를 피웠다. 두 명은 토론토에서 왔고 한 명은 조지아 주에서 온 미국인이었다. 이 남자들은 아버지가 "남부 사투리를 썼을" 때 같은 억양을 가지고 있었다. 디트로이트에서 온 미국인 두 명도 있었다. 그들은 벽면의 한 좌석에, 수컷 무스 두 마리가 싸움 도중 서로의 뿔이 빠져나올 수 없게 엉켜 버려 옴짝달싹 못하고 있는 커다란 유화 아래 앉아 있었다. 이 그림의 제목은 「사투」였다. 그림 위에는 "여왕 폐하 만세"가 적힌 흑백 표지가 있었는데, 사람들이 불경스런 말들을 써 놓았다. 이 그림은 내가 가장 좋아하는 것이었다. 식당에 걸린 춤추는 곰 그림보다 좋았다. 몇 년이 흘러 앨버타 주 에드먼턴의 맥도날드 호텔 벽에서 바로 이 그림인지 아니면 똑 닮은 그림인지를 보고서 그 신비로움에 감탄하여 몇 시간을 앉아 있었던 적이 있다.

사냥꾼들과 철도원들과 제약회사 외판원들로 가득한 연기 자욱한 술집에서 두 미국인은 단연 눈에 띄었다. 그들은 술집에 있는 내내 각자의 맥주를 옆에 놓고 마셨다. 깨끗한 셔츠와 말쑥한 바지에 질기고 투박한 단화 브로간을 신은 그들에 반해 사냥꾼들은 술집을 나서면 은신처로 바로 갈 예정인 듯 하나같이 사냥복을 입고 있었다. 미국인들은 불편해 보이기도 했다. 젊은 쪽인 크로슬리의 긴장이 나이가 많은 사람까지 덮친 듯했다. 그들은 자기들끼리만 이야기했고 양철 천장이며 맞은편 로비 문, 주방 쪽과 도박굴의 닫힌 문 등 여기저기를 둘러보았다. 그들이 기다리고 있는 것은 아서 렘링거였다. 그가 자신들을 찾아와 기러기 사냥에 대해 말해 주면 좋겠다고 부탁해 뒀기 때문이었다. 그러나 렘링거는 나타나지 않았다. 그것은 중요한 신호였다. 렘링거가 관찰당하고 싶지 않아 꽁무니를 뺐는지도 몰랐다. 그렇다면 그들이 찾고 있는 사람이 그라는 의미였다.

나는 주크박스 근처에서 렘링거가 성큼성큼 들어와 늘 하던 대로 술집을 돌면서 농담도 하고 사람들에게 술도 사고 모두에게 멋진 사냥을 약속하는 등 도무지 그답지 않아 보이는 행동을 개시하기를 기다리고 있었다. 플로렌스의 차는 주차장에 없었다. 그녀는 집으로 가서 어머니를 돌보고 가게를 보고 있을 것 같았다. 짐작컨대 아서는 미국인들이 있는 곳에 그녀를 데려오고 싶지 않았을 것이다.

물론 나는 미국인들이 렘링거를 만난 뒤 결론을 내려야 할 때 어떤 계획을 세워 뒀을지 알지 못했다. 내가 믿고 싶었던 대로 그를 보고서 폭탄을 터뜨려 누굴 죽일 사람이 아니라고 깨달을 수도 있었다. 그럴 경우 그들은 흡족한 마음으로 돌아가 모든 일을 잊을 것이다. 그러나 살인자가 맞다는 결론이 난다면, 그땐 어떤 계획을 세워 뒀을까? 미국인들의 뇌가 바쁘게 돌아가고 있는 시끄러운 술집에 있다는 것에, 또 나나 다른 누군가가 그들을 알고 있다는 사실을 그들은 모르고 있어 내가 더 유리하다는 사실에 나는 흥분했다. 그러나 이 일에도 어떤 결과가 따를 것이었다. 찰리도 말은 하지 않았지만 그렇게 생각했을 것이고, 그 결과는 나쁠 수도 있었다.

나는 원래 그런 애가 아니건만 미국인들에게 말을 걸고 싶은 강한 충동을 두 번 경험했다. 위험하고 극적인 것에 다가가 보고 싶은 듯했다. 미시간 주 오스코다에서 태어났다고 하면 그들이 반색을 할지 몰라 그 말을 해보고 싶었다. 그들의 차 옆에 서서 따듯한 엔진 뚜껑을 만졌을 때 전해지던 느낌들 — 흡족한 견고함, (내가 모르는) 그 사람들이 좋아지고 그들과 비밀을 공유하고 싶은 기분 — 을, 그 모든 것을 다시 느끼고 싶었고 나는 누구에게도 위험인물이 아니라고 믿었다. 찰리가 내게 해준 말들은 하지 않을 것이었다. 그들이 자신들의 임무에 관한 중요한 사실 — 렘링거를 어떻게 생각하는지, 그를 관찰한 결과에 따라 어떻게 하고 싶은지 — 을 뜻하지 않게 흘릴 수도 있다고 보았다.

그러나 바로 그 순간, 내가 미국인들에게 말을 걸 용기를 내보기도 전에 아서가 로비 문을 열고 술집으로 들어왔다. 두 미국인은 그가 누구인지 즉각 알아본 듯했다. 마치 그들 머릿속에 아서의 사진이 들어 있어 그들이 알고 있는 그 모습과 정확히 일치한 것처럼.

붉은 뺨과 둥근 얼굴에 가발을 쓴 남자 — 전직 경찰 — 가 그 즉시 젊은 크로슬리에게 뭐라고 말하면서 고개를 끄덕이고 자리를 가득 메운 사냥꾼들에게 시끄럽게 말하고 있는 렘링거를 쳐다보았다. 크로슬리도 고개를 돌려 그를 쳐다보더니 이내 심각한 얼굴이 되었다. 그는 고개를 끄덕이고 다시 돌아앉아 두 손으로 맥주병을 잡고 짧게 뭐라고 했다. 그 뒤로 두 사람은 서로 충돌하고 있는 무스 그림 아래 조악한 불빛 속에서 마주보고 앉아 아무 말도 하지 않았다.

렘링거는 종종 쓰는 갈색 펠트 중절모에 술집에는 어울리지 않는 값비싼 보스턴 트위드 정장을 입고 있었다. 목에는 독서용 안경이 걸려 있었다. 선홍색 넥타이를 맸고 트위드 바지는 가죽 부츠 속에 쑤셔 넣었다. 그때는 몰랐는데 나중에 생각해보니 그의 차림새는 자신의 영지를 둘러보러 나왔다가 위스키 한 잔을 마시러 들어온 영국 공작이나 남작의 모습이었다. 그가 15년을 기다려왔던 사람들이 왔을 때 자신을 알아보지 못하게 하려는 일종의 위장이었다. 물론 이름도 바꾸지 않았고 누구든 알고자 하면 그를 알 수 있었다. 어쩌면 그는 숨어 산 게 아니라 이 날이 오기를 기다리며 주의만 딴 데 돌리고 있었던 건지 모른다.

렘링거가 가게 안을 돌아다니는 동안 크로슬리는 그를 지켜보았고, 젭스는 돌아보지 않고 그대로 앉아 무슨 생각을 하는 것처럼 맞은편 크로슬리만 응시했다. 처음에만 친절했다가 시간 지나면 불친절해지는 경찰이 도로 된 것 같았다. 찰리에게 권총을 소지하고 있다는 애길 들었던 탓에 나는 그들이 권총을 지니고 있는지 궁금했다.

렘링거가 주크박스 옆에 있는 날 보았다. "이런. 델 씨가 여기 계셨군." 그가 이렇게 말하며 싱긋 웃고 무심히 손을 흔들었다. 조금만 더 가면 미국인들 자리였다. 나는 그 자리로 가서 관찰하고 싶었다. 그들이 누구인지 정확히 알고 있는 아서 렘링거, 그가 알고 있다는 것은 모른 채 그가 살인자인지 결정지어야 하는 미국인들, 이들 세 사람이 만났을 때 어떤 일이 일어날지 알고 싶었다. 누구든 보고 싶었을 것이다. 위험의 여지가 있었다. 세 사람 다 총을 가지고 있어 이 일을 끝장내기로 마음만 먹는다면 말이다.

렘링거의 눈이 두 남자에게 잠시 머무는가 싶더니 그는 토론토에서 온 사냥꾼들 자리로 다시 돌아갔다. 이들 중 한 명이 비밀 얘기를 하는지 손을 입가에 대고 무슨 말을 했다. 렘링거는 나를 휙 봤다가 그 남자 쪽으로 몸을 숙였는데, 그가 뭐라고 또 속삭이자 둘이 같이 웃었다. 내 얘길 나누고 있던 것처럼 렘링거가 또 다시 날 보았지만 나는 그럴 리 없다고 생각했다. 이제 렘링거는 미국인들 쪽으로 방향을 틀어 움직였다.

긴장해 있던 크로슬리는 자리에서 벌떡 일어나 손을 바지에 닦았고, 마침내 이 순간이 와서 마음이 놓인다는 듯 미소를 활짝 지으며 렘링거에게 손을 내밀었다. 아서가 악수를 나눌 때 자기 이름을 말하는 것을 나도 들었다. "크로슬리"라는 소리도 들었다. 연장자인 젭스가 일어나 아서와 악수를 나누며 이름을 대고서 무슨 말을 또 해 두 사람은 함께 웃었다. 젭스가 "브리티시컬럼비아"와 "미시간"이라고 말하는 게 들렸다. 그러자 아서는 "미시간"이라고 말했고 세 사람은 함께 웃었다. 아서는 다이너마이트를 터뜨린 살인범이라고는 의심이 가지 않는 역을 맡은 배우 같았다. 나는 그 일들이 사실이 아니라고 믿는 편이었지만, 그가 캐나다에서 보낸 삶은 이 순간을 위한 리허설이었을지 모른다. 자신은 고통을 받을 만큼 받았다고 믿었기에 그가 생각한 대로 성공한다면 모든 게 순조롭고 삶은 계속될 것이다. 만약 성공하지 못해 그가 살인범으로 확인되고 미시간으로 돌아갈 생각에 직면해야 한다면 무슨 일이 벌어질지 아무도 몰랐지만, 밝혀질 일이기는 했다.

그들 세 사람이 또 무슨 말을 하는지는 들리지 않았다. 미국인들은 자리에 앉았다. 아서는 의자를 테이블 쪽으로 당겨 바지 양쪽을 톱질하듯 문지르고는 부자연스럽게 의자에 걸터앉았고 모자는 벗지 않았다. 나는 낮잠을 별로 못 잔 데다 미국인들을 걱정했던 탓인지 졸음이 왔다. 그러나 자리를 지키고 서 있었다. 렘링거는 앉아서 15분 동안 그들 두 사람에게 활기차게 말했다. 그가 맥주를 시켜 주었지만 두 사람은 마시지 않았다. 얘기를 하는 동안 그는 몇 번이나 내 쪽을 돌아보았다. 미국인들은 얘기를 나누면서 미소를 많이 지었다. 어느 순간 렘링거가 소리 내어 웃으면서 "아, 그럼요, 그럼요, 그럼요. 그렇고말고요! 맞는 말씀입니다." 라고 말했는데, 그답지 않은 모습이었다. 세 사람은 고개를 끄덕였다. 곧이어 렘링거가 꼿꼿이 앉고 팔을 뻗어 허리를 펼 것처럼 움직이며 말했다. "여러분을 위해 내일 모든 걸 준비해 놓겠습니다." 나는 그 말이 기러기 사냥에 관련된 것이고 그를 살인자로 알아보는 일과는 무관하다고 믿었다. 미국인들 둘 다 아서가 자신들이 찾고 있는 사람이 아니라는 결론에 이르렀을 거라고 느꼈다. 아니면 그가 맞긴 한데 몰라볼 정도로 변해 그를 텅 빈 대초원에 평화롭게 살게 두어도 된다고 결론 내렸을지 몰랐다. (말했듯이 나는 살면서 이런 일을 경험해 본 적이 없어 벌어지고 있는 상황에 큰 혼란을 겪고 있었다. 봤던 것을 이해하지 못했다고 나를 비난하지 말아 달라.)

조금 전에 든 생각으로 나는 마음이 편해졌고 호텔 계단을 올라 처마 아래 있는 내 방으로 들어가 문을 잠그고 붉은 네온사인이 번져 있는 내 차가운 침대로 기어 들어갔다. 파트로의 내 오두막에는 자물쇠가 없었다. 이곳은 밤에도 사람들이 복도를 돌아다녀 자물쇠가 있어 기뻤다. 나는 모든 게 잘 될 거라고 생각했다. 아서는 미국인들을 만나고 나서 안도를 한 듯 보였다.

마치 미국인들의 정체가 그들이 연기하고 있는 기러기 사냥꾼이고 찰리와 내가 준비한 아침 사냥을 마치고 나면 브리티시컬럼비아로 떠날 사람들인 것처럼 환대했다. 찰리가 렘링거를 왜 "기만적"이라고 했는지 이해할 만했다. 그는 미국인들의 정체를 모른 체하는 것으로 그들을 속였다. 그러나 세상은 속임수가 불가피하다는 것이 내 오래 전의 결론이었다. 모두가 범죄를 저지르진 않아도 모두가 속임수는 쓴다. 내가 정체를 알면서도 미국인들에게 내색을 하지 않은 건 기만적인 행동이었다. 나는 경찰이 찾을 수 없게 돈도 숨겼다. 밀드레드 아줌마의 차에 앉아 아무 말 하지 않고 국경을 넘은 그 순간부터 나는 정체를 숨기는 기만을 저질렀다. 지금의 나는 같은 이름을 쓰고 있지만 그레이트폴스에 살던 나는 아니었다. 내가 예전의 그 소년으로 돌아갈지는 확실치 않지만 기만적인 삶은 평생 이어질 것이다. 이제 곧 위니펙으로 가서 진실을 비롯한 모든 것을 뒤로 한 채 전혀 다른 더 나은 삶을 살 것 같았으니까.

잠에 빠져 들면서 나는 젊고 키 큰 금발의 설익은 아서 렘링거가 디트로이트 같다고 상상한 어떤 곳에서 쓰레기통에 폭탄을 넣는 모습을 그려보려 애썼다. 그러나 나는 그 생각을 머릿속에 머물게 — 어떤 것이 중요한지 아닌지 탐지하는 나만의 방식이었다 — 할 수 없었다. (폭탄의 생김새를 상상할 수 없었기 때문이다.) 미국인들과 내가 대화를 나누는 장면도 생각해 보았다. 10월의 춥고 바람 몰아치는 날이 아니라 내가 도착했을 때처럼 8월 말의 푸르고 화창한 날, 포트로열의 중심가를 걷고 있는 모습을 그렸다. 젭스는 커다란 손을 내 어깨에 올리고 있다. 그들은 내가 아서 렘링거와 어떤 관계인지 알고 싶어 한다. 내가 미국인인지, 학교는 어떻게 하고 캐나다에 오게 됐는지, 부모님은 어디 계신지, 렘링거는 어떤 사람인지, 그가 결혼은 했는지, 내가 그의 배경을 아는지, 그가 권총을 소지하고 있는지 등등.

잠들기 직전에도 나는 권총 외에는 내가 이 질문들에 대한 답을 모르는구나 생각했지만 걱정은 하지 않았다. 종종 있는 일인데, 이 날도 나는 잠들었으면서 잠들지 않았다고 잠깐 생각했다. 그러나 밤늦게 갑자기 "깨서" 도살장 우리에 갇힌 소들이 끙끙대며 아침을 기다리는 소리와 트럭이 호텔 앞 신호등에서 부르릉거리며 저속 기어로 변환하는 소리를 들었다. 모든 것이 있어야 할 곳에 있는 듯했다. 남은 몇 시간 동안 나는 다시 잠이 들었다.

61

다음날인 10월 14일 금요일은 그 하루의 결말 때문에 내 생애 가장 평범하지 않은 날로 기록될 것 같다. 하지만 그 하루의 대부분은 그 시기의 여느 날들과 크게 다르지 않았다. 나는 아침 내내 오버플로에서, 나중에는 포트로열에서 눈이 오다 비가 오다 다시 눈이 오는 추위 속을 돌아다니고 있을 미국인들을 생각했다. 바람이 허공에 걸린 신호등을 탁탁 쳤고 보도는 얼어붙었고 주민들은 되도록 집 안에 머물렀다. 나는 미국인들이 무엇을 하고 있을지, 무슨 일이 일어날지 몰랐다. 이른 아침의 불그스름한 빛 속에서 나는 내 역발상 — 미국인들의 정체가 그것이 아니고, 렘링거도 그런 사람(살인자)이 아니며, 미국인들이 그를 도망자로 확인하는 임무를 포기하고 그에 따라 행동할 것이라는 생각 — 을 완전히 버렸다. 혼잡하고 담배 연기 자욱한 술집에서 겨우 15분 만나고서 그들이 원하는(렘링거의 얼굴에 "살인자"가 적혀 있는지 없는지 확인하는) 결론을 내리고 어떻게 할지 결정할 수 있는지 알 수 없었다. 미국인들은 렘링거가 자기네가 찾고 있는 사람이 아닐 거라고 생각한다는 찰리의 말이 떠올랐다. 그래서 그들이 그의 유죄를 믿게 되더라도 어떻게 할지 명확히 모를 수 있다고 했다. 찰리는 그들이 렘링거를 죽일 작정으로 권총을 가지고 왔거나, 그를 납치해 미시간 판사 앞에 세우려 할지 모른다고 암시했었다 — 암시해 주었다고 생각했다. 그러나 그들의 성품과 세 사람이 술집에서 나눈 호의로 봤을 땐 그럴 것 같지 않았다. 그날 내내 그 생각을 했지만 어떤 것도 선명한 그림이 그려지지 않았다. 그 생각이 뱃속과 갈비뼈 밑에서 윙윙거리며 계속 맴돌아 그 일이 중요하며 내가 주목해야 한다고 알려 왔다.

찰리와 나는 동이 트기 전 사냥꾼 무리를 밀밭으로 데리고 나갔다. 나는 트럭에 앉아 세 군데 미끼 사이로 떨어지는 기러기 수를 세었다. 낮게 걸린 하늘과 눈과 바람 때문에 기러기들은 강 근처까지 내려와서도 미끼를 재빨리 찾지 못했고, 찰리는 줄지어 파 놓은 은신처들로 가서 자신의 의무를 다했고 여러 마리를 쏘아 죽였다. 찰리와 나는 언제나처럼 반원형 막사에서 죽은 기러기들을 손질했다. 보니까 미국인들의 검정색 크라이슬러가 오두막 앞에 세워져 있지 않았다. 그들이 차를 타고 떠났을지 모른다는 뜻이었다.

그러나 찰리가 알려주길 렘링거가 미국인들을 다음날 아침 은신처로 안내하고 좋은 자리에 넣어 주라고 말했단다. 토론토 사냥팀들 중 한 팀이 떠나고 없어 자리가 났다고 했다. 미국인들도 총과 사냥 장비를 가져왔고 가고 싶어 했다. 나는 그들에 대해 시시콜콜 묻지 않았다. 그들을 오버플로 하우스로 데려다 주면서 찰리가 무슨 생각을 했는지, 렘링거가 사냥에 대해 지시했을 때 새롭게 발견한 것이 없었는지 하는 것을. 찰리는 뚱해 있었고 기러기들을 손질하고 내장을 제거하는 동안 내가 한 말에 몇 번이나 엉뚱한 대답을 했다. 그 중 하나는 "용감한 사람은 대개 머리에 상처가 있다"였다. 또 하나는 "누굴 죽이지 않고 살다 가긴 힘들어"였다. 전에도 말했듯이, 찰리는 끔찍했던 어린 시절과 변비 문제로 불평하는 것 말고 이유는 있지만 말해 주지 않고 시무룩해 있을 때가 종종 있었다. 나는 상황에 대한 내 생각과 소신을 지키고 싶었고, 그의 언짢은 기분과 이상한 의견이 내가 생각한 모든 것을 눌러 버릴 수 있어 그를 자극하지 않는 것이 최선이라 여겼다. 몇 마디 되지 않는 그의 얘기를 종합해 볼 때 우리가 다음날 아침 미국인들을 평범한 사냥꾼들처럼 데리고 나가면 기러기 사냥만 기다리고 있지는 않겠다는 생각이 들었다. 미국인들이 여느 사냥꾼들이 아니었기 때문에 다른 일이 있을 것 같았다. 그들은 다른 의도를 가진 사람들이었다.

그날도 낮 시간에는 아서 렘링거를 볼 수 없었다. 현 상황에서는 주목할 만한 일이었다. 식당에서 다른 사냥꾼들은 모여서 아침 사냥에 대해 이야기하고 있던 반면, 두 미국인은 자기들끼리 점심을 먹고 있었다. 나는 심부름으로 살균 소독제 한 병을 사러 약국에도 가고 미국에 보낼 엽서 우표가 필요하다고 해서 우체국에도 다녀왔다. 미국인들은 둘만의 대화에 빠져 나를 비롯해 누구도 아는 척하지 않았다. 그들에 관한 많은 것 — 그들의 의도, 사람이 살해되었고, 렘링거가 그들을 알고 있고 자기 방에서 그들을 어떻게 할까 고민하고 있을지 모르고, 그들이 권총을 갖고 있어 사용할 수도 있다는 것 — 이 노출된 마당에 사람들이 다 보는 벌건 대낮에 이야기만 하고 있어 엉뚱해 보였다. 찰리가 말한 대로 나쁜 일의 전조가 엉뚱할 수도 있지만, 우연하고 특별할 것이 없을 수도 있다. 그렇다는 것은 나쁜 일이 어디서 비롯되는지를 보면 알 수 있다. 일상에서 겨우 한 뼘 떨어진 곳에서다.

미국인들 눈에 띄고는 싶은데 그들에게 말을 거는 건 모험으로 보여 내가 궁리해 낸 방법은 그들의 옆자리에 앉은(그날 아침 알게 된) 사냥꾼들에게 사냥이 즐거웠는지 물어보는 것이었다. 다른 때 같았으면 절대 묻지 않았겠지만, 나는 그때 두 미국인이 내 미국 발음(당연히 그런 발음이지 않았을까)을 듣고 내게 무슨 말이든 해주길 바랐다. 그러나 두 사람은 옆을 돌아보지도 대화를 중단하지도 않았다. 나는 그들 중 한 사람 — 뚱뚱한 대머리 젭스보다 상황을 더 심각하게 받아들이는 것 같은 격앙된 흑발의 크로슬리 — 의 얘기를 들었다. “아무것도 확실치가 않다고요. 그냥 터무니없는 이야기에요.” 그들은 앞으로 어떻게 할지, 그것이 어떤 문제를 안고 있는지 이야기하고 있는 듯했다. 그러나 나는 그 말이 대체 무슨 뜻인지 알 수 없었고 엿듣고 있었지만 그렇게 보이고 싶지 않았다. 그래서 그들을 남겨두고 낮잠을 자러 갔다.

62

"좋은 책 한 권 가져왔어." 플로렌스가 렘링거의 방과 마주 보이는 복도 끝쪽 내 방 밖에서 어두침침한 복도에 서 있었다. 나는 낮잠을 자다 화들짝 놀라 속옷 바람으로 문을 열었다. 그녀가 렘링거의 방에 있다 왔겠구나 짐작했다. "멋진 지도도 몇 장 들어 있어. 전에 얘기했던 책이야. 그러니까……." 그녀는 무거운 책을 내려다본 뒤 내 손에 책을 들려주고 미소를 지었다.

복도에는 그녀 뒤로 불이 한 개만 켜 있었다. 내 방에 와 본 사람은 날 일찍 깨우러 오는 찰리 쿼터스뿐이었다. 찰리였다면 잠옷 바람으로 문을 열지는 않았을 것이다. "옷 좀 입어야겠는걸." 그녀는 내가 당황했을까 싶어 돌아서서 가려고 했다.

그녀가 캐나다 역사책을 가져다주겠다고 말한 적이 있었다. 바로 그 책이었다. 책등에는 흰색 도서관 표지가 붙어 있었다. 책장 윗부분에는 "메디신햇 공립 도서관"이라고 찍혀 있었다. 책 제목은 『캐나다 건립』이었고 지은이는 조지 브라운이었다. 내가 위니펙으로 가서 그녀의 아들과 살고, 캐나다로 귀화하는 문제를 의논한 적이 있었다. 나는 계속 생각 중이었다. 그 편이 내게 더 좋을 거라고, 그녀는 생각했다. 내가 캐나다에 오래 있지도 않았고 — 겨우 6주 — 캐나다에 대해 아는 게 거의 없는데도 말이다. 내가 기본적인 것들 — 애국가와 국기에 대한 맹세(그런 게 있다면), 각 주의 이름과 주지사가 누구인지 정도 — 을 배울 필요가 있다고 했다. 여기 있는 것이 내 선택이 아니었기 때문에 여전히 그러고 싶지 않다고 말할 것 같았다. 그러나 캐나다 사람이 되는 것이 버너와 내가 우리는 이런 곳 — 우리 가족이 이사를 와서 학교를 다니다 또 이사를 간 여러 마을들 — 에 "살아요"라고 말하는 것과 크게 다를 것 같지 않았다. 그레이트폴스에서는 4년을 살았지만 내가 거기 사람이라고 느껴 본 적이 없었다. 한 곳에 머문 시간의 길이는 그다지 중요하지 않아 보였다.

"다 읽고 돌려주면 돼." 플로렌스가 말했다. 그녀가 복도 쪽으로 물러서자 그녀의 둥글고 부드러운 얼굴이 불빛 때문에 흐릿했다. "놀라게 할 생각은 없었어."

"고마워요." 나는 그렇게 말하며 책으로 내 앞을 가렸다. 내 전부를 보인 기분이었다.

"내게도 아이들이 있잖니." 플로렌스가 손을 흔들며 말했다. "너도 그 애들하고 같아."

그녀는 떠났다. 나는 문을 닫고 잠갔다. 그녀가 계단으로 맨 아래층까지 내려가는 소리가 내내 들렸다.

63

렘링거가 레너드 호텔 주방에 있는 날 찾아냈다. 나는 저녁 정찰을 나가려고 찰리를 기다리고 있었다. 설탕과 우유를 탄 커피를 마시고 있었는데, 아침마다 트럭에서 추위에 떨다 보니 생긴 습관이었다. 옷은 따뜻하게 입고 있었다. 티셔츠, 격자무늬 모직 재킷과 모자, 모직 바지와 데이턴 부츠까지. 주방에 난로가 돌아가고 김이 자욱해 나는 벌써부터 더웠다. 여기 주방은 일반 가정의 부엌만 했다. 오래된 서벨 냉장고, 장작을 쓰는 요리용 난로, 불쏘시개용 짚더미, 조리대용 탁자 그리고 식품 저장실이 있었다. 게딘스 부인은 내가 방에 혼자 있는 것 외엔 달리 갈 곳이 없어 주방에 있는 걸 용인해 주었다. 그러나 내게 말은 걸지 않았다. 부인은 채소를 데치고 오븐에 넣을 고기 덩어리를 양철 냄비에 채웠다. 그녀는 렘링거를 보더니 서로 다투기라도 한 것처럼 얼굴을 찌푸렸다. 아마 다툼이 있었을 것이다.

"지금 나랑 같이 가면 좋겠다." 아서가 내게 말했다. 그는 아주 단호했고 어떤 확신에 차 있었다. 내가 익숙하게 보아 온 그가 아니었다. 면도를 하지 않았고, 눈은 피곤해 보였다. 숨을 쉬면 시큼한 냄새가 났다. 모피 깃이 달린 고급 가죽 재킷에 갈색 페도라[39]를 쓰고 있었다. 밖에 있다 왔는지 뺨이 발그레했다. "드라이브를 좀 해야겠어."

"전 찰리를 기다리는 중인데요." 옷 속으로 땀이 흘러내렸다. 나는 가고 싶지 않았다.

"그는 벌써 갔어. 내가 말해 뒀다. 다른 소년들하고 정찰을 할 거다."

"어딜 갈 건데요?" 어딘지 대충은 알고 있어서 그 질문은 사실 질문이라 볼 수 없었다. 우리가 하려는 일은 지금쯤 마음의 결정을 내렸을 미국인들과 관계있을 터였다. 나는 부엌에서 찰리를 기다리는 편이 더 좋았다. 그 일은 내게 이미 일상이 되었고 좋기도 했다. 그러나 찰리는 오지 않을 것이었고, 내겐 선택권이 없다고 생각되었다.

"그 두 사람이 나와 얘기를 했으면 하더구나." 렘링거가 눈을 깜박거리며 말했다. 그는 우리랑 부엌에 있는데도 왠지 걷고 있는 것처럼 보였다. 그는 술집과 식당을 순회할 때 빼고는 사냥꾼들과 말을 섞지 않는 사람이었다. 모든 일은 찰리가 했다. "너도 지난밤에 봤을지 모르겠군." 그가 말했다. 그는 뜻밖에도 미소를 지었고 그 미소를 게딘스 부인에게도 보였는데, 부인은 등을 진 채 불에만 주목했다. "너도 가면 좋을 거다. 시야가 넓어질 테니까. 교육이라 생각해라. 그들은 미국인들이잖아. 유익한 걸 배울 거다."

39) 펠트로 만든 중절모.

그는 나와 게딘스 부인 말고도 청중이 더 있기라도 한 듯 웅변조로 말했다. 아니면 본인의 말을 본인이 들을 필요가 있기나 한 듯이. 그에게 싫다고 말하는 사람은 플로렌스뿐이었다. 그녀는 단 한마디로 내가 따라나서지 못하게 해 줄 수 있었을 것이다. 아서보다 나이가 많았으니까. 그러나 그녀는 여기 없었다. 주방의 모든 것 — 열기, 내 늑골 아래 윙윙 소리, 불빛, 채소가 데쳐지는 기포 소리 — 이 한층 더 들끓었다. 나 혼자서는 싫다고 할 수 없었다.

"디트로이트에서 온 사람들 말인가요?" 내가 물었다.

렘링거는 미소를 지우고 내가 놀라운 사실을 발설하기라도 한 듯 고개를 갸웃하며 날 내려다보았다. 내가 누설하지 말았어야 할 사실을 누설한 건 아니었다. 미국인들이 왔을 때 나도 그곳에 있었으니 알 수 있는 일이었다. 하지만 그는 몰랐다. 그래서 깜짝 놀란 것 같았다. 그는 이상한 눈으로 날 보았다. 이럴 때 무슨 말이든 떠올라 주면 얼마나 좋을까.

"네가 그걸 어떻게 알지? 누구한테 들었어?" 그가 물었다.

"개도 그날 거기 있었잖아요." 게딘스 부인이 여전히 등을 진 채 말했다. "그러니 들었겠죠." 그녀는 솥을 젓고 있었다.

"정말이냐?" 렘링거는 그렇게 하면 진실이 끌려 나오기라도 하듯 등을 꼿꼿이 펴고 잘생긴 머리를 바로 세웠다. "거기 있었어?"

"네에." 내가 말했다.

"좋아." 렘링거가 말했다. 그는 게딘스 부인의 등을 보았다. "네가 그렇다면."

"화장실 좀 써야겠어요." 내가 말했다. 나는 한순간 극도로 긴장해 있었다.

"그래, 다녀와라." 아서가 나를 지나치며 말했다. "주차장에서 보자. 시동을 켜 뒀다. 서둘러라."

그는 주방문을 열고 나가 찬바람을 들인 뒤 게딘스 부인을 침묵 속에 남겨 두고 문을 쾅 닫았다. 부인은 다른 말은 더 하지 않았다.

나는 화장실을 쓸 필요가 없었다. 내게 필요한 건 생각을 명료하게 하는 것이었지만 렘링거가 있으면 그럴 수 없다는 사실을 불현듯 깨달았다. 나는 어제부터 모든 것을 머릿속으로 보내 알아야 할 것을 관찰하고, 진실을 다 알지 못해도 수긍하고, 그 미국인들 때문에 최악의 사태도 그렇고 나쁜 일도 십중팔구 일어나지 않을 거라고 생각할 시간이 충분히 있었다. "가장 심오한 경험은 물리적인 사건들이야." 어머니가, 또는 버너와 내가 무슨 걱정으로 괴로워할 때면 아버지가 종종 단언하던 경구였다. 나는 그 말이 무슨 뜻인지 정확히는 몰랐지만 언제나 사실로 받아들였다. 그러나 물리적인 사건들, 인생과 운명의 경로를 바꾸는 중대한 사건들은 실제로는 드물고 거의 일어나지 않는다는 것이 정상 범주에 있을 때의 내 인식이었다. 더없이 끔찍했던 아버지의 체포로 그 경구는 증명이 되었다. 이전의 내 삶에는 기다림과 기대만 있었지 물리적인 일은 거의 없었다. 물리적 사건의 중요성에 대해 아버지가 한 말을 믿기는 했지만 내가 더 중요하게 생각한 것은 그 일을 어떻게 느끼는지, 무엇을 추측하고, 무엇을 생각하고 두려워하고 기억하는지였다. (내 어릴 적 행운의 믿음이었다.) 내게는 인생이 그런 것이었다. 내 머릿속에서 일어나는 일들 말이다. 최근의 몇 주 — 미래도 없이 캐나다에서 홀로 지낸 몇 주 — 를 보더라도 그렇다는 것이 이상하지 않았다.

그래서 나는 내 생각을 앞으로 — 미국인들의 출현으로 — 일어날 일을 결정짓는 힘으로 만들고 결과는 아무래도 괜찮다고 믿으려 애썼다. 가령 아서가 "그 두 사람"(그는 이렇게 불렀다)을 계속 기다려왔고 그들에 대해 아주 상세히 — 이름과 나이, 타고 온 차, 무장은 했지만 임무에 그다지 열의가 없다는 사실 — 알고 있으므로 상황을 완전히 장악해 본인이 원하는 대로 끝낼 수 있을 거라고 생각했다. 또한 미국인들이 그를 본 것만 갖고는 그에 관한 중대 결정을 내리지는 못할 거라고 믿었다. 살인의 증거는 그의 얼굴에도, 누구의 얼굴에도 쓰여 있지 않으니 말이다. 나는 또 그 사람이 살인자라는 이유로 생판 모르는 사람에게 어떻게 접근할 수 있을까 생각해 보았지만 아주 어려울 거라는 결론에 이르렀다. 내가 식당에서 그들의 이야기를 엿들었을 때 그 미국인들이 깨달았던 것도 틀림없이 그 점이었을 것이다. 내 생각엔 미국인들이 자기들 성격대로 렘링거를 대할 것 같았다. 단순하고. 진지하고. 호의적으로. 그들은 그와 이야기하고, 그에게 자신들의 추리를 설파하고, 결론을 설명하고, 계획을 제시할 것이다. 그러면 렘링거는 전혀 모르는 일이라며 그들이 완전히 잘못 보았고, 미국의 "이해관계자"들이 그렇게 믿고 싶어 하는 것 아니냐고 말할 것이다. 그렇게 모든 일은 해결될 것이다. 렘링거의 말을 믿든 안 믿든 미국인들은 그의 부인을 받아들여 — 이번에도 자기네 성격과 부족한 열의에 맞게 — 디트로이트로 돌아갈 수밖에 없을 것이다. 달리 무엇을 할 수 있을까? 그들은 그를 죽일 만한 사람들이 못되었다. 아침에 찰리와 나를 따라 기러기 사냥이나 나가면 모를까.

미국인들이 렘링거에게 어떤 식으로 접근할지도(그가 접근하지는 않을 테니까) 생각해봤다. 호텔 로비를 지나갈 때 말 섞기, 렘링거가 차에서 내려 걸어갈 때 젭스가 다가와 "우리끼리 얘기를 좀 할 수 있을까요? 할 얘기(혹은 '부탁'이나 '물어볼 것')가 있는데 말입니다"라고 하기. 마치 그들 두 사람이 자기네 오두막에 여자를 들이거나 도박에 대해 좀 더 알아보기로 했다는 듯이. 아서는 자신 있게 둘러댔을 것이다. "제 방은 안 됩니다. 그쪽에서 하죠. 오버플로 하우스에서. 남들 눈도 피할 수 있으니."

나는 그 모든 걸 충분히 생각했다. 생각의 힘은 물리적 사건에 대항한다. 그러나 지금은, 물리적 사건들이 일어나기 시작하는 것 같았다. 내 생각이 정확한지 아닌지는 물을 가치가 없어졌다. 이제는 아버지가 옳았다고 느껴졌다.

나는 2층 욕실 창문으로 밖을 내다보았다. 가슴에선 아직도 윙윙 소리가 났다. 젖은 눈송이와 빗줄기가 함께 날리고 있는 주차장에서 렘링거가 자신의 뷰익 옆에 서 있었다. 헤드라이트도 번쩍거리고 와이퍼도 돌아가고 엔진도 어둠 속으로 흰 연기를 내뿜고 있었다. 그는 내가 한 번도 본 적 없는 남자와 이야기하고 있었다. 털모자와 스포츠점퍼에 운동화를 신었고 추워서인지 어깨를 감싸고 있는 키 크고 야윈 남자였다. 바람이 거칠게 불어대 그 남자의 모자에 눈송이가 계속 걸렸다. 렘링거는 그 남자와 심각하게 이야기하고 있었다. 무슨 지시를 내리는 듯 왼팔로 레너드 쪽을 가리켰다가 다음에는 파트로로 이어진 고속도로 쪽을 가리켰다. 그들은 나를 올려다보지 않았다. 어느 순간 아서가 키 큰 남자 — 30대로 보였고 키는 아서만 했다 — 의 어깨에 한 손을 올렸고 다른 손으로는 또 다시 고속도로 쪽을 가리켰다. 두 사람은 고개를 끄덕였다. 우리가 얘기 나눌 미국인들과 관계있는 일이라 짐작되었다.

그러자 왜 내가 말려 들어야 하는지, 렘링거는 왜 날 데리고 가려는지, 거기서 내 존재가 무슨 의미 — 찰리 말대로 평가 기준 — 인지 궁금해졌다. 바로 그때 렘링거가 고개를 돌려 욕실 창문을 올려다보고 얼굴을 찌푸렸다. 큰 눈송이와 차가운 비가 폭풍의 눈처럼 잠깐 사라져 내 얼굴이 보였던 것이다. 그의 큰 입이 움직이기 시작했고 화가 났다고 말하고 있는 것 같았다. 그는 팔을 흔들어 인사 — 그에게서 좀체 볼 수 없는 몸짓 — 하고서 모자 쓴 남자에게 무슨 말을 더 했다. 그 남자도 날 올려다봤지만 아무 손짓 없이 돌아서서 주차장을 가로질러 어둠속으로 걸어가기 시작했다. 내가 요 몇 주 동안 주의를 기울였어야 했지만 무시했던 것이 날 꾸짖고 있었다. 나는 플로렌스가 와주기만을 바랐다. 베갯잇 속에 모아 둔 돈을 가지고 버스에 올라타 찰리가 말한 대로 포트로열과 아서 렘링거로부터 멀리멀리 떠나고 싶었다. 심지어 버너에게 주었던 20달러 지폐도 그냥 모아 둘 걸 싶었다. 나는 덫에 걸렸고 저항할 수 없었다. 나는 창에서 떨어져 렘링거가 나를 기다리고 있는 곳으로 이어진 계단을 내려가기 시작했다.

64

"어떤 것이 거짓에 기초하고 있다고 말하는 게 아주 엄청난 주장은 아니다." 아서가 차를 타고 가면서 말했다. 굵어진 눈발이 전조등 불빛 속에서 춤을 추고 있었고, 고속도로는 터널처럼 쭉 뻗어 있었다. 렘링거는 우리가 유쾌한 대화라도 나누고 있다는 듯 활기차게 말했다. "난 말이다, 거짓이 어떻게 지속되는지에 관심이 더 많다. 알겠니?" 그는 금반지를 낀 큼지막한 두 손을 운전대에 올려놓고 날 보았다. 말을 계속 하겠다는 뜻임을 알 수 있었다. 라디오에 불이 들어와 있었지만 소리는 약했다. "거짓이 평생 지속된다면 말이다. 흠 ……." 그는 턱을 앞으로 내밀었다. "그럼 무슨 차이가 있을까? 난 모르겠는데." 그는 다시 날 보았다. 내가 동의하길 원하고 있었다. 모자챙 때문에 그림자가 져 그의 얼굴이 뚜렷하지 않았다.

"없어요." 내가 말했다. 속마음까지 동의할 필요는 없었다.

우리는 여느 때처럼 씽씽 달리고 있지 않았다. 그는 파트로에 도착하기보다 얘기를 하고 싶은 모양이었다.

"넌 그 모든 걸 영원히 뒤로할 수 없는 애다." 그가 계속 말했다. "한때는 네가 그럴 수 있다고 생각했지. 국경을 넘었다고 모든 게 바뀌는 건 아니야. 넌 돌아가는 편이 좋아. 내가 너라면 그럴 거다. 누구나 두 번째 기회를 누려야지. 난 분명 몇 가지 실수를 했어. 우리 둘 다 그렇지."

나는 그가 하는 말을 이해할 수 없었다. "불티가 날아오르듯 인간은 고난에 이른다"며 아버지가 실수에 대해 했던 말이 있어 내가 실수를 했구나 짐작만 했다. 그러나 렘링거가 알고 있는 나의 실수가 무엇인지는 알 수 없었다. 나는 당신이 아는 실수 같은 건 하지 않았어요, 라고 말할 뻔했다. 그러나 따지고 싶지 않았다.

"물론, 여기서 죽는 게 괜찮지는 않아." 그가 말했다. "그 얘길 해주마." 그는 지금도 웅변조로 말하고 있었다. "이런 질문을 해본 적 있나, '난 뭘 위해 살고 있지? 단지 늙어서 죽으려고?'"

"모르겠어요." 내가 말했다.

우리는 도로변에 있는 암사슴 두 마리를 지나쳤다. 녀석들의 털과 얼굴과 두 눈이 날리는 눈발 속에 반짝이고 있었다. 우리가 지나가는데도 사슴들은 뷰익을 보지도 소리도 듣지 못했는지 움직이지 않았다. 렘링거는 지금껏 내가 봤던 모습과 다르게 생각에 계속 몰두해 있었다. 그가 어떤 기분인지 궁금했다. 나는 다른 사람들의 기분에 대해 깊게 생각해 본 적이 없었다. 나와 늘 이야기했던 버너만 빼고 말이다. 렘링거는 차를 타고 가는 동안 미국인들 얘기는 꺼내지 않았다. 그 만남이 중요하지 않아서 딱히 할 말이 없는 것처럼.

그는 눈보라를 헤치고 차를 몰다 다시 날 훑어보았다. "너 밀정이지, 그렇지?" 그는 모자챙 아래서 미소를 지을 듯하다 말았다. "네가 말은 안 하지만, 밀정이 분명해."

"저도 말해요." 내가 말했다. "물어봐 주는 사람이 없어서 그런 거예요."

"앵무새도 말은 해, 절망해서 말이지." 그가 말했다. "너도 그런 거냐? 난 너한테 관심이 많다. 알고 있지, 어때?"

"네에." 대답은 했지만 "밀정"이 무슨 의미인지는 몰랐다.

"그런데 말이다." 그는 두 팔을 뻗어 운전대를 더 꽉 쥐고 눈보라 속을 똑바로 응시했다. "차에서 내리게 되면 넌 오늘밤 놀라운 말을 듣게 될지 모른다. 그 두 사람이 내가 하지 않은 일을 했다고 할지 모르거든. 알아 듣겠니? 너도 그런 일을 겪어 봤는지 모르겠다. 네가 하지도 않은 일을 했다고 누가 생각하는 거지. 밀정들이 껴안고 살아야 하는 게 그런 거다. 내가 밀정인 셈인 거지."

없었다고 하면 그가 저지른 일을 내가 알고 있다고 의심할 것 같았다. 그러면 결과가 나쁠 수도 있었다. 그러나 결과가 어쨌든 나는 그 이야기를 들을 것이다. 미리 알고 있었다고 해서 이 순간이 달라질 건 없었다. 그럼에도 난 "있어요"라고 말했다. 물론 진실이 아니었다. 난 부당한 혐의를 받아 본 적이 없었다.

"흠, 내가 그 두 사람에게 널 내 아들이라고 할 거다." 렘링거가 말했다. "넌 내 말에 토만 달지 마. 알아듣겠니? 만족스러워? 물론 내가 만족스럽진 않겠지?"

파트로 곡물 창고가 보이기 시작했다. 눈 내리는 어둠 속에서도 창고는 눈에 띄었지만 도로변에 들어선 낮익고 텅 빈 건물들은 잘 보이지 않았다. 찰리의 이동 주택이 막사 옆에 있었고, 갈라진 창호지 틈으로 불빛이 새어나왔다. 트럭은 보이지 않았다. 오버플로 하우스에도 불이 켜져 있었다. 미국인들의 크라이슬러가 망가진 도로에 세워져 있었고, 앞 유리와 엔진 뚜껑 위에 눈이 쌓이고 있었다. 우리는 그곳으로 들어갈 것이었다.

나는 렘링거가 나를 아들이라고 말하겠다고 해서 깜짝 놀랐다. 그런 생각을 남몰래 품기도 했지만 전날 트럭에서 찰리로부터 아서가 저지른 일을 들은 순간 그 생각은 사라졌다. 렘링거가 그런 말을 한 것이 이상했고 나는 속이 메슥거리기 시작해 그가 내게 주문하고 있는 다른 사항에 집중할 수가 없었다. 내가 어떤 상상을 했건 아서 렘링거는 내 아버지가 아니었다. 내 아버지는 노스다코타에 있는 감옥에 있었다. 아버지는 이런 어두운 데서 모자를 쓰는 사람이 아니었다.

“넌 말을 잘 안 한다지. 찰리가 그러더구나.” 렘링거는 엄한 눈초리로 날 보았다. 우리는 사우스 앨버타 거리에서 속도를 줄였다. 악천후로 도로가 붕괴되면서 길이 파이고 파편이 생겨 뷰익이 덜컹거리고 좌우로 흔들렸다. 전조등 불빛에 빈 집들이 보였다. 부서진 놀이기구들과 줄지어 있는 골담초도. “그 사람들이 네게 말 건 적이 있니?” 우리는 번호판이 눈과 얼음에 덮인 미국인들 차 뒤에 우리 차를 세우는 중이었다. 지금은 비가 그치고 눈만 내리고 있었다.

“아니요.” 내가 말했다. 나를 아들이라고 말하겠다고 한 것에 나는 좋다고 하지 않았다. 그에 관한 것은 모두 기만이었다. 왜 내가 그 기만의 일부가 되어야 하는지 알 수 없었다. 물론 그는 내 동의 따윈 안중에도 없었다.

“그런데 말이다.” 렘링거가 말했다. 그는 시동을 끄고 전조등을 끄면서 모자 속 인물을 당당한 얼굴로 만들었다. 심호흡도 했다. 그의 재킷은 조이는 편이었고 가죽 냄새가 났다. "네가 당황할 이유는 없어. 두 시골 양반들에게 내가 이런 사람이라는 것만 보여주면 되니까. 말도 할 필요 없어."

그는 이제 사냥이나 도박이나 여자 때문에 여기 온 것인 양 하지 않았다. 내게 말은 하지 않았지만 그는 자기가 아는 만큼 나도 알고 있다는 걸 인정하고 있었다.

나는 숨을 깊이 들이켜 메스꺼움을 내려가게 하려고 애썼다. 늑골 아래 윙윙거림도 멈추지 않았다. 나는 들어가지 않겠다고 말하고 싶었다. 상한 냄새와 썩은 벽토 먼지를 들이마시고 싶지도, 교도소 감방처럼 음침하고 희미한 형광등이 걸려 있는 천장에 짓눌리고 싶지도 않았다. 나는 무엇이 어떻게 해서 전혀 다른 무엇을 "의미하는"지는 잘 몰랐다. 그러나 두 미국인이 우릴 기다리고 있는 그 오두막은 내가 두 번 다시 가까이하고 싶지 않은 나쁜 무엇을 의미했다.

내가 가지 않는다면 소동이 벌어질 것이다. 렘링거는 좌절로 집합된 불같은 성격의 소유자라고 찰리가 말하지 않았던가. 내게는 한 번도 나쁜 짓을 하지 않았지만 내가 고집을 피운다면 돌변할 수 있었다. 그가 내게 관심이 있다고 한 말은 무의미했다. 인간은 그런 거라고, 자신들이 한 말과 느끼는 감정에 크게 얽매이지 않는다고, 나는 생각했다.

내가 들어가면 일이 수월해질 것이다. 미국인들은 그들에게 맞는 합리적인 방식으로 자신들의 입장을 설명할 것이다. 렘링거는 모든 걸 부인하며 그들을 속일 것이다. 그러면 그들은 떠날 것이다. 내일이면 나는 플로렌스에게 위니펙으로 갈 준비가 됐다고 말할 수 있었다. 렘링거는 나를 막으려고 하지는 않을 것 같았다. 요컨대 그렇게만 되면 더 나쁜 일로부터 나를 지킬 수 있었다.

"전 당황하지 않았어요." 내가 말했다. 들어가면 모든 게 수월해질 수 있겠다는 생각이 들자 메스꺼움이 달아났다.

"떨고 있을 줄 알았더니." 렘링거가 말했다. 그의 얼굴에 그림자가 졌다. 그는 운전석에서 자세를 바꿔 부츠를 바닥에 비볐다.

"그렇지 않았어요." 내가 말했다.

"그럼 됐다. 그 두 사람한테 두려워할 건 없으니까. 그들은 아무것도 모른다. 여기 오래 있을 필요도 없어. 끝나고 나면 플로렌스와 저녁을 먹자."

"좋아요." 내가 말했다. 나는 플로렌스가 여기 있으면 얼마나 좋을까 생각했다. 그녀라면 나를 차에 남겨 두기 위해 무슨 말이든 했을 것이다. 그러나 지금은 나 혼자였고, 어차피 그리 될 일이었다. 렘링거가 차에서 내려 나도 내렸고, 우리는 함께 오두막으로 향하기 시작했다.

65

렘링거가 창이 있는 문간방 안쪽에서 작은 문에 노크를 했다. 나는 그의 뒤에 서 있었다. 문은 금세 열렸다. 연장자인 젭스가 가발을 쓰고 초록색 격자무늬 셔츠에 새 옷으로 보이는 모직 바지를 입고 미소 짓고 있었다. 크로슬리는 어두운 데서 두 개의 간이침대 중 한 곳에 앉아 있었는데, 늘 그랬듯 오두막 안이 추워서 두꺼운 모직 외투를 입고 있었다. 그는 우리를 뚫어지게 쳐다보았다. 그들은 전날 내가 로비에서 지켜보았고 밤에 술집에서 렘링거와 이야기 나누던 그 미국인들 같지 않았다. 그 작은 방이 더 작아지기라도 한 듯 그 방에 수용되지 않는 목적을 가진 사람들 같았다. 그러나 내가 잠을 자던 부엌은 그대로였다. 모든 게 그대로였다. 리놀륨 바닥 밑에서 올라오는 차가운 흙내가 내가 가져다 놓은 라벤더 양초 냄새와 뒤섞여 있었다.

풍로가 켜져 있어 붉은 빛과 열기가 퍼져 있었다. 천장에 걸린 형광등은 불빛이 약했다. 박제한 코요테는 아이스박스 위에 여전히 있었고, 구석방 — 내가 상자들을 옮겨 놓은 곳 — 은 문이 닫혀 있었다. (누군지는 몰라도 제3의 인물이 거기 있을 것만 같았다.) 내가 머물던 때와 다른 점은 미국인들의 여행 가방뿐이었다. 나는 렘링거 뒤에 서서 미국인들이 무엇을 할 작정인지, 이 먼 데까지 차를 몰고 와서 꺼내고자 했던 주제를 어떻게 꺼낼 것인지 궁금했다. 그들은 렘링거가 자기네가 찾고 있는 사람이라고 믿었다. 권총은 어디에다 뒀을까?

"제 아들도 데리고 와야겠다 생각했습니다." 렘링거가 큰소리로 말했다. 목소리와 억양이 달라졌다. 더 편안했다. 문이 낮아 그는 등을 굽혀야 했다. 모자가 벗겨질까 봐 손을 모자 위에 올렸다. 우리가 들어가자 방이 꽉 찼고 나는 숨쉬기가 어렵다고 느껴졌다.

젭스가 무릎을 모으고 침대에 앉아 있는 크로슬리를 보았다. 크로슬리는 머리를 가로저었다. "사장님께 아드님이 있는 줄 몰랐습니다."

렘링거가 손을 뻗어 문 가까이 서 있는 내게 어깨동무를 했다. "처음에는 그렇게 보이지 않지만 여기 윗동네가 남자애가 크는 데 그만이죠. 안전하고 깨끗합니다." 그가 말했다.

"그렇군요." 젭스가 말했다. 말을 하면 턱살이 축 늘어져 언제나 미소 짓고 있는 것처럼 보였다.

렘링거는 몇 초를 흘려보냈다. 지극히 편해 보였다.

젭스는 두 손을 바지 주머니에 찔러 넣고 손가락을 꼼지락거렸다. "하고 싶은 얘기가 있습니다. 아서 씨."

"저번에도 그렇게 말씀하셨죠. 그래서 오늘밤 여기에 온 겁니다." 렘링거가 말했다.

"우리끼리만 얘기하면 좋겠는데요." 젭스가 말했다. "제 말뜻을 아시겠습니까?"

"기러기 사냥 건이 아니었습니까?" 렘링거는 놀라는 시늉을 하며 물었다. "얘기하고 싶으신 게 그 문제라 생각했습니다만. 제가 처리해 주었으면 하는 일이 또 있나 보군요."

"네." 크로슬리가 말했다. 침대는 내 라벤더 양초가 놓여 있는 추운 창가 쪽 어두운 데 있었다.

"우리는 어떤 분란도 일으키고 싶지 않습니다. 아서 씨." 젭스가 이렇게 말하며 내가 셔츠와 바지를 걸어 두곤 했던 낡은 등받이 의자에 앉았다. 그는 몸을 숙이고 두 손을 무릎에 올렸다. 초록색 셔츠가 꼭 껴서 배가 팽팽했다. 내 침대 밑에는 내가 남겨 둔 나체 여성 그림엽서가 몇 장 있었다. 아무도 찾지 못할 것이었다.

"그래 주신다니 정말 감사합니다. 진심으로." 렘링거가 말했다.

"우리 생각에는 ……." 크로슬리가 말했다. 그는 이어질 말이 중요해서 마지막으로 한 번 더 생각해보고 싶은지 머뭇거렸다. "우리 생각에는 ……." 다시 말했다가 또 머뭇거렸다.

"나는 전직 경찰입니다." 젭스가 크로슬리를 가로막고 나섰다. "많은 사람을 체포했죠. 짐작하시겠지만 디트로이트에서요." 젭스는 미소를 지었지만 턱살만 축 늘어난 미소였다. "제가 체포해서 감옥에 간 — 때로는 몇 년씩 — 사람들 중에는 갈 필요가 없는 사람들도 제법 있었습니다. 그들은 딱 한 번 잘못을 범했죠. 하지만 그 일로 내가 잡아들여서 그 사람들이 내게 자신들이 저지른 범행을 설명할 수 있었기 때문에 다시는 그 선을 넘지 않았을 거라고 확신합니다. 무슨 말인지 아시겠습니까, 렘링거 씨?" 젭스는 처음으로 우리에게 심각한 얼굴을 지어 보였다. 그 — 젭스 — 는 주목받는 것에 익숙하고 지금 주목을 받고 싶다는 듯 아서를 똑바로 쳐다보았다. 그들이 여기까지 먼 길을 온 심각한 취지에 따라 행동하고 있었다.

"네." 아서가 말했다. "물론 이해됩니다. 흔한 일이니까요."

(50년 전의 그 일을 세기가 달라진 지금 돌이켜보면 나는 그때 아서가 젭스와 크로슬리를 쏠 수도 있었지만 아직까지 생각이 정리되지 않아 모든 걸 부인하려는 듯한 행동만 보이고 있었다고 느꼈던 것 같다. 하지만 그는 열중해서 듣고 있었다. 사람들은 이따금 자기만 듣고 있다고 잘못 생각하고 말한다. 자기 귀만 있는 줄 알고 다른 사람들이 듣고 있단 사실은 잊어버린다. 젭스와 크로슬리도 자신들이 이성의 길이라 믿었고 목적으로 품고 있던 길을 따르고 있었다. 그렇게 하면 성공할 거라고 결론을 내렸으므로. 그들은 아서가 오래 전 이성을 버렸다는 사실은 모르고 있었다.)

"우리는 말입니다." 크로슬리가 조심스럽게 말했다. "이 일로 기록을 바로잡기만 하면 좋다고 생각하고 있습니다, 렘링거 씨. 당신을 억지로 데려갈 힘은 없습니다. 여긴 다른 나라니까요. 우리도 잘 알죠."

"무슨 말씀을 하는 건지 말해 줄 수 있을까요. 어떻습니까?" 아서는 이렇게 말하며 갈라진 리놀륨 바닥에서 부츠를 매만졌다. 그의 가죽 재킷이 또 다시 쓸리는 소리가 났다. 그는 아름다운 금발 위에 모자를 계속 쓰고 있었다. 부엌은 숨 막히고 지나치게 더웠다.

"당신이 솔직하게 말해 주기만 해도 인생을 바로잡을 수 있다고 생각합니다." 크로슬리가 아서에게 고개를 끄덕이며 말했다. "우리는 어떻게 할지 정하지 않고 왔습니다. 지금은 분란을 일으키고 싶지 않습니다. 사실만 확인하고 돌아가는 것으로도 충분합니다."

렘링거가 날 가까이 끌어당겼다. "내가 뭘 인정해야 합니까?" 그가 말했다. "아니면 무슨 얘길 해야 할까요? 내가 모른다는 걸 쉽게 알 수 있을 텐데요. 난 수상한 사람이 아닙니다. 누굴 사칭하고 있지도 않아요. 내 출생 기록은 미시간 주 베리언 카운티 청사 파일에 들어 있어요."

"우리도 알고 있습니다." 크로슬리가 말했다. 그는 다시 고개를 저었고 낙담한 듯 보였다. "아드님이 들을 내용은 아닌 것 같은데요."

"왜 그렇다는 건지 저는 모르겠군요." 렘링거가 말했다. 그는 두 사람을 조롱하고 있었다. 그들도 알고 있었다. 심지어 나도 알았다. 내가 아들이 아니라는 걸 그들이 알 수도 있었다.

"당신은 부도덕한 양심에 공기를 통하게 할 수 있습니다." 젭스가 말했다. 그것이 그가 사용한 말이었다. 공기를 통하게 하다. "제가 체포하는, 혹은 체포했던 사람들은 두려웠지만 양심선언으로 편안해졌습니다. 때로는 당신처럼 몇 년이 흐른 경우도 있죠. 우리는 돌아갈 거고 당신이 우리를 볼 일은 두 번 다시 없을 겁니다, 렘링거 씨."

"다시 못 본다니 유감이군요." 아서는 이렇게 말하면서 미소를 지었다. "그런데 내가 뭘 밝혀야 하죠?" 우리가 여기 온 이유를 말해 주는 얘기는 아직까지 나오지 않았다. 아무도 원치 않는다고, 나는 생각했다. 미국인들은 임무에 대한 확신이 없으면 얘기를 하지 않는다고 찰리가 말하지 않았던가. 렘링거는 말하지 않을 것이었다. 그때 우리가 떠났더라면 아무 일도 일어나지 않았을 것이다. 무승부였을 것이다. 아무도 그 얘기를 내켜 하지 않았으니까.

“당신이 폭발물을 터뜨렸다는 …….” 크로슬리가 불쑥 내뱉고는 하려고 했던 말이 아닌데 나와 버려 후회가 되는 양 헛기침을 했다. “그리고 사람이 죽었습니다. 오래 전에 말이죠. 그리고 우리는 …….” 여기서 그는 모든 게 버겁다는 듯 기운을 잃었다. 나는 이런 얘길 듣는 게 싫었지만 듣고 싶기도 했다. 그 작은 방이 얘기로 가득 찼다. 크로슬리는 두려워하고 있어서 겁쟁이처럼 보였다.

“우리는 뭡니까?” 렘링거가 물었다. 그는 마치 자신의 입장이 젭스와 크로슬리보다 유리해졌고 그들이 본색을 드러냄으로써 대수롭지 않은 인물들이 돼 버린 듯 거만했다. “황당한 얘기로군요.” 렘링거가 말했다. “난 그런 짓을 하지 않았습니다.”

나는 그 순간 말의 무게에 대해 생각하고 있었다. 저 사람들은 살해당한 사람을 본 적이 있을까? 저들은 짐작만으로 이곳에 왔고 지금은 확신 없이 한 남자에게, 그들도 모르고 범죄 관련성이라곤 그가 저질렀다는 것뿐인 한 남자에게 살해 혐의를 씌웠다. 그가 살해할 의도가 없었다는 것이 중요하다 — 그에게 — 고 해도 말이다. 그러나 렘링거는 양심에 “공기를 통하게 할” 생각이 없었다. 오히려 그 반대였다.

젭스와 크로슬리는 내 앞에서 이런 얘길 하고 싶지 않다고 한 말을 잊고 있었다. 물론 나는 모든 걸 이미 알고 있어 놀라지 않았고 놀란 표정도 짓지 않았다. 렘링거는 살인에 대해 아무것도 모르는 사람 같다기보다 살인에 대해 아무것도 모른다고 주장하고만 있는 사람 같았다. 미국인들이 이 먼 데 와서 관찰하고자 한 것도 이것이었을 것이다. "난 그런 짓을 하지 않았습니다"라고 말한 순간 렘링거는 사실을 인정해 버린 셈이었다. 다들 목표에 도달하기 위해 중요한 것 — 강인함 — 을 버리고 있었다. 내가 귀중한 것을 배우게 될 거라고 했던 렘링거의 말은 맞았다. 나는 말과 생각으로만 이루어진 것도 물리적인 행위가 될 수 있다는 걸 배웠다.

"우리는 정직이 최고의 방법이겠다고 생각했습니다." 젭스가 말했다. "마음을 해방할 기회를 드리겠습니다."

"내가 말할 게 없다면 어쩔 겁니까? 해방이라고요?" 렘링거는 빈정대며 말했다. "근거 없는 생각이면 어쩔 겁니까?"

"그렇게 생각하지 않습니다." 크로슬리가 말했다. 그는 기운은 되찾았지만 목소리는 여전히 힘이 없었다. 바지 주머니에서 손수건을 꺼내 뭔가를 뱉고는 다시 접어 넣었다. 그는 몹시 두려워하고 있었다.

"그렇군요." 렘링거가 말했다. "하지만 근거가 없으니까 없다고 하는 거 아니겠습니까. 만약 두 분이 흡족한 결과를 얻지 못하고 살던 곳으로 돌아가야 한다면, 그땐 어쩔 겁니까?" 이건 그냥 의지의 문제였다. 사실은 논쟁에 끼지도 않았다.

"흠, 우리끼리 의논을 좀 하겠습니다." 젭스가 말했다. 그는 일어섰다. 나는 권총을 생각했다. 일찌감치 총알을 정전해 놓고 어디 가까운 데 치워 뒀을지 모를 일이었다. 지금은 아무도 진실을 말하고 있지 않았다. 젭스와 크로슬리는 이 먼 데까지 와서 그냥 가 버릴 생각이 없었다. 그들에겐 믿음 이상의 확신이 있었다. 그들이 하고자 했던 일을 어떤 근거로 할 것인가 결정

짓기만 하면 되는 문제였다. 어쩌면 내 존재가 그들이 그 순간 그것을 하지 못하는 유일한 이유일지 몰랐다. 그것이 내 용도였다 — 상황을 묶어 놓는 것, 렘링거가 자신의 상황을 명료하게 볼 수 있도록 시간을 벌어주는 것. 나는 그의 평가 기준이었다.

"내가 말할 수 있는 것이 있기는 하죠." 렘링거가 말했다. 그는 젭스와 크로슬리도 들을 수 있게 일부러 크게 한숨을 쉬었다. "그 말을 들으면 만족할지도 모르겠군요."

"알 수 있으면 우리도 기쁠 겁니다." 젭스가 좋다는 듯 크로슬리를 보자 그도 고개를 끄덕였다.

"델은 듣지 않는 게 좋겠다는 한 지적은 옳습니다. 아들을 차에 두고 오죠." 렘링거는 내가 옆에 있다는 걸 조금도 개의치 않고 나에 대해 말하고 있었다. 조금 전만 해도 자기 생각을 명확하게 나타내지 않았건만(조만간 그럴 거라고 감지하긴 했다) 지금은 그러고 있었다. 마음의 결정이 내려졌기 때문이었다. 그것이 나를 필요로 했던 또 하나의 용도였다.

"좋습니다." 젭스가 말했다. "우린 여기서 기다리고 있겠습니다."

"바로 돌아오죠." 렘링거가 말했다. "그래도 괜찮겠지, 델? 차에서 기다릴 수 있지?"

"저는 괜찮아요." 내가 말했다.

"오래 걸리지 않을 거다." 렘링거가 말했다.

아서는 나를 벌줄 것처럼 내 어깨를 꽉 잡고 추위 속으로 이끌었고 시동이 꺼진 뷰익까지 왔다. 눈발이 굵어져 있었다. 바람은 시들해졌지만 날씨는 더 추웠다. 찰리의 트럭이 이동 주택 앞에 세워져 있었다. 문 밑으로 빛이 새어 나왔다. 게딘스 부인의 흰 개가 온기 때문에 트럭 엔진 뚜껑 위에 앉아 있었다.

"저 두 사람은 어이가 없구나." 아서가 말했다. 화나 보였지만 실상은 그렇지 않았다. 아까는 체념한 듯 보였고, 그 전에는 거만해 보였었다. 그는 차 문을 열고 나를 운전석에 밀어 넣었다. "시동을 켜라." 그가 말했다. "히터가 돌아가게. 널 추위에 떨게 할 순 없으니까." 그는 손을 뻗어 전조등을 켰다. 불빛이 날리는 눈송이를 뚫고 사우스 앨버타 거리에 들어선 폐가들을 비추었다.

"저 사람들한테 무슨 얘길 할 건데요?" 나는 그가 내 옆으로 들어오지 않을까 잠깐 생각했다. 그래서 조수석으로 움직였다.

"그들이 들어야 할 말." 그가 말했다. "날 내버려두지 않을 테니까." 그는 운전석 차광판 밑으로 손을 넣어 내가 그의 방에서 보았던 작은 은색 총을 꺼냈다. 총은 권총집에 들어 있지 않았다. 총만 거기에 있었다. "그 말을 분명하게 전할 생각이다." 그는 숨을 들이켰다 내쉬었다. 헐떡이는 것 같았다. "넌 여기 있기만 하면 된다." 그가 말했다. "곧 돌아오마. 끝나면 저녁 먹으러 가자."

그는 계기판 밑에서 뜨거운 바람이 나오고 있는 추운 차에 날 남겨 두고 문을 닫았다. 나는 운전석 창문 — 눈이 창에 닿으면 비로 변했다 — 으로 그의 모자가 어둠을 뚫고 문이 조금 열려 있는 오두막으로 향하는 것을 지켜보았다. 아서는 주위를 둘러보지 않았고, 조금의 망설임도 없어 보였다. 총이 작은데도 숨기지 않고 왼쪽으로 내리고 있었는데, 조명이 약해서 보이지 않을지도 몰랐다. 나는 젭스와 크로슬리도 권총을 꺼내 놓고 렘링거가 들어오면 들지 않을까 생각했다. 그들이 그를 믿지 않았을 거고, 자신들이 무엇을 하고 있는지 안다면 무슨 일이 일어날지도 안다고 해야 이치에 맞았으니까.

렘링거는 현관으로 걸어 들어갔다. 현관 창유리가 떨어지고 없었다. 그는 문으로 걸어가 부츠 신은 발로 문을 밀었다.

젭스는 내가 나올 때 그대로 침침한 빛 속에 서 있었다. 크로슬리는 내가 있는 곳에서 다리만 보였다. 그는 여전히 침대에 앉아 있었다. 그들은 얘기를 들으려고 기다리고만 있었다. 누가 평했던 대로 단순한 사람들이었다. 렘링거가 그들을 잘못 판단한 것이었다. 그는 불 켜진 출입구로 걸어 들어갔다. 그를 알은척하는 젭스의 얼굴이 보였다. 아서가 은색 권총을 들어 젭스를 겨냥해 쏘았다. 그가 쓰러지는 모습은 보지 못했다. 그러나 아서가 크로슬리를 쏘려고 부엌으로 이동할 때 젭스가 큰 두 발을 벌린 채 리놀륨 바닥에 누워 있는 모습은 볼 수 있었다. 탕 소리는 권총 소리였다. 구경이 크지 않은 총 소리였다. 그런 총을 여성용 총이라고 부른다고 했다. 비명이나 목소리는 듣지 못했다. 차창이 닫혀 있었고 히터가 돌아가고 있었으니까. 그러나 크로슬리를 죽이는 총소리는 또 들렸다. 탕 소리가 났고, 크로슬리가 오른편으로 주춤주춤 움직이며 침대 뒤로 가려고 하는 모습이 보였다. 아서가 그에게 다가갔다. 크로슬리가 몸을 방어하려고 달아난 침대 뒤편을 향해 아서가 은색 권총을 가리키는 것을 나는 보았다. 그는 두 방을 더 쏘았다. 탕. 탕. 그런 다음 그는 무심코 바닥을 둘러보다 젭스가 있는 쪽을 보았는데, 그의 왼쪽 발이 심하게 흔들리고 있었다. 그는 권총을 사려 깊게 젭스의 머리인지 얼굴을 겨냥하고 또 한 방을 쏘았다. 탕. 모두 다섯 방이었다. 다섯 번의 탕. 나는 그 모든 걸 뷰익에 앉아 열린 문을 통해 듣고 보았다. 아서는 권총을 재킷 옆 주머니에 넣으면서 젭스를 내려다보았다. 그는 아주 흥분하여 무슨 말인가를 했다. 젭스를 보고 얼굴을 찌푸리는 듯했고, 손가락으로 그를 세 번 쿡쿡 찔러본 다음 나 때문인지 소리 없는 말을 했다(젭스가 분명 의식이 없었는데도). 자기 느낌을 표현한 책망의 말이었을 것이다. 그는 돌아서서 열린 문으로 우리를 갈라놓은 눈 내리는 어둠 속을 바라보았다. 차창에 비친 내 얼굴은 나도 상상할 수 없는 표정을 짓고 있었을 것이다. 그는 내 쪽을 보고 무슨 말을 했고, 큰 중절모를 그대로 쓴 채 자신이 방금 한 짓을 말로 바로잡을 것처럼 입술을 요란하게 움직였다. 내 귀에까진 들리지 않았지만 나는 무슨 뜻인지 알 것 같았다. 이런 뜻이었으리라. "자, 그럼. 이젠, 해결됐지, 그렇지? 완전히 말이지."

66

미국인들이 살해당한 그날 밤 우리는 두 사람을 묻었다. 아서 렘링거가 내게 찰리 쿼터스와 올리 게딘스(게딘스 부인의 아들이고 내가 레너드 호텔 주차장에서 봤던 키가 크고 모자를 썼고 바람막이를 입었던 남자)까지 동원해, 살아 있었다면 다음날 아침 "길잡이"로 날 앞세우고 그들이 기러기를 쏘아 죽였을 대초원 은신처까지 시신을 옮기라고 시킨 것은 그의 됨됨이를 보여주는 척도이다. 그가 날 조금도 돌보지 않았고, 내게 털끝만큼의 관심도 없었으며, 순간의 충동에 따른 보상 말고 날 위한 더 좋은 계획도 없었다는 것이 그에 관한 두 번째 척도이다. 열다섯 살 머리로는 상상할 수 없는 일이 얼마나 많은지를 알게 했을 뿐(또 다시 훨씬 더 나쁜 방식으로) 내 교양을 넓히기 위한 일도 분명 아니었다. 그가 혹시라도 이 사건을 나중에 떠올렸다면 내 생각은 하지도 않았을 것이고, 어쩌면 내가 그곳에 있었다는 것조차 기억을 못했을지 모른다. 비율을 제공하기 위한 평가 기준으로만 존재했다가 사진을 찍고 나면 가치가 소멸돼 버리는 사진 속 망치처럼 말이다.[40] 결국 그는 이성을 버렸던 것처럼 본인이 가지고 있었을지 모를 기준까지 버렸다. 그는 자신만의 인지 범위 안에서 자신이 원하는 것만 했다. 그가 그날 밤 나를 그곳에 데려가지 말았어야 했고, 그가 내 삶의 방향까진 아니지만 최소한 내 삶의 성격을 바꿔 놓았고, 내 목숨을 위태롭게 했다(일이 다르게 진행됐다면 나 또한 손쉽게 총에 맞아 죽었을지 모른다)라고 말한다면 옳은 지적일 것이다. 그렇다 해도 그와는 전혀 상관없는 일이었을 것이다. 사람들이 있어야 할 곳에 있지 않을 때 사건은 일어나고, 세상은 그 원칙에 따라 돌아간다. 그날 밤 우리가 찰리의 트럭에 실은 죽은 미국인들처럼 렘링거에게는 다른 사람들도 죽은 것이나 진배없었다. 그는 눈내리는 어둠 속에 서서 담배를 피우며 우리를 지켜보고 있었다. 이 모든 요소를 종합하면 이해가 되고도 남을 것이다.

40) 지리학자들이 사진을 찍을 때 물체의 크기를 비교하기 위해 들고 다니는 망치에 빗대 이야기한 것이다.

67

독자들 생각에는 오버플로 하우스에서 시체 두 구를 꺼내 픽업트럭 짐칸으로 옮긴 일이 그날 밤의 가장 잊기 힘든 사건이자 사람이 해 볼 수 있는 행동 중에서 가장 잊기 힘든 것으로 보일 것이다. 산 사람일 때는 무거워 보이지 않던 몸이 갑자기 무거워졌다는 것, 그 끔찍한 느낌, 죽음이 가져오는 변화를 깨달은 것 말이다. 말했듯이 리놀륨 바닥에 떨어져 말라가는 짙은 피 속에 있던 젭스의 가발을 주운 사람은 바로 나였다. 그러나 내가 가장 생생하게 기억하는 것은 이것이다. 피에 젖은 낯선 가발이 믿을 수 없을 만큼 가벼웠다는 것. 시체가 어떤 모습이었는지, 냄새는 어땠는지, 축 늘어졌는지 뻣뻣했는지, 총알이 관통했다는 증거는 있었는지, 화약 냄새는 났는지(그 방을 가득 채우고 있었을 것이다), 심지어 우리가 시체를 꾸러미처럼 들고 나왔는지 아니면 송장이 돼 버린 그들을 손이나 발뒤꿈치를 잡고 질질 끌고 나왔는지는 기억 나지 않는다.

발사와 살해가 얼마나 순식간에 일어났는지는 아주 잘 기억하고 있다. 영화에서처럼 극적인 요소는 없었다. 그 일은 마치 일어나지도 않은 것처럼 단 한 번에 일어났다. 그러고는 누군가 죽었다. 이따금 나는 그 일이 일어났을 때 내가 차가 아니라 그 방에 있었다는 생각이 들곤 한다. 물론 그렇지 않지만.

발사가 있고 난 직후 죽은 자들에게 말하던 아서 렘링거의 표정 — 책망의 표정 — 과 뒤이어 완전히 얼이 빠져 지켜보고 있던 나를 열린 문으로 바라보던 그 표정도 기억하고 있다. 수틀리면 나 또한 죽여 버릴 테니 알고 있으라는 표정이었다(그렇다고 믿었다). 살인이 그의 얼굴에 쓰여 있었다. 젭스와 크로슬리가 찾고 있었지만 마지막 순간에야 본 표정을 말이다.

총격이 있고 나서 렘링거가 나를 바라보며 무슨 말을 했을 때 내가 본능적으로 외면했던 것도 기억하고 있다. 나는 몸을 홱 틀었고 반대편 창으로 찰리 쿼터스가 불 켜진 이동 주택 문 앞에서 있는 것을 보았다. 날이 추운데도 그는 속옷만 입고 있었다. 문틀에 등을 기댄 채 지켜보고 있었다. 아마도 그는 모든 걸 알고서 자신의 임무가 시작되기만을 기다리고 있었을지 모른다.

내가 마지막으로 기억하는 것은 그들을 묻을 때 — 그들의 옷을 발가벗겨 가방과 소지품은 찰리의 소각통에, 권총과 반지와 엽총은 사우스 서스캐처원 강에 버리기로 했을 때 — 코요테와 오소리들이 손대지 못하도록 구덩이를 깊이 파 시신을 접어 넣었다는 것이다. 그 일은 비교적 쉬웠다. 나는 몇 미터 간격을 둔 두 개의 구덩이에 있는 인간들을 내려다본 뒤 어두운 대초원을 바라보았다. 눈 내리는 하늘에서 기러기 한 마리가 끼익끼익 우는 소리가 들렸다. 내가 생각했던 것보다 가까운 포트로열 자리에 레너드 호텔의 붉은 간판, 집사가 마티니 잔을 건네고 있는 간판이 꺼져 있는 것을 볼 수 있었다. 놀라웠지만 분명히 그랬다. 한순간이었지만 마치 아무 일도 없었던 것만 같았다.

미국인들이 살해당하는 것을 목격한 영향 — 내가 받은 영향 — 을 말할 수나 있을까? 진정한 영향은 침묵이기에 말을 지어내야 할 것이다.

아서 렘링거가 오래 고찰할 만한 수수께끼의 인물이어서 내가 그에 대해 수십 년 동안 생각했다고 독자들은 생각할지 모르겠다. 하지만 그 생각은 틀렸다. 그는 조금도 수수께끼의 인물이 아니었다. 한동안은 나도 그가 가치를, 단순한 사실 이상의 많은 숨은 뜻을 간직한 사람이라고 믿었다. 하지만 그는 사람 셋을 죽인 동기만을 가진 사람일 뿐이었다. 그가 가치를 원했다는 것은 의심의 여지가 없다(하버드나 첫 살인의 예를 볼 때). 하지만 그는 평생의 동반자였고 어디로나 그를 이끌었던 결핍을 이기지 못했다. 결핍뿐인 사람에게 가치가 있다고 믿게 만든 나의 역발상 습관은 관념적으로는 좋은 특성일지 모른다. (이것 때문에 어머니는 나를 본래보다 재미있는 아이로 보았다.) 그러나 역발상은 두 미국인도 알아냈듯이 명백한 것을 무시하는 문제이자 온갖 종류의 기만과 더 많은 착오, 그리고 죽음까지 초래할 수 있는 중대한 착오일 수 있다.

사실 나는 렘링거를 기억에 담아 두기보다 미국인들 — 젭스와 크로슬리 — 을 내 기억 속에 살려 두려고 훨씬 더 애썼다. 그들이 흔적도 없이 영원히 사라진 만큼 내 기억만이 그들이 가질 수 있는 유일한 내세이기 때문이다. 말했듯이 나는 그들의 죽음이 은행 강도라는 내 부모의 파멸을 부른 선택과 연결돼 있고, 나와는 불변수, 연결 장치, 논리의 핵심으로 이어져 있는 것 같다고 생각해 왔다. 이것이 논리를 만들어 내려고 찻잎을 만지작거려 속임수를 쓰는 것이라고[41] 말하기 전에 악과 아무 상관없는 평범한 일들이 악과 얼마나 가까운지를 생각해보라. 이 모든 잊지 못할 사건들을 통해 내가 보존하려 애쓴 것은 바로 평범한 삶이었다. 그 시간들 — 그레이트폴스에서 학교 갈 기대에 차 있던 때부터 부모님의 강도 사건, 누나의 가출, 국경을 넘어 캐나다에 온 것, 미국인들의 죽음, 위니펙으로 갔다 지금 내가 있는 곳에 이른 것까지 — 을 생각하면 모두 악장을 가진 악보이거나 퍼즐 같고, 나는 그 속에서 내가 넘은 경계들과 상관없이 내 삶을 복원하고 온전하고 무난한 상태로 유지하려고 애쓰고 있는 듯하다. 이런 연결을 하는 주체는 오직 나라는 걸 알고 있다. 그러나 연결을 하려 노력하지 않는 것은 절망이 바위에 나를 내동댕이쳐 부서뜨리는 파도에 맡기는 꼴이다. 체스 게임에서는 배울 것이 아주 많다. 체스판에서 벌어지는 각각의 교전은 역경이나 갈등이나 패배나 심지어 승리도 아닌 그 모든 것을 받쳐 주는 조화의 상태를 찾는 하나의 장기 교전의 일부이다.

아서 렘링거가 두 미국인을 왜 쏘았는지는 명백한 사실에 계속 접근하여 추측해 볼 수밖에 없다. 살인으로 해결된 것은 없었다. 다만 그에게 시간이 주어져 서스캐처원보다 훨씬 더 알려지지 않은 곳으로 사라지는 일 — 그가 "해외여행"이라고 했던 일 — 이 나중으로 늦춰졌을 뿐이었다.

그도 충분히 생각했을 것이다. 다만 이해득실을 따져 보고,

41) 유럽에는 오래전부터 우린 찻잎으로 미래를 점치는 놀이가 있었다.

생각과 판단이 그 행동을 못하게 이끌 수도 있다는 이해를 하면서 생각과 판단에 따라 행동하려는, 그렇게 충분히 생각하는 사람의 방식은 아니었다. 그는 미국인들이 결국에는 자신을 쏠 거라고 믿었는지 모른다. 쏘지는 않더라도 (그의 말대로) 그를 내버려두지도 떠나게도 못하게 하고 반드시 돌아가게 만들 거라고 믿었는지도. 그가 골똘히 생각했던 것보다 그들이 열성적이라고 믿었는지도. 그에게 충분히 생각할 문제는 뜻밖의 일로 그들을 쏘지 못했을 경우 벌어질 일이었다. 그 뜻밖의 일이 일어나지 않았으니 그것이 무엇이었을지는 누가 알겠는가? 많은 사람들이 생각하는 "어떤 것을 충분히 생각한다"의 의미는 이럴 것이다. 할 수 있다면 자신이 원하는 일을 정확하게 하는 것. 어쩌면 그는 그들을 죽이고 싶은 마음뿐이었는지 모른다. 그들이 어쨌거나 찾아와 그를 설득하려 한 데다 긴긴 세월을 좌절과 동경과 낙담과 고립과 기다림 속에 침묵하며 지내 왔건만 이제 와서 얘기해 보자는 말에 격분했을지도. 평범하고 보잘것없고 악의까지 품은 자들이 난데없이 나타나 자신의 지성을 높이 평가하고 있는 그에게 얘기를 하자고 해서 격분했는지도 모른다. 어쩌면 두 미국인이 '공기를 통하게 하다'와 '해방하다' 같은 말을 하고 그를 동정하고 있다는 암시를 주어, 그 모든 것이 그를 돌연 사귀기 쉬운 존재였다가 치명적인 존재로 만들었는지도 모른다. 부조리가 자신의 큰 결함임을 그도 오래 전에 알았을 것이다. 그렇지만 신경을 딱 끊고는 그가 더 잘할 수도 없고, 부조리가 그의 천성이며 천성이 그러하니 무엇이든 원해도 된다고 이해했을지 모른다. 그는 살인자였다. 그보다 수위는 낮지만 내 부모가 은행 강도였던 것처럼. 숨길 게 뭐 있어, 라고 생각했을 수도 있다. 자랑거리로 여겼을지도. 사람 둘을 죽이려면 어느 정도의 광기가 수반되기 마련이니까.

그 모든 일 — 두 살인 — 의 결과는 어땠던가? 내가 알기로는 별게 없었다. 미국인들의 크라이슬러는 찰리의 막사에 숨겨뒀다가 올리 게딘스와 그의 사촌이 미국인들의 신분증을 가지고 그 차를 타고 미국으로 내려갔는데, 미국 국경에서 그 사실을 알아차릴 만큼 꼼꼼했던 사람은 없었을 것이다. (1960년의 캐나다였으니까.) 두 명의 캐나다인은 젭스와 크로슬리라는 이름으로 몬태나 주 해버의 하이라인 모텔에 투숙한 뒤 차를 모텔 객실 앞에 주차해 놓고 몬태나의 어둠 속으로 조용히 사라졌다. 그들을 수색한 당국은 그들이 캐나다를 떠나 해버에 왔다가 미궁 속으로 사라졌다고 믿었다. 나중에 캐나다 연방 경찰이 레너드 호텔에 와서 사진을 보여주며 질문을 했을 수도 있다. 수십 년 전 폭탄 사건을 아서 렘링거와 연결 짓지 않았듯이 그 죽음을 그와 연결 짓는 사람도 없었다. 쉬이 얼어 버리는(땅은 구덩이를 팔 수 있을 만큼만 부드러웠다) 대초원에 묻힌 젭스와 크로슬리의 경우에는 그들이 죽었다는 증거조차 없었다. 누군가 — 디트로이트에 있는 부인이나 친척 — 가 자세히 알아보러 왔더라도 내가 버스를 타고 위니펙으로 가고 난 한참 뒤였을 것이다.

살인이 있고난 며칠 동안은 레너드 호텔을 타고 흐르는 이상한 전류가 있었을 것이다. 그러나 찰리 쿼터스는 여전히 아침마다 사냥꾼들을 들판으로 데려갔다. 렘링거도 여전히 식당과 밤에는 술집을 활발하게 돌아다녔다. 나는 더 이상 못 믿을 놈이 돼 버린 듯 어디에도 참여할 수 없었다. 그러나 주방에서 밥을 먹고 내 방에서 지내고 레너드 호텔 주위를 어슬렁거리고 따뜻했던 9월에 그랬듯이 포트로열의 겨울 거리를 돌아다니는 건 허용되었다. 나는 도로와 호텔 뒤편 주차장에서 찰리 쿼터스의 ½톤 트럭을 보았다. 한 번은 미국인들이 숙박부에 등록을 했던 로비에서 아서 렘링거와 우연히 마주쳤다. 그는 편지를 읽고 있었다. 전에 보지 못한 표정으로 나를 바라보았다. 내게 표현하지 않았던 것을 그 순간 만큼은 표현하고 싶은 듯 정력적으로 보였지만, 금세 표정이 바뀌면서 엄숙해 보이기까지 했다. "때론 말이다, 델, 상황을 확실히 해두려면 문제를 일으킬 필요가 있다." 그가 말했다. "우리는 또 한 번의 기회를 받을 자격이 있거든." 살인이 있던 그날 밤을 말하는 것이었다. 그가 한 말은 일리가 없었고, 나는 어떻게 대꾸해야 할지 알 수 없었다. 그가 두 사람을 살해하는 것을 목격하지 않았던가. 나는 말문이 막혔다. 그는 코트 주머니에 편지를 넣고 걸어가 버렸다. 그가 두 사람을 총살하고 대초원의 기러기 은신처에 묻은 일을 이해한 논리는 이것이었을 것이다. 자신이 추구하는 확실함을 위해, 또한 그의 고통을 덜기 위해서임을. 나는 렘링거의 결핍이 내 속에도 일부 있는 것처럼 그 논리를 이해하고 내가 느끼는 감정 — 굴욕감과 수치 — 과 화해해 보려 애썼다. 그러나 결코 그럴 수 없었다.

플로렌스가 살인에 대해 무엇을 알고 모르는지는 나도 모른다. 내 개인적인 견해로는 그녀는 알면서 동시에 몰랐을 것이다. 예술가였으니까. 그녀의 마음에는 양극이 공존했다. 그러면 삶의 많은 것이 그 범주에 들어간다. 결혼도 그중 하나이다. 그렇다고 해야 극히 일부지만 내가 그녀에 대해 알고 있는 것과 일치했다.

살인이 일어나고 나흘째 되던 날 — 10월 18일 — 에 플로렌스가 내 방에 와서 날 깨웠다. 그녀는 가죽 걸쇠가 달렸고 **파리, 뉴올리언스, 라스베이거스, 나이아가라 폭포**라고 적힌 스티커들이 붙어 있는 골판지 여행 가방을 가져왔다. 이 가방을 옷장 위에 올려놓으며 내 남은 인생을 베갯잇 속에 소지품이나 넣으며 보낼 수는 없다고 말했다. 가방은 다시 만날 때 돌려주면 된다고 했다. 그녀는 가지고 있던 버스표와 함께 자신이 그린 작은 유화 한 점을 내게 주었다. 파트로 뒤편으로 골담초 가로수와 그 너머에 흰색 벌통들과 대초원과 파란 하늘이 펼쳐져 있는 완성품이었다. "이게 저번 것보다 좋아." 그녀는 사무적으로 말했다. "이걸 보면 지난 일들이 긍정적으로 기억날 거야. 마을은 안 보이거든." (그 무엇보다 이 말에서 그녀가 살인에 대해 알고 있다고 생각했다.) 나는 그녀에게 그림이 마음에 든다고 말했는데, 정말로 마음에 들었고 내 것이라는 게 믿어지지 않았다. 그녀의 다른 그림에 대해서도 그렇게 말했더라면 좋았겠지만 이 말로 보상이 되기를 바랐다. 나는 몇 벌 안 되는 옷과 체스 말들, 『체스 기초』과 두루마리 체스 판, 『월드북』 두 권과 그녀가 내게 준 『캐나다 건립』을 가방에 넣었지만 『양봉의 이해』는 포기하고 넣지 않았다. 가방이 무거워졌기 때문이다. 우리는 함께 계단을 내려가 호텔을 나와서는 바람 쌩쌩 부는 포트로열 중심가를 걸어 내게 이런 일이 있을 줄 알고 있기라도 한 듯 그 즈음 내가 머리를 잘랐던 이발소로 들어갔다. 우리는 유리문 안에서 있었다. 플로렌스는 나를 버스에 태워 줄 거고, 위니펙은 5백 마일 떨어져 있어 다음날 아침 일찍 당도할 테니 그때까지 가만히 있으라고 말했다. 그녀의 아들 롤랜드가 나와 있을 거라고 했다. 아들 집에 살면서 학교에 가서 수녀님들에게 배우다 보면 상황이 "제대로 정리될" 거라고 했다. 다 좋아질 거라면서. 나는 겨울이 생명을 옭아매기 전에 떠나게 되어서 좋았다. 그녀는 상황에 대해서는 더 얘기해 봤자 소용없다고 말했다. 버스가 도착하자 그녀는 나를 껴안고 입을 맞췄다. 한 번도 한 적 없는 그런 행동을 한 것은 그저 내가 안쓰러웠기 때문이었다. 그녀는 우리가 다시 만날 거라고 했다. 나는 그녀 외엔 누구와도 작별 인사를 나누지 않았다. 마치 며칠 전 먼저 떠난 나 자신을 쫓아가고 있다는 기분이 들었다. 이별은 어디서나 친절한 의식으로 치르게 되는데, 그건 우리가 이별을 인생의 규칙이라기보다는 예외라고 생각하기 때문이다.

나는 물론 떠나게 되어서 아주, 아주 기뻤다. 총살이 있고 나서 미국인들의 시신이 치워지기 전까지 나는 렘링거의 차에 앉아 차창으로 미국인들의 차와 어둠과 눈에 묻힌 파트로를 둘러보며 그곳은 살인을 위한 땅이자 결핍과 버려진 약속의 땅이라 결론 내렸었다. 그곳에서 거의 빠져나왔다고 생각했지만 결국은 아니었던 것이다. 포트로열과 서스캐처원에서 멀어지는 덜컹거리는 버스에 앉아 있을 때 나는 이것이 내 인생의 마지막 최고의 기회일지 모른다고 느꼈다.

버스가 동쪽으로 나아가는 동안 과거는 거의 돌아보지 않았다. 지금도 그런 건 잘 못한다. 사건들이 땅속으로 가라앉았다가 자연스럽게 다시 스며 나와야 나는 제대로 마음에 새길 수 있다. 아니면 잊어버린다. 내가 그런 일들을 겪었다고 해서 부모님과 그분들이 저지른 훨씬 하찮은 범죄를 다르게 볼 수도 있다는 생각은 조금도 들지 않았다. 또한 부모님이 보고 싶기는 했지만 그분들을 다시 보게 될 거라는 믿음이 높아지지도 않았다. 렘링거가 나를 관객으로, 이른바 이익의 원천으로, 아들 역을 할 놈으로, 보증인으로, 증인이자 공범으로 이용한 것은 유쾌한 일이 아니었다. 하지만 그런 이용조차 내가 버스에 올라타는 것이나 내가 가지고 싶은 미래를 막지는 못했다.

그는 내가 본 그 일을 말할 거라고는 생각하지 않았을까? 확신컨대 그는 내가 보고 관여한 그 일에 대해 이야기할 거라고 한순간도 생각하지 않았을 것이다. 두 미국인이 초라한 무덤 속에서 그렇게 하지 않을 것처럼. 그냥 얘기하지 않는 일도 있는 법이다. 그가 그 정도는 나를 알았고, 그렇다는 것은 내게 일말의 관심은 있었다는 의미여서 조금은 만족스럽다.

밀드레드 렘링거 아줌마는 가능한 많은 것을 생각 속에 포함시키고, 건강하지 못한 태도니 생각을 한 가지에만 집중하지 말고, 내가 단념할 수 있는 것이 무엇인지 늘 알려고 노력해야 한다고 조언했다. 부모님은 부모님대로 받아들일 것은 받아들이라고 조언했다. (융통성은 어머니가 늘 하는 말이었다.) 때가 되면 그 모든 일을 나 자신에게 설명할 수 있을 것이다. 어딘가에서. 어떻게든. 그 상대가 죽기 전 다시 만나게 될 나의 누나 버너일지도. 그때까지 나는 내가 들은 조언들을 조정하며 살 것이다. 관대함, 지속, 수용, 포기, 세상을 내치지 않기, 그리고 이 모든 것과 더불어 살아가기.

3부

68

나는 늘 학생들에게 토마스 하디의 긴 생애에 대해 생각해 보라고 조언한다. 그는 1840년에 태어나 1928년에 죽었다. 하디가 본 모든 것들, 그런 시대에 그의 삶이 이해한 변화를 생각해 보라고 말이다. 나는 학생들의 "인생 개념"을 북돋워 주려고 한다. 그들의 상상력을 끌어내고, 그들의 존재를 실타래처럼 끝도 없이 풀리는 무작위의 사건 목록이 아닌 추상적이고 유한한 삶으로 생각하려고 한다. 이 모든 걸 깨달음의 길로 보려 한다.

나는 학생들에게 내 젊은 시절을 은근히 보여 주는 책들을 가르친다. 『어둠의 심연』, 『위대한 개츠비』, 『셸터링 스카이』, 『닉 애덤스 이야기』, 『캐스터브리지의 시장』이 그런 책들이다. 뜬구름 잡는 사명. 자포자기. 수수께끼 같지만 결국은 그렇지 않은 인물. (지금은 캐나다에서 이 책들을 고등학생들에게 가르치지 않는다. 그 이유를 누가 알까?) 내 인생 개념은 언제나 "경계 넘기"이다. 적응, 다시 말해 작동되지 않는 삶의 방식을 작동되는 쪽으로 발전시키는 것. 선을 넘으면 다시는 돌아갈 수 없는 문제일 수도 있다.

이렇게 하면서 나는 내 긴 생애의 사실까지는 아니라도 교훈 몇 가지는 학생들에게 말해 준다. 예순여섯의 나를 보고 열다섯 살의 나를 상상할 수는 없을 것이라고(정말로 그럴 것이다). 숨은 의미나 반대 의미 — 그들이 읽은 책 속에서도 — 를 힘들게 찾으려 하지 말고 그들이 대낮에 볼 수 있는 것을 가능한 똑바로 보라고. 자신이 보고 있는 것을 소리 있게 말하는 과정에서 이해를 잘하게 되고 세상을 받아들이는 법을 배울 거라고.

이렇게 하는 것이 학생들에게는 당연해 보이지 않을지 모른다. 이렇게 묻는 학생이 종종 있다. "그게 우리와 무슨 상관이 있는지 모르겠어요." 나는 대답한다. "모든 게 너와 관계있지 않을까? 네 모습을 밖에서 투사해 볼 수 있지 않니? 너한테 이롭다고 다른 사람의 인생을 택할 수는 없지 않아?" 그런 때면 학생들에게 내 젊은 날을 모조리 이야기하고 싶어진다. 교직은 포기 불가의 의사표시이자 학교를 사랑했던 한 소년의 사명이라고 말하고 싶어진다. 나는 학생들에게 가르칠 것은 많은데 시간은 많지 않다고 늘 느낀다. 나쁜 신호다. 은퇴는 마땅한 때에 나를 맞으러 온다.

나는 귀화했고 35년 동안 캐나다 여권도 지니고 있지만 내가 미국인이라는 사실은 오래 전에 좋게 받아들였다. 매니토바에서 대학을 나온 발랄한 캐나다 여성과 몇십 년 전 결혼도 했다. 온타리오 주 윈저 몬머스가(街)에 내 집이 있고 1981년부터 워커빌 공립 고등학교에서 영어를 가르치고 있다. 동료 교사들은 내가 버린 미국에 예의를 갖춘다. "돌아가고" 싶지 않느냐고 묻는 이들이 가끔 있다. 나는 말한다, 전혀라고. 미국은 강 건너에

바로 있다. 나는 볼 수 있다. 캐나다인들은 내 선택을 지지함과 동시에(자신들을 타고난 수용자, 관용자, 이해자로 생각한다) 내가 어쩔 수 없이 선택한 것에 무례하다 싶을 만큼 화를 낸다. 열일곱 살이거나 열여덟 살인 내 학생들은 나 때문에 즐거워한다. 내가 그렇게 말하지도 않거니와 차이가 없다고 하는데도 그들은 내가 "양키처럼" 말한다고 한다. 나는 그들에게 캐나다 사람이 되는 건 어렵지 않다고 말한다. 케냐인도 인도인도 독일인도 그렇다고. 어쨌거나 미국인이 되기 위한 훈련 같은 건 받지 않았다고. 학생들은 내가 그 옛날 병역 기피자는 아니었는지 궁금해 한다. (역사 시간도 아닌데 왜 그런 게 궁금한지 모를 일이다.) 나는 "캐나다 신병"이었고 캐나다가 죽음보다 더한 운명 — 이것을 학생들은 미국이라 이해한다 — 에서 날 구해 주었다고 말한다. 가끔은 내게 개명도 했느냐고 농담 삼아 묻는다. 나는 아니라고 분명히 말한다. 의인화와 기만이 미국 문학의 큰 주제라고 말해 준다. 그러나 캐나다에서는 그런 주제가 많지 않다고.

얼마 뒤엔 더 이상 장단을 맞추지 않는다. 캐나다는 나를 구하지 않았다고. 내가 그렇게 말한 건 너희들이 그게 진실이기를 원했기 때문이라고 말한다. 만약 내 부모가 그런 일을 저지르지 않았고 부모로 남아 있어 주었다면 누나와 나는 멋진 미국식 삶에 맞춰 행복하게 살았을 것이다. 다만 내 부모는 그러지 못했고 덩달아 우리도 못 그랬던 것이다.

지난 몇 년 동안 아내와 나는 이따금 "아랫동네"로 휴가를 가곤 했다. 우리는 자식이 없었고, 어떤 점에선 각자 집안의 마지막 주자였다. 그래서 우리는 가고 싶은 곳만 갔다. 올랜도와 오렌지카운티와 옐로스톤은 건너뛰고 대신 중요한 문화 유적지들 — 셔터쿼, 페투스 다리,[42] 콩코드, 클레어는 "좀 그렇지 않냐"고 생각했지만 나는 좋게 생각한 워싱턴 D. C. — 로 향했다. 나는 하버드 대학 교수들이 가르치는 여름 연수회에 참가하기도 했고, 메이요클리닉[43]도 한 번 방문했다. 우리는 종종 차를 몰고 매니토바로 돌아가는 여행길에 오르기도 한다.

그레이트폴스에는 가보지 않았지만 그곳이 우리 가족이 살았고 내가 영원히 사라졌던 1960년보다 훨씬 더 좋아지고, 더 친절한 마을 — 도시가 아니라 여전히 마을 — 이 되었다는 이야기는 들었다. 지금은 그런 일 — 나처럼 국경을 넘는 일 — 이 일어날 수 없다고 했다. 망루가 생긴 데다 국경이 봉쇄되었다고. 오래 전에 그리 되었단다. 부모님이 내 기억 속에 차지하는 비중은 훨씬 작다. 우리 부부가 접이식 의자에 앉아 기러기를 관찰할 때면 찰리 쿼터스가 내게 했던 말이 종종 떠오른다. 그는 1948년 미국에서 차를 타고 캐나다로 돌아올 때 무언가가 "빠져나갔다"고 했다. 나는 정반대의 감정을 느낀다. 나는 돌아올 때마다 마음의 평화를 느낀다. 무언가가 빠져 나간다면 내가 원한 것이 나간 것이다.

차를 타고 밴쿠버로 돌아오는 길에 서스캐처원의 포트로열에 들른 적이 있었다. 아내는 내 그 시절을 모두 알고 있고, 내가 되풀이해서 이야기하지 않아 연민과 약간의 호기심을 느낀다. 우리가 젊었을 때 아내도 알아야겠다는 생각에 나는 딱 한 번 말

42) 앨라배마 주 셀마에 있는 다리로 킹 목사가 흑인들의 권리를 요구하며 시민들과 함께 건너 유명해졌다.

43) 미네소타 주에 있는 병원으로 존스홉킨스 병원과 함께 미국의 양대 병원으로 꼽힌다.

했고, 이후로는 그 얘기로 돌아가지 않았다.

포트로열은 거의 남아 있지 않았다. 약국, 텅 빈 도서관, 텅 빈 학교 건물 — 모두 사라졌다. 흔적도 없이. 양쪽에 늘어서 있던 텅 빈 건물들, 우체국, 폐기된 곡물 창고. 조차장은 운영되고 있었지만 규모가 작아진 듯했다. 희한하게도 도살장(지금은 "맞춤 초원 고기"라고 불렀다)은 그대로 있었다. 눈의 여왕 호텔도 아직 있고 입구 쪽에 **기러기 사냥꾼들이여, 가을이 오고 있습니다. 당신의 사냥을 예약하십시오!**라고 쓴 이동식 간판이 있었다. 레너드 호텔은 사라져 가는 중이었다. 마을 끝에 자리한 그곳을 나타내는 표지판은 없었다. 여름 — 7월 초 — 이었고 아직 수확 전이었다. 주민들 대부분은 거리로 둘러싸인 짧은 구역에 여전히 살고 있었고, 50년 전에는 없던 캐나다 국기를 단 집들이 많았다. 그러나 사람들이 일하는 곳은 없어 보였다. 모두들 차로 스위프트 커런트나 더 먼 곳으로 일하러 가는 듯했다.

파트로는 그 후에 지나쳤는데 사라지고 없었다. 곡물 창고 자리에는 꼬투리조차 없었다. 마치 복수심에 찬 거대한 기관차가 창고를 갈아엎고 땅에 소금을 뿌린 것만 같았다. 나는 차를 몰고 밀밭으로 나가보았다. 밀은 무성했고 파도처럼 출렁였다. 하늘은 높고 푸르렀지만, 더운 바람이 세차게 불어 먼지가 일었고 여기저기서 메뚜기들이 달려들었다. 매들은 드넓은 따뜻한 하늘에서 빈둥대거나 띄엄띄엄 서 있는 나무에 앉아 공중 정찰을 했다. 아내에게는 말하지 않았지만 나는 기억이 나를 이끄는 곳까지, 우리가 미국인들을 묻은 근방으로 차를 몰았다. 작은 땅덩이가 아무런 의미도 없다는 게 이상하지 않은가. 그렇지만 다행이다. 의미가 있는 땅이라면 신성하나 들어갈 수 없는 곳이 되겠지만, 의미가 없으면 신성하지도 들어갈 수 없지도 않다. 그러기는커녕, 그 땅은 우리가 마침내 껴안을 수 있는(운이 좋으면) 복잡한 마음의 일부가 된다. 우리가 차를 멈춘 곳에서 드넓은 밀밭은 흔들리고 쉭쉭거리고 색깔을 바꾸고 휘어지고 바람을 거슬러 누웠다. 나는 차에서 내려 먼지와 밀과 상한 것 같은 무엇 — 가느다란 홈만 남은 — 이 뒤섞인 강렬한 냄새를 들이마셨다. 미국인들은 땅 속에 누워 있었다. 더 오래 살았어도 지금쯤은 이렇게 땅 속에 있었을 것이다. 나는 두 손을 바지 주머니에 넣고 발가락은 땅에 묻은 채 그 모든 것이 내게 필요했던 것처럼 의미 있는 계시로 만들어 보려 애썼다. 그러나 할 수 없었다. 그래서 더운데도 차에서 호기심 어린 눈으로 날 보고 있는 아내에게로 돌아갔다. 우리는 서쪽으로 방향을 돌려 눈에 보이지 않는 먼 산으로 향했고, 그 장소를 다시 한 번 영원히 떠났다.

69

지난해 가을 누나가 죽기 전, 나는 그녀를 만나러 트윈시티[44]에 갔다. 그곳은 우리 모두가 자기 집처럼 이용하는 디트로이트 메트로 공항에서 비행기로 고작 1시간 거리에 있다. 나는 버너가 그곳에 있는지 몰랐다. 내 은퇴식을 준비하면서 학생들이 알아낼 수 있는 모든 것 — 낯부끄럽거나 감동적인 일, 날 찾고 있을지도 모를 옛 여자 친구라든가 군대 동료, 경찰 영장까지 — 을 찾기 위해 컴퓨터에서 "나를 검색했다." 요즘 시대는 비밀을 오래 유지할 수 없다(물론 나는 대부분의 사람들보다 잘 유지해왔다). 그들은 어떤 사이트에 "사람을 찾습니다"라는 메시지가 "올라와" 있는 것을 발견했다. 거기에는 이렇게만 쓰여 있었다. "델 파슨스를 찾습니다. 교사. 캐나다에 살고 있을 것으로 추정. 누나가 아프고 연락을 바랍니다. 시간이 얼마 없습니다. 베브 파슨스." 전화번호도 있었다.

44) 미니애폴리스와 세인트폴이 가까이 붙어 있어 생긴 이름.

학생들은 가벼운 마음으로 한 일이었다는 걸 내가 알아주길 원했지만 내가 이 메시지를 보아야 한다고도 이해했기에 조금은 엄숙하게 그 종이를 건넸고, 나는 그 종이에서 아버지의 이름을 발견하고 굉장히 놀랐다.

부모님이 교도소로 옮겨 간 뒤로 나는 아버지도 어머니도 두 번 다시 보지 못했다. 그레이트폴스에서 본 그날이 마지막이었다. 내게 그분들 소식을 알려 준 편지들은 있었다. 한두 통은 밀드레드 아줌마가 보낸 것이었다. 한 편지는, 또한 충격적이었는데, 어머니가 노스다코타 여자 교도소에서 자살을 했다고 알려왔다. (내가 위니펙에 있는 세인트폴 고등학교에 다니고 있을 때였는데, 어떤 감정을 느꼈는지는 잘 기억나지 않는다.) 아버지는 형기가 끝나자 살아 계신지 어떤지 연락을 뚝 끊었다. 나는 아버지가 내가 어디 있건 전보다 잘 살고 있고 오래 전에 끝난 삶을 다시 찾아 봤자 얻을 게 없다고 느끼셨나 보다고 판단했다. 아버지를 잊은 건 아니었지만 나도 오랜 전에 끝난 삶이라고 믿게 되었다. 1978년에 네바다 주의 리노라는 마을로 버너를 찾아갔을 때 그녀는 네바다 주 잭팟에 있는 한 휴게소 카지노에서 아버지를 본 것 같았다고 말했다. 아버지는 등받이 없는 의자에 앉아 버너가 "멕시코 여자"라고 했던 사람을 옆에 앉혀 놓고 슬롯머신에 동전을 넣고 있었다고. 콧수염도 있더란다. 때로는 이 기억이 오리건 주 베이커의 한 술집에서 혼자 앉아 있던 남자와 헷갈리기도 한다고 인정했다. "하지만 어느 쪽이건 여전히 잘생겼더라. 말은 걸지 않았어." 그녀가 말했다. 버너는 술고래였고 그런 얘기들은 이상할 게 없었다.

그러나 아버지가 아흔의 나이에 버너 곁에 있으면서 딸이 어려운 시절을 견디도록 돕고 도움을 청하려고 날 찾고 있다고 생각하니, 놀랍게도 내 일생이 공격 받고 있을 뿐 아니라 이제껏 경험하지 못한 위험에 빠졌다는 느낌이 들 정도였다. 그들은 나를 기다리며 거기 계속 있었다. 신령스럽고, 집요하고, 오싹하고, 지울 수 없는 사람들. 그때 나는 내가 그들을 얼마나 지우고 싶어 했는지를, 내 행복이 얼마나 그들의 소멸에 묶여 있었는지를 깨달았다.

버너와 나는 50년 동안 딱 세 번 만났다. 이처럼 왕래가 뜸한 가족 관계는 미국에서 더 전형적인 것 같다. 나는 캐나다 사람이라고 거의 느끼지 않아서 캐나다와 캐나다 사람들에 대해 일반화할 수는 없다. 그러나 우리 부부는 돌아가시기 전까지 장인 장모를 자주 보았다. 배리에 사는 처제는 지금도 자주 본다. 그러나 캐나다인과 미국인이 비슷한 점도 많은 만큼 이 주장이 정당한 구별법일 수는 없다.

나는 늘 누나를 더 자주 보아야 한다고 느꼈다. 누가 그 이유를 물었다면 내가 그런 동생이라고 말했을 것이다. 하지만 그런 일은 없었다. 나중에 보니 버너의 삶은 내 삶과 달랐다. 나는 한 명의 아내만 있었고 고등학교 교사였으며 교직 생활 내내 체스 동아리 후원자였다. 버너는 적어도 세 명의 남편이 있었고 불행히도 정형화된 삶의 주변부에서만 만족할 수 있었던 것 같았다. 나는 그 삶을 모르고 살아왔다. 버너는 그 시대가 끝날 때까지 히피였다. 다음에는 그녀를 몹시 학대하는 경찰의 아내였다. 그 후에는 낙제한 늦깎이 대학생이었다. 다음에는 카지노 종업원이었다. 레스토랑 종업원이기도 했다. 다음에는 호스피스 병동의 간호사 보조였다. 또 다른 남편은 캘리포니아 그래스밸리에 사는 오토바이 정비사였다. 아이는 없었다. 그녀가 말한 적은 없지만 그녀의 삶이 좋지 않았을 거라는 단서는 더 많았다.

아내와 내가 그녀를 만나러 리노에 갔을 때 버너는 윈 루서라는 남자와 살고 있었다. 그 남자는 월터 루서[45]가 친척이라고 했다. 두 사람은 술에 취해 있었다. 우리는 카지노에 있는 지하 식당에서 저녁을 먹었다. 버너는 주근깨 많은 피부가 부어올라 납작한 얼굴이 더 납작해 보였고 혀를 많이 드러내는 냉소적이고 신경질적인 웃음을 잘 지었다. 가늘게 뜬 회녹색 눈은 매섭고 차가웠다. 그녀는 아내에게 비아냥거렸고 우리가 캐나다 사람인 걸 기억 못하거나 받아들이지 않는 듯했다. 언제나 나를 사로잡았던 그 특이한 시비조 — 아버지는 그걸 "오만"이라고 했다 — 도 여전했다. 어렸을 때 우리는 늘 동전의 양면 같았다. 그러나 지금, 저녁을 드는 자리에서 루서라는 자에 대해 시끄럽게 이야기하는 버너는 내가 기억하는 버릇과 손동작과 간혹 섬뜩한 얼굴 "표정"이 남아 있는데도 그냥 보통 사람 같아 보였다. 마침내 그녀는 내가 — 아내가 아니라 — 캐나다 사람처럼 말한다고 했다. 나는 그 말에 신경 쓰지 않았다. 그녀가 캐나다를 "별 특징이 없다"고 말해 클레어는 화를 냈다. 내게는 저 살자고 나라를 등졌다고 말했다. 나는 윈 루서와 자리에 맞지 않는 논쟁 — 이란에 대해 — 을 벌여 식사를 서둘러 끝냈다. 우리가 어둡고 후텁지근하고 인적 없는 주차장에 서 있을 때 버너가 내게 마지막으로 한 말이 있다. 우리 위로는 80번 간선도로가 있었고, 오렌지색 가로등과 붉은 카지노 불빛 아래 트럭들이 쿵쾅

45) 미국의 노동조합 지도자로 기계공으로 제너럴모터스사에 들어가 노동조합을 조직화하였다.

거리며 지나갔다. "넌 많은 걸 포기했어. 난 그냥 네가 그걸 알았으면 해." 그녀는 자신이 무슨 말을 하는지도 몰랐다. 술을 너무 많이 마셨고 인생이 제대로만 풀렸다면 — 부모님을 비롯해 기타 등등 — 마땅히 살았을 더 나은 삶 대신 자신이 산 "대체용 삶"에 억울해 했다. 물론 그녀의 말은 옳았다. 나는 밀드레드 아줌마가 그럴 필요가 있을 거라고 말한 대로 많은 걸 포기했다. 다만 나는 내가 포기한 것에도 그 보답으로 내가 얻은 것에도 만족했다. "쌍둥인데 이렇게 다르다니 정말 신기하네." 우리가 차에 올라 모든 걸 뒤로 하고 떠났을 때 클레어가 말했다. "조물주도 제 자식들하곤 안 맞는다잖아." 내가 말했다. 그 순간 에머슨의 시구가 생각난 것도, 그 말이 완벽하게 들어맞는 상황이란 것도 기뻤다. 물론 그날 밤 내가 느낀 것은 덧없고 불완전하고 슬픈 감정이었다. 이제 다시는 버너를 볼 수 없겠구나 생각했다.

나는 버너와 만날 장소를 트윈시티 공항 가까이 있는 대형 쇼핑몰 옆 콤포트인으로 정했다. 처음에는 누가 누구를 보러 올지를 놓고, 그 문제가 해결된 뒤에는 내가 차를 빌려 그녀의 집으로 갈지 아니면 그녀가 차를 몰고 나를 데리러 올지를 놓고 이견이 오고갔다.

"난 피곤하면 집으로 바로 가야 한다고." 버너가 윈저와 연결된 전화에 대고 말했다. 목소리가 지쳐 있었지만 자신이 집으로 가야 할 때 내가 데려다 줄 수는 없지 않겠냐는 듯 확고했다. 그녀는 귀에 거슬리는 기침을 했고 목소리도 쉬어 있었다. "화요일마다 항암 치료를 받아. 그래서 쉽게 지쳐." 그녀가 말했다.

"아버지도 거기 계셔?" 내가 말했다. "베브 파슨스"라는 이름이 머릿속에 수놓아졌다. 나는 아버지를 보고 싶지 않았다. 그러나 아버지가 살아서 누나를 돌보고 있다면 어떻게 보지 않을 수 있을지 알 수 없었다.

"아빠라고?" 버너는 귀를 의심하는 듯했다. "우리 아빠?"

"베브 파슨스." 내가 말했다.

"오, 이런 이런." 그녀가 말했다. "잊고 있었어. 아니야. 내 끔찍한 옛날 이름은 버린 지 오래야. 버너 말이야." 그녀는 그 이름을 슬프게 말했다. "그 이름으로 살았던 모든 세월들. 악운 같았어. 아빠 이름이 내게 더 어울려 보였는데. 그 이름을 늘 부러워했어. 내 짐은 내가 들 수 있을 거야."

"난 네 이름을 좋아했는데. 특이했거든." 내가 말했다.

"잘 됐네. 그럼 네가 가져. 주인도 없으니까. 유산으로 네게 줄게." 그녀는 다시 웃었다.

"얼마나 아픈 거야?" 얼굴을 보지 않아도 되는 전화 통화여서인지 불현듯 우리가 더 이상 어린애가 아닌 그런 질문을 할 수 있는 어른이 되었구나 하는 느낌이 들었다. 전과는 다른, 더 나은 쌍둥이가 된 듯한.

"이런." 그녀가 말했다. "항암 치료는 할 일이 있어 받는 것뿐이야. 내게 남은 시간이 두 달이래. 아마도. 림프종이래, 넌 원하지 않을 걸. 분명히." 그녀는 수화기에다 휴 숨을 내쉬었다. 한숨이었다. 체념조는 아니었지만 예전에도 늘 한숨을 쉬었었다.

"유감이야." 내가 말했다. 우리는 다시 가까운 이방인으로 돌아갔다. 물론, 나는 진심이었다.

"뭐, 나도 그래." 그녀는 기분이 좋아 보였다. "그 치료가 진짜 아파. 그러니 치료라고 할 수도 없는 치료지. 그래도 네가 오면 좋겠어, 응? 보고 싶거든. 줄 것도 있고."

"알았어. 다음 주말에 갈게." 내가 말했다.

"아직도 수업 해?" 그녀가 물었다.

"6월까지. 그럼 은퇴야." 내가 말했다.

"은퇴식은 못 볼 것 같다." 그녀는 내가 지난 번에 기억해낸 그 냉소적이고 거슬리는 웃음을 웃었다. 날더러 많은 걸 포기했다고 말했던 그때처럼.

"누나는 당신이 오나 안 오나 확인하려는 것뿐이라고." 클레어는 단호히 고개를 저었다. 그녀는 짐 가방 싸는 일을 도왔다. 나는 하룻밤만 묵을 생각이었다. "그야 물론 당신은 가겠지만."

나는 대답했다. "당신 동생이 아파 죽어 간다면 당신도 가고 싶을걸." 몬머스가에 자리한 우리 집 가까이엔 작은 공원이 있고, 앞마당과 옆 마당엔 퇴화한 느릅나무가 한 그루씩 있다. 두 그루 모두 요란한 황금빛을 뽐내고 있었다. 그때가 우리 지역에서 가장 살기 좋은 10월이었으니까.

"그렇겠지." 아내는 이렇게 말하고는 내 어깨를 톡톡 치고 내 빰에 입을 맞췄다. "사랑해. 누나가 뭘 원하든 다 주고 와." 그녀가 덧붙여 말했다.

"누나가 원하는 건 내가 오는 것뿐이야. 내게 주고 싶은 게 있다는데." 내가 말했다.

"곧 알게 되겠군." 아내가 말했다. 공인회계사인 아내는 친지와 가족으로 이루어진 그녀만의 작은 둥지를 벗어난 세계는 선과 악까진 아니더라도 찬과 반, 득과 실, 주기와 받기라는 협상 전용으로 보는 경향이 있다. 이런 관점 때문에 냉소적이지는 않아도 회의적이기는 하다. 속은 관대한 사람이다. "뭐가 됐건 당신한테 오는 건 다 가져." 아내가 말했다. "안부 전해 줘. 날 기억한다면 말이지."

"기억하지. 누나도 고마워할 거야. 전해 줄게." 내가 말했다.

미니애폴리스는 추웠다. 멀리서 봤을 때 규모 뿐 아니라 고상하고 건전한 낙관주의로 보이는 것들 때문에 늘 동경했던 도시. 이따금 배를 타고 호수 건너 위스콘신까지 가서 포티지 라 프레리에 있는 장모님 댁에 가는 길이면 그곳을 지나치곤 했다.

내가 외투 차림으로 콤포트인 호텔 밖에 서서 남쪽으로 바쁘게 날아가는 기러기 떼를 올려다보고 있을 때 버너가 찌그러진 파란색 프로브 자동차를 몰고 들어섰다. 바퀴집이며 엔진 뚜껑이며 지붕 주위에 녹이 슬어 딱지처럼 붙어 있었다. 버너가 창문을 내렸다. "이봐요, 형씨, 후딱 한 번 할래요? 후딱 해 줄 수 있는데." 그녀의 몰골은 끔찍했다. 창문 위로 미소를 짓고 있는 그녀의 얼굴은 겨자처럼 누랬다. 30년 전 통통했던 얼굴도, 턱에 나 있던 솜털도 간데없었다. 두 눈은 나이 든 여자들이 젊어 보이려고 쓰는 큼지막한 붉은 테 안경 너머로 지쳐 보였다. 몸은 우리가 어렸을 때만큼이나 말라 있었다. 그녀는 입에 비해 큰 틀니를 끼우고 있는 노파 같아 보였다. 납작한 얼굴은 화장 때문에 주근깨가 적어 보였다. 곱슬머리는 숱이 듬성듬성하고 흰머리가 많았다.

"집에 좀 들러야 해." 차가 출발할 때 그녀가 말했다. "멀지 않아. 옥시 뭐라는 진통제를 깜박했어. 집에 들렀다가 애플비[46]에 가려고. 거기가 편하거든. 알았지?"

"훌륭해." 내가 대답했다. 버너의 오른 손등에는 항암 치료를 위해 테이프로 붙여 놓은 투명한 관이 있었다. 그녀는 무엇을 하든 애를 먹고 힘들어했다. 나를 쳐다보는 것까지도. 차 안은 엉망이었다. 앞좌석에는 더러운 녹색 셔닐사 침대보가 씌워져 있었다. 라디오는 빼 버리고 없었다. 계기판에 난 구멍은 접착테이프를 붙여 놓았다. 뒷좌석에는 타이어와 타이어 교체 장비가 있었다. 버너는 새 옷이 아닌 누비로 된 보라색 긴 외투에 흰색 털 부츠를 신고 있었다. 병원 냄새가 심하게 났다. 소독약 냄새와 무슨 단내였다. 그녀가 말한 대로 의심할 여지없이 많이 아파 보였다.

"식사를 마치고 나면 약을 먹을 거야." 버너는 토요일 아침 쇼핑몰 근처의 혼잡한 도로를 뚫고 나가고 있었다. "30분 정도는 괜찮아. 그 시간이 지나면 집에 가야 해. 넌 호텔에 내려 주고. 안 그랬다간 미친 듯이 운전할 거야. 난 중독자야. 전에는 아니었는데. 알레르기는 나았어. 그건 아주 좋아." 그녀는 빙긋이 웃었다. "날 알아보겠디? 이 가을에 맞게 노래졌는데 말이야. 간이 엉망이 됐어. 그놈이 날 저 세상으로 호위해 줄 거야. 그래도 괜찮아."

"알아봤지." 내가 말했다. 버너가 원치 않는다면 나도 무거운 분위기를 만들고 싶지 않았다. "내가 해 줄 수 있는 게 있어?"

"이거야." 그녀는 뭔가가 가슴팍을 물어뜯기라도 하듯 등을 운전석에 기댔다. 그런 다음 숨을 깊게 들이마셨다가 내쉬었다. "수학을 가르쳐 줄 게 아니라면 말이야. 죽기 전에 수학을 다시

46) 미국의 패밀리 레스토랑.

배우면 좋겠다고 생각했어. 내가 수학을 잘했잖아, 기억나? 이제는 다 달라졌어. 죽음은 지식을 갈구하게 만드나 봐. 다른 것들까지도." 버너는 빙긋이 웃었다. "보고 싶었어. 가끔씩."

"기억나. 나도 보고 싶었어." 내가 말했다.

"물론, 넌 기억을 갖고 있겠지. 난 내 기억을 못 찾을 것 같아." 그녀는 고개를 돌려 내가 하지도 않은 무슨 말을 한 것처럼 날 진지하게 바라보았다. 그 표정은 나에 대한 따뜻함을 나타내려 하고 있었다. 날 환영하고 날 그리워했다는 걸 알리려는 표정. "그래도 너는 기억해." 그녀는 이렇게 말하면서 아버지가 그랬던 것처럼 턱을 치켜 올렸다. 내가 잘하는 버릇이기도 했다. 그 순간 어려지고 싶은, 이 모든 삶이 시애틀로 가는 기차에서 깨어날 꿈이었으면 하는 갈망이 비수처럼 가슴을 찔렀다.

"그래서 베브가 된 건 좋아?" 나는 그때까지 그녀를 만지지 않고 있다 어색하게 팔을 뻗어 그녀의 어깨를 토닥거렸다. 누비 외투 아래로 야윈 어깨가 만져졌다.

버너는 기침을 심하게 하면서 얼굴에 부채질을 했다. "아, 그럼." 그녀는 이 말과 함께 올라오던 것을 삼켰다. "베브로 15년을 지냈어. 그게 내 정상이야. 예전의 불쌍한 버너는 어딘가에서 버스 밑으로 떨어졌어. 베브인 날 따라잡지 못했지."

"나도 맘에 들어." 내가 말했다.

"아빠는 베브로 잘 못 지냈잖아. 난 한번 잘해 보고 싶었어. 부모님도 애들이었어, 안 그래? 두 분 다 말이야."

"아니야, 그렇지 않았어." 내가 말했다. 이렇게까지 매몰차게 말이 나올 줄은 몰랐다. "전혀 아니었어. 그들은 우리 부모였어. 우리가 애들이었지."

"알았어. *Touché* (내가 졌다)." 그녀가 차를 몰면서 말했다. 손이 불그스름했고 살갗이 까져 있었다. "이런 말 쓰지 않아? *Touché? Touché olé* (한방 먹었네)?"

"가끔."

"찌릿한걸." 버너가 고개를 끄덕이며 너그러운 미소를 지었다. "찌릿해. 머릿속까지 찌릿해. 너도 그렇지. 우리는 쌍둥이잖아. 접합체는 잊지 않는다고."

"맞아, 우린 쌍둥이야." 내가 말했다.

버너의 집은 흰색 이동 주택 두 채를 연결한 새 집이었다. 좁은 직선 도로에 그런 식의 갓 생긴 이동 주택이 주로 들어서 있었는데, 아담한 뜰에는 철사로 받쳐 놓은 묘목이 한 그루씩 있고 연석이 없는 포장도로에는 스포티 카들이 세워져 있었으며 지붕마다 TV 안테나 접시가 설치돼 있었다. 토요일 아침이라 아이들이 나와 있었다. 거대한 은색 제트기들이 북쪽으로 1마일쯤 떨어진 가을 하늘로 솟구쳐 올랐다. 비행기들이 사라지자 엔진 소음도 멀어졌다.

버너가 차도에 차를 세웠다. 작은 남자가 그녀의 이동 주택 끝에 서서 주변보다 높이 올린 철제 토끼장 안에서 작은 입구 쪽으로 몸을 밀치고 있는 회색과 흰색의 살찐 토끼 네댓 마리에게 상추 잎을 먹이고 있었다.

"저기 세상에서 가장 인내심 많은 백인이자, 세계 스크래블[47] 챔피언이 계시네. 토끼들을 돌보고 있는 걸." 그녀는 문을 열고

47) 낱말 맞추기 보드 게임.

나가려 했지만 운전대 밑에서 두 다리를 빼내는 데 애를 먹었다. "얘, 조금만 밀어줘." 버너는 고통스러운 표정으로 안간힘을 쓰고 있었다. "가만히 있다 몸을 움직이려면 힘들어. 오래 걸리지는 않을 거야." 그녀는 집에 가까워지면서부터 부드러운 남부 억양을 쓰고 있었다. "결혼은 안 했어." 그녀가 차에 도로 앉으며 말했다. "하지만 이 남자가 이제까지 만난 남편들 중 최고야. 한 번쯤은 내게도 좋은 남편이 있어야 하지 않겠어, 안 그래?" 그녀는 뻣뻣하게 일어나 토끼장에 걸쇠를 걸고 있는 남자 쪽을 보았다. 그는 카우보이 부츠에 청바지와 나일론제 바람막이를 입었고, 내 학생들처럼 새빨간 모자를 썼지만 비뚤게 쓰고 있지는 않았다. "잊은 게 있어서 왔어." 버너가 남자에게 소리쳤다. 그는 쳐다보기만 할 뿐 대답은 하지 않았다. "약이야." 그녀는 약을 가지러 계단 쪽으로 힘겹게 걷기 시작했다.

차가운 햇빛이 드는 도로를 따라 길게 마주선 다른 많은 이동 주택의 뜰에는 집집마다 누가 국기를 팔기라도 했는지 알루미늄 깃대 위에서 미국 국기가 펄럭이고 있었다. 버너네 뜰에는 국기가 없었다. 어떤 집 잔디에는 집주인이 믿고 있는 주장을 적어 놓은 종이 포스터들이 있었다. **낙태는 살인이다. 결혼은 신성한 의식이다. 세금 반대.** 캐나다에도 정부를 비롯해 바람이 불고 있었다. 다른 것을 찾는 불안정한 미국식 운동이 말이다. 모든 것이 북쪽으로 불가피하게 떠밀려 왔다.

빨간 모자에 부츠를 신은 작은 남자가 두 번째 토끼장으로 걸어가 발밑에 있던 은색 그릇에서 상추를 더 꺼내 토끼들에게 먹이기 시작했다. 그의 바람막이 등판에는 연방기가 꿰매져 있었는데 그 아래 찍힌 글자는 잘 보이지 않았다. 그는 몸이 쪼그라

들고 억세고 말라빠지고 피부도 건조했고, 버너보다 나이도 많아 보였다. 나는 햇빛 때문에 눈부신 앞 유리로 그를 지켜보면서 오래 전 구원받은 신앙인이 아닐까 생각했다. 어딘가에 오토바이가 있을 거라고. 커다란 텔레비전도. 성서도. 모두들 몇 년 전 술을 끊고 지금은 기다리고 있다고. 여기 사람들에게 그런 일이 있었다고, 나는 생각했다. 여기서 이렇게, 삶을 마감할 거라고. 나는 내 인생이 모두에게 귀감이 될 수 있다는 듯 내가 걸어온 길을 부단히 두둔하며 살아왔다. 그러나 귀감이 되지 못했으므로 그렇게까지 감탄할 만한 인생은 아니었다. 특히 목숨을 건 위험을 무릅썼고, 그 인생을 받아들인 누나가 보았을 땐 더 그럴 것이다. 나는 그녀를 뭐라고 불러야 할지 모르겠다는 걸 깨달았다.

작은 남자가 두 번째 토끼장을 닫고 조심스럽게 걸쇠를 걸었다. 등을 구부려 은색 그릇을 집어 들면서 차를 쳐다보았다. 그런 다음 일어서서 빛이 반사하는 앞 유리를 빤히 보았다. 조수석에 앉아 버너 — 그에게는 베브 — 를 기다리고 있는 나를 보려고 했던가 보다. 그가 환영의 뜻으로 그릇을 들어 올리며 뜻밖에도 기분 좋은 미소를 지어 보였다. 그는 방향을 돌려 딱딱하고 위엄 있게 이동 주택 모퉁이로 걸어가 사라졌다. 내 인사는 보지 못했다. 그는 날 만나고 싶어 하지 않았다. 충분히 이해할 수 있었다. 내가 늦게 등장했으니까.

애플비로 향하는 차 안에서 버너는 나아 보였다. 화장도 더 했고 체리 냄새를 풍기며 껌도 씹었다. 차로 돌아올 때 내게 주려고 했던 것 같은 물건을 컵 푸즈[48] 비닐 봉지에 담아 가지고 왔다.

그녀는 히터를 틀더니 자기는 늘 춥다고, 절대로 따뜻해질 수 없다고 알려주었다. 손등에 관을 고정시키는 투명 테이프를 긁어 대다 내 눈길을 느끼고서 고개를 저었다. 약 기운 때문인지 입술 사이로 커다란 혀를 내밀고 싶은 것처럼 보였다. 집에서 멀어지자 그녀의 남부 억양도 줄어들었다. “그 사람은 웨스트버지니아 출신이야.” 그녀가 말했다. 남편이 아닌 남자를 생각하며 그 남자 때문에 즐거워했다. 이름이 레이라고 했다. 착한 사람이라고. 그녀에 대해 모든 걸 알면서도 개의치 않았다고. 미 육군에 오랫동안 복무하다 퇴역했다고 했다. 리노에서 그를 만났고, 10년 전 그를 따라 트윈 시티로 이사를 왔다고. 그의 형제가 살고 있기 때문이었단다. 이동 주택이 결혼 선물이었던 셈이라고. 그는 토끼를 “식용”으로 키웠고, 토끼를 잡아야 할 때마다 운다고. 둘이 같이 교회도 다닌다고 했다. “물론, 난 어떤 것도 믿지 않아. 그 사람 비위를 맞춰 주고 잘해 주고 싶어서 가는 것뿐이야. 외가로 보면 내가 공식적으로 유대인인 것도 알아. 나야 뭐 종교가 없지만서도.”

그녀는 중국과 중국의 패권 증대에 관심을 갖게 되었다면서 “불법 체류,” 세금, 9/11, “위협”에 대해 걱정했다. 내 아내의 이름이 클레어라는 것과 그녀가 회계사인 걸 기억하고 있었다. 우리 집에도 가 보고 싶다며 윈저가 트윈 시티에서 그리 멀지 않다는 것도 알고 있었다. 그녀와 레이는 오바마를 지지했다고 말했다. “안 될 게 뭐야? 응? 뭔가 다르잖아.” 나도 그를 찍었는지

48) 미국 슈퍼 체인.

물어보았다. 캐나다인도 투표할 수 있었다면 그랬을 거라고 나는 말했다. 그 말에 버너는 소리 내어 웃다 기침을 하고서 말했다. "그래, 그랬지. 좋은 지적이야. 네가 우리나라를 떠난 걸 깜박했어. 네 탓을 할 수야 없지." 이번에도 그녀는 내 인생에 대해 아무것도 몰랐고, 그 순간에도 알고 싶어 하지 않았을 것이다. 그녀는 지금 그녀와 나의 유사점에 매달리고자 계속 애쓰고 있었다. 우리가 나누어 가진 것은 50년 전의 부모님, 그리고 서로가 남매라는 사실뿐이었다. 우리는 그 점을, 적어도 이 아침만큼은 최대한 활용하려 애쓰고 있었다. 우리가 차에 있던 그 순간만큼은 버너는 우리 인생이 그녀에게만 엇나가고 불공평했다는 것(지금 특히 더)에 아파하지도, 억울해 하지도 않는 것처럼 보였다. 그녀가 예전의 누나로 돌아가 그때의 의심과 사랑으로 날 바라보는 것 같아 그녀의 연륜과 지혜에 비해 나는 어리고 순진하다고 느껴졌다. 그 느낌이 좋았다. 클레어가 오지 않아 기뻤다. 물론 내가 생각했던 그림은 이런 게 아니었다. 이동주택은 생각했었다. 하지만 그 다음에 생각한 것은 조명이 어두운 병실, 소리를 죽인 TV, 약 봉지로 가득한 서랍장 위, 산소통, 병실을 떠다니는 연기와 죽음의 냄새였다. 이편이 더 좋았다. 내 일이 더 많이 남은 상황이었다면 이렇게 함께 하루를 보낼 생각은 하지 않았으리라. 이것은 죽음의 자비였다.

"있지." 우리는 애플비 주차장으로 차를 돌리고 있었다. 주차장은 커다란 SUV와 오토바이와 트럭을 타고 내리는 토요일 쇼핑객들로 혼잡했다. "난 늘 나한테 이렇게 말해. '기억해. 6개월 후엔 인생이 이렇지 않을지 몰라.'"

"그건 나도 크게 다르지 않아. 우린 여전히 같은 나이구나."

내가 말했다.

"하지만 넌 이 말이 몇 번이나 더 들어맞을지 모르잖아. 내 인생은? 6개월이 전부가 돼 버렸어." 그녀가 나를 돌처럼 차갑게 보았다. 그녀의 베이지색 피부 아래서 턱이 씰룩거리고 입 안에 선 혀가 가만있질 못했다.

"나도 알아." 내가 대답했다.

"글쎄." 그녀는 다시 체념조의 한숨을 내쉬었다. 그 옛날에는 조바심이 날 때면 한숨을 쉬던 누나였다. "이렇게 서서히 죽어 가는 것에 저항해 보려고 무지 노력 중이야. 그렇게 안 보일지도 모르지만. 노력하고 있어. 그런 기분이—" 그녀가 자동차에 꽂혀 있는 시동 열쇠 꾸러미를 응시하더니 손가락 하나를 내밀어 괜스레 짤랑짤랑 흔들었다. "가끔 그런 기분이 들어, 내 진짜 인생은 아직 시작되지도 않았다고 말이야. 이 인생은 표준에도 못 미친다고, 넌 말할지 몰라. 너 때문에 그런 건 아니야. 그 해 여름 그 거리를 떠난 건 나였으니까. 기억해?"

"응." 내가 대답했다. "똑똑히 기억해." 정말이었다.

"아이를 안 가진 건 후회되지 않아?" 그녀는 진입로를 오가는 차량을 빤히 보기 시작했다. 쇼핑몰로 향하는 큰 버스가 우리 옆에 섰는데, 창문마다 머리를 짧게 친 여자들 얼굴이 비쳤다. 버너가 엔진과 히터를 껐다. 밖에서 들리던 소음이 약하게 계속 이어졌다.

"아니. 그런 생각은 해 본 적 없어. 애들이라면 충분히 보고 있으니까." 내가 말했다.

"그럼 혈통이 끊긴 거네." 그녀가 의기양양하게 말했다. "파슨스 혈통이 여기 애플비 주차장에서 끝나는 거네. 거의."

"클레어와 나도 같은 말을 해."

"넌 멋진 삶을 살아온 것 같니? 내 기분은 말해 줬잖아? 그러니 넌 그렇다고 해도 괜찮아. 난 기뻐." 그녀가 내 쪽으로 고개를 돌린 그 순간 그녀의 얼굴에는 긴장의 기색은 없고 평안함만이 보였다. 내 기억에 영원히 남아 있을 얼굴이었다.

"난 받아들여." 내가 대답했다. "다 받아들여. 나한테 꼭 맞는 여자와 결혼했어."

"우리 모두는 받아들여. 그건 대답이 아니야." 그녀의 마른 입술에 주름이 졌고 그녀는 지나간 버스를 언짢은 얼굴로 돌아보았다. "우리에겐 어떤 선택이 있을까?"

"그렇다면, 맞아." 내가 말했다. "난 멋진 삶을 살았어." 내가 정말로 그렇게 생각하는지는 확신이 없었다.

"난 네 누나야." 그녀가 날 의식하며 코를 훌쩍였다. "그러니까 나한테는 있는 그대로 다 말해야 해. 안 그랬다간 찾아가서 널 괴롭힐 거야." 그녀는 혼자 웃고는 문손잡이를 잡아당겼고 또 다시 발을 고통스럽게 움직여 빼기 시작했다. "이번엔 내가 할 수 있어." 그녀가 말했다. 그 주제는 여기서 끝났고 다시는 거론되지 않았다.

애플비에서 우리는 버너의 녹슨 자동차가 내다보이는 커다란 창문 옆에 앉았다. 미네소타 번호판이 찌그러져 있고 뒤 범퍼도 잘려 나간 것이 내가 생각했던 것보다 차가 더 엉망이었다. 그런 차는 주차장에 한 대도 없었다.

버너는 우리가 나눈 진지한 대화에서 놓여나서 그런지 즐거워 보였다. 마치 TV 때문에 정신 사납고 싸구려 예술품들로 어지러운 이 떠들썩한 소음이야말로 그녀에게 필요한 것이며, 소음의 임무가 말기 환자들의 불행을 잊게 해 주는 것이라고 이해하는 듯했다. 그녀는 드라이클리닝이 필요해 보이는 보라색 코트를 계속 입고 있었다.

버너는 껌을 뱉어 냅킨에 싸서 창틀에 놓았다. 마티니를 한 잔 시키면서 내게도 권했는데, 정작 본인은 약 때문에 마실 수 없다고 했다. 그녀는 그 옛날처럼 작은 마법을 부리기 위해 준비되어 있는 술잔을 바라보는 것만으로도 좋아했다. 나도 긴장을 풀고 기분을 내려고 와인을 한 잔 시켰다.

"내가 말했던가?" 그녀가 말했다. (비닐 봉지는 자기 옆에 두었다.) "난 자살은 하지 **않을** 거라고? 내가 무슨 말을 했는지도 까먹는다니까. 약이 이래서 지랄이야."

"그런 말은 안 했어." 내가 말했다. "이제라도 들어서 기쁘다." 나는 그녀와 건배를 하려고 와인 잔을 들어올렸다.

"4인 가족에게 자살은 한 명으로 족해." 그녀가 말했다. 우리는 그때 고작 열여섯이었고, 많은 것을 마음대로 할 수 없는 처지였다. 어머니의 안식처도 내가 포기한 것 중 하나였다. "난 엄마 아빠한테 그렇게 집착하지 않아." 그녀가 말했다. 손가락 — 작은 십자가 문신이 많이 빛바래져 있는 손가락 — 으로 잔의 손잡이 부분을 쓰다듬으며 메뉴판을 꼼꼼히 읽었는데, 메뉴판에는 주문할 수 있는 음식 사진이 선명하게 찍혀 있었다. "이따금 엄마 아빠가 저지른 **강도짓**을 생각하곤 해." (강도짓이라는 말을 힘주어 말했다.) "웃음밖에 안 나와. 우리 모두가 그것 때문에 이렇게 꼬인 거잖아. 우리 인생의 일대 사건이었어, 안 그래? 엄청난 바보짓이었고, 모든 일에 꼬리표처럼 붙어 다녔어."

그녀는 안경 너머로 눈을 가늘게 뜨고서 팔꿈치에 몸을 기댄 채 자신이 어려운 고비를 넘어오고 있는 것이 정확히 무슨 의미인지 내게 알려주려고 날 빤히 바라보았다. 나는 불쾌했지만 동시에 그녀가 가여웠고, 바로 잡기 위해 내가 할 수 있는 일은 없었다.

"그런 생각은 해 봤자 아무런 도움도 안 돼." 내가 말했다. 최소한의 진실이었다.

젊은 여종업원들이 우리 건너편에 자리한 어떤 나이 많은 손님에게 "생일 축하합니다"를 소란스럽게 부르기 시작했다. 다른 손님들도 경쾌하게 박수를 치기 시작했다. 스무 대의 TV에서는 미네소타 대학교 미식 축구팀이 경기를 펼치고 있었다. 이따금 환호성이 들렸고, 신음 소리도 이어졌다.

"아니야." 버너가 말했다. "그렇지 않아." 그녀는 이제야 노랫소리와 박수 소리를 들었는지 마티니 잔에서 눈길을 돌렸다. "그건 우리가 공유하는 비밀이잖아, 그렇지 않아? 온 세상과 말이야. 되는 대로 흘려보내기. 세상 사람들이 다 그렇게 살아. 내 생각은 그래." 그녀는 별 이유 없이 빙그레 웃었다. 나는 그녀의 인생이 시작될 무렵 그녀가 내게 쓴 편지를 기억해 냈다. **우리는 똑같이 느끼고 똑같이 봐.** 그녀는 그때 이미 세상을 공유하기 시작했지만, 나는 아니었다. 나는 세상 속에 버려져 있었다. 내가 지금 어떤 식으로든 그녀를 속이고 있는 건 아닐까. 그녀에게 나의 참된, 가장 진솔한 모습을 보이고 있는 걸까? 내 삶에 대해 말한 것은 진실이었을까? 나는 그녀를 속이고 싶지 않았다. 나는 그녀에게 그래야 했고, 이 생각은 언제나 내 뇌리를 떠나지 않았었다. 내 과거와, 늘 연기를 하고 있으면서도 그러지 않으려 애쓰는 교사라는 점 때문이었다. 우리 모두가 여러 모습들 가운데 선택을 하므로 분명한 하나가 있진 않을 것이다. "너한테는 거친 구석이 숨어 있나 봐." 그녀가 말했다. "나한테는 평범한 구석이 있을지 몰라. 고분고분한 구석 말이야." 그녀는 우리 얘기에서 벗어나 우리가 실제로 나누고 있지 않는 마음속 대화에 빠져들고 있었다.

"어쩌면." 나는 이렇게 말하고서 와인을 홀짝였다. 신선하지가 않았다. "적어도 반은 그럴 거야."

"알았어." 그녀는 눈을 내리깔았다. 자신이 딴 생각에 빠져들고 있던 걸 알아챘다. 앞쪽에 난 가느다란 회갈색 머리가 이마 뒤로 빗질이 되어 있었다. 그녀는 집에 들어갔을 때 루주도 바르고 나왔다. 귀도 뚫었지만 귀걸이는 차고 있지 않았다. 귓불이 창백하고 부드러워졌다. "지금도 체스 해?" 그녀는 이렇게 묻고서 다시 집중하고 있다는 의미로 내게 미소를 지어 보였다.

"아니." 내가 말했다. "가르치고는 있어. 전혀 잘하진 못했어."

주문한 음식이 나오고 있기라도 한 듯 그녀가 갑자기 돌아보았다. 그녀는 스프, 나는 샐러드였다. 그러나 아니었다. "말이 나와서 말인데." 그녀가 컵 푸즈 비닐 봉지를 들어 탁자 위에 놓았다. "그러니까." 그녀는 한숨을 쉬고는 비닐 봉지에서 바싹 마르고 구멍이 나 있고 그녀의 피부색과 크게 다르지 않은 빳빳한 구두끈 같은 것으로 묶어 놓은 하얀 종이 뭉치를 꺼냈다. "이걸 너한테 보내고 싶지 않았어." 그녀는 두 손으로 종이 뭉치를 덮고 나를 바라보며 미소 지었다. "내가 널 좋아할지 모르겠더라고. 네가 날 좋아할지도, 이걸 원할지도 말이야." 그녀는 또 한숨을 쉬었다. 이번에는 무엇에 좌절한 듯 아주 깊이 내쉬었다.

“그게 뭔데?” 내가 물었다. 맨 위장에 잉크로 쓴 빛바랜 손 글씨가 보였다.

“엄마의 ‘연대기’야. 엄마는 그렇게 불러. 아니 불렀어. 날짜를 보면 감옥에 간 첫 날 쓴 거야. 엄마가 밀드레드 아줌마에게 이걸 줬고, 내가 아줌마 아들을 우연찮게 만난 적이 있어. 서부였어. 그래서 밀드레드 아줌마가 내게 보내 줬어. 오래됐어. 그러고 보면 세상 참 좁지. 아줌마가 너한테 이걸 보냈어야 했는데. 아줌마한텐 모녀지간이 중요했던가 봐. 내 짐작이야. 누굴 다치게 할 만한 내용은 없어. 대단한 폭로가 있지도 않고. 하지만 엄마 이야기는 들을 수 있어. 그거면 좋잖니. 이건 네가 가져야 해.” 그녀가 멍든 손으로 종이 뭉치를 내 쪽으로 밀다 마티니 잔이 조금 기울어졌고, 맨 밑쪽 종이 귀퉁이가 젖었다.

“고마워.” 나는 그렇게 인사하고 종이 뭉치를 손에 쥐었다.

“엄마는 그걸 나약한 사람의 연대기라 불러. 엄마가 나약했잖아.” 버너는 말라붙은 아랫입술을 깨물었다. 내게 종이 뭉치를 넘기고 보니 그 내용에 다시 흥미가 당기기라도 하는 것처럼. 그것을 받으러 내가 이 먼 길을 온 것을 보니 말이다. “엄마가 이런 말을 했어. ‘나쁜 일을 할 수 있지만 하지 않겠다고 결심해야만 선한 사람이다.’ 이런 말도 했어. ‘우리는 결혼에 실패했다.’ 우리 가족이 동의할 수 있는 얘기지. ‘근본적인 문제는 더 나은 삶을 가꾸는 것이다.’ ‘삶에서 벗어날 방법을 찾지 않는 한 그 삶이 얼마나 참을 만한지 알 수 없다.’ 엄마는 오래 전부터 아빠를 떠나는 문제와 자신들의 강도짓에 대해 생각했어. 우리한테 편지도 썼어. 엄마가 좋아하는 시 구절도 있었잖아. 전엔 다 외웠는데. ‘……어떤 범죄 때문에, 어떤 잘못 때문에 나는 지금의 나약한 모습이라는 보상을 얻은 것인가?' 엄마는 늘 작가가 되고 싶어 했어. 난 이걸 몇 년 동안 읽었어. 울기도 했지. 아빠는 대책 없는 사람이었잖아. 하지만 엄만 아빠보다 분별력이 있었어. 내가 기억하는 엄마는 적어도 그래. 버너는 고개를 가로저으며 분주한 애플비 주차장을 다시 내다보았다. "엄마한테 화내고 싶지는 않아. 지금은 더 그래. 나도 너처럼 되고 싶어. 넌 다 받아들이잖아. 그럼 모든 게 이해가 잘될 텐데."

"나도 그래." 내가 말했다. 그녀가 원한 대답은 아니었다. 나는 단정하고 정확하고 흐릿해진 글자들이 어머니가 가장 좋아한 갈색 잉크가 아닌 색으로 푸르스름한 줄을 따라 빽빽이 적혀 있는 것을 보고 있었다.

버너가 손가락으로 탁자를 탁탁 치기 시작했다. 고개를 들어서 보니 그녀의 얼굴은 기다린 기색이 역력했지만 턱살만 조금 흔들릴 뿐 다른 표정은 없었다. 눈이 반짝거리고 있었다. 지금의 우리는 달리 보면 닮은 구석이 전혀 없었다.

"루디 기억해?" 그녀가 입을 오므렸다.

"응." 내가 말했다.

"빨강 머리 루디, 루디 카주트. 내 첫 사랑. 웃기지 않아?"

"나 그 사람이랑 춤도 췄잖아." 내가 말했다.

"정말?" 그녀의 표정이 순간 밝아졌다. "난 어디 있었는데?"

"누나도 있었지. 우리 셋이 같이 췄어. 부모님이 구치소에 들어간 날에."

나는 그녀의 이름을 부르고 싶었다. 날 위해. 그녀의 진짜 이름을. "버너." 나는 나지막이 말했다.

"그건 내 이름이잖아." 버너가 쉰 목소리로 말했다. 옆 좌석의 누가 그 이름을 소곤대기라도 한 것처럼.

"필요한 거 없어?" 내가 말했다. "누나를 위해 내가 해 줄 수 있는 거 말이야?"

TV 속 관중들이 또 다시 우레 같은 함성을 내질렀다. 식당에 있는 사람들은 성의 없이 박수를 쳤다. 버너는 자기 머릿속에서 계속 이어지고 있던 다른 대화, 결국은 우리가 나누게 될 그 대화를 더는 억누를 수 없던지 한 순간 말이 없었다. "넌 모든 걸 했어." 그녀가 말했다. "우리 모두는 노력하며 살아. 너도 노력하고. 나도 노력하고. 다들 그래. 그것 말고 뭐가 있겠니?"

"난 모르겠어." 내가 말했다. "어쩌면 그럴지도." 만족스러운 대답은 아닌 듯했다.

음식이 나왔을 때 우리는 조금만 먹고 거의 남겼다. 그녀는 배가 고프지 않았고, 나는 호텔에서 아침을 먹어서였다. 별다른 얘기 없이 잠시 앉아 있던 순간 그녀가 말했다. "몸이 안 좋아지고 있어." 그녀는 앉은 자리에서 안절부절못했다. 약을 꺼내 먹었다. 종이 뭉치를 비닐 봉지에 도로 넣었다. 우리의 대화는 끝났다.

나는 카운터로 가서 음식 값을 지불하고 그녀를 부축해 앞문으로 나왔다. 그녀가 어떤 길로 운전을 하고 왔는지 보지 않았고, 그녀의 집으로 돌아가는 길도 몰랐다. 여종업원에게 택시를 불러 달라고 청했더니 생각보다 빨리 택시가 당도했다. 우리는 조용히 뒷좌석에 함께 탔다. 버너는 차창으로 오고가는 차들을 응시했고, 나도 내 쪽 차창 밖을 보았다. 내가 모르는 곳이었다. 차는 레이가 나중에 찾아오면 되는 문제여서 버너는 개의치 않왔다.

마침내 우리는 성조기와 어린 나무와 멋진 차와 아이들이 있고 멀지 않은 하늘로 제트기가 날아오르는 이동 주택 단지에 들어섰다. 레이는 집 안에 있었다. 그는 버너가 돌아온 것을 보고 기뻐했다. 우리는 악수를 하고 통성명을 했다. 나는 차를 두고 왔다고 말했다. 그는 당황한 듯했지만 나중에 유감스러워 할지 모를 어떤 이유로 웃어 넘겼다. 지금은 무엇을 해야 하는지 알고 있었다. 버너는 몸이 안 좋아지고 있는 것 같았고 계단을 오르는 데 도움이 필요했다. 레이는 내게 들어가지 않겠냐고 물었다. 커피가 늘 준비되어 있다고 했다. 나는 괜찮다고 하면서 고맙다고 했다. 내일 전화하겠다고 말했다. 내가 출입구 안쪽 — 큰 TV가 있었고 예의 그 미식축구가 중계되고 있었다 — 을 들여다보며 작별 인사를 하자 버너가 고개를 돌려 빙긋이 웃으면서 꿈같이 말했다. "그래, 동생. 잘 가. 널 다시 만나서 좋았어. 식구들한테도 안부 전해 줘, 알겠지?"

"그래." 내가 말했다. "사랑해. 걱정하지 마." 그녀는 우리의 어머니가 바랐던 대로 이제는 불만에 찬 표정을 하고 있지 않았다.

나는 기다리고 있던 택시를 다시 타고 호텔로 돌아갔다. 다음 날 아침 디트로이트로 돌아가는 비행기를 탔다.

다른 할 얘기는 거의 없다. 이것으로 만족스럽다. 나의 누나 버너가 나보다는 못한 기억의 축복을 받게 됐듯이 나도 기억의 축복을 받았다. 누나 말이 옳았다. 그 일은 우리 인생의 일대 사건이었다. 우리 가족 안에서 시작된 그 일의 결과들이 멀리멀리 달아났지만 결코 근원으로부터 도망치지 못했으니까. 버너가 죽고 1주일 뒤, 그러니까 지난해 2010년 미국의 추수감사절이 끝나고 1주일 뒤에 나는 학생들에게 나도 모르게 이런 말을 했다. "너희들은 이제는 왠지 형벌을 면했다는 이상한 감정을 느껴 본 적이 있니?" 이번에도 하디에 대해 이야기하고 있었다. 『캐스터브리지의 시장』이었다. 학생들은 선생이 옆길로 새서 자기 얘길 하고 있다는 걸 감지하고 당황하여 날 멀뚱멀뚱 쳐다보기만 했다. 학생들에게는 곤란한 질문이겠다는 걸 나는 즉시 알아챘다. 그런데 코소보 출신의 한 남학생이 네, 라고 대답했다. 정말로 말이다.

나는 누나의 임종을 보지 못했다. 그러나 레이가 그날 친절하게도 내게 전화를 해 주었는데, 나는 델이라고, 버너는 "베브"라고 불렀다. 1주일 전에 결혼식을 올렸다고 했다. 나는 정말 멋지다고, 그에게 고맙다고 했다. 내가 그곳에 없었던 것은 중요하지 않았다. 그녀를 방문했을 때 나는 그녀를 속이고 있다고 여기지 않았고 그녀 또한 내가 속이고 있다고 생각하지 않았으니까. 그런데 그녀가 죽고 난 며칠 뒤 나는 이제껏 한 번도 느껴보지 못한 이상한 감정을 느꼈다. 우리 아버지가 고령의 나이로 지금도 어딘가에 살아 있고, 누나에 대해서도, 심지어 나에 대해서도 알고 싶어 했겠구나 하는 감정이었다. 나는 그 생각을 애써 잊으려 했고, 곧 그렇게 되었다. 그것은 또 한 번 버려지고 있다는 기분과 관계있는 환상에 지나지 않았다. 그럼에도 나는 요즘 이따금 버너의 꿈을 꾼다. 버너가 50년 전 샌프란시스코에서 편지에 썼던 꿈을. 내가 누군가를 죽이고서 그 일을 까맣게 잊는 꿈도. 얼마 뒤 그 범죄가 끔찍한 유령처럼 수면 위로 떠올라 내가 아는 모든 사람에게 폭로된다. 학생들에게. 동료들에게. 아내에게. 모두들 소름끼쳐 하며 나를 혐오한다.

그러나 나는 아무도 죽이지 않았다. 꿈속에서도 꿈밖에서도 (미국인 두 명을 묻는 일을 도왔으니 어디선가 그 빚을 갚아야 할 날이 오겠지만).

어머니의 연대기는 버너가 말한 대로였다. 결코 오지 않은 나중을 위한 완성되지 않은 생각의 단편들, 강도 사건에 대한 견해, 소신, 합리화, 작은 일에 대한 집착, 아버지에 관한 가혹한 말들. 누군가는 그 연대기로 완성된 이야기를 만들 수도 있으리라. 다시 말하지만, 러스킨은 작문이란 동등하지 않은 것들의 배열이라고 했다. 어머니의 연대기에 등장하는 내용들은 동등하지 않은 것들이니 자격은 충분하다. 그러나 내 나이가 되고 보니 그런 의무에 무관심해진다. 그 내용들이 내 남은 인생의 문제와는 더 이상 동등하지 않기 때문이다. 그것이 사실이어서 정말 유감이다.

그러나 어머니가 쓴 글 중에는 내가 꼭 읽기를 버너가 원했을 것 같고 그래서 내게 원고를 주었던 것 같은 대목이 한 군데 있다.

"내 생각에," 어머니가 섬세한 손으로 감옥에서 구했을 푸른색 잉크로 쓴 그 글들은 군데군데 지워져 있었다. "죽어 가고 있을 때는 죽기를 원하는 것 같다. 죽음과 싸우지 않는다. 죽음은 꿈꾸는 것과 같다. 좋다. 기분이 좋을 것 같지 않은가? 어떤 것에 그저 굴복하는 것이? 싸움은 이제 그만, 그만, 그만. 최후에는 이것을 걱정하고 유감스러워 하겠지. 그러나 지금은 기분이 좋다. 짐을 벗었다. 제법 무겁던 짐을. 그러고 보면 자연은 공백을 혐오하지 않는다."

날짜가 1961년 봄이었다. 버너가 이 글 옆에 연필로 표시를 해 놓았다. 그녀에게 무슨 의미가 있었던가 보았다. 내게도 무슨 의미가, 글자 그대로의 뜻 이상의 의미로 와 닿을 날이 있으리라.

이따금 나는 디트로이트로 이어지는 터널을 지나곤 한다. 그 도시는 한때 잘나갔지만 지금은 공터만 남아 있고, 강변을 따라 반짝거리는 거대한 건물들이 반대편에 있는 우리 세계를 향해 가짜 벽처럼 아주 태연히 서 있다. 강을 따라 제퍼슨으로 올라가면 썸[49]과 포트휴런으로 향하는 준교외 지역으로 빠진다. 나는 늘 내가 태어난 오스코다를 향해 북으로 차를 몰아 비록 아무것도 기억나지 않겠지만 그 공군기지에 무엇이 남아 있는지 보아야겠다는 생각이 든다. 그러나 사니아[50]로 돌아가는 8백70피트의 거대한 블루워터 아치교를 마주하면 결코 가져 본 적 없던 것을 소유하려 애썼던 것처럼 그 마음이 온데간데없이 사라진다. 아내는 내게 말한다. "언젠가는 가 봐야지. 재미있을 거야. 모든 걸 내려놓는 데 도움이 될 거야." 마치 내가 그렇게 못했다는 듯이.

물론, 내가 내 출생지와 가까운 곳이자 아서 렘링거의 사악한 짓이 시작된 곳이요 두 미국인이 죽음을 맞으러 길을 떠난 곳에서 국경을 넘어 살고 있다는 것이 아무것도 아닌 일은 아니다. 어떤 면에선 그 의미가 나를 짓누른다. 내가 부조리한 법칙에 따라 지금 여기에 살기로 되어 있고, 날 짓누르는 무게는 결과의 무게라는 생각이 종종 든다. 마치 내가 어떤 것의 양쪽을 도

49) Thumb. 미시간 주 남부 반도는 벙어리장갑을 닮았는데 그 중 동중부 지역이 벙어리장갑의 엄지손가락같이 생겼다고 해서 붙여진 이름.

50) 미국의 포트휴런을 마주보고 있는 캐나다의 국경도시.

맡아 처리하려 했던 것 마냥. 그러나 나는 그렇다고 믿지 않는다. 학생들에게 가르쳐 왔듯이 나는 우리가 보는 것이 존재하는 대부분이며, 삶은 우리에게 텅 빈 수레로 전달되었다고 믿는다. 그러므로 의미가 무겁게 짓누른다면 그게 전부다. 숨겨진 의미는 거의 없다.

어머니는 내가 수천 번의 아침을 맞을 거고 아무도 내게 어떻게 느껴야 하는지 말해 주지 않을 때 이 모든 걸 생각하게 될 거라고 말했다. 그 수천 번의 아침이 지나갔다. 내가 아는 것은 인생에 더 좋은 — 살아남을 — 기회는 있다는 것이다. 상실을 잘 견디고, 그 모든 상실에도 냉소적인 인간이 되지 않고, 이것을 저것에 종속시키고, 러스킨이 암시했듯이 균형을 유지하고, 인정컨대 선(善)을 찾기가 간단치 않을지라도 동등하지 않은 것들을 선(善)을 지키는 전체에 연결하려 애를 쓴다면 말이다. 누나가 말했듯이 우리는 노력한다. 노력한다. 우리 모두는. 노력한다.

감사의 글

이 책이 완성되기까지 자신의 지성과 친절과 인내를 발휘하여 나를 돕고 격려해 주었고, 전심전력을 다해 준 크리스티나 포드에게 가장 많은 신세를 졌다.

나와 이 작품을 위해 수많은 사람들의 아낌없는 후원이 있었지만 그 중 으뜸은 오랜 친구를 믿어 준 댄 핼펀이었다. 우리 집 식구가 아닌 내 첫 독자이자 언제나 나를 격려해 준 사랑하는 아만다 어번에게도 대단히 감사하다. 초반에도 후반에도 이 책을 편집하고 읽을 때 헤아릴 수 없는 도움을 준 멋진 친구 재닛 핸더슨에게도 고마움을 전하고 싶다. 또한 기꺼이 소중한 시간을 내어 자료 조사를 도와준 필립 클레이에게도 고맙다. 『하가다』[51]를 가르쳐 준 엘렌 루이스도 고맙다. 내가 이 책을 끝낼 수 있게 열의를 보여 준 훌륭한 출판인 스콧 셀러스와 루이스 데니스에게 감사한다. 이런 노력을 믿어 준 제인 프리드먼과 수십

51) 탈무드에서 비율법적인 교훈적 이야기로 유월절 축하연에 사용되는 전례서.

년 지기 알렉산드라 프링글에게 감사한다. 이 책이 완성되는 걸 보기 위해 엄청난 친절뿐 아니라 필요 이상의 시간까지 바친 데일 로어바우에게도 감사하다. 나를 집으로 초대해 이 소설을 끝낼 수 있게 조용한 방을 제공해 준 미시시피 대학에 있는 내 친구들에게도 감사한다. 작가의 특이한 고질병에 명확한 통찰을 보여 준 메이요클리닉의 내 친구 제프리 칸스 박사에게도 고맙다. 또한 마지막 중요한 시점에 힘이 나는 도움을 준 윌 댑스 박사에게도 고맙다.

『캐나다』를 집필하는 데 특정 책들과 특정 작가들이 명백하게, 혹은 덜 명백한 방식으로 도움이 되었다. 내 멋진 친구 데이브 카펜터는 1984년에 처음으로 날 서스캐처원 남서쪽에 데리고 갔다. 친구 엘리엇 레이튼은 그곳에서 기러기 사냥에 날 데리고 갔다. 훌륭한 윌러스 스테그너처럼 가이 밴더해게도 서스캐처원과 몬태나의 국경 지역에 대해 유려한 글을 썼다. 독자라면 윌리엄 맥스웰의 영향을 알아챌 것이다. 모든 것이 이 책의 기획을 자극했다. 서스캐처원 역사서 두 권에서도 도움을 받았다. 한 권은 존 H. 아처가 쓴 『서스캐처원의 역사』이고, 다른 한 권은 빌 웨이저가 쓴 『서스캐처원의 새로운 역사』이다. 린다 쇼튼이 원주민과의 인터뷰로 저술한 놀라운 책 『거리낌 없이』도 많은 걸 가르쳐 주었다. 작품을 수정할 때 한결같은 매력과 자원을 제공해 준 것은 블레이크 모리슨의 최고의 회고록 『당신은 아버지를 언제 마지막으로 보았습니까?』였다. 서스캐처원의 스위프트 커런트 박물관에 근무하는 레이철 웜스베커와 로이드 베글리, 리비 에델슨, 그리고 원고를 교열한 로리 맥기로부터도 아낌없는 도움을 받았다. 소중한 오랜 벗 크레이그 스테리는 그레이트폴스에서 글을 쓸 수 있도록 내게 안락함과 집을 제공해 주었다. 작가 멜라니 리틀은 이 책을 읽고 오점을 바로잡을 수 있도록 필수적이면서 영리한 조언을 해주었다. 세라 맥라클런은 이 책이 시작될 때부터 날 지지했다. 막판에는 아이리스 토폴미와 데이비드 켄트가 『캐나다』를 캐나다에서 출판하는 것에 아낌없이 동의해 주었다. 모두에게 고맙다.

RF

옮긴이의 글

리처드 포드는 1944년 미국 미시시피 주 잭슨에서 세일즈맨인 아버지와 전업 주부인 어머니 사이에서 태어났다. 외아들이었고 부모님 말씀을 잘 따르는 순종적인 아이로 자랐다. 16세 때 찾아온 아버지의 죽음은 포드에게 하나의 문이 닫히고 또 하나의 문이 열리는 인식의 전환을 가져왔다.

"어머니는 제게 이제부터는 제 자신을 스스로 돌보아야 할 거라고 했습니다. 저는 일종의 자유를 느꼈죠. 그 자유에는 결과가 따른다는 것도요. 아버지의 죽음으로 저는 더 좋은 사람까지는 아니지만 더 많이 생각하는 사람이 되었습니다." (2012년 '굿리즈'와의 인터뷰에서)

포드가 사색하는 사람으로, 더 나아가 섬세한 문장가라는 칭송을 듣는 작가의 반열에 오르는 데 기여한 또 한 가지는 난독증이었다. 난독증 덕분에 그는 다른 사람들의 말에 더 세심하게 귀 기울이고 책을 천천히 읽게 되면서 문학에 대한 관심이 커졌다고 말한다. 그러나 작가로 가는 길은 순탄치 않았다. 철도에서 일한 할아버지의 권유로 포드는 19세에 미주리 퍼시픽 철도에서 기관사 보조로 일했다. 미시간 주립 대학 호텔 경영학과에 입학했다가 영문학으로 전과해 석사 학위를 받았다. 졸업 후 중학교 교사로 일하다 미 해병대에도 들어갔지만 문학에 대한 열정은 사그라들지 않았다. 뒤늦게 캘리포니아 대학에서 문학 석사 학위를 받고 졸업 후 잡지 편집자, 대학 강사, 스포츠 잡지 기자 등의 일을 하다 1976년 마침내 『내 마음의 한 조각(A Piece of My Heart)』을 발표하면서 작가로 첫 발을 내디뎠다. 그의 나이 32세 때였다. 포드가 미국을 대표하는 작가로 입지를 굳히게 된 작품은 1986년 타임지 선정 최고의 다섯 권 중 한 권에 뽑힌 『스포츠라이터(The Sportswriter)』와 1996년 퓰리처상과 펜/포크너 상을 거머쥔 『잃어버린 나날들(Independence Day)』이었다. 그밖에 그의 대표작으로는 『절대적인 행운(The Ultimate Good Luck, 1981)』, 『와일드라이프(Wildlife, 1990)』, 『지형(The Lay of the Land, 2006)』 등 장편소설과 『록 스프링(Rock Springs, 1987)』, 『여자에게 약한 남자(Women with Men, 1997)』, 『수많은 죄(A Multitude of Sins, 2002)』, 『빈티지 포드(Vintage Ford, 2004)』 등 단편집이 있다.

포드가 자신의 작품들에서 주되게 드러내고 있는 주제는 결혼, 가족, 공동체와 같은 제도의 붕괴와 이 속에서 뿌리 없고 이름 없는 개인이 겪는 소외와 상실과 슬픔이다. 과거를 잃어버린 개인은 빠르게 이동하는 현재 지향 사회에서 지금 여기서 자신의 잡히지 않는 정체성을 끈질기게 추구한다. 포드는 영국 비평가 F. R. 리비스의 말을 빌어 자신의 문학관을 이렇게 밝힌다. "문학이란 당신의 오감을 만족시키고 감정을 자극하는 삶을 부활시켜 새로운 인식을 가져다주는 최고의 수단이다." 그에게 문학은 우리에게 어떻게 살 것인가에 대한 이해를 돕는 수단이다. 그가 글을 쓰는 궁극적 지향점도 거기에 있다.

이런 주제 의식을 포드는 세련된 문체로 담아낸다. 완성된 산문체를 구사한다고 정평이 나 있는 그의 글은 느긋하고 촘촘하고 리드미컬하면서 차분하고 사색적이다. 또한 환경과 인물들의 물리적이고 심리적인 풍경을 포착해 내는 능력이 탁월하다. 그의 글은 페이지를 휙휙 넘기기보다는 한 문장에, 한 단락에 오래 머물게 만든다. 그래서 골짜기를 타고 세차게 흐르는 물줄기보다 구불구불 흐르고 느릿느릿 출렁이는 강물을 연상케 한다. 포드는 자신의 문체에 큰 영향을 끼친 작가로 헨리 제임스와 러시아 소설가 바실리 그로스만(그의 작품 『삶과 운명』)을 꼽는다. 미국 문학계에서 포드는 "가장 미국적인 소설을 쓰는 작가"라는 평해지며 존 업다이크, 윌리엄 포크너, 어니스트 헤밍웨이, 워커 퍼시와 비교되기도 한다. 그러나 포드는 이런 비교를 거부하며 다음과 같이 말했다. "글이란 …… 영향력만으로는 쓸 수 없다. 자신의 힘으로 이야기나 좋은 소설을 쓸 수 있을 뿐이다." 그는 미시간 주립 대학에서 만난 아내 크리스티나와 메인 주 이스트 부스베이에서 지금도 연인처럼 살고 있다.

작품에 대하여

2012년에 출간된 『캐나다』는 리처드 포드의 일곱 번째 장편소설이다. 3부작으로 이루어진 이 작품의 기본 얼개는 간단하다. 1부는 1950년대 미국 몬태나 주 그레이트폴스를 배경으로 평범한 삶을 살던 열다섯 살 소년 델이 부모님이 저지른 범죄로 하루아침에 가족을 잃는 과정을 그리고 있다. 2부에서는 화자인 델이 캐나다 국경을 넘어 서스캐처원의 낯선 마을로 들어가 어두운 과거를 가진 아서 렘링거라는 인물 밑에서 일을 하다 그가 꾸민 살인의 공모자가 되는 이야기를 담고 있다. 3부에서는 그로부터 50여 년의 세월이 흘러 캐나다 온타리오 주 윈저에서 은퇴한 영어 교사로 등장하는 화자가 말기암으로 죽어 가는 쌍둥이 누나 버너와 해후하는 장면이 그려져 있다. 줄거리만 보아서는 『캐나다』는 비극적인 가족사를 다룬 통속 소설 같지만 리처드 포드는 이 작품에서 전작들에서 줄곧 다루어 온 가족이나 공동체의 해체로 평범한 개인이 겪게 되는 슬픔과 상실을 이야기하면서 더 나아가 삶에 대한 진지한 성찰을 부각하고 있다.

기억의 소환

이 소설은 이채로운 첫 문장으로 시작된다. "나는 우선 우리 부모가 저지른 강도 사건에 대해 이야기할 것이다. 다음에는 나중에 일어난 살인 사건에 대해 이야기할 것이다." 포드는 시작부터 이 소설이 과거를 이해하려는 누군가의 이야기라는 것을 분명히 밝힌다. 게다가 독자들은 실제 사건이 일어나기 전부터 중요한 사실을 모두 알게 된다. 어머니는 교도소에서 자살을 하고, 쌍둥이 누나는 도망을 치고, 화자는 캐나다로 달아나 살인 사건에 연루된다는 사실을 말이다. 따라서 포드가 중점을 두고 있는 것은 사건들 자체가 아니라 그 사건들이 화자의 삶과 존재 방식, 세상을 대하는 태도에 끼친 영향이라고 볼 수 있다. 우리 자신이 어떻게 해서 지금의 우리에 이르게 되는지를 보여주기 위해 포드는 기억의 소환이라는 서술 기법을 쓴다. "몇 년 뒤 대학에서 나는 위대한 비평가 러스킨이 작문이란 불균등한 사건의 배열이라고 쓴 글을 읽은 적이 있다. 다시 말해 무엇과 무엇이 비등한지, 무엇이 더 중요하고 앞으로만 내달리는 인생길에 무엇을 놓을 수 있을지 결정하는 것은 작가의 몫이라는 것이다." 소설 초입부에서 화자가 소개한 러스킨의 이 글에서 "작문"을 삶으로, "작가"를 개인으로 치환하면 이 소설은 무엇을 어떻게 기억할 때 개인이 외부의 조건으로부터 자신을 파괴하지 않고 살 수 있는가를 보여준다고 할 수 있다.

상실을 넘어 이해와 포용으로

이 기억의 중심에 있는 인물이 작품 속 화자인 열다섯 살의 델 파슨스다. 델은 체스와 양봉에 관심이 많고 가을에 고등학교에 들어갈 생각에 부풀어 있는 평범한 10대 소년이다. 쌍둥이 누나 버너가 직설적이고 다혈질인 반면 델은 말수가 적고 민감하고 내향적인 성향의 소유자다. 부모님이 은행털이라는 자기 파괴적인 무모한 행동을 저지른 탓에 정상 범주의 삶을 박탈당하기 전까지 델은 인생의 경로를 뒤바꿔 놓는 엄청난 사건은 자신의 삶과는 거리가 먼 일로만 여기며 살아왔다. 부모님의 체포와 뒤이은 아서 렘링거와의 악연으로 델은 기억하고 싶지 않지만 기억하지 않으면 안 되는 죄악에 휘말리고 만다. "너무 어려 도망갈 수도 없고 자립할 수도 없는" 열다섯 살의 델은 감당하기 힘든 현실과 고통스러운 기억을 통과해 가면서 순식간에 조숙해지고 자신의 가치를 인식하려 애쓰면서 청소년기와 안녕을 고하게 된다.

따라서 이 소설은 통과의례처럼 일종의 성장통을 겪은 소년의 성장 소설로 읽힐 수 있다. 난관이나 고난이 없는 삶은 세상 어디에도 존재하지 않는다. 또한 언제나 강하기만 한 인간도 없다. 오히려 인간은 나약한 쪽에 가까울 것이다. 그렇기에 델의 부모처럼 과거로부터 도망치려 하고 "피할 수만 있다면 뒤돌아보지" 않으려 하는 것이다. 그러나 델은 부모와는 다른 길을 걷는다. 앞날이 어떻게 될지 도통 알 길 없는 막막함 속에서도 델이 침몰하거나 자포자기에 빠지지 않을 수 있었던 것은 사색의 힘이다. 델의 사색은 삶의 역경을 부모 탓으로만 돌리지 않는 데 그치지 않고 버려진 삶이 아닌 그곳을 거쳐 간 이들의 삶에 대한 연민을 넘어 세상을 품는 이해와 포용의 단계로까지 승화한다. "그때까지 나는 내가 들은 조언들을 조정하며 살 것이다. 관대함, 지속, 수용, 포기, 세상을 내치지 않기, 그리고 이 모든 것과 더불어 살아가기." 이것은 50여 년의 세월이 흘러 예순여섯에 이른 델이 자신의 삶에서 가장 충격적이었던 사건들을 깊이 반추하여 얻은 자각이다. 어떤 렌즈를 통해 들여다보느냐에 따라 상실과 회한은 삶을 비옥하고 풍성하게 만드는 거름으로 변모될 수 있다. 여기에 희망이 숨어 있다.

왜 캐나다인가

이 작품을 처음 접했을 때 내게 의문으로, 또한 불만으로 다가왔던 것이 제목이었다. 하고 많은 제목 중 웬 캐나다? 뭐 이런 심심한 제목을? 하는 것이 내 첫 반응이었다. 제목만으로 독자들의 눈을 사로잡는 책들이 있다. 포드는 그런 장삿속에 밝지 않거나 관심이 없는 작가에 속할지 모른다. 그가 왜 '캐나다'라는 제목을 택했는지는 이 작품이 출간된 후 '굿리즈(Goodreads,

책과 관련한 최대의 온라인 글로벌 커뮤니티)'와 가진 인터뷰에서 자세히 밝히고 있다.

"나는 캐나다를 좋아한다. 캐나다 하면 안전한 피난처, 새로운 가능성이 연상된다. …… 캐나다는 넓은 국경과 삶을 공유하고 있다는 이유로 미국에 아주 중요한 나라다. 그러나 내가 관심을 가지는 것은 중대하지만 보이지 않는 차이다. 어디서든 국경을 넘나들 수 있고 지형이나 언어도 별반 달라 보이지 않지만, 속을 들여다보면 전혀 다르다. 닮아 보이면서 다른 것들, 이것은 철학적으로 무척 흥미롭다. 그러한 차이를 볼 줄 아는 눈이 있느냐 없느냐가 성공한 인간의 척도가 될 수 있다."

포드의 답변은 이 작품의 큰 주제, 우리가 어떤 사람이고 어떤 사람이 될 수 있는가는 결국 종이 한 장 차이라는 의식과 닿아 있다. 델의 부모는 단 하루 만에, 단 한 번의 행동으로 평범한 시민에서 범죄자로 전락한다. 아서 렘링거는 노동조합 사무소에 폭탄을 터뜨려 의도치 않게 사람을 죽게 만듦으로써 하루아침에 도망자 신세가 된다. 델과 버너는 부모의 끔찍한 추락으로 낯선 땅으로 유배를 가듯 쫓겨난다. 나쁜 일은 그렇게 "일상에서 겨우 한 뼘 떨어진 곳에서" 비롯된다. 따라서 미국과 캐나다를 가르고 있는 국경은 어떤 선을 넘었을 때 두 번 다시 돌아올 수 없는 길로 접어들게 되는 지점을 상징한다. 한 발짝 걸어 선을 넘었을 뿐인데 인생이 영원히 바뀐다. 국경은 또한 두 가지 일이 동시에 이루어지는 곳이기도 하다. "들어오고 나가기." 델은 나가고 있었지만 동시에 이제까지의 삶을 뒤로하고 새로운 삶으로 들어가고 있기도 했다. 국경을 넘는다는 것은 델에게 다른 사람이 되어야 한다는 의미를 내포하고 있다. 델이 선택한 것은 "정체되어 있지 않고 계속 움직이는 사람"이다. 캐나다는 그런 의식의 전환을 가져다주는 매개체이자 새로운 가능성의 장인 셈이다.

저기 내 아버지가 있다

『캐나다』는 내 머릿속에 켜켜이 접어놓고 필요할 때마다 펴 보고 싶은 문구와 문장으로 넘쳐 난다. 작가의 인생철학이 고스란히 담겨 있는 깊이 있고 아름다운 문장들 중 내 심금을 가장 크게 울린 글귀는 이것이었다. "그렇게 망가진 사람을 볼 때면 나는 속으로 늘 이렇게 말한다. 내 아버지가 저기 있구나. 저 사람이 내 아버지구나. 내가 알던 사람이구나." 나는 자식이면서 부모다. 내가 저 글귀에서 울컥했던 것은 내가 내 어미에 대해 느꼈던 연민의 감정, "저기 사람이 있어요"라고 외쳤던 어느 노동자의 절규, 나는 저 아버지와 다를 수 있을까라는 의문이 겹쳐 떠올랐기 때문이었다. 단 한 번의 실수도 없이 한평생을 사는 사람은 없을 것이다. 화자의 부모는 자신들이 저지르게 될 행동의 결과가 가족에게 미칠 영향을 헤아리지 못한 어리석고 나약한 존재들이었다. 나이를 먹는다고 저절로 어른이 되는 것은 아니다. 어른의 진정한 면모는 책임을 질 줄 알 때 드러난다는 것이 내 생각이다. 나이를 먹고 어른이란 딱지를, 엄마라는 꼬리표를 달고 보니 책임을 진다는 것이 얼마나 어렵고도 무서운 일인지를 날마다 피부로 느낀다. 내적 성찰이 전제되지 않을 때 인생은 자신이 원치 않는 길로 빠져들기 십상이다. 지금의 일상이 언제까지나 계속될 것 같지만 실은 어디로 어떻게 튈지 모르는 것이 인생이다. 허울뿐인 어른이 되지 않으려면, 그런 어른으로 살고 있지 않다면, 우리 모두는 델처럼 자신의 삶을 끊임없이 뒤돌아볼 줄 아는 내적 성찰의 자세를 지녀야 할 것이다.

『캐나다』를 통해 잊고 있던 문학의 정수를 실로 오랜만에 진하게 맛보았다. 리처드 포드에게 고맙다. 끝으로 난해한 문장을 만나 허덕일 때면 언제나 군말 없이 구원의 손길을 건네준 성은이에게 고맙다는 말을 전하고 싶다.

옮긴이 **곽영미**

1969년 경남 마산에서 태어나고 자랐다. 1993년 서강대학교 영어영문학과를 졸업한 후 영어 강사로 일하다 1999년 동대학원에 입학했다. 현재 전문 번역가로 활동 중이다. 옮긴 책으로는 『블루 하이웨이』, 『셜록 홈스 걸작선』, 『할아버지』, 『블랙박스』, 『마이 시스터즈 키퍼: 쌍둥이별』, 『강철군화』, 『19분』, 『주홍 글자』 등이 있다.

캐나다

2016년 1월 20일 초판 1쇄 발행
2016년 12월 15일 초판 2쇄 발행

지은이 리처드 포드
옮긴이 곽영미
펴낸이 우찬규, 박해진
펴낸곳 도서출판 학고재(주)

주 소 서울시 마포구 양화로85(서교동) 동현빌딩 4층
전 화 편집 02-745-1722 영업 070-7404-2810
팩 스 02-3210-2775
홈페이지 www.hakgojae.com

ISBN 978-89-5625-294-0 03840